Liesbet Dill
Virago

»Sammlung Bücherturm« wird herausgegeben von Prof. Dr. Günter Scholdt und Hermann Gätje als Repräsentanten des Literaturarchivs Saar-Lor-Lux-Elsaß an der Saarländischen Universitäts- und Landesbibliothek.

Die Reihe will bedeutende literarische Werke aus dem deutsch-französisch-luxemburgischen Dreiländereck einem breiten Publikum in lesefreundlichen Ausgaben wieder zugänglich machen.

Liesbet Dill

Virago

Roman aus dem Saargebiet

Röhrig Universitätsverlag
St. Ingbert 2005

Die Deutsche Bibliothek – CIP Einheitsaufnahme

Die Deutsche Bibliothek verzeichnet diese Publikation
in der Deutschen Nationalbibliografie;
detaillierte bibliografische Daten sind im Internet
über <http://dnb.ddb.de> abrufbar.

*Gedruckt mit freundlicher Unterstützung
der Saarland Versicherungen,
des Ministeriums für Bildung, Kultur und Wissenschaft des Saarlandes,
und der Saarländischen Universitäts- und Landesbibliothek*

Die Erstausgabe von »Virago« erschien 1913 bei der DeutschenVerlags-Anstalt (Stuttgart und Berlin).

© 2005 by Röhrig Universitätsverlag GmbH
Postfach 1806, D-66368 St. Ingbert
www.roehrig-verlag.de

Alle Urheber- und Verlagsrechte vorbehalten!
Dies gilt insbesondere für Vervielfältigung, Mikroverfilmung,
Einspeicherung in und Verarbeitung durch elektronische Systeme.

Umschlag: Jürgen Kreher (unter Verwendung einer historischen Postkarte
aus der Sammlung Delf Slotta, Saarbrücken)
Satz: Hermann Gätje
Druck: Strauss GmbH, Mörlenbach
Printed in Germany 2005

ISBN 3-86110-392-3

INHALT

Virago. Roman aus dem Saargebiet

Kapitel I	7
Kapitel II	69
Kapitel III	166
Kapitel IV	273
Kapitel V	364
Hermann Gätje »Virago« und das Saarland	407
Günter Scholdt Nachwort	421
Abbildungsverzeichnis / Worterklärungen	448
Danksagung	449

I

Im Stahlwerk wurde die Birne gekippt. Ein blitzender Funkenregen schoß aus einer der Essen und bedeckte den Himmel mit unzähligen Sternen, die dort strahlten, erblauten und verlöschten.

»Das ist das schönste Feuerwerk«, sagte das junge Mädchen, das mit heraufgezogenen Knien auf der Fensterbank des Hausflurs am Giebel saß und in den beginnenden Abend hinausschaute.

Es hatte aufgehört zu regnen. Auf den schmalen Bergmannspfaden, die den Ottener Wald nach allen Richtungen hin durchschnitten, lagen noch Schneespuren vom Winter her, und der Rehbach, der in weitem Bogen an den Häuserrücken der letzten Bergmannshäuser heruntergeflossen kam, führte auf seiner hochgeschwollenen Flut zwischen den sich im Kreise drehenden Holz- und Reiserstücken noch vereinzelte dünne, zakkige Eisschollen, doch unten im Tal, wo sich der Rauch zu einem fast undurchdringlichen schwarzen, wogenden Nebel sammelte, hatte sich der Schnee in Schlamm verwandelt, er sickerte von den Schlackenhalden herab und floß als dunkle Flut durch die Gossen. Ein naßkalter Wind, der vom Wald herunterkam, trieb aus den unzähligen hohen Essen aufsteigenden Rauch in breiten Schwaden über das Land. Die eisernen Gerippe der Brücken, Drahtseilbahnen, die verrußten Hallen und Werkstätten der Konzschen Kesselschmiede, das einfache graugetünchte Wohnhaus mit seinem runden Turm und der Fahnenstange und die kleinen Bergmannshäuser der Fingerhutsgasse hoben sich nur undeutlich aus dem wogenden Qualm, und der dicke weiße Dampf der Lokomotiven, die zischend auf dem Güterbahnhof die Kohlenzüge vor sich herschoben, mischte sich mit dem niedrig treibenden schwarzen Rauch.

Im Hof der Kesselschmiede wurden mit dröhnendem Gerassel Blechtafeln abgeladen, taktmäßiges Hämmern und Nieten klang aus den Werkstätten, hinter den verstaubten Fenstern leuchteten die Feuer, von den Blasebälgen angefacht, wie grelle Blitze.

Der Himmel war von tiefvioletten Wolken bedeckt. Über dem Stahlwerk der Neuweiler Hütte, hinter dem sich die Wipfel des Ottener Waldes vom düsteren Abendhimmel abzeichneten und das blutrote Licht der Dämmerung verglomm, stand ein fahler, gelber Schein, der sich zuweilen aufzuckend erhellte, wie ein ewiges Feuerzeichen am Horizont.

Auf dem Bahnhof blinkten einzelne Lichter auf. Die Scheibe hob sich eben wie ein Arm, der etwas zeigen will. Der Bingerbrücker Schnellzug hatte Einfahrt. Richtig, da kam er auch schon um die Ecke. Dicke Fetzen weißen Rauches flogen hinter ihm her, die Vorhänge flatterten, dampfend fuhr er am Hause vorbei und lief in den Bahnhof ein, die Scheibe sank herab.

Friederike reckte die Arme und stieß einen langen, ungeduldigen Seufzer aus. Der Schnellzug nach Trier war fort, und noch immer saß der dicke Kesselrevisor dort drin in dem Zimmer, dessen Tür mit dem Schild »Kein Eingang« sie seit einer halben Stunde unruhig bewachte. Über die Brücke kamen schon die ersten Reisenden. Sie arbeiteten sich gegen den Wind, der sich ihnen entgegenwarf; einer lief hinter seinem forttanzenden Hut her.

Jetzt gab es nur noch einen Zug, mit dem der Vater heute abend noch Trier erreichen konnte, um die Weinversteigerung mitzumachen. Bekam er auch den nicht, dann war der Tag, der zur Vorbringung großer Wünsche so geeignet war, wieder einmal ungenutzt vergangen, dann mußte man schon bis zum Zweibrücker Rennen oder gar bis zur Sprendlinger Hühnerjagd warten, und wer weiß, wie dann die Konjunktur stand.

Mit der deutschen Eisenindustrie ging's seit dem vierundsiebziger Krach bergab. Ein Hochofen nach dem andern wurde ausgeblasen, ein Walzwerk nach dem andern stand still, in der Kesselschmiede hatten sie die Löhne herabsetzen müssen, es standen Arbeiterentlassungen bevor, der Vater sprach von »bald die ganze Bude zumachen«.

Das Jagdessen gestern abend hatte ihr den Mut wiedergegeben. Die Türe zu dem Eßsaal stand noch auf, zwischen verschobenen Stühlen standen die langen Tafeln mit den schiefhängenden Tischtüchern, die gespenstisch aus dem Halbdunkel leuchteten. Bis in die Nacht hinein hatte sich das Gelage hingezogen, nach Mitternacht wurde unter der Leitung des Volontärs das schöne Lied »Aber das hat nichts zu sagen« angestimmt, und zuletzt hatten sie den Wein in Gießkännchen aus dem Keller geholt. Als aber der Vater heute morgen zum Frühstück kam und in seiner Tasse eine Fliege schwamm, hatte er die Tasse zornig an die Wand geworfen. Seine Stimmung schlug so unvermutet rasch um.

Unter dem vorspringenden Dach der Treppe schnaubten die Rappen. Der Kutscher hatte sich die Mühe nicht mehr genommen, sie einzustellen. »Joseph«, rief das Mädchen, sich aus dem Fenster beugend, in den nassen schwachbeleuchteten Hof hinab, »legt doch den Rappen die Lederdecken über.«

»Is jo nit meh der Mieh wert«, brummelte der Kutscher; er nahm die alte staubige Laterne vom Boden auf und ging nach dem Stall.

Der Kerl hat keinen Respekt vor mir, dachte das Mädchen und sah ihm zu, wie er sich die Livree im Rahmen der Stalltüre, aus der warmer Dunst hervorquoll, überstrippte. Ein Herrschaftskutscher wird das in seinem Leben nicht. Es paßt auch kein herrschaftlicher hierher, schloß sie.

In der Hundhütte lag knurrend, den Kopf auf der Schwelle, das rechte Ohr gespitzt, Tyras, ein junger Collie, halb Hyäne, halb Wolf, und erwartete seine Feinde, die um diese Stunde aus der Kesselschmiede kamen. Er hatte seinen Herrn schon viele paar Hosen gekostet, und die Tafel am Hoftor warnte ausdrücklich, das Tier zu reizen.

Heulend, langausholend erscholl das Signal auf der Hütte, um sechs Uhr war Schichtwechsel dort. Fast gleichzeitig ertönte in der Kesselschmiede ein heiserer, schriller Pfiff. Das Feiersignal. In demselben Augenblick kamen auch schon die ersten

Arbeiter aus dem Werk. Die Hoflaterne warf ein rötliches, ungewisses Licht auf den Menschenstrom, der sich aus der Kesselschmiede in die enge Gasse ergoß. Ein paar Lehrbuben klapperten im Vorübergehen mit den Stöcken gegen das Hoftorgitter »Ksch, Ksch«.

Darauf hatte Tyras nur gewartet. Wie ein Löwe seine Mähne schüttelnd, flog er mit einem Satz gegen das Tor, schlug die Tatzen gegen die Stäbe und stieß ein zorniges Heulen aus. Friederike sprang vom Fensterbrett. »Laßt den Hund in Ruhe, ihr da!« rief sie in den Hof hinein. »Könnt ihr nicht lesen, was auf der Tafel steht?«

Es war zu dunkel, um die Gesichter hinter dem Gitter unterscheiden zu können. Die Buben entfernten sich. »Laßt den Hund in Ruhe, ihr da!« machte ihr einer nach. »Haben nicht lese gelehrt«, schrien sie aus der Ferne zurück.

Der Kesselrevisor schloß die Tür hinter sich und schritt in seinem fliegenden grünlichen Havelock den langen Hausgang hinab. »Hoppla!« Fast wäre er mit der dicken Haushälterin zusammengeprallt, die hastig aus einer der vielen Türen trat und, einen kleinen Seehundfellkoffer in der Hand, den Gang heraufstürmte.

»Na, Gott sei Dank«, sagte Minna hinter ihm her und wandte sich mit Handbewegungen an Friederike. »Jetzt mach, geh erin und sag's ihm. Aber steh nit wieder da, als ob du schon Leibweh hättst.«

»Oh, Moselstrand, oh selig Land,

Ihr grünen Berge, du Fluß im Tal – «

klang es in diesem Augenblick von drinnen.

Sie sahen sich an und lauschten dem fröhlichen Pfeifen.

»Jetzt geh' ich«, sagte Minna, klinkte die Tür mit dem Ellbogen auf und trat stürmisch ein, während Friederike zögernd folgte.

In dem kleinen engen Herrenzimmer, dessen dunkelbraun tapezierte Wände mit ausgestopften Raubvögeln und Geweihen bis an die Decke vollgehängt waren, stand der Herr des

Hauses im Reisemantel, von bläulichen Rauchwolken umlagert, vor dem Stehpult und füllte die Zigarrentasche mit seiner »Garzia«.

»Guten Tag«, sagte Minna nachdrücklich, stellte den Seehund auf den runden Tisch und begann ihn energisch aufzuschnallen, während Friederike auf der Türschwelle stehen blieb.

Rudolf Konz zog die Augenbrauen hoch. »Was gibt's?«

Minna hatte zwar seit einer Stunde auf den Befehl gewartet, ob sie den Gehrock und »was für« Krawatten sie einpacken sollte – meist warf er im letzten Augenblick alles wieder aus dem Koffer heraus –, aber sie unterdrückte diese wichtige Frage und packte stumm.

»Ich wollte dich fragen«, begann das Mädchen und hielt sich an der Klinke fest.

Herrn Konz' Gesicht verfinsterte sich. »'raus oder 'rein«, rief er. »Kann das Herumstehen an der Tür nicht leiden.«

Friederike drückte die Tür ins Schloß. Sie hatte sich fest vorgenommen, mit dem Vater einmal energisch zu sprechen, anstatt daß er nur immer energisch mit andern sprach, aber als sie seine hellgrauen Augen auf sich gerichtet sah, wußte sie nicht, wohin sie mit den langen Armen sollte.

»Ich wollte dich fragen«, begann sie mit einer ungewollten Feierlichkeit, »ob du es erlauben würdest ...«

»Was erlauben würde?«

Friederike schluckte und vollendete entschlossen: »Daß ich Medizin studieren dürfte?«

Nun war es heraus, was ihr jahrelang auf dem Herzen gesessen. Der große Wunsch war ausgesprochen.

Man hätte Herrn Konz sagen können, ein Hochofen auf der Hütte stünde still oder der »brennende Berg« spie Feuer, er hätte nicht so aus der Fassung gebracht werden können wie durch diese Worte. Er schlug mit der Hand auf das Pult, daß der Staub wirbelte und rief:

»Was will das Mädel?!«

Friederike klebte das Haar an der Stirn, in ihr blasses Gesicht trat ein entschlossener Ausdruck, der Vater und Tochter Zug um Zug ähnlich sehen ließ.

»Ich bin nun schon über ein Jahr aus der Schule«, fuhr sie fort. »An meiner Konfirmation ist mir versprochen worden, daß ich etwas Ordentliches lernen dürfte: ich hab' immer Freude am Studieren gehabt und besonderes Interesse für Medizin. Es studieren jetzt so viele – «

»Wenn sie in der Schule etwas Ordentliches gelernt haben«, unterbrach sie Herr Konz. »Ist aber bei dir nie der Fall gewesen. In allen Fächern befriedigend und im Deutsch mangelhaft – «

»Sie war aber auch in gar keiner richtigen Töchterschule«, warf Minna ein, die mit zitternden Händen den kleinen eigensinnigen Seehund voll Wäsche packte. »Daß sie hier in der Schul' nix lernen, dafür kann sie nix – «

Herr Konz drehte sich um. »Was hat Sie denn da wieder drein zu schwätzen! Ich frage, ob man in der Schule etwas gelernt hat, und ob ich noch in meinem Leben von all den Mal- und Klavizimbelstunden etwas andres gehabt hab', als daß ich sie bezahlen darf? Kann man vielleicht »Heil dir im Siegerkranz« auswendig spielen oder einen Schornstein malen? Was?« Er stieß den Regenschirm auf die Diele. »Steh grad und laß die Klinke los.«

Friederike sah finster zu ihrem Vater herüber. Die vielen Musikstunden hatten sie allerdings nicht weiter wie zu dem Militärmarsch von Schubert gebracht, und das Ergebnis aller Malstunden war ein verzeichneter Apfelblütenast.

»Ich weiß, daß ich keine Talente habe«, sagte sie düster. »Ich hab' eben andre Interessen – «

Das war gerade das rechte Wort. »Andre Interessen?!« rief Herr Konz mit einer Stimme, daß der Kutscher im Hof erschreckt im Pferdestriegeln innehielt. »Daß die Frauenzimmer der Deiwel hole mit ihren andern Interessen! Bin ich vielleicht danach gefragt worden, ob ich nicht lieber Kavallerieleutnant werden wollt' anstatt Schlosser? Leistungen will man sehen!«

»Man kann nur etwas leisten, wenn man etwas gelernt hat«, sagte Friederike fest. »Die Tochter vom Direktor Stamm ist letzten Herbst nach Genf gegangen – «

»Dem Stamm seine Sache – «

»Und das Fräulein Nottebohm studiert in Zürich Chemie – «

»Familie Nottebohm interessiert mich nicht.«

»Aber ich muß etwas Ordentliches lernen!« rief Friederike verzweifelt aus.

»Lern kochen!« rief Herr Konz mit krebsrotem Gesicht. »Hat Sie dem Mädel in den Kopf gesetzt, Medizin zu studieren?« wandte er sich an Minna, die hinter seinem Rücken Friederike allerhand ermutigende Zeichen machte. Minna fuhr erschreckt zusammen. »Ach Gott, ach, ich? Ich hab' ihr's doch immer auszureden versucht. Ich hab' gesagt, was haschte dann davon! Du gehörscht in e Pangsionat wie andre Mädcher.«

In Friederike kämpfte ein letzter schwerer Entschluß, sie trat dem Vater in den Weg. »Vater, dann laß mich wenigstens eine Handelsschule besuchen, daß ich Stenographieren und Buchführen lerne – «

Herr Konz zog die Augenbrauen hoch. »Wem willst du denn ›Buch führen‹?«

»Ich möchte später eine Stelle als Korrespondentin in unserm Bureau haben.«

»Mit der Schrift?« lachte Herr Konz grimmig. »Schreibt eine Handschrift wie ein Lothringer Heubauer und macht Kleckse an den Rand wie eins aus der sechsten Klass'. Ach was!« Er schob das Kursbuch unter den Arm, steckte die Zigarrentasche in den Überzieher und knöpfte den Mantel zu. »Werd' mich da noch lang herumdisputieren und den Zug versäumen. Sie hat dafür zu sorgen, daß das Mädel wieder vernünftig wird. Heulereien rühren mich nit. In drei Tagen, wenn ich wiederkomm', will ich von den planlosen Ideen nix mehr hören. Lern erst einmal Haltung und Gradstehen und die Leut auf der Straß ordentlich grüßen«, setzte er hinzu. »Ärzte haben wir genug. Und sieh, daß du einen Umgang kriegst mit andern Mädchen, und nit allein in der Welt herumlaufst wie bisher. Wenn die Leut keinen Umgang haben, dann sind sie immer noch selber dran schuld gewesen. Werd' mich mal beim Roll nach der Pension erkundigen, wo er seine Töchter hingetan hat. Dorthin kommst du auch.« Er öffnete das Fenster, rief in den Hof hinaus: »Vorfahren!« nahm Hut und Stock und verließ das Zimmer, während Minna eiligst mit dem Seehund hinterherlief.

Friederike hatte sich in ihr Zimmer eingeschlossen und saß über ihrem Tolstoi, aber ohne zu lesen. Sie rührte sich nicht, als Minna mit weithin schallender Stimme ihren Namen durchs Haus und über den Hof rief, langgezogen, mit einem tiefen Ton auf der ersten Silbe und einem sehr hohen auf der letzten, eine Art, wie die Bergmannsmütter ihre Kinder des Abends aus den Straßen heimriefen, und die Friederike schon deshalb ignorierte. Sie hatte sich vorgenommen, überhaupt nicht unten zu erscheinen, da der Volontär heute mitaß.

Wenn ich eine Mutter hätte, dachte sie bitter. Die würde mir geholfen haben. Warum der Vater niemals von der Mutter sprach? Warum ihr niemals jemand genau sagte, woran die Mutter so plötzlich gestorben war? Warum hatten die Kinder in der Schule immer so altkluge, schlaue Gesichter gemacht, wenn sie einmal von ihrer Mutter anfing? Warum hatte ihr Minna von Kind auf eingeprägt: Frag den Vater nie nach der Mutter.

Eine kleine Szene stand plötzlich wieder lebendig vor ihr.

»Gelt, die Mutter war immer krank?« fragte sie einmal Minna.

»Ja, immer«, war Minnas kurze Antwort.

»Kranke Leut sollten keine Kinder kriegen, gelt?«

»Nee, besser nit.«

»Ach, Minna, warum bin ich dann doch auf die Welt gekommen?«

»Ei, du lieber Herrgott«, rief Minna und strickte, daß die Nadeln blitzten. »Woher soll ich dann das wisse? Geh, wer wird dann über ebbes nachdenke, wo schon so lang her is!«

Ein andermal kam sie aus der Schule gestürmt, hatte den Ranzen in den Hausgang geworfen, wo Minna in der Sonne am Fenster saß und Bohnen schnitt. »Die Kinder haben gesagt, du wärst Kellnerin gewesen, is das wahr?« rief sie atemlos.

Minna ließ die Schüssel in den Schoß sinken und ward feuerrot. »Das is nit wahr«, rief sie empört. »Ich war die Schwester von der Kronenwirtin, aber Kellnerin war ich nit!« Und plötzlich begann sie bitterlich in ihre Schürze zu schluchzen, und das Kind stand betreten vor ihr und wußte nicht, warum seine harmlosen Worte einen solchen Sturm hervorriefen. Das Gefühl blieb bei ihr zurück, daß Kellnerin gewesen zu sein eine Schande bedeute, doch konnte sie keinen Zusammenhang finden zwischen den aufgeputzten Neuweiler Kellnerinnen und Minna, die von früh bis spät im Hause herumwirtschaftete, die bei Tagesgrauen die Mägde aus den Betten trieb und des Nachts aufblieb, den Vater zu erwarten, die ihr des Morgens den Zopf flocht, den Schulranzen nachsah, mit ihr zum Zahnarzt ging, das schlechte Zeugnis vor dem Vater versteckte, ja sie hatte sogar einmal auf Friederikes flehende Bitten das Sittenbuch mit einem zitternden »Rudolf Konz« unterschrieben. Minna war immer bereit, ihre Partei zu ergreifen, prügelte die Buben, die sie mit Schneeballen warfen, machte den Osterhasen, den Nikolaus, das Christkind und den Himmelsgeist, der vor Weihnachten vor das Bett der Kinder kam mit der Rute, Lebkuchen und Nüssen.

Es soll dem Kind an nichts fehlen.

Und doch fehlte es Friederike an manchem, was andre Kinder kaum achteten, weil sie es besaßen. Die Neuweiler Kinder riefen ihr auf der Straße immer nach »Bischt nit meh wie mir!« Sie taten es in gedeckter Stellung, hinter ihren Haustüren oder Gartenzäunen, denn sie fürchteten Rudolf Konz, der im Stadtrat eine gewichtige Stimme hatte, die größten Treibjagden abhielt und in der ersten Steuerklasse wählte. Früher hatte Friederike Tyras hinter ihnen her gejagt, daß sie schreiend in die Höfe flüchteten, und wenn sie sich unterwegs an den Wagen hingen, ihnen vom Kutscher mit der langen Peitsche eins überziehen lassen. Jetzt ließ sie sie rufen und grübelte darüber nach, warum sie es taten. In der Schule nahm sie eine Ausnahmestellung ein. Sie hatte nie Freundinnen gehabt. Es war ja so zwecklos, Puppen an- und auszukleiden, und die kleinen Mädchen fanden wieder keinen Gefallen daran, auf ungesattelten Pferden im Hof herumzureiten und mit einem bissigen Hund »Löwenbändigerin« zu spielen.

Sie hatte schon einmal den Gedanken gefaßt, auszuwandern. Mit glühenden Wangen verschlang sie die Robinsonaden, sie wollte als Mann verkleidet in den Krieg ziehen, sich bei der Fremdenlegion anwerben lassen, nur hier herauskommen aus diesem feindlichen Ungewissen. Sie weigerte sich, fortan schottische Schärpen und große bändergeschmückte Hüte zu tragen, wies Näschereien schroff zurück, ging ohne Schirm in strömendem Regen aus und trug bei der grimmigsten Kälte weder Mantel noch Handschuhe noch einen Muff, von dem Schuster ließ sie sich die Absätze abschneiden und schlief bei offenem Fenster. Sie wollte studieren, um ein Fundament unter die Füße zu bekommen.

Das war also vorbei. Sie kam in die Pension »wie andre Mädchen«.

Minnas naturwüchsige Laute waren verhallt, und ein Duft nach frischgebackenen Reibekuchen durchzog das Haus, als Friederike zu ihrer Empörung doch ein Gefühl von Hunger verspürte, das derartig zunahm, daß sie plötzlich aufstand und mit festen Schritten auf die Wohnstube zuging, in welcher, bei Abwesenheit des Vaters, gegessen wurde.

Schon ehe sie an die Tür kam, vernahm sie die gemütliche Stimme des Volontärs: »Dat kann doch nicht an Düsseldorf tippen.«

In dem kleinen, überheizten Zimmer saßen Minna in einer weiten, bequemen, wolligen Hausbluse und der junge, mit modischer Eleganz gekleidete Volontär Schmeedes um den runden Klapptisch unter der Hängelampe und speisten. Das ganze Zimmer duftete nach Lavendelsoap.

Es gab Kartoffelpuffer und frischen Pumpernickel, das Lieblingsessen von Schmeedes.

»Komm, mach dir's gemütlich«, lud Minna ein, indem sie den dampfenden Kaffee aus der braunglasierten Bunzlauer Kanne in die Tassen goß.

Friederike zog die Augenbrauen zusammen. Sie fand es durchaus nicht gemütlich, mit Schmeedes an einem runden Tisch zu sitzen, das Gespräch nahm dann immer einen familiären Ton an. Sie warf einen finsteren Blick über den gedeckten Tisch. Daß es heute nichts weiter gab als Reibekuchen, verdüsterte ihre Stimmung nur noch mehr. Da sie jedoch Gespräche über Mahlzeiten für ein Zeichen niedriger Instinkte hielt – sie verachtete Schmeedes schon deshalb, weil er mit Minna die Menüs besprach –, ließ sie sich schweigend ihre Tasse reichen. Das Thema ihres vernichteten Wunsches schien eben ausgiebig besprochen worden zu sein.

»Wat bekucken Sie mich denn so?« sagte Schmeedes und fuhr sich über seinen rattenkahl geschorenen dicken runden Kopf, dessen Schädel im Lichte glänzte. »Ach so? Mein Frisur! Ich hatt' mich nämlich zur Feier des jestrigen Abends wie en Schachbrett scheren lassen, um den alten Herren eine kleine Freude zu machen. So bin ich hereinspaziert: umjekrempelte Hosen, rosa Strümpfe, ein runder Kinderkragen und aus den Schuhen die Strippen heraus ...«

»Großartiger Witz«, sagte Friederike.

»Im zweiten Akt kam ich als Dame, Federhut, Halbschleier und Frack, Taillenweite hundertunddrei, aber pickfein, durch die Zimmer geschwebt auf den Zehenspitzen und Pirouetten geschlagen, daß es nur so rauchte.

»Ich dacht', zum Tanzen wären Sie zu dick«, warf Friederike hin.

»Die Dicken tanzen alle gut. Das werden Sie übrigens später auch beweisen können«, rächte sich Schmeedes.

Friederike bekam einen roten Kopf. Sie sah Schmeedes mit gerunzelten Brauen böse an.

»Wir haben en Schwoof jemacht, jestern abend.« Er reckte die Arme aus. »Jesungen haben wir, jesungen – mein janzer Tenor ist hin.

> Das war der Jraf von Rüdesheim,
> Mit Jütern reich bejlückt – «

Er versuchte es, aber es ward nur ein rauhes Grunzen.

Minna schrie auf vor Lachen.

Friederike verzog keine Miene.

»Ich hab' jehört«, begann Herr Schmeedes und legte sein Gesicht in ernste Falten, während er seinen Pumpernickel mit einem Reibekuchen bedeckte, »daß Sie mit Ihrem Zukunftsplan abgeschmettert wurden. Das tut mir nun wirklich leid, denn des Menschen Wille ist nun mal sein Himmelreich, und der einzige Trost, den es dafür jibt, is, daß es vielleicht eine Füjung des Schicksals war, wofür Sie ihm später noch einmal dankbar sind.«

»Danke, ich esse keine Reibekuchen.«

»Aber sie sind doch so schön knusprig«, ermunterte Minna und hielt Friederike immer noch die Platte hin. »Du kannst doch nit von Kaffee leben. Nun sehn Sie nur das Mädchen.«

»Na, nun stärken Sie sich einmal«, sagte Schmeedes wohlwollend. »Nur nicht die Welt mit 'nem nüchternen Magen ansehen. Vielleicht läßt er mit sich reden, wenn der neue Schloßabzug im Keller liegt. Meine Unterstützung kann ich Ihnen leider nicht anbieten, da meine Stellung zur Emanzipationsfrage eine jrundsätzlich ablehnende ist. Seit wir die erfreuliche Erfahrung mit unsrer studierten Cousine in Jenf jemacht haben – «

»Die Geschichte kenne ich.«

Schmeedes nahm einen neuen Reibekuchen in Angriff. »Wissen Sie, Fräulein Friederike, das Studieren ist so 'ne Liebhaberei von jungen Mädchen, die in der Schule in weiblicher Handarbeit mangelhaft jehabt haben und sich mit mathematischer Sicherheit ausrechnen können, daß sie unter dem männlichen Jeschlecht keine Verheerungen anrichten werden; aber wenn diese jungen Damen dann auf die Universität kommen, gehn ihnen die Augen auf über den Begriff ›männliches Studium‹. Nachjewiesenermaßen hat nämlich der männliche Schädel eine jrößere Kapazität und das männliche Gehirn ein jrößeres Gewicht wie dat weibliche.«

»Es wird auch Ausnahmen geben«, warf Friederike hin, mit einem Blick auf seinen runden glatten Schädel.

»Ich stelle Ihnen meinen Schädel mit dem jrößten Verjnügen zur Verfügung«, fuhr Schmeedes freundlich fort und zwinkerte Minna zu. »Selbstverständlich nach meinem Erblassen.«

»Ihr Kopf würde wohl kaum maßgebend sein«, sagte das Mädchen. »Der Ingenieur ist ja so was Ungewöhnliches nicht. Und Ihre andern Bücher haben Sie damals in eine große Kiste gepackt und zugenagelt.«

»Stimmt. Denn die Wissenschaft, die einem die Magister einbleuen, brauch' ich für meinen Beruf nicht; ein praktischer Mensch lernt nur, wat er braucht.«

»Man kann nie wissen, was man braucht oder nicht braucht – «

»Jedenfalls braucht die Tochter von Rudolf Konz sich keine Nachtschelle ans Haus machen zu lassen und den Neuweilern den Wagen zu fegen. Das Haus is das Jebiet der Frau«, fuhr er pathetisch fort, »dort soll sie herrschen, wenn denn durchaus geherrscht werden muß. Wat können denn die Frauen überhaupt? Kochen können sie nicht, Kinder aufziehen scheint's auch nicht, wenn die Kindersterblichkeit im Deutschen Reich zwanzig Prozent beträgt. Und was kommt bei dem Studieren heraus? Eine Vogelscheuche mit 'nem Stiftenkopp.«

Minna nickte eifrig. »Sieschte.«

»Wenn ich in die Pension komme«, sagte Friederike, ohne jemand anzusehen, »ist das erste, was ich tue, daß ich mir den Zopf abschneiden lasse.«

Minna schlug die Hände zusammen.

Schmeedes hob warnend den dicken Zeigefinger. »Eine Frau, die sich ihres Haares beraubt, beraubt sich selber ihrer größten Macht.«

»Und wenn ich dreißig Jahre bin, setz' ich mir einen Kapotthut auf und lasse mich Madame anreden«, vollendete Friederike.

»Was 'e Gespräch!« rief Minna; »'s is doch nit die Hauptsach, wie m'r angeredt wird.«

»Die Hauptsache ist, daß man was gelernt hat«, sagte Friederike.

»Die Hauptsach is dat Jeld«, sagte Schmeedes mit großer Ruhe. »Mein Großvater, der Apotheker in Köllen, der größte Lebenskünstler, den et jab, sagte immer: Dat beste is en jut Gemüs und en jut Rezep', aber die Hauptsach is dat Jeld.«

Friederike trank schweigend ihren Kaffee und begnügte sich, ihre Verachtung dieser Rheinländermoral durch tief herabgezogene Mundwinkel kundzugeben. Sich mit einem bürgerlichen Gourmet über ihren zertrümmerten Lebensplan zu unterhalten, dazu reichte ihre Fassung denn doch nicht aus.

Über den Rand der Tasse betrachtete sie ihn, wie er da saß in seiner buntkarierten prallsitzenden Weste, breitbeinig, vergnügt und gepflegt, nach Lavendel duftend, den Siegelring mit dem sinnlosen Wappen am Finger, wohlgenährt, blond und satt, einen blitzenden Diamanten in dem blauseidenen Schlips, und sie sah plötzlich die lange Reihe untersetzter Gestalten vor sich, die täglich bei sinkender Nacht und im Morgengrauen am Haus vorüberzog, und wußte auf einmal, warum das Gemurmel ihrer Stimmen von Kind auf für sie einen so drohenden Unterton gehabt hatte. Wenn auch der Vater ihnen Brot und Arbeit gab, es waren doch ihre Feinde, und so einer half sie züchten.

»Dat legt sich alles, Fräulein Friederike«, fuhr Schmeedes fort. »Die Lernbejierde, der Ehrjeiz und die Leidenschaften. Lassen Sie mal erst das neue Schloß hier stehen – «

Friederike hob den Kopf. »Was für ein neues Haus?«

»Die alte Bude soll ja abgerissen werden. Ich weiß gar nicht, warum Sie mich so vernichtend anblicken«, setzte Schmeedes hinzu.

»Wir können keine Schlösser brauchen hier«, unterbrach ihn das Mädchen, und sich an Minna wendend, die ruhig ihren Kaffee zuckerte, sagte sie mit flammendem Gesicht: »Warum weiß ich denn von allem nichts – und höre erst zuallerletzt davon –?«

»Je noch einmal! Dein Vater geht grad herum und fragt die Leut um Erlaubnis, was er tun soll. Du weißt doch, daß wenn er bauen will, er den Baumeister bestellt, und mir sagt er: ›Morgen wird das Haus abgeriss'.‹ Vorgestern war Herrn Konz die Kerze aus dem Leuchter auf die Füße gefallen, da hatte er den Leuchter hinterhergeworfen und gesagt: Die Kerzenwirtschaft wär er satt!«

Minna wollte keine Böden mehr ölen, keine Petroleumlampen mehr putzen und das Wasser aus dem Laufbrunnen holen lassen, die Mägde kamen nie wieder, wenn man sie zum Wasserholen an den Eckenbrunnen schickte. Es gab tausend Gründe, die für ein neues Haus sprachen, und es war ja so wichtig, daß die Neuweiler in der »Krone« sich darüber »wunderten«, daß Rudolf Konz ein altes Haus »noch immer gut genug« war.

In Friederikes Kopf überstürzten sich die Gedanken. Deshalb sollte sie fort, damit sie aus dem Wege war?

Jetzt, bei der niedrigen Konjunktur ein neues Haus zu bauen: man wußte ja nicht, ob es nicht noch einmal Krieg gab und man vielleicht auswandern mußte, wie der Großvater 1806. Dem hatte damals die alte Schmelz gehört, nachher hatte er sich sein eignes Werk von den Franzosen zurückpachten dürfen, und sein Sohn hatte wieder mit einer Schmiede anfangen können.

»Sie sind ja ordentlich blaß geworden«, meinte Schmeedes, Friederike betrachtend, die mit aufgestützten Ellbogen, die Tasse in der Hand, starr vor sich hinblickte. »Ich würd' Rad schlagen vor Vergnügen, wenn ich aus dem alten Hause herauskäme.«

»Sie sind ja auch nicht in dem Haus geboren«, gab Friederike kurz zurück.

»Und wenn meine Urjroßmutter drin jeboren wär'«, sagte Schmeedes. »Auf ein Erbstück ohne Jas und Wasserleitung erlaub ich mir erjebenst zu pfeifen.«

»Wenn einer nicht für fünf Pfennig Pietät hat.«

»Wenn Sie das Pietät nennen«, sagte er, »daß man sein Leben

lang durchaus in derselben unbequemen Bude verbleiben muß, weil meine Urjroßmutter drin jewohnt hat, und ich mir die modernen Erfindungen nicht zunutze machen darf, weil unsre Vorfahren sie leider noch nicht jehabt haben, dann bekenne ich mich allerdings zu den pietätlosesten Menschen dieses Jahrhunderts. Womit ich die Ehre habe, mich zu empfehlen.« Schmeedes zog seine Weste herunter, erhob sich, nahm den Hut vom Nagel, wünschte »jesegnete Mahlzeit« und ging ins Casino, seinen Skat spielen.

Drei Tage später stieg Minna händeringend über die plötzlichen Entschlüsse dieses Hauses auf den Boden, nach Schließkörben und vergessenen Schnappschlössern suchend, und erzählte allen Leuten, zwischen Triumph und Tränen kämpfend, daß »das Friedel« morgen von Herrn Konz nach Hannover in das Mädchenpensionat gebracht würde.

Da es Herrn Konz gewöhnlich in der zweiten Klasse zu langweilig war – die Leute mußten sich dort erst einander vorgestellt sein, ehe sie eine Unterhaltung anknüpften –, so fuhren sie dritter. Und so wie er schienen hier noch andre zu denken, denn gleichzeitig mit ihnen stieg der Stollenherr aus Dirmingen ein, eine ungewöhnlich stattliche Erscheinung mit kurzgeschnittenem Schnurrbart, kleinem Rassekopf und einem Feldherrnprofil, das unter den andern Gesichtern hervorstach. Er hatte einen Transport belgischer Pferde eingekauft und brachte sie eben nach der Grube. Zwei Bergschüler kamen dazu und ein kleiner, dicker, geschniegelter Reisender mit großkarierten Beinkleidern, der sein mit schwarzem Wachstuch verschnürtes Paket mit einem Schwung über Friederikes Kopf in das Netz warf, der Materialienverwalter der Grube Otten und der Wirt des Neuweiler Zentralhotels, welche beide nach der Kreisstadt zum Schöffengericht fuhren. Noch ehe sich alle auf ihre Plätze verteilt hatten, war ein lebhaftes Gespräch im Gange. In St. Martin war heut Schwurgericht. Ein Bergmann aus Dirmingen war ermordet im St. Ingberter Wald gefunden worden. Im Gebüsch hatte man das mit Blut besudelte Beil gefunden, welches seiner Frau gehörte. Diese und ihr Schlafbursche, ein auswärtiger junger Bergmann, waren mit dem Mann tags zuvor in St. Ingbert in den dortigen Wirtschaften noch spät abends gesehen worden, die Frau hatte ein Henkelkörbchen bei sich gehabt, und man vermutete, daß sie das Beil den ganzen Nachmittag bei sich getragen habe. Man hatte dann den abgeschnittenen Stiel des Beiles in ihrem Herd zu Hause gefunden, und die Frau und der Schlafbursche waren des Mordes angeklagt.

»Sie hatten es recht dumm angefangen«, warf der Gastwirt ein, der in mächtigen Zügen rauchend, den Abteil mit Qualm erfüllte.

Der Stollenherr war in der Morgenfrühe durch den Wald nach St. Ingbert geritten, als das Pferd plötzlich einen Satz zur Seite machte und zurückscheute. Mitten im Weg lag der Kopf des Mannes, während der Körper den Abhang heruntergerollt war. »Zum Glück waren schon zwei Bergleute zur Stelle, sonst hätte ich heute das Vergnügen, als Zeuge aufzutreten«, fügte der Stollenherr hinzu.

Friederike stand am Fenster in ihrem schwarzen Gummimantel und dem grünen Filzhut mit dem Stutzen. Beim Abschied von Minna hatte sie sich tapfer gezeigt, auch vor Tyras, der sich wie rasend gebärdete, als der Wagen den Hof verließ, von den Rappen, die sie seit vier Jahren im Stall hatten und deren Tritt sie von allen andern Pferden herauskannte, vor den Mägden und dem hageren Eifeler Kutscher, der sie zur Bahn fuhr und ihr zum Abschied die Hand reichte mit den Worten: »Na, adjes, halle Sie sich munter«, – doch jetzt, als der Zug sich in Bewegung setzte und sie ihr altes Haus mit der Fahnenstange, die Kesselschmiede, die Hallen und Werkstätten, von Telegraphendrähten umsponnen und eingeengt von einem Schienennetz zum letztenmal sah, überkam sie das Bewußtsein des Abschieds mit solcher Heftigkeit, daß sie fürchtete, in Tränen auszubrechen. Das rauchende Hüttenwerk verschwand, nun die Pfalzberge mit den ragenden drei Buchen, das Wahrzeichen der Gegend, auf der Pappelallee, die zur Grube führte, marschierte ein Trupp Neuweiler Bergleute mit geschwärzten Gesichtern und leeren Kaffeetuten, in den kleinen, ihr wohlbekannten Bergmannsgärten flatterte Wäsche im Morgenwind, dort auf der Steintreppe schälte eine Frau Kartoffeln, neben ihr saß ein Greis, der eine alte Bergmannsmütze trug und rauchend dem Zug nachsah.

In den Gärten fingen eben die Büsche an zu knospen, der Wind bewegte die Akazien, die aus der fruchtbaren Erde der Schlackenhalden wuchsen. Der Zug glitt zwischen ihnen durch. Neuweiler lag hinter ihnen.

Friederike preßte die Hände zusammen. Jetzt hatte man sie von etwas losgerissen, das zu ihr gehörte. Der Zug flog am Ottener Wald vorüber, der sich dicht bis an das Gleise drängte. Mit leichtem Knattern liefen die kleinen Wagen der Drahtseilbahn über Wiesen und Dächer des Dorfes. Auf dem Bahnhof Otten standen die bekannten grünen Flaschen zum Versand bereit, die Sonne blitzte in ihren dicken Bäuchen, Arbeiter in blauen Leinenkitteln und alten Militärmützen drängten aus den Wartesälen heraus. In langen Reihen funkelten die kleinen Feueraugen der Koksanlagen, die aufgesperrten Öfenrachen mit ihren weißglühenden Sonnen, stiebender Aschenregen, weißer Dampf wurden zischend abgelassen. In der Nollschen Flaschenbläserei schwangen halbnackte Männer an langen Stangen glühende Flaschen, drehten und formten sie, tropfend fiel das glühende Glas auf den schwarzen, mit Asche bestreuten Boden. Vor einer Wellblechbaracke saßen Arbeiter beim Frühstück. Ein junger Mann in blauem Wollhemd, einen roten Gürtel über der leinenen Hose, schwenkte ihr seine blecherne Flasche entgegen. Er blieb hier ... Sie beneidete die Schulmädchen, die barhaupt und barfuß mit Schulranzen und Tafeln unter dem Arme auf der Dorfstraße nach Dirmesheim wanderten. Eine winkte mit dem viel zu großen Regenschirm herauf. Der Ottener Wald trat immer weiter zurück, Getreidefelder wogten im Wind. Der Dirminger Bahnhof lag verödet in der Morgensonne, am Güterschuppen stand ein Heuwagen, mit Segeltuch bespannt, unter dem das Heu herausquoll. In den tiefliegenden Wiesen wateten Buben mit aufgekrempelten Hosen und Stöcken durch den Sumpf, nach Fröschen suchend. Da kamen schon die Röhrenwerke von St. Martin, die lange, mit Pappeln besetzte Landstraße ging in eine nüchterne Vorstadtstraße über, die ersten dreistöckigen Häuser tauchten auf. Eine Schwadron blauer Dragoner ritt mit graubezogenen Helmen auf die Stadt zu, die Lanzen blitzten in der Sonne, die schwarzweißen Fähnchen wehten im Wind, der blaue glitzernde Zug verschwand unter der Unterführung, über die jetzt der Zug donnernd glitt.

Friederike ließ die heimatlichen Bilder an sich vorüberziehen. Zum erstenmal ward sie sich bewußt, was ihr die Heimat war und was es heißt, diese zu verlassen. Sie saß unbeweglich mit abgewandtem Gesicht und versuchte die Tränen zurückzuhalten, die ihr langsam und unaufhaltsam die Wangen herunterliefen, während der Zug das Saartal durcheilte.

Das Gonnermannsche Pensionat, in welchem die sieben Töchter des Glashüttenbesitzers Noll ihren letzten Schliff erhalten hatten – Mädchen, die ihrer guten Formen wegen bekannt waren –, befand sich in einem geräumigen, gut eingerichteten Hause in der Heinrichstraße, an der Eilenriede.

Rudolf Konz hatte gegen Mädchenpensionate von jeher ein gewisses Mißtrauen gehabt, es schwebten ihm Andeutungen des Volontärs Schmeedes vor von einer ungewöhnlich temperamentvollen Cousine und einem Genfer Pensionat mit merkwürdigen Sitten und Gebräuchen und einer noch merkwürdigeren Vorsteherin, daher war Friederikes Schicksal über ein Jahr lang unentschieden geblieben.

Das stattliche Fräulein Gonnermann, das ihn mit imposanter

Sicherheit empfing, in ein Gewand von grauer Alpaka eingeknöpft, einer Tracht, die weniger seinem persönlichen Geschmack entsprach, aber auf solide Grundsätze der Trägerin schließen ließ, wußte alle seine Bedenken schon im Keim zu unterdrücken. Was ein Mädchen hauptsächlich brauchte, war stramme Aufsicht, das bißchen Gelehrsamkeit würde man ihr hier schon beibringen. Über seine Einwürfe und Bedenken beruhigte ihn Fräulein Gonnermann mit einem Wortreichtum, dem kein Mann gewachsen ist. Er hatte einer sommersprossenübersäten, busen- und hüftenlosen Miß die eiskalte Hand geschüttelt und von dieser das Versprechen erhalten, seine Tochter gut zu bewachen. Die Schlafräume der Zöglinge zu besichtigen, lehnte er indessen ab. Einmal weil ihm bei Besichtigungen immer die Potemkinschen Dörfer einfielen, dann hatte er die Droschke vor der Tür warten lassen, um mit dem Abendzuge noch Köln zu erreichen, wo morgen eine Aufsichtsratssitzung stattfand. Er drückte Friederike einen blauen Schein »zum Trost« in die Hand, und überzeugt, daß er seine Tochter aufs beste untergebracht hatte, stieg er die Treppe hinab und warf sich in die Droschke.

Der Nachmittagskaffee wurde im Hause Gonnermann im Freien eingenommen. Um vier Uhr setzte das Hausmädchen Hannchen mit den kurzen Beinen, der Kuli genannt, das Tablett mit den Tassen auf den runden Steintisch im Hof, und Miß Croß rief die Zöglinge mit einer großen Schelle aus dem Garten herbei.

»Wie Minna den Hühnern schellt«, dachte Friederike. Sie stand in dem leeren Hof, in welchem der Wind die trockenen Blätter in den Ecken wirbelte, und sah unruhig ihren neuen Gefährtinnen entgegen, die auf das Läuten aus allen Teilen des österlich kahlen Gartens herbeigeeilt kamen. Sie waren in Pelze oder Schals eingehüllt, die meisten hatten rote Nasen, ein Buch unter dem Arm und trugen lange Zöpfe mit großen breiten Schleifen. Voran stürmten eine hochaufgeschossene Brünette, die einen schwarzen Pappzylinder in der Luft schwenkte, und eine zierliche Blondine durch die Gartenpforte. Als sie die Friederike bemerkten, welche verlassen, unglücklich und frierend in ihrem Gummimantel dastand, stießen sie sich an: »Die Neue.« Nelly setzte den Zylinder auf den Kopf, schritt feierlich auf Friederike zu, verneigte sich, wobei sie den Zylinder bis zur Erde schwenkte, und sagte: »Willkommen«. Die andern kicherten. Friederike wurde vorgestellt, es waren zwölf junge Damen, die übrigen Pensionärinnen hatten Zahnarzttag, und die Amerikanerinnen waren zur Stadt gegangen. Miß Croß forderte Friederike auf, Kaffee zu trinken, und nachdem sie Nelly etwas auf englisch befohlen hatte, verschwand sie im Haus.

»Ich betrage mich immer wie eine Dame«, sagte Nelly hinter ihr her, schob den Zylinder in den Nacken, bestieg den steinernen Löwen auf der Treppe und betrachtete Friederike, während sie ihr Musbrot verzehrte.

Friederike beschloß, alle diese Mädchen mit Verachtung zu strafen, trat an den Tisch und nahm die letzte dicke Tasse vom Tablett. Aber der Kaffee war süß und außerdem kalt, so daß sie ihn erschreckt wieder hinstellte.

»Du kannst wohl keinen Gesüßten trinken?« fragte Nelly von ihrem Sitz.

»Nein.«

»Ja, wir auch nicht. Aber dessen ungeachtet schleudert Miß Croß uns ein Stück hinein. Die einzige Rettung ist – sieh her!« Damit goß Nelly ihre Tasse mit elegantem Schwung auf ein umgegrabenes Beet. »Da wachsen nachher Wunderblumen.«

»Ich möchte jetzt auf mein Zimmer geführt werden«, sagte Friederike und sah Nelly strenge an. »Ich soll in einem Flügelzimmer schlafen; warum heißt denn das so?«

»Weil ein Flügel drin steht«, antwortete Nelly. »Es ist ein alter Mann mit gelben Zähnen und einem Pedal wie eine Harfe. Ich nenne ihn die Harfe. Spielst du Harfe?«

»Nein. Aber es kann mich ja auch ein Dienstmädchen hinauf führen«, sagte Friederike und begab sich nach der Haustüre.

Mit einem Satz war Nelly von ihrem Löwen herunter und stürzte mit der blonden Maud hinter ihr her.

In der gemeinsamen Schlafstube, einem geräumigen, hellen Mansardenzimmer im dritten Stock mit schrägen Wänden, die mit fächerartig geordneten Photographien und grellen Bildern aus »Magazines« geschmückt waren, herrschte eine beträchtliche Unordnung. Auf allen Stühlen hing ein Strumpf oder eine Bluse. In der Ecke stand die »Harfe«, ein braunes, altmodisches Tafelklavier. Friederike warf ihm einen mißtrauischen Blick zu.

»Was ist dein Vater?« eröffnete Nelly das Verhör, während Friederike den gewaltigen Schließkorb öffnete.

Friederike sah Nelly an. »Wir haben die Neuweiler Kesselschmiede«, sagte sie.

Nelly reckte die feine Nase hoch. »Na und? Wie heißt du denn?« examinierte sie weiter.

»Wenn wir die Kesselschmiede haben«, sagte Friederike, »heiße ich doch natürlich Konz.«

Maud kniff Nelly in den Arm.

»Das können wir doch nicht wissen! Oder denkst du, es wäre im Deutschen Reich bekannt, wer die Kesselschmiede in Neuweiler hat?«

Das dachte Friederike allerdings.

»Du wußtest ja auch nicht, wie ich heiße«, fuhr Nelly fort, »und daß mein Vater die Kolmarer Jäger hat, das ist vielleicht noch wichtiger.«

»Es käme darauf an, für wen«, sagte Friederike.

Diese Antwort erregte Nellys Unwillen. »Wieviel Schmiedegesellen habt ihr denn?« fragte sie von oben herab.

»Vierhundertdreißig, ohne die Beamten.«

»Oh, warum sagst du denn dann Kesselschmiede?«

»Weil es ein technischer Ausdruck ist.«

»Nun, dann bediene dich in Zukunft hier lieber nicht solcher technischer Ausdrücke«, sagte Nelly, »die versteht man hier nicht. Ist denn bei euch was los, wie?«

Friederike begann ungeschickt und stockend zu erzählen:

Neuweiler sei ein Dorf von dreißigtausend Einwohnern. Es wohnten meist Bergleute, Beamte und Hüttenarbeiter dort. Alles sei schwarz, die Luft, die Häuser, die Dächer und das Wasser, das durch den Ort flösse. Man müsse sich am Tag zehnmal die Hände waschen, und wenn man morgens das Fenster aufmache, regne es Ruß. Trotzdem sei Neuweiler schön. Es läge umgeben von herrlichem Eichen- und Buchenwald, und man brauchte keinen Hut und keine Handschuhe, wenn man in den Wald gehen wolle. Das schien Friederike sehr wichtig zu sein.

»Hattet ihr denn dort wenigstens Militär?« forschte Maud.

»Nein, nur ein Bezirkskommando.«

»Auch kein Theater?«

»Ein Sommertheater. Da spielten sie ›'s Lorle‹ und sowas, da ging nur Minna hinein, Sonntag abends.«

Was inzwischen aus den Tiefen des schier unerschöpflichen Schließkorbes hervorkam, war für die Tochter eines Hüttenbesitzers einfach genug. Es fehlte gewiß nicht an Wäsche, Schuhen und Kleidern, und der Vorrat wollener Strümpfe erregte Mauds Heiterkeit, sie zog einen über den Arm; zu den kräftig gesohlten Schuhen mit den niedrigen Absätzen sagte Nelly nur: »Alle Achtung!« Die vielen warmen Kleider waren von bäuerischem Schnitt und zerdrückt, die von Minna heimlich eingesteckten Birnen hatten gelitten und leider auch der Käskuchen. An Schmuck, Schleifen und Handschuhen fehlte es ganz.

»Dear me!« seufzte Maud vor dem geöffneten Kleiderschrank, in welchem unter weißen Hüllen Mauds duftige zarte Kleider sorgsam aufgereiht hingen. »Wo soll ich das alles hineinmachen?«

»Ich brauche nur Platz für ein Kleid«, entschied Friederike. »Die andern könnt ihr im Korb lassen. Eins trag ich Werktags und eins Sonntags.«

»Aber was willst du denn tragen, wenn du ins Theater gehst?« riefen die Mädchen.

»Ich gehe niemals ins Theater.«

»Aber du kannst keine Tanzstunde in einem schwarzen Schneiderkleid nehmen!« rief Maud.

»Ich nehme auch keine Tanzstunde«, sagte Friederike. »Ich verachte das alles. Das Tanzen ist ein Zeichen von Degeneration. Kann man denn hier sonst nichts Ordentliches lernen?« fügte sie finster hinzu.

»Mein Bedarf ist gedeckt«, sagte Nelly. »Mir wäre es viel wichtiger, wenn man besseres Futter bekäme und nicht so viel Mondaminpuddings; wenn du lernen willst, halte dich mit der Gonnermann, für die Sprachen ist die Mademoiselle da, für die Benehmigung die Croß, und das übrige lernt man voneinander; es kommt sogar ein Mann ins Haus, der gibt Geographie und Geschichte, hat lange dünne Beine und trägt rote Socken. Ich nenne ihn den Pelikan, du kannst ihn aber auch Herr Schmidt nennen.«

Friederike hob zwei eiserne Hanteln aus dem Korb heraus und schob sie unter das Bett. »Ich mache mir niemals Illusionen. Ich hab' mir auch keine über der Gonnermann ihr Pensionat gemacht«, fügte sie mit einem gewissen Stolz hinzu. »Am Ende muß man auch noch Klimperstunde nehmen?«

»Wenn du Talent hast – «

»Ich habe zu nichts Talent«, sagte Friederike und blickte die Mädchen feindlich an. –

»What a funny girl she is! Just like a boy!« rief Maud, als sie mit Nelly die Treppe hinunterrannte, um den im Schulzimmer arbeitenden andern Pensionärinnen von der Neuen zu berichten. –

Friederike ging an demselben Tag noch zu einem Friseur in der Königstraße. Als sie abends in die Pension zurückkam, begrüßten sie die Mädchen mit entsetztem Geschrei: sie trug das Haar kurz geschnitten.

»Wo hast du denn den Zopf?« rief Maud.

»Der Kerl im Laden«, erzählte Friederike, »wollte mir den Zopf wieder einwickeln. Ich brauch ihn nicht, sagte ich. Oh, meinte er und grinst, das könne ich nie wissen. Aber wenn ich einverstanden sei, wolle er mir ihn für zwei Mark fünfzig abkaufen. Ich hätte ihn ihm geschenkt, wenn er nicht gegrinst hätte, so hab' ich ihn verkauft.«

»Kinder, wie findet ihr das?« rief Nelly in die Schulstube hinein. »Friederike hat ihren Zopf für zwei Mark fünfzig verkauft!« Von da ab hatte Friederike ihren Namen: der Krämer.

Nun saß Friederike mit dreißig andern Pensionärinnen an einem langen weißgescheuerten Schultisch, der mit Federzeichnungen, Schnitzereien und Tintenklecksen bemalt war, und unter welchem die Deutschen, während die Lehrer sich bemühten, den Ausländerinnen über die sprachlichen Schwierigkeiten wegzuhelfen, ihre Kastanien aushöhlten, ihre Zeitung lasen oder sich, nach Nellys Anleitung, die Fingernägel mit Gesichtern bemalten. Einige schwärmten für den Pelikan; sie trugen, wenn er Stunde gab, hellseidene Schleifen im Haar und weiße Stickereischürzen und saßen mit gefalteten Händen aufmerksam da, doch wenn sie gefragt wurden, wußten sie meist nichts. Es war Sitte, daß man einander vorsagte. Wer nicht aufgepaßt hatte oder nichts wußte, stieß hilfesuchend mit dem Fuß nach rechts oder links, und die Antwort wurde ihm dann zugeflüstert. Nelly, deren starke Seite »Aufsatz« war, machte »Anfänge«, »Mitten« und »Schlüsse« gegen fertige Rechenaufgaben. Die gepreßten Blumen für die botanische Stunde fertigte Maud während des Religionsunterrichts en gros an, indem sie sich auf die Blumen »setzte« und sie dann gegen andre Gefälligkeiten verteilte. Nelly wurde eines Tages von Herrn Schmidt aufgefordert, zu beschreiben, wie sie auf dem kürzesten Wege nach Rußland reisen würde. In ihrem Atlas fehlte jedoch Rußland und sie stieß Friederike fragend an. Die sagte nur »na«, zog ihren Fuß zur Seite und blickte stumm in ihren Atlas. Daraufhin mußte Nelly nachsitzen und den Weg nach Rußland auf der Landkarte nachsuchen, während die andern in die Eilenriede gingen, worüber sie empört abends im Bett Friederike Verräter nannte.

Friederike machte keine Miene, darüber gekränkt zu sein. Sie fragte nicht nach »Mitten« und »Aufsatzanfängen«, behielt, was sie wußte, für sich, schrieb ihre Aufsätze mit unendlicher Mühe, unbeholfen, mit einer steilen, unleserlichen Schrift, bekam vier darunter, und Fräulein Gonnermann entsetzte sich über Schrift und Stil.

Die erste Morgenstunde erteilte Fräulein Gonnermann. Vor dieser Stunde zitterte das ganze Pensionat. Die gestrenge Vorsteherin war zu dieser frühen Stunde meist schlechter Laune. Noch unfrisiert, das ergraute Haar zu einem dünnen Knoten gedreht, in einen roten wolligen Lamaschlafrock gehüllt, der sich an den Knien teilte, so daß die weißen Strümpfe und die gestrickten braunen Hausschuhe darunter sichtbar wurden, die Friederikes Augen immer wieder anzogen, saß sie da, umgeben von ihren Opfern, ließ vielstrophige Gedichte deklamieren und Schlachten aufzählen. Aus allen Stockwerken tönten die schwarzen und braunen Klaviere und die dünne Stimme der alten »Harfe« unter den Händen der Ausländerinnen, welche für die Gonnermannschen Stunden sprachlich noch nicht reif waren. Morgens um sechs Uhr weckte Miß Croß mit harten kurzen Schlägen gegen die Türen, und überall, wo die Mädchen zusammen saßen, turnten, Tennis spielten oder Schulaufgaben machten, befand sich auch Miß Croß.

Für solche Aufopferung wurde sie von allen gehaßt, und selbst Friederike, die sie schon aus Opposition »nett« finden wollte, konnte sich nicht recht dazu entschließen. Aber von der allgemeinen Schwärmerei für die zierliche, schwarzgelockte Mademoiselle mit den lustigen Augen und dem Bräutigam in Lüttich, an den sie während der Aufsichtsstunden lange Briefe schrieb – sie war »au pair« im Hause und benutzte jede freie Minute dazu, ihre Aussteuer zu sticken –, schloß sich Friederike aus. Sie hatte schon am ersten Tag den Respekt vor ihr verloren. Die lange, bebrillte, schläfrige Henriette, genannt die Henne, hatte einen kleinen Frosch im Garten gefunden und ihn in die französische Stunde gebracht.

Mademoiselle befahl der Henne entsetzt, den kleinen Frosch augenblicklich dahin zu bringen, wo sie denselben gefunden hatte.

»Sa pauvre mère va le chercher«, fügte sie hinzu.

»Das ist nicht wahr«, sagte Friederike, »eine Froschmutter kümmert sich gar nicht um ihre Quappen«, und sie sah Mademoiselle von der Seite an.

»Ich habe gar nicht gewußt, daß du so infam sein kannst«, meinte Nelly nachher im Hof achtungsvoll zu Friederike.

Friederike hatte sich vorgenommen, ihre Zimmergenossinnen, die des Abends in ihren Betten illustrierte Romane lasen, sich bei einer Kerze die Locken aufwickelten, die Hände in die Handschuhe steckten und einen Kasten für Politur der Nägel besaßen, mit Verachtung zu strafen. Es wäre ihr niemals eingefallen zu erfragen, aus welchen Kreisen diese Mädchen stammten, doch Maud hatte ihr dies am ersten Abend mitgeteilt. Sie war die Tochter eines Richmonder Advokaten, hatte vier ältere Schwestern und zwei Brüder, die bei der Marine standen, und Nelly die einzige Tochter eines Oberstleutnants von Kameke aus Kolmar im Elsaß, deren Brüder in Metz und Mörchingen standen, der jüngste war noch im Kadettenkorps. Da Friederike davon überzeugt war, daß alles, was einen adeligen Namen oder Uniform trug, hochfahrend und eitel war, so sprach sie acht Tage lang kein Wort mit Nelly – ihr Vater gab auch niemand zuerst die Hand – überhörte auch die Frage, ob sie schon die »Stumme von Portici« gesehen habe.

Im Hause Gonnermann hatte jede Pensionärin ihr kleines häusliches Amt. Das Staubwischen, das Aufräumen der Bücherschränke und Notenpulte war verteilt, die Tafel im Eßzimmer zu decken war Maud und Friederike zugefallen. Leider zeigte Friederike sich zu dieser Beschäftigung sehr ungeeignet. Sie hatte herausgefunden, daß die einzige Zeit, die man in diesem Hause zum Lesen verwenden konnte, die Stunde vor Tisch, und der einzige Ort, an dem man ungestört war, der leere Taubenschlag war, der kalt, staubig und durch eine Hühnerstiege zu erklimmen war. Wer Friederike zum Tischdecken haben wollte, fand sie stets dort auf einer umgestülpten Futterkiste, eingewickelt in einen schottischen Schal mit Fransen und vertieft in das Generalstabswerk über den Krieg 1870/71.

»Es ist wirklich kein Vergnügen mit dir«, klagte Maud, wenn Friederike jeden Mittag das Tischtuch schief hing und wieder einmal mit den Messern und Gabeln geistesabwesend dastand.

»Für mich ist es auch keins«, murrte Friederike. »Der Krieg 1870 kostet mich jede Woche zwanzig Pfennige, ich hab' schon für vierzig, ich bin erst an Wörth – für Industrielle, die an der Grenze wohnen, ist es sehr nötig, sich über den Krieg zu orientieren. Ich habe nicht Lust, noch einmal mit einer Schmiede anzufangen. Zum Tischdecken werde ich mir immer Leute halten.« –

Samstags, wenn die Pensionärinnen ihre Pakete von Hause bekamen, war alles in Erwartung und Unruhe, bis endlich Mademoiselle die Pakete verteilte und man den Kuchen und die Schokolade auspacken, die Briefe von den Eltern und den Geschwistern lesen konnte.

»Du könntest doch auch mal einen Brief kriegen«, meinte Maud.

»Von wem denn?« sagte Friederike.

»Nun, von deinem Vater.«

»Der schreibt keine Briefe, der diktiert nur Depeschen.«

»Und eure Minna?«

»Die kann nicht schreiben, wenigstens nicht orthographisch«, sagte Friederike, »und ich will keine Briefe von Leuten, die Hannover mit f schreiben und schiefe Adressen. Ich hab' ihr gesagt, wenn etwas Neues passiert, soll sie mir's auf einen Zettel schreiben und in den Waschkorb tun.«

Maud schüttelte den Kopf.

»Friederike, du bist nicht vertraulich, du mußt mehr erzählen; du wirst nicht beliebt werden, wenn du wie ein Stockfisch bist.«

»Ich will mich gar nicht beliebt machen«, sagte Friederike. »Menschen, die überall beliebt sind, sind charakterlos. Was soll ich euch denn immerfort ›anvertrauen‹? Von zu Hause ist nichts zu erzählen. Ich habe euch ja am ersten Tage alles gesagt.«

Jedes der Mädchen hatte seine »Liebe« am Hof- oder am Deutschen Theater; sie schwärmten für Herrn Schmidt, für den

Zeichenlehrer Herrn Mücke oden Herrn Burka, der so wilde Tschardasch spielen konnte. Fräulein Gonnermann schwärmte, dies raunte man sich zwar nur leise zu, für den verwitweten englischen Pastor, der jeden Samstag abend zum Whistspiel kam, Mademoiselle war verlobt, Miß Croß betrauerte einen Bräutigam, sie trug immer Schwarz, und sein Bild hing mit Efeu bekränzt über ihrem Bett, die Köchin hatte einen Sergeanten, die Zimmermädchen hatten ihren Schatz, mit dem sie Sonntags in die Eilenriede gingen, Maud liebte einen Unbekannten im erbsengelben Überzieher, einen blauen Postbeamten und einen Opernsänger zu gleicher Zeit und wußte nicht, für welchen sie sich entscheiden sollte. Nelly hatte einen Schwarm bei den Kolmarer Jägern und einen Reserveschwarm bei der Reitschule in Hannover. Sie erbot sich, ihn Friederike einmal zu zeigen, aber die meinte, sie solle das lieber lassen, sie könne Männer in Uniform doch nie voneinander unterscheiden. Friederike schwärmte für niemand, schrieb an niemand, kaufte für niemand Blumen, brauchte im »Trompeter« nicht zu weinen, und wenn sie beim Pfänderspiel aufgefordert wurde, »an ihren Schwarm zu denken«, sagte sie, sie wisse nicht, wie sie das machen solle, denn sie habe keinen.

»Jeder Mensch muß eine Liebe haben«, sagte die kleine hübsche blonde Maud, die so zierliche Hände hatte, daß ihr kein Handschuh paßte, die gestickte Strümpfe und bunte Schleifen an der Wäsche trug und ihren dreiteiligen Spiegel aus England mitgebracht hatte, weil sie fürchtete, in Deutschland gäbe es keine »richtigen Spiegel«.

»Jedermann hat auch eine Liebe«, behauptete Nelly, die in ihren Behauptungen stets kategorisch war. »Und wenn er nicht damit herausrückt, dann heuchelt er eben.«

Aber Friederike blieb dabei.

Wenn sie gehofft hatte, daß sie wegen Mangels an musikalischem Gehör von Musikstunden befreit werden könne, so hatte sie sich getäuscht. Im Hause Gonnermann nahm jedes Mädchen Klavierstunde bei Miß Croß, deren Einnahmequelle in diesen Stunden bestand. Auch Friederike mußte sich dazu bequemen. Sie spielte »Snowdrop« und »Little sheep« langsam, ohne Takt zu halten, von der Erfolglosigkeit dieses Unternehmens überzeugt, und wenn die Stunde zu Ende war, hatten sie und Miß Croß rote Köpfe und heiße Ohren. Die Proben zum »Kalifen von Bagdad« hatten bereits begonnen. Man hatte sie auch in den Alt des Theaterchors aufgenommen – trotzdem der Gesangslehrer, so oft Friederike ihre Stimme erhob, unwillig fragte:»Wer spricht denn da hinten?« Ebensowenig hatte ihr die Ausflucht, in Neuweiler sei sie vom Zeichenunterricht dispensiert gewesen, etwas genutzt. Hier kam die Woche zweimal des Nachmittags Herr Mücke, ein älterer bärtiger Herr mit blauer Brille und einem nervösen Kopfleiden, zum Zweck dieses Zeichenunterrichts ins Haus, und alles malte oder zeichnete, Köpfe, Madonnen, Frühlinge, Landschaften in Öl und Aquarell, Kirschen, Weintrauben, alte Gläser auf Samt, holländische Landschaften mit unwahrscheinlich großen Windmühlen und sehr kleinen Kühen auf Biskuit, und Herr Mücke ging zwischen den Tischen umher und korrigierte. Jedesmal, wenn er gerade Platz genommen hatte, setzte nebenan im Musikzimmer der Geigenlehrer Burka mit feurigem Schwung zu der ersten Tonleiter ein, und Herr Mücke sprang auf, griff sich in das spärliche Haar und lief, den Bart zerzausend, in dem Zimmer auf und ab. »Der Kerl bringt mich noch um den Verstand«, rief er. Unter den Verzweiflungsausbrüchen von Herrn Mücke und den Mißtönen, die die beiden Geigen, die lehrende und die lernende, von sich gaben, zeichnete Friederike schweigend mit heißem Kopf, indem sie langsam und sorgfältig schiefe Windmühlen und krumme Bäume auf Biskuitteller setzte und sehr viel mit Radiergummi und Federmesser arbeitete. Ihr »Zeichenheft« nannte Nelly nur »das Schwein«, und ihre holländischen Landschaften erregten Herrn Mückes zornige Verachtung.

Donnerstag nachmittags um sechs kam Fräulein Mouselli, Königliche Solotänzerin a. D. Diese Tanzstunde wurde von allen Mädchen als angenehme Abwechslung freudig begrüßt. Man zog weiße Kleider an mit bunten Schärpen und brannte sich Locken.

Fräulein Mouselli, klein, fett, beweglich, schwarzlockig, kokett frisiert, mit einem Gesicht voller Runzeln, niedlichen runden Händen, die mit glitzernden Brillantringen geschmückt waren, stets in schwarzem Spitzenkleid und einem Veilchensträußchen am Gürtel, lehrte die Mädchen geräuschlos eintreten, jemand artig hereinführen, einer Dame ehrfurchtsvoll die Hand küssen, »aus der Taille« grüßen, einem Herrn mit Grazie und Anstand die Hand reichen, jemand die Tür öffnen oder ein Glas Wasser bringen.

Friederike stand verächtlich in ihrem schwarzen Schneiderkleid dabei und sah zu.

»Jetzt seh Sie, meine Dame, was Friederike ein unwirsch Gesicht wieder macht. Sei Sie doch ein bißchen joli, ein bißchen aimable! Das sag' ich Ihne, meine Dame: Mache Sie nie ein Gesicht wie Friederike! Da lauft jeder Herr davon!« Die Mouselli schob sie hin und her und echauffierte sich.

»Nicht die Tür hinter sich zufallen lasse wie ein Bumsfallera! Nicht gehen durch die Zimmer wie ein Elefant, daß die Vase auf das Kamin wackele all. Nicht vor jemand hergehen mit der Kehrseite von der Medaille! Immer laßt man die ältere Dame voraus! Allons, Friederike. Jetzt geh ich über die Straß'. Seh Sie her, Friederike. So muß eine graziöse Dame ihr Kleid hochnehme!« Fräulein Mouselli griff mit ihrer kleinen fetten beringten Hand in die Falten von Seide und Spitzen, raffte sie und wandelte durch das Zimmer. »Jetzt ist es Regewetter, pfui, und naß der Bode, jetzt geh ich so«, und sie nahm ihr Kleid hoch, daß man die kleinen Lackstiefelchen, die schwarzseidenen Strümpfe und den raschelnden Unterrock mit seinen Rüschen und Spitzenvolants sah, und trippelte kokett – »im Regen über die Boulevards von Paris«. »So, nun mache Sie das nach, Friederike.«

»Ich kann das nicht«, sagte Friederike trotzig und blieb unbeweglich stehen.

»Ah bah, Sie müß doch lerne, sich das Kleid aufraffe.«

»Ich raffe mein Kleid niemals auf.«

»Puh, Sie wollen das Schmutz von die Straß' am Rock heimtrage?«

»Ich trage fußfreie Röcke.«

»Jesus, Maria, Joseph! Wenn Sie macht ein Besuch, Sie kann nicht in ein Radelrock komme! An ein hübsches Kleid gehört eine Schlepp«, eiferte sich die Mouselli.

»Ich trage niemals eine Schleppe«, sagte Friederike finster, »und ich mache keine Besuche.«

Zwei Welten standen sich gegenüber.

Die Mouselli wehte sich mit dem parfümierten Spitzentüchlein Luft zu. »Oh, mein Gott, lieber bring ich ein Elefant das Tanze bei, wie einem so unwirsche Mädchen das Geschick und Grazie.« Sie ordnete die Mädchen zu Paaren. Herr Burka fiedelte einen Walzer. Die meisten konnten schon tanzen. Friederike sah der aufgeregten Mouselli finster ins Gesicht und rührte sich nicht von der Stelle. »Nun, en avant! Mache Sie doch voran, Friederik, drehe Sie sich herum. Eins, zwei, drei; eins, zwei, drei. Ah, Sie tanzt wie ein Stock! Mehr Ingebung, Friederik! Mehr ›ewig Dein!‹« Die Mouselli machte es ihr vor. Auch Friederike mußte sich bequemen. Sie machte irgend jemand, der neben ihr stand, eine Verbeugung, schritt dann mit großen, ungleichen, hopsenden Schritten im Saal umher, bis ihre Tänzerin erschöpft war. Auch die Mouselli war erschöpft. »So eine Plag«, sagte sie und wischte sich die heißen Wangen.

Mademoiselle, die im Erker hinter ihrem Klöppelkissen zusah, schüttelte den Kopf. »Sie wird es nie lernen, jamais, jamais!«

»Mein Gott, Friederike«, sagte Nelly nachher auf ihrem Zimmer, »du stellst dich aber auch an, du blamierst unser Pensionat und das Flügelzimmer. Wenn du einmal auf Bälle gehst, wirst du den Herren auf die Füße treten und in den Saal fallen ...«

»Ich geh' nicht auf Bälle und tanze nicht mit Männern«, beharrte Friederike.

Samstags wurden von Miß Croß die Schubfächer nachgesehen. Für jede ungeordnete Lade mußten zehn Pfennige »Schlampel« bezahlt werden; die Mädchen räumten deshalb Freitag abends ihre Kommoden auf, während Friederike bei einem Kerzenstumpf die »Kölnische Zeitung« las.

»Das Aufräumen kostet Zeit, die Unordnung kostet mich dreißig Pfennige«, sagte sie, »man muß lieber Geld verschwenden wie Zeit.«

»Du wirst noch einmal ein großer Philosoph werden, Friederike«, sagte Nelly.

Wenn die jungen Mädchen auf der Georgstraße die ausgestellten Hüte und Schmucksachen betrachteten und sich vor die Modemagazine drängten, stand Friederike und sah den Pferden nach. Sie kannte bald jedes elegante Gespann und konnte die Pferde voneinander unterscheiden. Sie konnte, ohne hinzusehen, sagen: Das ist ein Metzgerkarren, das ist ein Krümperwagen, das ist die Post. In großen Zorn geriet sie, wenn die Kutscher zu schwer geladen hatten, im Galopp bergan fuhren oder wenn die Krümperkutscher rücksichtslos mit den Gäulen dahinjagten.

»Das ist doch eine Schande«, sagte sie. »Das ist alles, weil es staatlich ist und die Pferde niemand gehören ...«

»Na, dann reg' dich auch nicht darüber auf«, meinte Nelly.

»Ja, aber wir müssen es schließlich doch bezahlen, wenn sie bei euch zu viel Pferde verbrauchen. Ihr denkt eben nicht nach, könnt ja nicht einmal einen Fuchs von einem Braunen unterscheiden.«

»Ja, sieh mal«, sagte Maud, »wir können dafür die Leutnants voneinander unterscheiden, und das ist doch schließlich wichtiger.« –

Seit es herbstlich und kühl geworden war, fanden des Abends

lange Beratungen der Pensionärinnen mit Fräulein Ohnesorge, der Schneiderin, im kleinen Schulzimmer statt. Dort wurde ausgesucht, anprobiert, der Tisch war mit Modeblättern und Stoffproben bedeckt, und alle hatten rote Wangen vor Erregung, wie das neue Kleid ausfiele. Friederike trug unentwegt ihr schwarzes Schneiderkleid und machte keine Miene, sich etwas bei Fräulein Ohnesorge zu bestellen.

Eines Abends ließ Fräulein Gonnermann Friederike auf ihre Studierstube bitten und eröffnete ihr, daß sie im Winter die klassischen Stücke im Hoftheater und die Sinfoniekonzerte im Tivoli besuchen würde und dazu eine geeignete Toilette nötig habe. Sie möge nach Hause schreiben und sich eine beschaffen.

Man hätte dem Mädchen befehlen können, es solle sich einen Hund, ein Pferd oder eine Stalleinrichtung besorgen, sie hätte es sich beschafft, aber ein Kleid?

»Du mußt zur Stadt reiten«, sagte Nelly, »und dir einen Stoff erstehen.«

»Ich weiß nicht, wie man das macht«, murrte Friederike, »mir hat Minna bis jetzt immer sowas besorgt.«

»Und wenn dir deine Kleider euer Nachtwächter besorgt hat«, sagte Nelly, »ich würde doch so etwas nicht fragen. Geh mit Maud zu der Ohnesorge und laß dir's von der sagen. Und einen neuen Hut kannst du dir auch leisten«, fügte sie hinzu. »In einem Jodlerhut kann der Mensch keine Beethovensinfonie hören.«

Friederike wehrte sich. »Ein Kleid will ich mir beschaffen, wenn's sein muß, aber von dem Hut hat die Gonnermann nichts gesagt, einen Sommerhut mit Heckenrosen kann man doch auch im Winter tragen?«

»Man kann sogar einen Ring durch die Nase tragen, wenn's einen nicht geniert«, sagte Nelly. »Aber ein Korsett mußt du dir anschaffen. Die Herren sehen dir schon nach.«

»Ich will nicht aussehen wie eine geschnürte Frau inwendig«, verteidigte sich Friederike.

»Wie man inwendig aussieht«, sagte Maud, »ist ganz gleichgültig. Aber wenn ich achtzig Taillenweite hätte wie du, würde ich mich am ersten Baum aufhängen.«

»Die George Sand ist in Männerkleidung gegangen«, murrte Friederike. »Wenn ich einmal wieder daheim bin, kauf' ich mir ein Stück Land, trage Sandalen und einen Kimono, wohne in einer offenen Sommerlaube, lebe von Früchten, mache Holz klein, wie der heilige Antonius ...«

»Du machst noch, daß sie dich ausweisen«, entrüstete sich Nelly.

»Und in der Laube wirst du umgebracht«, rief Maud.

»Ausweisen werden sie mich nicht«, sagte Friederike, »dafür zahle ich schon zuviel Steuern, und gegen das Umbringen ist eine Bulldogge nützlich. Ich halte mir zwei ...«

Maud übernahm es, Friederike zur Ohnesorge zu begleiten, die im Hinterhaus des Schützenhofes wohnte. Im Parterre befand sich ein Varieté, und sie war schon einmal einem Mohren auf der Treppe begegnet. Sie wählte den Stoff und suchte mit der Schneiderin die Machart aus der Modezeitung aus, während Friederike im »Hannoverschen Courier« die letzten Berichte über Kamerun las.

Als Maud und Fräulein Ohnesorge mit heißen Köpfen gerade bei der schwierigen Arbeit waren, Friederikes Futtertaille abzustecken, geriet diese während des Lesens mit ihrem Hut über die Lampe auf dem Tisch, und Strohhut, Tüll und die Heckenrosen brannten in lichterlohen Flammen; bis ihn das kreischende Fräulein Ohnesorge in einen Eimer Wasser versenkte.

»Nun muß ich mir doch einen neuen Winterhut kaufen«, sagte Friederike ergeben. Da ihr dieses Unglück aber doch peinlich war, verbot sie Maud darüber zu sprechen, und diese steckte nun die ganze Nacht den Kopf in die Kissen und schrie: »Wir haben heut etwas erlebt bei der Ohnesorge! Ich kann es nicht sagen, es war zu schön.« Immer wieder fing sie von neuem an zu lachen, und Friederike lachte schließlich mit.

»Pigs«, sagte Nelly verächtlich, nachdem sie sich lange erfolglos bemüht hatte, den Grund dieser Heiterkeit zu erfahren, und zog sich das Federbett über die Ohren. »Es ist sicher etwas recht Gewöhnliches, worüber ihr lacht.«

Jeden Abend, wenn das Licht gelöscht war und Miß Croß die Runde gemacht hatte, pflegten Maud und Nelly sich noch lange im Dunkeln zu unterhalten. Maud beneidete die Haremsdamen, welche ihren Körper pflegen, parfümierte Süßigkeiten naschen, sich in dämmerigen Sälen auf seidenen Diwans strecken durften, Dienerinnen, Schmuck und wunderbare Gewänder in Fülle besaßen.

Nelly beneidete Rennreiter, gefeierte Divas, die Frauen kommandierender Generäle, und Montags morgens beneidete sie das dicke Hannchen mit den kurzen Beinen, welches die Stuben aufräumte, während sie zur Gonnermann in die Stunde mußten.

Eines Abends verkündete Maud, sie habe ein Geheimnis. Sie könne es aber unter keiner Bedingung verraten.

Ihre Andeutungen prallten an der durchaus nicht neugierigen Friederike ab. »Was ist es denn wieder? Sag's nur, du hältst es ja doch sonst nicht aus«, meinte Nelly.

Maud rührte ihren Mehlpapp gegen Sommersprossen an und kicherte in sich hinein. »Habt ihr eine Ahnung, woran man merkt, daß man jemand liebt?«

»Nein, Maud, aber wenn du das weißt, so kannst du es uns ja mitteilen.«

So billig gab Maud ihre Wissenschaft nun doch nicht her. Sie ließ sich sehr lange nötigen. Endlich sagte sie: »Wenn man jemand liebt und er begegnet einem auf der Straße, so bekommt man Schwindel in die Knie und ein zittriges Gefühl im Leib, und oft wird es einem auch ganz schlecht – das ist die Liebe.«

»Ist das alles?« sagte Nelly enttäuscht. »Seekrank wird man von Dover nach London und Schwindel bekommt man auf dem Kölner Dom, und mir wird es überhaupt niemals schlecht. Wenn du nicht mehr weißt – «

»Weißt du denn mehr?« gab Maud spitz zurück.

»Vielleicht.«

»Woher denn?« rief Maud.

»Von meiner Cousine Susi; sie war zweimal verlobt und einmal geschieden und ist jetzt Frau Rittmeister Rabe in Straßburg, die weiß alles.«

»Dann sag es uns bitte, liebste Nelly«, bat Maud mit gefalteten Händen.

Aber Nelly sagte, es sei so, daß man es überhaupt nicht sagen könne.

Nun hielt es Maud nicht länger aus. Sie hatte eine »richtige« Liebe, nicht der Pelikan und auch der Postmensch nicht – «

»Sondern?« fragte Nelly.

»Der Rosetti vom Opernhaus, der den Don Juan singt«, stieß Maud hervor.

»Der dicke Aal?« rief Nelly. »Verheiratet ist er, acht Kinder hat er und ein Wickelkind dazu. Wie kann man sich in einen Mann, der ein Wickelkind hat, verlieben?«

»Das mit den acht Kindern«, sagte Maud, sei eine von Nellys Übertreibungen, er habe nur drei. Und daß er verheiratet wäre, geniere sie nicht, sie wolle ja bloß für ihn schwärmen. Das Wikkelkind lehnte sie entschieden ab.

Für einen Mann, der sich die Waden ausstopft, erklärte Nelly, könne sie sich nicht begeistern.

Maud war gekränkt, sie weckte Friederike, die eingeschlafen war, auf, sie solle sich äußern, ob man sich in Rosetti verlieben könne.

»Wie kann ich das wissen!« sagte Friederike. »Ich weiß ja nicht einmal, wie der Kerl aussieht.«

»O Friederike!« rief Maud mit blitzenden Augen. »Du hast ihn doch als Don Juan gesehen. Er hat gesungen wie ein König, und ich habe geweint, ich konnte mir nicht helfen.«

Friederike schien die Erinnerung erloschen zu sein. »Ich mache mir nichts aus Opern. Ich sehe auf der Bühne immer nur Pappe und ausgestopfte Waden, und höre immer den Souffleur. Wenn der Schwan angeschwommen kommt, sehe ich das Seil, an dem der Kerl ihn zieht, und wenn die Erda aus der Unterwelt heraufgewackelt kommt, muß ich über mangelhaft konstruierte Theatermaschinen nachdenken. Wie kann man weinen im Theater, wenn einer einen Akt lang stirbt und sie über Liebe und Schmerz Arien trillern. Im ›Fidelio‹ bin ich beinahe eingeschlafen, und die Leonoren haben immer krumme Beine.«

»Du mußt ein Herz von Eisen haben, Krämer, daß du das so sagen kannst«, seufzte Maud, die sich, auf dem Bettrand sitzend, die Locken aufwickelte.

»Wie kann man sich in einen Mann verlieben! Wenn ich mir Hosen anziehe, werdet ihr euch in mich verlieben, nicht wahr?«

»Nein, das ist es nicht. Du bist kein Mann«, riefen Maud und Nelly.

»Woher wißt ihr, daß die Rosettis und Pelikans Männer sind? Woher wißt ihr, ob es Liebe überhaupt gibt?«

»Das verstehst du nicht!« riefen die beiden. »Jeder Mensch hat eine Liebe, und daß es Liebe gibt, steht schon in der Bibel.«

Da stünde manches, was nicht bewiesen sei, meinte Friederike.

Maud hielt ihr entsetzt den Mund zu. »Friederike, wie kannst du so etwas sagen! Shut up!«

»Was in der Bibel steht, kannst du gar nicht beurteilen«, sagte Nelly strenge. »Sie steht für dich auf dem Index. Katholische dürfen gar keine Bibel lesen.«

Nun, da sie ihr Geheimnis gesagt habe, meinte Maud, sei Nelly anstandshalber verpflichtet, ihrs von der Rittmeisterin Rabe auch preiszugeben.

Nelly ließ sich bitten. »Ihr müßt aber die Hand in die Höhe heben und versprechen, es nicht weiter zu sagen.«

Eine kleine und eine große Hand tauchten aus den Kissen auf.

Nelly nahm beiden den Eid ab. Dann sagte sie:

»Ich weiß was von einer *andern* Liebe.«

»Nelly! Oh dear, was ist es denn?«

»Man kann es aber eigentlich nicht recht sagen.«

»Nelly, du hast es mir doch eben noch versprochen. Was ist es denn mit der andern Liebe?«

»Man kann sie kaufen«, sagte Nelly geheimnisvoll.

Atemloses Schweigen.

»A-ach!« Maud saß aufgerichtet in ihrem Bett. »Wer kauft sie denn?«

»Die Männer natürlich.«

»A-ach – «

Es gäbe Damen, die sich parfümierten und malten, erzählte Nelly, und Stöckelschuhe trügen, die gingen des Abends in den Straßen auf und ab, und wenn ein Herr vorbeikäme, husteten sie leise. Die beiden Damen Woffel hier nebenan seien »so welche«.

»Das ist schändlich«, sagte Maud empört. »Wir wollen nun, wenn wir an Woffels vorbeigehen, sie jetzt immer mit herabgezogenen Mundwinkeln ansehen, nicht wahr?«

»Das hat wenig Zweck«, meinte Friederike, »wenigstens für Woffels. Aber Nellys Geheimnis habe ich längst gewußt. So was gibt's auch bei uns.«

»Und warum hast du es uns nicht gleich gesagt?« riefen Nelly und Maud pikiert.

»Ich habe nicht gewußt, daß ihr euch in so hohem Maße dafür interessiert«, sagte Friederike. »Und wenn ich's nicht gewußt hätte, so hätte ich mir's gedacht, denn alles, was man bekommt, muß man bezahlen.«

Ein Lieblingsthema war die Frage: wen man einmal heiraten würde? Maud erklärte, sie würde nur einen Mann lieben können, der entweder schon einmal verheiratet gewesen oder geschieden sei oder wenigstens von seiner Frau getrennt lebe, ein Duell gehabt habe, mit einem Wort: einen Mann mit einer Vergangenheit. Das dächte sie sich interessant.

»Da kannst du ja meinen Vetter Bosse heiraten«, meinte Nelly. »Der kann über Vergangenheit nicht klagen, er ist jetzt Oberkellner in Neuyork.«

Aber so meinte es Maud wieder nicht. Adlig müßte er sein. Sie hatte gern Wappen und Kronen auf den Servietten. Sie beschrieb ihre künftige Wohnstube: Hellgraue Kretonnemöbel mit silbernen Lilien eingestickt –

»Ziemlich unpraktisch, wenn man oft versetzt wird – «

»Ich werde ein eignes Haus haben, natürlich, und einen Wintergarten mit einem Meer von Hyazinthen.«

»Ich werde mich mit einer Mietswohnung begnügen«, sagte Nelly. »Bei einem Offizier ist die Wohnung ein Zelt, das heute aufgeschlagen und morgen abgerissen wird. Ich heirate selbstverständlich nur einen Offizier. Wir heiraten nur unter uns.«

»Das ist Inzucht«, sagte Friederike aus ihrem Bett her. »Dann kriegst du Kinder mit Streichhölzerbeinen, und deine Enkel haben keinen Verstand.«

»Auf Kinder lege ich vorläufig keinen Wert«, sagte Nelly. »Aber wenn wir uns mit Kaufmichen und Malern mischen, kann Deutschland nach drei Generationen keinen Krieg mehr führen. Geld zusammenkratzen überlassen wir andern. Das lernen wir ja doch nie, und ihr habt keine Disziplin im Leibe. Euch kann man im Ernstfall nur als Landsturm gebrauchen.«

»Nun, siebzig habt ihr es aber auch nicht alleine gemacht«, wehrte sich Friederike.

»Dein Vater war jedenfalls nicht dabei«, wies Nelly sie ab. »Der ist ja nicht einmal ›genommen‹ worden. Wir werden alle genommen.« Sie würde nur einen Mann heiraten, für den sie sich nach seinem Tode auf einem Scheiterhaufen verbrennen lassen könnte. Als Witwe käme sie sich vor, als habe sie gar keine Daseinsberechtigung mehr.

»Du kannst aber doch dann reisen!« rief Maud.

»Ich reise aber nicht gern ohne einen Herrn; da steigt man in falsche Züge und verliert den Gepäckschein. Jede Frau muß einen Ritter haben, der ihr das besorgt. Witwen sind genötigt, schwarze Samtkleider zu tragen, und Samt macht dick, und ich hasse ihn.«

»Ich denke es mir wunderschön, Witwe zu sein«, rief Maud.

»Dann kann man ausschlafen und Geld verplempern und tun, was man will.«

»Warum willst du denn dann heiraten?« sagte Friederike. »Dann bleib doch, was du bist! Dann hast du doch die Umstände mit der Hochzeit nicht.«

Aber da sagten beide einstimmig, das sei nun einmal so, kein Mensch wollte alte Jungfer werden. Verheiraten müsse sich jedes Mädchen.

»Das ist doch kein Gesetz«, sagte Friederike. »Ich will mich nicht verheiraten, ich werde bleiben, was ich bin! Ich will meinen Namen behalten.«

»Nun, so überwältigend ist der gerade nicht.«

»Ich will keine Visitenkarten, worauf steht: ›Herr Schmidt und Frau.‹ Ich will eine Sache für mich bleiben! Nicht verschluckt werden von irgendeinem Mann.«

»Wie du dich immer ausdrückst!« sagte Nelly. »Du denkst dir das jetzt so, weil du keinen kennst.«

»Ich kenn' sie schon«, sagte Friederike. »Sie sind grob und egoistisch und trinken Moselwein, haben Spaß an Jagdwitzen und singen abends gewöhnliche Lieder. Wenn sie schlechter Laune sind, werfen sie die Tassen an die Wand, und ich habe gehört, daß sie ihre Frauen prügeln.«

»Aber doch nur eure Bergleute«, rief Nelly.

»Die, welche sich Pomade aufs Haar machen und Siegelringe tragen, verachte ich. Ich habe genug von Männern.«

Nelly verlangte nun, daß Friederike sich darüber äußern sollte, ob sie sich ein Kind wünsche.

»Warum soll ich mir denn eins wünschen?«

»Na, wenn du es nicht weißt – «

»Ich weiß es wirklich nicht. Ich denke es mir sehr unangenehm, ein Kind zu haben ohne einen Mann, denn einen Mann mag ich nicht.«

»Dann bist du die einzige, die so denkt«, sagte Nelly. »Jede Frau wünscht sich eins, das ist ganz natürlich, das steht sogar in Büchern. Es gibt ein Buch: ›Der Schrei nach dem Kinde‹, es kostet drei Mark fünfzig, und wenn wir zusammenlegen, werde ich es dem Mann auf dem Bahnhof abkaufen.«

Maud erklärte sich sofort bereit dazu.

Doch Friederike sprach sich entschieden dagegen aus. »Das mit dem Schrei«, sagte sie, »haben sich ein paar alte Damen erdacht, weil sie sich das so schön denken mit einem Kind. Wenn sie aber eins hätten, so wäre ihnen das sehr unangenehm. Sie sollten es doch lieber nennen ›Der Schrei nach dem Mann‹.«

»Wie kannst du so was sagen!« entrüstete sich Maud, und Nelly fügte hinzu: »Du tust es nicht, weil du geizig bist, du bist ein Krämer, ich habe es gleich am ersten Tag gesagt.«

»Ich gebe für Phantasien nichts aus, ich kaufe nur wissenschaftliche Bücher«, beharrte Friederike.

»Es kann ja von einem Mann geschrieben sein, Friederike!«

»Oder von einer Studentin«, rief Maud, »die sind ja halb wie Männer.«

»Nun, wenigstens drehen sie sich keine Locken, wenn sie keine haben, und es ist ihnen egal, ob sie den Männern gefallen oder nicht.«

»Egal ist es ihnen doch nicht«, sagte Nelly. »Ich habe von Russinnen gehört, die ein Bohèmeleben in einer Mansarde führten, mit einer Spiritusmaschine und einem Mann, der keine Kragen trägt und Anarchist ist, und morgens gehen sie mit einer Mappe ins Kolleg.«

»Wo tun sie denn die Kinder hin, wenn sie ins Kolleg gehen?« fragte Maud.

»Die hütet der Mann, der hat ja weiter nichts zu tun. Der kann auch kochen!«

»Das sind nur halbe Studentinnen, die einen Mann haben müssen«, erklärte Friederike. »Ich lasse mich auf keine Zersplitterung ein. Ich trete später als Korrespondent in das Bureau von meinem Vater ein und beziehe dann Gehalt, und von dem Gehalt kauf' ich mir Land. Ich lege Gemüsegärten und eine Obstplantage an und züchte Zwergobst, ungewöhnliche Sorten, wie man sie bei uns noch nicht kennt. Und dabei sollen mir die Leute unentgeltlich helfen.«

»Ah, wie schlau!«

»Nein, Nelly, sie bekommen dann die geernteten Früchte anstatt Lohn. Ich will sie wieder zur Landwirtschaft zurückführen, und die Kinder will ich graben und pflanzen lehren. Ich werde eine Kinderkrippe gründen und eine ordentliche Bewahranstalt – unser Werk hat noch keine – und ein Boardinghouse bauen, wo für fünfzig Menschen gekocht werden kann. Bei unsrer Leutenot ist das sehr wesentlich, versteht ihr. Und Sonntags nachmittags soll in einem Saal aus guten Büchern vorgelesen werden, dann gehen die Männer nicht mehr ins Wirtshaus.«

»Deswegen kommst du aber doch nicht an der Liebe vorbei«, meinte Maud verwundert.

»Ja, versteht ihr denn nicht, daß das größere Ziele sind?« rief Friederike aus.

»Nein, das verstehen wir nicht«, sagte Nelly. »Was du da willst, wird schwer auszuführen sein, und ein freiwilliger Verzicht ist solches Leben doch. Wir sind nun einmal zu anderen Zwecken eingerichtet, und da soll man sich nicht einmischen. Aber wenn du meinst, daß du es kannst, dann bewundere ich das sehr, es ist etwas Heldenmütiges dabei, und wenn du jetzt beim Theaterspielen eine Pickelhaube und ein Panzerhemd trägst, werde ich immer denken, in dir steckt ein männlicher Geist. Wir verstehen es nur deshalb nicht, weil wir noch keine Fühlung mit dem Volke haben. Was mich betrifft, ich kenne ja nur Briefträger und Ordonnanzen.«

»Es kommt daher, weil ihr Drohnen seid«, sagte Friederike. »Ich will kein Drohnenleben führen.«

Wenn man Friederike, ehe sie dieses Haus betrat, gesagt hätte, daß sie einmal in einem Flachsbart, mit Fuchspelzmütze und Pluderhosen auf einer bengalisch beleuchteten Bühne vor einer Gesellschaft von dreißig Köpfen auswendig gelernte Reime hersagen würde, hätte sie noch auf der Treppe die Flucht ergriffen. Sie hatte sich verzweifelt dagegen gewehrt, öffentlich aufzutreten, zitternd vor diesem Tag, vor der mit rotem Kattun bekleideten Bühne, vor dem hellerleuchteten Saal, aber im Gonnermannschen Pensionat wurde aus pädagogischen Gründen das ganze Jahr Theater gespielt, und Friederike hatte sich ebenfalls dazu bequemen müssen, Rollen einzustudieren, sie hatte Landsknechtswämse weiter gemacht, Rokokowesten mit Knöpfen besetzt, Hellebarden mit Silberpapier beklebt, Chinesenzöpfe und Schnurrbärte gepappt. Ihrer Größe wegen spielte sie männliche Rollen, und die Darstellung eines groben Wachtmeisters war ihr sogar glänzend gelungen, sie war öffentlich deshalb belobt worden.

Seit Neujahr hatten geheimnisvolle Vorbereitungen zu Fräulein Gonnermanns Geburtstag begonnen, der dieses Jahr mit Fastnacht zusammenfiel und mit einer »maskierten tea-party« gefeiert werden sollte. Auf jedem Schlafzimmer waren große Leintücher gespannt, hinter denen man nähte und anprobierte, auf jedem Stuhl hing ein Streifen bunter Seide oder Tarlatan, und überall klirrten Münzen und Waffen. Friederike saß in ihren Freistunden seelenruhig auf dem Taubenschlag mit »Napoleon und dem Herzog von Vicenza« und erklärte, sie habe noch Zeit. Am Tag vor der tea-party erschien sie oben im Flügelzimmer, wo Nelly und Maud hinter den Leintüchern saßen, und setzte sich mit der »Kölnischen Zeitung« an den Ofen.

»Die Hereros haben mit den Hottentotten freiwillig Frieden geschlossen«, sagte sie erregt, und die Zeitung knisterte in ihrer Hand. »Paßt auf, das geht gegen uns! Das ist ein fauler Friede. Wenn die zwei Stämme sich zusammentun, werden sie so stark, daß sie uns angreifen können. Dann kriegen wir am Ende noch da drüben Krieg.«

»Es würde uns viel mehr interessieren, ob du noch immer kein Fastnachtskostüm hast«, fragte Nelly hinter dem Leintuch hervor.

»Woher soll ich denn eins haben?«

»Es ist doch eine Schande! Mach dich doch als Lohengrin.«

»Da muß ich einen Panzer tragen, der drückt mir den Magen.«

»Dann näh die Silberschuppen auf den Leib«, rief Maud.

»Silberschuppen?«

»Natürlich von Silberpapier! Dir muß man aber auch alles vorsagen.«

»Ich hab' meine Hoffnung auf die Modezeitung gesetzt, da wird ja wohl drinstehen, als was man an Fastnacht geht«, sagte Friederike.

»Das steht in keinem Blatt«, erklärte Nelly. »Das weiß jeder von selber. In einem Modeblatt steht, man soll als Rattenfänger von Hameln gehen oder als Osterhase mit einer Reihe ausgeblasener Eier um den Leib.«

»Soviele Eier, wer bläst einem die wohl aus? – Der Engländer Lewis stiftete die Hereros zur Vertreibung des Reichskommissars an; seht ihr – «

»Ach Gott, laß doch die Hereros!« rief Maud. »Du mußt dir was denken!«

»Ich kann mir aber nichts denken!« rief Friederike und starrte in die Zeitung. »Denkt ihr euch was und sagt es mir.«

Nelly nahm ihr die Zeitung weg. »Du kannst jetzt nicht mehr mit Modeblättern anfangen und ausgeblasenen Eiern. Und die Silberschuppen würdest du ja doch alle schief aufnähen. Geh zu einem Maskenverleiher und leih dir was.«

»Das ist eine gute Idee«, sagte Friederike erleichtert. »Aber es muß eine mit, sonst hängen sie mir den Rattenfänger von Hameln auf.«

Maud warf ihre Näherei zusammen. Sie wollte mitgehen.

»Und das Insektenpulver vergiß nicht!« rief Nelly ihr nach.

»Aber erst müssen wir zur Gonnermann, um Erlaubnis fragen«, erinnerte Maud.

»Auch das noch«, seufzte Friederike.

Das Nahen des Karnevals hatte selbst in dieser ruhigen Stadt doch ein paar verlorene Anzeichen hervorgelockt. In einigen Schaufenstern waren bunte Karnevalssachen ausgestellt: Larven von Pappe, grüne Gaze und Seide, Tamburins, Goldflitterkäppchen, rotweiße Narrenkappen mit Schellchen, aufgestapelte Berge von lila Serpentinschlangen und weißen Clownhütchen. Auf der Karmarschstraße boten kleine freundliche Italiener Konfetti in bunten Düten zum Verkauf aus:

»Konfetti, Konfetti! Schön, süß und billig!«

»Weißt du, warum ich mitgegangen bin?« sagte Maud, indem sie sich vergnügt an Friederikes Arm hing. »Ich habe nämlich etwas vor, und du sollst mir dabei helfen.« Sie wollte den Rosetti als »Don Juan« kaufen. In der Musikalienhandlung auf der Georgenstraße hing sein Bild.

»Ich muß sein Bild haben«, erklärte Maud, »ich kann nicht leben, ohne sein herrliches Gesicht zu sehen. Ich werde ihn in meine Kommode unter die Strümpfe tun und ihm jeden Abend einen ›Ka‹ geben.« Sie wollte vor dem Handarbeitsgeschäft neben der Musikalienhandlung stehenbleiben, und Friederike sollte rasch in der Musikalienhandlung das Bild kaufen. »Es ist dir doch recht, liebe Friederike ... Oh, sage ja!«

»Warum soll ich denn grade den Rosetti kaufen?« meinte diese. »Ich habe so wenig Interesse für Männer in Trikots.«

»Das ist es ja gerade«, rief Maud. »Wenn ich ihn kaufe, wird der Mensch in der Musikalienhandlung grinsen, aber vor dir hat er Respekt. Geh du hinein, du fürchtest dich nicht.«

Das half. Friederike fürchtete sich vor niemand, am wenigsten vor einem Musikalienmenschen, der grinste. Sie hatte ja auch ein gutes Gewissen.

In dem Maskenverleihgeschäft hingen im staubigen Saal in langen Reihen müde Dominos auf einer Stange, rotseidene, schwarze, grüne, weiße mit Goldstreifen, alle schon etwas mitgenommen, mit trübem Saum und lose baumelnden Knöpfen.

»Maud, das wäre was für mich – und so bequem.«

»Dominos sind etwas für Bierknechte und Kellner«, verwies sie Maud. »Ein richtiges Kostüm muß es sein aus Seide.«

Die Verkäuferin holte Rokokoanzüge, Elsässerinnen und Tirolerinnen herbei, aber sie waren Friederike alle zu kurz und zu eng. Taillen wurden auf- und zugeschnürt, seidene Röcke über Friederikes Haupt gestülpt. »Wär' ich doch ein Mann«, stöhnte Friederike. »Meinetwegen ein Bierknecht.« Und sie sah sehnsüchtig nach der Stange mit den Dominos. Sie wählten endlich ein »altdeutsches Edelfräulein« aus roter Seide mit gelben Puffen. Das ging wenigstens im Rücken zu. Es war ihr zwar zu weit, aber Friederike sagte, das sei ihr gerade bequem.

»Es kostet zwanzig Mark die Nacht«, sagte die Verkäuferin.

»Gott sei Dank!« sagte Maud, als sie auf dem Heimweg waren. »Nun haben wir doch deine Ehre gerettet.«

Die Angelegenheit in der Georgstraße erledigte sich rascher. Maud blieb vor dem bewußten Geschäft stehen, während Friederike in die Musikalienhandlung ging. Nach kurzer Zeit erschien sie wieder, in der Hand ein in Fließpapier eingehülltes Bild, das ihr Maud sogleich aus der Hand riß und ans Herz drückte.

Als sie aber das Papier wegriß, stieß sie einen langen, enttäuschten Schrei aus und starrte das Bild mit erschrockenen Augen an. »Oh Heavens, das ist er gar nicht, in einem hohen schwarzen Hut und karierten Hosen. So kenne ich Rosetti nicht!«

Als Don Juan sei er vergriffen gewesen, sagte Friederike.

»O poor me«, jammerte Maud. »Wie gemein und wie natürlich er aussieht, how silly, o mein Gott!« Und sie begann zu weinen.

Als sie sich zum Schlafengehen fertig machten, behauptete Maud, sie habe Rosetti nie geliebt, ihre wahre und einzige Liebe sei Herr Burka, der so wundervolle Tschardasch spielen könne.

»Das ist auch der einzige Mann, der noch in Betracht kommt«, sagte Nelly, nachdem sie sich über das Bild von Rosetti in Zivil genügend ausgelacht hatte. »Wenn der erledigt ist, bleibt nur noch der Schuhmacher.«

Am Samstag nach der tea-party fiel der Unterricht aus. Die Pensionärinnen durften sich ausschlafen.

Friederike lag, die Edelfrauhaube auf dem Kopf, im Bett und schlief. Sie hatte von der Erlaubnis ausgiebigen Gebrauch gemacht, nach den Anstrengungen des Balles, der ihr wie Blei in den Gliedern lag.

»Krämer, es ist zwölf Uhr! Du mußt den Tisch decken!« rief Maud schon zum drittenmal.

»Krämer, steh auf, dein Vater ist gekommen!«

Friederike rührte sich nicht. Nelly feuerte die Türen zu, daß es wie Pistolenschüsse knallte. Friederike krauste darüber im Schlaf nur unwillig die Stirn. Gegen Abend kam der Hausknecht aus der Kamarschstraße, um das vergessene Edelfräulein abzuholen, das hinter der »Harfe« hing. Er präsentierte die Rechnung. »Ein altdeutsches Edelfräulein pro Nacht zwanzig Mark. Zweimal gehabt: vierzig Mark, dankend erhalten, Franziska Leibengut.«

»Wär' ich doch als Lohengrin gegangen«, murrte Friederike und drehte sich nach der Wand. »Ich habe immer etwas gegen altdeutsche Edelfräulein gehabt.«

»Die Edelfrauhaube ist das Symbol der Treue«, sagte Nelly, die das Geld unter den Strümpfen zusammensuchte. »An deiner Hochzeit werden wir alle in Edelfrauhauben an deinem Altar stehen, das kommt uns auch sehr teuer.«

»Die Ausgabe werdet ihr niemals nötig haben«, erwiderte Friederike und schlief wieder ein.

Es war Sonntags morgens gegen sieben Uhr, als die elektrische Klingel anhaltend durch das Haus gellte.

Nelly fuhr aus ihren Kissen in die Höhe. »Allmächtiger Himmel, das Alarmsignal! Kinder, steht auf, es ist was passiert.« Sie rüttelte die schlaftrunkene Maud wach. Die fuhr mit rosig verschlafenem Gesicht, verwirrtem Haar und aufstrebenden großen Lockenwickeln, die wie geringelte Regenwürmer um ihr blondes rosiges Gesicht saßen, auf, starrte die andern bewußtlos an: »What's the matter, o dear, o dear?« Sie hielt sich die kleinen

Ohren zu – diese schreckliche Schelle! Vielleicht hatte jemand darauf gedrückt und sie war stehengeblieben. Auch Friederike war aus ihrem totenähnlichen Schlummer erwacht.

In demselben Augenblick hörte man kurze kräftige Schläge gegen die Türe, und Miß Croß' Stimme sagte atemlos: »Fräulein Gonnermann läßt die Mädchen bitten, sofort herunterzukommen, es ist etwas mit der Wasserleitung geschehen.«

Unten im großen Schulzimmer waren die Läden aufgezogen, die Tische standen noch teils verschoben, teils an die Wand gerückt, in der Mitte standen Fräulein Gonnermann, die an ihrem Lamaschlafrock knöpfte, neben ihr, hager, strenge und in kerzengerader Haltung, Miß Croß und Mademoiselle mit Papilloten im Haar, mit einer rosigen Backe, im blauen Matinee. Auf dem Tisch stand ein mit einer Zeitung verhüllter Teller.

Mit zitternden Knien schlich Maud hinter Friederike her. Verschlafen, verstört und mit zerzaustem Haar folgten die andern. Als alle versammelt waren, schloß Miß Croß die Türe, und Fräulein Gonnermann nahm Platz.

Die Wasserleitung war verstopft. Im Badezimmer sowie an andern Orten waren Überschwemmungen entstanden, die sich niemand erklären konnte, da es strengstens untersagt war, Papier oder andre Gegenstände in ein Leitungsrohr zu stopfen, und nun hatte der Installateur als Ursache die Stücke einer Photographie entdeckt, die jemand unverantwortlicherweise in die Leitung gestopft hatte, was an und für sich schon unnachsichtlich bestraft werden würde, aber daß er dieses Bild finden würde, hatte man allerdings nicht erwarten können. Hier nahm Fräulein Gonnermann Miß Croß den Teller ab und enthüllte eine zusammengesetzte Photographie.

Die Mädchen traten näher.

Maud zitterten die Knie. Sie hielt sich an Friederike fest.

»O dear, o dear. I'm dying ...«

Der Opernsänger Rosetti mit den karierten Beinkleidern und dem steifen hohen Hut starrte ihnen mit dem milden Lächeln einer gefeierten Bühnengröße entgegen.

Maud hatte, um ihren Worten Nachdruck zu verleihen, das Bild gestern abend zerrissen und in die Leitung gesteckt, aber das Bild war wiedergekommen. Es hatte sich gerächt.

Fräulein Gonnermann hatte schon lange darauf gewartet, einmal dem »Unfug mit dem Schwärmen« für eine Bühnengröße, die man nur geschminkt, in Maskenanzügen und falschen Bärten auf der Bühne sah, ein Ende zu machen. Solch eine kritiklose Männeranbetung konnte gefährlich werden. Ernst und eindringlich sprach sie von dem Schaden, den Künstler schon unter jungen und unerfahrenen Mädchenherzen angestiftet hatten. Sie hatte einmal eine junge Engländerin gehabt, die Tochter vornehmer Eltern, die dann mit einem solchen – die Stimme zitterte ihr – Lumpen durchgegangen war, bei Nacht und Nebel ... Sie war dann elend untergegangen, ihre Eltern hatte sie nie wiedergesehen. Unter solchen Worten blickte Fräulein Gonnermann sich im Kreise um und sah in erschrockene, verständnislose oder ängstliche Gesichter, in den Augen der leicht erregbaren Maud zitterten sogar Tränen.

Es war feierlich still bei diesen Worten. Auch in den Augen der »Henne« und der Mainzerin standen Tränen, Nelly machte ein ernsthaftes Gesicht und schielte nach Rosettis karierten Beinkleidern, Maud drückte Friederike mit Heftigkeit die Hand: »Ich sterbe, Friederike.«

Friederike war nach vorn geschoben und stand Fräulein Gonnermann gerade gegenüber. Sie vermied, das Bild zu betrachten, das vor ihr ausgelegt war. Gerade das war der Vorsteherin besonders verdächtig. Dieses Mädchen, das trotzig, ohne den Blick zu heben, vor ihr stand wie ein rechter Sünder, kam ihr vor wie ein fremder Geist. Solche stillen, verstockten Mädchen mit den ungewöhnlich entwickelten Formen mußten mit unerbittlicher Strenge angepackt werden, sonst verlotterten sie. Man mußte sie vor allen schädlichen Einflüssen hüten: Und je gleichgültiger Friederike dreinschaute, in desto größeren Eifer redete sich Fräulein Gonnermann.

Friederike begann sich weit weg zu wünschen. Warum sie ihre

Rede ausgerechnet an mich richtet? dachte sie, und der Verdacht, Fräulein Gonnermann könnte vielleicht doch den richtigen Sachverhalt wissen, verursachte ihr die peinlichsten Gedanken.

Fräulein Gonnermann ermahnte die Mädchen, die volle Wahrheit zu sagen und zu melden, wer das Bild gekauft habe, und blickte Friederike, die bei den letzten Worten den Kopf hob, fest und durchdringend an.

Ein langes Schweigen entstand.

Friederike hielt den Blick standhaft aus, als sie plötzlich eine kleine Hand sich an ihrem Kleid entlang tasten fühlte und eine zitternde Stimme neben ihr flüsterte: »Hilf mir, Friederike, ich sterbe.«

»Es hilft also nichts«, erhob Fräulein Gonnermann ihre Stimme, »ich muß euch alle einzeln verhören. Wer hat das Bild von dem Opernsänger Rosetti gekauft? Nelly!«

Nelly trat vor, schlenkerte die langen mageren Arme und sagte: »Ich nicht.« Die kleine Indierin, die erst vorige Woche angekommen war, beteuerte, die Hände auf ihr klopfendes Herz gelegt, angstvoll: »Ich habe nicht, ich habe niemals, ich habe wirklich nicht, Fräulein Gonnermann.« Die kurzsichtige »Henne« folgte und beteuerte verschlafen und verdrießlich ihre Unschuld, man glaubte ihr sofort.

Als Maud an die Reihe kam, konnte sie nur stottern: »Ich – habe – das – Bild – nicht – gekauft«, und brach in ein lautes Schluchzen aus.

»Nun, wenn du es nicht gekauft hast, ist es ja gut«, entschied Fräulein Gonnermann und winkte Friederike.

Einen Augenblick zögerte das Mädchen, dann richtete sie sich auf, sah Fräulein Gonnermann in die Augen und erklärte, sie habe das Bild gekauft.

Ein paar Minuten später war das Schulzimmer leer, die Mädchen stiegen, summend wie ein Bienenschwarm, nach ihren

Zimmern hinauf, um sich von dem Schrecken der Gerichtsverhandlung zu erholen und sich zur Kirche anzukleiden.

Maud flog Friederike mit ausgebreiteten Armen entgegen und umarmte sie mit stürmischer Zärtlichkeit: »O dear, o dear, was für eine Angst habe ich ausgestanden, wie in der Hölle. Ich werde dir danken in alle Ewigkeit, ich werde mein ganzes Vermögen für kandierte Nüsse anlegen. O Krämer, du hast doch ein gutes Herz! Aber sieh mal, du hattest das Bild ja wirklich gekauft, ich konnte doch nicht die Unwahrheit sagen.«

Aber Friederike saß finster auf dem Wäschepuff und sagte, sie habe es satt. Ihre Strafe: dreitägigen Hausarrest sowie das hundertmalige Abschreiben des Verbots hatte sie schweigend hingenommen. Dank oder Mitleid lehnte sie ab. Selbst Nelly mußte gestehen, daß Friederikes Haltung immerhin imposant sei.

»Es ist verboten, Papier oder andre Gegenstände in die Wasserleitung zu stecken. Ordnung ist das halbe Leben«, schrieb Friederike auf einen langen Bogen zum zehntenmal. Sie saß allein in dem leeren Schlafzimmer. Von Zeit zu Zeit hielt sie bei der Arbeit inne und starrte zum Fenster hinaus, wo ein entlaubter Birnbaum seine schwarzen feuchten Äste, auf welchen noch grüne und rote Papierschlangen, die letzten Reste der tea-party, hingen, gegen die Fenster drängte.

Friederike malte zum elftenmal : »Es ist verboten, Papier oder andre Gegenstände« – Ein Zorn gegen dieses Leben hatte sie gepackt, in ihrem Kopf bewegten sich ungeordnete, aufrührerische Gedanken. Was hatte es für einen Zweck, sich Flachsbärte anzukleben, Pluderhosen anzuziehen, einen mit falschen Edelsteinen besetzten Türkensäbel schwingen, einen groben Wachtmeister darstellen, »little sheep« spielen zu lernen und Geld für Biskuitteller mit schiefen Windmühlen auszugeben?

Sie tauchte die Feder ein und schrieb widerwillig: »Ordnung ist das halbe Leben.« Dieses Mädchenpensionat war ein Geschäft, das betrieben wurde, wie jedes andre kaufmännische Unternehmen. Das Geschäft bestand darin, für einen möglichst hohen Preis junge Damen bei möglichst billigen Lehrkräften, Reisbrei und Mondaminpuddings zu erziehen und ihnen durch Spaziergänge und sonstige billige Zerstreuungen ein angenehmes Jahr zu bereiten. Wenn die Mädchen dann zu ihren Eltern zurückkehrten, waren sie naturgemäß ein Stück größer geworden, die vielen Mehlspeisen waren gut angeschlagen und von dem Pensionat blieb ihnen nur die angenehme Erinnerung an Theateraufführungen und tea-partys mit Punsch zurück. Sie war in diesem Hause von den Reisbreien, dem gesüßten lauwarmen Milchkaffee, dem unausgebackenen falschen Hasen, den glatten, zitternden rosa Mondaminpuddings und giftgelben Flammeris nie satt geworden. Jeden Abend, wenn in der Eilenriede die Laternen angezündet wurden, dachte sie an den Ottener Wald mit den herrlichen Buchen und Eichen und seinen Bergmannspfaden. Beim Anblick von Kiefernwäldern, der Heide, dem Moor, einer Windmühle auf dem niedrigen Hügel der Ebene überkam sie ein heftiges Gefühl der Verlassenheit. Es gab hier kein helles, kreidiges grelles Licht, selbst im Sommer schienen alle Farben grau, weich, gedämpft, ruhig.

Die Menschen gingen gelassen und still ihres Wegs, in der Straßenbahn sprach keiner ein Wort mit dem andern, niemand erzählte seinen Mitreisenden seine Familiengeschichten oder den Verlauf seiner Prozesse. Man hörte weder Gesang noch Gebrüll auf der Straße, sah keine Betrunkenen und es entstanden keine öffentlichen Raufereien, und selbst die Dienstmänner sprachen hochdeutsch. Neben ihr lag ein Brief, den rechts ein Fingerabdruck, links eine schief geklebte Marke zierte, den hatte sie wohl schon zum viertenmal gelesen, obwohl er gewiß nichts Bedeutendes enthielt.

»Liebes Friedel!

Gottseidank seit Samstag sind mir aus dem größte Dreck heraus der Decratör nachelt immer noch die Wänd voll aber die Anstreicher sin mir glücklich los das war eine Zucht und auf der Kutscherschlauder waren mir den ganzen Winter einer nach dem annern hat der Vater enausexpedirt einer ist an den Wein gang der andre hat Krakehl kricht mit den Arweiter jetzt haben mir einen ganz jungen er kommt grad von den Soldaten Kragen hat er wie ein Barohn aber die Nächel läßt er im Stall herumfahre da hat der eine Rapp draufgetrete un steht jetzt und lahmt und mir haben als wieder den Tierarzt im Haus der Tierras ist als wieder so wütig und hat einem am Tor die Bux verriß sie können das Zerchen aber auch nicht lassen mit dem Hund. Der Vater hat jetzt wieder viel Ärger mit der Zichelei einmal heißt es sie ging gut dann wieder schlecht immer auf und nieder er sagt am liebsten würd er sie an allen vier Ecken anstecken ich hab noch die Kränz zu backen für den Sonntag da ist Fahnenweih vom Turnerbund und die Sankt Ingberter kommen her das ist immer eine ganze Herd es grüßt Dich vielmal Deine tr. Minna Thees.

Schick auch die Wasch am Sonntag.«

Friederike lehnte sich zurück. Sie sah im Geist das neue Haus stehen, die Rappen wieherten im Stall und rissen an den Ketten, im Hof bellte Tyras und sprang an das Gitter, sie sah die Feuer hinter den Fenstern der Kesselschmiede leuchten, hörte das Nieten und Hämmern und das Rangieren der Züge hinter dem Haus, hinter dem Stahlwerk sank die Sonne in den Ottener Wald. –

Plötzlich warf sie die Feder fort und sprang auf. Sie lauschte eine Weile, aber alles im Haus blieb still, jetzt waren sie alle in der Kirche, die Mägde in der Küche sahen sie nicht, wenn sie durch die Hintertüre das Haus verließ.

Sie zog eine Pappschachtel unter dem Bett heraus und begann, alles, was sie fand, in diese Schachtel zu stopfen. Den Schirm fand sie nicht, den hatte Maud mit zur Kirche, aber das war gleich, sie fand ja Droschken an der Ecke. Die Zugverbindungen nach Neuweiler kannte sie auswendig, während des ganzen Jahres hatte sie den Fahrplan studiert. Mit zitternden Händen knotete sie die Pappschachtel zu. Heim! Heim!

Die Fahnenweihe des Neuweiler Turnerbundes war gründlich verregnet. Der Wind drückte den Rauch tief auf die roten Ziegeldächer, daß das ganze Dorf mit seinen über Berg und Tal laufenden Straßen in einem wogenden grauen Dunst verschwand. Auf der Brücke nahm der Wind den Männern die Mützen vom Kopf und drehte den Frauen die Schirme um. Das war lustig für die Kinder, die auf den Haustüren saßen, wenn die Männer zornig hinter ihren forttanzenden Hüten herliefen und mit den Schirmen drauflosspießten.

Die Wirtschaften waren voll und die Kirchen leer. Aus Sankt Martin war ein Trupp Infanteristen herübergekommen, hellblaue Dragoner, Saarlouiser Artilleristen und sogar ein Zweibrücker Chevauleger. In der Lindenallee, auf dem schwarzen, glattgetretenen Aschenplatz zwischen den Budenreihen wogten die Menschen unter aufgespannten Schirmen aneinander vorüber. Dunkel und trübe gurgelte der Rehbach an den nassen, abschüssigen Gemüsegärten vorbei, die Linden troffen, das Regenwasser lief an den grauen Zeltwänden herab und der Wind schüttelte an den schwarzweißrot gemalten Stangen.

Den Schießbudendamen in den roten Plüschtaillen rann die Schminke in Streifen an den Wangen herab, sie stützten die geladenen Flinten auf die Tische und sahen gähnend in den Regen hinaus. In den Pfefferkuchenbuden hatten die Verkäufer Wachstuchdecken über ihre verstaubten Lebkuchen und Gummistangen gebreitet und wärmten sich den Kaffee in Kohlenbecken. Die Riesendame im kurzen, grünen Samtkleid, weißen Strümpfen und hohen Schnürstiefeln, die »auf ihrem Busen einen Herrn balancieren konnte«, suchte die Vorübergehenden mit fetter Stimme zum Betreten ihrer leeren Bude zu ermuntern, der Photograph schlug vergebens mit dem spanischen Rohr auf die mit Photographien bedeckte Leinwand, das kleine Karussell mit den blitzenden Blechlampen, den silbernen und goldenen Kugeln, den kleinen Pferdchen mit den unmöglichen langen Flachsschwänzen und Zebras drehten sich leer im Regen. Alles drängte dem Wachsfigurenkabinett zu, an dessen Außenwänden schon einige der schrecklichen Ereignisse gemalt waren, die man drinnen durch die runden Gucklöcher zu sehen bekam: »Der Theaterbrand zu Wien«, »Die Hinrichtung der Nihilisten zu Petersburg«, »Der Untergang des Großen Kurfürsten«. Dort, wo der Mann und die Frau den »Mord auf der Rußhütte« mit grellen Stimmen in den Regen hinaussangen, war nicht durchzukommen vor Kindern. Der Boden war von Schlamm bedeckt, unermüdlich trommelte der Regen auf die Zeltwände. Bis weit in das Dorf hinein tönte das Dudeln der Orgeln.

Minna stand auf der überdachten Rampe des Hauses in einer neuen schottischen Bluse, die unter den Armen etwas kniff, und schaute über den sonntäglich öden, nassen Hof die Fingerhutgasse hinauf nach den Sankt Ingbertern aus. Je, das Wetter!

Auf dem Holzplatz dem Hause gegenüber schwamm der mit Sägemehl bedeckte Boden, und wie die Fingerhutgasse wieder aussah! Minna, bei der der Geldpunkt niemals in Betracht kam, ausgenommen bei Markteinkäufen, fand, daß sich zu einem herrschaftlichen Haus auch ein solcher Zugang gehöre. Rudolf Konz aber fand, daß er der Gemeinde genug Umlagen bezahlte und nicht nötig hatte, ihr auch noch die Gassen zu pflastern, und so blieb die Gasse, wie sie schon vor zwanzig Jahren war.

Da kamen sie endlich im Gänsemarsch auf dem glitschigen schiefen Pfad am Stacheldrahtzaun entlang auf das Haus zu – die Bayern hörte man gewöhnlich schon lange, ehe man sie sah. Voran die Vettern, ohne Schirm, die Kappen über die Ohren gestrippt, um den Hals den grünen oder roten Wollschal, dessen Ende über den Rücken hing, Stiefel und Hosen bis ans Knie mit Schmutz bedeckt. Immer grad mitten durch den dicksten Dreck! Einer hatte sich einen blauen Zwicker gekauft, ein andrer blies in eine kreischende Wurst. Die Nichten hatten ihre bunten Wollröcke hochgerafft, alle hatten rote Nasen und vergnügte Augen. Die Groß schritt, die Röcke über den Kopf geschlagen, entschlossen durch die Pfützen. Weit hinter allen kam die Mutter angekeucht. Das kaffeebraune Alpakkakleid dunkel von Nässe, der Kapotthut saß weit nach hinten.

Die Begrüßung auf der Treppe war geräuschvoll.

»Jesses, Jesses, das Wetter! Ich sahn ja, die Welt geht unner.« Sie klappten die Schirme zu und schüttelten die Röcke. »Da wär m'r ja besser dahem blieb.« Die dicke Steigersfrau, die asthmatisch war, kam außer Atem oben an. Sie war böse auf die Groß, die darauf bestanden hatte, zuerst auf den Markt zu gehen, denn sie hatte eine Leidenschaft für Wachsfigurenkabinette und war nicht von dem Karussell fortzubringen gewesen, obwohl sie niemals zu bewegen war, einen Schimmel zu besteigen.

Die Groß ging als erste ins Haus. Sie nahm das gehäkelte Tuch vom Kopf, strich sich die schwarze Kaschmirjacke glatt und sah sich mit hellen Augen in der Halle um.

Minnas Versicherung, daß »er« heut mittag ins Sankt Martiner Kasino gefahren und vor dem letzten Zug nicht zu erwarten sei, wurde mit allgemeiner Erleichterung aufgenommen. Sie nahm ihnen die nassen Schirme ab und ermahnte die Buben, »sich die Fieß abzukratze«.

»Jetzt weis' uns emahl 's Haus«, meinte die Groß.

»Nee, jetzt drinke mir erscht Kaffee«, sagte Minna und ging ihnen nach der zu ebener Erde gelegenen Küche voran.

Nun saßen sie alle am weißgescheuerten Küchentisch in der hellen, warmen Küche um die Bunzlauer Kaffeekanne, tunkten ihre Streußelkuchen und den frischen Kranz in die weißen dikken Tassen, die ihnen Minna ohne Unterteller hingestellt hatte, und die Unterhaltung war laut und vergnügt.

Minna hatte schon Licht gemacht, obwohl die Groß gewehrt hatte: »M'r brauche noch kens«, sie saß gern im Halbdunkel am Herd. Aber das ließ sich Minna nicht nehmen, das elektrische Licht strahlte hell und das Messing blitzte auf den Bordbrettern an der getäfelten Wand.

Die Nichten hatten ihre Arme auf den Tisch gestemmt und

schwatzten. Ihre Röcke hatten sie in der Nähe des Herdes zum Trocknen aufgehängt, sie saßen in den Unterröcken. Ihr blondes Haar – die Thees waren alle blond – trugen sie fest zu einem Nest geflochten. Sie dienten alle in »Dingwert«. Von der »Stadt« riet Minna immer ab. Sankt Martin als preußische Garnison war ein heißer Boden und man konnte nie wissen, ob nicht einmal eins mit einem »Preiß« angezogen kam, der am Ende auch noch evangelisch war. Die Thees konnten schaffen wie die Löwen, waren sparsam, hatten helle Singstimmen, und wohin sie kamen, nahmen sie sofort das Regiment in die Hand. Sie waren ihres Schaffens wegen berühmt, nur »ließen sie sich nichts sagen«. Das lag nun einmal in der Familie. Mit den Nichten war immer »etwas los«, entweder wollten sie heiraten und konnten nicht, oder mußten heiraten und der Bräutigam gefiel ihnen nicht mehr. Minna hatte ihre Not mit ihnen. Die Buben kamen, wenn sie gefirmelt oder auf der Grube angelegt waren oder ausgehoben werden sollten und in die Ziehung mußten, und stellten sich in ihren bunten Röcken vor. Das verlangte die Patin. Die weniger ehrgeizigen fingen als »Schmeerbub« bei den Stollenherren an. In allen Lebenslagen mußte die »Goth« (Patin) raten und helfen. – Die Kronenwirtin, die sich an Sonntagen auch dazufand, war heute nicht abkömmlich. Der Kavallerieverein hatte ein Spanferkelessen in der »Krone«, die Groß hatte die Spanferkel im Hof hängen sehen.

»Herrjeh nochemohl, die Kich, die scheen Kich!« bewunderte Minnas Mutter, die nach der ersten Tasse Kaffee in bessere Stimmung gekommen war. »Weiße Plättcher zum Abwäsche mit blaue Muschtere an de Wänd, und das viele Messinggeschirr.« Minna hatte ihre Leidenschaft für Messinggerät geerbt. »E scheen Arweit. Awer for was hascht du dann die Mägd? Und e Herd, wie for e Wirtshaus; da konnt m'r ja einer ganz Schwadron 's Esse druff koche. Un iwerall elektrisch.«

Nach dem Kaffee führte Minna die Verwandtschaft durch das Haus. Im Keller drehte sie ihnen die Lampen an, zeigte den Weinkeller, die Apfelkammer, die Vorratskammer. Die Waschküche interessierte die Groß besonders. Sie war in früheren Jahren waschen gegangen, damals hatte man noch das Wasser aus der »Pütz« geholt oder mit Kübeln ins Haus getragen, jetzt hatten sie Wasserleitung bis in den obersten Stock.

Die Buben erprobten hinter Minnas Rücken, ob sie auch »lief«, hielten die Finger dicht unter den Strahl und spritzten die Cousinen ins Gesicht. Treppauf, treppab ging Minna mit dem Schlüsselbund. Auf diesen Tag hatte sie sich schon lang gefreut. Jetzt hatte sie ein Haus mit Parkettböden, die man nicht zu scheuern, und elektrische Lampen, die man nicht zu putzen brauchte, und warmes Wasser überall, sogar oben im Schlafzimmer über den Waschtischen. Sakrament! Es war wirklich heiß. Auch ihre blanke, große, eiskalte Stube zeigte sie ihnen.

»Wie e Danzlokal«, sagte die Groß, die dastand, die runzligen Hände über der weiten schwarzen Kaschmirjacke gefaltet. Sie hörte nicht mehr gut, aber ihren Augen entging nichts.

Im ersten Stock schlitterten die Nichten durch den »blauen Saal«, die Mutter zählte die Plüschsessel und die Pendülen auf den Spiegelkonsolen; die Luft nach frischem Holz und neuen Samtgardinen schlug einem ordentlich auf die Brust. Die Groß wollte erst gar nicht über die Schwelle. Sie bedeutete den Buben, mit ihren genagelten Schuhen draußen zu bleiben, sie konnten das alles grad so gut von der Türe aus sehen. Die Buben, von der unheimlichen Pracht dieses Hauses beengt, sprachen nur im Flüsterton miteinander, drückten sich an den Türpfosten herum, machten der Groß nach, wie sie steifbeinig durch den glattgewichsten Saal ging, die weißen Überzüge von den Möbeln hob und den Brokat der Sessel befühlte, und vergnügten sich damit, die rote Lampe, die der Mohr in der Mitte der Halle in der Hand hielt, zu untersuchen, ob sie auch ausging. Wenn man auf die weißen Knöpfchen drückte, ging das Licht aus. Das war ein Jux. Man konnte auf diese Weise das ganze Haus in einer Sekunde hell und dunkel machen. Die Weibsleute fanden kein Ende da drin im Saal. Auf dem Markt wurden schon die Lampen angezündet, das Karussell drehte sich, die Orgel sang. »Kumm, mir gehn los«, stießen sie sich heimlich an. Sie wollten fort, vor dem Zug noch einmal auf den Markt, lieber wollten sie nichts zu Nacht essen, beschlossen sie. Froh, daß man sie laufen ließ, rannten sie durch die Fingerhutgasse dem Markt zu, während die Frauen sich von der Besichtigung in der Küche noch einmal an warmem Kaffee stärkten.

Minna hatte ein Spanferkel für den Abend gerichtet, es stand schon fertig im Backofen, sie mußte nur von Zeit zu Zeit nach ihm sehen, der Duft zog würzig durch die Küche und erfüllte die Verwandtschaft mit Befriedigung. Die Groß saß am Herd und hielt die weiße Tasse im Schoß, die Augen waren ihr zugefallen, sie nickte vor sich hin. Der Schein des Herdfeuers spielte auf den weißen Kacheln; ihre Schuhe waren trocken geworden. Die andern schwatzten.

Der Tante Gottlieb ihr Mann war verunglückt auf der Grub; die Nachbarsfrau hatte Drillinge bekommen. Sie hatte aber »als noch Glück« gehabt; zwei davon waren gestorben. Und das Schossefin, dessen Mann damals auf Camphausen verunglückt war, »ging sich jetzt widder heirate«.

Minna begriff es nicht. Es war eine Schulfreundin von ihr. »Un hat sich damals ufgeführt wie dohrtig.«

»Mit eure Dirmesheimer Bergmannsweiber is nix los«, sagte die Mutter. »Das erscht, was sie gemacht han, wie sie das Geld von der Knappschaft gehatt han, war, daß sie in die Stadt gefahr sin und han sich Ohrringel kaaft, un nach einem Jahr han sie all wieder e Mann gehatt. Da waren die Bayern doch solider.«

Auch von Friederike wurde gesprochen. Theater spielten sie in Hannover jeden Sonntag.

»For was dann so oft?«

»Das wird in den Pensionate so Mode sin«, sagte die Mutter. Sie konnte sich das große Mädchen mit den langen Armen zwar nicht recht als Schauspielerin vorstellen, sie sah es noch immer auf dem ungesattelten Gaul durch den Hof reiten oder mit aufgelöstem Haar im Garten herumrasen und eine Bohnenstange gegen den Feind schwingen; einmal hatte sie die Angorakatze mit einer alten Flinte totgeschossen. Dieser grausigen Tat entsann sich sogar noch die Groß am Herd. Es war eine echte Angorakatze mit dickem weißen Schwanz gewesen, die den Kanarienvogel gefressen hatte. Dieselbe Friederike sprach nun Französisch und Englisch, trat in Theaterstücken als Kalif auf, und wenn sie im Herbst nach Hause kam, würde ihr Vater mit ihr Besuche fahren, überall, bei Nolls, den Glasspatzen und in St. Martin bei den Spitzen der Behörden. »Vielleicht dantzt's noch emohl uff dem Hallberger Schloß«, fügten die Nichten hinzu.

»Ei for was dann nit?« Minna schürte das Feuer, daß die Funken stoben. »Wenn's nur schon einmal soweit wär.«

»'s wird nit lang daure, dann kummt einer daher un heirat's«, schloß die Mutter, die gedankenvoll in das Feuer sah.

Das Spanferkel war etwas fett, aber kroß gebraten und duftete, daß einem das Wasser im Mund zusammenlief, noch ehe es Minna angeschnitten hatte; es war mit Majoranskartoffeln gefüllt und es gab Salat dazu. Beim Essen wurde nicht gesprochen. Sobald sie die Gabeln weglegten, krempelte Minna die Ärmel auf, ließ Wasser in die Spülbütten laufen und die Nichten halfen Geschirr abwaschen. Sie spülten und sangen:

»Was nützet mich ein Rosengarten,
Wenn andre drin spazieren gehn – «

Auf einmal sagte die Groß vom Herd her: »Es hat geklingelt.« Sie hörten nicht auf sie. Die Groß hatte geschlafen, die träumte manchmal und sprach dann laut vor sich hin.

Im Hof heulte der Hund und rasselte an der Kette.

»Geh doch emol ens gucke«, meinte endlich die Mutter, »ob eener am Dor is.«

Die Groß blieb eigensinnig dabei: es hatte geklingelt, sie hatte es gehört.

»Was nützet mich ein schönes Mädchen,
Wenn andre mit spazieren gehn – «

»Halle emohl 's Maul!« rief Minna in das Stimmengewirr an den Spülbütten, wo die Nichten standen. Der Hund lärmte sich heißer draußen und die Ketten rasselten.

67

Da klingelte es wieder stark und anhaltend.

»'s ist doch e Unverschämtheit«, sagte Minna und stieg nach oben.

Gleich darauf gellte ein heller Schrei durch das Haus. »Ach Gott, Friedel! Wie kannscht du mich so verschrecke!«

Vor der Haustür stand Friederike im schwarzen regennassen Gummimantel, das Haar ins Gesicht geweht, eine Pappschachtel in der Hand, ohne Schirm, und fiel ihr um den Hals.

»Ich hab's nit länger ausgehalten, Minna.«

II

Nun saß Friederike in ihres Vaters Bureau hinter einem mit beflecktem grünen Tuch bezogenen Schreibtisch, der die Aussicht durch ein vergittertes Fenster auf die weißbeworfene Rückwand der Kesselschmiede hatte. In diese Ecke drang niemals die Sonne, das Nieten und Klopfen aus den Hallen, das Rasseln der Blechtafeln im Hof klang ungedämpft, dazwischen klapperten die Maschinen und kratzten die Federn der Schreiber.

Sie konnte den Tag kaum erwarten, um an die Arbeit zu gehen, ein nie gekanntes Glücksgefühl erfüllte sie, als ihr zum erstenmal der Gehalt ausgezahlt wurde. Ihr Vater bezahlte nur Leistungen. Also leistete sie doch etwas.

Das neue Haus, ein stattlicher zweistöckiger Fachwerkbau mit Erkern und Türmchen, auf die alten Fundamente aufgebaut und durch einen Anbau vergrößert, hatte den letzten Rest des Gartens verschlungen. Das einzige Grün war im Hof ein Rasenrondell, ein paar Kugelakazien, die den zementierten Hofgang flankierten, und das Weinspalier an der Remise. Friederike vermißte den alten großen Garten. Des Morgens durch einen tauigen Garten zu gehen, die Entwicklung der Blumen und Früchte zu bewachen, den Duft der Rosen einzuatmen, war ihr mehr wert, als ein mit blauseidenen Möbeln zierlich eingerichtetes Boudoir zu besitzen.

Seit diesem Frühjahr war die Bautätigkeit wieder lebhafter, überall wuchsen Häuser aus dem Boden, Fabriken wurden gebaut, Leute, deren Namen man nie gehört, traten als Besitzer neuer Kleineisenwerke, Ziegeleien, Thomasschlackenmühlen und Brauereien auf. Es war wieder Geld im Land. Neue Bahnen wurden angelegt, man kaufte Ackerland, um Fabriken darauf zu setzen; der Grundbesitz stieg im Wert. In der Ziegelei von Rudolf Konz, die ein halbes Jahr stillgelegen hatte, rauchten die Ringöfen wieder, trockneten die Ziegel unter den Schuppen, schwer beladene Fuhrwerke fuhren die Backsteine nach der Bahn.

Die Leute hielten ihre Grundstücke zähe fest. Nach langem Suchen fand Friederike droben am Wald, seitlich des Franzosenwegs, ein paar Bergmannsgärten und Ackerstücke, die der abschüssigen Lage wegen unbequem zu bewirtschaften waren und darum abgegeben wurden. Als sie zum ersten Male ihr eignes Grundstück betrat, stand sie still und drückte die Hände zusammen, ihr Herz klopfte laut. Das Gefühl: dieser Boden, auf dem du stehst, ist dein! raubte ihr fast den Atem.

Auf Wiesen und Feldern wurde gearbeitet, ein Geruch nach frischaufgeworfener Erde und gemähtem Heu zog herüber.

Es war einer der ersten warmen Frühlingsabende, klar, ruhig und von Düften erfüllt. Sie sog die Luft ein, die aus den blühenden Büschen der Nachbarsgärten herüberschwebte, und blickte stumm und andächtig hinunter auf das Dorf. Hinter den Maschinenhäusern der Gruben tauchten die Koksanlagen mit ihren weißen und gelben Dämpfen und den vielen kleinen Lichtern auf, rauchend lag das Hüttenwerk im Tal. Über dem Stahlwerk mit seinem vielfarbigen Rauch stand ein schwefelgelber Lichtstreifen, in der Ferne ragten die Pfalzberge mit den drei Buchen und die Höhen des Hochwalds im Abenddunst. Der jüdische Kirchhof mit seinen baumlosen verlassenen Gräbern lag verschlossen hinter der hohen Mauer.

Rote Dünste glühten am Horizont, düster wie Blut und Gold. Ein Zug dunkelvioletter Wolken stand über den Hochöfen, ein Bild wie der Kampf von Zentauren über einem flammenden Vulkan.

Nun hatte sie Besitz von ihrer Heimat genommen und stand hier festverwachsen mit der Heimaterde.

Unter ihr, tief in den Stollen, arbeiteten die Bergleute; die vielen Erdspaltungen und die mehrfach zerrissenen, gespaltenen und verankerten Bergmannshäuser in der Nähe trugen deutliche Spuren dieser unterirdischen Arbeiten. Die Sage ging, daß, wer bei ruhigem Wetter das Ohr auf den Boden legte, das unterirdische Hämmern und Klopfen hören konnte. Hier oben würde sie nun graben und säen und die Früchte ernten. Was für ein fruchtbares Land war doch die Heimat, deren Boden auf beiden Seiten trug! Unten im Tal klangen die Glocken durch die Abenddämmerung, alles schien ruhig, friedvoll und sanft. Der Himmel färbte sich mit immer tieferem Rot. Die spitzen Kirchtürme zeichneten sich im Hintergrund auf dem Streifen schwefelgelben Lichtes dunkel ab und die Umrisse der Hochöfen wuchsen ins Riesengroße.

Im Dorf hatte sich das Gerücht verbreitet, die Kesselschmiede würde verlegt. Man war im Zweifel darüber, ob das Grundstück am Franzosenweg groß genug sei oder ob nun auch das Nachbarland dazu gekauft würde. Einstweilen konnten die Bergleute und die Frauen, die im Feld in der Nähe arbeiteten, feststellen, daß ein hoher Lattenzaun um das Gelände gezogen wurde, hinter dem ein eifriges Arbeiten begann. Nach wenigen Wochen sah man bereits die Mauern eines kleinen Gartenhauses aufragen, mit Türe, Fenstern, Schornstein und Veranda. In den Zaun wurde eine Türe mit Namensschild und großem Schloß eingesetzt, und als das rote Dach auf dem kleinen Hause saß, stand am Zaun angeschrieben: Frauen zur Gartenarbeit gesucht. Meldung Fingerhutgasse 1.

Herr Konz ließ seine Tochter gewähren.

Sie hatte sich das Geld selbst verdient, mochte sie seinetwegen den Neuweilern ihre schlechten Grundstücke möglichst teuer bezahlen und darauf anfangen, was sie wolle. Wenn nur nicht von ihm verlangt wurde, daß er selbst hinaufgehen sollte. Junge Mädchen hatten alle ein Steckenpferd: die eine spielte Wagner, die andre las Zola, seine Tochter war nun einmal auf Volkswohlfahrt gekommen. Er selber hielt nicht viel davon, beteiligte sich nicht an Sammlungen für Missionsvereine, Heidenkinder, auswärtige Kirchenbauten oder Denkmäler für unbekannte Größen, und in seinem Hause bekamen herumziehende Scherenschleifer, wahrsagende Zigeunerinnen oder Handwerksburschen keine Unterstützungen. Daß er Weihnachten fünfhundert Arbeitern und ihren Familien reiche Bescherungen ins Haus sandte, Kranke monatelang zur Erholung fortschickte, zu Hausbauten das Geld ohne Zinsen lieh und anderes tat, worüber er nicht sprach, betrachtete man als seine Pflicht. Da er sich zur Förderung ihm unbekannter Unternehmungen nicht herbeiließ, galt er für geizig, und er wußte das auch. Mit ihren übrigen Vorschlägen hatte Friederike bei ihrem Vater kein Glück. Da mußten einmal erst die Zeiten besser werden, ehe man Speisehallen und Kinderkrippen errichtete. Er hatte vorläufig einmal genug gebaut. Wenn die Ziegelei »sich machte«, dann wollte er »mal sehen«.

Minna sträubte sich entsetzt bei Friederikes Vorschlägen. »In die Häuser laufen und ihnen das Essen hintragen, wer hat denn dazu Zeit?«

»Dann laß sie ins Haus kommen.«

»Daß sie einem das Haus verdrecke un die Trepp verkratze. Geh mir los mit Bettelvolk im Haus. Nachher hat man Diebe drin und weiß nit woher.«

Das einzige, wozu sich Minna nach vielem Widerstreben endlich herbeiließ, war, für kranke Arbeiter und deren Familie einen Kessel Suppe zu kochen, die sich die Kinder holen kamen. Aber sie mußten »hinten herein kommen«. –

Auf das Gesuch am Zaun hatten sich ein halbes Dutzend Frauen eingefunden, die sich zur Arbeit im Garten anboten.

Friederike erklärte ihnen die Bedingungen. Sie sollten das Land bestellen und als Lohn seine Früchte ernten dürfen; der Garten würde in viele Felder eingeteilt werden, Kartoffelfeld, Rübenfeld, Spargelland, Erdbeerland, Beerenobst, Zwergobst, Spalierobst sollten gepflanzt werden, jede würde ihr eignes Stück zu bewirtschaften haben. Nach zehn Jahren ging das Stück Land in ihren Besitz über.

Enttäuschung malte sich auf den bestürzten Gesichtern der Frauen. Man sollte Frühjahr, Sommer und Herbst hier oben graben, Dung tragen und pflanzen, um dann ein paar Sack Kartoffeln heimzutragen oder einen Korb Gemüse, den man für ein paar Groschen auf dem Markt kaufen konnte? Und wenn ein schlechtes Jahr war, dann kriegte man wahrscheinlich nichts? Wenn das Fräulein alles, was in dem Garten wuchs, verschenken wollte, warum legte es sich denn überhaupt erst den Garten an? Und in zehn Jahren sollte man das Stück Land kriegen, was man solang umsonst bearbeitet hatte? Wer wußte denn, ob er in zehn Jahren noch lebte?

Niemand tat etwas aus einem anderen Grunde, als um sich Vorteile zu verschaffen. Selbst die Damen vom Frauenverein gingen nicht umsonst in die Häuser, um armen Leuten Wohltaten zu erweisen. Die bekamen dafür Orden und Titel. Ja, das wußten sie ganz genau.

Friederike versuchte ihnen zu beweisen, daß das Leben von Bratkartoffeln und Kaffee ungesund war. Sie sollten mehr Mehlspeisen essen, den Kindern anstatt Kaffee Milch geben, anstatt billiger schlechter Wurst lieber Pferdefleisch oder Käse, Fisch statt Fleisch und mehr Gemüse. Sie hatte sich eine Küche in dem Gartenhaus eingerichtet, da würde sie ihnen die Gerichte zeigen und ihnen Rezepte geben.

Die Frauen schwiegen und stießen einander in die Seiten. Sie gingen schließlich, ohne eine Zusage gegeben zu haben. Kaum waren sie aus dem Tor hinaus, als sie ihrem Herzen Luft machten.

Was sollten sie alles? Kochen lernen? Danke schön, sie konnten kochen, und ihre Männer bedankten sich für Pferdefleisch und Quark, und von Fisch wurde man nicht satt. Um fünf sollten sie schon oben am Franzosenweg sein, den Mann allein und die Kinder auf der Straße herumlaufen lassen? »Für das bisje Gemies? ja, wann m'r noch das Kotlett dazu krät.«

Nur eine kleine untersetzte Frau mit einem sommersprossigen derben Gesicht und hellgrauen Augen schien etwas Verlockendes in den Bedingungen gefunden zu haben, sie betrachtete sich interessiert die Größe des Grundstückes und schlug ein paarmal prüfend mit der Harke in die Erde, und eine schwarzhaarige, dreißigjährige hagere Frau, die ihr achtes Kind erwartete, sah ein paarmal zur Seite nach der Sommersprossigen hin, um sich dann endlich zu einer Zusage zu entschließen.

Am folgenden Morgen um fünf Uhr traten die beiden Frauen an und gingen unter Friederikes Anleitung gleich an die Arbeit. Das Gartenland war ausgenutzt und hatte fast keinen Dünger mehr bekommen, die Bäume waren von Raupennestern bedeckt, unter den Obstbäumen waren viele schlechte, abgängige Bäume, die ausgehauen werden mußten, die kranken Äste mußten abgesägt, das alte Gehölz gelichtet und die Steine weggeräumt werden. Dann konnte man erst die Wege abstechen. Friederike, die eifrig und geschickt die Säge und Hacke handhabte, bemerkte, daß die beiden Frauen täglich weniger Lust bezeigten, sich an der Arbeit zu beteiligen.

Das war ja ein ganz aussichtsloses Unternehmen, da konnte man lange warten, bis man etwas daraus bekam. Am vierten Tag blieb die Frau in gesegneten Umständen ohne Entschuldigung weg. Ihr Mann wollte es nicht, richtete die Sommersprossige, ihre Nachbarin, aus. Weiter war aus der Frau nichts herauszubekommen.

Friederike ging die Sache im Kopf herum. Sie kam in eine peinliche Lage sich selbst gegenüber. Die Frau hatte bei ihr gearbeitet unter ganz bestimmten Bedingungen, sie beanspruchte nichts, weil sie wußte, daß man von einem Garten im Frühjahr keine Früchte verlangen konnte. Sollte sie der Kontraktbrüchigen nun gegen ihre Grundsätze doch Lohn geben? Aber warum schickte sie nicht eines ihrer acht Kinder her?

Nachdem die kleine herbe Sommersprossige noch einen Tag lang schweigend bis zum Abend gearbeitet hatte, sagte sie, indem sie ihr Kopftuch nahm, sie hätte es sich überlegt, sie könne morgen auch nicht mehr kommen, sie wollte ja nicht sagen, daß es ihr »zu wenig« sei, aber bis zum Herbst könne sie nicht warten, und ging mit kurzem Gruß davon.

Tags darauf stand an dem grünen Zaun geschrieben, daß Schulmädchen zur Gartenarbeit gesucht würden.

Die Kinder kamen in Scharen herbei.

Friederike wählte sieben Mädchen aus den beiden obersten Klassen. Sobald die Schule aus war, kamen sie frischgewaschen und gekämmt, in sauberen neuen blauen Schürzen und Pantoffeln, die sie mit Holzschuhen vertauschen mußten, und begannen die neue Arbeit mit großem Eifer.

Sie wurden im Jäten und Graben unterwiesen, mußten die Spargelbeete mit Dung umgraben, beschnitten die Tomaten, trugen Wasser, säuberten die Wege von Unkraut, die kleinsten mußten Maikäfer sammeln, Raupen absuchen, Spargelfliegen fangen und gegen die Erdflöhe Tabakstaub streuen.

Der Hochsommer kam. Staub, Ruß und Rauch flog zu den geöffneten Fenstern herein, die Luft stand dick und flimmernd in den Straßen und das Hämmern und Pochen dröhnte lauter wie sonst. Die Beamten nahmen Urlaub und reisten fort. Herr Konz trank sehr viel eisgekühlten Mosel; Minna erstickte fast in ihren prallsitzenden seidenen Blusen, und die Menschen hatten gleichgültige, rote, müde Gesichter. Friederike saß von morgens acht bis abends sechs auf ihrem Platz und schrieb Briefe auf der gleichmäßig klappernden Maschine, die zum Fenster hinausschrie. Mit Tagesanbruch war sie droben im Garten, des Abends wurde unter ihrer Aufsicht fleißig gegossen und gespritzt, und wenn die Kinder entlassen waren, suchte sie noch mit einer kleinen Handlaterne die Schnecken ab.

»Ach, hat man dich dafor in die Pension geschickt«, klagte Minna. Sie hatte sich die Rückkehr Friederikes aus Hannover ganz anders vorgestellt. Das Mädchen hatte ja nurmehr Sinn für seine Arbeit und ihre einzige Freude war ihr Land.

Der Garten bekam schon ein geordnetes Aussehen, das gesäte Gras war gekommen, die beschnittenen, grünenden Büsche bedeckten den Zaun. Längs des breiten, sauber gekiesten Mittelganges, der sich schnurgerade von der Eingangspforte bis zum Gartenhaus zog, blühten weiße schottische Federnelken und blauer Heliotrop mit betäubenden Duften, die Schwertlilien leuchteten vom zarten Lila bis zum satten Dunkelblau, stolz und schlank wuchsen die kerzengeraden Reihen weißer Lilien, die Rosen standen in Blüte, verschwenderisch blühte der Goldregen, und die Silberlinde an der Türe war von summenden Bienen umschwirrt.

Von den benachbarten Wiesen schwebte der Geruch nach frisch gemähtem Heu herüber, starker Geruch von Kamillen mischte sich darein. Die wuchernden Schlingpflanzen waren in Ordnung gebracht, um das Gartenhaus spannen sich Spalierdrähte, und die Bäume hatten reiche Frucht angesetzt. Der Unterricht im Kochen und Einmachen hatte begonnen. Die Mädchen trugen ihre zugebundenen Töpfe mit eingemachten Stachelbeeren und Dreimus, die Flaschen mit Johannisbeersaft vergnügt nach Hause und fanden es ganz lustig, sich des abends ihre Suppe in der kleinen Gartenhausküche zu kochen und an einem langen, weißgedeckten Tisch auf der Veranda zu Abend zu essen.

Das merkwürdigste war den Kindern das Sonnenbad, das in einer Ecke des Gartens geheimnisvoll, von grauer Leinwand umkleidet, stand, wie eine Bude auf der Kirmes. Dort drin sollte das Fräulein, raunten sie sich zu, ohne Kleider herumlaufen. Ganz nackicht. Die Kinder erzählten es einander in der Schule. Der Garten begann die Neuweiler allmählich zu interessieren. Vorübergehende blieben stehen und versuchten einen Blick über den Zaun zu tun, die Buben zerrissen sich die Hosen, um den Zaun zu erklimmen, und wenn sie wieder ins Feld fielen, hatten sie nichts gesehen wie eine große Gestalt, die in aufgeschürztem Rock, Holzschuhen und einem roten Tuch um den Kopf ihr Land bearbeitete und eigenhändig das Unkraut jätete.

Die Leute schüttelten den Kopf. »Mit dem Konz seiner Tochter mußte etwas nicht in Ordnung sein.«

Es war ein trockener Sommer, schier unvergänglich mit seiner Sonnenglut, die die Felder dörrte, die Luft mit betäubenden Düften erfüllte. Der Kampf mit der Dürre war hier oben, wo das Wasser herbeigetragen werden mußte, doppelt erschwert. Alles war trocken, in den Regentonnen dörrte der Schlamm. Der September kam mit glühend heißen Sonnentagen und milden warmen Nächten. Die Obsternte war in vollem Gange, täglich waren Früchte zum Pflücken reif. Schwer neigten sich die fruchtbeladenen Birnbäume, an den Zwetschenbäumen brachen fast die Äste.

Die Arbeitslust der Kinder hatte nachgelassen, nachdem alles Beerenobst eingemacht und fortgetragen war. Die Kinder hatten aus dem Garten nicht so viel mit nach Hause gebracht, als man dort erhofft; Friederike fühlte, daß seitdem von dort aus ein ungünstiger Einfluß sich bei den Kindern geltend machte. Sie kamen unregelmäßig, entschuldigten sich, sie hätten »das Kind halten müssen« oder behaupteten, »mir krien gemolt«, oft blieben sie auch ohne Entschuldigung einfach fort, sie wurden ja nicht bezahlt, und bei der geringsten Rüge verließen sie laut heulend den Garten.

Friederike hatte, um die Arbeitslust der Kinder aufzumuntern, bunte Lampions und Feuerwerk gekauft und beim Bäcker Bretzeln und Kuchen bestellt. Sie wollte den Kindern ein kleines Erntefest bereiten. Sie sollten nach der Schule in den Garten kommen und die Äpfel abnehmen.

Als sie in der Morgenfrühe in den Garten kam, um die Lampions aufzuhängen, blieb sie wie erstarrt in der Gartentüre stehen.

Dasselbe Gefühl, das einen überfällt, der sein Haus betritt und die Schubladen erbrochen, die Schränke ausgeräumt findet, überkam sie. Sie erkannte den Garten, den sie gestern friedlich in der Abendsonne mit seinen sauber geharkten Wegen, den weißgekiesten breiten Pfaden und der blühenden Blumenpracht gesehen, nicht wieder. Die Blumenbeete am Mittelweg waren von schweren, genagelten Schuhen vertrampelt, die Federnelken, mit den Wurzeln ausgerissen, lagen verstreut auf dem Weg, Schwertlilien, Rosenstöcke waren geknickt und umgebrochen, die Erdbeerbeete, die schon für das Frühjahr sauber gemacht und mit Dünger belegt, waren aufgerissen, ein alter Stiefel lag auf dem Kartoffelacker, in den Mistbeeten waren die Scheiben aufgedeckt, große Steine bedeckten die jungen Pflanzen. Sie ging langsam, wie bewußtlos auf das Gartenhaus zu. Die Tür stand offen. Ein Bild der Verwüstung bot sich auch hier dar. Aus den Flaschen war der Himbeersaft ausgegossen, die Schränke waren erbrochen, Gartengerät lag auf dem Boden, dazwischen die Scherben der Bunzlauer Kochtöpfe, beide Fenster waren eingeworfen. Merkwürdigerweise standen das Mikroskop und die Bücher noch unversehrt im Schrank.

Der schlimmste Anblick aber bot sich ihr auf der anderen Seite des Gartenhauses, wo die Obstplantage lag. Von den reichtragenden Birnbäumen waren die Zweige abgebrochen, die Früchte herabgeschlagen, Aststöße bedeckten den Boden, die Zwetschen waren herabgeschüttelt bis auf ein paar unreife, und von den schönen Äpfeln waren nur noch ein paar halbfaule da.

Friederike schluckte an den Tränen, die ihr die Erregung in die Augen drängte, während sie sich wie betäubt nach ein paar unreifen Früchten bückte. Die Arbeit eines Sommers war vergeudet. Die Einbrecher hatten die ganze Ernte der andern vernichtet.

Zu Hause fand sie nicht einmal viel Mitgefühl. »Das hast du davon«, sagte Konz, »was braucht ein Frauenzimmer auch Land!« Er fand die Tätigkeit seiner Tochter unwürdig und zwecklos in einer Gegend, wo der Gartenarbeiter drei Mark Tagelohn bekam. Minna war schon der Leute wegen gegen diesen Garten, der Friederike nur ins Gerede brachte und niemand etwas nutzte. Friederike schrieb an die Polizei, meldete den Fall und beauftragte den Nachtwächter des Werks, von nun an des Nachts die Runde dort zu machen. Ein paar Tage später wurden drei vierzehnjährige Buben beim nächtlichen Kartoffelausmachen erwischt. Die Mütter stürmten ihr das Haus und beteuerten die Unschuld ihrer Söhne. Aber Friederike zog die Klage nicht zurück, die Angelegenheit kam vor das Amtsgericht. Die Buben kamen mit einem Verweis davon. Von diesem Tage ab wurde Friederike im Dorf nicht mehr gegrüßt.

Nun blieben auch die Kinder aus, und das Ausschreiben an den Zaun oder in der Zeitung hatte keinen Erfolg mehr. Eine der Mägde zur Hilfe abzugeben, hatte Minna von vornherein energisch abgelehnt. Die Anstedter, das neue Stubenmädchen mit ihren zierlichen Händen, den kleinen Füßen, blitzsauber, blond, geräuschlos und flink, hatte erklärt, sie würde sich dafür bedanken, Mist zu fahren. Der Garten wurde nun abgeschlossen, eine Wasserleitung dort angelegt und der Kutscher mußte aufräumen und graben helfen. Zu ernten war in diesem Jahre nichts mehr. Der Ferdinand erwies sich als anstellig und arbeitete in einer Stunde so viel wie ein Kind in einem Tag.

Die Rache wurde nun an den Rosenstöcken, dem Lattenzaun und dem Dach des Sommerhauses ausgelassen. Friederike ließ einen Stacheldraht um den Zaun legen und ein großes Schild anbringen: »Hier liegen Fußangeln und Selbstschüsse!« ...

Auf der Waldwiese hinter dem Stacheldrahtzaun lagen die Bergmannsbuben, kauten Gras und sahen dem Strahl glänzenden Wassers zu, der in den Hundstagen morgens und abends auf das ausgedörrte Land rieselte. Friederike schleppte den Schlauch in die entfernteste Ecke, sie war unermüdlich.

Eines Tages stand ein Gedicht an dem Zaun, in dem sie als Mann angeredet wurde. Trotz des Stacheldrahtes waren die Worte sorgfältig auf den Zaun geschrieben. Der zweite Vers bezog sich auf ihren Kochunterricht und schloß wirkungsvoll:

»Käse, Quark und Pferdefleisch

Ist ja gut genug für Euch.

Prosit, wer das Zeug verdaut,

Was Konze Friederichs Küche versaut.«

Sie löschte es aus. Tags darauf stand das gemeine Gedicht wieder da und jagte ihr das Blut in das Gesicht. Und nun erlebte sie das Seltsame, daß dieses Spottgedicht, schamlos und frech, so oft sie es auswischte, wie von unsichtbarer Hand geschrieben wieder auftauchte.

Auf einmal blieben auch Minnas Suppenkinder aus.

»Daran bist du schuld«, rief Minna empört. Die Schande, daß sie mit ihrem Riesenkessel Kartoffelsuppe nicht wußte, wohin, erregte ihren höchsten Zorn. »Du mit deinem dummen Garten ... Sie kommen nicht mehr, sie wollen nichts mehr von uns ...«

»Gib ihnen Geld«, riet Friederike, »dann kommen sie gleich.«

»Wenn man noch Schwein hätt', wie mir daheim«, jammerte Minna ratlos hinter dem Suppenkessel. »Aber so kann man sie nur ausschütten. Ja, das Volk erziehen, hier, wo einem die Dienstboten den Lohn vorschreiben und die Bedingungen stellen! Es ist bald bei uns so weit wie in Amerika, wo man sich selber die Schuhe putze muß.«

»In ein paar Jahren steht mein Boardinghouse hier«, tröstete Friederike, »mit zwanzig Wohnungen und einer Küche. Dann wird alles mit Maschinen gemacht und man braucht keine Köchinnen mehr.«

»Ja, ja«, sagte Minna. »Du stellst noch einmal die Welt auf den Kopf! Such dir für dein Boardinghouse nur andre Leut aus wie deinen Vater. Der würd' für den Fraß aus dem großen Topf danken. Und ich auch.«

Von dem Rondell im Hof pflegten über Nacht die Rosen mit einer Regelmäßigkeit gestohlen zu werden, an die man sich längst gewöhnt hatte. Nun nahmen sie auch die steinernen Zwerge mit, und das Porzellanhuhn hatte schon am dritten Tag keine Eier mehr.

Friederike hatte die Henne im Vorbeireiten in einem Wirtsgarten gesehen. Die Wirtin behauptete, sie von einem Puddler aus der Sedanstraße gekauft zu haben. »Man müßte doch nun hingehen und den Kerl anzeigen«, sagte Friederike.

»Ach geh«, meinte Minna. »Du machst dir noch Feinde mit deiner Gerechtigkeit!«

»Aber man kann sich doch nicht bestehlen lassen!« rief das Mädchen.

»Man kann vieles nit, und man muß es doch«, antwortete Minna. »Wer unter dem Volk wohnt, muß sich mit ihm halten. ›Die Leute‹ sind eine große Macht.«

Friederike war die Abhängigkeit von dem Urteil der Leute schon als Kind verächtlich gewesen und hatte sich bei ihr in das Gegenteil gekehrt.

Minna kaufte bei dem Bäckermeister Schurig, der teigige

Milchbrötchen und die kleinsten Wecken buk, aus Furcht vor seiner dickbäuchigen, groben, schnauzbärtigen Erscheinung. Sie nahm das Fleisch bei dem Metzger Thees, der magere Schweine schlachtete und die zähesten Roastbeefs lieferte, weil er weitläufig mit ihr verwandt war. Der neue Kutscher flößte ihr Hochachtung ein, weil er ein Förstersohn war, der bei einem Grafen gedient hatte. Sein brünettes Gesicht mit den schwarzen, kurzen Koteletten, seine straffe Haltung, die funkelnden Augen, aus denen Leichtlebigkeit und Sorglosigkeit blitzte, gefielen ihr, über das Kichern und Quieken der Mägde des Abends vor dem Tore mit »dem Ferdinand« beunruhigte sie sich nicht, die Anstedter mußte ja einen haben, mit dem sie scharmierte. Selbst der dicke Scholz genierte sich nicht, sie in den weißen Hals zu kneifen, wenn er meinte, es sähe ihn niemand. Im übrigen sah Minna sehnsüchtig dem Herbst entgegen, dann hörte doch endlich das Laufen nach dem Garten auf und man konnte die Gesellschaftskleider für Friederikes ersten Winter richten.

Das milde Herbstwetter war umgeschlagen, ein rauher Wind blies von den Höhen. Kahl und braun stand der Wald, es fror in den Nächten, der Rehbach führte schon dünne Eisschollen mit und auf dem Weiher hinter den Pferdeställen erprobten die Buben das Eis mit Absätzen und Stöcken.

Mit heißem Kopf stand Minna in der hellen warmen Küche und buk Waffeln. Das Eisen klapperte, die Waffeln flogen auf den Korb. War das eine Freude! Die Hände zitterten ihr ordentlich. Vor einer halben Stunde waren Nelly und Maud angekommen. Nellys Vater hatte das Infanterieregiment in Sankt Martin bekommen, und Maud durfte diesen Winter dort Bälle mitmachen. Sie waren gleich zu Friederike herausgefahren und saßen nun drin im blauen Saal.

Das Freudengeschrei, als Friederike in den Hof kam! Sie war von der Anstedter aus dem Bureau aufgescheucht worden.

»Alles« mußten sie sehen. Auch die Kesselschmiede, obwohl

Herr Konz ihnen versicherte, daß es für junge Damen dort gar nichts Sehenswertes gäbe; der Ferdinand hatte ihnen die Pferde vorführen müssen, auf die Wagen und sogar in den in der Remise hängenden Schlitten waren sie geklettert; Nelly hatte mit den Peitschen geknallt und die Drehschemel auf dem Bureau ausprobiert. Sogar zu Herrn Ohle, der mit gesträubtem Haar und der dicken Brille wie ein Uhu hinter seinem Pult saß, waren sie eingedrungen. In der Küche hatten sie ihre Waffeln aus der Pfanne erprobt, sie aßen so furchtbar gerne Waffeln, und schließlich hatten sie Herrn Konz, trotz seines Sträubens, im Triumph mit an den Kaffeetisch geschleppt, er durfte ihnen ja nicht entwischen, denn sie hatten einen »großen Wunsch«, und ehe er nicht ja sagte, ließen sie ihn nicht heraus. Nun, Herr Konz hatte sich das schon so halb und halb gedacht. Wenn junge Damen einem um den Bart gingen, das kostete immer etwas.

Nellys Vater gab nächste Woche einen großen Ball und zu diesem Ball war auch Friederike geladen, sie mußte aber gleich acht Tage kommen, denn es standen noch andere Festlichkeiten in Aussicht, der Mühlenweiher würde zufrieren, und wenn's einmal Eis gab, dann kam Friederike überhaupt nicht mehr fort, denn »Eis war das Allerschönste, noch schöner fast wie ein Ball«.

Die schöne Frau Rittmeister Rabe kam aus Straßburg dazu herüber, die Sankt Avolder Ulanen, die Sankt Martiner kamen »geschlossen« und die Kolmarer Jäger kamen auch.

»Warum denn die auch noch?« fragte Friederike, deren Mut schon bei der Ankündigung der Frau Rabe unter Null gesunken war.

Maud und Nelly befanden sich in großer Aufregung, sie hatten schon Ballfieber und zittrige Gefühle, konnten nichts mehr essen und nicht mehr schlafen, und abends übten sie auf ihrem Zimmer Boston.

»Kannst du Boston, Friederike?«

»Nee.«

»Es ist auch zu ungeschickt, daß wir das bei der Mouselli nicht hatten.« Aber Susi Rabe konnte Boston, die würde es ihnen beibringen. Maud hatte einen Fächer, so weich und weiß wie eine Katze, und Nellys Kleid war mit Silberflittern bestickt. Maud war schon zur Quadrille engagiert von einem Stabsarzt, der ihnen gegenüber wohnte. Er hieß Roth, leider kein besonderer Name, aber er hatte einen »so großen« – Maud hielt die beiden Händchen weit ab von ihren Wangen – »Schnurrbart«. Nelly nannte ihn den Pedantenklos, sie machte sich nichts aus Stabsärzten. Nelly bekam zu Tisch ihren Schwarm, der sah genau aus wie der Ferdin – –

Nelly hielt Maud erschrocken den Mund zu.

Herr Konz verstand die beiden, die immer zusammen und durcheinander sprachen, nicht immer, aber das Sprechen klang so niedlich wie das Zwitschern junger Vögel, und wenn sie immer neben ihm auf dem Sofa auf und ab hüpften, mußte er mithüpfen. Er ließ Sekt heraufholen.

Weiß Gott, das waren ein paar Mädels, da machte es einem noch Spaß, Töchter zu haben. Dachten an nichts, wie an ihre Bälle, und alles war »furchtbar interessant«. Du lieber Gott, im zweiten Teil kam's anders ... Wenn seine Tochter doch einen Funken von diesem Übermut gehabt hätte, jeden Streich würde er ihr verziehen haben! Aber da saß sie wie ein Delinquent vor der Hinrichtung.

Nelly und Maud tranken so »furchtbar gerne« Sekt. Sie stießen mit Herrn Konz an und ließen ihn hochleben. Nelly hielt eine schneidige Rede. So nett hatten sie sich Friederikes Vater wirklich nicht gedacht.

»Werden denn auch genug Jäger kommen?« rief Maud aufgeregt. »Wird sicher keine von uns schimmeln? Tanzen die Jäger auch Boston? Oh Heavens, warum habt ihr denn deine Cousine eingeladen –?«

»Susi Rabe ist Geschmacksache«, tröstete Nelly. »Außerdem hat sie es vorigen Winter mit den Jägern verdorben.«

»Aber die Ulanen«, jammerte Maud.

»Nun, die kannst du doch nicht alle alleine haben«, verwies

sie Nelly. – »Nun, Friederike, hast du ein Gewand? Geht es auch hinten zu? Deine Taillen in der Pension hatten es an sich, daß sie irgendwo immer offen standen. Das geht auf Bällen natürlich nicht.«

»Das kommt noch alles! Das Kleid ist schnell beschafft«, rief Minna, die stürmisch mit der Kaffeekanne von einem zum andern eilte und Waffeln und Kuchen aufnötigte, obwohl Teller und Tassen noch voll waren. »Aber mit den Blumen, man nimmt wohl Maiglöckchen? Ein schönes Kränzchen aufs Haar – «

Friederike warf Minna einen vernichtenden Blick zu, und Nelly meinte abweisend, Kränzchen trügen Kinder in der Prozession. »Und Maiglöckchen? Da würde man ja ein Pfund brauchen bei ihrer Figur. Das beste sind Rosen, die füllen auch.«

»Jawohl, Rosen«, rief Minna. »Und einen schönen Reifrock mit Überwurf, kein Kißchen.« In Neuweiler trug man nur »Kißchen«. Als die Toilettenfrage angeschnitten wurde, erinnerte sich Herr Konz, daß er in die Gemeinderatssitzung mußte, und verabschiedete sich mit dem Versprechen, zu allem ja zu sagen.

»So, jetzt sucht euch euern Tischherrn aus«, sagte Nelly und legte die Liste auf den Tisch.

Maud hüpfte unruhig auf dem Sofa auf und ab. Minna reckte den Hals. Friederike starrte schweigend auf eine lange Reihe von Namen, die vor ihr auf dem Papier standen.

»Leutnant Lichtherz!« rief Maud entzückt.

»Oh, welch ein herrlicher Name! Ich möchte ihn haben.«

Er sei lang, dünn, rabenschwarz und evangelisch, erklärte Nelly; die Kameraden nannten ihn Lichterloh, warum, könnten sie sich denken, und wenn er mit Maud zusammenkäme, gäbe es ein großes Feuerwerk.

»Anton Ritzert!« schrie Maud. »Oh, das ist der Einjährige, der heut mit uns auf dem Bahnhof war, der dem Rosetti so ähnlich sieht? Oh, wer ist Böhringer? An den hast du einen roten Punkt gemacht.«

»Das ist einer für dich, Maud«, sagte Nelly. »Er ist schweigsam, aber das war Moltke auch, dafür tanzt er Boston und steht bei den Ulanen; dann habe ich auch einen Artilleristen hier, der kann eine ganze Gesellschaft unterhalten, und den Grafen Waldeck, ein Jäger, er stößt etwas mit der Zunge an, kann aber Schleifwalzer links herum tanzen.«

Maud geriet in große Not. Sie wußte nicht, ob sie sich für Böhringer oder Lichtherz oder Waldeck entschließen sollte, und hielt dabei immer noch den Finger auf den Namen des Anton Ritzert, von dem Nelly gesagt hatte, es könne derjenige sein, der Rosetti ähnlich sähe. Den Artilleristen lehnte sie von vornherein ab.

»Nimm den Böhringer«, sagte Friederike und begann sich in die Zeitung zu vertiefen, in die die Liste eingewickelt war.

»Aber das ist doch ein Moltke, und wenn der Graf doch so wundervoll Schleifwalzer tanzt – «

»Dann nimm den Waldeck«, sagte Nelly.

»Ich will aber einen Ulanen haben«, sagte Maud. »Wie ist denn der Anton Ritzert, der vorhin in der Bahn – «

»Ich weiß nicht, was du immer mit dem Einjährigen hast«, sagte Nelly ungehalten. »Einjährige kommen bei einem Hausball überhaupt nicht in Betracht. Mach voran oder suche einmal unter den Jägern.«

»Die Jäger sind mir zu wenig imposant, ich hasse grün, und die Ulanen haben so hübsche Ulankas.« Maud wand die längste Locke um ihren Zeigefinger. »So rasch kann ich das nicht, wir wollen Friederike erst einen suchen.«

Sie zogen Friederike die Zeitung unter dem Ellbogen weg und hielten ihr die Liste hin.

»Was bedeuten denn die roten Punkte, die Ringel und die Kreuze?« fragte Friederike, nachdem sie lange auf die Liste gestarrt hatte.

»Die Eingeringelten haben Trauer«, erklärte Nelly, »die mit dem Kreuz sind Magen- oder Fußtänzer, stellen sich niemand vor und spielen nach dem Essen Skat. Und der mit dem roten Punkt tanzt Boston.«

»Und der Unterstrichene?«

»Den nehme ich.«

Drei Köpfe schoben sich näher heran, und Maud las laut »von Dehlau«.

»Es ist der Adjutant meines Vaters, zu dem bin ich moralisch verpflichtet«, schnitt Nelly, ohne zu erröten, alle weiteren Fragen ab. »Und nun äußere dich, Friederike. Willst du einen, der links herum Walzer tanzen kann, oder einen Grafen, der mit der Zunge anstößt? Welche Waffengattung, welche Größe?«

Friederike stieß einen tiefen Seufzer aus. »Mir ist das alles ganz egal«, sagte sie. »Ich werde ja doch den Boston nicht lernen, und mein Kleid ist mir sicher viel zu eng. Man muß sich schnüren und Locken brennen, ich habe schon Leibschmerzen, wenn ich an die drei Regimenter denke. Ich weiß nicht, was man mit denen redet und wo man sich an ihnen festhält. Aber du hast vorhin einen dagehabt, der eine ganze Gesellschaft unterhalten kann, den will ich auf keinen Fall, solche Scharlatane kann ich nicht ausstehen. Gebt mir einen, der taub ist, dann brauch' ich wenigstens nichts zu sagen.«

»Du kannst den Stabsarzt Roth nehmen«, entschied Nelly. »Der himmelt Maud an, die setz' ich euch gegenüber, dann hast du's wenigstens nicht schwer.«

Maud nahm die Liste an sich. Sie wollte es sich noch einmal »beschlafen«.

Nun saß das Fräulein Hui mit ihren Nähmädchen im Turmzimmer, und Friederike mußte Turnüren anprobieren und sich Futtertaillen abstecken lassen. Die Hui kniete am Boden und maß die Schleppe ab, Minna schnürte ihr die Taille zu, und alle Tische waren mit Modeblättern und Schnittmustern überschwemmt. Der »Ausschnitt« gab Veranlassung zu einem heftigen Kampf.

»Ich geh nit ausgeschnitten!« rief das Mädchen. »Ich will lange Ärmel haben und einen Stehkragen! Ich trag' keine Turnüre, ich will keinen Panzer, ich mag kein Korsett! Ein Samtkleid zieh' ich nicht an! Ich will nit aussehen wie eine aus der Schießbude, ich trag' keine Schlepp.« Sie stampfte mit dem Fuß auf. Minna erhitzte sich, die Hui wandte ihre ganze Beredsamkeit auf, den Lehrmädchen hinter ihren Nadelkissen blieb der Mund offen stehen. Hatte man jemals gehört, daß junge Damen sich gegen zu viele Kleider sträubten?

Friederike warf keinen einzigen Blick in den Handspiegel, den ihr Minna bald rechts, bald links hinhielt, und wenn man sie stehen sah mit zusammengezogenen Augenbrauen, finster und rebellisch, konnte man sich recht vor ihr fürchten.

Schließlich taten Fräulein Hui und Minna, als seien sie auf beiden Ohren taub, und die Ballkleider wurden einfach gemacht.

Der Juwelier aus Frankfurt kam.

Im blauen Saal hatte er eine Menge Etuis mit blitzenden Ketten, Armbändern und Broschen ausgebreitet, welche Minna bewundernd auf ihre Bluse hielt. Einen Opalschmuck hatte sie gleich zur Seite geschoben. Opale brachten Unglück.

Er hat gleich den ganzen Laden mitgebracht, dachte Friederike.

Ein Vermögen lag da auf dem Tisch, und ein solches Kapital hing man sich um den Hals. Und da lachte man über die Wilden, die sich Korallen in die Lippen, Goldringe durch die Nase und Muschelketten um den Hals hingen? Schließlich war der Unterschied doch nur der, daß Muscheln billiger waren wie Diamanten –

Der Juwelier empfahl »eine Gelegenheit«. Einer Prinzessin hatte er denselben Schmuck nach Cannes geliefert. Das Diadem war ein »Kabinettstück«.

Eine Gelegenheit! Minna drehte das Diadem in der Hand, daß es funkelte und sprühte, Friederike mußte es einmal aufsetzen, der Vater hatte ja gesagt, daß er »was anlegen« wollte. »Ein Diadem setz' ich nicht auf den Kopf«, sagte Friederike, »lieber geh' ich grad in die Saar.«

Minna schüttelte den Kopf, sie winkte, zwinkerte und nickte

hinter dem Rücken des Juweliers. Sie hatte Angst, die »Gelegenheit« zu verpassen.

Ach was, es gab keine Gelegenheiten. Wenn der Juwelier den Diamantschmuck anpries, so machte er eben das beste Geschäft damit. Der Opalschmuck war wenigstens nicht so protzig und außerdem billiger.

Erschrocken nahm ihr Minna das Etui aus der Hand. »Um Gottes willen, das fehlte noch, Opale!« Ihre Schwester war so früh gestorben, weil sie einen Opalring getragen ...

Dann erst recht. Diesem albernen Aberglauben mußte man entgegenwirken. Wenn sie denn einmal verurteilt war, sich mit einem Vermögen zu behängen, so wollte sie wenigstens keine Zeit mit Aussuchen und Geschwätz verlieren. Vergebens wehrte Minna, auch der Juwelier riet ab, Opale waren nicht »die große Mode«, junge Damen trugen niemals Opale.

Friederike klappte das Etui zu. »Den will ich.« Und dabei blieb es.

Der gefürchtete und ersehnte Tag war angebrochen. Grau und dunstig lagen die Straßen von Sankt Martin in wogenden Saarnebel gehüllt. Im Schlafzimmer, wo Maud und Friederike einquartiert waren, war noch alles dunkel, als Friederike erwachte.

Es hatte jemand an einen Stuhl gestoßen.

»Ich suche die Liste«, sagte eine kleine weiße Gestalt, die auf dem Teppich vor ihrem Bett kauerte. »Ich habe es mir überlegt, ich werde doch den Böhringer nehmen. Aber wenn er nun nicht so nett ist wie der Graf, der so wundervoll Schleifwalzer tanzt – ach, Krämer«, und sie setzte sich kummervoll mit der Liste auf das Bett.

Friederike schneuzte sich. »Ich habe den Schnupfen«, sagte sie ergeben. Sie starrte vor sich hin und hing einem verzweifelten Gedanken nach. »Was redet man denn mit Männern?« fragte sie endlich.

»Ich fang von Football an!« rief Maud elektrisiert und zog die

Strümpfe an. »Das hab' ich gleich gesagt, niemand darf außer mir von Football anfangen, du kannst von Reisen reden oder von Krieg.«

»Was kann man denn von Reisen sagen?«

»Dear me!« rief Maud. »Du warst doch schon in Italien und in Frankreich.«

»Sag etwas über Paris, dort sind sie alle einmal gewesen, wenigstens die Ulanen!« rief Nelly aus dem Nebenzimmer.

»Muß ich denn einen Ulanen nehmen?«

»Ach Gott, du hast doch den Stabsarzt, so behalte das doch endlich.«

»Nun, dann brauch' ich doch auch nichts über Paris zu sagen.«

»Good heavens, hast du nie mit einem Mann gesprochen, im Coupé oder an der Table d'hote?« ereiferte sich Maud.

»Wir fahren nur Dritter oder Erster, mit zugeknöpften Adligen oder Hochstaplern zusammen und essen immer à part. Ich kenne nur Subalternbeamte oder Kutscher. Ich finde es überhaupt unwürdig«, murrte Friederike, »daß ich mir den Kopf zerbrechen soll über eine Tischunterhaltung, so was wird doch so ein Mann wenigstens können, der Stabsarzt Roth, Grün oder Braun oder wie er heißt.«

Das große Haus stand bereits um acht Uhr morgens im Zeichen des Balles. Die Burschen putzten Treppen, polierten Türgriffe, rollten Läufer, der Gärtner schleppte Lorbeerbäume und Blattpflanzen in den Saal, ein Lohndiener deckte die langen weißen Tafeln im Speisesaal, in der Küche wurde Schaum geschlagen, Körbe mit Gläsern und hohe Stöße weißer Teller wurden durch das Haus getragen, verheißungsvolle Torten und glasierte Baumkuchen standen im Vorzimmer, überall brannte Feuer. Nelly steckte Kerzen in die Wandleuchter, Maud schnitt zierliche Papierkränze, und Friederike sah schweren Herzens den Burschen zu, die den Saal glatt und glatter wichsten. Frau von Kameke war mit der Köchin zur Stadt gegangen, der Kommandeur war im Dienst, »im Fürstenzimmer«, wo Frau Susi wohnte, rührte sich noch nichts.

Endlich gegen zwölf erschien sie im Saal, eine zierliche Goldblondine, in einem hellblauen Matinee mit schwarzem, sehr hohem Samtkragen.

»Sie will schwarze Dragoner markieren«, sagte Maud.

Frau Susi ging, die Schleppe lang hinter sich herziehend, durch das Heiligtum des Saales, das kein andrer zu betreten gewagt hatte, ordnete die Chrysanthemen auf der Tafel und rückte an den kunstvoll gefalteten Servietten des vereidigten Lohndieners, ohne auf dessen Entrüstung zu achten. »Wen habt ihr mir denn zugedacht?« fragte sie, am oberen Ende des Tisches stehenbleibend und die gedeckten Tafeln überschauend wie der Feldherr das Schlachtfeld.

»Den Lanz, den Nettelbeck oder den Blücher«, sagte Nelly von ihrer Leiter herab.

Frau Susi besann sich eine Weile. »Ist Nettelbeck der kleine Kahlköpfige mit dem Monokel? Dann gib ihn mir.«

»Auf die andre Seite hatte ich den Lanz gedacht.«

»Nein, mit dem hab' ich mal was gehabt, den setze so, daß er mir den Rücken zudreht. Aber den Blücher kannst du mir auf die rechte Seite geben.«

Maud hatte atemlos zugehört, sie preßte Friederikes Arm. »Das sind gewiß die drei Schicksten! Warum habt ihr mir nichts von Blücher gesagt? Ach, Krämer, meinst du wirklich, ich sollte den Böhringer nehmen oder lieber den Waldeck, der so wundervoll – «

»Nimm sie alle drei«, sagte Friederike, »aber halte endlich den Mund.«

Gleich nach Tisch wurde Frau Fix, die Friseuse, erwartet. In den Schlafzimmern der Mädchen brannten Kerzen vor den Spiegeln, man hatte die Vorhänge zugezogen und den Kaffeetisch vor den Ofen gerückt. In aufgelöstem Haar und Frisiermänteln Kaffee trinken war das Schönste, was es gab. Auf den Betten lag der Ballstaat ausgebreitet, die weißen Schuhe, die Fächer, die Blumen.

Frau Fix erschien, eine kleine dicke Frau in schwarzem Radmantel, Kapotthut, rothaarig und zerzaust. Sie wickelte die Brennschere aus dem Wachstuch und fragte nach den Wünschen.

»Ich möchte mit der Naturwelle gelockt werden«, sagte Nelly. »Ihre Schere macht Negerlocken.«

Darüber war Frau Fix beleidigt und fragte nur kurz: »Griechisch oder spanisch?«

Nelly wählte »Spanisch«, in der Annahme, daß keine der andern dazu den Mut haben würde. Als sie fertig war und sich im Spiegel besah, hatte sie einen Empireknoten, der ihr zwar sehr gut stand, sie aber um ein paar Jahre älter machte.

»Du siehst verheiratet darin aus«, tröstete Maud, »aber junge Frauen sind ja jetzt gerade sehr Mode. Ich habe ›Griechisch‹ genommen«, setzte sie hinzu, während sie unter einem ungeheuren weißen Mantel fast verschwand.

»Das wird zu deiner Nase ausgezeichnet passen«, erwiderte Nelly. Darüber brach Maud in Tränen aus, und es gelang Frau Fix und Nelly nur mit Mühe, sie zu beruhigen.

»Empire will ich haben«, schluchzte Maud, »das hat mir immer so gut gestanden.«

Frau Fix erbarmte sich ihrer und begann mit der Empirefrisur. Als Friederike an die Reihe kommen sollte, hatte sie die »Fröschweiler Chronik« auf dem Schoß und gebrauchte gedankenvoll das Schnupftuch. Sie weigerte sich, aufzustehen. An ihr sei nichts zu frisieren, sie wolle weder »Empire« noch »Griechisch«, erst recht aber nicht »Spanisch«. Nur einen Scheitel durch die Mitte.

»Da wirst du wie ein schottischer Schäferhund aussehen«, sagte Nelly empört.

Frau Fix klapperte mit der rauchenden Brennschere und sah Friederike feindlich von der Seite an.

Schließlich zog ihr Nelly das Buch unter den Ellbogen weg, und Frau Fix begann ihr kurzgeschnittenes Haar, trotz ihres Sträubens, in große Wellen zu legen.

Draußen begannen die Glocken zu läuten, die Mädchen drehten sich vor dem Spiegel mit heißen Wangen und klopfenden Herzen; es roch nach verbranntem Papier, Kölnischem Wasser und feiner Seife. Friederike blickte von Zeit zu Zeit verstohlen nach der Uhr. Der Zeiger stand schon dicht vor halb acht.

»Werden sie denn auch von selber anfangen?« erkundigte sie sich bei Nelly.

»Ach natürlich, die sagen gewöhnlich: Wünschen gnädiges Fräulein Roten oder Weißen?«

»Und dann?«

»Nun, dann sagst du Roten oder Weißen.«

»Ich werde Roten sagen. Und dann?«

»Allmächtiger, dann fängt er an. Er fragt, ob du Schlittschuh läufst. Und dann sagst du ja.«

»Ich laufe aber nicht Schlittschuh«, sagte Friederike.

»Dann häng dich auf!« rief Nelly. Sie hatte nun auch Herzklopfen und bekam ihre Handschuhe nicht zu. Die Uhr schlug halb.

»Jetzt kommen sie«, sagte Friederike dumpf.

Im Salon waren bereits der Kommandeur, seine Frau und Susi Rabe versammelt, als die Mädchen eintraten.

Während Frau von Kameke mit der Lorgnette den Sitz der Kleider begutachtete, stand Frau Susi in ihrem silbergestickten Florkleid, die Schleppe über dem Arm, und streifte seelenruhig die langen Dänischen über die weißen Arme. Sie hatte das Haar zu ein paar kunstvollen Locken gedreht, in denen ein Schmetterling funkelte.

»Ich habe Gänsehaut, Krämer, o fühle mal!« Maud zeigte ihren rosigen Arm. Hast du ihren Schmetterling gesehen? O dear! Sie werden alle hinter ihr her laufen, paß auf!«

Der erste Wagen rollte in den Hof, ein zweiter folgte, auf der Treppe erklang Säbelrasseln und Sporenklirren. Eine Minute darauf traten drei Ulanen in den Salon.

Von nun ab sah Friederike nichts mehr deutlich. Ihr Schnupfen ging in Fieber über. Maud hatte in Todesangst ihren Arm umkrallt. Sie sah wie durch einen Nebel unaufhörlich glattgescheitelte blonde, braune, schwarze und kahle Köpfe sich vor ihr verneigen, dunkelblaue Uniformen mit hellroten Kragen, grüne mit dunkelroten Kragen, hellblaue mit silbernen Knöpfen. Räuspern, Sesselschieben, seidene Schleppkleider rauschten durch den Saal, weiße, blaue, grüne und gelbe Kleider drehten sich vor ihr und mischten sich unter die Uniformen. Man mußte tiefe Knickse machen; ein Leutnant trat ehrerbietig mit dem Fuß gegen einen Ofenschirm, was ein donnerähnliches Getöse gab. Friederike wurde allmählich ganz in die Ecke gepreßt und stand neben Maud an der Türe. »Kolossale Hitze hier. Darf ich mir erlauben, Ihnen meinen Kameraden – Wer ist denn die Dame in Lila? – Wen haben Sie zu Tisch –?«

»Böhringer«, sagte jemand und ein blonder Riese verneigte sich, er trug das Monokel in der Hand, und verschwand. Maud geriet in zitternde Erregung. »Oh, hast du ihn gesehen? Wie imposant er aussieht! Und einen kleinen Schnurrbart hat er; der Graf hat gar keinen Bart. Hätte ich doch den Böhringer genommen!«

Am Porzellanschrank standen zwei Einjährige, die sich fortwährend nach allen Seiten drehten, die Hacken zusammenschlugen und, die Arme an die Beine gepreßt, so oft die Türe sich öffnete, das Spiel wiederholten; sie schienen ganz außer Atem zu sein.

»Man geht zu Tisch«, sagte ein korpulenter Major, der dicht vor Friederike stand. Die Gruppen lösten sich, Türen taten sich auf, und unter den Klängen des Lohengrinmarsches schritt man hinüber. In diesem Augenblick steuerte endlich, von einer Ordonnanz geleitet, Stabsarzt Roth auf Friederike zu und erlöste sie aus ihrer vergessenen Ofenschirmecke. Vor Friederikes umflortem Blick verschwammen goldgestickte Kragen, blitzende Knöpfe, Kneifer, Monokel, Federbüsche und Blumenkränze zu einem bunten, gleißenden Durcheinander. Der Schnupfen hatte seinen Höhepunkt erreicht. Sie sah undeutlich Nelly in der Ferne neben dem schlanken brünetten Adjutanten, Maud saß ihr schräg gegenüber hinter dem Baumkuchen.

»Wünschen gnädiges Fräulein Roten oder Weißen?« wurde sie gefragt.

»Roten«, sagte Friederike. Darauf goß die zittrige Hand eines Lohndieners in baumwollenen Handschuhen ihr Rotwein ins Glas, auf dem weißen Tischtuch entstand ein großer roter Fleck, und sie bemerkte, daß außer ihr niemand roten Wein trank.

Der Stabsarzt hatte sich davon überzeugt, daß ihm die reizende kleine Engländerin, die ihm jeden Tag begegnete, gegenübersaß; er konnte ihr pikantes Gesichtchen hinter dem Baumkuchen sehen, wenn er den Hals reckte, und das stimmte ihn milde gegen seine verschnupfte Nachbarin. Es interessierte ihn zu erfahren, wie lange Maud noch hierbliebe und woher sie kam. Dabei blickte er um den Baumkuchen herum, und Maud verstand es ausgezeichnet, hinter ihrem Federfächer diese Blicke aufzufangen und verstohlen zu erwidern.

Friederikes Blick irrte immer wieder nach links zu Nelly und dem Adjutanten hinüber. Die Ähnlichkeit mit ihrem Kutscher verblüffte auf den ersten Blick. Derselbe schlanke, sehnige Wuchs, das Profil, das dunkle Bärtchen, die Augen. Sie verglich ihn mit den andern Gesichtern, aber immer wieder glitten ihre Augen wie magnetisch angezogen nach Dehlaus markantem Soldatenprofil hin. Sie hatte sich noch nie entschließen können, einen Mann schön zu finden, hier schwankte sie. In diesem Augenblick wandte der Offizier den Kopf und sah Friederike mit einem nachdenklichen festen Blick an; ihr schoß das Blut zu Kopf, und sie wandte sich rasch ab, als habe man sie auf verbotenen Wegen ertappt. –

Unter den Klängen eines Marsches schritt die Polonäse durch den Saal, die Ausgänge der Türen waren durch eine Mauer damenloser Leutnants besetzt, die der Polonäse neidlos zuschauten. Friederikes finstere Erscheinung erregte ihre Heiterkeit. »Kinder, die Frisur, wie 'n Pony!« Der dicke Bendix hatte sie wegen ihres Schmuckes »den Opal« getauft. Sie machten kein Hehl aus ihrer Heiterkeit, selbst die beiden Einjährigen grinsten sie an.

Leicht und wiegend lockten die Geigen. Die Paare setzten

sich fast alle gleichzeitig in Bewegung. Auch der Stabsarzt legte seine Hand um ihre Taille. Sie wollte Ausflüchte machen, der Saal sei noch zu voll.

»Oh, der wird noch viel voller«, sagte der Stabsarzt und machte einen Schritt im Walzertakt. Doch seine Nachbarin widerstrebte heftig und blieb stehen.

»Na, los, Doktor«, stachelte der dicke Bendix hinter ihnen.

Der Stabsarzt war über die Zeit hinaus, da man es als höchste Lebenswonne empfindet, sich mit einer Tänzerin im Walzertakt zu wiegen, aber er betrachtete es als Ehrensache, mit seiner Tischdame eine Runde zu machen, besonders jetzt, da der gesamte Leutnant zusah. Die widerspenstige Art seiner Tänzerin, die ihn weit von sich abzuhalten suchte, reizte ihn, und so nahm er, ohne auf ihr Widerstreben zu achten, ihre Hand, hielt sie auf den Rücken, und ihre Gestalt, die ihn um Haupteslänge überragte, fest an sich pressend, machte er einen gewaltigen Tanzschritt in den Saal hinein. Gott sei Dank, sie drehten sich, sie kamen von der Türe weg und steuerten dem Kreis tanzender Paare zu. Eins, zwei, drei – Puff! Das war der Kommandeur, der ihnen mit der dicken Majorin entgegenarbeitete kam. Puff! Was brauchte denn auch Böhringer linksherum zu tanzen? Puff! – ein langer Ulan hatte ihn von rückwärts angestoßen. »Aber so tanzen Sie doch in der Reihe, lieber Roth«, rief der Adjutant, der ihnen mit Nelly entgegenwalzte. Der große Kronleuchter drehte sich wie ein flimmerndes Rad über ihren Häuptern. Kam man denn niemals unter dem Kronleuchter heraus? Er machte eine verzweifelte Anstrengung, seine Tänzerin nach links zu bewegen, ein fremder Fuß kam ihm zwischen die Füße, ein Volant riß und flatterte fort. Schnaubend wirbelte Roth seine Tänzerin herum. Jetzt kam der Drachenfels mit den vielen blitzenden neugierigen Lorgnetten, noch bis zur Ausgangstüre, dann konnte seinetwegen – hoppla – er war gestolpert, der Boden war weg. Das Fürchterliche geschah, sie saßen beide nebeneinander, sich fest umschlungen haltend, auf dem Parkett.

An dem Tage nach dem Hausball schneite es; der Schnee rieselte in großen Flocken herab und deckte die Dächer, die Brücken, Türme und Schiffe auf der Saar mit weicher weißer Decke zu. Die Zimmer im unteren Stock sahen aus wie verlassene Schlachtfelder, verschobene Tische mit schief hängenden Tischtüchern, umgeworfene Stühle, zerbrochene Gläser, Orangenschalen, zerstreutes Konfetti, zerrissene Knallbonbons. Alle Fenster standen auf, in den Ecken standen Waschkörbe voll Geschirr. Man hatte keine Lust, sich hinauszuwagen, man konnte nicht einmal »um den Markt rollen«, denn die Platzmusik war abbestellt.

Nelly und Maud lagen auf dem Diwan und entwarfen Pläne. Heute wurde der »Evangelimann« gegeben; wenn man Frau Susi bestach, mitzugehen, hatte man einen »Schutz« und zwar einen guten, denn Frau Susi war immer von Herren umlagert und milde in ihren Anschauungen. Vorläufig war sie noch nicht aus dem Fürstenzimmer herausgekommen, sie hatte sich den Teetisch ans Bett bringen lassen, eine Kühnheit, um die sie Maud glühend beneidete.

Friederike saß am Ofen, hatte eine dicke Backe und las Hamlet. Sie sah von einer Seite aus, als lächle sie, aber sie war weltschmerzlich gestimmt und hatte keine Lust, in den »Evangelimann« zu gehen. Der Ball lag ihr noch »in den Knochen«.

»Aber wir treffen sie doch alle dort!« rief Maud vom Sofa her.

»Ich will keinen treffen«, sagte Friederike feindlich. »Ich will sie überhaupt nicht mehr sehen.«

Maud befand sich in großer Erregung; der Graf, der so wundervoll Schleifwalzer tanzte, hatte sie enttäuscht, aber Böhringer, den sie als Tischherrn verschmäht hatte, hatte ihr den Hof gemacht, und der Einjährige Ritzert hatte ihr »etwas Wundervolles« gesagt.

»Was Einjährige sagen, interessiert uns nicht«, beugte Nelly vor.

»So? Dann sag' ich dir auch nicht, was der Lichterloh von dir und Dehlau sagte, das hätte dich sicher interessiert.« Sie hatte außerdem etwas »erlebt«. – Der Stabsarzt hatte Maud »beinah einen A..... gemacht«. Sie wollte von Nelly wissen, ob es ihr möglich sei, ihm einen Ka... zu geben. »Weißt du, wenn ich nicht Böhringer liebte ...« Maud saß wie ein Schneider auf dem Diwan. »Böhringer hatte so einen entzückenden kleinen weichen dunklen Schnurrbart und tanzte zu wunderbar Boston.« Anton Ritzert kam gegen ihn nicht in Betracht, und der Stabsarzt war doch schon etwas stark und außerdem Magentänzer.

»Er ist aber eine gute Partie«, riet Nelly. »Du wolltest ja immer eine machen.«

»Wenn ich einmal gesagt habe, daß ich Böhringer liebe«, sagte Maud, »dann bleibe ich auch fest.«

Das Theater war ausverkauft, die Geigen quirlten und stimmten, als Nelly, Maud und Friederike unter der Führung der Frau Susi in der Loge Platz nahmen. Nelly neben Frau Susi in der ersten Reihe, Maud, weil sie der »Evangelimann« voraussichtlich nicht interessieren würde, mit dem Opernglas bewaffnet neben Friederike in der zweiten. Das Orchester setzte ein, und es wurde gleich so dunkel, daß Maud gerade noch in der Loge rechts von der Bühne Böhringer sehen konnte, was sie gleich in gehobene Stimmung versetzte.

Der dicke Bendix war auch unten, sein kahles Haupt leuchtete herauf, und auch den Grafen hatte sie entdeckt, jetzt sah sie auch Stabsarzt Roth, der an einer Ausgangstüre lehnte und zu den Logen hinaufsah. In kleinen Städten lohnte es sich doch, ins Theater zu gehen! Maud verneigte sich gegen den Stabsarzt, grüßte huldvoll nach der Ulanenloge hinunter und setzte sich zurecht.

»Ist meine Bluse auch im Rücken zu, Krämer? O bitte, sieh mal nach!« bat Maud.

»Warum hast du dir denn eine Frisur wie ein Pudding gemacht?« fragte Nelly.

Darüber war Maud so aufgebracht, daß sie aufstand und hinausging, um sich im Spiegel zu betrachten.

Auf der Bühne sang der Chor ein fröhliches Lied im Walzertakt.

»Nun, das ist ja nicht so schrecklich fromm«, meinte Frau Susi erleichtert und entfaltete ihren großen schwarzen Fächer. Ihnen gegenüber in der Loge hatten eben zwei große blonde Damen Platz genommen, die das Haar wie Turbane mit Bändern umwickelt trugen. Ihre Kleider rauschten, die großen schwarzen Rembrandthüte mit ihren wallenden Federn hoben sich von dem hellen Hintergrund wirkungsvoll ab, ihre Ohrringe warfen funkelnde Lichter in dem Halbdunkel, sie bewegten kleine flitterbesetzte Fächer und erregten die Aufmerksamkeit des Parketts und der Ulanenloge.

Böhringer hatte das Einglas eingeklemmt, die Einjährigen reckten die Hälse, der dicke Bendix, der eben von einem Liebesmahl aufgestanden war, hatte sich sogar erhoben, um besser sehen zu können.

»O Krämer«, Maud stieß Friederike an, »sieh nur, wie sie die Hälse recken! Wer sind sie denn?«

»Bssst, zum Kuckuck«, sagte ein alter Herr in der Nachbarloge und musterte Maud strenge.

Als der erste Akt zu Ende war, gingen alle ins Foyer. Friederike blieb in ihrer Loge sitzen und las die Annoncen auf der Rückseite des Theaterzettels. Sie hatte bemerkt, daß Dehlau sich gleichzeitig mit ihnen erhob. Was hatte man auch davon, zuzusehen, wie sich Frau Rittmeister Rabe von Nettelbeck die Hand küssen ließ, Nelly von Dehlau, dem Adjutanten, und Maud von Böhringer oder Roth.

»O Friederike«, sagte Maud erregt, als der zweite Akt anfing, »ich habe etwas erlebt! Hast du die Damen gesehen in den Turbanfrisuren? Es sind ›sowelche‹ wie Woffels, und Böhringer ist in der Pause nicht gekommen, er ist in der Loge sitzengeblieben. Nur der Stabsarzt ist gekommen.«

»Nun, wenn du den gehabt hast, mehr als einen – «

»O Krämer, das verstehst du nicht. Böhringer hat mir vier Bukette im Kotillon gebracht! Ich habe ihn sehr geliebt.«

Der alte Herr drehte sich um. »Ist's denn die Möglichkeit?« fügte er zornig hinzu.

Da saß Maud still, wedelte mit ihrem Fächer und warf verächtliche Blicke zu den Damen hinüber.

In der Ulanenloge saß Böhringer auf seinen Säbel gestützt und ließ die Vorgänge auf der Bühne über sich ergehen, während Bendix im Hintergrund eingenickt war.

Als der letzte Akt begann, stieß Friederike gegen den Theaterzettel, und er flatterte in das Parkett hinab.

»Selig sind, die reinen Herzens sind«, sang der Kinderchor auf der Bühne hell, dünn und falsch.

»Höchst amüsable Sache das«, gähnte Bendix, der aus seinem Halbschlummer erwachte. Er erhob sich mit Böhringer, und sie verließen, ohne jegliches Interesse an den weiteren Vorgängen auf der Bühne zu nehmen, säbelrasselnd das Theater. Mit ihnen fast zur gleichen Zeit standen auch die Damen mit den Turbanfrisuren auf und verschwanden lautlos aus ihrer Loge.

»Now the last of Böhringer«, sagte Maud empört, als sich die kleine Tür hinter den Damen geschlossen hatte. Sie lehnte sich tief in den Sessel zurück, schob ihre Federboa in den Nacken und sah mit strenger Miene geradeaus nach der Bühne, wo ein alter abgemagerter Mann auf seinem Lager ein jammerndes Lied sang.

Es war kalt geworden; auf dem Weiher unterhalb der Kasernen draußen vor der Stadt war Eisbahn.

Nelly lief mit dem Adjutanten Bogen und Achter; sie wagten sich über das geborstene Eis bis an die Ränder und glitten durch das gefrorene Schilf über den abgesteckten Teil, als ob sie jemand verfolgte, während Friederike unbeholfene Anfangsversuche machte und meist von der mit Mänteln und Jacken behangenen Garderobe aus dem Treiben auf dem Weiher zusah und erschreckt, mit hastenden, in das Eis stochernden Schritten floh, wenn sich einer der Herren von weitem nahte.

Maud ließ sich von Leutnant Lichtherz Blumen schenken, von Stabsarzt Roth mit dem Schlitten über das Eis fahren und von dem Einjährigen Ritzert die Schlittschuhe anschnallen und wurde von den Herren unter lautem Jubel durch die Quadrillen mitgeschleift. Sie befand sich in großer Aufregung, wenn einer der Verehrer einmal abwesend oder unpünktlich zur Stelle war.

»Ich bete jeden Abend, daß endlich einer kommt«, sagte Nelly zu Friederike. »Ich kann schon nichts mehr von dem hören, was der Einjährige, der Lichterloh oder der Stabsarzt sagt. Sei froh, daß du keine Brüder hast«, fügte sie hinzu. »So oft sie einen Brief schreiben, gibt's einen Auftritt zwischen Mama und Vater, und wenn sie heimkommen, brauchen sie immer Geld. Das kann ich beschwören, ich werde keine Kommißheirat machen, lieber bringe ich mich um die Ecke.«

Diesen Schwur konnte nun Friederike wieder nicht in Einklang bringen mit den vielen Briefen, welche Nelly mit glühenden Wangen auf rotgefärbtes Papier schrieb, und dem Eifer, mit dem sie jetzt das Schlittschuhlaufen betrieb, auch nicht mit den Blicken, mit denen Herr von Dehlau die Fensterreihen musterte, wenn er am Haus vorbeiritt.

Maud verwies sie: »Das verstehst du nicht, Krämer, du hast nie eine unglückliche Liebe gehabt«, und sie seufzte dazu.

Stabsarzt Roth, der schon lange den Sprung ins Zivile beabsichtigt hatte, hatte die Anstellung als Knappschaftsarzt in Dirmesheim erhalten und kam auf das Eis, um Maud diese erfreuliche Nachricht zu bringen.

Als Sohn eines kinderreichen Universitätsprofessors hatte er sich als Student in Berlin mit knapper Zulage durchgebracht. Nun plötzlich in eine gesicherte Zivilstellung mit ausreichendem Einkommen versetzt, fühlte er sich von unsichtbaren Schwingen getragen. Der Weiher war von der Wintersonne beleuchtet, das Eis von fröhlichen Menschen belebt, die mit luftgeröteten Gesichtern über die Eisfläche glitten; am Birkenhäuschen winkte die kleine Engländerin von weitem mit dem weißen Muff. Sie sah noch viel hübscher aus bei Tage mit ihren frischen Farben. Nur die rosa Nelken, die sie trug, beunruhigten ihn. Es sollte ihr kein andrer Nelken schenken dürfen oder vor ihr auf dem Eise knien und ihre kleinen Füße in seine großen Hände nehmen, um ihr die Schlittschuhe umständlich anzuschnallen. Als sie vor ihm im Schlitten saß und er mit ihr über den Weiher flog und Mauds blonde Ringellöckchen im Winde wehten, stieg das Bild eines helltapezierten warmen Zimmers, mit Blumen hinter schneeweißen Gardinen, hellblumigen Kretonnesesseln und einer reizenden blonden Frau in schleifenbesetztem Morgenkleid, die ihm den Kaffee eingoß, vor ihm auf.

Er hatte sich bisher wenig mit der Psyche des Weibes beschäftigt, außerdem war er von der Zwecklosigkeit dieses Studiums vollkommen überzeugt, da sich seiner Ansicht nach alle diese Fragen in der Ehe lösten.

Als Maud seine ernste Miene sah, legte sie ihm plötzlich ihren weißen Fuchs um den Hals und lief lachend davon. Mit zwei langen Sätzen flog er über das Eis hinter ihr her, ergriff sie bei beiden Händen, zwang sie stillzustehen und ihn anzuschauen. Dann fragte er sie, ob sie seine Frau werden wollte.

Maud stand klopfenden Herzens vor ihm, die Hände verlegen in den Muff vergraben. Sie war überrascht, in die Enge gedrängt. Sie sah Nellys schlanke Gestalt in dem dunkelgrünen Eiskostüm mit dem roten Samtkragen an der Hand Dehlaus vorüberfliegen, sah die Buben mit ausgestreckten Armen, als ob sie schwämmen, den Weiher überqueren, die Musik spielte den »Valse lente«; sie überlegte ...

Der Gedanke, schon mit achtzehn Jahren verlobt, junge Frau zu sein, ein eigenes Haus zu haben, in Deutschland zu bleiben, hatte etwas zu Verlockendes für sie, und mit einem stolzen Blick auf die mit Dehlau vorüberschwebende Nelly und die frierende Friederike an der Garderobenstange sagte Maud endlich ja und reichte dem Stabsarzt lächelnd die kleine Hand.

Friederike kam niedergedrückt nach Hause. Mauds rascher Entschluß, sich zu verheiraten, hatte einen tiefen Eindruck auf sie gemacht. Das also war der Mann, für den sich Maud einmal auf dem Scheiterhaufen verbrennen lassen wollte? Im März sollte sie bereits heiraten und nach Dirmesheim ziehen. Die zierliche, verwöhnte Maud wollte mit einem Manne, den sie acht Tage kannte, in dem schmutzigen Bergmannsdorf wohnen, das kaum eine gepflasterte Straße hatte und Wohnungen mit eisernen Öfen, kleinen Fenstern und häßlichen unsauberen Eingängen.

Nelly nahm die Frage ziemlich leicht. »Mein Gott, sie hat es ja gewollt. Wenn's der Stabsarzt nicht gewesen wäre, so wär's der Lichterloh oder der Ritzert.«

Mit Minna konnte man derartige Fragen nicht besprechen.

Sie fand, daß Maud sehr praktisch gehandelt habe. »Ein Mann in gesetzten Jahren, in einer geachteten Stellung. Ei for was dann nit?«

Die matte Wintersonne schien über die bereiften kahlen Bäume und Sträucher und blitzte auf dem zerbrochenen Fenster des Gartenhauses, das mit Stroh ausgestopft war. Die Rosen auf dem Rasen waren mit Säcken umwickelt, auf den Beeten lag gefrorener Dung und beschneites Laub.

Nelly und Friederike gingen in dem leeren, winterlichen Garten auf dem Mittelwege auf und ab. Es handelte sich immer nur um einen einzigen, was er gesagt, was er geschrieben habe, wo sie sich gesehen und verfehlt hatten, daß er beim letzten Rennen gesiegt hatte, obwohl er nur die Pferde der Kameraden ritt, und warum nie etwas daraus werden konnte. Zuweilen blieb Nelly stehen und wickelte sich die schwarze Federboa um den Kopf, ein Ausdruck völliger Verzweiflung. »Es ist alles ganz umsonst und aussichtslos. Wir haben ja alle beide kein Geld! – Ach, Krämer, und wir haben uns so lieb. Ich weiß es ganz bestimmt«, fuhr Nelly traurig fort, während sie zwischen den kahlen Johannisbeersträuchern und leeren gefrorenen Beeten weiterwanderten, »ich werde niemals einen andern lieben und niemals ihn vergessen können. Wir haben uns vom ersten Augenblick an liebgehabt. Das ist nun wie ein Feuer, das einen innerlich verzehrt. Wir leben ja nur von Augenblicken, wenn er mir heimlich aus der Ferne zuwinkt oder wir uns die Hand flüchtig geben, denn es muß ein Geheimnis bleiben. Erfährt es mein Vater, dann läßt er ihn versetzen, und alles ist zu Ende – «

Friederike empfand einen Abscheu vor der physischen Liebe, ohne sie zu kennen, weil sie ihr als etwas Unverständliches, die menschliche Würde Beleidigendes erschien. Doch was sie bei Maud fast als Wegwerfung empfand, erschien ihr hier in einem verklärten Lichte. Es bereitete ihr eine selbstquälerische Wonne, sich das Bild, das sie seit dem Ball verfolgte und sich selbst in ihre Träume schlich, auszumalen: Nelly in seinem Arm, verzehrt von seinen flammenden Worten. Die Vision ließ sich nicht mehr verdrängen, sie träumte davon. Sie fühlte wieder seinen nachdenklichen festen Blick auf sich ruhen. Die Hilflosigkeit dieser Lage und die ungestüme Sehnsucht der beiden schien ihr ein düsteres, aber dennoch schönes Drama, das einmal unheilvoll enden mußte.

»Wenn wir uns nur einmal aussprechen könnten, nur einmal in der Woche!« bat Nelly. »In Sankt Martin müssen wir so vorsichtig sein, jeder Blick wird dort bewacht. Und mein Bruder ist imstande und fordert ihn. Wenn wir den Schlüssel zu deinem Garten hätten, Friederike – «

Friederike aber machte sich Gedanken, ob sie das verantworten könne. »Wozu müßt ihr euch denn aussprechen«, meinte sie, »wenn ihr ja doch die Kaution nicht habt.«

»O Friederike«, rief Nelly, »so kann nur jemand reden, der die Liebe nicht kennt. Hast du nie gesehen, wie Isolde in der Nacht mit dem Schleier winkt, sie wissen beide, daß die Liebe ihnen den Tod bringt, und können doch nicht voneinander lassen! Und ich ginge auch mit ihm in den Tod! Gleich heut!«

»So was Ähnliches hast du aber auch schon damals von dem

von der Reitschule gesagt«, meinte Friederike. »Ich denke es mir auch sehr umständlich, deswegen hier immer herauszufahren. In meinem Gartenhaus haben sie mir eine Scheibe eingeworfen, und im Winter bläst der Wind durch die Ritzen, und der Leutnant kann kein Feuer anmachen.«

»Ach, das ist ja alles ganz gleich!« bettelte Nelly. »Krämer, du hast doch sonst ein gutes Herz gehabt. Dem Garten schadet's doch nichts! Uns kennt ja hier keiner. Wir werden uns nur treffen, wenn's dunkel ist, ich werde einen blauen Schleier tragen und einen alten Regenmantel von dir.«

Friederike hatte ein Gefühl, daß irgend etwas dabei war, das sie nicht mit ihren Ehrbegriffen vereinen konnte, gleichzeitig aber erfüllte es sie mit Stolz, daß sie auf diese Weise »sein« Geschick in der Hand hielt. Sie gab endlich den Schlüssel her, doch unter der Bedingung, daß der Betreffende niemals den Weg durch das Dorf nahm, sondern den Feldweg benutzte, der vom Bahnhof auf den Franzosenweg führte.

Frau Doktor Roth gab ihren ersten Kaffee.

Friederike und Nelly hatten sich auf dem Dirmesheimer Bahnhof getroffen und gingen den Weg hinunter ins Dorf. Die Aprilsonne hatte die letzten Schneespuren geschmolzen und die gefrorene Erde aufgeweicht. Der Weg zwischen Bahndamm und Gemüsegärten war grundlos, die Bahnhofstraße, die zwischen einstöckigen Bergmannshütten hindurchführte, von den Rädern der Lastwagen zerrissen, in den Rinnen floß schwarzes Schneewasser; Nelly blieb der Gummischuh im Schlamm stecken, und sie schimpfte auf den Stabsarzt, der sie zwang, in dieses Dorf zu waten. Nun saßen sie in Mauds rosenrotem Salon am Gaskamin und tranken aus neuen blauen Sèvretassen auf spiegelblanker Damastdecke aus einer noch nie gebrauchten silbernen Kanne den Kaffee. Der Doktor Roth war über Land gefahren, Maud trug ein türkisblaues Morgenkleid mit Watteaufalte und einen schwarzen Samttuff in dem blonden Haar, sie sah rosig, rundlich und würdig aus und etwas fremd. Mauds »Perle« hatte Waffeln gebacken.

»Nun, Maud, beichte mal«, begann Nelly, »dazu sind wir nämlich hauptsächlich gekommen.«

Maud machte das unschuldigste Gesicht von der Welt. »Liebste Nelly, ich habe nichts zu beichten.«

»Jedermann hat etwas zu beichten«, sagte Nelly, »es fragt sich nur, ob er will. Du hast dich in der Pension ehrenwörtlich verpflichtet, mir nach deiner Hochzeit alles zu erzählen, und sein Wort muß man halten.«

»Das brauchen nur Männer«, wehrte sich Maud.

Nun erhob Friederike ihre Stimme, um zu beweisen, daß ein Ehrenwort unter Frauen mindestens dieselbe Geltung habe wie unter Männern. Friederike sprach von Männern immer in verächtlichem Ton, besonders Maud gegenüber.

»Wir meinen, wie es dir jetzt als Frau ist«, bohrte Nelly. »Es soll einem doch auf einmal ganz anders sein, wenigstens steht es so in den Büchern.«

»Ach, in den Büchern.« Maud lächelte überlegen.

»Aber« – Nelly nahm die achte Waffel aus dem vergoldeten Körbchen – »auf mich wirken lebende Beispiele mehr, und es geht uns hauptsächlich darum, zu erfahren, wie es einem ›nachher‹ ist. Also genier dich nicht, fang an. Zuerst gingt ihr nach Italien.«

»Mein Mann kannte Italien noch nicht«, nahm Maud das Wort, »und weil er seiner Praxis wegen vielleicht nie mehr eine größere Reise machen kann, wollte er jetzt hin. Er hat schrecklich viel zu tun und ist von morgens bis abends unterwegs. Ein Arzt lebt überhaupt nur für seine Patienten«, fügte sie würdevoll hinzu.

Maud hatte zum erstenmal das Wort »mein Mann« gebraucht. Das Wort verfehlte seine Wirkung nicht, es stand wie eine Schranke aufgerichtet zwischen ihr und den beiden Mädchen.

»Aber was fängst du denn den ganzen Tag an?« fuhr Nelly fort. »Ich sehe kein Klavier hier. Du klimpertest doch in der

Pension jeden Tag drei Stunden. Für eine Engländerin warst du wirklich musikalisch.«

»Für ein Klavier hatten wir keinen Platz«, sagte Maud, »man kann auch nicht ›Isoldes Liebestod‹ üben, wenn die Leute mit Magenweh im Wartezimmer sitzen. Außerdem habe ich doch nun meinen Haushalt. Nach dem Frühstück wische ich Staub – hier regnet es ja Ruß – dann kommt mein Mann nach Hause, dann essen wir, meist sehr unregelmäßig, manchmal um zwölf Uhr schon, oft aber erst um drei. Dann fängt die Sprechstunde an, und ich sticke Eisdeckchen und warte, bis mein Mann zum Kaffee kommt, meist kommt er aber nicht, dann muß ich alleine trinken, daran muß man sich als Arztfrau gewöhnen. Dann begleite ich meinen Mann ins Dorf, bespreche mit dem Mädchen den Speisezettel, dann trinken wir Tee, nachher liest mein Mann seine medizinischen Wochenschriften ...«

»Na und dann? Nach den Fachblättern?«

»Nun ja, dann ist es zehn Uhr.«

Pause.

»Und das ist alles?« sagte Nelly gedehnt.

»Das ist alles«, sagte Maud stolz und unschuldig und spielte mit den Fransen ihres türkisblauen Gewandes.

»Du kannst aber doch nicht immer Eisdeckchen sticken«, wandte Friederike ein. »Das viele Garn, und man braucht sie doch gar nicht – «

»Ich werde auch nicht immer Eisdeckchen sticken«, sagte Maud mit Bedeutung, indem sie sich erhob. »Nun wollt ihr meine Wohnung sehen, nicht wahr?«

Mauds kleines Reich bestand aus fünf Zimmern und einer winzigen Küche, der rosenrote »Salon« war mit Hochzeitsgeschenken geschmückt, mit gestickten seidenen Sofakissen, vergoldeten Pendülen, versilberten Visitenkartenschalen und goldgerahmten Bildern, die Nelly alle ausnahmslos für Schund erklärte.

»Wir haben uns Bilder gewünscht«, sagte Maud, »Bilder kann man immer brauchen.«

Dagegen lehnte sich Nellys kritisches Gemüt auf. »Ich werd' mir keine wünschen«, sagte sie. »Die Leute haben ja meist keinen Geschmack und keine Phantasie und schenken einem dann die Bettlerin vom Pont des Arts und dergleichen.«

»Der Geschmack ist eben verschieden«, sagte Maud spitz, die Nellys respektlose Art den Ölgemälden gegenüber ärgerte.

»Das ist nicht wahr«, sagte Nelly, »es gibt nur einen Geschmack, und das ist der gute.«

»Und den hast du?«

»Ja, den habe ich«, sagte Nelly, und sie fügte für sich hinzu: »Und den will ich behalten, und wenn ich hundertmal einen Mann habe, der keinen hat.«

Friederike fand es angebracht, daß Eßzimmer mit dem mächtigen, viel zu großen geschnitzten Eichenbüfett, der Kredenz und den vielen Lederstühlen zu bewundern. Es roch alles noch so neu, die Dielen unter dem Teppich knackten.

Nelly schaute sich um. »Ich vermisse den Wintergarten mit dem Meer von blauen Hyazinthen.«

»Mein Mann mag keine Blumen in dem Eßzimmer. Sie verderben den Appetit und sind nicht gesund, besonders Hyazinthen«, erklärte Maud.

»Ach so!«

Das Wartezimmer war um diese Stunde leer. Die verschobenen Stühle und Schneespuren auf dem gewichsten Boden bescheinigten, daß Patienten dagewesen waren. »Nur etwas kahl«, fand Nelly. »Nichts wie Stühle und ein leerer Tisch. Ich würde lustige Bilder an die Wand nageln und Witzblätter auf den Tisch legen, damit sie was zum Lachen haben, wenn sie da warten.«

»Das ist unhygienisch«, verwies sie Maud. »Zeitungen fassen auch kranke Leute an und übertragen dann ihre Krankheit auf gesunde.«

Nelly fiel ihr entsetzt ins Wort. »Kommen denn auch anstekkende Leute zu euch ins Haus. Da würde ich mich entsetzlich fürchten.«

»Du würdest auch niemals eine richtige Arztfrau werden, liebe Nelly.«

»Da hast du recht«, sagte Nelly. »Aber laß mich deshalb doch sein Zimmer mit den Spiritusgläsern sehen.«

Im Sprechzimmer konnte man ungehindert die geheimnisvollen blinkenden Instrumente in dem gläsernen Schrank betrachten und die Gläser auf dem Bordbrett mit dem merkwürdigen Inhalt. Die lederne Handtasche, auf die sich Nelly besonders gefreut hatte, befand sich leider auf der Reise über Land.

»Das Schändliche ist nur, daß man kein Latein versteht«, sagte Friederike gedankenvoll vor dem gläsernen Schrank. »Da liegen die Zangen und Pinzetten, und wenn ein Mann uns sagt, mit einer solchen Zange werden die Backzähne gezogen, muß man sich auch zufrieden geben.«

Während dessen war Nelly auf ihren Entdeckungsreisen an einen dicken, zusammengehefteten, beschriebenen Blätterstoß geraten. »Was ist denn das?«

»Das ist der Entwurf zu einem Werk meines Mannes«, sagte Maud stolz.

»Ein Werk, ein Buch? Dein Mann schreibt ein Buch?« rief Friederike.

»Es ist eine Statistik über das Stillen der Frauen«, sagte Maud stockend und errötete. Friederike und Nelly sahen sich an.

»Das ist etwas sehr Wichtiges«, fuhr Maud eifrig fort; »die heutigen Frauen sind nämlich so degeneriert, daß sie das nicht mehr können oder nicht mehr wollen.«

»Es soll ja auch ziemlich unbequem sein«, meinte Nelly und betrachtete Maud durch das schwarze Hörrohr.

»Ja, siehst du, du bist auch so eine moderne Frau«, rief Maud mit Eifer aus; »ihr geht eben lieber auf Gesellschaften und laßt eure Kinder verhungern – «

»Ich habe von Kindermehlen gehört«, wandte Friederike ein.

»Kindermehl?« rief Maud entsetzt. »Ist der sichere Verderb für kleine Kinder! Kindermehl kommt überhaupt nicht in Betracht, davon werden sie rachitisch ...«

»Ich bin aber mit Kindermehl aufgezogen worden«, sagte Friederike. »Und ich kann eigentlich über meine Konstitution nicht klagen.«

»Dann bist du trotzdem falsch aufgezogen worden«, rief Maud.

»Nun, es gibt doch auch Fälle, wo man einfach nicht kann!« rief Nelly.

»Jede Frau kann, wenn sie will, sonst nimmt man Ammen!«

»Ich kann aber Ammen nicht leiden, sie sind so dick und gefräßig«, rief Nelly.

»Wenn es sich darum handelt, ein Kind aufzuziehen, kommen Antipathien gar nicht mehr in Betracht!« rief Maud.

»Ich will keine Ammen!« empörte sich Nelly. »Lieber verzichte ich überhaupt.«

»O Nelly, es ist eine Sünde, so etwas auch nur zu sagen!« Maud sah entsetzt auf Nelly.

»Ich habe von einem Kleienkorbe gehört«, sagte Friederike, »da setzt man die Kinder des Morgens hinein und nimmt sie abends wieder heraus und schüttet frische Kleie auf, das ist sehr einfach und leuchtet mir ein. Ich werde das in meiner Kinderkrippe einführen.«

»Susi hat ihre drei Buben auch so aufgezogen«, triumphierte Nelly. »Und sie sind alle gesund und prachtvoll geraten.«

»Susi Rabe«, rief Maud, »kommt mir für Kindererziehung nicht in Betracht, die ging ja den ganzen Tag aufs Eis oder auf Bälle!«

Nellys Augen blitzten auf. »Du könntest froh sein, wenn du solche Buben hättest.«

»Ich mag keine Buben, die in Kleienkörben aufgezogen sind wie pigs«, rief Maud aufgebracht.

»Die ›pigs‹ wirst du zurücknehmen«, sagte Nelly erzürnt.

»Das fällt mir gar nicht ein«, rief Maud, der die Tränen in die Augen traten, »ich vertrete die Ansichten meines Mannes.«

»Es ist gut«, sagte Nelly mit hoheitsvoller Miene. »Wir wollen uns nicht weiter darüber erzürnen.«

Als sie auf dem dunklen Weg nach dem Bahnhof gingen, machte Nelly ihrer Enttäuschung Luft.

»Also, das ist die Ehe«, rief sie, indem sie durch Schlamm und Pfützen immer einen Schritt vor der atemlosen Friederike herrannte. »Das haben wir zu erwarten. Nun, ich danke sehr, dazu hab' ich wirklich noch Zeit ... In einer Ehe mit einem Mann, der Bücher über das Stillen schreibt, würde ich mich immer fühlen wie Montags, bei mir soll es immer Sonntag sein. Und das eine schwöre ich dir«, Nelly stand bei dem ersten Laternenpfahl vor dem Bahnhof still und hob feierlich ihre Hand, »daß ich mich lieber töten lassen werde, als eine Vernunftheirat eingehen.« Und sie legte zur Bekräftigung dieses Schwures ihre Hand in die Friederikes.

Friederike erwiderte kräftig den Druck.

Jetzt sollte ihr Minna noch einmal kommen mit Heiratsplänen.

Im Doktorhause zu Dirmesheim änderte sich im Laufe der Jahre manches. Dem kleinen Jungen, der ein halbes Jahr nach dem so stürmisch verlaufenen Kaffee zur Welt gekommen war, folgten im nächsten Jahr Zwillinge, Mädchen, die mit großer Mühe am Leben erhalten werden mußten. Mauds Tag war nun ausgefüllt. Sie bezogen ein neues zweistöckiges Haus, und sie hatte keine Zeit mehr, sich Locken zu wickeln, und kam aus einem weiten Regenmantel und dem türkisblauen Schlafrock von nicht mehr ganz einwandfreier Farbe kaum mehr heraus. Doktor Roth vertrat den Standpunkt, daß je mehr Kinder eine Frau habe, desto gesünder es für sie sei. Seine Statistik, in der er nachzuweisen versuchte, daß das Stillen der Frauen den Rückgang der Krebskrankheit begünstige, hatte in der medizinischen Welt Aufsehen gemacht, die Broschüre war über die Grenzen Deutschlands gedrungen. Selbst die Dirmesheimer hatten davon gehört.

Er galt für einen gewissenhaften Frauenarzt, er wurde »Mode«, hatte einen ungeheuren Zulauf, und man sah ihn in seinem hechtgrauen Mantel von früh bis spät das Dorf durchschreiten.

Seit Maud in dem großen neuen Hause wohnte, kam sie von der Treppe kaum mehr herunter. Der Haushalt mit den kleinen Kindern, den Mägden und den aus und ein gehenden Patienten glich dem unruhigen Leben eines Taubenschlags. Wenn Friederike und Nelly nach Dirmesheim kamen, war sicher gerade eins der Kinder krank, die Öfen waren auch nie recht in Ordnung, im Salon bekam man kalte Füße, und wohin Maud sich auch mit den Freundinnen zurückzog, überall verlangten die Kinder stürmisch Einlaß.

Maud hatte ihren Kindern alles mitgegeben: ihre rosigen Farben, ihr Haar, ihre schlanke Figur. Nach jedem Kind wurde sie stärker.

»Du müßtest Sport treiben, reiten oder Tennis spielen«, riet Nelly. »Du hast ja gar keine Bewegung mehr.«

»Mit drei Kindern?« sagte Maud. »Du hast gut Rat erteilen. Bewegung habe ich mehr als mir lieb ist, ich bin ja immer auf der Treppe.«

»Du mußt dich morgens kalt frottieren«, meinte Friederike, »kalte Duschen nehmen und schwedische Übungen machen, das dauert nur zehn Minuten.«

»Die zehn Minuten habe ich aber nicht«, sagte Maud. »Wenn ihr die Nacht viermal aufgestanden wäret, um die Kinder zuzudecken, oder ihnen zu trinken zu geben, dann wärt ihr morgens froh, wenn ihr euch das Haar aufgesteckt hättet.«

»Das ist nun die Ehe«, sagte Nelly. »Da hängt man sich ja lieber auf. Ich werde vorher in einem Vertrag festlegen, daß ich nur eins haben will. Ich werde keine Kinderfrau aus mir machen lassen. Ich will Sport treiben und Pferde zureiten und beim Concours Hippique den ersten Preis bekommen und einen Bock schießen und schlank bleiben. Gott bewahre mich davor, dick zu werden. Mir gefällt es vorläufig noch sehr gut, mit Dehlau Bogen um die Löcher auf dem Eise zu laufen.«

Minna und Maud beanstandeten Nellys Lebensführung. Nelly erschien auf dem Eis, auf dem Tennisplatz, auf der Platzmusik und auf dem Rennplatz stets von einem Schweif Verehrer umgeben. Sie hatte immer »Geschichten«, die zu nichts führten.

»Sie fallen noch einmal herein, geben Sie acht«, warnte Minna.
»Ich falle nie herein«, sagte Nelly. »Ich muß aber Gefahr sehen, sonst macht's mir keinen Spaß. Es passiert mir schon nichts, Minna, und im Notfall rettet mich Dehlau. Dazu ist er als Adjutant sogar verpflichtet.«

Minna schüttelte den Kopf. Sie hatte großen Respekt vor Nellys Vater, dem Kommandeur, und seit Frau von Kameke sie um das Waffelrezept gebeten hatte, schimpfte sie nicht mehr auf die Adligen. Nelly war eine talentvolle Person, der alles, was sie anfaßte, gelang, sie ritt, tanzte, spielte Tennis, ging mit auf die Jagd und konnte so schöne Landschaften malen. Aber auf die Weise bekam man keinen Mann. Die Leute sprachen schon davon, daß Nelly sich so gut mit den Herren unterhielt. Nur eines wußte Minna nicht, daß seit einiger Zeit unter den Bergmannsfamilien, die in der Nähe des Waldes wohnten, allerlei merkwürdige Reden umliefen. Warum rauchte jetzt mitten im Winter der Schornstein des Gartenhauses? Und was hatte denn der Kutscher Ferdinand jetzt im Winter oben im Garten zu tun? Denn der Unbekannte war niemand anders wie der Kutscher.

Ein sonderbares Gerücht fand Eingang. Die Konz war eine eigentümliche Person, ihre stattliche, aufrechte Erscheinung mit dem harten Profil und dem entschlossenen Zug und dem Dreimaster, den sie in die Stirn gedrückt trug, wenn sie durch die Straßen ritt, hatte ihr den Beinamen »der große Kurfürst« eingebracht. In der Gesellschaft fand sie keinen Anklang, sie lebte einsam für sich, und der Ferdinand war ein schöner Mensch, dem alle Frauenzimmer nachstellten ...

Sie wiegten den Kopf: »M'r hat so Fäll.«

Wie es meist geht, hörten die Angehörigen davon nichts. Minna wunderte sich nur über die vielen Briefe, die jetzt auf einmal aus Sankt Martin an Friederike eintrafen, sie wagte aber nicht zu fragen, von wem sie waren, denn das Mädchen konnte genau so grob werden wie sein Vater.

Die Geselligkeit war wieder in vollem Gange.

Friederike mußte sich dazu bequemen, Abend für Abend mit dem Vater zu den Gesellschaften Neuweilers, der Umgegend oder nach Sankt Martin hinüberzufahren. Sie ließ sich ankleiden, den Opal umhängen, stand im Ballsaal neben fieberhaft erregten jungen Mädchen mit einem erfrorenen, unfreundlichen Gesicht und machte lächerliche und traurige Beobachtungen. Es widerstrebte ihr, von einem fremden Mann in den Armen gehalten zu werden. Einige hatten eine so unverschämte Art, sie an sich zu drücken, oder sie nahmen ihr die widerstrebende Hand einfach weg und schraubten sie auf ihren Rücken. Sie vergaß älteren Damen »Mahlzeit« zu sagen, blieb beim Hofknicks im Kleidersaum hängen und bekam beim Tanzen Schwindel.

Die jungen Herren strebten weit fort von ihr. Wenn einer »den Opal zu Tisch hatte«, pflegte das der Hausherr mit ein paar begütigenden Worten einzuleiten. Auch einen Tänzer für Friederike aufzutreiben war nicht leicht. Es gehörte schon eine energische Hausfrau dazu, die die jungen Herren erfolgreich zu lotsen verstand. Bei dem Kommandeur ging's am einfachsten. Da hieß es: »Meine Herren, Sie sind nicht zum Vergnügen hier«, und die Leutnants walzten gehorsam und mit Todesverachtung jeder seine Runde mit der steifbeinigen Tänzerin, die sich an den Epaulettes der Herren festklammerte und die Herren weit von sich abhielt. »Jesses, ich tu' ihr schon nichts«, sagten sie, wenn sie sich die Stirn an der Tür wischten.

Die letzten Stunden des Balles verbrachte Friederike auf dem Drachenfels bei den Müttern, dachte an die Pferde, ob der Kutscher ihnen auch die Decken übergelegt hatte, und wie man bei dem Glatteis oder Schnee nach Hause kommen würde.

Herr Konz hatte sich in sein Schicksal, eine erwachsene Tochter ausführen zu müssen, ergeben, er fand stets einen Skat oder eine Partie Billard, spielte sich dann fest und ging gewöhnlich mit den letzten.

Minna spiegelte sich in dem Glanz dieser großen Festlichkeiten. Sie sammelte Friederikes Tanzkarten, auf denen oft nur ein schiefes »Müller« stand, und steckte sie hinter ihren Spiegel. Es gab keine größere Wonne für sie, als die seidenen Kleider auszubreiten, die Blumen anzustecken, den Schmuck zu erproben. Sie bügelte die Spitzenunterröcke selbst, rannte mit heißem Kopf durch die Zimmer, ließ alle Türen hinter sich offen, jagte die Mägde treppauf, treppab, kniete auf dem Boden, um der Schleppe den rechten Fall zu verleihen, blies die Stäubchen von den seidenen Schuhen. Und die Mägde drängten sich in das Zimmer, um das neue Kleid zu bewundern.

Aber was war es nur? Die jungen Damen verlobten sich von ihrer Seite flott weg; alle, die einst mit Friederike unter dem großen Kronleuchter im Kasinosaal auf Tänzer geharrt hatten, waren schon Bräute oder junge Frauen. Ein neuer Jahrgang schwebte schon in den Armen neuer Leutnants und Assessoren über das Parkett. Nur Friederike war noch da. Unbegehrt und unangefochten von stürmischen Verehrern stand sie noch immer unter den jungen Mädchen, die Tanzkarte pflichtschuldigst in der Hand, mit eisigem Gesicht. Es war noch immer kein Bewerber erschienen. »Nicht einmal ein Ingenieur.«

Friederike konnte sich tagelang damit beschäftigen, einen Bauplan zu einem Kinderhospital zu entwerfen, sie fuhr die neuen Pferde eigenhändig ein, und kam sie mit Männern zusammen, so führte sie wissenschaftliche Gespräche. Minna hielt nicht viel von wissenschaftlichen Gesprächen mit Männern. Die schreckten nur ab. »Geh, mach doch einmal ein freundliches Gesicht«, bat sie. »Und sei ein bißchen scharmant gegen sie.« Aber solche Mahnungen prallten an Friederike glatt ab.

Friederike fühlte sich nie so glücklich wie in ihrem Bureau, aus den Fenstern sah sie die Züge aus den verschiedenen Richtungen einfahren; die Scheiben sich heben und senken, und abends die großen bleichen Lampen des Stationsgebäudes und die vielen kleinen bunten Lampen leuchten. Sie hatte nun die ausländische Korrespondenz unter sich, einen Schreiber zur Hilfe und bezog dasselbe Gehalt wie ein Korrespondent, sie wurde zuweilen zugezogen, wenn ihr Vater mit Scholz, dem Faktotum, etwas beriet.

»Du mußt dich verheiraten, Friederike«, fing nun auch Maud an, so oft sie mit der Freundin zusammenkam.

»Mit wem denn?« fragte Friederike, der solche Anspielungen immer Magendrücken verursachten.

»Am besten nimmst du einen Industriellen.«

»Die nehmen sich nicht grad so!«

»Wenn du dich hinter die Schreibmaschine setzt, werden sie nicht kommen«, ereiferte sich Maud. »Du mußt freundlich zu ihnen sein und zeigen, daß du willst.«

Friederike brach solche Gespräche immer kurz ab. Sie hatte von Minnas kummervollen Anspielungen gerade genug.

»Es ist nur Schadenfreude von ihr«, sagte Nelly. »Wir wollen es nicht besser haben. Die Ehe ist gerade so ein Leim wie die Broschüre über das Stillen von dem Doktor. Wenn die Männer etwas wollen und es ist uns unbequem, so erfinden sie, daß es gesund sei, und wir blinden Hühner fallen natürlich darauf herein.«

Sie waren beide enttäuscht von der verheirateten Freundin. Maud hatte jetzt andre Interessen als sie und machte kein Hehl daraus, daß sie lieber mit jungen Frauen zusammen war, mit denen sie Erfahrungen über Kindererziehung austauschen konnte. Das Doktorhaus war für Besucher nicht gerade ein gemütlicher Aufenthalt, und Friederike dachte jedesmal, wenn sie im Zuge saß: Gott sei Dank, daß ich mein eigener Herr bin.

Dasselbe dachte sie aber auch, wenn Nelly bleich und verweint aus dem Garten kam, zitternd, in Todesangst um ihn, wenn sie die Briefe, die an Friederikes Adresse gerichtet waren, in Empfang nahm, um sie hastig in der Bluse zu verbergen. Es lastete wie ein Alpdruck auf Friederike, daß sie etwas, das ihr ein Unrecht dünkte, heimlich unterstützte.

Oberst von Kameke hatte die Brigade in Frankfurt am Main bekommen, er war in Sankt Martin abgefeiert und abgegessen worden und nach der neuen Garnison abgereist, während seine Familie, noch mit dem Umzug beschäftigt, zurückgeblieben war.

Es war ein warmer Apriltag, als Nelly zum letztenmal zu Friederike kam, um den Schlüssel zum Garten zu holen. Sie fiel der Freundin mit verzweifeltem Weinen um den Hals. »Das letztemal ... jetzt weiß ich's ganz bestimmt ...«

Auch Friederike fühlte, daß für Nelly mit diesem Tag ein Lebensabschnitt ein Ende nahm.

»Du warst so gut zu mir«, sagte Nelly. »Ich habe das Gefühl, als ob ich mich habe beschenken lassen, ohne dir jemals etwas zurückgeben zu können. Aber wenn du einmal in irgendeiner Lage Hilfe brauchst, Friederike, ich helfe dir, verlaß dich darauf.«

Friederike drückte ihr nur die Hand.

»Bist du niemand begegnet?«

»Niemand. Euer Wagen fuhr an der Brücke an mir vorbei, aber er war leer.«

»Und der Kutscher?«

»Ich glaub', er grüßte ...«

In diesem Augenblick klopfte es, und Friederike sagte hastig, die Tür im Auge behaltend: »Geh jetzt, es kommt jemand – «

Nelly streifte rasch den Schleier über das Gesicht, drückte Friederike noch einmal die Hand und schlüpfte durch die kleine Tür, die nach dem Lagerplatz hinausging. Kaum hatte sich diese Tür geschlossen, als die andre Tür vom Hausflur aus stürmisch aufgerissen wurde und Minna ohne Hut das Zimmer betrat.

»Friedel!« rief sie atemlos. »Der Schmeedes kommt, er war eben am Telephon, er fährt von Luxemburg hier durch und will hier übernachten.«

»Dann laß ihn doch kommen«, sagte Friederike.

Minna stemmte die Arme in die Seiten. »Ja, du hast gut reden, aber ich hab' doch die große Wasch, und heut soll noch alles auf die Bleich', wer rupft einem denn das Geflügel, und wo haste denn wieder den Ferdinand hingejagt? Grad ist er vom Bahnhof komm, da is er als schon wieder fort, und der Vater is nach Ottweiler auf die Jagd. Ach du lieber Gott, wie verkehrt, wie verkehrt kommt einem der daher.« Und sie ging, die Hände ringend, hinaus, die Tür wie gewöhnlich weit hinter sich offen lassend.

Friederike hatte Mühe, die Blätter, die durch den Windzug aufgeflattert waren, wieder in Ordnung zu bringen. Sie warf einen Blick auf die große Uhr. Sie hatte ganz vergessen, daß der Kutscher ja heute droben im Garten Frühkartoffeln setzen sollte. Er mußte also entweder den kurzen Steg am Bahndamm vorbei genommen haben, dann begegnete er Nelly, und ging er durchs Dorf, dann traf er sie im Garten. Die dritte Möglichkeit, daß er seine Arbeit auf dem Kartoffelacker verrichtete, ohne das Gartenhaus zu passieren, war immerhin die günstigste, doch mußte er dann den zweiten Schlüssel in der Tür finden und ihn in dem Glauben, Friederike habe ihn stecken lassen, abziehen.

Dann waren die beiden eingeschlossen.

Sie verschloß den Schreibtisch, telephonierte Meister Lux, daß die Kesselschmiede morgen früh besichtigt werden würde, und begab sich rasch nach dem Wohnhaus hinüber.

Im Tor traf sie mit dem Kutscher zusammen, der, ein paar staubige Säcke über dem Arm, mit der Anstedter in eine angeregte Unterhaltung vertieft war. Als sie Friederike kommen sahen, wandte sich das Mädchen um und lief, ohne sich umzusehen, die Treppe hinauf, während der Kutscher sich nach der Remise begab.

»Kommen Sie eben aus dem Garten?« fragte Friederike. »Was haben Sie denn dort gemacht?«

Der Kutscher schloß die Remisentür auf, ließ die staubigen Säcke auf den Boden fallen und langte das Pferdegeschirr von der Stange. »Schalotte und Schnittlauch gesät und Frühkartoffeln gesetzt.« Er nahm einen Riemen in den Mund und prüfte die aneinandergeknüpfte lederne Schnur auf ihre Festigkeit, warf das Geschirr über die Schulter und ging in seine Kammer, um sich zur Fahrt nach dem Bahnhof umzukleiden.

Friederike trat in die Remise und rief ihm nach: »An die Kübelpflanzen hätte man auch denken können, sie müssen aus dem Keller heraus.«

»Ins Gartenhaus bin ich nicht gekommen«, antwortete der Kutscher schon hinter der hölzernen Tür.

»Haben Sie den Garten abgeschlossen?«

»Natürlich. Sie haben ja den Schlüssel stecken lassen.«

»Nun dann geben Sie ihn doch her«, rief sie ärgerlich. »Sie brauchen doch keine zwei.«

Während seine braune, lange Hand ihr über der halboffenen Holztür der Kutscherkammer hervor den Schlüssel hinreichte, warf Friederike zufällig einen Blick in den kleinen Spiegel, welcher der Tür gerade gegenüberhing und erblickte darin das lachende Gesicht des Kutschers. Sie ahnte nicht, welche furchtbare Rolle dieser Mann einst in ihrem Leben spielen würde, doch die Grimasse im Spiegel prägte sich ihr mit unheimlicher Deutlichkeit ein.

»Wo willst du dann jetzt noch hin?« fragte Minna, die im Hausgang die Hüte und Stöcke Herrn Konz' von der Messingstange räumte, um für den Gast Platz zu schaffen.

»Ich muß noch einmal in den Garten, die Mistbeete zudekken«, antwortete Friederike, sich einen Hut aufsetzend, ohne in den Spiegel zu sehen.

»Da hört doch alles auf!« rief Minna ärgerlich hinter ihr her. »Dann laß doch alles zum Kuckuck gehen! Du wirscht nit emahl dasein, wann der Schmeedes kommt.«

»Das ist kein Unglück, du kannst ihn ja empfangen. Er ist ja kein regierender Fürst«, gab Friederike zurück und eilte die Treppe hinab.

Über dem Stahlwerk hatte sich eine schwarze Wolkenschicht angesammelt. Von allen Seiten zogen dunkle Wolken auf und bedeckten den Himmel. Hin und wieder fuhr ein leichtes Rascheln durch die Blätter der Akazien.

Ein schwaches Wetterleuchten zuckte hinter der schwarzen Wolkenwand über dem Stahlwerk, nach ein paar Sekunden antwortete aus der Ferne ein leichter, langhinrollender Donner. Friederike durcheilte den dumpfriechenden, unsauberen Dohlen, der mit Brennesseln durchsetzt und an beiden Seiten verunreinigt war.

Warum mag er nur gelacht haben? fiel ihr wieder ein. Hatte sie denn etwas Komisches gesagt oder sich verraten?

Den ausgefahrenen, mit tiefen Furchen bedeckten Weg herunter, zwischen kleinen Bergmannshäusern und schiefhängenden Gärten mit niedrigen, grün angelaufenen Holzzäunen, kam eine Frau gelaufen, die vor sich her ein mageres Schwein trieb. Drei Frauen, barfuß mit aufgeschürzten Röcken, gingen vor ihr her, sie trugen Reisigbündel auf dem Kopf. Eine junge Frau in teufelsstarkem, geflicktem Rock und blauem Mieder, aus dem das saubere Hemd hervorsah, drehte sich nach ihr um, während sie das Reisigbündel auf dem Kopf festhielt. Über ihr wurde es immer dunkler, und der Donner rollte schon laut vernehmbar über ihrem Kopf. Wenn ich nur noch hinkomme, ehe das Gewitter beginnt, dachte sie, während sie auf dem holperigen Pfad zwischen den Gärten den Berg hinaufeilte.

Das Wetterleuchten ging in grelle Blitze über, die Höfe, Felder und Gärten erleuchteten. Die Vögel waren verstummt, das Laub rauschte, ein Windstoß trieb ihr das Haar ins Gesicht und schlug es wieder unter den Hut zurück. Es fiel ein Regentropfen, noch einer, dann prasselte ein heftiger Platzregen hernieder. In strammen Streifen, die fast senkrecht auf die Erde fielen, schoß das Wasser herab, man sah kaum etwas vor den Augen. Keuchend schritt sie dem Garten zu. Sie schloß die Tür auf und empfing auf der Schwelle die Traufe der nassen Trauerweide. »Nelly«, rief sie leise in den verregneten Garten hinein.

Niemand antwortete. Der Regen fiel in Strömen und floß gurgelnd und plätschernd in die Regentonne hinter der Tür.

Zum erstenmal kam ihr die Gefahr dieses Dienstes, den sie

der Freundin geleistet, ganz zum Bewußtsein, während sie mit starkem Herzklopfen an der Tür wartete. Endlich kam Nelly in einen dunkeln Mantel gewickelt, ohne Schirm den Mittelweg entlang.

»Gott sei Dank! Du bist's? Ist der Garten offen?«

»Ja, geh – geh«, drängte Friederike. In diesem Augenblick war plötzlich die ganze Atmosphäre in ein Flammenmeer getaucht, ein furchtbarer Donnerschlag entlud sich krachend über ihren Häuptern, und Friederike sah, wie Nelly das Kleid zusammenraffend, dem Ausgang zuschritt, das Wasser spritzte über ihre Füße, sie ging bis an die feinen Knöchel in der Wasserlache.

Friederike lief nach der Laube hinüber, vor der ein paar umgestürzte Gummibäume lagen. Während das Gewitter sich mit brüllendem Getöse entlud und die Blitze flammend und züngelnd aus schwarzen Wolken herniedergingen, hörte sie, wie feste, rasche Schritte, durch den Garten kommend, sich ebenfalls nach der Tür hin entfernten. Das Herz klopfte ihr laut. Es ist gut, daß es zum letztenmal war, dachte sie, als sich die Türe hinter ihnen schloß. Der Garten war leer, von bläulichen Blitzen erhellt stand das Gartenhaus mit geschlossener Tür am andern Ende, prasselnd entlud sich der Regen auf sein mit Schiefer gedecktes Dach und schoß die Treppe hinab. Wie betäubt ging sie dem Ausgang zu. Als sie die Tür hinter sich schloß, flammte ein leuchtender Blitz vor ihr nieder, unmittelbar von einem gewaltigen Knall gefolgt.

»Das hat eingeschlagen«, hörte sie eine Stimme neben sich sagen. An den Zaun gedrückt standen drei Frauen neben der Treppe, sie hatten ihre Reisigbündel auf den Weg geworfen und sich die Säcke über den Kopf gelegt. Sie erkannte die Frauen, mit denen sie vorher den Berg heraufgekommen war. Sie sahen sie spöttisch an, grüßten aber nicht.

»Euch, teure Hallen, grüß' ich wieder«, rief Schmeedes mit pathetischer Gebärde und breitete seine kurzen, dicken Arme aus, als er das Haus betrat. »Elektrisch Licht! Gott sei Dank! Ich hatte mir schon eine Taschenlaterne mitgebracht; wissen Sie, ich habe Ihnen immer die Treppen bekleckert mit den verflixten Kerzen. Und 'nen Othello habt ihr auch?« Er wies nach dem Mohren, der die rosa Ampel trug.

Es war eine geräuschvolle Begrüßung auf der Treppe: Herr Konz freute sich, einmal wieder einen trunkfesten Kumpan zu einem vergnügten Abend zu haben, und Minna lachte über das ganze Gesicht. »Sie sind aber auch gut durch den Winter gekommen, Herr Schmeedes.« Schmeedes schüttelte Friederike kameradschaftlich die Hand.

In seiner verstaubten karierten Reisemütze sah er wie ein Gastwirt aus. Von dem hellblonden Haar, das in kurzgeschorenen Borsten aufrecht stand, war nurmehr eine dünne Schicht vorhanden, die Glatze erstreckte sich jetzt über den halben Vorderkopf.

»Dieses ist der Ahnensaal.« Damit öffnete Herr Konz die Tür zu dem großen Speisezimmer, in dem an einer Wand ein großes, verdunkeltes Ölgemälde seines Vaters, auf der andern die nach Photographien gemalten Ölbilder von ihm und seiner verstorbenen Frau hingen, beide in dem ersten Jahr ihrer Ehe aufgenommen und dementsprechend unkenntlich und fremd.

Schmeedes rieb sich behaglich die Hände, als die Anstedter die dampfende, verdeckte Suppenschüssel auf den Tisch setzte, und blinzelte Minna zu. »Gott, was hab' ich mich auf Ihre guten Sachen gefreut, Fräulein Minna.« Etwas Besseres konnte Minna kein Mensch sagen, sie strahlte, während sie die Krebssuppe aufgoß. Warum er hergekommen war? Er war damals von hier aus nach Belgien, Luxemburg und England gegangen, hatte dann eine Stelle als Oberingenieur bei Hölts am Rhein gehabt, und dabei war es ihm geglückt, nach langen Versuchen den Dampfüberhitzer, sie kannten ihn ja alle, zu erfinden, gegen den sich die Fabriken, auch droben »die Hütte«, er wies mit dem Daumen über die Schulter, erst so gesträubt hatten. Jetzt hatten sie gemerkt, daß der Apparat zwanzig Prozent Dampf ersparte, und nun kamen sie allmählich alle zu ihm. Seine Karriere hatte er dem Dampf zu verdanken und dem »System«. System war alles. Heut lieferte er mehr als einer Fabrik den Dampf, und überall standen seine elektrischen Zentralen. Vorige Woche hatten sie ihn nach Luxemburg berufen, dort hatten die Koksanlagen immer eine Menge Dampf in die Luft gepufft. Nun hatte er seine Anlagen dorthin gebaut und mit dem Fiskus einen Vertrag geschlossen, und lieferte für die benachbarten Bergwerke den Dampf. Er hatte sich nun überzeugt, daß alles dort tadellos ging, und war gestern von Luxemburg nach hier berufen worden. Die Nolls hatten in den Glashütten amerikanische Maschinen aufgestellt, hatten die Glasbläser entlassen, die Leute waren ausgewandert. Nun standen da fünf Maschinen, die Glas machen sollten, fabrizierten aber nur Glas dritter Qualität. Die Maschinen arbeiteten nämlich nicht wie Menschenhände, die nachgeben können, sondern zu schütternd, nicht glatt und ruhig genug, dementsprechend wurde auch das Glas schlecht und unsauber. Seit ein paar Wochen war ein amerikanischer Ingenieur da, der die Maschinen untersuchte, bis jetzt war aber nichts dabei herausgekommen; da hatten sie nun ihn herbestellt.

»Und Sie haben den Fehler natürlich gleich entdeckt«, sagte Friederike.

Schmeedes zerlegte den Fasan mit Kennergriff.

»Entdeckt? Nee, zu entdecken war da nicht viel, aber ich hoffe ihnen die Maschine in Ordnung zu bringen.« Ja, ja, früher hatten ihn die Nolls immer über die Achsel angeguckt. »Schlosser mit besserer Handschrift.« Heut waren sie froh, wenn man ihnen ihre Maschinen in Ordnung brachte. Morgen fuhr er noch einmal auf die Glashütte, um nachzusehen.

»Wenn ich meinem alten Herrn gefolgt wär'«, fuhr er fort, indem er sich mit Andacht die Spargel mit Minnas berühmter Rahmsauce beträufelte, »dann säß' ich heut noch als Oberingenieur bei den Hölts am Rhein. Ein Gehalt hatt' ich wie ein Minister, aber ich seh' doch nicht ein, daß ich andern Leuten mein Gehirn zur Verfügung stellen soll, wenn ich's für mich gebrauchen kann. In den paar Jahren, seit ich auf eigne Faust arbeite, hab' ich mir ein ander Sümmchen gemacht.« Natürlich hatte er sein Kapital nicht in preußischen Konsols angelegt, sondern ließ es arbeiten, kaufte Industriepapiere, selbstverständlich nur solche, die er genau kannte, und wenn sie stiegen, verkaufte er sie am selben Tag. Das war Prinzip. Nun fuhr er nur noch hin und her, um Verträge mit den großen Werken abzuschließen, war sein eigner Direktor und sein Ingenieur dazu. »Herrgott, ich soll ja nix mehr trinken – « wehrte er Herrn Konz, der ihm ein über das andre Mal aus der verstaubten Flasche den goldigen Mosel eingoß.

»Ja, sind Sie denn beim blauen Kreuz?«

»Nee, aber ich hab' was mit dem Herzen. Das ist ungefähr dasselbe«, erwiderte Schmeedes. Arbeiten und trinken vertrug sich nun einmal nicht, und er wollte jetzt nur noch arbeiten. Zehn Jahre noch, dann brauchte er's nicht mehr. Sogar zum Malzkaffee war er gesunken.

Das kam Herrn Konz recht quer, und es erhob sich ein Kampf zwischen der Moselweinflasche und dem leeren Glas, das Schmeedes lachend mit beiden Händen verteidigte. Aber es dauerte nicht lange, und Schmeedes gab nach. Mit einem fast verklärten Blick erhob er das Glas, bewegte es leicht und kreisförmig, kostete die Blume, schloß die Augen und schlürfte den goldgelben Wein bedächtig aus dem beschlagenen Glas. »Vierundachtziger«, sagte er absetzend. »Ein gesegnetes Jahr.«

Während die Anstedter den Tisch abräumte, brachte Minna die Zigarren, und Schmeedes gab auf Verlangen das neueste Karnevalslied zum besten:

»Wer hätt' dat von der Tant' jedacht! denken S' an –
Wo war die nur die janze Nacht? – «

Minna hielt sich die Seiten, und auch Herr Konz mußte mitlachen, wenn Schmeedes pfiff und ein spitzbübisches Gesicht dazu schnitt.

Friederike saß ruhig dabei und behielt ihn im Auge. Der Gedanke hatte sich bei ihr festgesetzt: Er will etwas von uns.

Als das Lied an die Reihe kam:
>>Dat Trina muß en Mann han,
's wär schad' um dat Fassong<<,
verabschiedete sie sich und ging auf ihr Zimmer.

Aber sie legte sich nicht schlafen, sondern blieb auf dem Fensterbrett sitzen und sah in die Nacht hinaus dem Flammenspiel der Essen in der Ferne zu.

Bis in die Nacht hinein klangen die Stimmen und die Lachsalven aus dem Speisezimmer herauf.

Minna hatte Schmeedes das »Fürstenzimmer« mit den grünseidenen Empiresesseln, das zu Ehren eines im Quartier hier übernachtenden kommandierenden Generals angeschafft worden war, hergerichtet. Es war spät, als seine Schritte endlich durch den langen Gang hallten, er suchte die Klinke seiner Türe, dann hörte sie ihn das Fenster öffnen.

Der Regen hatte aufgehört, und das Gewitter war vorbeigezogen. Im Zimmer war es schwül. Schmeedes hatte kein Licht gemacht, sondern lehnte aus dem Fenster und rauchte eine Zigarre. Während er die kräftige Nachtluft in vollen Zügen einatmete, lauschte er auf das Donnern der Hämmer des Hüttenwerkes, das aus der Ferne gedämpft herüberklang. Die Hochöfen hatten ihre alten Flammenkronen verloren. Keine Glutfackel leuchtete mehr aus ihnen durch die Nächte, wenn nicht gerade beim Beschicken der bläuliche Gasschein ausbrach. Dafür entschädigte ein andres Schauspiel mit um so schönerer Lichtwirkung, der Aschen- und Schlackenregen der Konverter, der durch die Dachöffnungen des Thomaswerks wie ein feuriger Funkenregen in die Nacht hinaussprühte und auf Dächer und Höfe herniedersank, so oft sich das Roheisen zu Stahl gestaltete.

Der langgedehnte Pfiff einer vorüberfahrenden Lokomotive unterbrach die Stille, an den Lichtern des Bahnhofs vorüber glitt ein Zug durch die Nacht. Von den Telegraphendrähten vor den Fenstern tropften Regenspuren herab. Das Licht im unteren Stock erlosch, und die Treppe lag im Dunkeln. Auf der Schwelle seiner Hütte hatte der Hund sich ausgestreckt, den

Kopf auf den Pfoten, die Augen geschlossen. Das Wetterleuchten beleuchtete auf kurze Augenblicke den stillen Hof, die schwarzen Fenster der Kesselschmiede, die hohen Schlote, die leblos standen, das rostige Eisen, das aufgehäuft im Vorhof lag, eine Reihe weißer Hosen, die auf dem Rasenrondell im Hof ausgebreitet lagen, leuchteten gespenstig durch die Dämmerung.

Nachdenklich rauchend betrachtete Schmeedes die schlafende Kesselschmiede und maß die Entfernung ab von der Brandmauer der Halle bis zu den ersten Schienensträngen, die wie Silber blinkten. Er nickte vor sich hin. »Es ist so, wie ich sagte«, murmelte er, »in acht, neun Jahren fährt die Lokomotive hier über die Stelle, wo ich jetzt stehe.« Diese Entdeckung mußte außerordentlich erfreulich sein, denn er lächelte dazu.

Wenn Friederike sich jemals auf etwas gefreut hatte, so war es, Schmeedes durch ihr Werk zu führen und ihm die Veränderungen und Neubauten zu zeigen, die man in den letzten Jahren vorgenommen hatte. Er hatte noch in der Zeit des geschäftlichen Niederganges hier gearbeitet. Man hatte damals unter dem Druck der Aufhebung der Eisenzölle gestanden, die, vom Reichstag beschlossen, der deutschen Industrie beinahe den Todesstoß versetzten. Unmittelbar nach der Aufhebung der Zölle war der große Krach erfolgt, die Preise stürzten, die ermäßigten Zölle ließen ausländisches Eisen ins Land. Das Saargebiet wurde von dem Niedergang schwer betroffen, ein Hochofen nach dem andern mußte ausgeblasen, ein Walzwerk nach dem andern stillgelegt werden. Tausende von Arbeitern wurden entlassen. Schmeedes hatte wohl noch die Zeit miterlebt, wo der Reichstag den Schutz der nationalen Arbeit wieder zum Gesetz machte und der Umschwung eintrat, doch die Verbesserungen und Neubauten hatte er nicht mehr gesehen. Er war überrascht von der Entwicklung, die das Werk genommen hatte. Zu seiner Zeit hatten hier vierhundert Arbeiter gearbeitet, heute waren es beinahe sechshundert, die Höfe waren vergrößert, neue Hallen entstanden, das Grundstück war bis auf den letzten Platz ausgenutzt. Es schien, als ob der Stacheldrahtzaun, der es umspannte, es nur noch scheinbar von dem Güterbahnhof trennte, der sich ebenfalls nach allen Seiten hin ausgedehnt hatte.

Schmeedes wurde von allen Seiten begrüßt, die Arbeiter kannten ihn wieder, einige Meister drückten ihm die Hand. Der dicke Scholz, das Faktotum mit dem familiären Lächeln und dem jovialen Gesicht – er hatte mittlerweile den Titel eines Direktors erhalten – wußte nicht recht, ob er noch von seinem Duzrecht Gebrauch machen konnte. Er hatte früher mit Schmeedes Schmollis getrunken. Aber Schmeedes schlug ihm auf die Schulter. »Na, da bist du ja auch als wieder, alter Schwede. Herrje noch einmal, ist der Kerl dick geworden, die Luft hier schlägt euch all aber gut an, das muß man sagen. Na, wie geht et denn daheim? Was machen die Kinner und das Hauskreuz? Nee, ich hab' als immer noch keins. Ach, das is ja auch der alte Kolling«, begrüßte er sich mit dem grauhaarigen Meister, der den Kopf unter einem rußigen Kessel hervorstreckte. »Ihr habt ja en Glatz, Mann, wie ich!« Es war kein Fortkommen mehr, alle kamen und wollten ihn begrüßen, ihm die Hand drücken, und für jeden hatte Schmeedes eine andre Anrede. Es war halb zehn, als sie endlich durch das schwarze, von Lastwagen und Kindern belebte Dorf nach der Hütte hinaufgingen.

Das neue Schulhaus stand nackt und kahl auf einem baumlosen, mit schwarzer Asche bestreuten Platz in der Sonne, man hörte Mädchenstimmen in plärrendem Ton etwas aufsagen, nebenan sangen sie »Lobe den Herrn«. Alle Fenster waren geöffnet. In einem Klassenzimmer des Unterstockes stand ein junger Lehrer mit kurzgeschnittenem schwarzen Schnurrbart am Fenster, den Stock auf dem Rücken, und richtete seine Fragen an die Klasse, indem er sich den Himmel betrachtete, worauf die prompte Massenantwort der für den Vorübergehenden unsichtbaren Buben erfolgte.

In der Lindenallee wurden gerade Buden aufgeschlagen, die Gerüste eines Karussells lehnten an dem schwarzgeteerten Zaun, ein grüngestrichener »Komödienwagen« stand in der Ecke mit rauchendem kleinen Schornstein, eine Gruppe kleiner Kinder hatte sich dicht an seine Treppe gedrängt.

»Nun, Gott sei Dank, als wieder einmal ein Fest«, sagte Schmeedes.

Am Torhäuschen des Stahlwerks erwartete sie ein junger Ingenieur, der sie im Auftrag seines gerade beschäftigten Chefs führen sollte.

Sobald man den Boden des Hüttenwerks betrat, wo einem von allen Seiten Pochen der Hämmer, Stampfen und Rasseln entgegentönte, verbot sich jede weitere Unterhaltung von selbst. Auf den mit schwarzer Asche bestreuten, von Schienen durchquerten Plätzen kamen ihnen Züge mit kleinen Lokomotiven entgegen, die in halboffenen eisernen Wagen mannshohe glühende Eisenblöcke in das Walzwerk fuhren. Man mußte zur Seite treten, lautlos kamen sie von allen Seiten heran, kein Signal, kein Warnungsruf meldete sie an. Das glühende Eisen verbreitete im Vorübergleiten eine heiße Luft. Aschenstaub flog auf. Unter den Hallen glühten die Öfen wie aufgerissene Rachen und spien Feuer aus ihrem Schlund.

So oft Friederike hierherkam, erregte die Großartigkeit der Anlagen, die mit ungeheuern Mitteln errichtet waren, ihre Bewunderung. Gegen dieses Werk nahm sich ihre Kesselschmiede wie eine Zwergenwerkstatt aus. Eine große, machtvolle Persönlichkeit hatte diesen Riesenbetrieb geschaffen, ein Arbeiter von unerschöpflicher Schaffenskraft, der, auf reiches Wissen gestützt, mit dem Bewußtsein eines festen Zieles die Verhältnisse seiner Zeit auf allen Gebieten mit seltener Klarheit überschaute, an der Spitze seines Werkes und in den Kämpfen um die Reichspolitik stand. Gewohnt zu herrschen, forderte er von allen, die in seinen Diensten standen, Gehorsam; man nannte ihn nicht umsonst den »König«.

Alles schien von einer unsichtbaren Hand geleitet und geordnet und ging wie eine Maschine von tausend Rädern und Händen, die ein Kopf sich ausgedacht und eingerichtet hatte, seinen rastlosen, gleichmäßigen Gang.

Das Stahlwerk war umgebaut und mit auswechselbaren Konvertern, zwei Konvertergerüsten und Warmblasegerüsten ausgerüstet worden. Zwischen den Hochöfen und der Konverterhalle führte eine achthundert Meter lange Verbindungsbahn. Damit wurde dem Stahlwerk, das bisher nur in Kuppelöfen umgeschmolzenes Roheisen verarbeitet hatte, zum erstenmal das in den Hochöfen erblasene Roheisen gleich in flüssigem Zustand zugeführt. Anstatt des umständlichen Fuhrbetriebs war zur Abfuhr der Asche und Schlacke nach der Halde und den Behältern am Erzplatz eine Seilbahn angelegt worden, die von der Mitte des alten Werks über Werkshallen und Höfe hinweg ging. Die Adjustierungshalle, die sich an die Warenlager des Walzwerks schloß mit dem ausgedehnten Vorrats- und Versandlager für Träger, Schienen und Schwellen, war erweitert worden, von der Forstverwaltung war neues Gelände angekauft, neue Bahnverbindungen waren geschaffen, die neue Werkstätte für die Koksanlage war gerade im Bau.

Die Herren blieben am Eingang der ersten Halle stehen. Es wurde gerade Stahl gegossen. Mit furchtbarer Gewalt brach aus dem Schornstein ein prachtvoller Feuerregen aus, blendend schoß der Funkensturm aus der Esse, Feuerräder drehten sich in der Luft, zerstoben nach allen Seiten und sanken auf Hallen, Dächer und Höfe. Wie gebannt verfolgte Friederike den Lauf des hellroten dicksickernden glühenden Baches, der aus dem schwarzen Schlund des Ofens rann und sich in die Form ergoß. Hin und wieder zog sich noch ein dunkler Streifen durch seinen feurig roten Lauf, der Stahl war noch nicht schlackenfrei. Wieder entlud sich unter donnerndem Zischen, Brausen und Getöse ein feuriger Funkenregen, der aufsprühend den Blick blendete und die düstere geschwärzte Halle mit funkelnden Sternen erfüllte, die weithin flogen. Ein paar Funken trafen ihr Kleid; während sie sich bückte, um die Funken zu löschen, fühlte sie einen brennenden Stich auf der Stirn. Sie trat, das Gesicht mit der Hand beschirmend, aus der Halle. Am Eingang saßen zwei Arbeiter, die sich die Fußlappen erneuerten; ein junger Mann mit rotgebranntem Gesicht, über und über weiß bestaubt und halbnackt, wischte sich von Hals und Armen den Schweiß. Die Männer blickten ihr mit spöttischem Lächeln nach, ohne sich in der Arbeit aufzuhalten. Es war nichts Ungewöhnliches, daß Besucher hier durchgeführt wurden, Frauen kamen selten mit. Aber »dem Konz sei Dochter?« Nun, die galt als Mann.

Bei dem einen Hochofen waren die Arbeiter eben dabei, die flüssige Eisen- und Schlackenmasse aus dem mit feuerfester Erde verstopften Mundloch im Bodengestein des Ofens abzustoßen. Mit Brechzangen wurde der mit Ton und Steinbrocken verstopfte Ausflußkanal geöffnet. Plötzlich eine blendende Lichtfülle, Millionen von Funken und blauen und roten glühenden Sternen wirbelten auf, purpurn floß ein strahlender, glühender Bach heraus. Das Stickloch glühte wie eine Sonne. Dann kam das hellere Eisen geflossen, die Umstehenden schlossen geblendet die Augen, der schimmernde Strom quoll, wellenförmig sich drängend, heraus, glitt schwerfällig in den Abzugsgraben. Schweigsam arbeiteten die Leute. Unter dem eisernen Steg kam die glühende Lava geflossen. Das flüssige Roheisen wurde in den ausgemauerten großen Gießpfannen gesammelt und mit Lokomotiven in das Stahlwerk gefahren. In dem nächsten Hochofen wurde gerade der Koks in den glühenden Krater eingelassen. Die rasenden Gluten von geschmolzenen Schlakken schienen den Blechmantel des Ofens samt seinen eisernen Bindegürteln zu zersprengen, sie wurden mit Strömen kalten Wassers übergossen. Ein Dunstschleier hüllte den schwarzen Koloß auf einen Augenblick ein. Die Arbeiter schoben ihre eisernen Karren weiter.

Während die beiden Herren, in technische Gespräche vertieft, voranschritten, folgte ihnen Friederike durch die Walzwerkanlage mit ihren gasgeheizten Wärmeöfen und Gaserzeugern, wo die neue Drillingsmaschine arbeitete. Auch diese Anlage war

durch den Bau einer großen Revierstraße erweitert worden.
Schmeedes erklärte ihr:

Was früher einmal der Hammer des Schmiedes und dann der
Wasserhammer geformt hatten, das streckten und formten jetzt
die Walzen, die, von einer Walzenzugmaschine getrieben, in
entgegengesetzter Richtung sich bewegten und drehten.

Das Revierwalzwerk war zu einem kleinen Blockwalzwerk
umgebaut worden, wo das Abteilen der Blöcke mechanisch
vorgenommen werden konnte. Knirschend zerschnitten die
Blockscheren, die am Ende der Blockstraße aufgestellt waren,
die eisernen Blöcke mit einer Leichtigkeit, als zerschnitten sie
ein Stück Stanniol; nur das ohrenzerreißende Knirschen verriet, daß Eisen unter ihrer Wucht zermalmt wurde. Unmittelbar
von der Schere weg wurden die geblockten Stäbe in die gasgeheizten Wärmeöfen gebracht, dort durchgewärmt und auf
einer der Straßen ausgewalzt. Nie war es Friederike mit solcher
Klarheit zum Bewußtsein gekommen, wie wenig sie in der Schule
gelernt hatte, und sie empfand es beschämend, wie ein Schulkind vor einem Manne wie Schmeedes zu stehen, der ihr, unbekümmert um das Rasseln und betäubende Hämmern um sie
herum, seine neuen Maschinen, die Dampfüberhitzer, mit fachmännischen Ausdrücken erklärte, die sie sich erst umständlich
in einfache allgemeinverständliche Begriffe übersetzen mußte.
Das Gefühl der Achtung, das gestern widerstrebend in ihr vor
seinen von der Welt anerkannten Leistungen in ihr aufgekeimt
war, ließ sich nicht mehr verdrängen. Auf dieser stiernackigen,
kurzbeinigen Gestalt saß der Kopf eines Erfinders, eines technischen Genies. Auf diesem Boden war er zu Hause, hier berührten sich ihre Interessen. Auf diesem glühenden Backsteinboden, auf dem ihre Sohlen zu verbrennen drohten und sie
von allen Seiten die ausstrahlende Glut der Öfen traf, zwischen
Zügen mit glühenden geblockten Eisenstücken hindurch, denen man ausweichen mußte, ohne dabei auf die in den Boden
eingefügten eisernen Rundscheiben zu treten, welche sich in
plötzlich drehende Bewegung setzten, führte er sie wie durch

einen Garten, indessen mannshohe glühende Eisenstücke, von den Griffen der großen Maschinen gehalten, über ihren Köpfen hin und her schwebten.

Sie wurden nicht müde, das elegante, scheinbar so einfache Spiel der eisernen Riesenhände zu betrachten, welche die glühenden Eisenblöcke aus den kleinen Wagen hoben und sie durch die Luft weitertrugen. Während die linke Eisenhand den viereckigen eisernen Deckel des Wärmeofens aufhob und höflich zur Seite hielt, versenkte die rechte den weißglühenden menschengroßen Block in den Wärmeofen wie in einen unterirdischen Vorratsschrank, die linke deckte sorglichst den Deckel wieder zu, und beide schwebten davon, als hätten sie einen Federball berührt.

Friederike fiel die Werkstätte ihres Urgroßvaters ein, die »alte Schmelz«, die aus einem Ofen mit zwei Blasebälgen, Sandgießerei, Formhaus, Erzwäsche, Kohlenscheuer und drei Arbeiterwohnungen bestanden hatte. Ein Steindruck von ihr war noch aus dem Jahre 1757 erhalten. Sie konnte sich nicht losreißen von dem prachtvollen Bild der aufleuchtenden gelben Feuer, der roten Brände, der blauen Gase und der sehnigen Männergestalten, die in blauen Leinenjacken aufrecht und ruhig die Maschinen leiteten, oder vor den aufgerissenen Rachen der Öfen unter Funkenregen und zischenden Dämpfen schweigend ihre Arbeit verrichteten.

Bestaubt und erhitzt, mit roten Gesichtern verließen sie die letzte Halle und schritten durch den weiten Vorhof dem Ausgang zu.

Überall lag rostiges Eisen umher, einige Stücke waren mit »Fertig« bezeichnet, in einer Wellblechbaracke saßen Arbeiter und aßen zu Mittag, einige spielten Karten, andre lasen die Zeitung. Nebel lag über dem Dorf, alles schien grau und in die Ferne gerückt.

Schmeedes hatte seinen Anzug gewechselt und erschien mit frischem Kragen und neu gescheiteltem Haar im Speisesaal. Friederike hatte sich mit Händewaschen und Rockabbürsten begnügt, sie mußte doch gleich nach Tisch wieder auf das Bureau und saß im Nebenzimmer vor dem Schreibtisch und sah Rechnungen durch.

Schmeedes nahm neben ihr auf dem Federsessel Platz. »Macht Ihnen das nun wirklich Vergnügen, Tag für Tag im Bureau zu sitzen? Den Gedanken, zu studieren, haben Sie also endgültig aufgegeben?«

»Ja, endgültig«, sagte sie.

»Sie haben sich ja kolossal rasch in den Betrieb eingelebt«, fuhr er fort, während er ihr zusah. »Was wird denn mal aus der Kesselschmiede, wenn Sie nicht mehr hier sind?«

Sie schob ein Paket Rechnungen in den Umschlag und versiegelte ihn. »Ich bleibe immer hier«, sagte sie. Tropfend fiel der Lack auf das Briefkuvert.

»Gehalt beziehen Sie sogar«, fuhr er fort. »Was fangen Sie denn mit dem vielen Geld an?«

»Nun, ich muß mich doch kleiden und kann Minna nicht immer um Geld für einen neuen Hut oder ein Paar Stiefel bitten.«

»Ah, die Minna führt noch immer das Regiment?«

»Das Regiment?« wiederholte Friederike und sah ihn vom Kopf bis zu den gelben Kanarienvögeln an.

Schmeedes murmelte etwas von »kolossal« und »enormem Respekt«.

»Von dem Geld kauf' ich mir übrigens auch Land«, setzte sie hinzu.

»Ah, das war keine schlechte Idee. Aber wo denn und zu welchem Zweck?«

Friederike beschrieb die Lage ihres Grundstückes und gab den Preis für die Rute an, den sie gegeben hatte.

»Hm. Billig war das nicht. Aber – warten Sie mal, die Grundstücke am Franzosenweg haben doch direkte Verbindung mit dem Güterbahnhof ...« Etwas steiler Weg zwar, aber hier war ja alles auf Hügeln und Tälern gebaut ... Natürlich, er erinnerte sich genau. »Aber das Grundstück kann doch kaum größer sein als ein Hektar?«

»Gewiß, aber das Land daneben hab' ich mir auch gesichert, das kommt im Herbst dazu.«

»Und das wollen Sie auch bebauen?«

»Nein. Liegen lassen vorläufig.« Sie weidete sich an seiner Verblüffung. Das imponiert ihm nun, dachte sie. Das Selbstverständliche imponiert ihnen immer und daß wir auch einmal einen guten Gedanken haben –

Schmeedes nahm seine seidene Mütze, die er im Hause des Zugwindes wegen trug, ab. »Auf was für Gedanken Sie kommen!« Er rechnete ihr vor, wieviel sie jetzt schon an dem Land verdient habe, wenn jemand eine Fabrik dorthin baute.

Schmeedes blies den Rauch seiner Zigarre gedankenvoll zum Fenster hinaus, wo das Rangieren der Güterwagen und Pfeifen einer Lokomotive klang.

»Das ist ausgeschlossen«, sagte sie und begann Minnas Wirtschaftsgeld auf den Tisch zu zählen. »Weil mir das Land nicht feil ist.«

Er stäubte die Asche aus dem Fenster. »Und wenn Ihnen einer einen anständigen Preis dafür böte?«

»Haben Sie vielleicht die Absicht, sich hier anzukaufen?«

Er lachte kurz auf. »Hier ist guter Boden und noch etwas zu machen, die Arbeitslöhne sind noch erschwinglich – «

»Meinen Garten kriegen Sie nicht«, sagte das Mädchen und trug das Geld in das Wirtschaftsbuch ein.

Ihr Eifer belustigte ihn. »Und warum nicht, wenn ich fragen darf?«

»Weil ich das Land erst nach schwerer Mühe zu einem Garten gemacht habe, der mir Freude macht«, antwortete sie.

»Ei der Tausend, wie gut Sie addieren können«, sagte Schmeedes, er trat dicht hinter ihren Stuhl. »Das geht ja wie der Blitz.«

Friederike löschte das Blatt und schloß das Buch. Sie konnte es nicht leiden, wenn ihr jemand über die Schulter sah. Diese Angewohnheit hatte auch Minna.

»Im übrigen mache ich keine Redensarten«, fügte sie hinzu. »Aber wenn Sie mein Garten interessiert, so will ich Sie gern heute mittag hinführen.«

»Gut, ich komme mit.« Schmeedes verarbeitete einen plötzlich entstehenden Plan in seinem Kopf. Daß dieses junge Mädchen aus eignem Antrieb sich geschickt und ungewöhnlich preiswert, wenn man die heutigen Grundstückswerte dagegen verglich, Land gesteigert hatte, flößte ihm Achtung ein.

Schmeedes schien alles ungewöhnlich klar und verständlich, und bei der Einseitigkeit seiner Anschauungen war alles in der Tat auch sehr einfach und klar. Er schätzte die Menschen nach ihren Leistungen ein. Die Frauen hielt er ohne Ausnahme für sentimental und unpraktisch. Daß man sie nicht entbehren kann, würde er gewiß nicht geleugnet haben, aber sie erschienen ihm als eine geistig untergeordnete Klasse, mit der man sich nicht weiter zu beschäftigen brauchte. Von der Begabung der Frau hielt er nicht das mindeste. Alle größeren Unternehmungen der Frauen würden mißglücken, zu einer Ärztin ginge er höchstens, wenn er sich in den Finger geschnitten habe, und auch dann würde er noch lieber einen Barbier aufsuchen, erklärte er.

Es hatte ihn in Verwunderung gesetzt, bei einer Frau selbständiges Denken und planmäßiges Handeln von praktischem Wert zu finden. Natürlich war auch dieser Gedanke halb in der Ausführung steckengeblieben. Statt sich dort oben auf ihrem Grundstück möglichst rasch in die Breite auszudehnen, hatte sie Kartoffeln, Gemüse und Dung in das Land gesteckt und Wohlfahrtseinrichtungen angelegt, von denen sie nichts verstand, und die einem niemand dankte, weil niemand den gewünschten Nutzen davon hatte. Er hatte ihre Speisehallen, die im Rohbau begriffen, und das eben fertiggewordene Milchhäuschen gesehen. Für die Kinderkrippe interessierte er sich nicht, weil er nichts davon hielt, den Leuten natürliche Sorgen noch mehr abzunehmen, als es ohnehin geschah, seit es Mode geworden war, Wohltätigkeit zu üben.

»Die Speisehallen bleiben ihnen leer, in die Kinderkrippe kommt nur faules Volk und bringt Ihnen Ungeziefer, und das Milchhäuschen« (er sagte: Millichhäusjen) »macht nach acht Tagen bankrott«, prophezeite er. »Alle derartigen Einrichtungen«, fuhr er fort, »sind schon von vornherein verfehlt, weil sie unsern Köpfen entsprungen sind. Fragen Sie die Leute einmal, sie werden Dinge wünschen, an die wir nie gedacht hätten. Die Wohltaten schließen meist eine Bevormundung in sich. Sie bauen den Leuten eine Speisehalle, zwingen sie also, sich mittags an einen bestimmten Platz zu setzen. Wenn ich ein Kesselschmied wäre und hätte den ganzen Morgen an einem mir von Herrn Konz bestimmten Platz gestanden und es würde Feierstunde geboten und meine Frau käme und brächte mir das Essen, dann würde ich mich dreimal bedanken, ehe ich mich auf die lange Bank setzen würde, wo jeder mir in den Topf gucken kann.«

»Also lieber würden Sie sich's auf den Kopf und in Ihre Suppe regnen lassen, als in einer gewärmten Halle zu sitzen?« rief sie mit blitzenden Augen.

»Die Leute finden überall einen trockenen Platz. Kinderkrippen? Wozu? Auf diese Weise werden wir bald eine Übervölkerung haben. Und das Milchhäuschen«, er lachte herzlich, »seh' ich schon verkrachen. Schad' um das schöne Fichtenholz und die weiße Farbe. Geben Sie ihnen Kaffee oder Kakao, Milch mag ein ganz gutes Nahrungsmittel sein, aber ist nichts für den Durst. Verzeihen Sie, aber wir kennen die Leute ja gar nicht.«

»Weil wir sie nicht kennen wollen«, rief Friederike aufgebracht. »Sie hassen uns und halten uns für ihre Feinde, das ist das Furchtbare!«

»Ich kann nichts Furchtbares darin finden, sondern nur etwas ganz Natürliches, da wir in verschiedenen Verhältnissen, unter anderen Bedingungen und Anschauungen aufgewachsen sind«, sagte Schmeedes. »Da hören Sie!« Er wies nach einem Nachbarhaus, aus dessen geöffnetem Fenster der Lärm einer

Schlägerei herausklang, in den sich Poltern von Stühlen, Glasklirren und Fluchen mischte. »Was für eine Gemeinschaft kann zwischen ihnen und uns bestehen?«

»Die Kluft kann durch Erziehung und Bildung beseitigt werden«, antwortete sie heftig. »Wir kennen ihre Emotionen und die Motive ihrer Handlungen nicht. Vielleicht ist es Neid, vielleicht auch Seelengröße, was sie von uns zurückhält. Wie kann man nichts Gutes an den Leuten sehen wollen!«

»Wo nichts ist«, erwiderte Schmeedes und setzte seine seidene Mütze wieder auf, »da ist auch nichts zu sehen. Wenn wir uns eine Aufgabe stellen, dann ist es erste Bedingung, daß wir uns nicht mit Phantasien abgeben, sondern die Dinge sehen wie sie sind. Sie haben sich die Aufgabe gestellt: Alles tun für die Massen und nichts von ihnen erwarten. Nun, Sie werden sehen, daß Sie solcher Aufgabe nicht gewachsen sind.«

»Warum meinen Sie das?«

»Weil wir im Grund unsres Herzens immer noch Dank dafür erwarten«, sagte Schmeedes.

Als sie das Speisezimmer betraten, saß Herr Konz schon an seinem Platz obenan, und vor Friederikes Gedeck stand ein großer Strauß rosa Nelken.

Minna war in einer heimlichen Aufregung, die ihr, wie sie glaubte, niemand anmerkte. Schmeedes hatte gestern abend eine ganze Stunde lang neben ihr am Fenster gesessen, gedankenvoll mit ihrer Stickschere gespielt und sich von Friederikes Leben erzählen lassen.

Und sie hatte Garn gewickelt und war dabei so in das Erzählen geraten, daß sie fast fürchtete, etwas zuviel getan zu haben. Doch Schmeedes konnte ja nicht genug davon hören. Er versicherte ihr, daß ihm Fräulein Friederike »kolossal imponiere«. Heute erklärte er, er bliebe noch einen Tag länger.

Noch nie war es Minna vorgekommen, daß ihr etwas Eßbares mißriet. An diesem Tage versalzte sie die Suppe.

»Fräulein Minna! Fräulein Minna!« drohte ihr Schmeedes mit dem Finger; sie lachte mit.

Herr Konz, der für mißratene Speisen keinen Humor besaß, schob den Teller zurück, aber Minna war überglücklich: Schmeedes und sie verstanden sich.

Ach Gott, wenn das was würde mit den beiden!

Dem Himmel würde sie auf den Knien danken! Das Mädchen wurde zu gelehrt, zu gewalttätig und zu reif. Die Leute wollten ihr nicht wohl. Die Kinder warfen mit Steinen nach ihrem Pferd, und sie ritt eigensinnig und kühl durch die Straßen und ließ sich nicht halten und nichts sagen. Eine Erlösung wär's für sie alle. So eine Partie! Ein Mann in den besten Jahren, ein bißchen dick, aber die Dicken waren gute Ehemänner, lebten gern gut und ließen andre leben, und ein so gewiefter Kaufmann, wie würde der in das Geschäft passen! Vor allem wäre das Gerede still, daß Friederike keinen Mann bekäme.

Schmeedes war nun schon drei Tage hier, und von der Abreise war keine Rede. Die Angelegenheit auf der Nollschen Glashütte zog sich ungewöhnlich lange hin. Es war nicht so einfach, aus einer amerikanischen eine deutsche Maschine zu machen.

Friederike hatte Minnas Aufregung längst mit Unwillen bemerkt. Es kam ihr allmählich auch vor, als ob der Nelkenstrauß etwas zu bedeuten gehabt habe. Schmeedes sah sie immer bedeutsam an, drückte ihr fest die Hand, wechselte am Tag mehrere Male seine Anzüge und Krawatten, trug immer eine Nelke im Knopfloch, und jeden Mittag stand ein Bukett auf Gärtnerdraht, von weißer tellerförmiger Spitzenmanschette umgeben, auf dem Tisch, und Herr Konz meinte, indem er seine Serviette entfaltete: »Alle Achtung, was ist denn das wieder für ein gebildeter Strauß?«

Minna sah Friederike mit Bedeutung an und verhielt sich, entgegen sonstiger Gewohnheit, unheimlich stumm.

Nach Tisch pflegte Minna ein Schläfchen zu halten, sie ging aufs »Heu«, der Vater las die »Kölnische« auf seinem Zimmer, Friederike saß in dem Speisesaal und nähte, während ihr beunruhigende Gedanken durch den Kopf gingen. Sie glaubte zu ahnen, was Schmeedes von ihnen wollte, und zum erstenmal empfand sie ein Gefühl der Angst, wie vor etwas Feindlichem, Gewaltigem, das ihr immer näher rückte.

Schmeedes hatte sich ihr gegenüber in den Klubsessel gesetzt. »Was gibt denn das wieder? Das sieht ja fast aus wie eine weibliche Handarbeit.«

»Eine Markise für meine Laube.«

»Die machen Sie selber?«

»Ich mache mir alles selbst«, erwiderte Friederike und schnitt den Faden ab.

»Bravo! Das ist ein Wort.« Wahrhaftig er wollte ja nicht behaupten, daß blaue Matrosenblusen mit Schifferknoten, kurze Cheviotröcke und derbe Lederstiefel sonderlich geeignet waren, die Schönheit einer Frau zu heben, aber das Mädchen zeigte ein unerschrockenes Zielbewußtsein, ihre Sicherheit gefiel ihm.

»Ach ja.« Er drehte die Markisenschnur in der Hand, während er ihr elegisch zusah. Wenn man einmal anfing, die Ärzte zu fragen, was man essen sollte, dann war es mit der Lebensfreude nicht mehr weit her. Er hatte sich in Amerika und England mit dem vielen halbgaren Fleisch und dem schweren, auf einen Straußenmagen berechneten Essen den Magen »verknackst«. Er war des Lebens aus dem Koffer satt.

Friederike begann Zacken zu schneiden. Schnippschnapp ging die große Schneiderschere.

Schmeedes folgte den Bewegungen der Schere gedankenvoll. Er hatte jetzt sein Quartier im »Breitenbacher Hof« aufgeschlagen und wohnte dort, wenn er nicht unterwegs war, aber das unruhige Hotelleben war nichts für sein Herz, und wenn er von den Reisen zurückkam, sehnte er sich jedesmal nach einem netten, behaglichen, gemütlichen Haus, in dem einen eine verständige Frau empfing. Und wenn man mit dieser auch noch ein vernünftiges Wort reden konnte, nun, dann hatte er alles, was er begehrte. Bisher hatte er keine Frau gefunden, die ihm einmal etwas Interesse für seine Pläne und Arbeiten entgegengebracht hätte.

Friederike fädelte einen langen Faden ein. Sie hatte eine Falte zwischen den Augenbrauen, und es wurde ihr schwül zumute.

Kann ich es, oder kann ich es nicht? dachte sie, als sie seine Blicke auf sich ruhen fühlte. Das Herz schlug ihr bis zum Halse. Wenn sie Schmeedes vor sich sah, dick, jovial, hatte er nichts, was ihr imponieren konnte oder sie anzog. Aber sie hatte ihn nun als Fachmann, als Erfinder einer nützlichen Maschine, die von der technischen Welt anerkannt war, kennen gelernt. Das hatte seinen Eindruck nicht verfehlt. Dieser scheinbar leichtlebige Rheinländer war im Grunde ein praktischer, nüchterner, zielbewußter Arbeiter, ein kluger, erfinderischer Kopf, einseitig, gewiß, aber dafür leistete er auch etwas in seinem Fach ...

Ihr Vater hatte keinen Sohn, er mußte einen Nachfolger haben. Minna paßte schon zitternd auf, und Schmeedes ließ es sich für seine Verhältnisse eine »enorme« Anstrengung kosten. Der Schweiß stand ihm in Perlen auf der weißen Stirn, und er machte sich unnütze Kosten mit Treibhausblumen, aus denen sie sich nicht das geringste machte.

Kann ich es, oder kann ich es nicht? dachte sie. Mußte man denn notwendigerweise für einen Mann andre Gefühle empfinden wie Achtung? Einmal mußte sie doch selbständig werden. Und das hatte sie in diesen Jahren eingesehen, unter der Herrschaft Minnas wurde sie niemals als selbständiger Mensch geachtet. Schmeedes wird mich nicht an der Ausübung meiner Arbeit hindern, dachte sie. Was ist Ehe? Ein Kompromiß. Ein Sprung ins Dunkle. Ein Vertrag zwischen zwei Menschen. Ich kann nicht immer hier sitzen und mit Minna um »Bälle« kämpfen. Wenn ich verheiratet bin, kann ich machen was ich will. – Ein Atemzug schwellte ihre Brust.

Sonderbarerweise fiel ihr in diesem Augenblick ein, daß die Nistkästchen an den Bäumen befestigt werden mußten und man mit der Aussaat der Erbsen beginnen konnte. Die Erinnerung an ihren Besitz, auf dem sie Gebieterin war, bewirkte, daß sie mit einem frohen Ausdruck vor sich hinsah, den Schmeedes dahin deutete, daß der Augenblick gekommen sei, offen zu sprechen.

Und so nahm er ihre Hand und erklärte ihr, daß er vorhabe, ihren Vater um diese Hand zu bitten.

»Friederike, ich kann Ihnen das nicht so umkränzen wie ein Dichter, aber das schwör' ich Ihnen: Sie sind die einzige Frau, die mir imponiert. Ich hab' Sie schon damals gerngehabt, wie Sie uns Männer verachtet haben und immer so stolz an mir vorbeigegangen sind. Und nun lassen Sie mich nicht länger warten, sagen Sie endlich ja.«

Vor Friederikes Augen tat sich das ersehnte Land der unumschränkten Freiheit auf. Da werde ich meinem Vater vielleicht einmal eine Freude machen, dachte sie. »Nun, meinetwegen«, antwortete sie, indem sie Schmeedes die Hand hinreichte.

Die Frage, wann die Hochzeit stattfinden sollte, rief einen Sturm im Hause hervor. Friederike wollte noch nichts von Hochzeit wissen. Sie hatte geglaubt, Schmeedes führe nun einmal zunächst nach Düsseldorf. Vor zwei Jahren hätte sie nicht vor zu heiraten, erklärte sie.

Schmeedes und Minna blickten sich an.

»Das is ja 'ne heitere Aussicht«, sagte Schmeedes. »Und wenn ich fragen darf, wo soll ich denn so lang hin?«

Friederike schwieg.

Da legte sich Minna ins Mittel. »So, Herr Schmeedes«, sagte sie, »nun zeigen Sie mal, daß Sie der Mann sind. Das geht nit, daß sie ihren Kopf immer behält. Sie soll wissen, daß von jetzt ab Ihr Wille gilt. Ihrem Vater ist alles recht, was ihm am bequemsten ist, aber eine lange Verlobung hat noch nie zu was geführt. Entweder man wird sich schon vor der Hochzeit leid oder es gibt sonst ein Unglück.« Sie ließ sich auch durch Friederikes große Augen nicht beirren und fuhr fort:

»Sie haben kein Heim und niemand, der ordentlich für Sie

sorgt«, erhob sie ihre Stimme, »die Hochzeit haben Sie zu bestimmen, und ich laß morgen Leinenmuster kommen und bestell die Nähmädchen, und nächste Woche fang ich mit der Aussteuer an!«

Schmeedes lenkte ein, er hatte sich gedacht, da doch die Wohnung schon vorhanden und er die schöne Einrichtung von seinen Eltern besaß, würde man die Hochzeit noch diesen Sommer einrichten können.

»Diesen Sommer?« rief Friederike mit einem solch erschrokkenen Gesicht, daß er rasch hinzusetzte: »oder im Oktober.«

»Aber keinesfalls warten wir länger«, nahm Minna das Wort, »fünf Monate sind lang genug!« Sie sah Friederike zornig an, die steif »wie ein Bock« in eigensinniger Haltung am Fenster stand. Schmeedes ergriff ihre Hand und meinte gutmütig: »Nun, wir machen das schon unter uns aus, nicht wahr?«

»Nun ja«, gab Minna endlich nach, mit einem Blick auf Friederikes verschlossenes Gesicht. »Aber lassen Sie sich nicht übers Ohr dabei hauen.« – »Höre mal«, sagte sie nachher zu Friederike, »es steht einer Braut schlecht an, sich gegen die Hochzeit zu sträuben. Was soll er denn von deiner Liebe denken?«

»Ich muß mich erst einmal an ihn gewöhnen«, gab das Mädchen trotzig zurück.

Schmeedes hatte die Kesselschmiede eingeschätzt. Die Fabrik lag jetzt derartig von allen Seiten eingeengt in dem Schienennetz der Bahn, daß sie eines Tages dem Fiskus weichen mußte. Vorläufig entschädigte sie zwar die Nähe der Bahn wieder, indem die hohen Transportkosten wegfielen. »Eigentlich war's ein dummer Streich, das neue Haus zu bauen, wir werden damit rechnen müssen, daß wir's in zehn Jahren niederreißen müssen und das Werk verlegen«, sagte er. Das Haus ist in seinen Augen schon erledigt, dachte Friederike. – Er zeigte Friederike den Plan, wo das neue Werk hinkommen mußte. Oben am Wald, bis dorthin würde sich einmal Neuweiler ausbreiten, mußte man sich die Wiesen neben dem Garten sichern, solange sie noch billig zu haben waren, den ganzen Komplex aufkaufen und dorthin das Werk setzen.

Gepflanztes Land hatte ja in dieser Gegend kaum einen Wert. Die Kartoffeln kaufte man von den Bauern, auf das Land setzte man Fabriken. Wer wollte denn hier Landwirtschaft treiben, wo der Gartenarbeiter jetzt schon vier Mark pro Tag bekam?

Mit der Leitung der Kesselschmiede war Schmeedes nicht einverstanden. Ihr Vater beschäftigte zuviel altes Personal, überhaupt zu viel Leute. Er würde den Betrieb einmal einer gründlichen Umänderung unterziehen. Derartige Äußerungen trieben Friederike das Blut in die Wangen, und eine plötzliche Angst befiel sie vor dieser kommenden neuen Zeit, wo sich alles ändern und diesem neuen Herrn fügen mußte. Sie paßte scharf auf, wenn sie durch die Hallen ging, fing die Blicke der Arbeiter auf, die sie hinter ihm hersandten, und horchte auf ihre Bemerkungen.

Die Meister behandelte Schmeedes besonders leutselig, auch grüßte er die alten Arbeiter stets zuerst, blieb bei ihnen stehen, sprach Neuweiler Dialekt mit ihnen, besuchte mit Scholz den Kriegerverein und machte sich dort populär. Mit ziemlich einfachen Mitteln, wie sie fand. Wenn er zum Beispiel eintrat und die Arbeiter sich von den Sitzen erhoben, sagte er mit einer huldvollen Handbewegung: »Hucken Eich.« Das machte gleich Stimmung. Oder er ließ ein Faß Bier auflegen und stand dabei seinen Mann. Wollte man sich Freunde erwerben und Stimmung für sich machen, mußte man zur Bierbank gehen. Das war eine alte Regel. Die Wahlen, die erbitterten Kämpfe »Nationalliberal« oder »Zentrum« kamen schon näher. Obwohl Katholik, wählte er nationalliberal. Es konnte nichts schaden, wenn man den Leuten begreiflich machte, daß wenn sie sozialdemokratisch wählten, sie nur dem Zentrum eine Stimme zuspielten. Als der Wahlsieg der Nationalliberalen bekannt wurde und dem Kandidaten von einer begeisterten Menge ein Fackelzug gebracht wurde, ging er, mit geschwärztem Gesicht und umgedrehtem Rock, eine Fackel in der Hand, mit den Kameraden aus dem Kriegerverein in der ersten Reihe hinter der Musik her.

Wo eine Sitzung, eine Besprechung oder ein Fest stattfand, war er mit dabei, er war bekannt und beliebt bei allen, und wo sein gutmütiges rotes Gesicht auftauchte, zog frohe Stimmung ein.

Und doch konnte sich Friederike nicht dieser Siege freuen. Wie sollte das einst werden, wenn er so weiter vorging und immer neuen Boden eroberte? Ihr Vater fand Schmeedes Tun sehr verständig und lobte seine Tüchtigkeit und seinen praktischen Blick.

Nur Tyras blieb seiner alten Abneigung gegen Schmeedes treu. Der Hund fuhr ihm an die Beine und fletschte die Zähne, wenn er erschien.

Schmeedes sprach plötzlich für Abschaffung der Pferde. Wozu hielten sie sich Fuhrwerk? Den Weg zur Bahn legte man in zehn Minuten zurück, ging man über den Lagerhof die kleine Treppe zur Brücke hinauf, konnte man sogar noch abkürzen, bei schlechtem Wetter bestellte man sich einen Wagen. Herrn Konz war es auch besser, wenn er sich mehr Bewegung machte. Natürlich sollte Friederike sich ein Reitpferd halten, wenn ihr das Spaß machte, aber drei Pferde, das war einfach sinnlos. Sie konnte ja eins von den Wagenpferden reiten.

»Welches denn?« fragte sie spöttisch. »Du kennst ja unsre Gäule nicht einmal. Ich wette, wenn ich sie anders einschirre, weißt du nicht einmal, wem das Gespann gehört.«

»Pferde sind für mich Bewegungsmittel«, erwiderte Schmeedes. »Wenn ich sie nicht benutze, sind sie totes Kapital.«

»Ich betrachte Pferde von einem andern Standpunkt«, sagte Friederike schroff. Es verletzte sie, daß man für ihre Tiere so wenig Verständnis zeigte. Mit keinem Menschen hätte sie getauscht, wenn sie des Morgens auf dem Wallach durch die verschlafenen Straßen des Dorfes in die Wälder hinaufritt, wenn die Morgenluft ihr frisch entgegenschlug und die Sonne mit dem Nebel im Tal kämpfte und das schöne, kräftige Tier zitternd vor verhaltenem Feuer zu traben begann. »Wir haben immer Pferde gehabt, und wenn wir sie nicht nötig haben, dann halten wir sie zu unserm Vergnügen«, gab sie zurück.

In dem Kampf um den Garten hatte Minna in Schmeedes eine willkommene Hilfe.

Er wollte nicht mehr, daß sie Gartenarbeit verrichtete, wollte nicht, daß sie rissige, rauhe, verarbeitete Hände hatte. Er interessierte sich für ihre äußere Erscheinung. »Was tust du denn heut mittag an?« – »Was hast du dir wieder für en fieß Frisur jemacht?« tadelte er.

Der Sitz ihrer Taillen gefiel ihm nicht, ihre Hüte hatten keinen Schick, er ließ ihr den Schneider von Düsseldorf kommen und ihr Maß zu einem englischen Kleid nehmen. Seine Braut sollte sich das Haar wachsen lassen, sie konnte als Frau keinen Stiftenkopf tragen.

Das war Wasser auf Minnas Mühle. Hatte sie nicht immer gesagt: »Mit dem Bubenkopf kriegst du in deinem Leben keinen Mann?« Friederike hörte nun jeden Tag Anspielungen auf ihren »Polkakopf«.

»Wie e Nihilistin siehsch du aus«, schürte Minna. Friederike war zumute, als ob man ihr mühsam erobertes Land stückweise wieder abverlangte. Keinen Augenblick ließ man sie allein. Schmeedes wohnte im Zentralhotel, doch war er von morgens bis abends anwesend, schrieb an ihrem Schreibtisch, blätterte in ihren Rechnungen, blies den Rauch seiner Zigarre in ihre Zimmer und hielt sie auf dem Bureau an der Arbeit auf mit Fragen über Öfen und Tapeten, die sie gar nicht interessierten. Mit festen Schritten ging er durch das Haus, maß die Zimmer aus und bestimmte, wie man sich einrichten würde. Den oberen Stock würde das junge Paar bewohnen, für Herrn Konz blieb das geräumige Parterre; wenn man Gesellschaften gab, hatte man die untere Zimmerflucht mit zur Verfügung.

Eine wahre Angst erfaßte sie jedesmal, wenn sie mit Schmeedes allein war, wenn er nach Tisch auf ihr Zimmer kam, sie zu sich auf das grüne Sofa zog und ihr zärtliche Namen gab. Diese Stunden fürchtete sie. Das grüne Empiresofa, das unter einem Baldachin von geblümtem Damast stand, wurde der Gegenstand ihres geheimen Schreckens, denn Schmeedes kam jeden Tag hinauf zu ihr und schien dieses Zusammensein als sein Herrenrecht zu betrachten.

Eine seltsame Unruhe hatte sie erfaßt.

Wie soll das erst werden, wenn er ganz hier wohnt? dachte sie. Dann habe ich keine Stunde mehr für mich. Er betrachtet schon jetzt alles, was uns gehört, als sein Eigentum. An seinem Hochzeitstag werde auch ich in seinen Besitz übergehen. Er war der Stärkere. Hatte sie sich darum freigemacht? War das nicht widersinnig, sich, um frei zu werden, zu binden?

In ein paar Monaten würde sie verheiratet sein. Friederike wurde ganz elend, wenn sie an das Ende der Brautzeit dachte. So oft er sie zärtlich umfassen wollte, ergriff sie ein heftiges Gefühl der Abneigung, sie stieß ihn, zitternd am ganzen Körper, von sich.

»Was hast du nur?« Schmeedes ließ sie los und sah sie verwundert an. Friederike bezwang sich, man konnte ihm nicht die Wahrheit sagen. Männer glauben alles, dachte sie, nur daß man sie nicht braucht, glaubt keiner.

Wie wurde es aber, wenn solche Stunden sich täglich wiederholten?

In diesen Tagen empfand sie es wieder, daß sie keine Mutter hatte. Ein Sturm von widersprechenden Gefühlen tobte in ihr. Sie kam sich vor wie jemand, der sich aus Übermut vom sicheren Land aus in den Strom geworfen hat, der einen nun mit fortreißt, ohne daß man sich wehren kann.

Er heiratet aus Gesundheitsrücksichten, dachte sie. Er will nicht mehr im Wirtshaus essen. Außerdem ist diese Verlobung ja kein schlechtes Geschäft. In den Briefen hatten ihm seine Freunde immer zu der glänzenden Partie gratuliert. Wozu sollte man ihm auch sonst gratulieren?

Minna beobachtete Friederike. Das Mädchen war so still geworden und sah schlecht aus. Eine Braut mußte rote Backen haben, mußte aufblühen, und ihre Augen mußten den Bräutigam suchen. – Und Schmeedes war rührend. Keinen Tag kam er ohne Blumen, stets brachte er eine kleine Überraschung mit, in Seidenpapier gewickelt, die er ihr unter die Serviette schob, eine Brosche, eine Schachtel feines Briefpapier, ein Petschaft, eine Brüsseler Spitze. Mit welcher Sorgfalt suchte er in den Katalogen Möbel und Silber aus, und er freute sich, wenn sie ihm zustimmte. Eigentlich stimmte Friederike allem zu. Schmeedes lobte ihre Nachgiebigkeit, aber in Minna gärte es: Es war bei Friederike nur Gleichgültigkeit gegen das, was Aussteuer hieß.

»Ich kann nichts mehr arbeiten«, beklagte sich Friederike, »ich komm' den ganzen Tag zu nichts mehr.«

»Geh, du bist ein undankbar Geschöpf«, meinte Minna bekümmert. »Du weißt gar nit, was du für einen guten Mann kriegst.«

»Der ist ganz schlau«, sagte das Mädchen.

»Das ist kein Fehler.«

»Und weiß, was er will.«

»Nun, dann paßt ihr ja zusammen.«

»Er hat mir gestern seine Pläne mitgeteilt«, fuhr Friederike erregt fort. »Das Grundstück hier will er dem Fiskus anbieten, droben am Wald will er unsre Kesselschmiede hinbauen und ein neues Haus aufführen. Meinen Garten soll ich dazu hergeben, und auf mein neues Stück Land, das ich mir mit meinem Geld gekauft hab', will er das Werk setzen.«

»Maria und Joseph, wär' denn das das allerschlimmste!« rief Minna. »Daß wir einmal das Werk verlegen, hast du doch gewußt.«

»Ja, aber das hat der Vater zu bestimmen, nicht Schmeedes. Das Werk gehört uns und nicht schon ihm!« erwiderte Friederike und sah zum Fenster hinaus. Alles zitterte in ihr.

Der Abendhimmel war mit braunen rauchigen Schleiern und flammender Röte bedeckt. Über dem Stahlwerk blitzten die Feuerscheine.

»Ich will nicht teilen müssen und nachher dastehen und bitten«, sagte sie. »Ich will mit dem Vater sprechen, daß er mit mir zum Notar geht, ich will in Gütertrennung leben! Was mein ist, muß mein bleiben, und was mit dem Werk geschieht, bestimmen wir! Das Werk soll auf meinen Namen weitergeführt werden, nicht auf seinen. Ich will Prokura haben und die Eigentümerin bleiben. Das Haus hier soll auf meinen Namen eingeschrieben werden, daß es einem nicht über den Kopf weg verkauft werden kann. Ich will bei niemand zur Miete wohnen, ich will mein eignes Dach über mir haben. Und heute abend mach' ich noch mein Testament.«

Anfang Juli zeigten Herr und Frau von Kameke die Verlobung ihrer Tochter Nelly mit Herrn Emil Hölt aus Düsseldorf an.

Hölt war Teilhaber der Höltschen Aktiengesellschaft, besaß Kohlenzechen in Westfalen und seine Schiffe gingen auf dem Rhein; Nelly machte eine glänzende Partie.

Sie hatte diesen Herrn an einem Abend, als sie mit ihren Eltern während des Umzuges im Malepartus zu Abend speiste, kennen gelernt. Der Vierzigjährige hatte sich beim ersten Anblick in Nelly verliebt und sich von da ab um sie beworben. Sie hatte schließlich ihr Jawort gegeben. »Nun«, schrieb sie, »bin ich ganz ruhig darüber geworden; ich erwarte von der Ehe, daß sie ein Hafen für Schiffe ist, die Ruhe suchen.«

Die Hochzeit fand schon im September statt.

»Siehst du«, sagte Minna, der diese Neuigkeiten höchste Genugtuung gewährten, »die hält ihn gleich fest.«

Friederike versetzte diese Nachricht in einen seelischen Aufruhr. Es war ihr, als habe Nelly ein Ehrenwort gebrochen. Eine tiefe Traurigkeit kam über sie. Das nannten die Menschen Treue! Das war die Liebe, die man in Gesängen und Gedichten pries! Nelly war der einzige Mensch, mit dem sie ohne Rückhalt sprach, nun war sie zur andern großen Partei übergegangen. Was sich Minna unter Liebe vorstellen mochte, darüber hatte sie niemals ein klares Bild erhalten, es hing aber jedenfalls mit einer frischtapezierten Wohnung, einem milchweißen Atlaskleid und blumenstreuenden Kindern zusammen. Mauds Begriff von diesem Gefühl hatte sie von jeher über die Schulter beurteilt, aber Nelly – nun hatte auch sie kapituliert. Sie vergegenwärtigte sich Nellys schlank gewachsene Gestalt, ihre auffallende brünette Schönheit, die Lebhaftigkeit ihres Geistes, ihre eleganten Bewegungen, ihre feinen geschickten Hände, und sie mußte sich sagen, daß Nelly eher dazu berufen sei, eine Stelle in der großen Welt auszufüllen, wie sich in jahrelanger Verlobung zu verzehren, um schließlich eine »Kommißehe« einzugehen, deren Schattenseiten sie kannte.

Die räumliche Trennung hatte also bewirkt, daß sie »zur Vernunft« gekommen war; Friederike empfand einen dumpfen Schmerz in der Herzgegend bei dem Gedanken an Nellys Treubruch, wie sie es unerbittlich nannte.

Die Vision kam wieder, und sie sah das Bild Dehlaus mit solcher Deutlichkeit, daß, als Schmeedes sie an diesem Abend in seinen Arm nehmen wollte, sie ihn zurückwies. Sie zitterte am ganzen Körper, es fehlte nicht viel, sie wäre in Tränen ausgebrochen. Schmeedes hatte es aufgegeben, sich über irgendeine ihrer Launen zu erregen. Er hielt Friederike für eine außerordentliche Frau, die zu beurteilen nur er verstände. Alles weitere erhoffte er von dem erzieherischen Einfluß der Ehe. Dann würde sich alles »legen«. Das war ja klar.

Er hatte in diesen bewegten Tagen, da viele Gäste ins Haus kamen, keine Diät gehalten, es war die höchste Zeit, daß er die Nauheimer Kur begann. Ende September kam er zurück, dann war der obere Stock eingerichtet und die Hochzeit konnte Anfang Oktober stattfinden.

Er nahm seiner Verlobten das Versprechen ab, ihm jeden Tag zu schreiben, und reiste ab.

Erst als nichts mehr von dem Zug zu sehen war, kam Ruhe über Friederike, und der Sturm in ihrem Innern legte sich auch. Mit einem wahren Heißhunger stürzte sie sich in ihre Arbeit.

Seit Schmeedes fort war, saßen die Nähmädchen im Haus, die Maschinen surrten und klapperten, auf allen Stühlen hingen Stoffe, auf den Teppichen lagen Briefe mit Stecknadeln, man trat auf leere Garnrollen, und Minna suchte wichtig und umständlich »Müsterchen« aus.

»Ich kann die Kleider doch nit anprobieren«, zankte Minna zornig hinter Friederike her, wenn die Hui immer wieder herunterschickte und bitten ließ, doch endlich die Futtertaille oder den Überwurf anzuprobieren.

Minna wurde ungeduldig. Friederike sollte sich jetzt um das Einrichten der Wohnung kümmern, statt auf dem Bureau zu sitzen.

»Wenn ihr mir den Platz im Bureau nehmt«, erklärte das Mädchen, »löse ich die Verlobung auf.« Es war das einzige, mit dem sie Minna einschüchtern konnte.

Vier Wochen vor der Hochzeit erlebte Minna, die während des Sommers ganz von den Hochzeitsvorbereitungen in Anspruch genommen war, einen großen Schrecken. Die Anstedter, die sie als Waise ins Haus genommen, die sie herausgefüttert, gekleidet, gedrillt und zu einem Menschen gemacht, der sie ein Sparkassenbuch angelegt hatte, die Anstedter bekam ein Kind. Minna hatte es eben von den Waschfrauen gehört.

Aufgebracht empfing sie Friederike. Das war doch unerhört, ihr diese Bescherung ins Haus zu machen, nie war ihr das mit einer passiert, und jetzt vier Wochen vor der Hochzeit! Wer sollte denn die Verwandten bedienen und bei Tisch servieren? Friederike hatte gut reden: »Das arme Mädchen.« Leichtsinnig war die Anstedter und hatte sich herumgetrieben. Da gehörte sich kein Mitleid.

Sie mußte natürlich gleich aus dem Haus. Die Anstedter hatte sie angefleht, nur ja Herrn Konz nichts davon zu sagen. Minna war froh, wenn sie glücklich aus dem Haus war und sobald wie möglich. Sie setzte den Federhut mit zitternden Händen auf.

Sofort ging sie zur Vermieterin. Und das schönste war, die Anstedter wollte nicht einmal sagen, wie der Kerl hieß. »Lieber ging sie in die Saar.« Ja, das hatten schon viele gewollt. Aber sie würde ihn schon herauskriegen. Damit nahm Minna ihre Mantille um und ging aus dem Zimmer, indem sie die Türe ins Schloß schlug, daß sie in den Angeln zitterte. Die Nachforschungen ergaben leider nichts weiter, als daß die Anstedter von den Leuten der Nachbarschaft öfters des Abends mit einem Burschen im Wald angetroffen worden war. Da die Anstedter aber stets mehrere Verehrer zu gleicher Zeit hatte, so war es nicht zu verwundern, daß diese sich jetzt alle gewaltig gegen den Verdacht sträubten, und das Mädchen beharrte bei seiner Weigerung. Lieber wollte sie alles allein bezahlen, wie den Vater ihres Kindes verraten.

Diese Festigkeit, die Minna in höchsten Zorn versetzte, rührte Friederike, sie sah einen Beweis darin, daß jeder Mensch edle Züge habe, das Mädchen, das mager und verweint, wie ein verprügelter Hund im Haus herumging und wie abwesend seine Arbeit verrichtete, tat ihr leid. Sie beschloß, sie zu unterstützen, wenn es »einmal so weit« war.

Sie machte die Entdeckung, daß die Frauen sich alle gegen ihre Mitschwester kehrten, wenn dieser ein Unglück widerfuhr. Denn dieser Fall war nur als Unglück zu betrachten, da niemand sich auf das Kind freute und es voraussichtlich seinen Vater nie kennen lernen würde. Alle Frauen im Hause, von Minna bis zu der dicken, aufgeschwemmten Waschfrau Lux, die selbst ein Kind erwartete, wandten sich mit Schadenfreude gegen die Anstedter. Minna sprach nurmehr in der dritten Person mit der Anstedter: »Geh Sie mal in die Kommod und hol Sie mir ein Sacktuch heraus«, oder: »Da, fahr Sie mir mal mit der Wichsbürst über die Stiefel.« Die rotgeweinten Augen des Mädchens, das sich von allen verlassen sah, rührten sie wenig. Die Anstedter rührte es ja auch nicht, daß sie ihre Herrschaft in die größte Verlegenheit brachte. Ein Mädchen, das sich keinen Pfennig gespart hatte, ihr Geld für Bänder, Federhüte und Ohrringel ausgab, keine Eltern mehr hatte, kein Haus, wo sie Obdach fand, hatte eben die Pflicht, solide zu sein.

Zu derselben Zeit hatte auch die Kronenwirtin in die Saar springen wollen. Sie war aber von dieser Absicht abgekommen und sah nun diesem – zum achtenmal – eintreffenden Ereignis mit Ergebung entgegen. »Ja, du liewer Herrgott, was kann m'r dann dran mache.«

Nun kam auch Maud noch im heißen Sommer in einem weiten schwarzen Radmantel an. Ei, die Kinder wuchsen ja grad wie Pilze aus der Erde!

»Ach, Minna, daß ich aber auch nie aus den Windeln herauskomme«, klagte Maud. Sie saß ganz klein und gebrochen auf dem Sessel und ließ sich von Minna Mut zusprechen. Sie hatte nach der zweiten Geburt vier Monate an Venenentzündung festgelegen, während des Nährens hatte sie eine Brustentzündung gehabt und operiert werden müssen. Sie sah dem Tag mit Angst entgegen, schlief nicht mehr und hatte Todesahnungen. Ihre Mutter durfte von diesem Kind gar nichts wissen, und sobald Maud auf dieses zu erwartende Kind zu sprechen kam, standen ihr Tränen in den Augen.

Bis jetzt hatte Friederike den Gedanken über diese Seite der Ehe keinen Raum gegeben, nun aber drängten sie sich ihr auf.

Bei Maud, der Kronenwirtin wie bei der Anstedter, überall war das Kind ein Eindringling, der mit Angst und Sorge erwartet wurde. Wie stimmte das zusammen mit der Liebe, dem gemeinschaftlichen Denken in der Ehe? Hatte die Frau als Gattin keinen eignen Willen mehr? Hatte nur der Mann über das Leben zu bestimmen?

Niemand gab ihr Antwort darauf.

Die Waschfrau Lux, die seit neun Jahren im Hause wusch, hatte, während ihr Mann wieder einmal im Gefängnis saß, einem Kinde das Leben gegeben. Der Mann war ein Gelegenheitsarbeiter, ein Säufer, der Steine klopfte, wenn er nüchtern, und seine Frau prügelte, wenn er betrunken war. Keine Frau, kein Mädchen war vor ihm sicher, und so oft er aus dem Gefängnis entlassen war, wurde seine Frau »guter Hoffnung«.

Friederike ging zu ihr in die Wohnung, die aus einer kleinen, feuchten, modrig riechenden Stube mit gekalkten, verräucherten Wänden, faulenden Dielen, einem zerbrochenen Fenster, dessen Ecken mit Stroh ausgestopft waren, bestand. Hier lebten sieben kleine Kinder, drei Betten waren nur vorhanden, alles war sauber, aber mit Lumpen geflickt. Diese Frau, die jetzt mit einem zufriedenen Gesicht in dem Bett lag und das elende Kind nährte, wusch und arbeitete, erzog die Kinder, sang in der Waschküche und erfreute sich der besten Gesundheit und eines vorzüglichen Appetits. Sie trug ihr Los mit einem Heroismus, den entweder Erhabenheit über alle irdischen Leiden oder gänzliche Abstumpfung zeitigt.

Friederike begann die Mütter zu betrachten, mit ihren harten, verarbeiteten Gesichtern, ihren von Geburten breit gewordenen Gestalten. Allerdings bedeuteten dem Bergmann die Kinder, sobald sie einmal aus der Schule waren, eine Unterstützung, wenn sie arbeiteten und das verdiente Geld den Eltern abgaben. Aber bis dahin war die Kraft der Mutter von den Kindern aufgebraucht. Vielleicht war dies eine menschliche Bestimmung. Die Männer konnten die Kinder nicht aufziehen, und die Frauen konnten keine Familie ernähren. Dieser natürlichen Entwicklung würde auch sie sich einmal fügen müssen.

Die Hände gegen die heiße Stirn gepreßt, dachte sie mit zusammengebissenen Zähnen an den, der in kurzer Zeit kommen und Besitz von ihr ergreifen würde. Alles sträubte sich in ihr gegen diesen Gedanken.

Warum wollte sie eine Ehe eingehen? Sie brauchte weder einen Herrn noch einen Titel! Sie wollte keinen Geliebten. Ein Glück, dachte sie, daß Schmeedes nie auf den Gedanken gekommen war, sie zu fragen, ob sie ihn liebte. Ein Mann glaubte ja immer, daß man ihn liebte, wenn man ihm nicht das Gegenteil versicherte.

Nun sie begriff, was sie erwarten konnte, bebte sie davor zurück. Sie lag nachts schlaflos und hörte dem Donnern und Klopfen der Hämmer droben auf der Hütte zu. Sie fand keine Sammlung mehr zur Arbeit, sie verrechnete sich. Oft saß sie wie leblos hinter ihrer Schreibmaschine, sah mit starrem Blick vor sich hin, und ihre Hand malte große Buchstaben auf das Papier, das vor ihr lag. Ich kann es nicht, dachte sie auf einmal.

Sie stand in der Nacht auf und setzte einen Brief an Schmeedes zusammen, in dem sie ihm abschrieb. Doch als sie des Morgens herunterkam und seinen fröhlichen Ansichtskartengruß auf ihrem Platz fand, und der Vater sich wohlwollend nach Schmeedes erkundigte, sank der Brief wie in einen Abgrund. Sie überwand sich und schrieb des Mittags ihren pflichtschuldigen Gegengruß auf der Schreibmaschine.

Es überkam sie wie Haß gegen Minna. Die hatte sie zu dem Schritt gezwungen. Nie hätte sie daran gedacht, sich zu binden, wenn Minna nicht gewesen wäre, nie sich in dieser Weise verpflichtet, die Hochzeit so beeilt, daß man nicht mehr nachdenken konnte. Sie sollte ja auch gar nicht nachdenken, sie sollte sich nur »verheiraten«.

Nellys Hochzeit fand Ende September in Königswinter im Hotel Mattern statt.

Schmeedes hatte abgesagt; er wollte seine Nachkur in Kissingen nicht unterbrechen.

Friederike war mit der Absicht gekommen, Nelly vor ihrer Hochzeit noch einmal allein zu sprechen. Sie befand sich in einem völlig ratlosen, verzweifelten Zustand; seit ihre Hochzeit näherrückte und ihr das Ungeheuerliche ihres Entschlusses plötzlich zum Bewußtsein kam, hatten sich Angst und Abneigung derartig gesteigert, daß sie weder schlafen, noch essen, noch arbeiten konnte.

Während der unruhigen Tage vor der Hochzeit, da immer neue Gäste eintrafen und Rheinfahrten mit Ausflügen in das Siebengebirge abwechselten, schien die Braut ständig in Anspruch genommen und eine Aussprache mit der Freundin absichtlich zu meiden.

Inmitten dieser fröhlichen Feste auf den Rheindampfern bei

Musik und Feuerwerk fühlte Friederike sich einsam und verloren. Sie betrachtete Hölt verstohlen und verglich ihn mit Dehlau. Sie hatte es damals, als dieser mit Nelly vor ihr herging, fast schmerzlich empfunden, daß die beiden schönen Menschen füreinander geschaffen zu sein schienen. Warum wollte sich dieser Glaube jetzt nicht einstellen?

Hölt sah jünger aus, als er an Jahren war, seine gedrungene Gestalt hatte der Sport gelenkig erhalten, in dem von dunklem Spitzbart umrahmten, regelmäßig geschnittenen Gesicht fiel der vorspringende Unterkiefer mit dem energisch entwickelten Kinn sofort auf. Er hatte einen seltsam durchdringenden Blick. Er errät alles, was ich denke, dachte Friederike. Er würde auch Nellys Schwächen bald herausgefunden haben, vielleicht kannte er sie schon? Dieser Mann war nicht »blind verliebt«, wie Frau von Kameke glaubte. Wenn er sich Nelly zu seiner Frau wählte, so wußte er, warum er es tat. Er sah aus, als ob er an sich und andre hohe Ansprüche stellte. Würde Nelly alle diese Ansprüche erfüllen können? War er der rechte Mann für Nelly, die an soviel Nachgiebigkeit gewöhnt war und die siegesgewiß von jedem Mann annahm, daß sie ihn beherrsche?

Von allen Festtagen prägten sich Friederike nur Bilder ein, die sie mit Traurigkeit erfüllten, und sie reiste ab, ohne mit Nelly gesprochen zu haben. Eine seltsame Scheu hielt beide davor zurück. Der Mann stand zwischen ihnen ...

Es wurde Herbst. Die Morgen waren dunstig. Von den Wiesen stieg der weiße feuchte Nebel auf. Die Buchen trugen schon gelbe Blätter, die Herbstsonne schien über buntes welkes Laub und reife Früchte, die letzten Rosen entblätterten in den Nächten. Nur noch die Astern blühten in ihren kräftigen bäurischen Farben und schier unvergänglicher Pracht. Schmeedes kam eine Woche früher, als Friederike ihn erwartet hatte. Sie wurde durch seine Depesche überrascht.

Er erzählte mit Stolz, wieviel er abgenommen hatte, und schien doch so rund wie vorher. Dicke Leute wollen immer abgenommen haben, dachte Friederike, niemand bemerkt es, wie sie selber. Alle wollen das sein, was sie nicht sind. Wenn man unter diesem Gesichtswinkel das Leben ansah, fand man überall Gleichnisse.

Die Kissinger Kur hatte ihn »enorm« angegriffen, aber jetzt fühlte er sich wie neugeboren, der Erfolg war »kolossal«.

Er befand sich in versöhnlicher Stimmung und fand Friederike stiller und beruhigter. Sie stritt nicht mehr mit ihm, sie widersprach kaum noch. So gefiel sie ihm. Der Arzt hatte ihm jede Aufregung verboten; bei der geringsten Veranlassung bekam er einen roten Kopf, das war nicht gut für das Herz. Er wollte Ruhe haben. Die Frau war dazu da, es dem Manne im Haus gemütlich zu machen.

Schmeedes war in diesen Tagen besonders gefällig zu ihr, er bückte sich sogar und hob ihr das Taschentuch auf. Bei seiner Konstitution eine anzuerkennende Leistung. Er war geduldig und rücksichtsvoll und bestürmte sie nicht mehr mit seinen Zärtlichkeiten. Ihre Schroffheit würde sich in der Ehe schon legen, das war ja klar.

Die Vorbereitungen zur Hochzeit begannen, die Einladungen mußten geschrieben, das Menü zusammengestellt werden. Die Möbel aus Düsseldorf waren eingetroffen und wurden ausgepackt. Schmeedes bestimmte, wohin die Bilder kamen und stellte eigenhändig jede Vase auf und beaufsichtigte das Aufstecken der Gardinen, damit es nicht bei ihnen aussah wie in einem Wartesaal zweiter Klasse.

Das seidene Brautkleid hing im Schrank, die Hochzeitsgeschenke trafen ein: Silber, Bilder und Vasen.

Minna war dabei, einem großen ungeschlachten Bergmannsmädchen das Servieren in weißen baumwollenen Handschuhen beizubringen und ihr vorzumachen, wie man die Tür öffnete, daß man nicht bei einer Frage »Hä?« rief oder sich das Gesicht mit der Schürze abwischte. Das etwas einfältige Mädchen sah nicht aus, als ob sie die Erklärungen für wichtig genug halte, um sich deshalb ihre Gedanken anzustrengen, und Minnas Zorn über die Anstedter wuchs mit jedem Tag. Anstatt daß die nun in dem neuen schwarzen Kaschmirkleid, mit weißen Manschetten und dem gestärkten Häubchen den Düsseldorfer Verwandten die Türe öffnete, saß sie bei der Bas Kleemann und erwartete das Kind, und an ihrer Stelle stand dieser Klotz mit dem »vergelschterten« Gesicht steif »wie ein Bock« an der Türe. Minna kam in alle Zustände, wenn sie an die Hochzeit dachte, die immer näher rückte.

Friederike sah mit halber Bewußtlosigkeit den immer weiterschreitenden Einrichtungsarbeiten zu. Wenn sie das Hämmern und Pochen und Möbelrücken im oberen Stock hörte und die vielen Menschen ein und aus gehen sah, die alle für sie arbeiteten, überfiel sie wieder dieselbe Mutlosigkeit. Sie ging durch die Räume wie ihr eigner Geist. »Kann ich es, oder kann ich's nicht?« Es saß ihr in der Kehle, als müsse sie herausrufen: »Ich kann es nicht, ich kann es nicht!« Die Vorbereitungen zu ihrer Reise nach Ägypten, die Frage, ob man Handgepäck oder große Koffer mitnehmen sollte, das Lesen im Bädecker, das Zusammenstellen des Reiseplanes, das Schmeedes mit fröhlichem Behagen betrieb, erschien ihr alles wie Hohn. Der goldene Ring drückte sie, es war ihr, als habe man ihr einen Reifen um das Herz gelegt und um ihren Kopf. So oft sie Schmeedes mit seinen fragenden Augen ansah, fühlte sie eine wahnsinnige Angst in sich aufsteigen, ein Entsetzen, das nicht mehr zu unterdrücken war. »Ich will ehrlich sein und mit ihm sprechen.« Jeden Morgen erhob sie sich mit diesem Entschluß, aber sie schämte sich vor ihrem Vater, und heimlich fürchtete sie auch Minna. Von Zeit zu Zeit überkam sie eine wahnsinnige Lust, laut zu schreien, sich irgendeinen körperlichen Schmerz anzutun, um dieser unerträglichen inneren Qual ein Ende zu machen. Nur noch vier Tage bin ich frei! Dann wird ein neuer Herr kommen, der wird dich in Besitz nehmen, dachte sie.

Drei Tage vor der Hochzeit ließ die Anstedter in aller Frühe durch die Kleemannse sagen, sie habe in der Nacht ein Mädchen bekommen.

Minna ließ alles stehen und liegen, packte ein Bündel Kinderwäsche und verließ das Haus.

Diese Gelegenheit benutzte Friederike. Sie war in diesen Tagen nicht mehr in den Garten gekommen, sie hatte den Kutscher zwar stets am Abend hinaufgeschickt, aber der Ferdinand war einer von denen, die nur unter Aufsicht arbeiteten.

Herr Konz las stumm die Zeitung beim Kaffee, Unterhaltungen pflegte er um diese Stunde noch nicht, Schmeedes war noch nicht erschienen, und so verließ sie das Haus durch die Hinterpforte.

Es war noch kühl, das Tal und die Straßen lagen von dunstigem Nebel verhüllt. Schwarz und träge trieb der Fluß durch die Wiesen, von schwimmenden gelben Blättern bedeckt. Von den Linden fiel schon das Laub, einzelne Kronen waren noch grün, die Blätter von Staub und Tau bedeckt, aber unter den breiten Ästen zeigte sich bereits der Verfall: welke, braune und gelbe Blätter und vereinzelte leere Äste. Am Horizont glühte Morgenrot. Breite Streifen zerblasener Wolken standen am Himmel mit goldigen Rändern, hinter denen die Sonne flimmerte. Die Landstraße war leer, vor ihr fuhr ein Lastwagen langsam den ansteigenden Weg herauf, die Pferde gingen mit tief gebückten Köpfen, mit den Hufen und dem ganzen Leib mitarbeitend, von Schweiß bedeckt, zogen sie den schweren Wagen hinter sich her.

Als sie die Höhe erreicht hatte, ward es ihr wieder frei und leicht, aufatmend schritt sie durch die reine, kühle Morgenluft. Am Weg, der sich an dem Buchenwald entlang zog, brannten Holzfeuer, von Tannenreisern umsteckt, die ein alter Mann hütete. Am Waldrand warteten zwei Rehe. Sie standen schlank und unbeweglich mit hellen Augen, schreckten zusammen, hoben sich leichtfüßig und verschwanden im Wald. Die hellgrünen Buchen rauschten hinter ihnen zusammen.

Dem Garten sah man an, daß lange nicht darin gearbeitet worden war. Überall fand sie Maulwurfshügel; die Zwetschen brachen fast von den Zweigen. Ein kleines Stück des Rasens war geschnitten, doch der größte Teil wucherte, reichlich von Unkraut durchsetzt, hoch über den Boden. Auf dem Mittelweg sproßte das Unkraut unter dem Kies hervor. In den Ecken lagen angehäufte welke Blätterhaufen, die Tische waren von Vogelmist bedeckt, die Weintrauben angefressen und überreif, die Regentonne leer.

Diese Unordnung konnte sie nicht untätig mit ansehen. Sie schürzte den Rock, band eine blaue Schürze um, nahm, einen Weidenkorb aus dem Gartenhaus und begann die welken Blätter und trockenen Äste von den Beeten zu sammeln. Unterdessen war die Sonne herausgekommen.

Von dunklen Rauchschleiern bedeckt, lagen die roten Ziegeldächer des Dorfes dort unten, das rauchende Hüttenwerk war in schweren Dunst gehüllt, aus dem Stahlwerk schlug die Flamme empor.

Hier oben wird also einmal unser neues Werk stehen, fuhr es ihr durch den Sinn, während sie den Blick über das Tal und die Höhen schweifen ließ und mit den Augen den Weg von dieser Höhe bis zum Bahnhof maß.

Der Geruch nach verbranntem Holz und Tannenzapfen zog zu ihr herüber. Im Gras bebten zitternde Tautropfen, in den Spinnweben glänzte die Sonne, das Licht funkelte zwischen den Zweigen der hellen Buchen, heller Himmel schimmerte durch die Waldlichtung. An den Abhängen hinter der Mauer hingen noch vereinzelte rote wilde Himbeeren zwischen stacheligen Brennesseln, der Morgenwind trug einen strengen Geruch von Kamillen herüber.

Die Herbstsonne glitzerte auf dem Lauf des Flusses, der sich durch die gemähten Wiesen wand, die von Herbstzeitlosen bedeckt waren. Wespen summten, Bienen schwirrten und brummten leise, im Gras zirpten die Grillen. Hier oben will ich einmal wohnen, die Heimat zu Füßen, den Blick über meinen Besitz, den Wald im Rücken, frei über Rauch und den Dächern will ich leben. Und hier will ich einmal sterben, setzte sie hinzu.

Schmeedes war mit der Tischordnung fertig geworden, an der er noch bis spät in die Nacht hinein geschrieben hatte. Als er herunterkam, um sie Friederike vorzulegen, fand er alle Zimmer leer. Der »Klotz« wußte nur, daß Fräulein Minna ins Dorf, Herr Konz auf das Werk und Friederike fortgegangen seien. Nachdem er sich überzeugt, daß Friederike nicht auf ihrem Bureau war, machte er sich in ziemlich galliger Stimmung auf den Weg durch das Dorf. Die Straßen mit ihren angeschwärzten rußigen Fronten, die vielen schmutzigen Kinder, der Staub, der bei jedem Schritt aufflog, besserten seine Laune nicht. Zudem machte ihm sein Herz zu schaffen, es arbeitete rasch und stark, so daß er öfters stehenbleiben und Luft schöpfen mußte. Was war dies auch für ein Zugang zu dem Garten, ein steiler, ausgefahrener Weg mit tiefen Fahrfurchen und Lehmgruben, von allen Seiten grunzten Schweine, schrien Kinder. »Das ist das letztemal, daß ich den Garten aufsuche«, nahm sich Schmeedes vor. »Es ist gut, daß es noch vorher zu einer Aussprache kommt. Ich muß einmal andre Saiten aufziehen.« Er fand die Türe von innen verriegelt, der Schlüssel steckte. Ärgerlich rüttelte er daran. Friederike öffnete. Schmeedes stand, aufgelöst und erhitzt von dem weiten Weg, mit verdüstertem Gesicht und rotem Kopf auf der Schwelle.

»Das ist ja ein seltener Besuch«, sagte sie, indem sie ihn eintreten ließ und die Türe wieder verriegelte.

Sie hatte sehr wohl den Blick bemerkt, mit dem Schmeedes ihren Anzug streifte, sie kannte seine Abneigung vor Holzschuhen und aufgeschürzten Röcken.

»Wo sollte man dich denn anders suchen als in dem Garten?« gab er zurück, während er ihr voranschritt. »Als ich herunterkam, warst du schon heimlich fortgerannt.«

»Heimlich? Ich habe doch wohl das Recht, über meine Wege zu verfügen«, sagte sie.

Schmeedes schlug mit dem Stock gegen einen welken Nelkenbusch. »Dieser Garten wird noch einmal ein Streitobjekt zwischen uns werden, darüber bin ich mir klar.«

»Dann ist es um so besser, wenn wir uns jetzt schon über diese Frage einigen«, sagte sie leichthin, während ihr das Herz stärker zu klopfen begann. Wie er mit kurzen, festen Schritten in dem hellen Anzug und den weiten Beinkleidern vor ihr herging und mit dem Stock den in den Weg ragenden Zwergbirnbaum zur Seite schlug, daß die Äste splitterten, fühlte sie einen Haß gegen den aufsteigen, der sich hier als Herr gebärdete. Es ist gut, daß du kommst, dachte sie. Und alle Stimmen, die sich gegen diese Aussprache warnend erhoben, verstummten auf einmal.

»Unten geht alles drunter und drüber, es ist die höchste Zeit, daß sich jemand der Vorbereitungen zur Hochzeit annimmt«, fuhr er fort. »Sei so gut und mach dich fertig, oder willst du in dem Aufzug durch das Dorf gehen?« setzte er hinzu.

Friederike ließ den Rock herab und stellte die Holzschuhe auf die Treppe, die blaue Schürze behielt sie an.

»Ich habe noch ungefähr eine Stunde hier zu tun, dann gehe ich mit«, sagte sie ruhig.

Schmeedes wurde dunkelrot, der Ärger sprühte ihm aus den Augen. »Ich halte es für Zeitverschwendung, daß du dich jetzt, drei Tage vor der Hochzeit, herstellst und Unkraut ausmachst. Es ist ein Unsinn«, fuhr er fort, »sich ein so weit vom Haus gelegenes Stück Land anzulegen, wenn man weder Zeit noch Leute dazu hat, es zu bebauen. Nach deinen erfreulichen Erfahrungen – «

»Was Minna dir erzählt«, unterbrach sie ihn, »ist in diesem Fall gleichgültig, weil sie Partei ist. Im übrigen brauche ich niemand zur Hilfe, solange der Ferdinand da ist.«

»Das ist noch vier Tage der Fall«, versetzte Schmeedes, den ihre überlegene Sicherheit reizte. »Dann tritt der Mann in meine Dienste, und ich verfüge über ihn. Ein Kutscher, dem ich den Lohn gebe – «

»Verzeih, den Lohn gibt ihm mein Vater«, rief sie rasch.

Nun stieg auch Schmeedes das Blut zu Kopf. Das Mädchen war ja wie verwandelt. Mit kalten, vor Erregung dunkel gewordenen Augen stand sie ihm gegenüber. Zum Kuckuck, er hatte doch auch noch ein Wort mitzureden.

»Wenn ich einen Mann als Kutscher engagiere, verlange ich von ihm, daß er für die Pferde einsteht, und das kann er nicht, wenn er nebenher Mist fahren oder Maulwürfe schießen soll«, erwiderte er hitzig. »Niemand kann auf zwei Schultern tragen. Das wirst du vielleicht auch einmal einsehen. Jedenfalls wird der Ferdinand seine Beine von jetzt ab dazu gebrauchen, in meinem Hause Dienerdienste zu tun.«

»Und der Ferdinand ist einverstanden?«

»Danach wird er nicht lang gefragt. Wenn's ihm nicht paßt, dann geht er.«

Friederike richtete sich auf, ihr Gesicht wurde dunkelrot. »Dazu müßte ich erst meine Erlaubnis geben. Wir haben den Mann engagiert, wir entlassen ihn auch.«

Schmeedes nahm ihre Hand, legte sie auf seinen Arm und ging mit ihr ein paar Schritte weiter nach dem Innern des Gartens zu. Er hatte eine alte Frau bemerkt, die dicht unter der Mauer während des Wortwechsels Himbeeren in ihre blaue Schürze sammelte. »Nun sei einmal vernünftig, Kind«, sagte er, seine Stimme dämpfend. »Wir gehören doch nun zusammen, und wenn ich etwas beschließe, verlaß dich darauf, daß es in unserm gemeinsamen Interesse und zu beiderseitigem Vorteil geschieht. So kann es doch nicht weitergehen, daß du den ganzen Tag auf dem Bureau sitzt und wir von der Gnade Minnas abhängig sind. Und dieser lächerliche Eifer mit dem Garten, der niemand nutzt und niemand freut – «

Friederike befreite ihre Hand aus seinem Arm. Sie würgte etwas herunter. »Ich kann den Garten nicht verkommen lassen«, stieß sie hervor. »Ich soll ihn wohl verkaufen? Das hast du mir ja schon einmal vorgeschlagen.«

»Die Zeiten ändern sich«, sagte Schmeedes. »Ich habe jetzt

andre Pläne. Dies Haus«, er wies mit dem Stock auf das Gartenhaus, »steht in ein paar Jahren nicht mehr hier.«

Sie warf den Kopf zurück.

»Und was soll denn hier hinkommen?«

»Lagerplätze«, sagte er.

»Wenn es mir recht ist!«

»Es wird dir schon recht sein müssen«, meinte er ruhig.

»Du kennst mich nicht«, unterbrach sie ihn mit fliegendem Atem. »Ich habe mir dieses Stück Land von meinem Verdienst gekauft. Darüber verfüge ich.«

»Daß ihr euch immer um Sachen kümmern müßt, die ihr nicht versteht«, sagte er erregt, »und nichts einsehen wollt – «

Vor Friederikes Augen wogte es.

»Ich sehe nur das ein«, sagte sie, »was mir als richtig bewiesen wird. Es gibt ja Frauen, die sich von ihren Männern in allen geschäftlichen Angelegenheiten Hände und Augen verbinden lassen; aber ich bin die Erbin meines Vaters, und was mit meinem Besitz geschieht, darüber hat mein Vater zu befehlen und später ich!«

Schmeedes Gesichtsausdruck veränderte sich mit einemmal.

Sie blickten einander an. Sein Unterkiefer bebte, er suchte nach Worten.

»Wo steht das geschrieben?« stieß er hervor.

»In einem Aktenstück beim Notar – wir werden ja in Gütertrennung leben.«

»Nun ja!« meinte er und hieb mit dem Spazierstock durch die Luft. »Ich hoffe, daß du mir später nicht bei jeder Gelegenheit mit deiner Gütertrennung kommst, wenn ich meine Pläne ausführen will. Wohin sollen wir uns denn ausdehnen? Unten ist ja kein Platz mehr, unser Haus hat den letzten Raum verschluckt, und wenn ich unser Werk einmal vergrößern will, greife ich doch zuerst zu dem, was ich habe. Das ist doch klar.«

Wenn Friederike etwas gebraucht hatte, um ihre Fassung vollends zu verlieren, war es dieses letzte Wort.

»Du hast vorhin ein Wort fallen lassen«, fuhr sie fort, »als ob ich mir mit meinem Bureaudienst zuviel zumutete. Das sage ich dir«, ihre Stimme zitterte, »ich bleibe auf meinem Posten. Den hab' ich mir erkämpft, und den geb' ich nicht her.«

Schmeedes schlug mit der Hand auf den Gartentisch, daß das Blech dröhnte. »Dann muß man sich nicht verheiraten!« rief er aus. »Entweder – oder! Ich habe keine Lust, mich noch länger über deine Launen aufzuregen. Ich habe vor der Hochzeit einen Auftritt vermeiden wollen, aber jetzt muß es heraus: Es ist kein Gedanke daran, daß du noch weiter auf dem Bureau arbeitest. Ich heirate keinen Schreiber, sondern eine Frau, die mein Haus verwaltet. Ein Haus, in dem die Frau einem Beruf nachgeht, ist für mich geradeso gut wie ein Wirtshaus. Ein Mann kann keine zwei Berufe ausfüllen, geschweige denn eine Frau. Ich verlange von dir, daß du dir endlich darüber klar wirst, daß das nicht geht. Du befindest dich auch außerdem im Irrtum«, fuhr er fort, da sie ihn schweigend mit zornsprühenden Augen ansah, »wenn du meinst, durch den Posten mehr Einfluß zu haben. Eine Stimme kannst du schon deshalb nicht haben, weil dir die technischen Kenntnisse fehlen.«

Das hatte getroffen. Er fühlte es, das Wort saß. Es war, als ob sich mit einemmal ein Abgrund zwischen ihnen auftäte und eine eisige Luft sie umwehte.

Friederike war bleich, sie atmete kaum. »Es ist gut«, sagte sie und trat an den Tisch. Sie hatte während seiner Worte an ihrem Finger gedreht, doch der goldene Ring ging nicht ab, er blieb fest sitzen, so sehr sie sich auch mühte. »Ich gebe Ihnen mein Wort zurück, Schmeedes. Verzeihen Sie, daß ich Ihnen das heut erst sage«, fuhr sie rasch fort, mit einer Stimme, die leicht zitterte. »Aber ich kann mein Versprechen unter diesen Umständen nicht halten.«

Schmeedes hatte nicht recht zu verstehen geglaubt und auf Friederikes Bewegung mit dem Ring nicht geachtet, er fuhr mit flammendem Gesicht auf. »Was sagst du da? Mach keine Scherze, Friederike.«

»Es ist gut«, fuhr sie fort, »daß Sie mir rechtzeitig den Unterschied unsrer Stellung klargemacht haben. – Sehn Sie, Schmeedes, wir haben uns beide wollen durchsetzen; ich hätte nicht nachgegeben und Sie nicht. Es wäre ein ewiger Kampf zwischen uns geworden und wäre doch einmal zu einem Bruch gekommen. Das ist mir alles erst in diesen Tagen klar geworden. Ich muß meine Freiheit wieder haben.« Sie streifte den Ring vom Finger und legte ihn auf den Blechtisch, der noch vom Nachttau feucht war, und damit ging eine Verwandlung mit ihr vor. Nun konnte sie sprechen, nun stand sie Schmeedes wieder frei gegenüber wie damals, als er an dem Aprilabend in ihr Haus gekommen war, als Mensch, den sie achtete und der sie weiter nichts anging. Er tat ihr leid, in seiner Hilflosigkeit, dem Skandal, der Lächerlichkeit ausgesetzt, und sie fand warme Worte, die sie während ihrer Brautzeit nicht ein einzigesmal gefunden hatte. Sie achtete ihn höher wie jeden andern Mann, ihren Vater ausgenommen, aber sie konnte sich nicht der Herrschaft irgendeines Menschen unterwerfen, sie konnte nur leben in Unabhängigkeit und persönlicher Freiheit.

Da kam langsam wieder Farbe in sein verstörtes Gesicht.

»Das konnten Sie mir früher sagen, Friederike«, brachte er endlich heraus. »Jetzt, wo wir in drei Tagen Hochzeit haben sollen. Die Leute sind eingeladen, wir sind in der Kirche ausgerufen worden, wir hängen im Standesamt, wir machen uns ja zum Gespött der ganzen Gegend.« Er war verstört und bis ins Herz durch ihre Worte erkältet.

»Hättet ihr mir doch Zeit gelassen«, sagte sie. »Es wäre sicher nicht so weit gekommen. Ich habe nie daran gedacht.«

»Aber mein Gott!« rief Schmeedes erbittert, »warum sagten Sie dann ja! Warum tun Sie mir nun in letzter Stunde diese Schmach an?«

Friederike sah in sein gutmütiges rotes Gesicht, das einen fast knabenhaften, ängstlichen Zug trug, und dachte: Er wird die Wahrheit doch nicht glauben. Und sie fügte mit unsicherer Stimme hinzu: »Ich sagte ja, um meinem Vater einen Gefallen zu tun.«

»Das ist allerdings etwas andres.« Schmeedes richtete sich auf. Er hatte seine Haltung wieder und knöpfte seinen Rock zu. »Ich danke Ihnen, daß Sie mir das wenigstens so offen gestehen. Mehr kann man ja schließlich nicht verlangen.«

»Lassen Sie uns ohne Groll auseinandergehen«, bat sie. »Sie werden eine andre Frau finden, die Sie glücklicher machen wird, als ich es kann.«

Damit reichte sie ihm die Hand.

Schmeedes schritt taumelnd den langen Kiesweg entlang. Als er die Gartentür erreichte, packte ihn ein Schwindelanfall, das Blut stieg ihm zu Kopf, der Herzschlag zögerte, er fühlte, wie ihn seine Kraft verließ, tastete nach der Klinke und brachte kaum die Tür auf; Flammen tanzten vor seinen Augen, er nahm kaum wahr, wo er sich befand.

Friederike sah ihm nach, wie er mit schwerem Schritt den Feldweg hinunterging. Ein Gefühl der Befreiung überkam sie.

III

»Ich bin gezoh zu der Infanterie,
Awer noch zu früh, awer noch zu früh.«

In langen Reihen strömten die »Ziehungsbuben« vom Bahnhof herunter, schwankend und johlend, mit breiten, kobaltblauen, giftgrünen und lilafarbenen Seidenbändern am Hut. Die Mädchen erwarteten sie auf der Brücke. Das gab ein Jauchzen und Kreischen, wenn einer fest zupackte und der andre schwerfällig daherschob, seiner Beine nicht mehr mächtig, mit schwimmenden Augen.

»Infanterie soll lewe! Juchhu!« Sie warfen die Mützen in die Luft.

»Kavallerie soll lewe!« sangen langaufgeschossene Burschen und schritten in stolzer Haltung, ihre bändergeschmückten Mützen schwingend, über die Brücke.

Singend zog die Schar in das Dorf, die Mädchen Arm in Arm hinterher in langen Reihen. Vor den Haustüren warteten schon die Mütter. Die Väter saßen nach der Nachtschicht in den Samtpantoffeln auf der Treppe, lasen ihren »Anzeiger« und schauten ihnen nach. Nur einmal trug man die bunten Bänder am Hut. Die Burschen riefen ihren Vätern die Regimenter zu, zu denen sie ausgehoben waren. »Zur Artillerie! Juchhu! Artillerie soll lewe!« Jauchzend fiel der Chor der Mädchen ein.

»Mutter, ich kumm zu de Husare nach Mainz!« rief ein kleiner blonder strammer Bursche, seinen Hut hoch in die Luft schwenkend, seiner weißhaarigen Mutter zu, die auf der Treppe des ersten kleinen Bergmannshauses in der Fingerhutgasse stand.

In der Wirtschaft zur »Deutschen Freiheit« waren Fenster und Türen geöffnet. Roter Sand war auf die weißgescheuerten Dielen gestreut, Tannenkränze mit schwarzweißroten Fähnchen hingen über der niedrigen Türe. Bald klangen die Gläser und schallten die Gesänge.

Die Mädchen warteten draußen auf der Straße, einige wagten sich auf die steinerne Treppe, um besser in das rauchgefüllte Wirtszimmer hineinsehen zu können. Man trank ihnen zu und ließ sie mittrinken. In allen Gassen war heute ein Leben und Treiben, Singen, Juchzen und Kreischen bis in die Nacht hinein.

Die Mädchen drängten dichter an das Wirtshaus, einer nach dem andern kam heraus und verteilte seinen Bänderschmuck. Ein Paar nach dem andern schlich sich fort in die dämmerige Fingerhutgasse, den Gemüsegärten entlang, wo nur wenige trübflackernde Laternen ihren matten Lichtschein warfen. Im Wirtshaus brach plötzlich Wortwechsel aus. Laute Rufe, Gegenrufe. Die Biergläser klangen hart auf dem hölzernen Tische, Stühle wurden zurück-, Bänke und Tische an die Wand geschoben, die Messer flogen heraus. Ein dumpfes Heulen verkündete, daß Streit ausgebrochen war. Angstvoll schrien die Mädchen auf der Treppe auf. Der Wirt kam eilig hinter dem Schenktisch heraus. Fünf Burschen hatten einander an Schultern und Kehlen gepackt, rangen keuchend miteinander, stürzten zu Boden, holperten auf, packten den andern an der Gurgel, würgten ihn und zwangen ihn auf die Knie. Der Wirt riß einen am Kragen zurück, er wurde mitgerissen und an die Wand gedrückt. Hin und her schob sich der aneinandergeballte Menschenknäuel, der Sand knirschte unter den Schuhen, Kragen wurden heruntergerissen, Hüte flogen auf den Boden. Stumm und keuchend schoben sie sich gegen die Tür, dumpf dröhnten die nägelbeschlagenen Schuhe auf den Dielen, Stühle schlugen um, der Tisch mit den Gläsern schob sich klirrend an die Wand. Einer lag unten, stöhnend rang er gegen die Leiber, die auf ihm knieten, er wehrte sich mit dem Messer in der Faust. Ein andrer riß ihm das Messer aus der Hand, es fuhr mit blitzendem Ruck durch die Luft. »Bruder, hilf!« schrie der am Boden laut aufheulend. Ein Greifen, ein Würgen, sausend stieß das Messer in den Menschenknäuel hinein. Ein furchtbares Brüllen erscholl. Die Tür wurde aufgestoßen, eine Uniform, der dicke Gendarm erschien. Mit heiserer Stimme gebot er Ruhe, seine kräftige Hand griff in den Menschenknäuel und riß sie auseinander. Mit geröteten Augen richteten sich die Burschen auf und steckten die Messer in die Taschen. Hinter dem Gendarmen her drängten sich Weiber und Mädchen ins Zimmer. Am Boden lag der junge Blonde, der eben noch zu seiner Mutter gerufen hatte: »Ich komm zu de Husare nach Mainz!« Er lag gekrümmt, mit ausgestrecktem rechtem Arm und röchelte schwer. Aus einer Wunde am Kopf quoll das Blut auf die sandbestreuten weißen Dielen.

Weinend kam das Mädchen herbei, die bunten Bänder in der Hand, und warf sich aufschreiend neben den jungen Mann auf den Boden.

»Weg da!« gebot der Gendarm. Er hob mit dem Wirt die Türe aus, sie legten den blutenden Mann darauf, zwei Bergleute trugen die Türe. Der Anstifter stand finster und bleich mit verächtlicher Miene an die Wand gedrückt. Stumm ließ er sich fesseln und abführen. Der Zug mit den Männern, die den Sterbenden auf der Türe nach dem Lazarett trugen, gefolgt von dem Gendarmen mit dem Gefesselten, der schluchzenden Braut, bewegte sich durch die monderhellte Gasse, Weiber und Kinder drängten hinterher.

Die »Deutsche Freiheit« lag dunkel und gemieden, wie ausgestorben. In der »Justitia« lärmten sie indessen weiter, unbekümmert um das Erscheinen des Gendarmen, der Feierabend gebot, sie hatten ihr Bier so gut bezahlt wie der Herr Gendarm, sie gingen, wenn sie ausgetrunken hatten, sie wehrten sich, als sie dennoch gepackt und zur Türe hinausgeschoben wurden. Im Mondschein führte der Gendarm schon wieder ein paar vor sich her nach dem kleinen Gefängnis, dem »Kitchen«, das man für die gewöhnlichen Vergehen, Auflehnung gegen die Obrigkeit oder Messerstechereien bereithielt. Noch nie war das Gefängnis so besetzt gewesen wie dieses Jahr. Noch nie hatten sie es gewagt, hinter der verschlossenen Tür weiter zu singen. Diesmal lärmten sie, bis der Morgen graute. Morgen war Sonntag, am Montag wurde blau gemacht, keiner ging auf die Grube schaffen, keiner zum Konz aufs Werk.

Minna lag im Fenster und schaute nach den Mägden aus, die nach dem Essen ins Dorf gelaufen waren. Die Musik kam wieder über die Brücke, die Burschen vorn, die ihre Mützen schwenkten, die Mädchen hinterher, begleitet von einer Schar Kinder. Mit ihren Holzschuhen lief die dicke Waschfrau über den Hof, die alte Kleemannse kam aus der Waschküche heraufgestürzt und wischte sich den Seifenschaum von den Händen. Vor vier Wochen war ihr der Mann beerdigt worden, und der Mann der andern saß wieder einmal im Gefängnis. Jetzt standen die beiden dicken Weiber am Tor, winkten mit den Schürzen, daß sie nichts hörten und nichts sahen. In den Wirtshausstuben ging von neuem der Spektakel los, auf allen Gassen sah man die Ziehungsbuben herumtorkeln, mit heißen Köpfen und verglasten Augen.

Je, was war das eine Zucht mit den Mädels. Minna schloß alle Fenster, um das Kreischen nicht mehr zu hören. So hatten sie es doch noch nicht getrieben, wie dieses Jahr. Es lag etwas Absichtliches in ihrem Gebaren, der Wille, aufzufallen und Ärger zu erregen.

»Wir kriegen Streik«, rief Friederike und trat erregt ins Zimmer, warf die Reitpeitsche auf den Tisch und strich sich die Haare aus der heißen Stirn. »In Westfalen haben die Bergleute die Arbeit niedergelegt und fordern Lohnerhöhung. Die Neuweiler Bergleute haben Maifeier im Wald gehalten und Fässer aufgelegt, und ein Bergmann Bickel aus Dirmesheim, den Schellenwenzel nennen sie ihn, hat eine Rede gehalten. Die Polizei hat's eben erst erfahren.«

»Wer soll denn streiken?« sagte Minna. »Die Arbeiter von der Hütte sind in der Furcht des Herrn, unsern hat man erst freiwillig die Löhne erhöht, und die Neuweiler Bergleut sind verständig. In der Zeitung wird alles immer gleich gefährlich gemacht. Das ist ja denen ihr Geschäft.«

»Es ist jetzt Hochkonjunktur«, sagte Friederike. »Darauf verlassen sie sich. Überall wird mit Hochdruck gearbeitet, und in

Westfalen, wo die Knappschaftsverhältnisse nicht so gut sind wie bei uns und die Löhne mit den Konjunkturen schwanken –«

»Na, das ist ja zum Glück bei uns nit so.« Minna schnitt den Formkuchen an. Die Frage, ob er sitzengeblieben, beschäftigte sie in diesem Augenblick viel mehr.

»Wenn sie in Westfalen in den Ausstand treten, kommt der Streik auch zu uns, und wenn die Bergleute anfangen, werden unsre auch angesteckt. Wir stehen auf der schwarzen Liste obenan.« Friederike entfaltete die Zeitung. Es waren bereits Nachrichten aus den westfälischen Bergrevieren eingelaufen.

In einer Eingabe, die der evangelische Männerbund in Westfalen an die Zechen des Reviers machte, wurde ausgeführt, daß der Gesundheitszustand der Bergleute sich verschlechtert habe: »Jährlich wird eine Anzahl Bergarbeiter begraben, die das siebenundvierzigste Jahr nicht erreicht, ja oft das dreißigste kaum überschritten haben. Eine ganz geringe Zahl Bergleute erreicht das fünfzigste Arbeitsjahr, und eine große Anzahl muß fortwährend hauptsächlich wegen Lungenleiden oder Rheumatismus feiern. Bis zur Mitte der siebziger Jahre war der Gesundheitsstand ein besserer, man muß also die Verschlechterung den nach dieser Zeit eingetretenen Veränderungen des bergmännischen Betriebes zuschreiben: Größere Tiefe der Arbeitsstollen, vermehrter Verbrauch von Sprengstoffen, verlängerte Arbeitszeit und in der großen Anzahl von Überschichten. Die von der Presse berechneten Durchschnittslöhne treffen bei uns nicht zu. Wenn ein Bergarbeiter einen auskömmlichen Lohn hat, hat er ihn meist durch gesundheitsschädliche Überarbeit erzielt.«

Eine Delegiertenversammlung war bereits einberufen worden, die Schützenvereine und die Feuerwehr wurden schon als Hilfspolizei in Anspruch genommen. Die Waffenhändler in Bochum mußten sich verpflichten, in nächster Zeit keinerlei Waffen noch Munition zu verkaufen.

In Schlesien hatte man auf einer Grube Dynamitpatronen gefunden, die zur Zerstörung der Anlage bestimmt waren.

In Dirmesheim fand tags darauf eine Bergarbeiterversammlung statt. Sie wurde mit einem Hoch auf den Kaiser eingeleitet. Bickel sprach. Er ging scharf gegen die Beamten vor und forderte seine Kameraden auf, sich dem Streik der Westfalen anzuschließen. Die Forderungen, höhere Löhne, kürzere Schichtdauer, außerdem bessere Vorbeugung gegen Unglücksfälle, sollten der Bergwerksdirektion unterbreitet werden. Diese stark besuchte Versammlung brachte den Stein ins Rollen. Der Gedanke an Streik kam zum erstenmal in dem sonst ruhigen Saarrevier, das der Sozialdemokratie gerade dieser unerschütterlichen Haltung wegen längst ein Dorn im Auge war, der Verwirklichung näher.

Begeistert stimmten die jungen Bergleute den Ausführungen Bickels bei. Die verheirateten verhielten sich vorläufig noch zurückhaltend. Die Zumutung, freiwillig wochenlang auf den Verdienst zu verzichten und einem unbekannten Streikkomitee Geld zu bezahlen, schien ihnen gewagt. Man konnte die Gruben schließen, ihnen die Arbeit nehmen, sie ablegen, ihren Kindern die Zukunft verbauen. Der Vorschlag, einer Königlichen Behörde ihren Willen aufzuzwingen, erschien ihnen vermessen, die Forderungen, die Bickel stellte, unerfüllbar.

Dagegen leuchtete den Frauen sofort ein: Der Streik verhieß höheren Lohn und besseres Leben, während der arbeitslosen Wochen wurde geborgt; im schlimmsten Fall hatte die Gemeinde oder die Knappschaft für einen zu sorgen.

Bickel, ein stattlicher, gutgewachsener Mann, der stets den Überzieher auf dem Arm trug, mit weitabstehendem rötlichen Schnurrbart, stechenden dunklen Augen und einer Ähnlichkeit mit dem »Schellenwenzel« der Spielkarten, bereiste die Dörfer und hielt in den Wirtschaften flammende Ansprachen. Noch nie hatte einer gewagt, die Bergräte »Paschas« zu nennen, die Verwaltung eine »Paschawirtschaft«, die Inspektoren Lügner und die Steiger Spitzbuben. Unredlichkeiten kamen unter den Beamten vor, Durchstechereien, die niemand aufzudecken wagte, keiner wollte den Mund auftun und die vielen Ungerechtigkeiten melden, die man zähneknirschend einsteckte oder mitansah. Und während sie alle Hunger litten, hatten die Herren Beamten sich dicke Bäuche gefressen. Und vor diesen Vorgesetzten zogen sie ehrerbietig die Mützen und riefen ihnen Glückauf zu? So wurden die Gruben verwaltet, das Eigentum des Staates und des Königs!

Die Reden des Schellenwenzel wirkten wie ein langersehnter Gewitterregen. In den Wirtschaften war kein Platz mehr zu bekommen, wenn Bickel sprach. In Scharen holten sie ihn von dem Bahnhof ab und führten ihn im Triumph durchs Dorf.

Wenn man des Abends durch die Dorfstraßen ging, konnte man auf jeder Treppe die Bergleute auf den Haustüren sitzen sehen, die Zeitung in der Hand. Einer machte dem andern klar, um was es sich handle. Hauptsächlich war es die jetzige Dauer der Arbeitszeit, zwölf bis dreizehn Stunden, und die Lohnfrage, die sie beschäftigte. Wenn man sechs oder acht Kinder hatte und die Woche nur sechzehn oder achtzehn Mark nach Hause brachte, war es kein Wunder, wenn man Schulden machte oder ans Trinken kam. Mit dem Lohn konnte keiner eine Familie durchbringen. Die Weiber hetzten und schürten.

Warum konnten denn die westfälischen Kameraden den Streik wagen; dort waren die Lebensmittel noch teurer wie hier.

Die Unverheirateten legten die Arbeit nieder und gingen den unentschlossenen älteren Kameraden mit ihrem Beispiel voran. Auf einigen Gruben fuhren drei Viertel, auf andern nur die Hälfte der Belegschaft an.

Der westfälische Streik breitete sich mit jedem Tag weiter aus. Die böhmischen Bergleute schlossen sich an, die Sachsen; in Belgien wurde eine Zunahme der Streikagitation festgestellt. Bickel erhielt Hilfstruppen. Aus Westfalen kamen Agitatoren ins Saarrevier und verteilten sich auf die Dörfer.

Die Bergbehörde des Saarreviers hatte sich noch nicht geäußert, die Wünsche waren von heut auf morgen unmöglich zu erfüllen. In einzelnen Bergmannsdörfern hatten sich die Pastoren der Bewegung angenommen und sprachen für die Bergleute.

Die Kohlenausfuhr ging bereits zurück, die Kohlenpreise stiegen. Bei den Kleinhändlern am Niederrhein erhöhten sie sich fast schon auf das Doppelte. Durch das Ausbleiben der Kohlen war die Verschiffung auf dem Rhein bedeutend geringer geworden, eine Anzahl rheinischer Eisenwerke mußte den Betrieb einschränken und Arbeiter entlassen. Die Gasfabriken der Stadt Paris, die mit den Gelsenkirchener Zechen einen Kontrakt hatten, kamen zur Zeit der Weltausstellung in Verlegenheit, da der tägliche Kohlenzug, der nach Paris ging, ausfiel.

Im Westerwald hatte ein Grubenbesitzer den Bergleuten freiwillig, um einem Streik vorzubeugen, eine Lohnerhöhung von fünfzehn Prozent bewilligt. In Westfalen waren die Versuche der Sozialdemokratie, sich der Führung der Partei der Bergleute zu bemächtigen, zwar abgewiesen worden, ein Mitglied des Hauptausschusses wurde wegen Majestätsbeleidigung bestraft, aber täglich fanden Versammlungen unter freiem Himmel statt. Man hatte Militär zu Hilfe nehmen müssen. Die Buben auf der Straße ergriffen schon Partei. Sie erzählten sich: »In Westfalen hatten die Soldaten auf die Bergleute schießen sollen, aber die hatten in die Luft gezielt. Die hielten zu ihnen«, setzten sie stolz hinzu.

Auf der Neuweiler Zementfabrik legten sie nun auch die Arbeit nieder, auf Grube Otten fuhr nurmehr die Hälfte der Belegschaft an, die Maurer forderten höhere Löhne, die Ziegelbrenner streikten. Nun stand die Fabrik verschlossen auf freiem Feld, der Name »Rudolf Konz«, den das rote Ziegeldach in schwarzen Lettern trug, leuchtete weithin ins Land, und wer mit dem Zug vorüberkam, konnte in den stillen Höfen die aufgebauten Ziegelmauern betrachten.

An den Torhäusern der Neuweiler Hütte wurde in einem Anschlag bekanntgegeben, daß man den Betrieb vorläufig noch aufrechtzuerhalten versuchen würde, daß man dieses Opfer aber den Arbeitern nur brächte, damit sie nicht brotlos würden.

Daß sich in der Konzschen Kesselfabrik etwas vorbereitete, merkte man schon an den scheuen, finsteren Blicken und dem offenen trotzigen Haß, der einem aus den Gesichtern entgegenblitzte. Wenn man durch die Hallen ging, grüßte keiner zuerst. Die Jungen sahen in die Luft; die Älteren rückten gerade noch an der Mütze.

Eines Abends brachte Herr Konz einen Anschlag nach Hause, den er auf der Straße gefunden hatte. »Seht die Blutsauger«, hieß es darin, »mit feinen Wagen fahren sie durch die Straßen, halten sich Pferde und Bedienung; unsre Kinder haben nichts zu essen wie trockenes Brot. Die Lebensmittel werden noch steigen, und was fangen wir dann an mit unsern paar Mark? Wir müssen schon unsre Frauen in Arbeit schicken, damit unsre Kinder Brot haben. Wollt Ihr Eure Kameraden, die Bergleute, im Stich lassen?

Wollen wir uns ducken für den Hungerlohn?

Hat man nicht versucht, unsre Frauen und Kinder auszunutzen? Man hat ihnen Arbeit gegeben, aber kein Geld. Wir werden so lange ausgenutzt, bis wir uns wehren. Genossen! Zeigt ihnen, daß wir mächtig sind, wenn wir zusammenhalten. Habt keine Furcht, haltet zusammen. Die Besitzer können nur Besitzer sein, weil sie einig sind. Das Streikkomitee.«

Derartige Anschläge erschienen nun täglich an allen Ecken, Toren, Mauern und Zäunen.

Konz ließ die Anschläge abreißen, doch eine Stunde später klebten sie wieder überall.

Minnas Verwandtschaft blieb zum erstenmal am Sonntag aus. Nur die Groß kam mit dem Zweiuhrzug und brachte die Nachricht, daß die Bergleute in Sankt Ingbert dem Streik beitreten wollten.

»Geh mir daher«, sagte Minna. »Die Bayere han die Kurasch nit.«

»So wahr ich do hucke«, sagte die Groß, die am Herd ihren Kaffee trank. Sie hatten eine Versammlung abgehalten, daß sie dem Streik beitreten wollten.

»Han denn die Mannsleit kei Verstand meh in Kopp?« rief Minna und stemmte die Arme in die Seiten.

Die Groß brockte das Milchbrot in den Kaffee. »Sie wolle jo nit meh wie die Preiße«, sagte sie und blinzelte mit den kurzsichtigen hellen kleinen Augen.

In Sankt Ingbert stand der Streik auf der Königlich bayrischen Steinkohlengrube bevor. Die Belegschaft stellte dieselben Forderungen wie die im Saarrevier. Auf einer von achttausend Bergleuten besuchten Versammlung hatte der Vorstand den Vorschlag gemacht, erst die Antwort der Bergwerksdirektion abzuwarten; er wurde einstimmig abgelehnt und Arbeitsniederlegung beschlossen.

Tags darauf fuhr auf Grube Neuweiler nur die Hälfte der Belegschaft ein.

Die Auslohnung der Bergleute ging vor sich, die Schlafhäuser wurden geräumt, die auswärtigen Grubenarbeiter reisten noch am selben Tage in bereitstehenden Sonderzügen in ihre Heimat ab.

Auch in Dirmesheim, wo man erst beschlossen hatte, so lange zu arbeiten, bis man den Bescheid des Bergamts hätte, legte nun die Hälfte der Bergleute die Arbeit nieder. Mit Musik und Fahnen durchzogen die Streikenden das Dorf, an allen Straßenecken wurde in Anschlägen der Streik proklamiert. Vor der Grube kam es zwischen den Arbeitswilligen und streikenden Bergleuten zu Schlägereien.

Die Streikenden erwarteten die arbeitsbereiten Bergleute mit Stöcken und Knüppeln und suchten sie mit Drohungen zu verscheuchen, die Behörde rief Militär zu Hilfe. Eine Kompagnie des in Sankt Martin garnisonierenden Infanterieregiments und eine Eskadron Dragoner bezog die leeren Schlafhäuser, und aus Hessen-Nassau traf eine Anzahl Gendarmen ein, die auf alle Gruben verteilt wurden.

Wenn man mit dem Zuge an Dirmesheim, das in einem Wiesental zwischen bewaldeten Höhenzügen, aus denen überall die Grubenschornsteine herausblickten, eingebettet lag, vorüberfuhr, konnte man glauben, in einer kleinen Garnison zu sein. Überall sah man die blauen Röcke, die roten Kragen, das helle

Blau der Dragoner zwischen den kleinen Häusern. Da marschierte ein Trupp Soldaten und brachte Zimmerleute, die notwendige Arbeiten in der Grube zu verrichten hatten, zum Grubenschacht, begleitet von einem Schwarm neugieriger Kinder und schimpfender Weiber. Aus den Fenstern der ausgeräumten Schlafhäuser guckten Soldatenköpfe, Posten schritten an den Grubeneingängen auf und ab, berittene Schutzleute sprengten durch die Straßen.

»Habt ihr den Anschlag droben auf der Hütte gelesen?« fragte Rudolf Konz eines Abends bei Tisch. »Der Generaldirektor kündigt den Stillstand des Werkes an, wenn der Streik weiter dauern soll.«

»Ach, du lieber Herrgott!« rief Minna und schlug die Hände zusammen. Die armen Leute konnten doch nichts dafür, daß die Bergleute streikten.

Rudolf Konz zuckte die Achseln. Die Kohlen stiegen weiter im Preis, die Industrie arbeitete schon mit Verlust. Hüttenwerke in der bayrischen Pfalz hatten die Hälfte der Arbeiter entlassen oder geschlossen.

»Jesses, jesses!« Minna legte die Gabel hin. Das fuhr einem ja ordentlich in den Magen. Auch Friederike hatte sich verfärbt.

Jetzt zeigte die Bergbehörde schon Erhöhung der Kohlenpreise an. Nächstens würde man die Kohlen wie die Kuchen im Laden auslegen. Auf »Berechtigungskohlen« brauchte sich niemand mehr zu spitzen.

»An denen war auch nit viel verlor'. Die Hälft war Dreck«, meinte Minna, welcher der Begriff, daß alles, was nichts kostete, auch nichts taugte, nun einmal unausrottbar war.

»Nun, die Bergmannsweiber haben aber mit den Berechtigungskohlen ihre Stuben warm gehabt im Winter«, sagte Konz. Er wünschte »Mahlzeit« und ging auf sein Zimmer.

»Er hat wieder nix gess'«, sagte Minna, betrübt die Teller zusammensetzend. »Und du läßt auch alles stehen, Friedel.«

»Mir ist der Appetit vergangen«, antwortete das Mädchen und schob den Stuhl an den Tisch.

Friederike fühlte in diesen unruhigen und sorgenvollen Tagen eine unbegrenzte Arbeitskraft in sich erwachen. Alles, was hinter ihr lag, die Kämpfe, die Auflösung ihrer Verlobung, das verblichene weiße Brautkleid im Schrank, die vertrocknete Myrtenkrone, die Ausstattung, die man in Bodenkammern untergestellt hatte, war aus ihrem Gedächtnis entschwunden, und wenn sie flüchtig daran dachte, erschienen ihr diese Gedanken kleinlich und kindisch gegenüber der großen Frage dieser ernsten Tage. Der erste Streik war über das Saarrevier hereingebrochen, die Bergleute erhoben sich, eine neue Zeit begann.

Mitte Mai hingen an den Bäumen und Telegraphenstangen, die sich an der Chaussee und den Bergmannspfaden hinzogen, überall Zettel: »Morgen abend um sechs Uhr ist Versammlung bei dem Wirt Dörr in Neuweiler wegen des Wohls der Bergleute.« Die Unterschriften waren abgerissen. Auf dieser stark besuchten Versammlung, an der auch die Behörde teilnahm, trugen die Bergleute ihre Wünsche vor. Die öffentliche Versteigerung der Arbeit sollte aufgehoben und die normale Schichtzeit unter Tag auf neun Stunden, und die Schleppzeit auf vier Jahre festgesetzt werden; im Geding sollte vier Mark und im Schichtlohn drei Mark fünfzig verdient werden. Bergleute, die mit Gefängnis bestraft waren, sollten nach Absitzung ihrer Strafe wieder angelegt werden, niemand sollte mehr gezwungen sein, einen Teil seines Lohnes auf die Kreissparkasse zu legen oder auf der Menage essen zu müssen, Strafe und Ablegung auf Wochen wegen eines Wagens unreiner Kohlen sollten wegfallen, die Feierschichten weniger streng bestraft werden, öffentliche Verlesungen, Benennungen, zum Beispiel »Faulenzer«, nicht mehr erlaubt sein.

Die Erregung der Bergleute über die ungerechte Behandlung seitens der Unterbeamten machte sich in lauten Anklagen Luft.

Darauf nahm der Bergrat das Wort. Er verlas die aufgestellten Forderungen und die von der Deputation vorgetragenen

Wünsche und versprach im Namen der Bergbehörde Erhöhung der Löhne. Die übrigen Forderungen würden geprüft und nach Möglichkeit erfüllt werden. Natürlich konnte das nicht von heute auf morgen geschehen.

Betreffs der gekürzten Arbeitszeit war die Direktion den Forderungen der Bergleute bereits entgegengekommen. Seit Beginn der Woche dauerte auf keiner Grube die Schicht länger als zehn Stunden, der Versuch, die Schichtdauer noch mehr zu verkürzen, wurde in Aussicht gestellt, eine Forderung, die übrigens leichter zu stellen als auszuführen war. Es gab Gruben, deren maschinelle Einrichtungen es nicht zuließen, daß die Belegschaft vor Ablauf von ein bis eineinviertel Stunde vollzählig in die Grube hinabbefördert wurde. Rechnete man für die Ausfahrt ebensoviel Zeit, dazu noch die Zeit vom Schacht bis vor Ort, dann blieb, wenn man eine Gesamtschichtdauer von neun oder gar acht Stunden zur Grundlage nehmen wollte, kaum eine Arbeitszeit von sechs Stunden.

Die Bedingung, die maschinellen Einrichtungen müßten so beschaffen sein, daß Ein- und Ausfahrt sich rascher vollzögen, war auch nicht sofort erfüllbar. Die maschinellen Einrichtungen der amtlichen Gruben waren mustergültig. Aber nach wirtschaftlichem Grundsatz mußte das Anlagekapital mit der Möglichkeit des Erträgnisses in vernünftiger Wechselbeziehung stehen. Auch hier wurde gründliche Prüfung und etwaige Neuanordnung der Betriebseinrichtung versprochen.

Die Versprechungen wollten sie schriftlich haben, verlangten die Wortführer.

»Ihr habt das Versprechen der Behörde«, sagte der Bergrat. »So viel Vertrauen müßt ihr uns schenken. Die Forderungen müssen doch erst geprüft werden.«

Die Löhne konnte man auf die gute Geschäftslage hin verlangen, antworteten sie dagegen.

»Die Bergbaubehörde ist doch keine Bergbaugesellschaft, die Schacher treibt mit dem Lohn der Arbeiter!« rief der Bergrat. »Sie ist eine Vertreterin unseres Königs und darf sich als solche keine Vorschriften aufzwingen lassen von der ersten besten Versammlung, welche dazu noch mit Kontraktbruch droht!« Die Löhne waren durchschnittlich die höchsten auf deutschen Kohlengruben, dazu die Fürsorge, die unverzinslichen Baudarlehen, die Vergünstigungen durch Konsumvereine und Knappschaftskassen. Wenn sie abwarteten und weiter arbeiteten, konnten sie diesen Monat noch viel Geld verdienen. »Euren Wünschen wird Gerechtigkeit widerfahren. Bleibt bei der Arbeit!«

Der Bergrat schloß mit einem Hoch auf den Kaiser, die Bergleute sangen »Heil dir im Siegerkranz«, die Versammlung wurde aufgelöst, der Saal geräumt, die Leute gingen scheinbar ruhig auseinander.

In der »Deutschen Freiheit« sprach an diesem Abend der Schellenwenzel. Schon ehe man in die dunkle, schmale Fingerhutgasse einbog, konnte man den Lärm der Stimmen hören. Aus den Ritzen der grünen Holzläden drang Helligkeit und quoll der Rauch, ein betäubendes Stimmengewirr herrschte in der engen, überfüllten Wirtsstube. Die Bergleute standen bis an die Wände, hinter den Bänken, um den Schenktisch gedrängt und auf der Treppe bis auf die Gasse hinaus. Der Schellenwenzel kam direkt von der Grube Otten. Mit heißem rotem Kopf und flammenden Augen und bereits heiserer Stimme sprach er in den Lärm hinein.

Zufrieden wollten sie sein? Mit was denn? Mit einem Versprechen, das einem der Herr Bergrat gegeben hatte? Was hatten sie denn nun in der Hand? Ein Ehrenwort der Behörde? Vorgelesene Paragraphen, die nicht in die Arbeitsordnung aufgenommen waren!

Schwarz auf Weiß mußten sie es haben, vom Kaiser unterschrieben! Alles andre war Schwindel!

In Westfalen hatten die Schlotbarone ihren Arbeitern dieselben Versprechen feierlichst abgegeben, und als die Belegschaft den Ehrenmännern glaubte und tags darauf in die Grube einfuhr, war von Worthalten keine Rede gewesen. Der Streik war dort gestern von neuem ausgebrochen. »Krieg bis aufs Messer«, hieß es in dem Leitartikel des westfälischen Blattes. Bickel las es den lautlos horchenden Kameraden vor. »Der Kampf muß auf der ganzen Linie fortgesetzt und der Streik aufs neue proklamiert werden. Die Feuer müssen an allen Ecken zu gleicher Zeit brennen. Nur nicht zurückzucken. Einer für alle! Alle für einen! Wir sind die Herren der Situation und wollen es bleiben!«

Mit brausendem Hurra wurde die Rede begrüßt.

Am andern Morgen fuhren auf der Neuweiler Grube nur noch neunzig Mann an. Die übrigen gaben ihre Lampen ab.

Die Auszahlung der Löhne fand statt.

Auf den Gruben wurden nun die Lohnzettel spezialisiert angeschlagen und bekanntgegeben, daß seit Beginn dieser Woche auf allen Gruben die Schicht nicht länger als zehn Stunden, *einschließlich der Ein- und Ausfahrt*, dauern solle, eine weitere Verkürzung sollte versucht werden, sei aber schwer auszuführen und entspräche auch nicht dem Wunsche eines großen Teiles der Belegschaft.

Die Türen sollten während der Schicht tagsüber offen bleiben. Auf denjenigen Gruben, auf welchen der Lohn zu gering ausgefallen wäre, sollten die bestehenden Gedinge aufgebessert werden.

Abzüge von den Löhnen zur Kreissparkasse durften nicht mehr gemacht werden. Das Versäumen von einer Schicht in unverschuldeten Notfällen sollte bei gehöriger Entschuldigung nicht mehr bestraft werden.

Die Anlegung von Bergmannkindern bei genügender körperlicher Entwicklung sollte nach der Reihenfolge der Anmeldung stattfinden. Im Falle besonderer Bedürftigkeit der Eltern sollte eine Ausnahme gemacht werden. Die Eltern wurden aufgefordert, ihre Jungen beim Obersteiger zur Arbeit anzumelden.

Die Konzessionen, welche die Bergbehörde machen zu können glaubte, waren hiermit erschöpft.

Sie warnte die Bergleute, sich durch unruhige Kameraden zu törichten Schritten hinreißen zu lassen und von den Wucherern, die jetzt die Dörfer unsicher machten, Geld zu borgen.

Fettgedruckt waren die Worte am Schluß:

»Wer ohne Kündigung die Arbeit niederlegen sollte, wird als freiwillig aus der Arbeit ausgeschieden betrachtet und hat die Folgen seines Schrittes zu tragen. Wer ruhig zur Arbeit geht, soll vollen Schutz genießen, sowohl auf der Grube wie zu Hause.«

Tags darauf legten fast alle Belegschaften die Arbeit nieder. Das war die Antwort auf die Bekanntmachung der Bergwerksdirektion.

Von einer Arbeiterschaft von sechsundzwanzigtausend Mann streikten jetzt über zehntausend.

Anonyme Drohbriefe forderten die noch arbeitenden Bergleute und Hüttenarbeiter auf, mitzustreiken.

Am Zahltag derselben Woche legten auch die Kesselschmiede die Arbeit nieder.

Es war niemand in der Fabrik wie ein paar ältere Arbeiter und die Meister, die im Morgengrauen zusammen auf dem Vorhof standen, als Rudolf Konz erschien.

»Es ist keiner gekommen«, sagte der älteste Meister. »Am Freitag haben sie ihren Lohn eingesteckt, heut morgen streiken sie.«

Nur die Schreiber waren gekommen und standen in ihrem Bureau herum mit schadenfrohen Gesichtern. Das Konzsche Werk stand still.

Als Minna morgens herunterkam, waren auch die Mägde mit ihrem Lohn und den Kleidern fort, die Kammern waren leer. Sie weinte vor Scham über dieses Ereignis, sie hatte gerade den großen Frühlingshausputz halten wollen.

Sie lief in alle Häuser der Nachbarschaft und suchte sich Hilfe. Aber keine einzige Frau war zu bewegen, mitzukommen. Überall standen die Männer in Gruppen zusammen, an jeder

Ecke, auf allen Treppen saßen sie mit roten Köpfen und sahen feindlich zur Seite, wenn sie mit scheuem Gruß vorüberlief.

Die Leute hatten sie sonst freundlich gegrüßt, jetzt behielten sie die Zigarre im Mund, wenn sie ihr begegneten. Es lag wie Zündstoff in der Luft.

Wenn sich Friederike wenigstens davon abhalten ließe, jetzt durchs Dorf zu reiten. Den Kurfürstenhut mit der Kokarde tief ins Gesicht gedrückt, in der aufrechten, unbekümmerten Haltung, reizte sie die Leute, und die Kinder warfen Steine hinter ihr her. Kürzlich war ein solcher Stein an das Bein des Pferdes geflogen, Friederike sprang ab, band das Pferd an einen Zaun und lief dem Jungen nach, dieser sprang in einen Hausgang, durchrannte den Garten, kletterte über einen Zaun, die Jagd ging durch ein paar Häuser durch und wurde von den Müttern, die sich vor den Haustüren versammelten, mit Empörung verfolgt. Endlich hatte Friederike den Missetäter, sie versetzte ihm ein paar Ohrfeigen, bestieg ihr Pferd und ritt davon. Aber diese Angelegenheit hatte Folgen. Der Junge war ohrenleidend, und der Schlag hatte dieses Leiden verschlimmert, die Mutter ging mit ihm zum Arzt, die Sache kam vor Gericht, und Friederike wurde zu einer Geldstrafe verurteilt.

Minna fand, das hätte sie zu jeder andern Zeit tun können, aber nicht in der jetzigen, da alles sowieso zu einer Explosion bereit stand.

Die Leute wurden sich plötzlich ihrer Macht bewußt. Man brauchte ja nur den Ferdinand anzusehen. Dem war ja gewaltig der Kamm geschwollen. Er pfiff im Hause herum, wenn der Herr nicht da war, rauchte Garcias, weigerte sich, Weiberarbeit zu tun, und kam, wenn's ihm paßte.

»Nimm dich in acht«, warnte Minna. »Die Leute sind gereizt, man muß sich jetzt mit ihnen halten, sonst wachsen sie uns über den Kopf.«

Friederike zuckte die Achseln. »Es mangelt an den richtigen Befehlshabern«, sagte sie.

Herrn Konz sah man jetzt tagsüber nur auf Augenblicke. Jeder sah nach seiner verdüsterten Stirn. Er hatte jetzt eine so kurze Art zu fragen, und wenn nicht gleich die Antwort kam, donnerte er einen an, daß es über den Hof schallte.

Man bekam ja nie aus seinem Munde etwas über geschäftliche Angelegenheiten zu hören, außer Randbemerkungen. Er sprach sich nicht aus, fraß alles in sich hinein. Aber Minna hatte doch schon manchmal hinter der Tür seines Arbeitszimmers gehorcht, wenn der Scholz bei ihm war. Sie wußte, was ihn so rastlos in seinem Zimmer auf und ab wandern ließ. Den Anblick des stillstehenden Werkes ertrug er nicht. Seine Schornsteine rauchten nicht mehr, seine Feuer waren ausgelöscht, das Nieten und Hämmern klang nicht mehr. Es war still wie auf einem Kirchhof hinter den verschlossenen Toren. Kein Signal weckte einen mehr aus dem Schlaf. Und im Gegensatz zu der unheimlichen Stille des ruhenden Werkes nahm die Unruhe im Dorf immer mehr zu. Täglich brachte Friederike von ihren Frühritten etwas Neues heim.

Die Bergleute hatten einen Rechtsschutzverein gegründet und einen Bauplatz zwischen Neuweiler und der Grube Otten gekauft, teils von zusammengelegtem Geld, teils auf Hypotheken. Das Fundament war schon gegraben, mit fieberhafter Eile wurde dort gearbeitet, in den Mauern, die bald aus der Erde wuchsen, sollten die zukünftigen Versammlungen abgehalten werden. Dann brauchte man nicht mehr von der Bürgermeisterei Erlaubnis einzuholen, um sich zu beraten.

Die Bergleute, die an der Konzschen Ziegelei vorbeikamen, pflegten jeder einen Backstein mitzunehmen, die lagen ja dort herum und machten den Konz nicht arm.

Auf Grube Otten waren Bergleute dabei ertappt worden, als sie die Maschinen anhalten und die Gruben unter Wasser setzen wollten. Zwischen Arbeitswilligen und Streikenden kam es zu immer wilderen Zusammenstößen vor den Grubeneingängen, es war ein Krieg mit Knüppeln und Taschenmessern, die Gendarmerie wurde verdoppelt.

Minna räumte das Silber in das Büfett ein. Dabei konnte man drei Dinge zugleich tun, nämlich hinter der Gardine beobachten, ob der Ferdinand endlich Anstalten machte, den Hof zu kehren, und die drei Männer im Auge behalten, die schon seit einer halben Stunde scheinbar unschlüssig vor dem verschlossenen Tor der Kesselschmiede standen und miteinander berieten, und den Stimmen lauschen, die aus dem Nebenzimmer herausklangen.

Jetzt war's schon fünf, und immer sprachen sie dort drinnen miteinander: der Vater, Friederike und Scholz.

Wie er sich wieder aufregte und auf das Pult schlug!

Der Scholz war natürlich für den Frieden. Er predigte wie ein Pastor. Streik war nicht sein Fall. Heut war ihm ein Stein im Hof an den Kopf geflogen, alles war umgestürzt, in Verwirrung gebracht, und jeder Streiktag brachte Verluste. Man hatte wieder einen großen Auftrag in die Hände der Konkurrenz gehen lassen müssen. Er war dafür, den Arbeitern auf halbem Wege entgegenzukommen und ihnen Lohnerhöhung zuzusagen. Nicht soviel, wie sie verlangten, vielleicht die Hälfte, aber zum Äußersten kommen lassen sollte man es nicht.

Rudolf Konz wollte von keinem Vermittlungsvorschlag etwas wissen. Er hatte ihnen voriges Jahr erst freiwillig die Löhne erhöht; zu einer Zeit, als alle andern Hüttenbesitzer Arbeiter zu Hunderten entließen, hatte er den Betrieb aufrechterhalten, er hatte sie die schlechten Zeiten nicht entgelten lassen; jetzt, da sich endlich die Konjunktur gehoben hatte, da Bestellung auf Bestellung einlief, verließen ihn seine treuen Arbeiter!

Das Leben war teurer geworden, sie verdienten nicht so viel wie die Bergleute, warf Friederike ein.

Dann sollten sie Bergleute werden!

»Sie verlangen täglich nur dreißig Pfennig mehr.«

»So – und hat sich denn vielleicht auch jemand ausgerechnet, was dreißig Pfennige bei fünfhundert Arbeitern täglich macht?« gab Herr Konz zurück. »Die neuen Anlagen haben Geld gekostet, die Ziegelei hat noch nie einen Pfennig eingebracht und wird's auch noch auf Jahre hinaus nicht, die Bautätigkeit wird jetzt stocken. Wenn man bankrott macht, ist keinem gedient.«

»Es ist warm«, sagte Friederike, »sie haben ihren Lohn ausgezahlt bekommen, haben Kohlen und Licht nicht nötig, und was sie brauchen, bekommen sie geborgt. Der Streik kann sich bis in den Sommer hineinziehen.«

»Nun, es gibt auch noch anderswo Arbeiter«, sagte Konz. »Man kann Polen kommen lassen, die sind sowieso billiger. Leben von Krumbieren und Schlickermilch und Talglichtern wahrscheinlich, und die Weiber schaffen mit – «

»Und stehlen wie die Raben«, warf Scholz ein, »und vertragen sich nicht mit unsern Leuten und kriegen mit den Pfälzern Messerstechereien – «

»Und wenn ich Chinesen kommen lassen muß«, rief Herr Konz. »Lieber schließ' ich das Werk zu, als daß ich mir von denen die Löhne vorschreiben lasse! Dabei gehen wir alle kaputt!«

Das war sein letztes Wort.

Minna trat von der Tür zurück und löschte das Lichtchen unter der Kaffeekanne. Die kamen heute nicht mehr. Gott, die armen Leut'. Kämpften für ihre drei Groschen täglich. Das griff einem ja ordentlich ans Herz. Darum hungerten sie nun wochenlang, die Kinder bekamen nichts wie trocken Brot und schwarzen Kaffee. Es wurde geborgt, und die Männer trugen noch das letzte Geld vom Zahltag in die Wirtshäuser. Ah, nun hatten sich endlich die drei vor dem Tor entschlossen, hereinzukommen.

Friederike ritt nach dem Wald hinauf. Die Unruhe auf den Straßen trieb sie aus dem engen, staubigen Bureau heraus, und der milde Maiabend lockte ins Freie. Die Luft war sommerlich warm, die Wege trocken und hart.

Sie hatte große Mühe, den Gaul ruhig zu halten. Er machte jetzt immer Anstalten, durchzugehen, wenn er Kinder hinter sich hörte. Als sie die Höhe erreicht hatte, sah sie vier Bergleute in Sonntagskleidern quer durch den Wald auf den Franzosenweg zuschreiten, so eifrig im Gespräch, daß sie keinen Blick nach ihr hinüberwarfen, die an der Gartenmauer hielt. Sie verschwanden in dem rotbedachten langgestreckten Gasthause Poller, das in der Abendsonne vor dem Wald mit dem Eingang nach der Straße hin lag. Dieses Wirtshaus besaß den größten Saal. In demselben Augenblick gewahrte sie eine andere Gruppe von Männern den schmalen, steilen Weg hinaufkommen, der sich über die Felder zog, und am Judenkirchhof tauchte wieder ein Trupp Bergleute auf, aus dem Wald kamen sie von allen Seiten, das Laub raschelte, der ganze Wald war lebendig geworden. Sie kamen nicht wie sonst zu den Versammlungen in langen Zügen, sondern rückten in kleinen Gruppen an, jede Gruppe wählte einen andern Weg, doch alles strömte einem Ziele zu.

Friederike wartete, bis alle Wege leer waren, dann bog sie in den Wald ein. Die Bergmannspfade waren leer, im Wald begann es schon zu dämmern. Auf der Fahrstraße, die den Franzosenweg kreuzte, waren nur zwei Kinder zu sehen, die große Körbe mit Fastenbretzeln nach dem Gasthaus trugen. Sie verschwanden in dem engen, weißgetünchten Hausgang. Das Hoftor stand offen, sie lenkte das Pferd an der Mauer entlang und ritt in den leeren Hof und sah sich um. Niemand zeigte sich. Der Pferdestall war geschlossen, die Scheune leer. Eine Schar Enten watschelte durch den grünen Pfuhl, und ein aufgeregter Hahn schritt aufgeplustert wie auf Stelzen durch den schmutzigen Hof. Sie schob dem Gaul ein Stück Zucker in das Maul, klopfte ihm den glänzenden warmen Hals und drängte ihn an den Laufbrunnen unter das Eckfenster.

Wenn jemand kommt, habe ich das Pferd getränkt, beschloß sie. Aus den niedrigen Fenstern des Saales, der nach der Straße lag, hörte man Stimmendurcheinander. Jemand hatte eben gesprochen und, wie es schien, wirkungsvoll geschlossen. Händeklatschen, Bravorufe, Zurufe, Gelächter, Stuhlrücken, Räuspern und Fußscharren übertönte die Schlußworte. Nun wurde lange und durchdringend eine Schelle geläutet, am Fenster rückten sie mit den Stühlen, endlich trat Ruhe ein. Der Redner sprach von den Verhältnissen im Ausland, das »kolossale Prozente« mache. Sie bekamen nichts. Keiner konnte mit seinem Lohn durchkommen. Ein Denunziant hatte im »Bergmannsfreund« von Wohlstand gesprochen. »Wenn der Knappe einen Monat krank ist«, tönte die scharfe Stimme Bickels, »wachsen ihm die Schulden bis über die Ohren, und er weiß nicht mehr, wie er nachkommen soll.« Der gute Mann, der den Artikel im »Bergmannsfreund« verfaßt hatte, sollte sich nur in den Schuldenbüchern der Bergleute umsehen, er würde staunen über den Wohlstand, der dort herrscht.

»Wir sind gern bereit, einen höheren Beitrag zur Knappschaftskasse zu leisten. Wenn die Honorationen an Weihnachten oder Neujahr der Knappschaftskasse zuflößen, ließe sich manches bessern in unsern Pensionsverhältnissen. Wir verlangen, daß der Bergmann, der das dreißigste Dienstjahr zurückgelegt und das fünfzigste Lebensjahr überschritten hat, in den Ruhestand treten darf, auch ohne vor die Kommission gestellt zu werden.

Wir Bergleute, die wir unser Leben für den Fiskus und unsre Familien einsetzen und unsre gefährliche Arbeit bei schwarzem Kaffee und trockenem Brot verrichten, verlangen menschenwürdige Behandlung. Wir wollen unsre Arbeit bezahlt haben. Vier Mark verlangen wir als Mittelsatz, darunter kann kein Bergmann mehr auskommen. Die Herren würden unsre Arbeit in schlechter Luft unter Tag nicht für zwanzig Mark verrichten! Seht euch die letzten Lohnzettel an – «

Eine Menge Stimmen erhoben sich.

»Die Not ist durch die Beamten gekommen!«

»Die sorgen nur für sich!«

»Während wir am Hungertuch nagen, haben sich die Beamten dicke Pänse gefressen!«

»Das Paschagesetz muß fallen, die Paschawirtschaft muß aufhören.«

»Nieder mit den Paschas!« brüllten die Stimmen.

»Wenn die mehr in die Gruben einführen, würden auch unsre Klagen geprüft!«

»Mit dem Strafzettel sind sie gleich bei der Hand!«

»Ich bin gemaßregelt worden«, sprach einer in den Lärm hinein, »weil ich gesagt hab', die Ottener Grube wär' die schlechteste im ganzen Revier. Mein Kamerad Hartmann hat dasselbe von der Neuweiler Grube gesagt, der ist heut noch im Amt!«

»Der ist ja auch Vorstand vom evangelischen Arbeiterverein!«

Es waren auch viel zu viel Kassenärzte vorhanden, in der Verwaltung konnte mehr gespart werden. Über das, was dieser gute Herr im »Bergmannsfreund« vom Geldleihen von Wucherern sagte, konnten sie sich beruhigen, auch in andern Ständen griff man nach dem Strohhalm vorm Ertrinken. Die großen Spekulanten hatten natürlich so was nicht nötig.

Ein Bergmann durfte nicht von der Grube wegen ein paar Feierschichten abgelegt werden. Was sollte denn ein Mann, der fünfzig Jahre alt war und vom Bergamt abgelegt wurde, anfangen? Betteln gehen, die Armenhäuser füllen und die Gemeinde belasten.

Das Nullen der Kohlenwagen mußte wegfallen. »Unsaubere Kohlen« sollte es nicht mehr geben. Die Türen durften über Tag nicht mehr geschlossen werden. Wie oft hatten sie stundenlang hinter den Türen warten müssen, bis man sie ihnen aufgemacht hatte. Die Jungen hatten sich an die Pferde gehängt, um nur herauszukommen, für die Pferde ließ man die Türen auf, aber sie wurden gehalten wie Tiere in der Menagerie hinter ihren Gittern.

»Das Gitter muß fort!« schrien ein paar.

»Laßt eure Kameraden, die euch die Kastanien aus dem Feuer geholt haben, nicht fremden Menschen in die Hände fallen«, fuhr Bickel fort, »sorgt für sie, schützt sie, laßt die gemaßregelten Bergleute nicht in Not geraten! Glaubt mir, der Kaiser hört nicht alles! Unsre Forderungen sind gerecht.« Die Bergleute gingen ihren gesetzmäßigen Weg, einschüchtern ließen sie sich nicht. Sie waren keine Sperlinge, die bei jedem blinden Puff aufflogen. Er dämpfte seine Stimme. Im Saale herrschte jetzt vollkommene Ruhe, so daß jedes Wort deutlich herausklang.

Wenn sie jetzt zusammenhielten zu einem Streik, mußte alles stillstehen, die Gruben mußten geschlossen werden, die Werke hatten keine Kohlen mehr, sie konnten die ganze Welt in Verlegenheit bringen.

Bickel hatte sich scheinbar nach einer andern Seite gewandt, die Stimme klang undeutlicher. Er warnte vor den gemäßigten Vereinen, besonders vor den konfessionell gehaltenen Arbeitervereinen. »Die wollen euch nur von uns abbringen und nutzen euch nichts. Glaubt den Schönrednern nicht, die werden dafür bezahlt! Dreißig Mark haben sie mir versprochen, wenn ich in den evangelischen Arbeiterverein eintrete. Ich warne euch davor. Haltet zusammen! Nur in Einigkeit werden wir uns ein Denkmal setzen, nicht in der Religion! Nur die Dummen bekämpft man mit der Religion.«

Ein Gemurmel entstand, ein dumpfes Brausen, das anschwoll und sich verstärkte. Das Pferd drängte unruhig mit dem Leib von der Wand ab, Friederike versuchte sich mit der Hand an der bröckelnden Kalkwand festzuhalten. Aber der Kalk fiel mit einem Klatschen in das Wasser des Troges, und das Pferd schlug aufwiehernd mit den Vorderhufen in den Sand, so daß sie nur noch einzelne Sätze, die wie kurze Rufe aus dem Saal drangen, verstand.

»Wir müssen zusammenhalten – haben viel zu lang gewartet – müssen beweisen, daß wir einig sind. Von unsern Vätern haben wir unterirdische Schlösser geerbt – Das Gesetz muß zu Boden gehalten werden! – Lest mehr Zeitungen! Habt Respekt vor dem Rechtsschutzverein. Kommt zu uns, wenn ihr Klagen habt! In kurzer Zeit ist Reichstagswahl – wir wollen einen Ring ziehen. Die Gesetzgebung muß aus dem Willen des Volkes hervorgehen.«

Lärmende Zurufe übertönten die Schlußworte.

Nun sprach ein andrer, der Stimme nach ein älterer Mann,

mit breitem Dirmesheimer Dialekt: »Nicht als Aufwiegler stehe ich hier, ich habe dem König Treue geschworen, habe das Eiserne Kreuz und die Schlacht bei Sedan mitgemacht – «

»Gehört nicht hierher!« wurde er unterbrochen.

»Wir wollen gemäßigt vorgehen«, fuhr der Alte fort. »Wir wollen uns nicht verhetzen lassen von Aufwieglern, die die Welt durcheinanderbringen – «

Das war wohl einer, der zum Frieden reden wollte?

»Mach dich fort«, rief eine heisere Stimme. »Geh zu den Beamten!«

»Der Sommer ist keine gute Zeit zum Streiken – «

»Der Winter erst recht nicht!«

»Kohlen braucht man immer«, schrien die Jungen am Fenster.

»In Dirmesheim auf der Versammlung hat das Bergamt versprochen«, fuhr der Redner mit erhobener Stimme fort, »sie wollten die Forderungen prüfen und erfüllen, was sie könnten – «

»Das wollen wir erst schriftlich haben, vom Kaiser unterzeichnet!«

»Man hat uns ja zum Streik gezwungen«, fuhr der alte Mann erregt fort, indem er bei jedem Satz auf das Pult schlug, um sich Gehör zu verschaffen. »Am Montag haben wir einfahren wollen – «

»Dann fahr doch ein!« schrien sie ihn an. »Behalt deinen Hungerlohn!«

»Wenn der Angst hat, soll er doch einen Fußfall tun und wieder um Arbeit bitten!«

Von nichts konnte man nicht leben, und wenn man abgelegt wurde, wie die Bergbehörde drohte, von was sollte einer denn seinen Kindern Brot geben, das sollte ihnen der Schellenwenzel einmal zuvor sagen. So viel war nicht in der Streikkasse –

Bickel klingelte und verbat sich die Bezeichnung »Schellenwenzel«.

»Streikbrecher heraus!« brüllten die Jungen am Fenster. Sie klopften die Stühle auf die Dielen. Der Lärm übertönte den Redner.

In den sechziger Jahren hatte man Sachsen kommen lassen, Arbeiter aus dem Mansfeldschen, die heute noch ganze Ortschaften bevölkerten, geradesogut konnte man Polacken kommen lassen; der Konz wollte ja Chinesen kommen lassen! Gelächter.

»Ich habe 1874 im Brandschacht gearbeitet und nichts dafür bekommen«, fuhr der alte Mann mit angestrengter Stimme fort, »bin schwer gedrückt, und niemand hat mich dafür geschmiert, gegen den Streik zu sprechen.« Wenn sie über den Lohn klagten, sollten sie lieber die Schichten nicht versäumen und das Geld nicht versaufen. Wer ordentlich arbeitete, konnte doch seine drei bis vier Mark fünfzig regelmäßig heimbringen – «

»Wenn er sich mit dem Herrn Steiger gut steht und ihm Schmiergeld gibt«, rief einer.

»Und ihm Reis und Mehl und Zucker mitbringt!« fielen mehrere zugleich ein.

»Und Kanarievögelcher!« schrie einer.

»Den andern wurde erst ins Gesicht geleuchtet und erst dann der Kohlenwagen taxiert.«

»Jeder Bergmann hat sein Land«, fuhr der Alte fort, »und kann sein Korn und seine Kartoffeln pflanzen.« Ihm hatte die Grube, als er das Los gezogen, zum Hausbau zwölfhundert Mark geschenkt und noch fünfzehnhundert ohne Zinsen gegeben.

»Von zwölfhundert Mark kann sich keiner ein Haus hinsetzen!« rief jemand. »Und die fünfzehnhundert werden einem am Lohn gekürzt. Was ist denn da geschenkt?«

»Sie werden einem erst in zehn Jahren abgezogen, und das Haus konnte man zur Hälfte abvermieten«, rief der Redner.

Bickel mischte sich ein. Er erklärte, bei dem sogenannten »Geschenk« der Grube wären allerhand Finessen. Das Stück Land, auf das man das Haus bauen wollte, mußte schuldenfrei sein, und wer von ihnen hatte denn ein schuldenfreies Stück Land? Dann durfte man das Haus in zehn Jahren nicht verkaufen. Diese Häusergeschenke waren Mittel der Verwaltung, den Bergmann hier anzusiedeln. Sie sollten mit dem Boden verwachsen und dem Bergwerk sicher sein. Die wußten schon, warum sie einem Häuser schenkten. Das brauchten sie nicht, wenn's Polacken und Chinesen gab, die billiger waren! Es war aber wohl ein Unterschied, ob sie in den Bergwerken arbeiteten oder Ausländer. Die Chinesen dienten nicht, wenn's Krieg gab!

»Eine königliche Behörde muß doch Wort halten«, ereiferte sich der Alte.

»Das werden wir ja sehen!«

»Ertrotzen lassen sich die nichts. Solange wir noch nicht am Ruder sind – «

»Der Tag kommt auch noch einmal«, brüllte die heisere, verschriene Stimme vom Fenster her.

»Er ist aber noch nicht gekommen«, rief der Alte. »Und was machen wir dann, wenn wir abgelegt werden, wie das Bergamt droht?«

»Dann gehn wir hem!« rief einer. Gelächter.

»Ich mache den Vorschlag«, fuhr der Redner fort, »das zwei verständige ältere Kameraden beim Bergrat vorstellig werden. Die Bergbehörde wird mit sich reden lassen, wir wollen ihr bis Montag Zeit lassen – «

Erregte Stimmen erhoben sich.

Ach so, der wollte den Vermittler spielen?

»Wir wollen nicht einlenken! Wir wollen Garantie für unsern Lohn, mehr nicht!«

»Nieder mit den Friedensstiftern!«

»Der ist bestochen!«

»Hört nicht auf ihn! Das ist ein Lockspitzel vom Dirmesheimer Pascha! Der will sich bei dem Pascha Liebkind machen. Das kennt man. Für die andern sagt man, für sich meint man. Vermittelt wird, wenn's an der Zeit ist. Jetzt ist Streik! Die sollen erst zu uns kommen.«

»Stimmt ab, wer hingehen soll«, rief der Alte. »Glückauf! Fahrt an!«

Ein paar klatschten Beifall, sie wurden überschrien.

»Aber die Kohlenvorräte?« rief einer.

»Den Kohlenvorräten kann mit Petroleum ein Ende gemacht werden«, rief Bickel in den Lärm hinein. »Es muß Krieg kommen! Er soll kommen!«

Ein andrer Redner trat auf, der Stimmenlärm verstummte sofort, als eine feste, gut vernehmbare Stimme in den Saal klang.

»Glückauf, Kameraden! Lasset euch nicht irremachen. Man will euch mit aller Macht bekämpfen, man will uns sogar die Konfession vorwerfen, obwohl jeder Bergmann überzeugt ist, daß wir nur Arbeiterangelegenheiten vertreten und wir Politik wie Religion vollständig außer acht lassen. Wir haben Spione unter uns, die uns aushorchen, gebt acht! Nehmt euch in acht vor Schönrednern. Wenn wir diesmal zurückzucken, so wird es uns schlechter gehen wie vorher. Ich habe in einem Abteil mit vier Kameraden geschafft, wir konnten nicht mehr wie fünf Tonnen liefern, und mehr wie zwei Mark achtzig hat keiner von uns heimgebracht, dabei hatten wir eine Stunde Wegs hin und zurück. Die Beamten, die den Fiskus bestehlen, sorgen besser für sich. Fünfzehn Jahre habe ich stehlen helfen. Jetzt bin ich gemaßregelter Bergmann, meine Familie ist in Not, aber ich halte treu und fest zu euch. Ich habe auch als Soldat gedient, habe das Deutsche Reich aufrichten helfen, aber ich weiche und wanke nicht von eurer Seite, bis alle Forderungen bewilligt sind.«

»Bravo!«

»Laßt euch nicht ins Bockshorn jagen, habt keine Furcht vor den Vorgesetzten. Nur nicht zufrieden sein mit dem, was sie uns jetzt geben wollen, die drei Groschen stopfen die Löcher nicht zu. Warum seid ihr ängstlich? Wir sind doch auch Familienväter und haben schwere Verantwortung, wir werden euch nicht im Stiche lassen.«

»Bravo!«

»Wir wollen nicht länger anfahren. Wir geben keinen Zoll nach! Was auch kommen möge, ihr habt uns gewählt: einer für alle, alle für einen! Haltet fest am Rechtsschutzverein. Wenn wir einig sind, sind wir stark!«

»Bravo! Bravo!«

Der Vertrauensmann des Rechtsschutzvereins trat ab. Man hörte trotz des Lärms, daß etwas vorgetragen wurde. Ein Mann mit einer Fistelstimme las ein an die streikenden Bergleute gerichtetes Gedicht vor, das nur undeutlich zu verstehen war.

»Liebe Brüder, soll das Joch – Hilfe bringen – traurige Lage, lange Arbeit – wenig Lohn – Unterdrückten – Rachegeschrei – Lohnerhöhung – Rettung möglich – Sicherheit – Schämen, daß wir feige waren – «

In diesem Augenblick wurde Friederikes Aufmerksamkeit abgelenkt. Sie hatte schon während der letzten Minuten eine merkwürdig helle Stelle am Himmel bemerkt, die sich bald durch aufsteigenden Rauch verdunkelte, bald wieder aufleuchtete. Über dem Ottener Wald zeigten sich grauweiße dicke Wolken. Es war, als ob im Walde zwischen den Bäumen Lichter angezündet wurden und jetzt sah man deutlich eine Rauchsäule aufsteigen. Der Ottener Wald brannte, sie hatten den Wald angesteckt! Friederike hörte nichts mehr, sie gab dem Pferd die Sporen und ritt aus dem Hof.

Das kräftige Pferd, ungeduldig vom Stehen, das bereits den Stall witterte, stieß ein helles Wiehern aus; während es mit den Hufen kaum die Erde zu berühren schien, flog es mit geblähten Nüstern den breiten Weg entlang, der hell zwischen den hohen Buchen schimmerte. Den Klang der rauhen, heiseren, trotzigen, und widerstreitenden Stimmen noch im Ohr, sah sie im Geist den Waldbrand sich ausbreiten, das Dorf, das Werk bedroht von diesem flammenden Gürtel, ihr Haus in Flammen stehen. Je tiefer sie in das Dunkel des Waldes kam, desto mehr verdichtete sich der dunstige Brodem, der vom Waldboden aufquoll. In lang auseinandergezogenen Schleiern schwebte der Nebel am Boden hin, und wie er schwankte, schien sich diese Bewegung allen Gegenständen mitzuteilen. Die Bäume neigten sich hin und her. Der Nebel nahm verschiedene Formen an. Bleiche, schlanke Frauen, die sich an den Händen hielten, erschienen, von schleppenden Schleiern verhüllt. Rinderherden, die dicht aneinandergedrängt lautlos zwischen den Bäumen weiterzogen, Schlangen und kopflose Ungeheuer, die sich am Boden wälzten, körperlos weiße Schatten, Gespenster längst vergangener Zeiten, deren leblose Formen auftauchten. Kühl und feucht wehte es von dort her. Nun teilte sich der Wald. Sie durchquerte die Lichtung und setzte auf den Kreuzweg über, der von den Bergmannspfaden der Grube Otten gebildet wurde.

Plötzlich warf das Pferd den Kopf zurück und stutzte. Ungeduldig versetzte sie ihm einen Schlag mit der Gerte, aber der Gaul blieb stehen, schäumte ins Gebiß, verdrehte die Augen und wich zurück. Eine gefällte Buche lag quer über dem Weg, daneben die zerbrochene Warnungstafel des Bergamtes, die sonst an der Biegung des Kreuzweges gestanden. Sie sah sich um, an dieser Stelle war vergangenes Jahr zur Fastnachtszeit ein nach Neuweiler heimkehrender Metzger von einem unbekannten und niemals entdeckten schwarzen Domino ermordet worden. Sie blickte sich unwillkürlich um, als glaubte sie dort auf der Höhe des mondhellen Wegs den schwarzen Domino auftauchen zu sehen. Es war eine unheimliche Stille, nichts rührte sich, kein Vogel zwitscherte, kein Lüftchen ging, kein Mensch wanderte zu dieser Stunde auf diesem verrufenen Weg, über diese düstere Stelle, die das Blut noch zu färben schien.

Rechts vom Weg erheben sich hohe Schlackenhalden. Die Akazien, die aus dem fruchtbaren, schwarzen Schlamm zu einem kleinen dunkeln Wald erwuchsen, bedeckten den unteren Teil des Abhanges. Am Fuß der Halde stand unbeweglich ein kleiner See, dessen Oberfläche glatt wie ein blinder Spiegel schimmerte. Den Abhang hinunter waren dicke Schlackenkuchen gestürzt, die noch glühend hier herabgeschüttet wurden. Der Mond stand hinter der Halde, ein Teil des Wassers war von dem Mondlicht wie mit Bleiglanz überzogen, hier und dort ragte ein runder Schlackenkuchen wie ein Totenkopf aus dem Wasser, das aus den dunkeln Grubentiefen an die Erdoberfläche getreten war. Es schien, als sei die ganze Landschaft plötzlich erstarrt, der fruchtbare, reichtragende Boden verwandelt in ein ödes Totenfeld.

Das Pferd weigerte sich, weiterzugehen, als fürchte es sich vor irgend etwas, das im Wege stand. Friederike sprang ab, packte das Pferd kurz am Zügel und wollte es um die Buche herumführen, als sie die Ursache dieser Furcht erblickte. Im Mondschein flatterte ihr ein beschriebenes Blatt Papier entgegen, das an der Buche befestigt war. Sie hielt es mit dem Knauf der Reitpeitsche fest. »So soll es jedem ergehen, der gegen uns ist!« stand in großen blauen Lettern dort geschrieben.

Sie starrte die Worte an. Eine Ahnung, als drohe ihr von dieser Seite eine Gefahr, packte sie. Unwillkürlich schaute sie sich um. Alles blieb still und leer ... Es fröstelte sie ... Einen unheimlichen Gedanken abschüttelnd, bestieg sie das Pferd. Den rechten Fuß noch nicht im Bügel, gab sie ihm die Sporen und zwang es über die gefällte Buche hinüber. Schaum vor dem Maul, stieg der Gaul hoch auf und jagte den Weg entlang, und damit hatte sie den Bügel wieder. Die Bäume flogen an ihr vorbei, die Halden, der tote Sumpf mit den aufragenden Schlackenköpfen blieb hinter ihr, das Echo der Halde warf die Schritte des trabenden Pferdes zurück, es klang, als ritte jemand eilig hinter ihr her.

Das Dorf mit seinen Feuerscheinen, den Hochöfen und Schornsteinen tauchte auf. Der Bahnhof glänzte mit seinen vielen Lichtern. In der »Deutschen Freiheit« lag die Kellnerin im Fenster, der Wirt saß auf der Schwelle, die Zeitung in der Hand. Beide sahen erstaunt der Reiterin nach, die wie eine wilde Erscheinung auf schweißbedecktem Pferd an ihnen vorüberflog.

Auf der Hoftreppe unter der Rampe stand Minna und hielt eine Rübenlampe in der Hand, deren Messingschirm einen grellen Lichtschein auf ihr rundes Gesicht warf. Sie sah verstört und ängstlich aus. Der Hof war dunkel, keine Lampe brannte, alles war wie ausgestorben und leer. »Sie haben uns das Licht zerstört«, rief Minna Friederike entgegen, die in das Tor einritt. »Das ganze Haus ist dunkel!«

Friederike hielt das Pferd an. »Und der Vater?«

»Seit heut mittag fort; dem Ferdinand haben sie die Wagenlaternen kaputt geschmissen, der ist in die Stadt, neue kaufen, und jetzt kommt er auch nicht mehr zurück. – Wo willst du dann wieder hin? Ach Gott, bleib du doch wenigstens daheim«, jammerte Minna, aber Friederike hatte schon das Pferd gewandt und ritt zum Tor hinaus.

»Zur Polizei!« rief sie zurück. »Es brennt. Sie haben den Ottener Wald angesteckt!«

Ein Summen und Stimmengewirr drang aus der Ferne näher und näher. Die Männer kamen aus der Versammlung zurück. Hell tönten ihre Stimmen durch die Nacht, in den mondhellen Gassen klangen ihre festen Schritte; der Menschenstrom, der sich vom Wald herunterwälzte, verteilte sich in die Wirtshäuser: die »Justitia« mit ihren roten Kattunvorhängen und fliegenbeschmutzten Fenstern am Eingang der Lindenallee, die »Zum scharfen Eck« in der höher gelegenen Synagogenstraße. In der »Deutschen Freiheit«, an deren grünen Läden mit Kreide angeschrieben stand, daß »frisch angezapft« war, saßen die Bergleute auf langen Holzbänken, Strohstühlen und eisernen Gartenstühlen bis dicht an den Schenktisch und lagerten auf der Steintreppe. Die Kellnerin reichte ihnen die schäumenden Bierseidel zum Fenster hinaus.

Der Ottener Waldbrand war gelöscht; niemand wußte oder wollte wissen, wer ihn angelegt. Das am Nachmittag genossene Bier, der Gang durch die frische Luft, der aufgenommene Kampf mit der Behörde, die Einigkeit der Kameraden versetzte alles in Erregung. Doch der Lärm senkte sich plötzlich und machte einer augenblicklichen Stille Platz, als ein hagerer großer Bergmann mit Habichtnase, noch außer Atem, mit kurzem »Glückauf« eintrat. Er brachte die Nachricht, der Bürgermeister habe Militär requiriert, morgen mit dem Extrazug in der Frühe träfe eine Kompagnie Infanterie aus Sankt Martin ein, die Soldaten sollten scharf geladen haben.

Den Worten folgte kurzes Schweigen. Die Arme auf den Tisch gestützt, starrten sie sich bestürzt und sprachlos an, dann schoben sie die Biergläser zurück und stießen Flüche aus, ein allgemeiner Empörungssturm brach los.

Also das war die Antwort? Man schickte ihnen Soldaten, um die paar hungrigen Bergleute zu bekämpfen? Man suchte sie, die an ihren ehrlichen Forderungen festhielten, mit Gewalt niederzuhalten? Nun, sie sollten nur kommen!

Sie sprachen alle auf einmal durcheinander mit blitzenden Augen und roten Köpfen, schlugen mit den Fäusten auf den Tisch, bestiegen die Stühle, um besser verstanden zu werden, und übertönten einander. Nun brauchte man ja seine Erfahrungen mit betrügerischen Beamten nicht mehr zurückzuhalten. Ein Drittel der Beamten mästete sich von dem Schweiß der Arbeiter. Ein Ottener Bergmann hatte für seinen Steiger Schuhe gemacht und nichts dafür bekommen. Einer war als Treiber auf die Jagd mitgegangen, hatte aber die Schichten bezahlt bekommen. Einer hatte unter einem Steiger gearbeitet, der von ihm verlangte, man solle ihm Schinken, Reis und Nudeln liefern. Die Sachen wurden geliefert und die Kameradschaft hatte es bezahlen müssen, während dem schlauen Kameraden Schichten angeschrieben wurden, die er gar nicht verfahren hatte. Einem Steiger mußten sie monatlich zehn Mark zustecken, damit er einen nicht »piesackte«. Ein Bergmann hatte der Steigersfrau »ausziehen« helfen, trotzdem stand seine Schicht auf dem Lohnzettel. Jetzt wurden die Namen genannt, alle Vorsicht war wie fortgeblasen.

Die Grubenbeamten des Reviers waren Spitzbuben von oben bis unten, Bickel hatte recht. Die Inspektoren wollten Reserveoffiziere sein und brachen ihr Ehrenwort?

»Das Militär ist für die Spitzbuben da, nicht für uns!« rief einer vom Stuhl herab. »Als Kind habe ich gebetet, wenn ich in die Grube ging, jetzt bete ich für den Untergang der Kapitalisten!«

In der qualmigen, engen, überfüllten Wirtsstube, in der es nach verschüttetem Bier, Tabak, Schweiß und der Ausdünstung dumpfer Kleider roch, steigerte sich der Lärm; das Aufklopfen der Biergläser, Stuhlrücken und Schreien klang weithin.

Man hatte beschlossen, das Militär zu erwarten.

Die finstere Gasse belebte sich. Vor dem Holzplatz stand ein kleiner grüner Kesselflickerwagen, unter dem ein trübes Öllicht hing. Auf der angehängten Holztreppe hockte ein dreizehnjähriger magerer Junge mit ungewöhnlich langen Armen und Beinen, der einen Flobert putzte. Er hatte die karierte Jockeimütze, ein Zeichen seiner Zunft, in das verstrubbelte rote Haar gedrückt. Die Bergleute klopften ihm freundschaftlich mit den Stöcken auf den Kopf, einer strich seine Zigarrenasche auf seiner Jockeimütze ab. Der Joseph sah ihnen nach mit seinem idiotischen Lachen. Heute war Sonntag. Streik war Sonntag, Streik war Krieg. Morgen kamen die Soldaten. Mit Stöcken, Dreschflegeln und Sensen würden sie ihnen entgegenziehen. Die Soldaten hatten Gewehre, er hatte seinen Flobert. Wenn die Buben auf der Schlackenhalde die Erstürmung des Spicherer Berges spielten, übernahm der Joseph die Rolle des Spions; er wußte alle verlassenen Meilerhütten, die Schlupfwinkel und Höhlen im Wald und war schon oft unter großer Beteiligung »gehenkt« worden. Sonntags sammelte er beim Karussell das Geld ein, er ging mit Froschschenkeln in die Häuser, schoß Spatzen und die Hühner anderer Leute und bot sie an den Türen zum Verkauf an.

Solche Geschicklichkeit verschaffte ihm zwar keine Achtung, aber doch eine gewisse Popularität.

Ein paar Bergleute lagerten sich mit den brennenden Zigarren auf dem Holzplatz gegenüber »Konze-Schlößche«. Ein paar Fenster des Unterstocks waren erleuchtet. Auf dem Eßtisch stand silberfunkelndes Teegerät auf weißer Damastdecke, feines Porzellan, geschliffenes Glas. Gepreßte Ledertapeten, schwere, geschnitzte, dunkle Palisandermöbel; gestickte Vorhänge, Gobelins, goldgerahmte Gemälde und Teppiche hingen bis beinahe an die Decke hinauf. Eine große Wand war von unten bis oben von Waffen, Spießen, Lanzen, Schildern und Rüstungen bedeckt, daneben ausgestopfte Raubvögel, Rehgehörne, Hirschgeweihe und ein großer Bussard. Wieviel mochten den Konz wohl eine jede dieser Jagden gekostet haben? Er gab ja allein für Jagdpacht das Jahr durch soviel aus, wie eine Familie zum Leben brauchte. Dem war der Reichtum auch in den Schoß gefallen. Er hatte das Grundstück für dreißigtausend Mark gekauft nach dem Krieg sechsundsechzig, als das Land billig war und die Bahnstrecken noch nicht ausgebaut. Jetzt hatte ihm der Fiskus eine Million dafür geboten, da hatte er gelacht und vier gefordert. Der saß fest dort hinter seinem goldenen Gitter, hungerte sechshundert Arbeiter aus, nur um seinen Willen durchzusetzen; die Tochter nutzte ihre Frauen und Kinder zur Gartenarbeit aus und bezahlte sie nicht einmal. Kein Wunder, wenn denen die Mägde fortliefen. Bei solchen Paschas hielten nur solche wie der schöne Ferdinand aus. Der wußte ja auch, warum!

In der »Deutschen Freiheit« erhoben die Männer einen Gesang. »Wahrscheinlich, um sich wach zu halten«, höhnten die Jungen. Sie stimmten in das Lied ein. Es lag sich behaglich auf den Balken und Sägespänen, die Nacht war mild, morgen wurde blau gemacht, niemand fuhr an.

Einer hatte es auf den dicken Zwerg auf dem Rasenrondell abgesehen, der ihm als ein Zeichen des Überflusses erschien.

Wenn man zielte, traf man ihn grad auf die Nase.

»Laß«, mahnte einer, »der Hund paßt uff.«

Tyras lag vor der Hundehütte, das Ohr gespitzt. Seine Augen funkelten grün und schmal zu dem Holzplatz herüber.

Der erste Stein traf das Gitter, der zweite die Treppe, und der Hund begann zu knurren.

»Ksch, ksch.«

Das Knurren wurde drohend. Der Hund wird alt, dachte Friederike, als Tyras liegen blieb.

Ein Trupp Kameraden, der aus der »Justitia« kam, bog eben in die Gasse ein. Sie sangen und johlten. Eine Ziehharmonika war auch dabei. Die spielte vor:

»Nach Hause, nach Hause,
Nach Hause gehn wir nicht,
Bis daß der Tag anbricht.«

Sie schlenderten mit schwimmenden Augen an dem geteerten Zaun des Rangierbahnhofes vorbei und schlugen mit den Stöcken den Takt gegen das Holz.

Da leuchtete ihnen ja schon wieder so ein Anschlag ins Gesicht.

»Herunter mit dem Wisch! Schmeißt ihn auf den Mist!« Sie sprangen in die Höhe, rissen den Anschlag ab und zerstampften das Papier mit den Absätzen.

Lautlos wie ein Tiger, zum Sprung geduckt, mit funkelnden, kleinen Augen kam Tyras über den Hof. Mit einem Satz war er am Gitter und schlug an.

»Guten Abend!« rief einer und schwenkte den Hut. Ein Stock fuhr durch die Gitterstäbe.

Heulend sprang der Hund zur Seite.

»Hol sie, Tyras, ksch, ksch«, hetzten sie auf dem dunkeln Holzplatz. Es war nichts zu sehen wie die glimmenden roten Pünktchen der Zigarren. Der Hund schlug die Tatzen an das Tor und heulte laut auf. Er sah sich plötzlich von allen Seiten von Feinden umgeben.

Friederike trat aus dem Hause, lief die Treppe herunter, zog den widerstrebenden Hund am Halsband nach der Hundehütte und legte ihm die Kette an. Als sie sich umdrehte, streifte sie ein Stein, ein Klirren von Scherben, der Porzellanzwerg lag zerschmettert im Gras.

In diesem Augenblick wurden die Burschen am Hoftor von einem großen Mann im steifen Hut zurückgeschoben, daß sie an die Wand flogen. Rasche Schritte näherten sich dem Hause.

»Das ist er«, sagte Minna aufatmend und trat vom Fenster zurück.

Es war ja gewiß oft gemütlicher, wenn er die Haustür hinter sich zumachte, aber heute abend hatte sie sich doch nach diesem festen Tritt gesehnt und nach dem Knall, mit dem er das schwere Tor ins Schloß warf.

Gott sei Dank, der Herr war im Haus.

Je, wie die frechen Kerle vor dem Hoftor brüllten und in die Nacht hineingrölten mit heiseren Stimmen:

»Nach Hause gehn wir nicht,
Bis daß der Tag anbricht – «

Einer saß quer auf dem Bürgersteig, ein andrer hatte die Gitterstäbe umschlungen und schlug rasselnd, ohne zu wissen, warum, mit dem Stock gegen das verschlossene Tor, einer drückte die Klinke auf und nieder, indem er das langgezogene Gebrüll einer Kuh nachahmte, was jedesmal auf dem Holzplatz ein Gelächter hervorrief und ihn zu lauterem Brüllen anfeuerte.

» – eine hüb–sche, eine feine,
Eine hübsche, eine feine.
Eine Kaufmannsmamsell – «

klang es im Chor vom Holzplatz her.

»Wollt ihr wohl machen, daß ihr heimkommt!« schallte die Stimme des Herrn Konz weit vernehmlich über den Hof.

Minna stand mit lautschlagendem Herzen hinter der Haustüre.

Sie sangen weiter, der Hund heulte dazwischen.

Wenn er nur von dem Tor weggehen wollte, da stand er ohne Hut und ohne Deckung, als einzig dunkler Punkt auf dem hellen Hof, die auf dem Holzplatz lagen im Schatten.

»Packt euch vom Tor weg, besoffenes Chor!«

Die Burschen hinter dem Gitter wichen zurück.

Herr Konz wartete, bis sie auf der anderen Seite der Straße angekommen waren.

Kaum waren sie dort, fingen sie an zu murren.

»Besoffenes Chor hat er gesagt.«

»Wir sind nit besoff!«

Einer, der nicht mehr recht sah, wohin er ging, kam noch einmal zurück. »Haben Sie – gesagt –besoffen? Mein Herr.«

Der Schwankende stützte sich auf seinen Stock und sprach in den dunkeln, leeren Hof hinein. »Wenn einer Ihnen – in den – Garten kotzt, dann ist er – besoffen. Ich habe – nicht die Ehre – Ihre Bekanntschaft ist – mir – vollständig wurscht – Halt's Maul, du Aas«, wandte er sich an den Hund. »Ich heiße Matthias – Hopp – städter – wollen Sie mir bitte beweisen – daß ich besoffen – bin?«

»Macht die Fenster zu«, befahl Konz, in das Eßzimmer eintretend. »Laßt die Läden herab. Stell das Essen weg«, herrschte er Minna an. »Sind die Kellertüren geschlossen?«

»Am bescht würd m'r doch nach der Polizei schicke«, fing Minna an.

»Wegen ein paar besoffener Bergmannsbuben, die noch nicht trocken hinter den Ohren sind?« fuhr er sie an.

Die eisernen Läden rollten herab. Auf dem Holzplatz erhoben sich die Stimmen.

Aha, sie machten schon die Läden zu. Dem Pascha war der Streik auch in die Beine gefahren. Der »große Friedrich«, tapfer, wie sich's für einen Mann gehörte, stand Wache an der Haustür. Sie brauchte nicht auf den schönen Ferdinand zu warten. Der saß noch gemütlich in der »Justitia« und machte Feierabend.

Matthias Hoppstädter war, als keine Antwort aus dem Hof wiederkam, auf einen Baumstamm geklettert und hielt eine Ansprache, wobei er mit seinem Stock in die Luft hieb und nach dem Konzschen Haus herüberwies. Der Pascha machte ihnen die Bude vor der Nase zu. Das sollte wohl heißen, daß sie heimgehen sollten? Sie hatten aber keine Lust dazu. Der Holzplatz gehörte dem Maurermeister Becker, und in der Fingerhutgasse hatte jeder Neuweiler Bürger dasselbe Recht. »Besoffenes Chor« hatte er gesagt. Sie waren kein »Chor«, waren königliche Bergleute. Sie wichen keinen Zoll breit, sie wollten den Kameraden aus Sankt Martin guten Morgen sagen.

»Die Gemeinde singt hierauf das Lied hundertvierundachtzig: Jede Katz' hat einen Kater«, schrie einer. Die Ziehharmonika stimmte an:

»Jede Katz hat einen Kater«,
der Chor fiel ein:

»Aber mindestens.«

Entrüstet schrie Minna auf, als ein Stein auf die Straße fiel, und lief vom Fenster in die Ecke. Einer ahmte draußen ihre Schreie nach, die anderen wieherten vor Lachen.

Tyras übertönte alles mit seinem wilden, heiseren Gebell.

Endlich hatte sich auch der Kutscher eingefunden, er rumorte laut in dem Stall zum Zeichen, daß er die Pferde besorge.

Minna hatte die Müdigkeit übermannt, sie war in dem Sessel neben dem kalten Ofen eingenickt. Plötzlich fuhr sie von einem leisen Knacken erschreckt in die Höhe und blickte verstört um sich. Die Lampe brannte nicht mehr, das Zimmer war von grauem Morgenlicht erhellt.

Friederike stand am Tisch, sie hatte ein Gewehr in der Hand und rieb den Lauf blank.

»Was machst du denn da?« fragte Minna.

»Ich will mich wachhalten«, gab das Mädchen zurück.

Minna sprang auf. »Leg das Gewehr aus der Hand«, befahl sie mit zitternder Stimme und griff nach Friederikes Arm.

»Laß los!« rief Friederike ungeduldig und wandte sich nach der anderen Seite.

»Du sollst nicht schießen – ach Gott im Himmel«, schrie Minna auf.

Ein Schuß krachte.

Friederike hatte das Gewehr rasch mit dem Lauf zu Boden gesenkt, der Schuß ging in die Dielen.

Herr Konz stand in der Türe. »Was machen denn die Frauenzimmer da?« rief er zornig aus. »Wer hat hier geschossen?«

»Mir ist das Gewehr losgegangen«, sagte Friederike.

Er riß ihr die Flinte aus der Hand. Gleichzeitig fielen wilde Schreie vom Holzplatz her.

»Werft ihnen die Fenster ein!«

»Steckt ihm das Haus in Brand!«

»Reißt das Gitter aus dem Boden!«

Steine fielen in den Hof und trafen das Gitter. Wütend heulte der Hund.

»Krach« – das war das Kellerfenster.

»Daß mir keiner vor die Tür geht«, befahl Herr Konz. »Verbitte mir jede Einmischung. Stell das Gewehr in den Schrank!«

Friederike gehorchte.

Von dem Schuß angelockt, waren die Leute aus den Nachbarhäusern herbeigekommen, die Menge staute sich vor der verschlossenen Kesselschmiede.

Friederike stand hinter den geschlossenen Läden und beobachtete durch die schmalen Spalten die Bewegung auf dem Holzplatz; der ganze Platz war voller Menschen, die sich dem Hause näherten. Sie sah in wild erregte, finstere, wutverzerrte Gesichter, Fäuste reckten sich ihr entgegen, und das drohende Gemurmel schwoll immer mehr an. Es klang wie Triumph über Achtung und Gewalt.

Die Worte auf dem Blatt am Kreuzweg flammten vor ihr auf. »So soll es jedem ergehen, der gegen uns ist ...« Die Gefahr, die sie von Kind auf in der dunkeln Menschenmasse, die im Morgengrauen an ihrem Haus vorbeizog, vermutet hatte, war auf einmal nähergerückt und umheulte jetzt das Haus, Steine flogen gegen die festgefügte Mauer, und in der Ferne im Wald glimmten noch die letzten Funken der mühsam erstickten Flammen. Wie es dort auch verstohlen unter dem Laub geglimmt hatte, ohne daß es jemand bemerkte, hätte nur ein Windstoß genügt, die Flammen emporzutreiben, daß sie hellauflodernd ein ganzes Dorf und einen herrlichen Wald in ein paar Stunden vernichteten. Wenn einmal erst Rauch und Flammen aufstiegen, war es meist zu spät zum Löschen.

Sie dachte an ihre eigenen Arbeiter, von denen heute morgen die Deputation ankam. Man hatte ihnen sagen lassen: »Wenn ihr anfangen wollt zu den bekannten Bedingungen, so steht nichts im Wege.« Die Männer standen unschlüssig, drehten die Mützen in der Hand und sahen sich finster an. Es zuckte ihnen in den Gesichtern, als hätten sie den Streik satt, aber sie gingen mit kurzem Gruß davon, und die Tore des Werkes blieben geschlossen.

Wäre es klüger gewesen, jetzt nachzugeben? Standen doch die Arbeiter alle geschlossen gegen ihren Brotgeber wie gegen einen natürlichen Gegner. Jeder Hauswirt war der natürliche Feind des Arbeiters, jeder, der sich in einem Besitz befand, gleichgültig, ob er ihn sich ererbt oder erarbeitet hatte, war der

Gegenstand ihres leidenschaftlichen Hasses ... und alle Bemühungen, die Kluft zu überbrücken – das fühlte sie in dieser Stunde zwischen Nacht und Morgen – würden an diesem Haß zerschellen.

Das Tal lag noch in Nebel gehüllt. Weiße Nebel dampften auf den Wiesen. Der Rauch quoll schwer aus den Schornsteinen, seine schwebenden Schleier senkten sich auf die Dächer zurück. Eine Uhr schlug langsam, feierlich. Sie hörte die Schläge, ohne zu zählen. Hinter dem Wald leuchtete ein breiter, rötlicher Schein, der sich allmählich vergrößerte, die Dächer tauchten aus dem Nebel auf, der Kirchturm erschien, blutrot und groß ward die Sonnenscheibe sichtbar. Der Nebel entwich langsam. Sie behielt den Bahnhof im Auge. Noch zeigte sich kein Militärzug. Auf den Schienen ging ein Bahnwärter mit ausgelöschter Laterne, in dem Wärterhaus putzte ein Mann die Lampen, die rote Mütze des Stationsvorstehers leuchtete auf dem Bahnsteig. Dicker weißer Dampf trieb aus dem Schornstein der Lokomotive, die den langen Kohlenzug schwerfällig in Bewegung setzte; knirschend kamen die rotgestrichenen Wagen hinterher, die Kohlen mit Kalk besprizt; der Zug glitt am Haus vorüber, auf dem letzten Wagen saß der Bremser und frühstückte. Der Zug glitt unter der eisernen Brücke durch und verschwand in der Richtung nach Bingerbrück. Doch jetzt durchschnitt ein Pfiff die klare Morgenluft. Donnernd fuhr der Zug aus Sankt Martin auf dem Bahnhof ein.

Gottlob, sie waren da! Friederike öffnete die Fenster. Rauch und Waldluft drangen herein, auf der steinernen Brüstung lag noch der Tau der Nacht, Morgensonne leuchtete in die Zimmer.

Minna rollte zitternd und vorsichtig die Läden auf. In der engen Fingerhutgasse machte sich plötzlich eine neue Bewegung geltend, alles strömte dem Bahnhof zu. Der Holzplatz leerte sich. Ein rothaariger Junge mit langen Armen, der über den Zaun gestiegen war, blieb an den Lattenspitzen hängen und fiel auf die Straße. Er raffte sich auf und lief hinter den anderen her, dem Eingang der Fingerhutgasse zu.

Auch die »Deutsche Freiheit« hatte sich rasch geleert.

»Die Soldaten kommen!« Der Ruf hatte alles aus den Häusern gelockt. Von allen Seiten strömten Männer, Weiber und Kinder herbei.

Auf dem Bahnhof hatte sich das Abteilen der Mannschaften rasch vollzogen, eine Kompagnie rückte nach der Grube aus, um die Schlafhäuser zu säubern, während zwei andere Abteilungen sich nach den unruhigen Teilen des Dorfes begaben. Ein paar Minuten später marschierten die Soldaten über die Brücke, ein festes wanderndes Viereck von blauen Röcken, roten Kragen, blanken Knöpfen und glitzernden Helmen, unter deren festem Tritt die eiserne Brücke zu schwanken schien.

Am Eingang der Fingerhutgasse auf dem Hügel standen die Bergleute, gespannt, in unruhiger Erwartung, den Weg versperrend, die Hände in den Taschen, während die Truppe in die Straße einmarschierte.

Von weitem sah es aus, als schritte ein einziges vielköpfiges Wesen bunt und blitzend mit unzähligen Füßen auf die dunkle Schar auf dem Hügel zu.

Voran ritt ein Oberleutnant mit verbrannten, scharf markierten Zügen auf einem Fuchs mit weißen Füßen. Die drohende Menge war plötzlich verstummt. Eisige Stille herrschte, die nur der Tritt der Soldaten unterbrach, die geschlossen heranrückten. Man hörte, wie ein Befehl ausgegeben wurde. Das sah allerdings aus, als ob es ernst werden wollte; die Menschenmenge, die die Straße versperrte, öffnete sich unwillkürlich und wich zögernd zurück.

»Morgen, Herr Leutnant!« rief eine heisere Stimme vom Hügel herab. Der Offizier blickte sich um und legte den Finger an den Helm. In demselben Augenblick krachte ein Schuß, ein paar Frauen kreischten auf, der Fuchs stieg auf, schlug mit den Hufen in die Luft und galoppierte die Gasse herauf, während der

Menschenknäuel sich löste und in wilder Panik den Hügel hinab hinterher stürmte.

Friederike trat bestürzt vom Fenster zurück, sie hatte den Reiter erkannt, der, von einer Menschenmenge umringt, sein Pferd vor dem Tor der Kesselschmiede zu bändigen suchte. Er vermochte scheinbar den rechten Arm nicht zu gebrauchen, der Fuchs bäumte sich, daß alles zurückwich vor seinen Hufen. Sie sah ihren Vater aus dem Tor auf die Gasse treten, der Kutscher kam herbeigelaufen, sie packten den Gaul am Zügel, Dehlau sprang ab und begrüßte sich mit Herrn Konz.

»Kommen Sie herein, Herr Oberleutnant«, sagte Rudolf Konz und hielt die Tür seines Hauses offen.

»Das war ein guter Empfang«, sagte der Offizier, in die Halle eintretend. Er hielt sich den rechten Arm. Als er die beiden Frauen erblickte, stutzte er.

Mit einem von Rot überflammten Gesicht stand Friederike Dehlau gegenüber. Die Erinnerung an jenen Gewitterabend im April zuckte ihr durch den Sinn, vergeblich bemühte sie sich, ihre Verwirrung zu verbergen.

Auch Dehlau schien bestürzt.

»Sie sind verwundet?« fragte sie.

»Es ist nicht schlimm, es blutet nur etwas stark«, antwortete Dehlau, der einen Augenblick seine Sicherheit verloren hatte, bei dieser unerwarteten Begegnung. Er war in das Haus gekommen, ohne eigentlich zu wissen wie, und wer darin wohnte.

»Wer hat denn geschossen? Einer von den Bergleuten?«

»Ach was«, rief Herr Konz. »Der Sohn von dem Scherenschleifer, ein vierzehnjähriger Bengel. Man sollte die Bande wie die Zigeuner ausweisen, anstatt sie großzuziehen. Das hat man von der Humanität. Ich werde dem Sanitätsrat telephonieren oder besser, man schickt ihm gleich den Wagen –« Und er wollte hinaus.

Aber Dehlau wehrte. »Dazu ist keine Zeit. Ich muß zu meinen Leuten. Ein Glas Wasser und ein Handtuch, wenn ich bitten darf, das genügt vorläufig.«

»Aber so können Sie doch nicht aufsteigen«, warf Friederike ein, »das Blut läuft ja durch den Ärmel.«

Dehlau wechselte einen Blick mit Friederike. Der Gedanke, ihre Gastfreundschaft in Anspruch zu nehmen, war ihm peinlich. Er preßte den Arm fester, aber das Blut tropfte zu Boden.

»Das geht nicht«, sagte sie entschieden, »ich lege Ihnen einen Druckverband an, das ist in fünf Minuten geschehen.«

Und ohne auf seinen Widerspruch zu achten, holte sie Verbandzeug herbei, setzte Wundwasser an, wie sie es im Lazarett oft gesehen hatte, und schlug dann vorsichtig seinen Ärmel zurück, während Minna mit einem furchtbar ängstlichen Gesicht, als sähe sie einer gefährlichen Operation zu, über Friederikes Schulter mit unverhohlenem Wohlgefallen den Offizier betrachtete, der so plötzlich in das Haus geschneit war.

Einen Augenblick herrschte Stille.

»Da ist sie«, sagte Friederike nach einer Weile. Die Kugel steckte in einer Hauttasche. Auf einen leichten Druck gelang es, sie etwas vorzuschieben. Dehlau biß die Zähne zusammen.

Friederike hob den Kopf. »Tut's weh?«

Er schüttelte den Kopf und sah ihr zu, wie sie geschickt und rasch die Kugel unter der Haut weiter schob, bis sie herausschlüpfte und zu Boden rollte.

Sie legte den Verband an.

Dehlau dankte ihr; sie litt nicht, daß er ihr die Hand küßte, sondern erwiderte seinen Abschiedsgruß mit einem flüchtigen Händedruck.

Mit dem verbundenen Arm, dessen Ärmel man nicht über das Polster der imprägnierten Gaze herabstreifen konnte, stieg er, sich leicht aufstützend, rasch aufs Pferd, das einer der Soldaten vor der Treppe hielt, grüßte nach dem Hause zurück und galoppierte davon.

Die Menschen, die das Haus umdrängten, entfernten sich in

der Richtung des Dorfes, man vernahm den Tritt der Soldaten, und alles bewegte sich nach dem Marktplatz zu.

Das war im Verlauf von Minuten geschehen, und erst jetzt, nachdem wieder Ruhe eingetreten war, kamen Friederike die Ereignisse der Nacht klar zum Bewußtsein, und Furcht und Grauen lösten sich nun erst beim Anblick der ruhig gewordenen Gassen und der hellen Morgensonne.

Die Kunde von dem Schuß auf den Offizier hatte sich rasch verbreitet, und an den Ecken stand man zusammen, um seine Wirkung zu besprechen und seinem Unwillen über Kesselflikkersjungen kundzugeben. Man mußte sich ja vor den Dirmesheimern schämen. Die hatten das Militär mit Hurra empfangen, die Buben waren ihnen vors Dorf entgegengelaufen, um ihnen die Gewehre abzunehmen; man hatte ihnen Zigarren angeboten und ihnen versichert, man »wolle nichts von ihnen«, hatte ein Hoch auf den Kaiser ausgebracht, die Mannschaften wurden im Dorf einquartiert und wie beim Manöver gastfreundlich behandelt.

Dazu war die Antwort aus Berlin an diesem Morgen eingetroffen, der Kaiser werde die Deputation der streikenden Bergleute nicht empfangen. Bickel war wegen Beamtenbeleidigung angeklagt und ins Sankt Martiner Gefängnis abgeführt worden. Es stand ein großer Prozeß bevor, in welchem »Bickel und Genossen«, wie es in den feindlichen Zeitungen hieß, ihre Beleidigungen begründen und ihre Aussagen durch Beweise und Zeugen erhärten mußten.

Diese Nachrichten hatten wie ein kalter Wasserstrahl auf die erhitzten Gemüter gewirkt, die Wirtshäuser wurden leer, die Leute gingen nach Hause, und es trat endlich Ruhe ein auf den Gassen.

Ein paar Tage darauf fuhren die ersten Arbeitswilligen wieder auf den Gruben an. Das Bergamt hatte ihnen die Achtstundenschicht ohne Ein- und Ausfahrt, Änderung der Gedinge und Lohnsätze zugesagt. Nach und nach nahmen alle Belegschaften des Reviers die Arbeit wieder auf, der Ausstand konnte als beendet betrachtet werden.

Die Kesselschmiede hatten einen höheren Lohnsatz durchgesetzt und baten um Wiedereinstellung.

Nun rauchten die Schornsteine wieder, die Feuer flammten, und das Nieten und Hämmern klang wieder aus den Hallen heraus. Das Militär war abgezogen. Nachdem überall wieder Ruhe eingetreten war, wurden Stimmen laut, die über die Ängstlichkeit und Nervosität der Behörde spotteten. Aus dem westfälischen Streikgebiet hatte ein militärischer Befehlshaber telegraphiert: »Alles ruhig, ausgenommen die Behörde«, und in Neuweiler fand man jetzt, das Einschreiten des Militärs sei »eigentlich unnötig« gewesen.

In dem Konzschen Haus war wieder die gewohnte Ordnung hergestellt. Minna hatte, nachdem sie vergeblich darauf gewartet, daß die Anstedter zu ihr käme, sich zu dem steilen Weg in die Synagogenstraße, wo die Kleemannse wohnte, bequemt, um die Anstedter zu veranlassen, wieder zu ihr zu kommen.

Es kostete sie alle Überredungskunst, die Anstedter zu überzeugen, daß es das beste für sie sei, wieder in Stellung zu gehen. Das Mädchen stand abgemagert, aber blitzsauber in ihrem blaugedruckten Kattunkleid da und wiegte unschlüssig das Kind, das in Friederikes unsterblichen schottischen Fransenschal eingewickelt war. Sie hatte vorgehabt, nun »für Herren zu bügeln«.

Minna versicherte ihr, daß es solche Herren in Neuweiler nicht in genügender Anzahl gäbe, und das Kind konnte die Kleemannse aufziehen. Das arme kleine Mädchen mit dem eingesunkenen Gesicht, dem schiefen Köpfchen und dem greisenhaften Lächeln sah dem Verfall geweiht aus. So einem vaterlosen Kind war's doch am wohlsten im Himmel. Damit hatte Minna dann noch der Anstedter fünf Mark zugelegt, sie einigten sich, und Minna war wie ein Triumphator den Weg ins Dorf hinabgestiegen.

Daß sie Friederike nachher die Sache in der Weise schilderte, als habe die Anstedter sie um Wiederaufnahme angefleht, war eine von Minnas Notlügen, zu denen sie zuweilen Zuflucht nahm.

Nun war die Anstedter wieder da und schwenkte mit raschelnden Kattunröcken durch das Haus. Das Kind war nach einem Monat an Durchfall gestorben. In der Küche schaffte eine blonde, dralle Sankt Ingberter Nichte.

»Das hat mir von dem Oberleutnant gefallen«, äußerte Rudolf Konz; »kommt mit einer Kugel im Arm ins Haus und läßt sich nicht die Laune verderben. ›Ein Glas Wasser und ein Handtuch‹, dann gleich wieder aufs Pferd und abgeritten.« Das hatte ihm gefallen. Er wollte nicht sagen »imponiert«. Er lobte die Ruhe und den Takt, den die Offiziere in den unruhigen Tagen bewiesen hatten, als sie die Schlafhäuser räumten und die anfahrenden Bergleute schützten. Keine einzige Ausschreitung war vorgekommen. Er hatte Herrn von Dehlau aufgefordert, ihn zu besuchen.

Friederike hatte Dehlau seit Jahren nicht wiedergesehen und kaum noch an ihn gedacht. Aber mit dem Augenblick, als er die Gasse heraufsprengte, war er wieder in ihr Leben eingetreten, und sie kämpfte vergeblich gegen eine Unruhe, die sie erfaßte bei dem Gedanken, ihm wieder zu begegnen.

»Ich habe am Sonntag ein paar Ingenieure zum Essen«, sagte ihr Vater eines Tages. »Könnte man den Oberleutnant nicht dazu bitten?«

»Nein, das kann man nicht, solang er keinen Besuch gemacht hat. Und das hat er nicht getan«, sagte sie sehr bestimmt, während ihr die Stimme zitterte.

»Wird keine Zeit gehabt haben und weiß auch nicht, ob's uns paßt. Man könnte ihm das ja begreiflich machen, wie?« meinte er.

Friederike stieg die Röte ins Gesicht. »Er muß von selbst wissen, was er zu tun hat«, sagte sie fest. »Erst muß er Besuch machen, dann wird er eingeladen.«

Ihr Widerspruch war Herrn Konz unbequem. »Werde mir doch, zum Himmeldonnerwetter, nit von einem Frauenzimmer vorschreiben lassen, wen ich einladen darf, und auf meine alten Tage noch mit norddeutschen Geschichten anfangen.«

»Es ist in der Gesellschaft nicht so üblich«, sagte Friederike.

»Hab' nie beansprucht, zu der sogenannten Gesellschaft zu gehören. Erfreue mich daher des Vorzugs, tun und lassen zu können, was mir paßt«, erwiderte er. »Ich hab' den Herrn eingeladen, uns zu besuchen, und ich halte mein Wort. Wenn's dir unbequem ist, die Honneurs zu machen, müssen wir auf das Vergnügen verzichten! Ich geb' am Sonntag mein Diner und depeschier' an den Oberleutnant! Brauch' niemand, der mir dabei hilft.«

Friederike sah ihn mit fliegenden Rockschößen auf das Bureau gehen. Eine Minute später sauste der kleine Bureaudiener auf seinem Rad zum Tor hinaus.

Die Antwort traf nach knapp zwei Stunden ein. Dehlau telegraphierte, es täte ihm leid, verhindert zu sein, aber er ritte Sonntag in Zweibrücken für einen Kameraden den »Madrigal«.

»Das ist ja ausgezeichnet«, sagte Herr Konz, »ein Infanterist reitet Rennen. Das muß ich mir einmal ansehn. Ich fahre am Sonntag nach Zweibrücken.«

»Und das Diner?« fragte Friederike.

»Wird abgesagt. Um die paar Ingenieure werde ich doch keine Umständ' machen! Lad sie aus! Können ein andermal kommen.«

Herr Konz fuhr am nächsten Sonntag mit Herrn Scholz nach Zweibrücken. Der Scholz war bequem, man hatte Unterhaltung mit ihm, und wenn man andre traf, brauchte man sich seinetwegen nicht zu genieren. Der fand überall Gesellschaft.

Konz war so guter Laune, daß er Friederike aufforderte, mitzufahren. Sie dankte kurz.

Scholz erschien pünktlich in gelben Schuhen, weiten hellen

Beinkleidern, wie sie König Eduard auf Sportplätzen trug, und einem neuen englischen Gummimantel.

Er will Lebemann markieren, dachte Friederike. Vielleicht ist er einer. Er hat zu Hause sechs Kinder und eine dicke verdrossene Frau. Solche Männer wurden dann auf einmal wieder jung, wenn sie mit dem Eheleben abgeschlossen hatten, und suchten sich für die kargen Freuden ihrer Ehe außerhalb des Familienkreises zu entschädigen.

Der Himmel hatte seine Schleusen weit geöffnet. Den ganzen Sonntag ging ein strammer Regen auf die Straßen nieder. In dem Keller stand das Wasser fußhoch, die Kartoffeln schwammen, und die leeren Weinflaschen taumelten auf dunklen Wellen.

Herr Konz hatte Dehlau vor dem Aufsatteln und Abwiegen gesprochen. »Madrigal« war hinter dem Wassergraben auf dem glatten Wiesenboden ausgeglitten. Dehlau stürzte, man hielt ihn zuerst für verletzt. Er war aber so glücklich gefallen, daß er sich nichts getan hatte, und beim zweiten Rennen bekam er den Preis der Stadt Zweibrücken. Famos hatte er in der knappen seidenen Uniform ausgesehen, und im Sattel saß er »wie ein Hunn«. Da sah man gleich »die alte Kavalleriefamilie«.

Friederike hätte ihren Vater daran erinnern können, was er noch vor einem halben Jahr von solchen alten Familien zu sagen pflegte. Damals hieß es nur »ostelbisches Junkerpack, rückständiges, degenerierte Raubritterbande«. Aber sie schwieg.

»Ein Teufelskerl, der Dehlau!« Er schob ihr den »Sankt Georg« über den Tisch. Da konnte sie sein Bild sehen.

»Übrigens«, setzte er hinzu, indem er sich erhob, »kommt er nächsten Samstag heraus mit ein paar Kameraden, sie wollen sich die Kesselschmiede ansehen, nachher führ' ich sie auf die ›Hütte‹, und abends essen sie bei mir zu Nacht.«

Friederike brachte kein Wort hervor. Sie hatte nur das dumpfe Gefühl: Es geht doch alles seinen Gang. Ich kann daran nichts ändern.

Minna stand am Backbrett und rollte mit aufgeschürzten Ärmeln den Blätterteig zu einem Kuchen aus, als Herr Konz eintrat und die Kellerschlüssel verlangte. Er wollte doch einmal sehen, wie sie den Wein gelegt hatte. Der Wittlicher Wein war gekommen, den wollte er den Herren als »Saarwein« vorsetzen, um ihre Weinzunge zu erproben.

Das fiel ihm gerade heute am Sonntag ein. »Muß denn das grad jetzt sin?«

»Jawohl. Grad jetzt.«

Mit klopfendem Herzen schaffte Minna in der heißen Küche umher. »Geh mir aus dem Weg!« herrschte sie die Cousine an.

Hatte man schon so etwas erlebt! Seit sie in diesem Hause wohnten, war er noch nicht in den Keller gestiegen, er wußte nicht einmal, wo der Weinkeller lag. Jetzt mußte die Anstedter mit dem Licht mit hinunter; er rumorte da drunten herum, fand nichts, ärgerte sich, fluchte, und sie mußte schließlich selbst hinabsteigen.

Als sie in der Speisekammer auf der Leiter stand, um die eingemachten Champignons für das Ragout auszusuchen, stand er wieder vor ihr, zwei Flaschen in der Hand.

Die silbernen Korken paßten nicht. Die hatte sicher ein Frauenzimmer erfunden, er hatte selbst probiert, die Anstedter hatte geholfen und eine Flasche auf den Boden geschmissen, sehr geschickt wie immer. Sie sollte mal da aus der »Apotheke« herauskommen und sich selbst bemühen.

»Jesses, warum passen sie denn grad heut nit?« Minna brauchte nur die Korken in den Flaschenhals zu drücken, da saßen sie fest. Als sie am offenen Fenster Schaum schlug, kam er schon wieder herbei. Sie machte da doch hoffentlich keinen Pudding bei der Hitze! Nur kein Menü wie auf der »Dingberter Kerb«. Alles leicht und elegant, ein Horsd'œuvre, ein feines Ragout, eine Pastete. Wird Sie auch fertig mit der Kocherei? Wenn der Wagen vorfährt, muß das Essen auf dem Tisch stehen. Mit militärischer Pünktlichkeit, verstanden? Er hatte schon die Uhr in der Hand. »Daß mir überall Licht brennt, und man sich nicht das Knie einstößt. Überall«, schärfte er ihr ein.

Jesses, jesses, wenn einem so ein Mann in die Küche kam, wurde man doch grad verrückt. »Entweder koch ich oder Sie«, sagte sie wütend. »Aber die Mannsleut in der Küch, das kann ich nit han. Da brennt mir gleich alles an.« Sie schürte das Feuer, daß die Funken stoben und niemand mehr ein Wort verstand. »Ich mach' schon alles, wie's gut und recht is«, rief sie, schob den Blätterteig in den Backofen und schlug die Türe zu. »Gehn Sie nur hinauf.«

»Von links, von links, nur nit von rechts, Marri!« dirigierte Minna leise durch den Schalter. »Immer bei dem Herrn Oberleutnant zuerscht.« Oje, wie die Anstedter das Tablett wieder hielt; die Gläser rutschten schon. – Gott sei Dank – Dehlau nahm sie ihr ab. Das war ja ein Gelächter und eine Stimmung da drin, und am lautesten lachte Herr Konz. Da war der junge Wein nicht allein dran schuld, er war wirklich einmal guter Laune, und die vier Offiziere waren erst fidel!

Minna, die die Platten aus dem Küchenfahrstuhl nahm und sie durch den Schalter schob, ging eifrig hin und her. Das Essen hatte ihnen geschmeckt, von dem Ragout hatten sie zweimal genommen, und von der Torte kam kein Stück mehr heraus.

Sie schob die warmen Käsestangen hinein.

Die Anstedter, blitzsauber in ihrer weißen Bluse, dem rotblonden Haar und dem Samtband um den weißen Hals, reichte die brennende Kerze und die Zigarren herum. Die Herren fühlten sich behaglich. –

Friederike saß in ihrem Wohnzimmer hinter dem Schreibtisch und ordnete Minnas verworrenes Haushaltungsbuch, in dem die Addierungen niemals stimmten.

»Er hat auch nach dir gefragt.« Minna trat von ihrem Ausguck zurück. »Er hat gesagt – «

Friederike schlug das Buch zu. »Horch nicht an der Türe«, sagte sie mit unterdrückter Stimme. »Das überläßt man Dienstboten.«

»Hui, wie bös!« Minna setzte sich in den Sessel und wehte sich mit ihrer weißen Schürze Luft zu. »Geh doch hinein«, drängte sie, »und rangschier dir das Haar und sei ein bißchen freundlich und sag wenigstens guten Tag. Einer muß doch repräsentieren«, setzte sie hinzu. Aber sie unterbrach sich. »Ach Gott – «
In der offenen Türe stand Herr von Dehlau, die brennende Zigarre in der Hand. »Verzeihung, gnädiges Fräulein, ich suche nach Aschbechern – ich habe mich wohl in der Türe geirrt?«
Friederike war aufgestanden. Ihre leichte Verlegenheit machte aber einem zornigen Ausdruck Platz, als sie sah, daß Minna ihren befehlenden Blick offenbar falsch verstand und mit einem Blick auf Dehlau rasch aus dem Zimmer verschwand ...
Das hatte gerade noch gefehlt. Sie bog das Papiermesser, daß es fast zersprang. Währenddessen kam er näher und schob sich einen Sessel an ihren Schreibtisch heran. »Sie gestatten doch, daß ich weiterrauche?«
»Bitte, hier wird überall geraucht.«
»Gnädiges Fräulein sind natürlich selbst Raucherin?«
Sie sah ihn groß an. »Raucherin, ja, aber warum natürlich?«
Er glitt über die Frage weg. »Übrigens habe ich noch immer keine Gelegenheit gehabt, meinen Dank abzustatten. Mein Arm ist tadellos geheilt; der Stabsarzt, der ihn später noch einmal nachsah, läßt Ihnen sein Kompliment machen.«
Friederike hatte sich wieder gefaßt. Sie ließ sich an dem Schreibtisch nieder, so daß der breite Tisch zwischen ihnen stand. »Wir haben Ihnen mehr zu danken«, sagte sie. »Es stand damals gerade auf der Kippe, als Sie des Morgens einrückten ...«
»Den Streik kann man wohl als beendet betrachten«, warf er hin.
»Äußerlich ist er es, aber in den unzufriedenen Gemütern gärt es weiter. Sie haben nicht alles erreicht, was sie verlangten.«
Damit waren sie von dem eigentlichen Thema, das wie eine Gefahr zwischen ihnen lauerte, auf ein neutrales Gebiet gekommen, nämlich auf den Streik, der abgeflaut war, aber immer noch nicht beendet schien.
»Wir leben in einer bewegten Zeit«, sagte Dehlau. »Der vierte

Stand erhebt sich und verlangt Anerkennung als gleichberechtigter Stand. Bis jetzt kannte man nur Regierung und Bürgerstand – «

»Und die Bauern?« fragte sie. »Die rechnen Sie wohl zu den Bürgern?«

»Allerdings und zu dem besseren Teil. Das war eine böse Zeit. Aber die paar Ausschreitungen ausgenommen, haben sich die Leute doch geradezu musterhaft betragen, die großen Versammlungen sind ohne Ruhestörung verlaufen, und ihre Forderungen waren gewiß nicht unberechtigt, wenn man hört, mit welchen Hungerlöhnen sie bisher abgefunden wurden – «

»Wir geben keine ›Hungerlöhne‹ hier«, unterbrach sie ihn. »Unsre Löhne sind die höchsten, die im ganzen Reich gezahlt werden.«

»Wo steht das, wenn ich fragen darf?«

»In einem Handelskammerbericht an Bismarck.«

»Dann begreife ich nur nicht, warum die Bergbehörde, die es dieser ruhigen und vernünftigen Bevölkerung gegenüber doch gewiß leichter hatte wie in Westfalen, die Bewegung nicht sofort einzudämmen versuchte, indem sie nachgab?«

»Und die Forderungen alle gleich bewilligte?« sagte Friederike. »Von der Zwölfstundenschicht ist man schon auf die Zehnstundenschicht gekommen; jetzt verlangen sie Neunstundenschicht, einschließlich der Aus- und Einfahrt. Wie soll die Bergbehörde denn das von heut auf morgen machen? Eine Grube ist doch kein Laden, den man einfach ein paar Stunden früher schließen kann? Auf manchen Gruben dauert die Seilfahrt und der Weg bis zur Arbeitsstelle jedesmal eine Stunde, also bleiben zur Arbeit sieben Stunden übrig. Nächstens werden unsre Kesselschmiede auch nurmehr sieben Stunden arbeiten wollen. Wenn sich die Kohlen verteuern«, fuhr sie fort, »ziehen auch alle andern Preise an. Man kann nur höhere Löhne geben, wenn man diese Steigerung auf die Preise abschieben kann.«

»Und für die Industrie ist es unmöglich, von der Zubuße selbst etwas zu tragen?«, warf Dehlau hin.

»Wir tragen schon genug Zubuße«, erwiderte sie. »Wir arbeiten ohne Direktoren, mein Vater und ich sind von morgens und oft bis in die Nacht hinein auf dem Werk, des Sonntags muß ich Bureaudienste tun, alles nur, um die Löhne in dieser Höhe erhalten zu können. Wenn zwölf Millionen Arbeiter täglich fünfzig Pfennige mehr bekommen, macht das auf das Jahr tausendachthundert Millionen!«

Er pfiff durch die Zähne. »Allerdings, die Hochkonjunktur ist schuld an der Unzufriedenheit. Überall wird mit Hochdruck gearbeitet, die Preise steigen, überall sehen die Arbeiter den Luxus, und sie haben nichts davon.«

Friederike zuckte die Achseln. »Wenn die Arbeiter jede Chance der höheren Preise in erster Linie für Lohnerhöhungen in Anspruch nehmen, dann werden wir bald so weit sein wie in Amerika und England, wo sie bei jeder Konjunkturänderung um die Löhne markten. Aber dann müssen sie auch die Konsequenzen tragen und bei jeder Arbeitsstockung Entlassungen mit in den Kauf nehmen. Wir stehen Gott sei Dank noch nicht vor der Kulifrage.«

»Aber Sie können doch nicht bestreiten, daß die Leute diesmal in ihrem Rechte waren? Die ganze Bevölkerung, sogar die Geistlichen haben für die Bergleute Partei genommen.«

»Das beweist nichts«, sagte sie. »Von der ›ganzen Bevölkerung‹ können nur Arbeiter oder Arbeitgeber die Lage beurteilen. Die Leute vom grünen Tisch haben meist ›loyale Anschauungen‹, und ›ideale Forderungen‹ werden immer von Laien gestellt. Sie haben wahrscheinlich die Reden vom Schellenwenzel gelesen?« setzte sie hinzu.

»Allerdings. Der Mann besitzt eine glänzende Gabe – «

»Zum Aufwiegeln.«

»Ein Rednertalent, um das ich ihn beneide.«

»Sie könnten von der Gabe ja doch keinen Gebrauch machen«, warf sie hin.

Dehlau lachte. »Wie Sie alles kaufmännisch auffassen! Das nenne ich seinen Standpunkt wahren. Von dem Piedestal eines Großindustriellen sieht die Welt immer etwas anders aus.«

»Mit dem eines Idealisten kämen wir nicht weit.«
»Soll heißen, mit dem meinen?«
»Sie sind Unparteiischer«, sagte Friederike ruhig. »Sie können sich den idealen schon erlauben.«
»Aber«, warf er ein, »man muß doch zugeben, daß die Leute sich von ihren Löhnen nichts zurücklegen konnten!«
»Das tun sie bei dem höheren Lohn auch nicht.«
»Und wenn sie krank und alt sind?«
»Dafür sind ja Krankenkassen und gut eingerichtete Lazarette da, für die die Arbeitgeber jährlich ein Vermögen ausgeben«, sagte sie. »Davon erwähnt allerdings der Schellenwenzel nichts. Von allem, was der Staat für Invaliden, Witwen und Waisen tut, Hausbauvorschüsse, Hausbauprämien, die jährlich vergeben werden, Waisenhäuser, Lazarette, Lieferungen von Schulbüchern, Unterstützungen, Industrieschulen, Kleinkinderbewahranstalten, Schlafhäuser für die auswärtigen Bergleute, ist in keiner Versammlung die Rede. Sobald von einem Beamten gesprochen wird, schreit Bickel in die Versammlung hinein: Das ist ein Spitzbub! Wenn ein Bergmann wegen grober Unordentlichkeit hat verlegt werden müssen, nennen sie das schikaniert werden.«

»Aber vom moralischen Standpunkt ...« warf er ein.

»Vom moralischen Standpunkt ist die Lohnerhöhung gänzlich zwecklos«, sagte Friederike mit großer Sicherheit. »Die Arbeiter glauben jetzt, daß man jede beliebige Forderung durchsetzen kann, wenn man nur ›richtig organisiert‹ und ›richtig geführt‹ ist. Das Ganze war nichts weiter wie Kontraktbruch und Gewalttat. Wir sind auf sehr verschiedenem Boden gewachsen«, fügte sie nach kurzem Schweigen hinzu. »Sie sind Offizierssohn, nicht wahr?«

Er fühlte die Spitze heraus.

»Allerdings. Meine Mutter war mit sechsundzwanzig Jahren Witwe«, sagte er. »Mein Vater hat als Rittmeister beim Hürdensprung das Genick gebrochen und sie mit drei Jungens zurückgelassen ohne Vermögen. Das ist nicht so einfach – «

»Und Ihre Brüder?« fragte Friederike.

»Sind ins Heer eingetreten. Der älteste ist verheiratet und zu einem Kavallerieregiment übergetreten. Mein jüngerer Bruder steht in Metz, oder vielmehr – sitzt dort – «

»Sitzt?«

»Na ja, in Schulden.«

»In Schulden?« Friederike zog die Augenbrauen hoch.

»Ja, mein gnädiges Fräulein, jeden Ersten im Monat, wenn einem die ungeheure Summe auf den Tisch gezahlt wird, die nach den Abzügen noch übrigbleibt, geht man mit der ehrenwerten Absicht um, sie zu bezahlen, man liest zu diesem Zweck alte Rechnungen und schließlich steckt man sie in den Ofen. Aber sie kommen wieder wie die Ratten.«

»Sie reiten aber doch Rennen und bekommen Preise und Gewinne?« warf sie ein.

Er lachte. »Die silbernen Pokale und Becher bekommt man bloß ›feierlichst überreicht‹. Nur die silberne Reitpeitsche tat mir leid, die sie mir letzthin wieder abgeknöpft haben. Ich reite für mein Leben gern, aber ich reite auch, weil ich muß!«

Eine andre Welt tat sich vor ihr auf. Der Vater bricht sich das Genick im Sattel, der Sohn kann kaum erwarten, das Pferd zu besteigen. Das Ungewisse einer solchen Existenz erschreckte sie. Sie begriff nicht: Wie kann man Schulden machen? Wie kam man dazu, mehr Geld zu verbrauchen wie man hatte? Und wie konnte man dabei so unbekümmert weiterleben?

Aber auch für Dehlau war es eine neue Welt, in die er heute einen Einblick gewann, eine Welt, mit fremden Anschauungen und Interessen, die ihn anzog und zugleich auch seinen Widerspruch erweckte. Vor allem aber war er von Friederike selbst auf das merkwürdigste überrascht. Er hatte sie eigentlich bis dahin nur aus der Ferne gesehen, ihre unglückliche Ballerscheinung hatte seinen Spott, ja fast sein Mitleid erregt, man hatte sie ihm als eine Virago, eine männliche Frau, geschildert. Heute konnte er weder an ihrer Erscheinung noch an dem Benehmen etwas Komisches oder Unnatürliches finden. In diese vier Wände paßte sie hinein, auf ihrem eignen Boden stand sie festen Fußes, und was sie sagte, charakterisierte wiederum diese neue Welt. Am meisten überraschte ihn jedoch ihr Verständnis für Pferde, sie kannte fast jeden Rennplatz, jedes Gespann am Trabe; Pferde, die sie einmal gesehen hatte, erkannte sie nach Jahren wieder. Das war ein Thema, bei dem sie warm wurde. Und Dehlau dachte wieder: Wie kann jemand, der so viel Liebe zu einem edlen Tier hat, kalt und gefühllos sein?

Im Nebenzimmer klirrten Gläser, Stühle wurden gerückt, man vernahm das Geräusch aneinanderklackender Billardkugeln und lebhafte Stimmen. Plötzlich wurde die Tür geöffnet, Herr Konz, ein Weinglas in der Hand, angeregt und vergnügt, mit etwas rotem Kopf, blickte in das Zimmer und rief »Wo bleiben Sie denn, Herr Oberleutnant? Die Bowle ist fertig. Wir warten nur auf Sie!«

Friederike hatte sich gleichzeitig mit Dehlau erhoben. Sie stand ihm zögernd gegenüber, dann sagte sie leise: »Sie haben mir vorhin nicht die Wahrheit gesagt, Herr von Dehlau. Sie hatten sich nicht in der Türe geirrt.«

Er sah sie einen Augenblick fest an. »Nein, ich hatte mich nicht geirrt«, sagte er. »Ich wollte Sie sprechen. Ich habe, offengestanden, Ihnen gegenüber ein Schuldgefühl, in doppeltem Sinne, das ich loswerden möchte ...« Ihr stieg ein leichtes Rot in die Wangen.

»Ich bitte Sie, sprechen Sie nie mehr davon«, unterbrach sie ihn rasch. »Ich weiß nichts und habe nie etwas gewußt. Das wollte ich Ihnen nur sagen ...« Sie reichte ihm die Hand.

Dehlau atmete auf. Er neigte sich und küßte ihre Hand, die sie ihm diesmal nicht entzog. »Ich hoffe, daß Sie Ihre Großherzigkeit nie zu bereuen haben«, setzte er hinzu.

Herr Konz hatte die Offiziere aufgefordert, ihn des Sonntags zu besuchen; sie konnten kommen und gehen wie es ihnen paßte.

Er ging an solchen Tagen selbst in den Keller, bezeichnete

die Weinsorten, die er geben wollte, und bekrittelte Minnas »däftige« Menüs. Sie sollte feiner und leichter kochen, elegante Sachen, wie man sie beim Valentin in Straßburg oder bei Moitrier in Metz bekam, Pasteten, gebratene Schnecken und dergleichen. Minna verteidigte sich. Sie habe immer gut gekocht; in der »Krone« hatten die Stammgäste nur ihretwegen verkehrt, und solche Sachen, wie er sie meinte, könne nur ein Koch machen.

Dann sollte sie gefälligst die Nase ins Kochbuch stecken. Konnte er etwas dafür, daß ein Frauenzimmer dümmer war wie ein Koch?

Minna hatte schon Tränen um diese eleganten Menüs vergossen. Früher waren ihre Erdbeerbowlen berühmt gewesen. Jetzt braute Herr Konz die Bowle selbst, seit er einmal dazugekommen war, wie sie in einer wirtschaftlichen Anwandlung statt »Matthäus Müller« Bowlensekt genommen hatte.

Die Kupferbowle gefiel ihm nicht mehr. Das war eine Neuweiler Wirtshausbowle, eine Kristallbowle mußte es sein, in der man die Früchte schwimmen sah. Und geschliffene Gläser mußten auf den Tisch, keine »Jahrmarktsdinger mit grünen Füßen«.

Er war immer gutgelaunt an diesen Sonntagen, und diese Stimmung hielt sogar noch über den Sonntag an, und alle im Hause waren froh, daß er Gesellschaft hatte und man ihm nicht Bücher herbeischleppen mußte, die ihm nachher doch nicht gefielen.

Friederike befand sich seit einiger Zeit in sonderbarem Widerstreit mit sich. Als der Streik im vergangenen Frühjahr seinen Höhepunkt erreicht hatte, war der Vater auf die Erweiterung des Neuweiler Bahnhofs zu sprechen gekommen. Wenn die Bingerbrücker Strecke ausgebaut werden würde, der Bahnhof erweitert, der Rangierbahnhof verlegt, mußte der Fiskus das Grundstück, worauf die Kesselschmiede stand, haben.

»Wenn wir sie ihm geben«, hatte Friederike gemeint.

»Wenn der Fiskus Land haben muß«, sagte Herr Konz, »fragt er nit lang. Wenn ich's ihm nicht geb, wird's mir im Enteignungsverfahren abgekauft.«

»Und dann?«

»Nun, dann werd' ich wohl die Berechtigung haben, mich einmal auszuruhen«, erwiderte er.

»Du willst kein neues Werk mehr bauen?« rief sie erschrocken.

»Ein neues Werk?« sagte Herr Konz. »Für wen denn? Hab' ja keinen, dem ich's übergeben kann. Ein Frauenzimmer kann kein Werk übersehen, geschweige denn führen. Und um sich Direktoren zu halten, dazu sind die Zeiten nicht gut genug.«

Die Zeiten waren allerdings beunruhigend genug. Nachdem der Streik den Sommer über geruht hatte, fingen nun im September die großen Versammlungen des Rechtsschutzvereins an. Zu Tausenden brachten die Züge die auswärtigen Bergleute aus dem Revier, mit Frauen und Kindern kamen sie und drängten sich durch die Straßen der Stadt, die Wirtshäuser waren überfüllt, die Menschen stauten sich Kopf an Kopf vor den Eingängen des »Tivoli«. Um einer neuen Bewegung die Spitze abzubrechen, ließ die Bergbehörde durch Anschlag bekanntgeben, daß die gemaßregelten Bergleute wieder auf dem Wege der Gnade angenommen würden. Einen kurzen Augenblick übte dies eine beruhigende Wirkung aus, dann aber erhoben die Redner ihre Stimmen. Es war in der Bekanntmachung weder die Rede von Lohnerhöhung noch von der neunstündigen Schicht, man wollte sie also wieder einmal so einfangen. Also Streik, Streik! Die Hälfte aller Belegschaften legte wiederum die Arbeit nieder, im Bayrischen wurde ebenfalls Streik beschlossen. Die Koksarbeiter riefen Versammlungen ein und begannen Vereine zu gründen.

Im Frühjahr verlangten sie die Achtstundenschicht, einschließlich der Ein- und Ausfahrt, und fünf und sechs Mark Mindestlohn für jeden Arbeiter, gleichviel wieviel Kohlen und von welcher Beschaffenheit er zutagefördert. Die Kohlenpreise stiegen, immer höher hinaufgeschraubt von diesen neuen Forderungen, und mit ihnen stiegen die Lebensmittel, die Forderungen und Ansprüche der Parteien wurden immer verworrener und ungemessener.

Die Ungleichheit der Löhne brachte sie am meisten auf. Was nützte es einem Neuweiler Bergmann, wenn sein Kamerad in Püttlingen sechs Mark verdiente und er nur vier? Der Ton hatte sich auch geändert, sie verlangten »Anteil an dem Reichtum der Erde«, mit schönen Worten von der Bergbehörde ließ man sich nicht mehr abspeisen, die Behörde konnte ruhig noch mehr Beamte entlassen, es waren »immer noch genug Faulenzer« da. Man warf den Inspektionen vor, daß sie die Forderungen Seiner Majestät nur widerstrebend und mürrisch befolgten. »An den Gitterstäben haben wir gerüttelt wie die Tiger, und der kleine Mann (Bickel) hat uns aufgemacht, jetzt ›fängt er Läuse für die Ewigkeit‹«.

Sie verlangten, daß die Gruben stärker betrieben werden sollten, damit ihre Kinder nach beendeter Schulzeit gleich angelegt werden konnten, das sei Pflicht des Staates.

Auf der Ottener Grube hatte ein Bergmann für seinen Sohn um Anlegung gebeten. Antwort: Bringen Sie die Bescheinigung, daß er nicht zum Rechtsschutzverein gehört. Das war eine unerhörte Zumutung, ein Zwang, den man sich nicht mehr gefallen ließ.

Empört wurde festgestellt, daß abgelegte Bergleute Praschenzieher geworden waren, sie hatten sich »zum Taglöhnerdienst erniedrigt«. »Wir sind doch keine Hunde, und auch keine Maschinen, wir sind nicht dazu da, die Fabriken zu unterstützen.«

Das konnten stürmische Wahlen werden in diesem Jahr, und in den Kampf zwischen Nationalliberal und Zentrum, bei dem bisher immer noch die ersteren gesiegt hatten, würde sich nun eine dritte Stimme mischen. Sie drohten bereits öffentlich damit. Bisher sei der Bergmann ein gefügiges Werkzeug bei den Wahlen gewesen, jetzt würden sie selbständig wählen.

Der Prozeß »Bickel und Genossen« wurde verhandelt, alle Zeitungen brachten spaltenlange Berichte darüber, die nicht ohne Wirkung blieben. Es war, als ob die Menschen ein allgemeiner Rausch erfaßt habe. Singend, mit großen Fahnen, durchzogen die Bergleute in langen Zügen die Dörfer, auf den Bahnhöfen herrschte ein ungewöhnliches Treiben und ein gefährliches Gedränge. Es stand alles wie zu einer neuen Explosion bereit.

Wie man vorausgesehen, hatte das Nachgeben der Behörden nur weitere Streiks geboren, höhere Kohlenpreise gezeitigt und die Lebensmittel in die Höhe getrieben, wovon niemand Nutzen hatte wie vielleicht die Zwischenhändler, welche höhere Prozente nahmen. Ein Zurückdämmen der Bewegung gab's nun nicht mehr. Die Unzufriedenheit hatte sich wie eine wilde Wasserflut gegen den festgebauten Damm geworfen, bis sie sich Bahn gebrochen; nun überschwemmte sie das ruhige Land und unterwühlte es.

Meister Kolling behauptete, die Kesselschmiede seien jeden Tag bereit, die Arbeit niederzulegen, da die Höhe ihrer jetzigen Löhne nicht der den Bergleuten bewilligten entsprach.

Friederike beschäftigten des Vaters Worte Tag und Nacht. Daß der Fiskus einem einmal den eignen Boden unter den Füßen wegnehmen konnte, ihr Werk einmal niedergerissen, ihr Name ausgelöscht sein sollte wie eine Firma, die Bankrott gemacht hatte, erschien ihr eine Willkür des Staates gegen den Besitzenden, gegen die man sich indessen nicht wehren konnte, kamen doch die Verbesserungen einer Eisenbahn wieder dem Einzelnen zugute. Aber daß ihr Vater freiwillig seinen Besitz abtreten wollte, ehe man ihn dazu zwang, war ihr unfaßbar. Er war der ewigen Streikunruhen satt. Ein einziges Mittel gab es, das dem frühzeitigen Verkauf des Werkes Einhalt tun konnte, das gab ihr Vater unumwunden zu. Wenn ein männlicher Nachfolger da war, der sich an die Spitze des Werks stellte. Dieser Gedanke hatte auf einmal Wurzel in ihr gefaßt.

Während des Winters hatte Dehlau seine sonntäglichen Besuche fortgesetzt, und sie bemerkte, daß er sich von den Kameraden absonderte, um sich mit ihr zu unterhalten. Er kam herausgeritten, um ihr sein Pferd zu zeigen. Wenn sie auf ihren Pferden nebeneinander die schweigenden, sonntäglich leeren Wälder durchstreiften, kam es ihr vor, als seien sie schon von

Jugend her miteinander bekannt. Ihre verschiedene Erziehung, das Milieu, in dem sie aufgewachsen, die Kreise, in denen sie lebten, hatten auch besondere Anschauungen in ihnen großgezogen, und sich diese mitzuteilen, sie an der entgegengesetzten zu reiben, zu prüfen und zu begründen, war beiden neu. Ihre entgegengesetzten Neigungen blitzten oft aufeinander wie Feuer und Stahl und schlugen Funken, aber immer wieder einigte sie eine gemeinsame Denkungsweise, und ihre leidenschaftliche Neigung für Pferde.

Immer blieb er der ritterliche Kavalier, er gab scheinbar nach, trat zurück, wenn es sich um Kleinigkeiten handelte, verteidigte aber seinen Standpunkt scharf und unerbittlich, wenn es sich darum handelte, ihr seine anerzogenen Anschauungen zu begründen. Das gefiel ihr an ihm.

Die leichte Art, das Leben zu leben wie etwas Provisorisches, wie ein Gastspiel auf der Durchreise, war ihr fremd; seine Offenheit, seine Unbekümmertheit, seine Meinung mitzuteilen, gleichviel, ob sie gefiel oder verletzte, mußte man achten; wenn sie zusammen die Einrichtungen auf der Kesselschmiede oder oben auf der Hütte betrachteten, dachte sie an jenen Tag, als sie mit Schmeedes hier herumging und er den Führer machte und sie unwissend wie ein Schulmädchen vor ihm gestanden hatte. Inzwischen hatte sie sich in der Technik eingearbeitet, nun war sie Führerin, und sie fand in Dehlau einen intelligenten Beschauer, dem Maschinen ebenso interessant waren wie ihr.

Sie begann in Gedanken alle Schwierigkeiten, die sie trennen konnten, wegzuräumen. Seinen Stand aufzugeben, würde ihm nicht schwer fallen. Er würde sich mit demselben Interesse, mit dem er sich jetzt in der Kesselschmiede umherführen ließ, in seine neue Arbeit stürzen, und unter der Leitung ihres Vaters würde er sich rasch eingewöhnen. Ihr Vater hatte sie schroff abgewiesen. Würde er sie auch noch auslachen, wenn sie ihm einen Nachfolger gab?

Sie konnte das eine mit Bestimmtheit sagen: Dieser Mann

würde ihr in der Verwaltung ihres Werkes freie Hand lassen ... Das war es, was sie erstrebte: Einen nominellen Herrn der Kesselschmiede und unumschränkte Herrschaft für sich.

Und es schien, als ob Dehlau von solchen Erwägungen nicht unberührt geblieben sei.

Am letzten Sonnabend waren Dehlau und Friederike zusammen in die Grube Otten eingefahren. In graue Lodenstoffmäntel mit Kapuzen gehüllt, wie zwei große Zwerge, standen sie nebeneinander in dem Fördergestell, welches zuerst langsam, dann immer rascher in rasender Fahrt in die Tiefe glitt, an schwarzen Erdwänden vorbei, die neben ihnen aufzusteigen schienen, wobei man die Zimmerung des Schachtes flüchtig betrachten konnte. In ein paar Minuten waren sie in der siebenten Tiefbausohle. Dehlau fühlte sich trotz der Lampen in tiefer Finsternis, es dauerte eine Weile, bis man etwas sah. Sie befanden sich in einer Temperatur von etwa fünfundzwanzig Grad; durch eine breite, anfangs hohe Fahrstraße, die sich aber bald nach allen Seiten verengte, kamen sie in das eigentliche Bergwerk. Ein eigentümlich rollendes Geräusch. Achtung! Ein Hund nahte sich, mit Kohlen beladene Wagen schoben sich an ihnen vorbei, man mußte zur Seite treten und sich an der tropfenden Erdwand halten. An Leitern stiegen sie einige Meter in die Höhe und setzten die Wanderung fort bis an einen Kreuzpunkt, an welchem verschiedene Türen zu einem sogenannten Bremsberg führten, eine Strecke, auf welcher sich die vollen Hunde abwärts bewegen und an einem Seil die leeren Hunde wieder heraufziehen. Endlich gelangte man vor Ort, wo eine Gruppe Bergleute arbeitete; bis an die Augen schwarz, halbnackt, in liegender Stellung, kniend und gebückt hieben sie die Kohlen heraus, der Schweiß lief ihnen vom Körper. Ein eigentümliches Knistern und Krachen tönte in dieser Höhle: die sich bahnbrechenden Gase. Die Temperatur war hier auf dreißig Grad gestiegen. Um den Durst zu stillen, tranken die Leute schwarzen Kaffee aus ihren Blechkesseln. Um zu einem andern Teil des Reviers zu gelangen, waren sie genötigt, eine alte, nicht mehr mit Hunden befahrene Strecke zu durchkriechen, dann konnte man wieder aufrecht gehen, mußte aber immer die niedrige Decke im Auge behalten, damit man sich den Kopf nicht an einen Balken stieß. Achtung: Schlagwetter. Der Steiger gebot, die Dochte der Lampen niedrig zu schrauben, und während er seine Lampe in die Höhe hielt, konnte man deutlich dann die blaue Flamme der verbrennenden Gase sehen.

»Haben Sie keine Angst?« meinte Dehlau, Friederike betrachtend, die ruhig zusah.

Sie schüttelte den Kopf. »Ich bin schon mit sechs Jahren hier unten gewesen«, gab sie zurück, »mein Vater hat mich oft mitgenommen, ich hatte dazu einen Zwerganzug noch von Fastnacht her, und die Bergleute unterhielten sich während der Einfahrt darüber, ob ich ein Knabe oder ein Mädchen sei.«

Während sie unter Tag Strecken von etwa fünf Kilometer zurücklegten, bemerkte er keinerlei Ermüdung an seiner Begleiterin. Sie kletterte gewandt die Leitern herauf und ging gebückt vor ihm her durch die engen luftlosen Stollen. Sie kamen an die Stelle, wo durch eingestürzte Erdmassen vor acht Tagen vier junge Bergleute begraben worden waren. Wie konnte so etwas denn immer noch geschehen?

Friederike erklärte es ihm. Man hatte versucht, die Strecke mit Holz, dem billigsten Material, zu stützen, aber man mußte zu oft ausbessern und hatte T-Eisen genommen, aber auch diese waren geknickt und verbogen worden, endlich mauerte man einen Teil der Strecke vollständig elliptisch aus. »Holz ist zäher wie Eisen, und wenn es auch geknickt ist, hält es noch eine Weile den schwersten Druck aus, während abgeknicktes Eisen nichts mehr zu halten imstande ist.« Nun war durch Wasser oder durch chemische Zersetzungen der Druck immer stärker geworden, und eines Tages hatte die Unterstützung dem Druck nachgeben müssen, alles stürzte über den Arbeitern zusammen und sie mußten, lebendig begraben, verhungern ...

»Glück auf!« tönte es neben ihnen und schwarze Gestalten kamen an ihnen vorbei, halbnackt, die Lampen auf der Brust.

Die Pferde waren gerade in der Schwemme, sie gingen bis an den Leib in den eingemauerten Wassergraben, der durch einen niedrigen schwarzen Kanal lief, wie Tinte sah das Wasser aus, während ein mit Kohlen beladener Zug, den ein schwerer belgischer Gaul zog, an ihnen vorbeirollte. Das Pferd stieß mit dem Kopf die hölzerne Wettertüre auf, die lose schwingend in den Angeln hing. In einem hellbeleuchteten Stall spritzte ein Knecht mit einem Schlauch das Pflaster sauber, nebenan in der Schmiede wurde einem Pferd ein Nagel aus dem Huf gezogen.

In dieser unterirdischen Welt mit ihren finsteren Gängen, den mit Fahrgleisen belegten Stollen, den Geräuschen rollender Wagen, ausströmender Gase und sausender Seile, welche die Förderschalen mit Einfahrenden herunterbrachten, wurde mit einer Sicherheit und Selbstverständlichkeit gearbeitet, welche den Neuling in Erstaunen setzte. Jeder hatte seinen Arbeitsplatz, jedes Pferd seine Krippe. Die dritte, ja bereits vierte Generation arbeitete schon hier unten, der Heimatboden hielt die Leute fest, und der Beruf, den der Vater ausübte, hatte für den Sohn keine Schrecken mehr; man nahm die vielen Unglücksfälle fast wie Tagesereignisse hin.

»Nur die Pferde tun mir leid«, äußerte Dehlau, als sie aufatmend das Sonnenlicht wieder erreichten.

»Warum?« sagte Friederike. »Sie sind unten gut aufgehoben, sie kommen nurmehr ans Tageslicht, wenn sie krank sind, sie erblinden allmählich, aber sind keiner Witterung ausgesetzt und teilen das Schicksal mit den Bergleuten: anstatt über der Erde, arbeiten sie unter ihr. Für mich hat diese unterirdische Welt nur interessante Seiten. »Ich würde ebenso gern Bergmann werden wie Bauer«, setzte sie hinzu.

Der Sonntag hatte mit einem feierlichen Landregen eingesetzt. Die lange, öde Bleichstraße, die Dehlau von dem Eckfenster seiner Wohnung übersehen konnte, lag blank und naß, und aus den Dächern und Dachkandeln rann das Regenwasser in Strahlen herab. Die Sonne war überhaupt noch nicht hervorgekommen, und das Zimmer, in dem Dehlau beim Morgenkaffee die Zeitung las, war von einem grauen Lichte erfüllt. Er sah in den strömenden Regen hinaus. Auf der Straße zeigte sich kein Mensch. Die windgeschüttelten kleinen Akazienbäumchen standen in Reih und Glied wie Soldaten bis zum Eingang der roten Backsteinkaserne. Nie war ihm diese Aussicht so trostlos erschienen wie heute. Er roch die Kaserne ordentlich.

Er war Soldat, war in diesen Stand hineingeboren und hatte niemals daran gedacht, einen andern Beruf zu ergreifen. Trotzdem packte ihn in letzter Zeit oft der Wunsch, aus dieser Eintönigkeit und Enge herauszukommen. Er hatte sich zur Schutztruppe gemeldet, doch bei dem großen Andrang war vorläufig keine Aussicht, dorthin zu kommen, und seine Vermögensverhältnisse, wenn man eine immer größer werdende Geldverlegenheit so nennen wollte, bedurften dringender Regelung. Er war des ewigen Rechnens mit Pfennigen, dieses täglichen Kampfes, mit unzureichenden Mitteln ein nach außen hin standesgemäßes Leben zu führen, verzweifelt überdrüssig.

Seit er ein Paket bunter Briefe und unvergeßlicher Bilder verbrannt hatte, hatte er mit dem Gedanken an eine Neigungsheirat abgeschlossen. Der Zufall hatte ihn an jenem Streikmorgen in das Konzsche Haus geführt, und von da ab waren die alten Erinnerungen wieder mächtig geworden. Es bereitete ihm eine selbstquälerische Wonne, jenes Haus zu betreten, in dem noch etwas von dem Geist der Verlorenen zu leben schien. Der öde Bahnhof mit seinen Rauchschwaden, die spitzen Kirchtürme, die Essen und Werke riefen ihm eine entschwundene glückliche Zeit zurück. Er machte es sich kaum klar, warum er die Nähe Friederikes suchte, und daß der Hauptreiz an Friederike ihre Freundschaft mit Nelly war, aus deren Schilderungen er sie besser kannte als die vielen andern, die mit vernichtendem Urteil über sie weggingen. Und sie hatte ihn nicht enttäuscht.

Ihre Anschauungen kreuzten sich zwar oft, doch war eine Unterhaltung mit ihr nie uninteressant. Ihr Geist ging in andern Bahnen wie der der meisten Frauenzimmer. Er bewunderte ihre Tatkraft, ihren Mut zur Wahrheit, ihre Sicherheit und ihr Zielbewußtsein.

Wenn er sie sich vergegenwärtigte, sah er sie immer im Sattel. Eine sicherere Reiterin, einen tadelloseren Sitz und Haltung sah man selten.

Die Kameraden versuchten bereits zu sondieren. »Gehn Sie eigentlich immer noch des Sonntags nach Neuweiler hinaus? Ja, ja, der alte Herr ist ja auch famos.« Oder sie stellten sich naiv. »Sagen Sie mal, Dehlau, denken Sie sich denn gar nichts bei diesem Verkehr?« – »Was soll ich mir dabei denken?« hatte er noch gestern fast schroff erwidert. »Ich hör' da mal von andern Dingen reden wie vom Kommiß.« Aber er sah es selbst ein, es ging nicht länger so. Eine Entscheidung mußte herbeigeführt werden, und zwar bald. Er war nicht mehr unerfahren genug, um eine Vernunftheirat als einen Verzweiflungsakt zu betrachten. Es war ihm in letzter Zeit mancher Einblick in junge Ehen der Kameraden geworden, die aus reiner Neigung geschlossen waren und doch des Lebens harte Stöße nicht aushielten. Er hatte Freunde sich verheiraten und nach wenig Jahren wieder unter Kämpfen von ihren Frauen trennen sehen, zu früh geschlossene Verbindungen, Eheleute, die sich kein Verständnis entgegenbrachten, weil ihre Charaktere nicht aufeinander gestimmt waren und sich keiner bemühte, sie in Einklang zu bringen. Und er hatte Vernunftheiraten kennen gelernt, bei denen der Mann von vornherein resigniert hatte und dann, in behaglich geordnete Verhältnisse versetzt, das Leben begreifen und genießen konnte, so daß sich die Ehegatten schließlich aneinander anschlossen wie gute Kameraden. War es denn wirklich nicht besser, daß man eine solche Vernunftehe einging, wenn einem das lebendige, ersehnte Märchenglück entglitten war?

Friederikes Charakter gab die Garantie, keinerlei unerwünschte Überraschungen zu erleben, sie betrachtete ihn als guten Kameraden, als Freund; sie würde vielleicht keine besonders bequeme Frau sein, aber man sollte sich immer für das Leben eine Frau aussuchen, mit der man sich gut unterhielt. Und je näher er ihr kam, desto vertiefter ward ihre Unterhaltung, desto mehr lernte er sie schätzen. So hatte er sich in diesem letzten Jahr zu dem Glauben durchgerungen, daß der Mittelweg für reife Menschen der beste sei.

Warum schwankte und zögerte er noch?

Draußen strömte der Regen eintönig und gleichmäßig herab und aus der Ferne sah ihn in Grau gehüllt die rote Backsteinkaserne an ...

Man kam doch einmal heraus aus dieser Lebensenge, in große Verhältnisse, in denen man sich nicht überall die Ellbogen anstieß und den Kopf zu bücken brauchte, konnte seinen Passionen leben; wenn die Frau dieselben Liebhabereien hatte, ergab sich das von selbst. Gestern, als sie in den unterirdischen Gängen vor ihm herkletterte, sich vor keiner Unbequemlichkeit fürchtete, ihr kein Weg zu lang war, keine Gefahr sie ängstigte, hatte er plötzlich gedacht: das ist ein Kamerad fürs Leben.

»Ihr liewe Kinner!« Die Kronenwirtin hielt im Gläserschwenken inne und schlug die Hände zusammen. Minna war noch ganz außer Atem, sie hatte sich nicht einmal Zeit genommen, den Hut aufzusetzen, sondern nur das Chenilletuch umgenommen und war des Vormittags herübergelaufen, um die frohe Neuigkeit zu verkünden.

»Wann is es dann passiert?« fragte der Kronenwirt vom Fenstertritt herüber, wo er, um nicht allzuviel Teilnahme zu heucheln, gleichzeitig das Tageblättchen las.

Am Sonntag hatte es schrecklich geregnet, und sie hatten eigentlich den Herrn von Dehlau nicht erwartet. Herr Konz war ins Kasino gefahren und Friederike allein zu Hause. Als sie nun abends ahnungslos aus dem Dorf heimkam, trat ihr Friederike, sonderbar erregt, aus dem Wohnzimmer entgegen. Sie sollte einmal raten, was passiert sei.

»Die Anstedter is furt, han ich gesaht.«

Nein, das war's nicht, aber sie hatte sich soeben verlobt. Nun, sie hatte sich auf den nächsten Stuhl gesetzt vor Schrecken.

»Un der Alt?« fragte der Kronenwirt.

»O jeh«, sagte die Kronenwirtin, »den hätt' ich heere meege.«

»Wie er komm' is, sin se in die Stubb gang, un es war alles ganz still«, fuhr Minna fort. »Un 's Friedel hatt' gesproch'. Awer dann is es losgang. Ihr liewe Kinner, hat der gewettert! E Stuhl hat er uff de Boden gestoßt, daß die Bilder an de Wänd gezittert han. E Leitnant in der Fabrik? Er hätt' nit dafür geschafft für Schulde zu bezahle, die er nit gemacht hätt'! Erscht wollt er sich den Herrn emohl genau ahnsiehn, sich nach seinem Renommee erkundige, und von den Schulde wollt er die Rechnunge siehn, Buketter für Theaterdame dät er nit bezahle, und eher als wie das alles klipp un klar in Ordnung wär', braucht sie sich uff nix gefaßt zu mache.«

»Un ees?« warf die Kronenwirtin ein.

»'s Friedel war ganz ruhig, das weeß, was es will. Un den hat's gewollt vom erste Dag an. Na un dann hat er Erkundigunge ingezoh und sie misse gut ausgefall' sin, denn geschtern mittag kummt er un saht, ich soll drei Kuwerter decke, der Dehlau kämt. Un dann is er kumm mit dem Zwelfuhrzug, in Gala un mit dem Helm – «

Minna schneuzte sich.

Auch die Kronenwirtin war bewegt.

»Un im Oktober soll die Hochzeit sin ...« schloß Minna.

»Was braucht m'r jetzt dodriwer zu greine«, fand der Kronenwirt. »'s ganz Johr hat m'r nix anners geheert wie ›Ach, unser Friedel‹, er ahmte Minnas Stimme nach, »wann's sich doch nur emohl heirate kinnt!‹ Na, un jetzt kummt eener daher und will's, un dann kreische die Weibsleit wie uff der Leich.«

»Na ja«, wandte die Kronenwirtin ein, ihre weinende Schwester betrachtend. »Wann ens schun emohl verlobt war, so e' geblutzter Appel nimmt nit jeder, und wann ens bald aus de Zwanzig eraus is – « Sie stellte die trockenen Gläser hinter die Käseglocke in Reih und Glied. »Na es is gutt, daß die Gespräcker uffhere, wo m'r als geheert hat. Ich will nur winsche, daß alles gutt geht. Zwar, so e' Leitnant in der Fabrik – «

»Ach was«, sagte ihr Mann. »Der Konz soll froh sin, daß er sei Dochter uff die Art los is. Un wann's e' Leitnant is! 's Geld leit ja do. Un die Aussteier aach«, setzte er hinzu, indem er sich erhob, denn die Fuhrmänner klopften die Biergläser auf den Tisch, sie wollten bezahlen.

Nun hatte Minna wieder Arbeit.

Die Aussteuer, die auf dem Speicher in den Schränken vergilbt war, wurde herausgenommen und nach Beuel am Rhein auf die Bleiche geschickt. Mit Wehmut dachte Minna daran, daß sie vor Jahren noch morgens in der Frühe, ehe die Kesselschmiede kamen, im Garten mit der Gießkanne zwischen den weißen Wäschestücken hin und her gegangen war; jetzt lag morgens dort alles voll Ruß.

Für den Pfingstputz war's die höchste Zeit. Wenn im Herbst die Gäste kamen, mußte das Haus blinken vom Speicher bis in den Keller. Vom Trockenspeicher bis in den letzten Winkel des Kellers wurde geschrubbt und gefegt.

Das bleichsüchtige Stickschossefin saß im Turmzimmer und trennte mit einer feinen Schere die ungültigen Monogramme auf, Minna stieg den Tag oft zehnmal hinauf, um nachzusehen, ob die Arbeit auch vorwärtsging. Dazwischen kam Besuch, der Oberst und die Kameraden gaben ihre Karten ab, und die Mägde mußten gedrillt werden, wie man einen Oberst empfing und ihm ablegen half. Minna ging selbst hinaus, klingelte und machte es der Anstedter vor. Die Hui war für den ganzen Juli mit ihren Nähmädchen bestellt. Ach, das Brautkleid ... Als es Minna aus dem Schrank nahm und die lange milchweiße Schleppe sah, auf der noch die vertrockneten Myrtensträußchen steckten, lief es ihr kalt über den Rücken. In der runden Schachtel lag der weiße duftige Schleier mit dem trockenen Brautkranz. Der gute Schmeedes hatte das Kleid aus Lyon mitgebracht. Wenn man den Stoff streichelte, bog er sich in steife, gleißende Falten, und wenn man's auf den Teppich stellte, blieb er stehen wie ein Brett.

»Ich schenk' dir's, laß es färben«, sagte Friederike, die sonst doch so genau war. Aber alle die echten Spitzen? Nein, das wäre eine Sünd' und Schand' gewesen, die trennte Minna sorgfältig ab. Die kamen wieder auf das neue Kleid. Mit Friederike war auf einmal eine Veränderung vorgegangen. Sie war von einem ruhigen Glück erfüllt, ließ sich sogar etwas sagen, hielt still, um sich Schleppen abstecken zu lassen, und als der Bräutigam wünschte, daß sie in der Garnison Besuche machen sollten, fuhr sie mit.

Am liebsten sah es Minna, wenn die beiden miteinander ausritten, wenn draußen im Hof die Pferde vorgeführt wurden und Dehlau Friederike aufs Pferd half. Alle Leute blieben auf der Straße stehen, um ihnen nachzusehen. Die Kinder wagten keine Steine mehr hinter ihr her zu werfen, und »Bischt nit meh wie mir!« rief ihr niemand mehr nach. Auch die Kronenwirtin fand, sie paßten ganz schön zusammen. Der Kronenwirt brummelte: »Jo, jo, in der Größ'.«

Der Streik war endlich beigelegt, auf den Gruben fuhren die Bergleute wieder an, die Löhne waren erhöht und die meisten Forderungen bewilligt. Zufrieden war aber deshalb doch eigentlich niemand, und Blätter wie »Schlägel und Eisen« bewiesen ihnen, daß sie es auch nicht zu sein brauchten, da längst nicht alle Forderungen erfüllt waren. Die abgelegten Bergleute waren verzogen oder hatten als Industriearbeiter Beschäftigung gefunden und waren zur sozialdemokratischen Partei übergetreten. Unter den andern gärte es weiter.

»For was hascht du dir dann so e' hoffährtiger Hutt kaaft?« fragte der Kronenwirt seine Schwägerin, die sich in einem großen Rembrandthut mit silbergrauen Straußenfedern in der Wirtsstube zeigte. »Ich han gehört, mit eurer Zichelei stünd's nit besonnerscht.«

»Ach, laß mich in Friede«, sagte Minna. Er hatte an allem, was sie tat, etwas auszusetzen, und immer so etwas Angenehmes zu erzählen. Wie es mit der Ziegelei stand, wußte niemand besser als sie. Die Löhne waren in die Höhe getrieben, aber die Bautätigkeit wollte sich nicht heben. Die Vorräte häuften sich, ohne Abnehmer zu finden, Arbeiter mußten entlassen werden, und es war noch nicht abzusehen, wann es einmal besser würde.

Auch die übrigen Werke standen nicht viel besser. Dem Aufschwung folgte die Stockung. Mit den Löhnen der Bergleute hatten sich auch die Kohlenpreise erhöht und damit zogen alle übrigen Preise an. Das Mißverhältnis zwischen den Marktpreisen für die Erzeugnisse und den Kohlenpreisen machte sich überall bemerkbar. Der Binnenmarkt konnte die erzeugten Eisenmengen nicht mehr aufnehmen und die Eisenindustrie mußte sich der Ausfuhr zuwenden, obwohl die Weltmarktpreise noch unter denen des Binnenmarktes standen.

Aber deshalb, fand Minna, brauchte man doch nicht den ganzen Tag mit so einem finsteren Gesicht herumzugehen, wie es Herrn Konz seit einiger Zeit beliebte. Man fürchtete sich ja ordentlich, wenn er ins Haus trat. Seit man denken konnte, ging es auf und ab mit der Konjunktur, und es wurde auch nicht besser davon, daß man die Türen ins Schloß schmetterte und sich den ganzen Abend in das Arbeitszimmer vor den Schreibtisch setzte, die Schubladen herauszog und wieder zuschlug. Er tat ja jetzt auf einmal, als ob man verhungern müßte. Sein Direktor fuhr vergnügt auf die Jagd mit den Herren Glashüttenbesitzern, im neuen Jagdanzug, wie ein Salontiroler, und bekam dicke Backen vom guten Leben, seine Töchter schwenzelten in der Stadt herum mit Federhüten und Lackstiefeln. Der Scholz ließ sich keine grauen Haare wachsen, wenn es einmal ein paar Tausend weniger absetzte.

Auch konnte Herr Konz ruhig etwas freundlicher zu Herrn von Dehlau sein, fand sie. Aber so war er. Wenn er die Leute einmal zu der Verwandtschaft rechnete, dann hatte er die Verantwortung für sie und legte sich ihnen gegenüber keinen Zwang mehr auf.

Die Hochzeit sollte im Oktober sein. Jetzt schien ihm das wieder nicht zu passen. Er fand, es sei reichlich früh. Allerdings, wenn man sich nicht einmal darum kümmerte, ob das junge Paar eine Wohnung bekam ... Dehlau hatte schon einige Male daran erinnert, daß man sich nach einer Wohnung umsehen müßte. Er hatte sich ein paar reizende, im Landhausstil gebaute Villen am Wald angesehen, die genügend Remisen und Ställe hatten, doch Herr Konz zeigte keine Neigung, diese Häuser zu besichtigen, verbat sich auch, daß dies etwa hinter seinem Rücken geschähe, er hatte jetzt Nötigeres zu tun, wie Schweizerhäuschen zu kaufen. Und Friederike nahm die Wohnungsfrage merkwürdig leicht. Sie verschob es, zur Stadt zu fahren, und ihren Vater wollte sie nicht um etwas bitten, das er nicht von selbst gewährte.

Nein, und wenn er hundertmal in seinem Zimmer die Kontobücher über den Tisch warf, sie mußte selbst mit ihm reden.

»Herein.«

Minna trat in das Arbeitszimmer, wo Herr Konz, ihr den Rücken kehrend, vor dem Geldschrank saß und in dem untersten Fach unter dem Stoß blauer Hefte etwas suchte.

»Was gibt's?« Er drehte sich nach ihr um. Er konnte es nicht leiden, wenn man sich hinter seinen Stuhl stellte.

Minna stemmte die Arme in die Seiten. Sie hatte nur einmal hören wollen, was es mit der Villa werden sollte.

Herr Konz band eins der blauen Hefte auf, setzte den Kneifer auf und suchte nach einem Aktenstück. »Was für eine Villa?«

Ach ja, er wußte recht gut, was sie meinte. Es handelte sich darum, sich die neuen Häuser vor der Stadt anzusehen, die waren modern gebaut, eins hatte Zentralheizung, und teuer waren sie auch nicht. Und ein Haus mußte es sein, da eine Etage mit Stallung und in der Größe, wie sie ein Offizier brauchte, in Sankt Martin nicht aufzutreiben war.

Herr Konz nahm den Kneifer ab. »Da möcht ich doch zuerst mal wissen, wie groß meines Herrn Schwiegersohnes, hochwohlgeboren, zukünftige Wohnung sein muß?«

»Jedenfalls so groß wie die von den andern Offizieren auch.« Minna rückte ihren prallsitzenden Ledergürtel zurecht. »In fünf Zimmere kann m'r die Möbel vom Herrn Kimbel aus Mainz nit unterbringe.«

»So?« sagte Herr Konz. »Und für was, wenn man fragen darf, hat man sich denn nit zuerst die Wohnung angesehen und dann erst die Möbel von dem Herrn aus Mainz bestellt?«

Er schob ihr eine Zeitung hin. Da sollte sie mal die Nase hineinstecken, da standen die Firmen drin, die vorige Woche liquidiert hatten. Alte, solide Häuser. Sein alter Jagdfreund Dörr aus Hayingen war auch dabei; der Sohn vom alten Kommerzienrat konnte nun wieder von vorn anfangen. Er hatte auch eine Partie Aktien bei ihm stehen, die konnte die Friederike, die ja so viel Zeichentalent besaß, jetzt auf die Photographie von dem Dörrschen Walzwerk, die an der Wand hing, in den Schornstein malen. Das ging flotter mit den Aktien wie mit den Ziegelsteinen. Die Glashütte hatte ihre Dividende auf sechs Prozent herabgesetzt, und der Netzler in der Stadt hatte die Zahlungen eingestellt. Da hätte man das Geld gerade so gut in einen Strumpf gesteckt, wie sie es ja machte, dann brauchte man sich wenigstens nicht weiter zu wundern, wenn es keine Zinsen brachte ... Wenn der alte Netzler wüßte, daß sein Sohn sich vor Gericht wegen Bankrotts zu verantworten hätte, im Grabe würde er sich umdrehen. Nun, das hatte er wenigstens nicht mehr nötig, er erlebte den Krach ja noch beizeiten. –

Ach, was waren das wieder für Redensarten. Minna runzelte die niedrige Stirn unter den blonden Ponyfransen. Ihre Augen blitzten ihn böse an. Immer, wenn man Geld brauchte, kam er mit solchen Ausreden und tat, als ob's Krieg gäbe oder Streik.

Oder sie sollte sich mal die neueste Nummer von »Schlägel und Eisen« besehen, fuhr er fort, da wurde er mit seinen sämtlichen Ehrentiteln angeredet, »Pascha«, »Blutsauger« und noch schöneren, und Betrachtungen darüber angestellt, wie es wohl kam, daß zu einer Zeit, wo kein Geld im Land war und die Proletarierkinder Hunger litten, er sich Dienerschaft, Wagen und Pferde hielt und das Geld in seidenen Kleidern und Silber anlegte, und was der Unsinn denn alles war, der jetzt in großen Massen ins Haus geschafft wurde ... Im Herbst, wenn die Hochzeitsfeierlichkeiten vor sich gingen, würde man ihm sicherlich einen Fackelzug bringen, die Hochzeit würde wahrscheinlich gerade mit dem Streik zusammentreffen, der wieder angekündigt war.

Jetzt riß Minna die Geduld.

Nein, das war doch zu arg. Hatte man jemals gehört, daß sich ein Vater derartig aufführte, wenn es galt, seiner Tochter die Aussteuer zu richten! Jeder andre Vater machte sich eine Ehre daraus, seine Tochter anständig auszustatten.

»Kaufen andre Väter ihren Töchtern denn auch gleich ein Haus?« fragte Herr Konz.

»Wenn sie's können, ja!« sagte Minna.

»Nun, ich kann's eben nit, Herrgottmillionendonnerwetter!« Bis sie das einmal begriff –

Jesses, wie er wieder schreien konnte. Minna ging und schloß die Türe fest zu. Man hörte ihn ja durch das ganze Haus. Sie wußte wohl, es war unbequem, in die Stadt zu fahren und sich Häuser anzusehen. Ja, wenn man ihm ein Haus hergebracht und er den Kaufakt nur zu unterschreiben hätte, vorausgesetzt, daß das Haus billig war ...

Das blaue Heft flog mit einem Schwung in den Geldschrank, die eiserne Türe hinterher. – Ja, ja, jetzt war sie einmal da, und was sie versprochen hatte, das hielt sie auch. Dehlau war es peinlich, darum zu bitten. Aber sie hatte ein gutes Fell. Sie hatte ihn schon ganz anders schimpfen hören wie heute, und sie ließ sich auch weder durch lautes Räuspern noch Schubladezuwerfen oder zorniges Geraschel mit den Zeitungen stören, sie ging nur mit einer Antwort aus dem Zimmer: Wollte er sich die Häuser in der Stadt ansehen oder nicht?

Und sie erreichte es endlich, daß er den Geldschrank mit einem Knall zuwarf: »Will mir's mal überlegen.« Was denn mit einer halben Zusage gleichbedeutend war.

Dehlau machte eine merkwürdige Beobachtung an sich. In der ersten Zeit hatte er sich wie von einer großen Last befreit gefühlt. Frei um sich schauen zu dürfen, niemand etwas schuldig zu sein, in geordneten Verhältnissen zu leben, schien ihm das höchste. Das Gefühl des Besitzes kam langsam und berauschend über ihn.

Wenn er durch die Hallen der Kesselschmiede ging, dachte er: Für dich arbeiten sie, für dich rauchen die Essen, das alles wird dir einmal gehören. Wieviel Tatkraft, Arbeitsfreudigkeit und Mut gehörte dazu, ein solches Werk zu gründen, es in Betrieb zu setzen und zu erhalten. Herr Konz, der bestaubt, mit rußbedecktem Gesicht, in einem schlecht gewordenen alten Rock, mit schweren gewichsten Stiefeln vor ihm her ging, erschien ihm wie ein Fürst, der seine Befehle erteilt. Seit er aber täglich hier aus und ein ging, wurde er mit den Schattenseiten eines Fabrikbetriebes vertraut. Kein Tag verging, ohne daß irgend etwas Ärgerliches oder ein Unglück geschah: da kündigte ein guter, verläßlicher Arbeiter, ein andrer verunglückte durch Unvorsichtigkeit; Aufsässigkeiten, Undankbarkeit, Unterstützungen von verarmten Waisen oder einer Familie, deren Oberhaupt dem Trunk verfallen war, beschäftigten ihn mit. Man besprach diese Angelegenheiten bei Tisch, er nahm sie in seine Garnison mit. Kam er aber tags darauf wieder und wollte einen Rat anbringen, so fand er alles bereits geordnet und man besprach neue Unannehmlichkeiten.

Was war das für ein Leben, das ein Besitzer von Millionen führte? Bis in die Nacht hinein arbeitete Herr Konz auf seinem

Zimmer, niemand durfte ihn stören. Wenn man eine Zeitung öffnete, stand darin: Konkurs ist eröffnet worden über das Vermögen des Kaufmanns Butje aus Neuweiler. Konkurs wurde eröffnet über das Vermögen der G.m.b.H. Neue Zementwerke Gebr. Theis & Co. – Überall verkrachte Firmen und Banken. Das alles hätte er früher beim Durchblättern der Zeitung nicht gefunden, jetzt fiel es ihm zuerst in die Augen, und Herr Konz hatte eine so angenehme Art, einen darauf aufmerksam zu machen, daß er bei jedem neuen Zusammenbruch mit irgendeiner Summe beteiligt war. Und waren es auch nur kleine Summen, nur Tropfen, so tropfte es doch in dieser Weise unaufhörlich weiter.

Früher hatte er in den Tag hineingelebt, zuweilen hatte er das unwiderstehliche Bedürfnis, sich auszutoben, andern Freude zu machen, lud die Kameraden zu einem lustigen Abend ein und bewirtete sie. Jetzt, da die Gläubiger ihm Wechsel auf Wechsel anboten, lehnte er alles ab. Er wurde haushälterisch, überlegte, ob er einen Wagen nehmen sollte, fuhr Straßenbahn, bestellte ein Paar Lackstiefel wieder ab. Wenn du einmal reich bist – übermütig hatte er dies erwogen – dann fährst du nurmehr Erster, dann kaufst du dir dies und das. Jetzt dachte er nicht daran. Das Geld war nicht sein eignes. Er zog sich von der Geselligkeit zurück, er wollte die Schuldenlast nicht vergrößern, die er seinem Schwiegervater am ersten Tage gebeichtet hatte. Der alte Herr war in solchen Fragen sehr genau, er hatte ihn oft mit der Haushälterin um eine doppelt bezahlte Rechnung oder falsche Eintragungen in das Wirtschaftsbuch wettern hören. Der Besitz wirkt erzieherisch, dachte er.

Eine Unterredung, die er in den ersten Tagen mit seiner Braut gehabt, hatte ihm ebenfalls zu denken gegeben.

Er hatte, nach seinen Geburtstagswünschen befragt, den Wunsch, den Johanniterorden zu besitzen, geäußert.

Friederike wußte nicht, was es für eine Bewandtnis mit dem Orden hatte, er erklärte ihr seine Bedeutung und daß man, um ihn zu erhalten, eine Stiftung von etwa tausend Mark machen müsse.

»Also man muß ihn kaufen«, sagte sie.

»Nicht jeder kann den Orden, wie du dich ausdrückst, kaufen«, verwies er sie. »Nur wer adlig geboren ist, bekommt ihn. – « Friederike stand betreten vor ihm. Er hätte sich ein Reitpferd, ein Automobil, ein Haus wünschen können, aber einen Orden, ein Stück Metall, das man sich an einem Band auf die Uniform hing, um damit zu glänzen –? Wie konnte man Freude an einer solchen Spielerei haben!

»Ich denke, du hast ein halbes Dutzend Orden«, meinte sie.

»Ich habe ein paar Frühstücksorden und die gelbe Medaille.«

»Und die Rettungsmedaille«, fügte sie hinzu.

»Nun ja. Aber es scheint, daß euch das Geld zu viel ist.«

»Wenn du es durchaus willst«, sagte sie, seine Verstimmung bemerkend. Aber ihre Gedanken erratend, unterbrach er sie. »Mein Vater und mein Großvater besaßen den Orden, deshalb war's.« Er spielte mit Tyras' Schweif. »Laß es nur, Friederike. Es wäre ja nun doch kein Geschenk mehr.« –

Die Besichtigung der neugebauten Villen, zu der sich Herr Konz endlich herbeigelassen, war resultatlos verlaufen. An der ersten Villa fand Friederike auszusetzen, daß sie nur einundeinhalb Backsteindicke hatte, also zu dünn gebaut sei, die andre lag in einer Straße, die bei jedem Gewitter, und die Saar zog viele Gewitter an, Überschwemmungen in den Kellergeschossen bekam, und bei dem dritten Haus ergaben sich Unstimmigkeiten in der Preisforderung. Während der Maurermeister Dehlau vorher vierzigtausend gefordert hatte, behauptete der Mann nun, er habe sich damals geirrt, unter fünfzigtausend könne er die Villa nicht geben, und Herr Konz und seine Tochter hatten das Haus verlassen, ohne es auch nur einmal auf seine Verwendbarkeit hin anzuschauen.

»Einem Kerl, der verschiedene Preise hat«, sagte Rudolf Konz, »einen für Offiziere und einen andern für mich, kauf' ich kein Haus ab.« Dabei war es vorläufig geblieben. Den Herrn des Hauses beschäftigten jetzt wichtigere Dinge.

Seit dem Frühjahr hatte man die Selbsteinschätzung eingeführt. Der Regierungsrat, der dieses Amt versah, verstand es, den Kaufleuten ihre Verdienste auf Heller und Pfennig nachzurechnen und die geheimen »Verdienstquellen« aufzuspüren; er war mit einigen Winken versehen worden, die ihn sein Augenmerk hauptsächlich auf die Großindustriellen richten ließ. Eines Tages war einer der Konzschen Jagdfreunde in einen Steuerentziehungsprozeß verwickelt und wurde zu einer hohen Geldstrafe verurteilt, die seine Abrundungen nach unten hin wieder wettmachte.

Auch Herr Konz musste sich entschließen, dem Regierungsrat einen Einblick in seine geschäftliche Lage zu geben. Wie ein brüllender Löwe ging er umher, wenn er nach der Kreisstadt zu der »Steuerschraube« bestellt war. Rudolf Konz ließen sich keine strafbaren Abzüge nachweisen, aber das Gerücht, daß er auch »grad noch dran vorbeigekommen wäre«, verbreitete sich dennoch.

»Solche Prozesse würden jetzt chronisch werden«, meinte Friederike. »Wir haben auch unvorhergesehene Verluste, wer ersetzt uns denn die? Dafür müssen wir doch auch etwas in die Rechnung einsetzen. Wenn wir bankrott machen, ist keinem gedient.«

Diese Deutung war Dehlau neu. In seinem Regiment hatte der Prozeß einen andern Eindruck gemacht. Als dieser Tage ein Soldat verurteilt wurde, weil er eine Wurst in der Kantine gestohlen hatte, hörte Dehlau einen Kameraden im Nebenzimmer bei Tisch sagen: »Ja, ja, die kleinen Diebe fängt man, die großen läßt man laufen.«

Dehlau hatte den Konsens bekommen, man konnte nichts gegen die Familie einwenden, doch gewisse Gerüchte erhielten sich. Es hing dem Haus nun einmal etwas an. Er merkte dies sehr wohl, und oft war ihm, als habe er plötzlich den festen Boden verlassen und wanderte auf unsicherem Gelände.

Die Kameraden hatten sich seit seiner Verlobung von ihm zurückgezogen, in seinem Verhältnis zu ihnen war eine Abkühlung eingetreten. Sie hatten ihre Karten in Neuweiler abgegeben, ihre Pflicht erfüllt, aber er sah nicht, daß sich zwischen Friederike und den jungen Damen oder den Frauen seiner Regimentskameraden ein wärmeres Verhältnis anknüpfte, und die Aufnahme, die sie bei den Brautbesuchen fand, war eine äußerst zurückhaltende. Es kam ihm vor, als habe eine maßgebende Persönlichkeit eine Parole ausgegeben, die nun gewissenhaft befolgt wurde, und ihn traf das Urteil natürlich mit.

Wenn Dehlau seinen Schwiegervater mit ins Kasino brachte, wurde es immer sehr vergnügt. Auf den stattlichen alten Herrn, unter den Uniformen meist der einzige Zivilist, richtete sich schon seines schwarzen Rockes wegen die allgemeine Aufmerksamkeit, es kam Herrn Konz nicht darauf an, den Oberst mit Exzellenz und die Exzellenz mit Herr General anzureden, und in der dritten Person sprach er niemals. Bei Tisch überboten sich die jungen Herren dann, sich mit einem Ruck zu erheben und ihre Gläser auf Herrn Konz' Wohl zu leeren, und er war genötigt, sich mindestens eben so oft zu erheben und auf das Wohl der jungen Herren zu trinken. Da der Kasinowein der Qualität seiner eignen Weine nicht entsprach und er den »Surius« nur schaudernd trank, bestellte er sich nach Tisch sofort Sekt; Sekt machte Durst, und da er das Durcheinandertrinken nicht vertragen konnte, wurde er lustig und gesprächig. »Ja, ja, Herr Major, wenn man einmal eine Ziegelei am Bein hat, die einem jeden Monat Tausende kostet! Werden Sie nur kein Ziegeleibesitzer, Herr Major!«

»Ich war dreißig Jahr, bis ich mir die erste Flasche Wein geleistet hab'!« erzählte er dem Oberst. »Hab' von der Pike auf gedient. Mein Vater war Schlosser, mein Großvater war Schlosser; das steckt im Blut. Zuerst war's eine kleine Eisengießerei mit vier Gesellen, und dann wurden's acht und dann zwanzig – und jetzt hab' ich sechshundertdreißig unter mir. Aber kein Tag, den ich nit auf dem Posten war, keinen Morgen länger wie bis fünf im Bett und keine Nacht vor zwölf hinein, und jetzt, wo man's könnte, nimmt man sich einen Leutnant zum Schwiegersohn ...«

Seltsamerweise hatte der sonst so mißtrauische Herr kein Gefühl für die Heiterkeit, die er zuweilen hervorrief. Das ist die infame Sicherheit, das unverwüstliche Selbstbewußtsein dieser Leute hier, dachte Dehlau. Herrn Konz machten die Abende Vergnügen, er war nicht zu bewegen, ein Liebesmahl auszulassen, wenn ihm auch Dehlau versicherte, es sei heut gar nichts los. Er bestellte den Wagen immer, daß sie mit den Ersten eintrafen, »mit militärischer Pünktlichkeit«, schärfte er dem Ferdinand ein, und er ging immer erst mit dem jüngsten Leutnant heim, schenkte der Ordonnanz noch eine Havanna und einen Taler und forderte den Mann auf, ihn nächsten Sonntag zu besuchen. Diese Abende waren Dehlau peinlich, und er stand heimliche Qualen aus: was kommt nun noch?

Von diesen Gedanken ahnte Friederike nichts. Die Frauen ihres künftigen Kreises interessierten sie nicht. Sie wußte nicht, ob sie ihr einen Besuch erwiderten oder ihn etwa schuldig blieben. Diese Frauen, die zur Streikzeit im Saargebiet lebten und nicht einmal wußten, weshalb die Bergleute streikten, die keinen Bergmann von einem Bauern zu unterscheiden wußten, denen es gleichgültig war, ob bei den heftigen Wahlkämpfen der Kandidat der Nationalliberalen oder der des Zentrums siegte, und deren Gespräche sich am liebsten mit Kindern, Küche, Kleidern und Regimentspersonalien beschäftigten, schienen ihr so wenig bedeutend, daß es ihr gar nicht in den Sinn gekommen wäre, über ihr Benehmen nachzudenken. Sie begriff nicht, warum Dehlau auf einmal deren Partei ergriff.

»Sie brauchten doch nur die Zeitung zu lesen«, wandte Friederike ein.

»Sie haben eben andre Interessen, die sie an dir vielleicht ebenso vermissen«, sagte er scharf. Friederike schwieg zu seinen versteckten Vorwürfen. Mein Gott, dachte sie, wenn sie ihm dann das Opfer brachte, einen Tee oder einen »Jour« mitzumachen, welche Interessen mag er wohl meinen, und welche Eigenschaften vermissen sie an mir? Soll ich Spitzenklöppeln lernen oder schiefe Westen auf Stramin sticken?

Sie zermarterte sich den Kopf, worüber man sich unterhalten könnte, wenn man keine Kinder hatte, sich keine Kleider von der »Marion« machen ließ und die neuesten Verlobten, Verheirateten oder Geschiedenen nicht einmal vom Sehen kannte. Wenn sie neben eine Exzellenz geriet, die man auch noch in der dritten Person anreden mußte, verließ sie ihr Geist ganz.

In einem Jahr spätestens würde Dehlau befördert werden, dann mußte es sich entscheiden, ob er den Dienst quittierte. Ihr schien es von weit größerer Bedeutung, daß er sich endlich für seinen zukünftigen Beruf vorbereitete oder wenigstens Interesse an ihm zu zeigen begann, anstatt ihr Benehmen Menschen gegenüber zu bewachen, von denen sie nicht abhängig war und sein wollte. Von solchem Bestreben war bei Dehlau einstweilen nichts zu merken. Neue Pferde einfahren, ihren Vater zur Hasen- und Hühnerjagd begleiten und photographische Aufnahmen von der Kesselschmiede machen, das konnte sie auch allein. Manchmal stieg ihr die Angst auf, er habe seine zukünftige Stellung doch vielleicht zu leicht erobert.

»Wie lang werden wir denn noch Soldat spielen?« fragte eines Tages Rudolf Konz seine Tochter.

»Bis zum Hauptmann noch«, sagte sie bedrückt. Sie war aber ihrer Sache lange nicht mehr so sicher.

»Nun, dann aber auch Schluß. – Ist nämlich nicht mehr viel Zeit zu verlieren«, setzte er hinzu.

Ihr Vater warf ähnliche Bemerkungen seit einiger Zeit öfters hin. Sie sollten seine Umgebung darauf vorbereiten, daß er ein alter Mann sei; doch seine raschen, energischen Bewegungen, die aufrechte Haltung und seine kräftige Stimme begründeten sie so wenig, daß man ihrer nicht achtete. Herr Konz hatte vom ersten Tage an für Dehlau eine Vorliebe gehabt, die er sich nicht recht verzieh und die niemand erraten sollte und konnte, da sie sich nur in allerlei kritischen Betrachtungen und kaustischen Randglossen über das Offizierkorps äußerte. Friederike verstand ihren Vater. Er wollte in Dehlau seinen Nachfolger achten, und da er feierlichen Auseinandersetzungen aus dem Wege ging, fand er es vorläufig am einfachsten, ihn mit solchen Kritiken auf den richtigen Weg zu weisen. Auch bemerkte sie wohl, daß Dehlau dieses Verfahren nicht verstand.

Dehlau indessen überhörte solche Äußerungen absichtlich, indem er sich vergegenwärtigte, daß sein Schwiegervater Militärkreisen zu fern stand, um ein unparteiisches Urteil über sie fällen zu können. Auch er hatte sich vorgenommen, mit Friederike zu sprechen, sie gab sich Hoffnungen hin, die er nicht erfüllen konnte, doch jetzt erschien ihm eine solche Aussprache recht rätlich. Während der letzten Wochen herrschte im Hause eine schwüle Stimmung, die von dem Hausherrn ausging und sich auf die andern übertrug. In seiner Gegenwart sprachen alle unwillkürlich mit gedämpfter Stimme.

Der an Ischias erkrankte Scholz weilte zur Kur in Wiesbaden, und sein Vertreter hatte Unregelmäßigkeiten in den Büchern entdeckt.

Friederike ging wie verstört umher, Minna hatte verweinte Augen, sie war weitläufig verwandt mit Frau Scholz; Herrn Konz sah man nur noch zu den Mahlzeiten, und auch dann mußte man oft stundenlang auf ihn warten. Er saß mit dem Revisor auf dem Bureau, sie rechneten und sahen alte Bücher durch. Er selbst hatte sich noch mit keinem Wort über die Angelegenheit geäußert und Friederike Schweigen geboten. Aber Minna hatte den Mund nicht halten können. Sie fühlte sich verpflichtet, Dehlau eine Andeutung darüber fallen zu lassen, warum es jetzt bei Tisch so ungemütlich und Friederike so zerstreut war.

Ein paar Tage später wurde Scholz verhaftet und ins Untersuchungsgefängnis übergeführt. Der völlig Überraschte gestand seine Schuld unumwunden ein. Die Unterschlagungen reichten bereits fünfzehn Jahre zurück und beliefen sich auf etwa fünfzigtausend Mark. Das Leben war so kostspielig geworden, seine Kinder wuchsen heran, und das Gehalt hatte nicht mehr genügt. Er hatte unmerklich erst kleinere, dann immer größere Summen aus der Kasse genommen und die Bücher gefälscht.

Dehlau war von dieser Entdeckung zuerst ebenfalls wie betäubt. Ein Mann, mit dem er oft an einem Tisch gesessen, Billard oder Skat gespielt, mit dem man zur Jagd gefahren und aus einem Jagdbecher getrunken hatte, war als Dieb entlarvt ...

Auch er fand die Tatsache bedauerlich und peinlich, daß man sich aber davon derartig niederschmettern lassen konnte wie sein Schwiegervater und seine Braut, verstand er nicht. Ihre Gedanken bewegten sich immerfort in dieser Richtung, so daß Dehlau die Gerichtsverhandlung, zu der Herr Konz und Friederike beide erscheinen mußten, schließlich als eine Erlösung empfand.

Da sein Avancement erst im Frühjahr in Aussicht stand, hatte Dehlau sich in diesen Tagen noch einmal auf eigne Faust auf Wohnungssuche begeben und eine durch die Verabschiedung des Kommandierenden freigewordene große Etage mitten in der Stadt mit den nötigen Stallungen mit Beschlag belegt und fuhr nun mit dem Mittagszug nach Neuweiler hinaus, um Friederike die Nachricht zu bringen.

Da er nicht angemeldet war, erwartete ihn nicht wie sonst der Wagen am Bahnhof, er legte den Weg zu Fuß zurück. Der kurze Weg war ihm noch nie so schmutzig vorgekommen wie heute, die Häuser sahen in dem kreidigen hellen Mittagslicht doppelt grau und rußig aus.

Das Tor stand auf, der Hof, der Vorgarten waren leer, er fand alle Türen offen und konnte ungehindert eintreten und in der Halle ablegen, nur Tyras äußerte seine Freude, indem er an ihm hochsprang, und ihn durch sämtlich leere Zimmer begleitete.

»Ach, Sie sind's schon«, sagte Minna verwundert. Herr Konz war noch auf dem Werk, und Friederike tat oben im Garten Äpfel ab.

Sie forderte ihn auf, doch hinaufzuspazieren, der Garten sei jetzt im Herbst so schön. Aber Dehlau lehnte ab und setzte sich mit der Zeitung in Friederikes Stube, während sich ihm Tyras, sein Freund, schweifwedelnd zu Füßen streckte. Es war bisher wie ein schweigendes Einverständnis zwischen ihnen gewesen, daß er diesen Garten, an den sich für ihn starke Erinnerungen knüpften, nie betrat, und seiner wurde keine Erwähnung getan, obwohl dieses Stück Erde nun einmal eine so große Rolle in Friederikes Leben spielte. Heute, da er scheinbar umsonst herausgefahren kam und das leere Haus fand, lebte die Erinnerung an jene Tage wieder auf.

Es standen auf dem Schreibtisch große rosa La-France-Rosen in einem Glas. Er stützte den Kopf in die Hand, schloß die Augen und trank diesen Duft mit einem wahren Hunger in sich hinein, und plötzlich stand wie hingezaubert Nellys schlanke rassige brünette Schönheit vor ihm auf. Sie hatte diese voll erblühten weichen rosa Rosen so geliebt, ihre Briefe dufteten nach ihnen und alles, was sie umgab. Er sah den Garten mit seinen symmetrischen buchsbaumgefaßten Wegen vor sich, das kleine Haus, im Winter geheimnisvoll verschlossen, mit dem Strohkranz um Tür und Fenster und dem rauchenden Schornstein, das Tal in schwarzen Rauchschleier gehüllt zu ihren Füßen, und die Feuerscheine und Sternfunkenregen zum Himmel aufschlagen, die paar Laternen am Franzosenweg, die trüb und vorahnend brannten. Die Angst, ob man sich finden, ob einem kein Hindernis im letzten Augenblick noch in den Weg treten würde, die ganze Gefahr und ihre qualvolle Süßigkeit durchkostete er jetzt noch einmal, und er überließ sich den Erinnerungen, die er bis dahin mit beiden Händen von sich gehalten, voll und ganz.

Nie hatte er die Gefahr so gefühlt wie in dieser Stunde, die es mit sich bringt, Erinnerungen, mit denen man abgeschlossen hat, wieder aufzurühren. Er wußte, Friederike würde niemals zu bestimmen sein, das Stück Land aufzugeben, also würde immer etwas Unausgesprochenes, Dunkles schweigend wie ein stummer Vorwurf auf ihm lasten, und wenn sich auch Friederike bis dahin Mühe gegeben hatte, des Gartens niemals zu erwähnen, so mußte das doch kommen, wenn sie einmal verheiratet waren. Sankt Martin war zu nahe diesem unseligen Garten und dieser Heimat, und er fühlte, daß er hier herauskommen mußte, unter diesem Himmelsstrich, aus der weichen, warmen, rußigen Luft. Er sehnte sich nach dem Osten zurück, nach Norddeutschland, wo das Leben in gemäßigteren, ruhigeren Bahnen ging. Hier kam es ihm vor, als wirbelte das Leben die Menschen in einem tollen Sturm durcheinander und riß jeden mit, der sich nicht mit stärkster Willenskraft auf dem Boden festhielt. Er war sich niemals seines Entschlusses so bewußt gewesen wie heute, sich fortzumelden von hier; er fühlte, er mußte hier heraus, es war die höchste Zeit.

Mit verwirrtem Haar, in ihrem fußfreien blauen Kattunkleid blieb Friederike erstaunt auf der Schwelle stehen. »Du schon hier?«

»Es scheint nicht zu den Gewohnheiten dieses Hauses zu gehören, daß sich einer einmal herausnimmt, eine Stunde früher zu kommen, als vorgeschrieben ist«, sagte Dehlau.

In diesem Augenblick hörte man die Stimme Herrn Konz' im Nebenzimmer laut und erregt sprechen.

»Ist jemand dort beim Vater?« fragte Friederike.

»Der Herr Meißner«, rief Minna aus dem Nebenzimmer.

»Der Nachfolger von Scholz?« Sie horchte nach der Türe.

»Da möchte ich doch gleich auch einmal hinein und hören – «

Dehlau sprang auf. »Nun, ich kann ja auch gleich nach Hause fahren. Es scheint ja sowieso überflüssig zu sein, daß ich herauskomme. Keiner hat Zeit für einen, alles läuft weg.«

»Sei nicht empfindlich, Konrad, es ist jetzt eine böse Zeit«, sagte sie ernst. »Wir stehen noch alle unter einem Druck. Denke nur einmal, man hat einen Mann zwanzig Jahre lang in einer Vertrauensstellung im Werk gehabt, hat ihn geehrt, ihn als Gast in seinem Hause gehabt, und nun – hat er seit fünfzehn Jahren Unterschlagungen gemacht. Du scheinst die Sache leichter zu nehmen.«

»Ich nehme sie nicht leichter wie ihr, Friederike«, sagte er scharf, »aber wenn man nichts andres mehr hört wie von Steuerentziehungsprozeß und Unterschlagungen, was einem, weiß Gott, auch peinlich genug ist – «

»Peinlich?« sagte Friederike und ließ seine Hand los.

»Ja gewiß, peinlich«, rief er aus. »Allmählich reißt dem Geduldigsten die Geduld. Wir müssen auch einmal an uns denken, aber ich sehe, daß für meine Angelegenheiten jetzt keine Stimmung ist. Euch ist's ja gleich, ob man ein Dach über sich hat oder nicht. Du kümmerst dich ja nicht einmal um die Wohnung!«

»Entschuldige«, unterbrach sie ihn, »wenn du mir gesagt hättest, du habest keine Zeit dazu, dann hätte ich die Wohnung gemietet. Da du aber in Sankt Martin wohnst, so war es doch wohl am einfachsten, daß du es übernahmst.«

»Das hat seine Schwierigkeiten«, erwiderte er. »Dir ist jede Wohnung recht, und deinem Vater keine! Sage ich etwas, so hört mir keiner zu. Ich verstehe ja nichts vom praktischen Leben. Ach, dieses praktische Leben, ich hab's so satt.« Er griff sich an seinen Kragen. »Wahrhaftig, ich war des Kommisses müde und war froh, wenn ich einmal andre Gesichter sah; jetzt geh' ich, wenn ich zurückkomme, noch einmal ins Kasino, nur um wieder – «

»Sag's nur – unter meinesgleichen zu sein!« vollendete sie, während sie die Türe nach dem Nebenzimmer, wo Minna mit einem Stoß Leinen hantierte, schloß.

»Um wieder mal Mensch zu sein«, fügte er bitter hinzu. »Bei euch komme ich mir oft vor wie ein Tafelaufsatz, den man ebensogut entbehren könnte. Ihr seid eben nur für eure Interessen zu haben.«

Sie zuckte die Achseln. »Du kannst von meinem Vater nicht verlangen, daß er sich auf einmal für Kriegsspiel und das Militärwochenblatt interessiert.«

»Verlangt auch keiner, am wenigsten von Herrn Rudolf Konz«, gab er zurück. »Aber für Dinge, die nötig sind, müßt ihr euch interessieren; ein Haus habt ihr ja zu kaufen abgelehnt.«

»Weil kein passendes zu finden war.«

»Weil ihr keins finden wolltet, Friederike«, sagte Dehlau sehr ruhig. »Wenn es gälte, eine Kinderkrippe oder einen Pferdestall noch hier zwischen den Rangierbahnhof und euer Werk einzupressen, ihr hättet die Stelle gefunden. Ein Haus, das euch nicht interessiert, und ich weiß wohl warum, gilt euch als etwas Überflüssiges – «

»Wir können ja bauen«, warf sie ein.

»Bauen?« rief Dehlau. »Wie denkt ihr euch denn das? Wenn wir jetzt anfangen, wird es Frühjahr, bis das Haus fertig ist. Nein, wir müssen uns jetzt entscheiden. Es ist doch nicht so wichtig, wie man wohnt – «

»Für dich vielleicht, ich gewöhne mich nicht so rasch an eine neue Umgebung«, sagte Friederike, die plötzlich im Halse eine Beengung fühlte.

»Du bist nie aus deiner Umgebung herausgekommen«, fuhr er fort. »Als Frau eines Offiziers wirst du dich daran gewöhnen müssen.«

»An – das Herumziehen, meinst du?«

»Gewiß, ich werde doch einmal versetzt. Ich stehe vor dem Hauptmann, bekomme in spätestens zwei Jahren eine Kompagnie. In Ostrowo oder Lyk zum Beispiel. Dort wohnen nämlich auch noch Menschen.«

Friederikes Züge verwandelten sich. »Du denkst im Ernst daran, dorthin zu gehen?« rief sie.

»Wenn ich versetzt werde, selbstverständlich.«

Sie sahen sich an. Es blieb einen Augenblick still zwischen ihnen.

Friederikes Herz begann laut zu klopfen.

»Aber du kannst doch jeden Tag den Abschied nehmen!«

»Dazu habe ich aber keine Veranlassung!« sagte Dehlau. »Ja, Friederike, daß dir das nicht sonderlich gefallen würde, mitzugehen, hab' ich mir schon gedacht. Die Annehmlichkeiten unsres Standes nehmt ihr gerne mit, aber sobald es heißt, ihm zuliebe entbehren, dann dankt ihr ergebenst. Meine kleine tapfere

Schwägerin wurde in einem Jahr zweimal versetzt, von Graudenz nach Metz, hat ihren ersten Jungen in Hannover, ihren zweiten in Gumbinnen bekommen und ist jetzt auf dem Weg nach Afrika.«

»Das ist auch ein Soldatenkind«, unterbrach ihn Friederike. »Die ist in euren Kreisen aufgewachsen, in eure Anschauungen hineingeboren! Die hat nie eine Heimat gekannt. Aber wenn ich denke, ich sollte weg von hier, aus unserm Haus, von Ort zu Ort ziehen wie die Zigeuner – herumgeworfen werden wie ein Postpaket, dir anhängen als Ballast, den man überallhin mitschleppt ... der dir nachfolgt, wohin du kommandiert wirst ...«

»Wenn der Befehl kommt, muß ich mein Bündel schnüren. Es bleibt dir allerdings überlassen, ob du mich allein ziehen lassen willst oder mit mir gehst. Und ich habe als selbstverständlich angenommen – «

»Und wir haben als selbstverständlich angenommen, daß du dann den Dienst quittierst!« rief sie außer sich.

»Aber wie kommt ihr denn darauf?« brauste er auf. »Ich bin noch nicht alt genug, um auszuruhen!«

Sie warf den Kopf zurück. »Ausruhen? Wer verlangt denn das? Ruht mein Vater etwa aus? In unser Werk kann man nicht eintreten wie in eine Kolonialwarenhandlung! Dazu gehört kaufmännische und technische Bildung!«

»Die hab' ich aber doch nicht!«

»Dann eigne sie dir an.«

Er warf ihr einen finsteren Blick zu. »Ich soll wohl als Kommis beschäftigt werden und mich mit Adressenschreiben betätigen?«

»Das wäre keine Schande! Mein Vater hat als Schlosser angefangen«, gab sie zurück.

»Dein Vater war der Sohn eines Industriellen«, sagte er. »Der würde sich auch bedanken, wenn man von ihm verlangte, heut noch als Musketier sich von den Unteroffizieren befehlen zu lassen, wie er die Beine setzen soll. Man macht sich immer lächerlich, wenn man etwas ausübt, was man nicht versteht. Jeder ist in die Anschauungen seines Standes geboren und sieht das Leben von seinem Standpunkt aus an. In einen fremden Beruf hineingedrängt, wird er seine alten Anschauungen beibehalten, und seine Leistungen werden danach sein.«

»Ja, mein Gott, tragt ihr denn die Eierschalen eurer Herkunft das ganze Leben lang mit euch herum?« rief sie.

»Friederike«, sagte er sehr ernst, »es sind die Anschauungen von Generationen, die gibt man uns als Grundlagen für das Leben mit.«

»Aber man bleibt doch nicht bis in sein Greisenalter das Kind seiner Eltern! Man modelt sich doch nach dem Leben um!«

Er lachte auf. »Ja, ihr! Aber wollte ein Soldat dasselbe tun, es würde ihm schlecht gehen. Und *einer* muß doch unsern Stand vertreten! Einer muß doch dasein, der euch die Grenzen schützt?«

»Und wer soll denn das Werk führen, wenn es einmal in unsre Hände kommt?« fragte Friederike.

»Ja, mein Gott, ist es denn überhaupt notwendig, daß man sein Werk selbst führt? Es gibt doch auch Hüttenbesitzer, die sich Direktoren halten und Fachleuten die Leitung übertragen.«

Vor Friederikes Augen begann sich alles zu drehen. Das Blut schoß ihr ins Gesicht. »Ich soll mir in meinen eignen Besitz jemand hineinsetzen, der über meinen Kopf weg befiehlt?« rief sie aus.

»Du kannst ja befehlen«, sagte er ruhig.

»Man kann nur in einem Betrieb befehlen, den man beherrscht«, sagte sie, »dazu muß ich täglich anwesend sein, sonst befiehlt eben der Direktor, und ich bin ein Strohmann, über dessen Kopf hinweg man handelt. Ich glaube, du wärst imstande, unser Werk an den ersten besten zu verschleudern, nur um keine Last damit zu haben.«

Sie hatten beide das Klopfen überhört. Der Kutscher steckte den Kopf zur Tür herein.

»Herr Oberleutnant, der Braune hat den Koller, er leiht in der Stalltür un steht nit mehr uff ... Er schlägt um sich, ich kann mir allein nit helfe. Wenn Sie vielleicht einmal komme wollte ...«

»Ja, ich komme«, sagte Dehlau und erhob sich. »Da ist man doch wenigstens für etwas gut.«

Im Nebenzimmer packte Minna mit bekümmertem Gesicht Leinen aus. Die Tischtücher waren eben aus Bielefeld eingetroffen. Sie schüttelte den Kopf, als sie Friederike wie geistesabwesend am Tisch stehen und mit der Schere spielen sah.

»Sag einmal, Mädchen, denkst du daran, daß in drei Monaten deine Hochzeit ist?« fragte sie ernst. »Du gehst im Haus umher wie ein Geist; wenn ich nit wär', du hätt'st noch kein Hochzeitskleid und kein Stück Möbel ... Friedel, so ein Gesicht, wie du schon seit Wochen machst, das darfst du ihm nit länger machen. Die Männer hören nit gern von Unglück und Sorgen. Habt ihr was miteinander gehabt? Er ist nit mehr so vergnügt und sieht auch nit gut aus in der letzten Zeit«, beharrte Minna. »Seid ihr auch einig in allem?« drängte sie.

»Wir sind in allem einig, nur in dem nicht, was werden soll, wenn er einmal versetzt wird.«

»Hör einmal, Friedel«, sagte Minna eindringlich und schob das Leinen beiseite, »da würd' ich an deiner Stell' noch nit darüber nachdenken. Er is Soldat, und wenn er das nit von ganzem Herzen wär', könntest du ihn dann achten? Er darf doch seinen Rock nit ausziehe wie unsereins das Jakett. Laß alles seinen Gang gehen, wie Gott es bestimmt hat, und lehn dich nit gegen dein Schicksal auf.«

»Das sind Frauenfinten«, sagte Friederike und machte ihre Hand los. Von Minnas Hand ging immer so ein bestimmender Druck aus. »Ich kann nicht in den Tag hineinleben. Ich muß wissen: Bleib' ich hier oder muß ich fort. Darüber steht und fällt alles.«

»Geh, schäm dich, Friedel«, sagte Minna aus tiefstem Herzen. »Ist dir denn wirklich deine Arbeit mehr wert wie dein Mann?«

Friederike antwortete nicht. Sie bohrte die Schere in den Eichentisch.

»Ich kann nit von hier fort.«

»Geh, mach dir's doch nit so schwer, Friedel.« Minna nahm ihre Hand und strich darüber. »Wenn man einen liebhat, ist es ganz gleich, wo man lebt. Denk doch einmal an die arme Nelly. Seit sie verheiratet ist, ein Malheur nach dem andern, von all ihrem Reichtum hat sie nur das, daß man sie von einem Spital ins andre schafft, und sie schreibt doch noch luschtige Briefe, und die Frau Doktor Roth, hat die's vielleicht besser? ...«

Friederike runzelte die Stirn. Immer diese Vergleiche, die niemals auf ihr eignes Leben paßten. »Bei jedem Menschen sprechen andre Bedingungen mit. Der eine ist glücklich, wenn er Arbeit hat, der andre, wenn er keine hat. Du wirfst immer alle zusammen in einen Topf.«

»Jawohl«, sagte Minna und rückte ihre Schürze zurecht, ihre hellblauen Augen blitzten auf, »und dir wär's, weiß Gott, besser, wenn du endlich einmal einsehn würdst, daß du auch in den Topf gehörst. Es ist Zeit, daß du das Nachgeben lernst. Ich hab' noch nie gehört, daß ein Offizier aus freien Stücken Kaufmann geworden ist.«

Friederike blickte mit finsterer Miene vor sich hin. »Ich auch nit«, sagte sie. »Und deshalb muß ich mit ihm reden.«

Man saß bei Tisch in dem großen, etwas düsteren Speisesaal. Der herbstliche Sonnenschein war fort, draußen im Hof wirbelten trockne Blätter und Sand in den Ecken. Ein Windstoß fuhr an das Fenster. Das schwüle, warme Wetter war umgeschlagen. Herr Konz speiste schweigend.

Auf Dehlaus Stirn stand eine Falte. Friederike sprach kein Wort, nur Minna war um die Unterhaltung bemüht und legte dem kleinen Herrn im grauen Anzug, der seine goldene Brille sorgfältig putzte, die Speisen vor. Es wurde heute besonders eilig serviert.

Herr Konz sah über seine Kneifergläser herüber. »Was war denn das für ein Auftritt im Hof vor der Stalltür, daß die Leute ans Tor gelaufen kamen?«

»Je, eine schreckliche Geschichte«, sagte Minna. »Eine Not hatten sie mit dem ›Xaver‹, keiner konnt' ihn bändigen. Dem Ferdinand hat er beinah das Knie eingeschlage. Nachher lag er da und streckte die Beine weg und wollte nicht mehr aufstehen, verdrehte die Augen und verrenkte den Hals – «

»Wohl ein Anfall von Kolik?« warf Herr Meißner artig ein.

»Wenn man sich ihm näherte, schlug er um sich, biß und fiel dann wieder hin. Es hat eine halbe Stunde gedauert, bis wir ihn zum Stehen brachten. Er lag, als wäre er hypnotisiert«, sagte Dehlau.

»Merkwürdig, daß sowas auch bei Pferden vorkommt«, meinte Herr Meißner.

»Weiß gar nicht, was an der Geschichte so ›Merkwürdiges‹ ist«, ergriff Herr Konz das Wort. »Dasselbe hat der Gaul schon einmal gehabt. Da habe ich ein Stück Kreide genommen und einen großen Strich gezogen, von der Nase an in den Stall hinein, da hat er die Augen auf den Strich gerichtet und ist ganz ruhig aufgestanden. Weiß das denn der Hannoveraner nit aus seiner Praxis bei den hochgeborenen Herrschaften, wo er früher war?«

Dehlau zuckte die Achseln und sagte, ohne jemand anzusehen:

»Er stand dabei wie ein Roß.«

»Vielleicht war er auch zu vornehm dazu«, fuhr Herr Konz fort. »Der Ferdinand hat nämlich in Hannover bei einem Grafen gedient. Wie er angekommen ist, hat er einen Ulster angehabt, keinen altmodischen Bandel, wie ihn mir der Herr Gehrike macht. Da hab' ich ihn persönlich in den Stall geführt und ihm die Stätte seines Wirkungskreises gezeigt: Die Rappen, das Reitpferd und die drei Wagen in der Remise. ›Ist das alles?‹ hat er gesagt.«

Herr Meißner amüsierte sich.

»Entschuldigen Sie gütigst, sagte ich, ich hab' mich bis jetzt damit beholfen, aber sobald es meine Verhältnisse gestatten, werd' ich mir einen Rennstall bauen lassen. Jetzt ist es ihm zuviel, wenn er zweimal am Tag nach dem Bahnhof fahren soll, und wenn einmal Fuhren für das Werk zu machen sind, paßt's dem Herrn nit ...«

»Die Herrschaftskutscher sind nun alle nicht entzückt, wenn sie Backsteinfuhren machen sollen«, warf Dehlau hin. »Die Fuhren könnte auch vielleicht geradesogut ein Knecht übernehmen ...«

»Werd' nächstens die Fuhren selber machen, wenn die Kerle zu gut dafür sind«, sagte Konz. »Was steht denn die Anstedter da herum? Kommt nit bald die Fortsetzung?«

Die Anstedter beeilte sich, das Geflügel zu reichen. Eine Pause trat ein.

»Gnädiges Fräulein haben, wie ich höre, die Absicht, das Haus vom Maurermeister Becker in der Friedenstraße zu kaufen«, wandte sich Herr Meißner höflich an Friederike.

Alles schwieg. Minna tranchierte das Geflügel.

»Ein reizendes Häuschen, wie geschaffen für ein junges Paar«, fuhr Herr Meißner fort. »Ein schönes Gefühl muß es sein, im eignen Haus zu wohnen.«

Das käme auf das Haus an, meinte Rudolf Konz trocken.

»Sie haben eine prachtvolle Wohnung gefunden«, lenkte Minna rasch ein. »Elf Zimmer und ein Saal, wo man vierzig Personen setzen kann! Sie heißt die Fürstenwohnung. Der kommandierende General hat früher drin gewohnt.«

»Oh, da muß man sich ja von den Sitzen erheben«, warf Herr Konz hin.

»Sie liegt in der Moltkestraße, gegenüber vom ›Alten Fritz‹ – «

»Nun, dann wohnt ihr ja patriotisch genug.«

»Was am Ende wohl kaum das schlimmste wäre«, sagte Dehlau scharf.

Draußen wurde ein Donnerrollen hörbar. Alle blickten nach dem sich immer mehr verdunkelnden Himmel.

»Merkwürdiges Wetter«, meinte Herr Meißner. »In der Nacht friert's, mittags scheint die Sonne und nachmittags gibt's ein Gewitter.«

Die Anstedter öffnete rasch die Türe und meldete: »Der Herr Kommissar is da.«

Herr Konz warf die Serviette auf den Tisch und erhob sich. »Er soll auf mein Zimmer geführt werden. Wir sind ja wohl auch fertig? Mahlzeit. Bitte, Herr Meißner.«

Herr Meißner verabschiedete sich, indem er zuerst Dehlau, dann Friederike und zuletzt Minna eine Verbeugung machte.

Minna winkte der Anstedter, die eben mit dem Kaffee ins Zimmer trat, zurückzubleiben und ging hinaus, indem sie Friederike einen beschwörenden Blick zuwarf. Friederike hatte den Blick nicht bemerkt, wohl aber Dehlau.

Es blieb einen Augenblick, solange man noch Stimmen auf dem Flur hörte, still zwischen ihnen. Dann erhob er sich und schob den Stuhl zurück. »So kann das nicht weitergehen, Friederike«, sagte er. »Und wenn dein Vater hundertmal in einer unglücklichen Stimmung ist, mag er sie an denen auslassen, die sie verschuldet haben. Ich danke dafür, hier als Blitzableiter zu dienen. Ich habe mich heute beeilt, um dir Nachricht von der gemieteten Wohnung zu bringen; ich wußte allerdings nicht, daß sich niemand dafür interessiert.«

Er griff nach seinen Handschuhen.

»Du willst schon fort?«

»Wir haben um sechs Uhr Liebesmahl. Ich fahre mit dem nächsten Zuge.«

Friederike machte keine Miene, ihn zurückzuhalten. Sie kamen beide nicht mehr auf die Unterredung zurück, doch in ihnen hatte sie einen Stachel zurückgelassen.

In tiefer Verstimmung fuhr Dehlau durch die düsteren Straßen, den Mantelkragen hochgeklappt, die Hände in den Taschen vergraben, blickte er auf die häßlichen, nackten, kahlen Häuser, die sich schmucklos aneinanderdrängten. Die schmutzigen Kinder, die vor den Türen gespielt hatten, rannten schreiend über den Weg. Ein Trupp Bergleute, die mit schwarzen Gesichtern von der Grube kamen, gingen hinter Kohlenfuhren her, die durch den Regen ratterten.

Dort oben lag die Hütte, der Riesenmoloch mit tausend glühenden Augen, die in die Nacht hineinstrahlten, mit seinem unersättlichen Rachen, der gierig Eisen und Kohlen schlang und einen rauchigen, heißen Atem über das Land hinausspie. Dumpf dröhnten die Hämmer, die Erde zitterte unter ihrem harten, unermüdlichen Pochen. Von dunkeln Rauchschwaden umzogen, stand das Haus dort unten, düster, verrußt und angeschwärzt, in den Hallen klopften und nieteten die Hämmer, im Hof rasselten die Blechtafeln, Züge fuhren auf dem Rangierbahnhof hin und her, gellende Signale riefen die Stunden aus.

Und in dieser weichen, dicken Luft, die einem bei Regenwetter wie eine staubige warme Welle entgegenschlug, sollte er leben? Er war zu nachgiebig gewesen; gab sie denn einmal in irgendeiner Sache nach? Nur in Kleinigkeiten oder in den Dingen, die ihr als solche vorkamen. Das mußte ein Ende haben ... Heut noch würde er zu seinem Oberst gehen und ihn um die Versetzung bitten.

Es war ein Sprung ins Dunkle ... Aber er mußte ihn wagen.

Der Wagen hielt.

In einer plötzlichen Anwandlung reichte er dem Ferdinand ein Goldstück hinauf.

»Herr Oberleutnant«, sagte der Kutscher froh verwundert, »es sind zehn Mark!« Er hielt das Goldstück unsicher in der Hand. Dehlau griff an seine Mütze. »Ist gut so. Lassen Sie's!«

Maud und Friederike waren sich in dem letzten Jahr wieder näher gerückt. Dank der ausgedehnten Praxis ihres Mannes lebte Maud zwar in guten Verhältnissen und der Haushalt wurde ziemlich üppig geführt, trotzdem kam Maud niemals zum Genuß eines behaglichen Lebens, sondern jagte den Stunden nach, die vor ihr flohen, immer war eins der Kinder krank, sie war immer auf dem Weg, Mägde zu suchen, und ihr Gatte war nicht einmal imstande, sich auf einen Monat freizumachen, um eine Reise zu unternehmen; seine Praxis erfüllte ihn ganz. Dennoch fühlte sich Maud erhaben über Friederike, die nach ihrer Anschauung ein trostloses Leben fristete, und sprach von Nelly nur in tief bedauerndem Ton. Nelly war von der Hochzeitsreise schwer erkrankt zurückgekommen und in Köln in das Krankenhaus gebracht worden, das erste Kind kam tot zur Welt. Dasselbe hatte sie im nächsten Jahr noch einmal durchgemacht, auch dieses Kind lebte nicht mehr, als es zur Welt kam. Sie wurde in Straßburg operiert und lebte seitdem zwischen Pyrmont, Franzensbad und Sanatorien. Von ihrem wunderbaren Besitztum am Rhein hatte sie noch kaum etwas genossen. »Die arme Nelly ist ein Beispiel zu der Broschüre meines Mannes«, sagte Maud.

Wie ein Keulenschlag hatte Friederike das Wort getroffen, und sie durchflog das Buch mit Herzklopfen. Es war darin auf eine besondere Gefahr hingewiesen, welche unbesonnen eingegangene Ehen jeder gesunden Frau bringen konnten.

Friederike hatte in Minnas Kommode einen medizinischen Ratgeber gefunden, von einer Frau herausgegeben, mit bunten Illustrationen geschmückt. Das alles stand einem also einmal bevor; in dem Buch waren die Bilder mit einer grausamen Lust ausgemalt und die Leiden einer jungen Frau mit Ausführlichkeit vorgeführt. Es gehörte schon ein gewisser Todesmut dazu, wenn man sich trotzdem zu einer Ehe entschloß, dachte Friederike. Diese Leiden aber hatte sie geahnt, und der Entschluß, zu heiraten, war der Sieg einer reinen und starken Neigung. Aber aus der Rothschen Broschüre wußte sie nun, daß man unverschuldeterweise sich irgendeinem Manne zu eigen geben und nachher siech werden konnte für sein ganzes Leben. Vor diesen unnatürlichen, geheimen, grauenvollen Dingen schreckte sie zurück.

»Was sollen wir tun?« fragte sie sich. »Wer fragt einen Mann danach? Man fragt nach Vermögen, Stand; nach der Vergangenheit vielleicht; nach seiner Gesundheit fragt niemand, nicht die besorgteste Mutter, denn sie hat es ja selbst nicht gewußt. Man hält uns in Unwissenheit, man läßt uns nicht aus dem

Dunkel heraus. Ich will Licht und Klarheit um mich! Ich werde gehen und ihn fragen«, nahm sie sich des Nachts vor, und am Morgen verwarf sie es wieder. Ich muß mich ja begnügen mit dem, was er für gut hält, mir zu antworten. Aber vor der Hochzeit mußte sie sprechen, vor der Hochzeit ... Bis jetzt hatte sie ruhig an diese Hochzeit gedacht; seit sie wußte, daß er die Zumutung, abzugehen und in das Werk einzutreten, ablehnen würde, daß er sich mit Gedanken an Versetzung trug, war alles in ihr in Aufruhr geraten. Die Wohnung war gemietet, Minna ließ schon die Möbel hereinschaffen, Bilder wurden vom Boden heruntergeholt, große Kisten im Hof verpackt, Schreiner und Handwerker waren im Haus, die Vorboten einer Hochzeit. Es war ihr lieb, daß Dehlau in diesen Tagen nicht herausgefahren kam.

Wenn er sie jetzt vor die Entscheidung stellte, war sie keinen Augenblick darüber im Zweifel, wie sie sich entschied, und ob er umzustimmen sein würde, war ihr nach der letzten Unterredung unsicher geworden.

Der Regen hatte aufgehört. Am Morgen dampfte das Wiesental, der Nebel zog am nassen Boden hin, tiefviolette Wolken zogen in Fetzen, vom Wind getrieben, am Himmel vorbei. Graue Luft, die sich dick und feucht atmete, lag über dem Hof, als Minna unter die Rampe trat, um nach dem Wetter auszuschauen.

Sie war aufgestanden, um Friederike zu wecken, obwohl sie wußte, daß das Mädchen noch nie einen Zug verfehlt hatte. Nelly hielt sich nach einer Operation in Straßburg in Rilchingen, einem kleinen lothringischen Bad, zur Kur auf und hatte Friederike gebeten, sie zu besuchen. Von Mauds Begleitung hatte man absehen müssen, ihre Kinder hatten Masern.

Minna war, als müßte sie Friederike von diesem Gang abhalten. Wenn man einmal verheiratet war, konnte man sich Anschauungen über die Ehe erlauben, aber Friederike mußte nicht jetzt gerade jemand in den Weg laufen, der sie aufrührerisch machte. Sie war sowieso in kriegerischer Stimmung, behandelte Dehlau kühl und erwartete von ihm, daß er nachgab. Und der dachte nicht daran, sondern ging seinen Weg unbeirrt geradeaus. Und das gefiel Minna so an ihm. »Vergiß nur nicht, daß du um fünf Uhr in der neuen Wohnung sein sollst«, mahnte sie. Dehlau wollte mit Friederike Tapeten aussuchen.

Ob es der kalte, herbstliche Morgen war, daß ihr alles auf einmal so grau erschien? Auf den hellen, geschorenen Wiesen lag das Heu eingedrückt vom Regen der Nacht, Krähen flogen krächzend in der Ferne am Wald vorbei. In der Nacht hatte ein Käuzchen vor ihrem Fenster geschrien. Oder ob alles nur von dem Druck in der Magengegend kam, den sie seit einiger Zeit verspürte? Sie erschauerte und vergrub die kalten Hände in dem braunen Chenilletuch, während sie dem Zug nachsah, der mit Friederike der Stadt zu rollte. –

Der kleine Zug fuhr in gemäßigter Fahrt nach dem Reichsland. Die Landschaft, die sich zu beiden Seiten des Flusses dehnte, schien weiter, ruhiger, freier, der Wald trat zurück, die Werke mit ihrem Lärm und Rauch verschwanden, die Hügel jenseits des Flusses schienen sanfter gewellt, langsam zog die Saar zwischen den flachen grünen Ufern ihres Weges und trug schwerbeladene Kohlenschiffe, die von Pferden geschleppt wurden, auf ihrer Flut. Kleine verschlossene Sommerhäuser standen auf den Anhöhen, der Wein reifte an den Häusermauern der kleinen Dörfer. Lothringer Bauern in blauem Leinenkittel, eingedrückten schwarzen Filzhüten und dem roten Halstuch begleiteten schwer geladene Heuwagen, der schwache Knall ihrer Peitschen tönte durch die Morgenstille. Hier und dort lag Grummet in Schwaden, die meisten Wiesen waren bereits abgeerntet und kahl. Sobald die Ernte herein war, begannen die Manöver. Die Quartiermacher durchstreiften schon die Dörfer. Neuweiler bekam dieses Jahr Einquartierung aus Hessen; die Kinder in den Dörfern freuten sich schon. Die Sankt Martiner Regimenter rückten nach der Eifel aus. Wenn sie zurückkamen, fand auch bald ihre Hochzeit statt. Bei diesem Gedanken bemächtigte sich ihrer ein Angstgefühl. Die Aussprache ließ sich nun nicht mehr hinausschieben. Das Herz hämmerte ihr: Noch neun Stunden Frist, dachte sie, als sie eine Uhr acht schlagen hörte. In Rilchingen stieg eine dicke, asthmatische Frau im Kapottehut und weiter schwarzseidener Jacke mit ihr aus, die neben ihr den Weg zum Kurhaus hinaufstieg und ein Gespräch auf französisch über das gute Erntewetter anknüpfte; nur die Art, wie sie die erste Silbe betonte, verriet die Lothringerin.

Zu beiden Seiten zog sich eine Allee junger Ahornbäume hin, vom Herbst in flammenden Farben gefärbt. Das Kurhaus mit seinem schadhaften weißen Kalkverputz, den geschlossenen grünen Läden, nach dem Vorbild eines französischen Schlößchens erbaut, stand weithin sichtbar auf dem Hügel, von einem verwilderten Garten umgeben, im Rücken zog sich ein kleines Tannengehölz hin. Schon von weitem sah sie die Freundin im weißen Morgenkleid auf der Treppe stehen. Um Gottes willen, dachte sie, ist das Nelly? Sie schien ihr schmäler, größer und älter geworden.

Nelly flog ihr an den Hals. »Ach, Krämer«, rief sie, »wie hab' ich mich auf dich gefreut, du lieber alter Kerl. Und wie du stattlich geworden bist! Eine Haltung wie ein Grenadier! Du siehst auf einmal so würdevoll aus. Und du hast mich sicher nicht mehr erkannt? ... Ich sehe wohl recht erbärmlich aus? Gelt, Krämer du sagst nicht nein. Du bist der einzige Mensch, der nicht lügt.« Nelly geleitete Friederike zu der Gartenlaube, wo ein gedeckter Frühstückstisch stand.

Eine junge Frau in einer weiten rosafarbenen Morgenjacke und aufgewickelten Locken brachte auf einem großen Tablett Kaffee, Milch, große Stücke Weißbrot, Marmelade und Butter, in geblümtem gelbem Fayencegeschirr. Eine Schar Hühner begleitete sie gackernd und blieb erwartungsvoll am Tisch stehen.

»Nach meiner letzten Kur brauchte ich nichts wie Abgeschiedenheit und etwas Sole. Die Quellen sind hier ausgezeichnet; schade, daß sie vergessen sind, das ganze Haus ist leer. Zuweilen kommt eine Metzgersfrau aus Saaralben, die hier ihren Brunnen trinkt.« Nelly wies auf die dicke Dame, die mit einem Glas bedächtig durch den Laubengang nach dem kleinen Brunnen ging. »Sie erzählte mir ihre Lebensgeschichte, die natürlich eine Leidensgeschichte ist. Sie muß sich ›soignieren‹, sie hat vier Kinder gehabt. Wir haben ungefähr die gleichen Schicksale.«

»Ich habe Sehnsucht gehabt, einmal mit jemand zu sprechen, der mich kennt, oder vielmehr, der mich gekannt hat, wie ich war«, fuhr Nelly fort. »Ich habe niemand, dem ich sagen kann, mir geht es nicht gut. Es würde es niemand glauben. Die mich kannten, sind für mich tot, und die ich jetzt kenne, sind mir Fremde. Die Menschen sind meist nur neugierig, ihre Teilnahme ist die Begierde, etwas Schlimmes zu hören. – Ach, es ist so friedlich hier, Krämer; hier sind wir ungestört.«

Auf den morschen, eingesunkenen Tischen lag noch der Tau, das Gras war mit Wassertropfen besät, die Spinnweben, die sich über die Hecken spannen, glitzerten feucht. Im ersten Stock des Badehauses waren die grünen Läden geschlossen, doch die Fenster zu ebener Erde standen auf. Die kleinen alten Badekabinen mit ihren hölzernen Wannen, die steifen Sofas, die meist keine Beine mehr hatten, mit ihren verschossenen buntgeblümten Kretonnebezügen, die zierlich gerafften, befransten »Himmel« über den Bädern, alles schien morsch, von Staub bedeckt und bei einer Berührung zerfallen zu wollen. Durch die Fenster wucherten die Weinreben in die Zimmer. Nun gingen die beiden wieder Arm in Arm im Garten auf und ab, um die große silberglänzende Kugel, die das Kurhaus mit den grünen Läden widerspiegelte, und durch die stillen Laubengänge, an deren Gitter rot und gelb gefärbter wilder Wein hing und deren Kieswege mit gelben Blättern bedeckt waren. Die Rosen standen in voller Blüte. In dem Wiesental wurde gemäht. Man hörte Sensen wehen, eine Reihe von Männern in Hemdsärmeln legte das Gras mit den in der Sonne blitzenden Sensen in langen Streifen auf die Wiesen, ein kleiner Zug eilte durch die Ebene.

Plötzlich sagte Nelly: »Sag, Friederike, gesprochen habt ihr nie darüber? Ich meine, von dem Garten.«

Friederike schüttelte den Kopf.

Nelly drückte ihre Hand. »Du bist ein guter Kerl. Ich ängstigte mich nämlich um dich. Wir gehen ja alle mit falschen Vorstellungen in die Ehe. Ich kann mir dich so gar nicht vorstellen in deiner neuen Rolle. Spielst du sie gut?«

»Ich hoffe«, sagte Friederike.

»Das ist gut, denn darauf kommt es an. Sieh, in deinem Garten haben wir oft von dir gesprochen, und ich habe ihm, unbewußt damals, den richtigen Maßstab gegeben, mit dem er dich zu messen hat. Man darf die Menschen niemals von einer Seite betrachten, man muß sie ganz vor sich haben mit allen Fehlern und Vorzügen. Weiß der Himmel, warum sie bei dir nur deine Fehler sehen wollen; ich bin deinetwegen noch mit fast allen Menschen in die Haare geraten, selbst Maud wollte erst nicht an dich glauben. Aber – das schwöre ich dir bei der heiligen Barbara – ich hab' dich gleich erkannt und dir in dem Hof der Gonnermann gleich einen ehrfurchtsvollen Diener mit dem Pappzylinder gemacht ...«

Friederike mußte lachen.

»Nur hast du einen großen Fehler«, fuhr Nelly fort. »Du denkst zu logisch. Eine Frau darf nicht logisch denken, oder muß es wenigstens mit Anstand zu verbergen wissen.«

»Ich hoffe nicht, daß man etwas Derartiges von mir erwartet. Ich mache keine Zugeständnisse!« antwortete Friederike.

Nelly blieb stehen. »Aber was willst du dann in einer Ehe?« rief sie. »Die besteht ja aus Zugeständnissen. Du befindest dich in einem Irrtum, wenn du denkst, es wird sich nachher ›alles geben‹. Es kommt hier nur darauf an, ob du eine gute Offiziersfrau werden willst. Hast du dir das schon überlegt?«

Friederikes Stirn verfinsterte sich.

»Wir haben das Thema bis jetzt immer umgangen«, antwortete sie.

»Aha! Und jeder glaubt, der andre gibt nach. Sieh mal, er ist

Offizierssohn, durch Generationen hindurch für den Krieg erzogen! Und nun verlangst du als Frau von deinem Mann, daß er dir seine Liebhabereien, seinen Stand, seinen Sport opfern soll? Friederike! Und ich habe dich einmal für klug gehalten! Denk nur an Maud, die ihren Mann kaum kannte, von dem wir damals so gut wie nichts wußten; denn daß er einen ehrenwerten Charakter besaß, will doch nicht mehr heißen, als daß er keine silbernen Löffel gestohlen hatte, und ein Mann, der einen niedrigen Kragen und langes Haar trägt und einem beim Tanzen auf die Füße tritt, hat meist einen ehrenwerten Charakter. Ich will gestehen, daß solche Männer mir immer einen gelinden Schauer eingeflößt haben. Heute denke ich milder. In jedem Mann steckt ein Doktor Roth. Sie sehen in ihrer Frau nichts andres als die Mutter ihrer künftigen Kinder. Und wenn ich noch einen Rest von Sehnsucht nach einem andern Leben hätte, *diese* Erkenntnis hat ihn mir ausgetilgt. In der Ehe kommt's nur darauf an, daß wir uns selbst aufgeben, um in einer neuen Generation weiterzuleben. Daß wir um unsrer selbst willen geliebt werden, ist die größte Lüge, die man uns gelehrt hat.«

Sie sprach von den Kindern, die sie unter entsetzlichen Leiden geboren und gleich wieder hatte hergeben müssen. »Vor einem Jahr wurde ich operiert, es ging so rasch, daß man mich nicht mehr ins Krankenhaus bringen konnte, und sie legten mich auf einen Tisch. Als sie fertig waren, bemerkte ein Arzt, daß der Tisch mit einem Fuß auf einem Stück Korken stand, der sich halb herausgeschoben hatte. Es war der reine Zufall, daß er so lange hielt. Unser Leben hängt in der Ehe oft von solchen Korkstücken ab. Und nun sehe ich dem Tag wieder entgegen ...«

In Friederike lehnte sich bei diesen Worten alles auf. Nelly zuckte die Achseln. »Man will einen Erben haben. Was hat mein Leben denn sonst für einen Wert? Wem kann ich nützen? Ich kann ja nicht einmal das, was jede Bergmannsfrau kann. Aber wenn ich's diesmal nicht überstehen sollte, denk nicht in Trauer an mich zurück, ich hab' zu diesem Leben keinen Mut und keine Freude mehr. Ich mache mir auch nichts mehr vor – ach geh, hör doch mein Herz«, fügte sie lächelnd hinzu, indem sie Friederikes Hand an ihre Brust drückte. »Hörst du, wie es flattert und fliegt? Das hält eine Narkose nicht mehr aus ...«

In dem stillen Garten regte sich nichts, zuweilen fiel lautlos ein buntes Blatt von den Bäumen.

»So müde bin ich auch«, fuhr Nelly fort. »Niemand spreche ich davon, wie dir, Krämer, bei dir ist mir's, als legte ich alles in ein Grab. Ich habe alle Wünsche eingesargt, die guten und die bösen; ich erwarte nichts mehr, begehre nichts mehr und hasse niemand mehr ... Ach, was hab' ich alles von diesem Leben erträumt? Ob man erster oder dritter Klasse fährt, ist ziemlich gleichgültig, wenn man krank ist ... Ich bin hierhergekommen, weil ich noch einmal das Land sehen wollte, wo ich ein glückliches Kind war. Wenn ich hier oben in dem verzauberten Garten sitze, fangen alle Erinnerungen in mir an zu klingen, ich höre ihnen zu und spinne mich darin ein wie in eine warme Decke. Sonst friere ich immer, weißt du.«

Nelly schaute in das Tal hinab, wo ruhig und gleichmäßig die blitzenden Sensen das Gras niederlegten, ein starrer Ausdruck trat in ihr abgemagertes Gesicht, und Friederike bemerkte, daß ihre kleinen Ohren abstanden und sehr weiß waren.

Die Stunden schwanden nur allzurasch hin.

Als es Zeit zum Abschied war, erinnerte sich Friederike der Unterredung, die ihr bevorstand.

»Jede Ehe ist ein verschlossener Garten, Friederike«, sagte Nelly. »Wenn du ihn liebst, so mach ihn glücklich und verlange nicht von ihm, daß er sich dir unterwirft. Ein Mann darf sich nie aufgeben, und wenn du mit gutem Gewissen behaupten kannst, daß du dem allen gewachsen bist, so geh hinein. Aber ich rate dir nicht mehr dazu.«

Sie drückte Friederikes Hand an der Gartenpforte. Weiter durfte sie nicht gehen. Sie blieb an der niedrigen hölzernen Tür gelehnt stehen und sah der Freundin nach, die den Weg zwischen den flammenden Ahornbäumen hinunterging. Auf dem Land lag Nachmittagsfrieden und milder, herbstlicher Sonnenschein. Der Himmel war von breiten violetten Streifen überzogen. Im Westen stand ein ungeheurer Wolkenberg, hinter dem noch die sinkende Sonne hervorleuchtete.

Ein zarter rötlicher Schimmer breitete sich sanft wie Alpenglühen über den Horizont. Als der kleine Zug durch die Ebene fuhr, flatterte dort oben an der Gartenpforte ein kleines weißes Tuch, und Friederike, die am Fenster stand, durchzuckte eine jähe Ergriffenheit und eine Ahnung durchschauerte sie, daß sie Nelly zum letztenmal gesehen hatte.

Als Friederike den Torweg ihres künftigen Hauses betrat, schlug eine nahe Turmuhr gerade fünf. Das Tor war dunkel und die gewundene Holztreppe nur schwach von einem Licht, das hinter den Flurfenstern der Parterrewohnung leuchtete, erhellt. Hinter zerdrückten Mullgardinen sah vorsichtig das neugierige Gesicht einer alten Frau heraus.

Auf der breiten Treppe lagen Tapetenreste und Gipsspritzer. Die Flurtüre war nur angelehnt. Ein Dekorateur arbeitete dort noch beim Schein einer Petroleumlampe, die andern Handwerker hatten schon Schicht gemacht. Eine eiskalte Luft schlug ihr aus den unbewohnten Räumen entgegen, ihre Schritte hallten in den leeren, halbdunkeln Zimmern.

In dem letzten Kabinett stand zwischen verpackten Bildern und Kisten eine verhüllte Sesselgruppe. Sie trat an das Fenster und sah in die dämmerige Gasse herab. Auf dem Gerüst an dem gegenüberliegenden Hause hatten die Maler Pinsel und leere Farbentöpfe liegen lassen, wenn man die Hand danach ausstreckte, konnte man sie beinahe greifen.

In der Wirtschaft »Zum alten Fritz« wurde Billard gespielt, im Kaffeezimmer saßen drei dicke Bürger beim Bierskat.

Im ersten Stock unter einer qualmenden Hängelampe hockte ein Schneider auf dem Tisch, die Beine untergeschlagen wie ein Türke, und setzte einen Flicken in eine Hose. Nebenan bügelte eine Frau bei offenem Fenster Wäsche, ein Junge drückte sein verbundenes Zahnwehgesicht an die Scheiben; man hörte das helle Geschrei eines kleinen Kindes, und in einer Mansarde wurde ein Cello gestimmt. An der Straßenecke führte ein schmutziges Gesindel einen Tanz um die Laterne auf unter lautem Freudengeschrei. Ein alter Herr kam, den Stock auf dem Rücken, des Wegs und trieb sie auseinander.

Friederike lehnte die heiße Stirn an die Scheiben. Es war ihr, als sei ihr Leben nun auch in einer solchen engen Gasse angelangt, aus der es keinen freien Blick mehr gab, von der aus man weder Himmel noch Sterne, noch die Sonne untergehen sah, sondern nur Werktagsleben, niedrige Dächer, dumpfe Stuben und Alltagsgesichter.

Wahrhaftig, dachte sie, das Schicksal hätte mich nicht tückischer auf meinen künftigen Beruf vorbereiten können. Mich soll ich aufgeben, meinen Willen dem eines Mannes blindlings unterordnen, ihm dienen, für ihn leiden, nurmehr das Werkzeug eines Mannes sein, seine Magd, eine Leidende vielleicht?

Sie klagte sich an, daß sie die Aussprache so lang hinausgeschoben hatte. Sie konnte eine innere Unruhe plötzlich nicht mehr bewältigen, und alle Bedenken, welche sie während der letzten Stunden gewaltsam zurückgedrängt hatte, stiegen wieder auf und ängstigten sie. Sie wollte ihn aus seinem Beruf reißen, sie verlangte von ihm, daß er seinen Stand, mit dem er fest verwachsen war, aufgeben sollte, um ein Leben mit ihr zu teilen, das Interessen voraussetzte, die er nie gehabt! Konnte das die Vorbedingung zu einer glücklichen Zukunft sein?

Und damit kehrten ihre Gedanken wieder zu ihrem Ausgangspunkt zurück: Es wird alles darauf ankommen, daß du dich selber aufgibst. Und gab sie nach, so wurde sie in ein Leben hineingedrängt, das im Widerspruch zu ihrer Lebensauffassung stand. Der Glanz seines Standes hatte keine Anziehungskraft für sie, sie würde nur die Last davon tragen, und daß die Ehe sie für alle umgestürzten Lebenspläne entschädigen würde, den Glauben hatte sie nicht mehr. –

Da sah sie Dehlau endlich mit raschen Schritten die Gasse

herkommen, er war im Helm und bog eilig in den Torweg ein. Als sie seine springenden Schritte auf der Treppe hörte – es klang, als ob er immer ein paar Stufen zugleich nähme – trat sie vom Fenster zurück, und ihr Herz begann laut zu klopfen. Schon ehe er die Türe aufriß und hereinrief: »Friederike, eine große Neuigkeit!« wußte sie, es war irgend etwas geschehen ... Sie stand wie gelähmt, als sie ihn eintreten sah. Er ergriff ihre Hände, seine Stimme klang freudig bewegt: »Weißt du, was ich bringe, Friederike? Ich bin befördert und zum ersten Oktober nach Königsberg versetzt!«

IV

Mit Minna war seit dem Herbst eine Veränderung vorgegangen. Mit dem Tage, als Friederike mit dem Abendzug aus der Stadt kam und so still auf ihr Zimmer ging, um ihr nachher in ihrer gefaßten, ruhigen Art die Mitteilung von der Auflösung ihrer Verlobung zu machen, schien Minna alt geworden. Sie sang nicht mehr mit heller Sopranstimme unten in der Küche, sie bekam ein kleines Gesicht und magerte ab.

Fräulein Hui begriff nicht, wie es kam, daß alle Taillenbänder und Rockbünde zu weit gerieten. Der Briefträger hatte den Kopf geschüttelt, als Minna ihm neulich die Zeitungen selbst abnahm. »Ei, Fräulein Thees, was han Sie nur gemacht, daß Sie so dürr wor sin?« Du lieber Heiland, woher das wohl kam? Das Marienbader Wasser, das einem die Herren Doktoren zum Magerwerden verschrieben, war nicht schuld daran, auch nicht die guten Tränkchen vom Schloofer von Dorlisheim. Den Gendarm mußte sie machen, von früh bis spät hinter den Mägden her sein und ihnen des Abends aufpassen, daß sie nicht – mit oder ohne Hausschlüssel – zu ihrem Schatz entwichen. Die jungen Mädchen meinten ja heutzutag, »das« gehöre mit zur Freierei. Die Mütter hatten keine Gewalt mehr über sie, und vor den Vätern hatten sie keine Furcht mehr, weder der Herr Kaplan und der evangelische Pfarrer richteten da noch etwas aus. Mit großen Federhüten, Glacéhandschuhen und Pelzstolas kamen die Köchinnen an, sich vorzustellen. Bedingungen zu stellen und Löhne zu fordern, das verstanden sie jetzt, wenn sie auch nicht einmal ein Zimmer aufwaschen konnten. Wenn man ihnen den Hausschlüssel nicht gab, hieß es gleich: »Dann gehn ich am erschte.« In ihre Zeugnisse durfte man ja keinen Tadel schreiben, dann wurde man bestraft, weil man ihnen »den Lebensweg verbaut hatte«. In den Reichslanden bekam man auch ohne Zeugnisse eine Stelle und sogar den doppelten Lohn. Die Nichten aus der Pfalz sangen beim Geschirrspülen schallend durchs Haus, führten über den Hof weg ungenierte Unterhaltungen mit den Kesselschmieden und ließen sich den Mund nicht verbieten; es waren »schrohe Frauenzimmer«, und es sollte jetzt alles »herrschaftlich« sein. Herr Konz war in diesem Punkt empfindlich geworden. Es kam oft auswärtiger Besuch ins Haus, Herren, die sich das Werk ansahen, oder Jagdfreunde. Da war man noch froh, wenn man die Anstedter hatte, denn das mußte man ihr lassen, trotz des schrecklichen Ärgers, den man mit ihr wegen ihrer »Nachtgeschichten« hatte, die Herren zu bedienen, das verstand sie. Die Jagdherren machten ihre Witze mit ihr, und die Anstedter war nicht auf den Mund gefallen. So flink wie sie war keine. Sie konnte im Keller oder auf dem Speicher sein, wenn es schellte, war sie wie der Blitz an der Haustüre, um die Briefe abzunehmen. Es war, als ob sie immer in Erwartung sei. Herr Konz hatte gut reden: »Wirf sie 'raus!« Wen bekam man denn als Ersatz? Da tat man denn besser, als sähe man nichts und würgte alles in sich hinein. Den Mädeln pressierte es ja jetzt nur noch mit dem Heiraten. Eine Ausstattung zusammensparen hatte keine nötig. Wenn der Bergmannsbub aus der Ziehung kam, konnte er heiraten. Zu leben hatte er genug. Und ein Bergmann fand sich immer noch für die Anstedter. Die kam mit heiler Haut aus all ihren Geschichten heraus, lachte, sang und schwenzelte im Haus herum, als ob sie einen Heiratskontrakt in der Tasche hätte. Es nutzte auch nichts mehr, wenn man sich zur Wehr setzte. Neulich sollte einem Arbeiter, der in der Fabrik mutwillig einen Gegenstand zerbrochen hatte, neunzig Pfennige am Lohn abgezogen werden. Der Mann legte sofort die Arbeit nieder, ging zum Gewerbegericht und klagte. Herr Konz hatte sich einen halben Tag am Gericht herumgestritten, vor Ärger nichts essen können, und schließlich hatten sie sich »beglichen«, das heißt Herr Konz hatte die neunzig Pfennige bezahlt, und der Arbeiter war wieder eingestellt worden. Mit Prinzipien war jetzt nichts zu erreichen. Friederike mit ihren hoffärtigen Reden würde auch noch der Enthusiasmus gedämpft werden. Jawohl, die Kinderkrippe war immer gestopft voll, und immer wieder beklagten sich die Mütter, daß gerade ihr Kind keine Aufnahme mehr finden konnte, aber wenn man jemand zum Waschen haben wollte, konnte man von Haus zu Haus laufen und bekam niemand. Die Männer verdienten jetzt genug. Wenn der Mann krank war, sorgte die Knappschaft für ihn, war er alt, bekam er Pension, verunglückte er, sorgte das Bergamt für die Witwe und die Kinder. Wenn man wenig Kinder hatte, hatte man wenig Sorgen, und hatte man viele, noch besser; die Buben wurden nach der Schulzeit auf der Grube angelegt, die Mädchen gingen in die Fabrik oder sie dienten. Warum sollte man sich quälen? Jeden Sonntag hingen die Fahnen heraus, der Turnverein feierte Fahnenweihe, der Kriegerverein Präsidentenwahl, die Imker hatten Stiftungsfest; weißgekleidete Ehrenjungfrauen empfingen die auswärtigen Gäste an der Bahn; das gehörte jetzt zum Festprogramm. Mit Musik marschierten die Vereine durch den Ort, die Buben im Takt mit der Musik, stramm und sicher wie die Großen, voraus der Fahnenträger und die Trommel. Die Jungfrauenvereine spielten Sonntagabends Theater, christliche Stücke, bei denen der Herr Pastor die Regie übernahm, aber man konnte sich auf der Bühne zeigen. Das Karussell drehte sich jeden Sonntag vor den Schulhäusern auf dem Markt, und die Schießbuden blieben ständig aufgeschlagen. Das Schützenfest dauerte jetzt drei Tage und die Kirmes eine halbe Woche; gleich nach Weihnachten fingen die Kappensitzungen an.

An Fastnacht gab's Maskenzüge, Maskenbälle, Maskenkaffeeklatsche, in der Fastenzeit Bockbierfeste, an denen die Kellnerinnen Gelegenheit hatten, als Tirolerinnen oder Marketenderinnen Bier zu kredenzen. An Kellnerinnen war überhaupt kein Mangel mehr, seit die Wirtschaften wie Pilze aus der Erde wuchsen und jeder zehnte Bergmann nebenher einen Handel mit Flaschenbier betrieb. Am Buß- und Bettag war es Sitte in die Stadt zu fahren. Die Stadt zog die Umgebung magnetisch an, die Orchestrions in den Wirtschaften trommelten schon von morgens acht Uhr an Märsche und Tschardas, die Lichtbildertheater mit den schönen zitterigen Bildern lockten. Große Warenhäuser wuchsen in jedem Dorf aus dem Boden, in denen alles billig zu haben war. Die Frau führte die Kasse, durch ihre Hand lief das Geld, und was man nicht bezahlte, nahm man auf Abschlag.

Die Kolonialwarenhändler klagten, daß die Frauen ihre Büchelchen nicht mehr wöchentlich bezahlten, sondern jahrelang stehen ließen. Mahnte man sie, so gingen sie zur Konkurrenz. Wenn die Köchin aufs Schützenfest ging, bestellte sie sich die Friseuse.

Ach, was war das jetzt für eine Welt! –

Nelly Hölt hatte ihrem Mann endlich den ersehnten Erben geschenkt. Doch zwei Tage nach der Anzeige ihres kleinen Sohnes traf die Todesnachricht Nellys ein. Minna und Maud weinten bitterlich, aber Friederike schien der Schmerz völlig erstarrt zu haben. Sie hatte einen Menschen verloren, den ihr niemand ersetzen konnte. Sie war schweigsam geworden, arbeitete viel und las bis in die Nacht hinein. Minna entsetzte sich über die hohen Rechnungen vom Buchhändler ... Es waren »nicht einmal Romane«, sondern wissenschaftliche Bücher: dicke Bände über Geschichte und Naturwissenschaft. Sie trieb jetzt Italienisch; in ihrem Zimmer mit den vielen Büchern und Atlanten und dem Globus sah es aus wie in der »Stub vom Fauscht«. Aber ihren Garten ließ das Mädchen deshalb nicht außer acht, dieses unglückselige Stück Land.

Minna hatte Tage, an denen sie Schmeedes herbeiwünschte, nur um einmal mit ihm über Friederike zu sprechen. Es liefen so beunruhigende Gerüchte im Ort über sie. Dehlau war ein Adliger, ein Offizier, mit ihm war man nie so recht warm geworden. Aber der gute, gemütliche Schmeedes, sie sah ihn noch in der karierten Weste, die er sich immer herunterzog, wenn er ihr zuzwinkerte. »Wir verstehen uns, Fräulein Minna.« Ja, ja, und er hätte auch Friederike zu lenken verstanden.

Der Schmeedes hatte längst eine nette Frau und wohnte als reicher Mann in Düsseldorf. Wenn sie an die Tage dachte, als er hier das Haus eingerichtet hatte, liefen ihr die Tränen über das Gesicht. Sie wischte sie rasch ab, wenn Friederike kam.

Fastnacht fiel in diesem Jahr noch in den Winter. Es war ungewöhnlich rauh und windig, alle Weiher waren zugefroren, vor wenigen Tagen hatte erst das Eisfest auf dem Teich vor den Pferdeställen stattgefunden, mit Lampions, Feuerwerk und der Bergkapelle. Nun liefen die Mädchen in dünnen bunten Atlasröckchen, Samtmiedern und weißen Ärmeln als Rotkäppchen und Elsässerinnen durch die öden winddurchfegten Straßen, und die Buben in Zipfelmützen, Larven und Flachsbärten jagten als Bauern und Clowns mit Peitschen und Schweinsblasen hinterher.

»'s is Fasenaacht, 's is Fasenaacht.« In allen Häusern roch es nach frischgebackenen Fastnachtsküchelchen. Die Fingerhutgasse war an solchen Tagen immer leer. Alles zog dem Markt zu, wo sich der Maskenzug vom Verein »M'r sin nit so« aufstellte.

Die »Krone« hatte Spanferkel, Hasenpfeffer und gebackene Schweinemagen angezeigt, die Spezialitäten der Kronenwirtin.

Es war Minnas größtes Vergnügen, wenn sie an stürmischen Sonntagen, wo sich in den niedrigen Zimmern der »Krone« alles drängte und schob, helfen konnte, Bier einschenken und die großen Braten tranchieren. In der Nacht war ein feiner kalter Regen gefallen und hatte die Straßen mit Glatteis bedeckt, aber wenn die Kronenwirtin herüberschickte, der Maskenzug käme um drei Uhr am Haus vorbei, dann hätte es schneien und gießen können, Minna hätte sich aufgemacht, obwohl ihr heute »gar nit besonnerscht« war. Und wenn abends nach neun Uhr der Maskenball oben im Saal begann, die Tanzmusik in den leeren Saal hineindudelte und die ersten Seeräuber und Dominos durch den Saal wandelten und mit verstellten hohen Stimmen miteinander sprachen, saß sie auf der Galerie und wandte kein Auge von den Masken, bis sie jeden einzelnen »heraus« hatte.

Diesmal blieb sie nicht bis zur Demaskierung. Vor Mitternacht kam sie nach Hause. In Friederikes Wohnzimmer brannte noch Licht. Das Mädchen saß wieder hinter seinen Büchern. Minna stellte den steifgefrorenen Schirm, der wie ein Karussell auseinander stand und mit buntem Konfetti bedeckt war, an den Ofen, nahm ihr Tuch ab und setzte sich in den Ohrensessel, um die Wagen des Fastnachtszuges zu beschreiben, vom ersten mit dem Prinzen und der dicken Prinzessin Karneval bis zu dem prächtigen Wagen des Vater Rhein. Ach, leider hatten die Buben in ihren grünen Schwimmhosen gefroren. Der Tanzbär ging wieder hinterher, einer führte ihn am Seil; als er sie im Fenster sah, hatte er mit dem Schwanz gewedelt und ihr mit der dicken Tatze eine Kußhand zugeworfen, und ein langer Leiterwagen, in dem spanische Ritter, Engel, Schornsteinfeger, Seeräuber und Königinnen einträchtig nebeneinander saßen mit dem Schild: »In der letzt Tut findt sich alles«, hatte den Zug würdig beschlossen. »Und das Allerschönste« – Minna konnte sich gar nicht beruhigen – »dem Scholz seine älteste Dochter war auch dabei. Ei, for was dann nit? Auf dem Maskenball als ›Pirro‹ ganz wild mit der Pritsche hinter den Männern her, mit der konnten sie noch was erleben. Und eine junge Schichtmeistersfrau, die Trauer hatte, war als Königin der Nacht im schwarzen Samtkleid mit langem Schleier und silbernen Sternen erschienen.«

Friederike hörte zu, ohne Minna zu unterbrechen. Das einzige, was sie von Fastnacht gesehen hatte, war ein kleiner Clown, der sich in die Fingerhutgasse verirrt hatte; er war in seine grün und weiß karierten Hosen eingenäht, suchte nach einer Türe und weinte. Sie war auf Minnas abgemagertes Gesicht aufmerksam geworden. Schien es ihr nur so, oder war Minna krank?

»Ach was«, sagte Minna und schüttelte das Konfetti vom Schirm. »Deine Geschichten damals sin mir auf den Magen geschlagen. Seither fehlt mir der Appetit.« Schließlich ließ sie sich herbei, zu bekennen, es könnte auch von den Pillen kommen, die sie sich einmal zum Magerwerden hatte kommen lassen. Warum nicht? Maud ließ sich ja Enten aus Pommern, Eier aus Ungarn und Kaffee aus Altona schicken. Sie hatte sich »Pilules pour maigrir« kommen lassen. Aber sie hatten auch nichts genutzt.

»Ja, hinterher ist gut predigen«, sagte Minna, »das kann dein Vater auch. Aber einen Rat vorher geben, das tut keiner, und dann geht man hin und macht's allein. So schlimm war's ja auch nicht, nur hin und wieder kneipt's ein bißchen in der Magengegend!« Aber einen Arzt wollte sie nicht. Die waren jetzt immer gleich mit dem Messer bei der Hand. Sie hatte sich den »Arzt im Hause« gekauft, ein neues Buch von einem Naturheilkundler, der »alles« mit warmen Packungen heilte. Wenn das nicht half, legte man Lehm auf, und die Kronenwirtin hatte ihr einen Tee geraten, der gut war gegen Magendrücken. Den kochte sie sich jetzt alle Abend. Friederike mußte ihr in die »Hand versprechen«, dem Vater nichts davon zu sagen. Der würde ja nur schimpfen wegen der Pillen. Der hielt ja alles, was man sich von auswärts schicken ließ, schon von vornherein für Schwindel, und ehe man nicht mit vierzig Grad im Bett lag, glaubte er nicht, daß man krank war.

Aber über Minnas eigensinnigen Kopf weg befragte Friederike doch den Sanitätsrat. Der zuckte die Achseln. Ein Rat ohne Untersuchung war nicht möglich. Das Buch hatte ein früherer Tapezierer geschrieben, der Gallensteine, Rheumatismus und Tuberkulose mit demselben Mittel »heilte«. So klug wie der Tapezierer war er natürlich nicht. Die rasche Abmagerung sprach auf jeden Fall für eine ernste innerliche Veränderung, die in Minnas Jahren immerhin nicht ganz leicht zu nehmen war.

»Ich weiß schon«, sagte Minna, »der Sanitätsrat will mich untersuchen, nee, nee, dazu geb' ich mich nit her; am End schafft der einem ins Spital. Es wird auch so gut.« Aber es wurde nicht besser, und die Schmerzen nahmen zu. Oft saß Minna ganz mutlos in ihrem Ohrensessel, sprach kein Wort, preßte die kalten Hände zusammen und sah zum Fenster hinaus.

»Ja, ich geh' schon«, sagte sie, »gleich nach Pfingsten gehn ich zum Sanitätsrat, aber erst muß ich den Hausputz hinter mir han.«

Aber nach dem Hausputz stand Minna hinter den Erdbeertöpfen und kochte ein. Dann war sie immer in kriegerischer Stimmung und niemand durfte ihr mit Wünschen nahen. Und erst recht hatte sie keine Zeit, wenn man im Sommer Einquartierung bekam und für ein Haus voll Mannsleute zu kochen hatte. Denn das erste, was so ein Doktor sagte, war doch: Legen Sie sich zu Bett. Erst mußte Weihnachten vorbei sein. Wer sollte denn die Kränze backen und das Zuckerzeug? Und all die Pakete machen für die Leut und sorgen, daß sie ihnen richtig ins Haus getragen wurden? Seit dem Streik wurde nicht mehr im Konzschen Haus für die Arbeiter beschert, »damit man sich nicht noch wegen seiner eignen Bescherung entschuldigen mußte«, sondern der Bureaudiener brachte die Pakete ins Haus.

Diese Bescherung wurde als etwas Selbstverständliches hingenommen, und wenn der Bureaudiener die Pakete abgab, bestellte man höchstens: »Sie hätte sich gefreut und wäre zufriede.« Eine Ausnahme machte eine alte Frau, die jedes Jahr am Neujahrsmorgen in der Morgenfrühe anzutreten pflegte, um mit nasaler Sopranstimme das Lied anzustimmen:

»Wieder ist ein Jahr vergangen,
Wieder hat eins angefangen;
Ach, wie schwindet doch die Zeit – «

Eine Dankesbezeigung, die entgegenzunehmen Herr Konz seinen Damen überließ.

Anfang Dezember begann Minna mit Backen. Mehlbestaubt, mit einer großen weißen Schürze angetan, stand sie in der weißgeplätteten Küche, die matte Wintersonne schien auf die sauberen Fliesen und blitzte auf den kupfernen Geräten an den Wänden.

Sie rührte Teig, rollte die Kuchen aus, wickelte Kränze wie dicke Zöpfe, bestrich sie mit Eigelb, damit sie schön glänzten. Sie wurden in Servietten und großen Waschkörben in ein Kellerzimmer gestellt, wo sie sich frisch hielten bis zum Fest. Es hätte

Minna keine größere Schande passieren können, als einen Kuchen aus dem Haus zu schicken, der »sitzen geblieben« war.

»Wer soll denn das alles essen?« sagte Friederike, die zu Minna in die Küche kam, da sich Minna tagsüber oben nicht sehen ließ, und sie sah über den Waffelberg, der sich auf den Drahtkörben auftürmte.

Minna klapperte mit dem Eisen und schürte das Feuer, daß die Funken stoben. »Ich bleib' am Herd, bis alles gebacken ist.« Sie buk Schokolademuscheln, Pfeffernüsse, Mutzemändelchen, Kleinenplätzchen, zuletzt kam »das gewöhnliche Zuckerzeug«, das in großen Mengen gemacht wurde und mehrere Tage in Anspruch nahm.

Um den immer wiederkehrenden Schmerzen Einhalt zu tun, kochte sie sich Kamillentee und machte zur Abwechslung, weil die Lehmpackungen durchaus nicht helfen wollten, warme Rumpfpackungen, wie es in dem »Arzt im Hause« stand. Darüber kam die Hui, um das neue Samtkleid anzuprobieren, und Minna stieg vergnügt hinauf.

»Mir macht das Anprobieren mehr Spaß wie dir. Guck, was eine feine Taille ich gekriegt hab'«, und sie rückte die Samttaille vor dem Spiegel zurecht. »Samt macht dick, hat die Hui immer gesagt, jetzt hat sie mir selber dazu geraten.« Und stolz sah sie an ihrer eingefallenen Taille herab. Friederike wandte sich und ging hinaus. Sie konnte Minna jetzt nicht in dem grünen Samtkleid sehen.

Es war am Tag vor Weihnachten.

In leisen Flocken schneite es draußen, und eine Kälte hatte eingesetzt, wie man sie in Neuweiler noch selten erlebt hatte. Die Eiszapfen hingen vom Dach, die Wasserleitung fror ein, die Rosen im Garten und der riesige Tannenbaum, der im Keller in einer Bütte mit Wasser stand, weil Minna den Baum immer schon kaufte, sobald die ersten Bäume auf den Markt kamen, aus Angst, sie bekäme keinen mehr.

Im blauen Saal stand die große Weihnachtstafel mit weißen Tüchern behangen, den Schlüssel trug Minna in der Tasche. Waschkörbe mit Gebäck standen an der Wand entlang, auf jedem Stuhl war ein Rosinenstollen oder ein Hefekranz. Tannenzweige brannten knisternd in den Öfen, und das Haus durchzog ein würziger Duft nach warmem Honig.

Der letzte Backtag war gekommen. Minna stand erhitzt am Herd und rührte müde in dem großen Kessel, worin der Honig brodelte. Der letzte Formkuchen stand mit einem weißen Tuch bedeckt am Herd und sollte »gehen«, auf dem weißgescheuerten Küchentisch standen Schüsseln mit den Fischsülzen, Pasteten und Fleischgelees, als Minna plötzlich den Löffel in den Honig sinken ließ und mit einem aschfarbenen Gesicht auf einem Stuhl zusammensank.

Als Herr Konz am späten Abend von einer Jagd heimkehrte, fand er bereits alles von Friederike geordnet. Vormittags hatte sich Minna gelegt, nachmittags war der Sanitätsrat gekommen, am Abend war noch der Chirurg Doktor Meiß aus der Stadt dazugeholt worden. Minna sollte morgen früh in die Privatklinik gebracht und übermorgen operiert werden.

Am sechsundzwanzigsten Dezember morgens neun Uhr wurde Minna operiert. Man öffnete und schloß wieder. Verschlepptes Karzinom. Es war nichts mehr zu retten, ihr Leben konnte nur noch nach Wochen zählen.

Als Minna nach schwerem Chloroformschlaf erwachte, saß Friederike an ihrem Bett und hielt ihre Hand. »Friedel«, sagte Minna, »o je, wie siehst du denn aus? Es steht gewiß nit gut mit mir – « Friederike erzählte ihr, daß sie glücklich operiert sei und nun sehr ruhig liegen und warten müsse, bis sie aufstehen könne.

»Is denn alles vorbei, Friedel?«

»Ja, alles.«
»Und ich kann bald wieder heim, gelt?«
»Sicher.«
»Ach Gott, daß ich euch die Ouvrage grad an Weihnachten gemacht hab'.«
Wenn die Schmerzen wiederkamen, gab man ihr Morphium. So lag sie meist mit geschlossenen Augen und schlummerte. »Siehst du, jetzt hat er mir doch nit geholfen«, sagte sie, wenn die Schmerzen sie packten. »Hätt' ich doch einen Pusch Haar zum Schäfer von Dorlisheim geschickt oder wäre zum Pastor Felke gefahr, der hätt' mich mit Lehm kuriert. Wenn der Meiß kommt, is es vorbei. Ach, es is doch ebbes dran ...«
»Was läuten sie denn so stark? Das is die katholisch Kirch, gelt? Ich kenn' sie an den Glocken. Ah, wie schön das klingt. Jetzt läuten sie alle drei zusammen. Ei, is denn schon Feiertag? Wie geht's denn daheim ohne mich? Was macht denn der Vater? Wer kocht ihm dann jetzt?« fragte sie, und die Tränen kamen ihr. Sie ließ sich beschreiben, wie die Bescherung verlaufen sei, und ob auch jeder das richtige erhalten hätte. Nun hatte die Eierfrau doch den roten Rock bekommen und die Butterfrau nur den dünnen Schal, ach Gott, und der Briefbote hatte keinen Kranz für seine Kinder gekriegt. Du lieber Gott, so ging's, wenn sie nit da war. Sie zitterte bei jedem Wort. »Wenn ich heimkomm, back ich ihm gleich einen Kranz. Und die Äpfel müssen auch in der Zeit kommen sein? Habt ihr schon danach geguckt, wie sie liegen, Friedel?«
»O schön aufeinander auf einem Berg«, redete Friederike, die von der Apfelsendung keine Ahnung hatte.
»Ach«, jammerte Minna. »Ihr habt sie dumm gelegt! Weiß denn das keins, daß Äpfel auf Stroh liegen müssen? Gelt, du gehst gleich morgen hinunter und sortierst sie. Ach, daß ich jetzt dalieg! Jeden Apfel hab' ich sonst selbst in der Hand gehabt. Der Vater ißt nur Gravensteiner, hörst du, Friedel? Ihr bringt ihm sicher Musäpfel! Ach, du hörst mir ja gar nicht zu, dir ist alles egal – «
Sie war eine unruhige Patientin. Sie hatte sich heftig gegen

eine Pflegerin gesträubt, und das Stillhalten fiel ihr schwer, so schwach sie auch war.

Jeden Tag bat sie den Chirurgen, sie doch »heim« zu lassen. »Wenn ich wieder in meinem Bett lieg' und meine Bilder an der Wand seh', dann schlaf' ich auch wieder. Ich muß die Hütt' rauchen sehen und es donnern hören. Hier seh' ich nix wie den gestickte Spruch über dem Bett: In Freud und Schmerz schau himmelwärts.« Ja, die hatten gut Sprüche hinhängen.

Friederike mußte Zahlen auf ein Stück Papier schreiben und es an die Wand stecken. »Siehst du«, sagte Minna. »Das sind meine acht Tage in dem Gefängnis! Da streiche ich jeden Morgen eine aus, und wenn sie herum sind, bin ich gesund.«

Herr Konz kam auch ein paarmal ins Krankenzimmer. Er stand an ihrem Bett, sah ihr kleingewordenes gelbes Gesicht an, sprach kein Wort und ging bald wieder fort.

»Geh, laß deinen Vater nit mehr daher kommen«, sagte Minna eines Abends. »Er meint, er müßt mich besuche und auf den Zehe gehn. Das macht ihm kein Spaß un – ich – kann ihn nit so – sehn, gelt, Friedel, du sagscht's ihm? Ich weiß ja, er meint's gut.«

Und die Tränen stürzten ihr aus den Augen.

Man hatte Minna auf ihr Zimmer gebracht, sie wollte durchaus nicht in das Fremdenzimmer mit den grünseidenen Empiremöbeln. Nur in ihrem Bett würde sie gesund. Es war kalt hier oben, der Wind stand gerade auf den Giebel des Hauses zu, auf den blaugerippten Tapeten glitzerte das Eis. Die Eisblumen an den Fenstern tauten nur langsam auf, man sah den wirbelnden Schnee, der sich gegen die fahle Dämmerung abhob, das Donnern der Hütte, das Abladen eiserner Schienen und das Nieten der Hämmer klang bis herauf in das Mansardenzimmer, wo Minna in ihrem breiten Bett im Alkoven in leichtem Opiumhalbschlummer lag. Manchmal reckte sie sich, dann knackte das alte breite Bett in den Fugen, und sie sprach leise vor sich hin. Sie stand am Herd und buk, meist sprach sie mit der Kronenwirtin, dazwischen zankte sie einmal laut und ärgerlich mit der Anstedter. Friederike hatte diesen Raum seit Jahren nicht mehr betreten, aber es hatte sich nichts darin verändert. Von den Wänden grüßten sie alte Bekannte aus der Kinderzeit: »Ein alter Schwerenöter«, »Le Pélerinage«, ein stockig gewordener Kupferstich. Über der Kommode »Die Auswanderer«, ein Bild, bei dem Minna früher immer weinen mußte, und ein mißratenes Marinestück Friederikes, das noch aus der Pension stammte und auf dem nichts zu sehen war wie Wellen und sinkende Masten.

Eine lange Reihe bunter Kleider hing an Nägeln hinter der Türe, auf der blanken Nußbaumkommode im Erker prangten auf weißer Waffeldecke zwischen Schweizerhäuschen, Perlmutterschiffchen und Fingerhutbehältern Friederikes sämtliche Photographien. Als dickes mürrisches Einjähriges im Hemd, die graue Stoffkatze im Arm; als fünfjähriges Mädchen mit einem runden Kamm, hinter dem das widerspenstige Haar struppig in die Höhe stand; als Schulmädchen, lang aufgeschossen, mager, trotzig und geniert, mit eingedrücktem Kinn und einem großen Hut mit lang herabwallenden Bändern. »Wie ein Pferd«, hatten die Kinder in der Schule gesagt. Dann hatte Minna einmal die phantastische Idee gehabt, sie als Schottin zu maskieren. Das Bild war sogar bunt ausgemalt und erinnerte sie an den Kindermaskenball und an die Qualen, die sie in der warmen, ungewohnten Schottenmütze ausgestanden hatte, mit der sie einsam in der Ecke stand, belacht von den Kindern.

In dieser Kommode hatte Minna immer etwas Gutes für die Kinder, die ins Haus kamen: Lakritz, Johannisbrot und Jungfernleder, hier bewahrte sie Friederikes erste Schulhefte auf, das stiefmütterlich behandelte Herbarium mit den vertrockneten Efeuranken, dem Zittergras und den Butterblumen; und alle Tees und Salben des Schloofers von Dorlisheim, des Dirmesheimer Wunderdoktors und die Zunderläppchen für Wunden und Beulen. Es ehrte Minna so, wenn man sie um Rat fragte.

Leider neigten weder Friederike noch ihr Vater dazu, und sie hatten Minna oft gekränkt mit ihrer Nichtachtung häuslicher Heilkunst.

Friederike sah über den stillen beschneiten Hof in die nächtlichen kleinen Gemüsegärten hinaus. Neben der Laterne hinter dem beschneiten Zaun lag ein großer bunter Ball im Schnee, so einen hatte ihr Minna einmal aus der Stadt mitgebracht. Er war so dick, daß sie ihn kaum mit den Armen umspannen konnte, er hatte rote und grüne Streifen und hing in einem Netz von roter Wolle. Die Kinder nannten ihn den »Klohn«. Der lustige Ball hatte ein schier unverwüstliches Leben. Er sprang so hoch wie ein Haus. Er fiel in eine Dachrinne und wurde von einem Schornsteinfeger herabgeworfen, er verschwand in dem Weiher auf den Wiesen und wurde von den Jungens herausgefischt, er rollte auf die Schienen der Bahn, die Lokomotive stieß ihn zur Seite. Friederike setzte kleine Kinder auf ihn, der Ball kugelte lustig weiter. Endlich hatte sie mit einer Stopfnadel so lange hineingebohrt, daß er mit einem Wehlaut sein Leben aufgab. Dann hatte sie ihn unter einen Schrank auf dem Speicher versteckt und mit Todesangst darauf gewartet, daß ihn Minna endlich in seinem vergewaltigten Zustand dort finden würde. Was wäre ihre Jugend ohne Minna gewesen? Sie war die einzige, die sich ein Geschenk für sie ausdachte, wenn es auch niemals das war, was sie sich wünschte, es kam schließlich nicht darauf an. Nie hatte sie von Minna ein häßliches Wort gehört, nie hatte Minna sie geschlagen, und wenn ein dunkler Verdacht auch ihre Kindheit beschattet hatte, so erschien er ihr heute klein gegen die Angst vor der Möglichkeit, daß Minna sie einmal allein lassen könnte. Um dieses Verdachtes willen hatte sie Minna beinahe gehaßt. Sie hatte sich schroff und unfreundlich gegen die überströmende Zärtlichkeit Minnas gewehrt, sie wollte nicht umarmt, ans Herz gedrückt und mit tausend Kosenamen überschüttet werden, Minna hatte sich das endlich gemerkt und sie gehen lassen, doch bei der leisesten Veranlassung wurde Minna wieder gerührt, aber diese Tränen ließen Friederike kalt. Denn

Minna konnte die Tränen trocknen und nach einer neuen Modezeitung greifen, um sich Hüte zu betrachten, und sang dann gleich wieder mit heller Stimme durchs Haus. Wie verächtlich hatte Friederike früher diesen gedankenlosen Gesang beurteilt. Jetzt kam es ihr vor, als hätten sich ihr ein Lebenlang zwei Arme entgegengestreckt, und sie habe sich absichtlich bemüht, sie nicht zu sehen. Was konnte Minna dafür, daß sie keine andere Schulbildung genossen hatte wie die Sankt Ingberter Volksschule und keine orthographischen Briefe schrieb, und hundertmal am Tag sagte, »ei, for was dann nit«, daß sie gern Fahnen heraussteckte und Feste veranstaltete, Kinder einlud, um sie zu beschenken, den Gästen die Teller vollud, ehe sie leer waren? Die tausend Dinge, die Friederike an ihr auszusetzen hatte, wie klein, wie nichtig erschienen sie ihr heute gegen die Herzensgüte, die in Minna schlummerte, und die sie ihr Leben lang in Zwang hatte halten müssen in diesem Hause.

Es war Mitternacht. Im Haus und auf den Straßen war es still geworden, nur das Donnern der Hütte klang weiter, und wenn im Stahlwerk die Birne gekippt wurde, staubten funkelnde Sterne zum Himmel auf. Die Nacht war kalt, der klare Himmel voll blitzender Sterne. Sie schienen plötzlich näher, als hingen sie lose über ihr. Einer verschwand, andre tauchten auf, der Mond trat hinter der Wolkenwand hervor, voll und riesengroß, und spiegelte sich in den gefrorenen Pfützen. In der »Deutschen Freiheit« dudelte eine Klarinette in die helle Mondnacht hinaus.

Warum war alles plötzlich so unheimlich still?

Friederike trat leise an Minnas Bett. Die lag mit weitgeöffneten Augen und sah Friederike mit einem klaren Blick an. Wie sieht sie verändert aus! dachte das Mädchen und versuchte heiter und unbefangen mit ihr zu sprechen. Minna schien nicht zuzuhören. »Friedel«, sagte sie auf einmal und nahm deren Hand, legte sie sich auf die Stirn und blieb so liegen, und als Friederike nach ihr hinsah, bemerkte sie, wie ihr große Tränen die Wangen herabliefen. Ihre Hand glühte. »Friedel!« klang es schwach. »Du warst immer so gut zu mir, bleib die Nacht bei mir. Mir ist so schwindlich ... Sag, Friedel, ich würd' gern noch etwas schreibe ... bring mir – «

Friederike ergriff eine jähe Angst. Sie wehrte ab. »Morgen – «

»Morgen«, sprach Minna nach. »Morgen krieg' ich die letzt' Ölung, gelt. Friedel, wenn etwas mit mir passiert«, begann sie wieder, »dann kriegt die Kommod unser alt Gred. Und die Korallenkett kannscht du der Anstedter – «

»Ach, Minna«, wehrte Friederike, die mühsam ihre Fassung bewahrte.

»Ich muß wissen, daß alles in Ordnung ist«, fuhr Minna fort. »Die Kleider gib meiner Schwester, und das grüne Samtkleid gib ihr auch.« Minnas Stimme schwankte. »Und daß mir einer bei der Kälte jeden Abend nach der Wasserleitung sieht, mach nur, daß kein Rohr platzt – Und im Frühjahr guck nach den Rosen, laßt nix umkommen, Friedel, wenn ich einmal nit mehr da bin – « Sie warf sich unruhig auf. »Wer wird's jetzt dem Vater recht machen? Ach Friedel?« Sie legte ihre Hand auf den Kopf des weinenden Mädchens, »wenn du einen guten Mann hätt'st, dann ging ich leichter fort. Mach's ordentlich und gib dir Müh und halt Ordnung im Haus. Und gelt«, schloß sie mit müder Stimme, »du guckst auch nach den Äpfel ...«

Es war ihr letztes Wort.

In der Nacht glaubte Friederike, es habe jemand nach ihr gerufen. Sie stand auf. Es schneite nicht mehr, auf den weißen Dielen lag hell das tote Mondlicht.

Rasselnd schlug die Kuckucksuhr zwei.

Minna lag mit abgewendetem Gesicht in den Kissen, ihre Hand war kalt wie alles an ihr.

Am Fastnachtdienstag, als die Kinder wieder als Rotkäppchen und Clowns in Zipfelmützen und Larven durch das Dorf liefen und mit den Peitschen um sich schlugen: »'s is Fasenaacht, 's is Fasenaacht«, und der Maskenzug auf dem Markt Aufstellung nahm, stellte sich ein andrer Zug in der Fingerhutgasse auf.

Man hatte lange in der Kälte auf den Pastor gewartet. Als sich der schwarze Zug endlich in Bewegung setzte, begannen Schneeflocken zu wirbeln.

Was Minna in ihren gesunden Tagen oft mit Stolz gesagt hatte: »Friedel, wenn ich einmal sterb', krieg ich sicher die größt Leich im ganzen Ort«, bewahrheitete sich.

Das halbe Dorf ging mit, um ihr die letzte Ehre zu erweisen. Die Weiber schon, um zu sehen, wie Herr Konz sich dabei verhielt. Die Kronenwirtin sah mit Genugtuung, daß sich dem langen Zug einige blanklackierte Coupés anschlossen. Die Jagdfreunde hatten ihre Wagen geschickt.

Der Pastor in weißem Ornat und schwarzem Barett eröffnete den Zug, von den beiden Meßbuben begleitet, die singend ihre Räucherfässer schwenkten. Die Weiber sprachen leise die Gebete mit.

Die Pfälzer Verwandtschaft ging hinter dem Sarg her. Die »Groß« war nicht mehr dabei, Minnas Mutter wurde von zwei Nichten geführt. Die langen schwarzen Kreppschleier verhüllten die verweinten Gesichter und wehten im Wind. Die Kellnerin in ihrem Tirolermieder trat vom Fenster der »Deutschen Freiheit« zurück und schaute hinter den Gardinen dem Zuge nach; die Kinder, die vor der Türe unter den Girlanden und bunten Fähnchen standen, schwiegen, als sich der schwarze Wagen näherte. Die Männer nahmen die Hüte ab.

Da wurde sie hingetragen, die Minna, die sie alle im Ort gekannt hatten. Sie sahen sie noch im Federhut im Wagen mit vielen Schachteln in die Stadt fahren, ihr rosiges, rundes, vergnügtes Gesicht hatte ihnen immer freundlich zugenickt. In dem letzten Wagen, der sich dem Zuge anschloß, saß Friederike mit ihrem Vater. Herr Konz hatte sich erkältet, doch bestand er darauf, daß man das Fenster offen ließ. Ein rauher Husten erschütterte zuweilen seinen mächtigen Körper. Friederike war es, als trüge sie einen eisernen Ring um den Hals. Der Schnee wirbelte auf die auf und ab wogenden Schirme, und der Geruch des Räucherwerks trieb zu dem Fenster herein.

Auf dem Kirchhof war der mittlere Weg, den der Zug nahm, aufgeweicht, man sank bis an die Knöchel in den Schnee. Vater und Tochter traten an das offene Grab und der Pastor begann zu sprechen.

Friederike hielt den mitleidigen, neugierigen und erbarmungslosen Blicken stand, die auf sie gerichtet waren. Der Wind trug die Worte des Geistlichen nur abgerissen herüber, in der Ferne schnaubten die Rappen, zuweilen tönte das rauhe Husten des Vaters an ihr Ohr. Ihr Auge schweifte hinüber zu dem fernen Grab ihrer Mutter, dort oben rechts neben der Mauer, das von eisernem Gitter eingefriedet war. Auf der abgebrochenen Marmorsäule leuchtete ihr Name in goldenen Lettern, und auf den Perlkränzen lag der Schnee. In diesem Augenblick setzte der Kirchenchor ein:

»Selig sind die Toten,
Die in dem Herrn sterben.
Sie ruhn von ihren Taten.«

Herr Konz, der bis dahin mit einem versteinerten, aschgrauen Gesicht aufrecht vor dem Grab gestanden hatte, wurde von einem Schüttelfrost gepackt.

Die Weiber drängten sich hinzu und weinten laut.

Friederike richtete sich hoch auf. Sie blickte dem Sarg nach, der in dem offenen Grabe verschwand. Erde um Erde fiel herab. »Leb wohl, Minna ...«

»Sie ruh'n von ihren Taten ...«

Im Hause änderte sich nun manches. Friederike ging das Haus vom Speicher bis zum Keller durch. Die Speisekammer, die zu Minnas Zeiten immer bis zur Decke mit Vorräten gefüllt war, sah aus, als habe eine Schlacht darin stattgefunden, alle Vorräte waren erschöpft. Diese Kammer wurde verschlossen, Friederike gab nun morgens selber die Vorräte heraus. Sie räumte mit allen Konzessionen auf, bestellte bei dem Bäckermeister Schurig das Brot ab, der Metzger Thees wurde aufgefordert, die Rechnung einzureichen, sie kündigte der dreisten Köchin, die jeden Abend ihren Schatz in der Küche sitzen hatte, entließ Frau Lux, die während Minnas Abwesenheit ihre zahlreiche Familie zum Essen mitzubringen pflegte; neue Mägde kamen ins Haus. Das Kutscherzimmer, wo das Wasser von den Wänden lief, wurde ausgeräumt und der Kutscher in das Erdgeschoß quartiert.

Herr Konz hatte sich auf dem Kirchhof, als er mit entblößtem Kopf am Grabe gestanden hatte, eine Erkältung geholt. Natürlich, der Pastor war schuld daran. »Wär' grad so gut, wenn sie es kurz machten, konnten aber nie lang genug salbadern.« Es war Lungenentzündung, die seine kräftige Statur verhältnismäßig rasch überwand, aber ein rauher Husten blieb zurück. Herr Konz lehnte es ab, irgend etwas für sich zu tun.

Er mußte heut nach Dillingen, morgen nach Nancy, und übermorgen war Handelskammersitzung in Sankt Martin.

Einen Pelz tragen? Das war etwas für die Leute aus Ostrowo.

Friederike hatte kein Glück mit ihren Vorschlägen, das hatte Minna besser verstanden. Die schaffte einfach einen Pelz an, war unermüdlich im Zureden und genierte sich nicht, auch einmal ihre Meinung zu sagen. Das konnte Friederike nicht. Nicht jetzt, da der Vater so ein graues, altes, verfallenes Gesicht bekommen hatte.

Der Husten machte ihn gereizt und ungeduldig. Mit Empörung nahm er wahr, daß er nicht mehr ohne Überzieher durch den Hof gehen konnte. Er wollte nicht, daß immer jemand hinter ihm hergelaufen kam mit dem Regenschirm. Sie sollten sich in das Haus scheren mit dem Halstuch und den Stauchen.

Die Anstedter gefiel ihm plötzlich nicht mehr. Das Frauenzimmer mit den neugierigen Augen wollte er nicht mehr um sich haben, aber die Hausmädchen verstanden nicht, welchen Anzug man meinte, konnten keine Stiefel voneinander unterscheiden, und wenn man sie mit »Kamel« anredete, gingen sie fort.

Friederike sprach davon, einen Diener zu engagieren.

»Damit die Leut sich über mich lustig machen?! Kann die

Galgengesichter nicht um mich haben. Das ist was für ›vornehme Leut‹. Will keinen Bedienten. Brauch niemand, der mir hilft.« –

Die Eisenwerke arbeiteten jetzt alle im Wettbewerb mit der benachbarten französischen Eisenindustrie, die sich immer mehr als scharfe Konkurrenz erwies. Die Arbeit auf dem Bureau hatte derartig zugenommen, daß Friederike den Sonntagmorgen damit verbrachte, die eingelaufene Post durchzusehen. Und ihr Vater paßte scharf auf, daß niemand nachließ. Er hatte das Prinzip, niemals wissen zu lassen, wann er kam. Wenn er in seiner straffen Haltung durch die Hallen ging, sah er alles. Und wehe, wenn er eine Unregelmäßigkeit oder Nachlässigkeit fand. Er konnte einem dann sehr angenehme Bemerkungen machen, so über die Schulter im Herausgehen. »Ja natürlich, wer könnte denn auch von einem Frauenzimmer Ordnung und Pünktlichkeit verlangen!«

Dann packte Friederike der Zorn, daß sie den Aufseher über widerspenstige Mägde machen mußte, sie stürzte sich mit dem alten Eifer in ihre Arbeit und ließ im Haus alles gehen wie es ging.

Herr Konz begann plötzlich beim Mittagessen die Teller zurückzuschieben. Die Suppen schmeckten nach »nichts« mehr, und Mehlsaucen konnte er nicht essen.

Die Köchin erklärte verdrossen, »von dem bißche Wirtschaftsgeld« könne man nicht besser kochen. Das Wirtschaftsgeld wurde ihr erhöht. Von da ab starrten Suppen und Saucen vor Fett. Eines Tages erklärte Herr Konz, er äße von nun ab im Zentralhotel, das schiene ihm außerdem billiger zu sein.

Friederike stand der Tatsache gegenüber, daß sie bei ihrem Sparsystem mehr verbrauchte wie Minna und daß doch nicht die Hälfte geleistet wurde.

»Der Wein schmeckt mir nicht mehr«, sagte eines Tages ihr Vater. »Ich glaube, er hat zu lang gelegen, oder was es ist.« Er stellte das Glas halbvoll weg. »Du könntest dich auch einmal um den Weinkeller kümmern. Aber das ist's ja, hast dich früher nit drum gekümmert, heut ist's zu spät. Alles verpfuscht und verfahren.«

Die Sache mit Dehlau geht ihm nach, dachte Friederike. Seit der heftigen Auseinandersetzung damals war er nie mit einem Wort darauf zurückgekommen. Es war »ihre Sache«, sie mußte es mit sich selber abmachen.

Er dachte jetzt oft daran, daß er ihr vielleicht doch etwas schuldig geblieben war. Sie war so allein. Niemand kam zu ihr. Das tat ihm wieder leid.

Er trug sich jetzt ernstlich mit dem Gedanken, das Werk zu verkaufen. Jeder riet ihm dazu, die Bahn hatte es nötig. Wozu plagte er sich noch mit dem Geschäft? Ja, wenn man einen Sohn hätte, dann wüßte man doch, für wen man geschafft hätte.

Friederike konnte das unschlüssige Hin- und Herberaten über den Verkauf oder das Weiterführen der Kesselschmiede nicht mehr mit anhören. So war der Vater nie gewesen, so leicht zu beeinflussen, so schwerfällig in Entschlüssen, so müd, sie auszuführen. Als im Frühjahr die Arbeiter wieder um Lohnerhöhung einkamen, hatte er schließlich kurz vor dem Streik doch nachgegeben.

Während des warmen Sommers hatte er sich herbeigelassen, nach Wiesbaden zu gehen. Vier Wochen wollte er bleiben, nach zehn Tagen kam er schon wieder zurück. Das alte Badehaus »Zum Engel« war zu einem Palasthotel umgebaut worden, im »Schwarzen Bock« hatte er kein Zimmer mehr bekommen, in der »Rose« paßten ihm die Amerikaner nicht, und im Viktoriahotel hatten sie nur Augen und Ohren gehabt für den König Christian, der dort wohnte.

Im Herbst erkältete er sich von neuem auf einer Jagd, und der Husten wurde wieder heftiger.

Zum erstenmal fuhr er nicht nach Trier zur Weinversteigerung. Es war kein verlockendes Reisewetter, und es war niemand mehr da, der ihn dazu animierte. »Was braucht man sich denn noch Wein hinzulegen?« sagte er. »Wer trinkt ihn denn? In zwei Jahren kannst du ihn sowieso versteigern lassen, brauch dann keinen Wein mehr.«

»Soll man sich denn noch wirklich einen neuen Rock machen

lassen?« fragte er, als Schneidermeister Gehrike im Frühjahr kam und fragte, ob er den neuen Frühjahrsanzug anmessen dürfte. Herr Konz durfte das Jahr hindurch nicht mit Kleiderfragen belästigt werden, und Gehrike hatte die Anweisung, Frühjahr und Herbst einen neuen Anzug anzufertigen, auch wenn Herr Konz sich dagegen sträuben sollte.

Die Maispiele der Darmstädter Truppe erregten dieses Jahr nur seine abfällige Kritik.

»Des Meeres und der Liebe Wellen«, Trauerspiel, oje! »Die Weber«. Aha, das war sicher wieder so eine sozialistische Geschichte von idealistischen Leut. Er schob die Zeitung fort und stand auf. »Brauch keine Komödie vorgespielt zu kriegen. Hab' Trauerspiel genug gehabt im Leben.«

Er hatte keine Lust mehr, abends ins Kasino zu gehen. Was sollte er noch dort? Der alte Noll war längst nicht mehr da, und die Jagdfreunde kamen nur noch angehumpelt, um einem ihre Krankheitsgeschichten vorzulamentieren. Da war's schließlich grad so amüsabel daheim. Er konnte stundenlang am Ofen sitzen und ins Feuer sehen. Wenn sie nach Tisch einander gegenübersaßen, lasen sie beide die Zeitung. Sie hat keine Gesellschaft, dachte Herr Konz, und ich nicht.

Friederike war seit dem Streik im vergangenen Jahr nicht mehr aus Neuweiler fortgekommen. Sie hatte keine Ruhe mehr; so oft sie fortging, passierte irgend etwas. Ihr Vater wurde so vergeßlich, er ließ das Licht des Nachts auf den Treppen brennen und vergaß das Haus abzuschließen. Einmal hatte er eine Explosion mit dem Gasbadeofen angerichtet, als er sich spät abends noch ein Bad machen wollte. Er sagte nichts, wenn er etwas Derartiges vorhatte. Konnte nicht haben, wenn jemand hinter ihm herkam und fragte. »Konnten ja alle nix, wußten nix, ›fragten‹ nur.« Minna hatte nie gefragt. Seit Minna nicht mehr war, kamen und gingen die Leute wie in einem Taubenschlag, nur die Anstedter und der Ferdinand blieben. Der Ferdinand begann dem Stallknecht die Arbeit zu überlassen, und die Anstedter gab freche Antworten. Aber sie war die einzige, die wenigstens ihre Arbeit verstand, und auf die »Kutscherschlauder« zu kommen, dazu hatte Friederike weder Zeit noch Lust.

Minna fehlte überall. Sie wußte immer, wann man Späße erzählen konnte und wann man den Mund zu halten hatte. Es war jetzt so still im Haus, nur im Unterstock lärmten die Mägde; Friederike kam es oft vor, daß sie durch die leeren Zimmer ging und Minna suchte. Man hatte sie immer gehört, ehe man sie sah, sie schlug die Türen ins Schloß und lachte, schwatzte oder sang. Ach, warum war diese entsetzliche Krankheit so rasch gekommen.

Sie ängstigte sich um ihren Vater; einen Arzt wollte er nicht haben, den Husten hatte er seit 1860, das war ein Geschenk fürs Leben, da war nichts dran zu machen.

Er schlief nicht mehr. Des Nachts türmte er neben sich die Zeitungen auf, schellte drei-, viermal nach heißem Wasser und war des Morgens matt und verdrießlich. Er vergaß die Skattage im Kasino und schlief des Mittags bei der »Kölnischen« in seinem Sessel ein. Aus eingesunkenen Augen sah er in die Welt. Oft mußte er geweckt werden, um auf das Werk zu gehen. Wie welk seine Züge sind, und wie weiß ist sein Haar geworden, dachte Friederike, wenn sie ihm bei Tisch gegenüber saß und er mit zitternden Händen den Wein verschüttete.

Er ließ sich auch äußerlich gehen. Früher war Minna, wenn er ausging, stets mit der Bürste bei der Hand gewesen und hatte ihm Krawatte und Kragen bereitgelegt. Ehe er jetzt erst nach so einem Frauenzimmer schellte, das ankam und fragen mußte, was er brauchte, lieber ging er, wie er war. Sie wußten ja jetzt alle, daß er Rudolf Konz hieß, mit Ausnahme des Sattlermeisters Kaczmarek, der ihn »gnädiger Herr« anredete und hinterher seinen Namen nicht einmal wußte. Am schlimmsten war seine Laune des Sonntagmittags, wenn er aus dem Schlaf erwachte und niemand kam, der ihm erzählte, was »die Leute sagten«, und dabei einen Strumpf strickte.

Der Sonntag war so lang, der Mittag so still, und die Zeitungen hatte er schon alle des Morgens ausgelesen.

Dann saß er am Fenster und sah über die verstaubten bunten Zwerge, die sich im geschorenen Rasen duckten, in die öde Fingerhutgasse hinein, schlief beim Mittagslicht und sprach von seiner Beerdigung. Stumm hatte sich ein Erbbegräbnis errichtet, er würde auch eins bauen lassen. Oben am Wald, aus weißem Sandstein. Und sein Name in großen goldenen Buchstaben, so daß selbst der Kaczmarek es lesen konnte, und alle, die mit dem Zug vorbeikamen, wußten, »dort liegt der alte Konz«.

Würde ihr wohl so passen, ihn einfach zu verscharren. Eine große Beerdigung will er haben, mit Militärmusik. Der Kriegerverein soll mitgehen, und die Fahne sollen sie tragen, die er ihnen geschenkt hat. Über sein Grab soll dreimal geschossen werden. Aber kein Gesang von den alten Jungfern vom Kirchenchor. Und wenn sie heimgehen, soll die Musik einen lustigen Marsch spielen, und in den Wirtshäusern soll ein Faß aufgelegt werden, und sie sollen auf sein Wohl trinken.

Die andern Großindustriellen waren längst Kommerzienräte, hatten Titel und Orden, einige hatten sogar das Eiserne Kreuz. Ein Bekannter hatte sein Walzwerk in die Pfalz verlegt und war Kommerzienrat geworden, aber der »Pfälzer Kommerzienrat« war sein Ehrgeiz nicht. Den preußischen wollte er, und wenn er ihn nicht bekam, mochten sie zum Teufel gehen mit ihren Titeln und Orden. Er scherte sich nicht darum. Er war schlecht auf Auszeichnungen zu sprechen, aber heimlich saß doch ein Groll in ihm, daß man gerade ihn so überging.

In diesem Herbst wurde Rudolf Konz endlich Kommerzienrat. Die Arbeiter und Beamten kamen ins Haus, um ihm zu gratulieren; er ging mit seinem Sektglas herum und ließ sich von allen bestätigen, daß er noch »nit doddelig« sei. Abends gab er seinen Arbeitern ein großes Fest in der »Krone« mit Ansprachen und Musik. Der ganze Kriegerverein war dabei, und er würde eine Rede halten.

Friederike hörte, wie er sich oben, nachdem endlich die letzte

Deputation gegangen war, auf seinem Zimmer ankleidete und mit der Anstedter schalt, die wieder nichts finden konnte. Die Stühle flogen hin und her. Er nahm schließlich die schwarzen Röcke selbst aus dem Schrank und warf sie auf das Bett. So eine Gans. Wußte nicht einmal, daß er seinen Frack anlegte heute!

Ehe er wegging, kam er noch einmal zu Friederike, die an ihrem Schreibtisch saß, und zeigte sich in seinem Frack, der ihm so gut stand.

»Na, Mädel«, sagte er gutgelaunt. Sie saß da so traurig herum. »Hast gar kein Vergnügen heut. Was wünscht du dir denn? Heut kannst du wünschen.«

Friederike sah zu ihm auf und sah den warmen Glanz, der in seinen hellgrauen Augen leuchtete, und sein von dem Sprechen und Trinken heißes Gesicht, das heute so jung und frisch aussah. Sie nahm seine Hand und hielt sie fest an ihre Wange.

Sie dachte an den Tag, an dem sie mit ihrem einzigen großen Wunsch vor ihn getreten war und er ihr alles mit einem »Nein« abgeschnitten hatte, und es erschien ihr das heute plötzlich tausendmal tröstlicher, daß er selbst zu ihr auf das Zimmer kam und alles wieder gutmachen wollte ... »Daß du wieder wärst wie damals«, wollte sie sagen, aber sie brachte kein Wort heraus.

»Ein Pferd kannst du mir schenken«, sagte sie endlich.

»Nun ja, wollen mal sehen.« Er griff in seine Brusttasche und nahm aus dem alten Lederetui drei große Scheine, die er vor sie auf den Tisch legte. Es waren Staatspapiere. »Dafür kannst du dir kaufen, was du willst.«

Sie drängte ihn zu gehen, schloß ihm die Türe auf und schellte dem Kutscher.

Mit der Bürste fuhr sie ihm über den Mantelkragen, und er ließ es sich gefallen. Sie half ihm in den Überzieher und sah dabei, daß die Zigarrentasche abgenutzt und der Samtkragen abgestoßen war. Das gab ihr einen Ruck. Daß ich nicht besser auf alles achtgegeben habe, dachte sie. Es wäre doch vielleicht nötiger, als auf dem Bureau zu sitzen. Er hat keinen Menschen wie mich, ich muß mich besser um ihn kümmern.

Der Wagen fuhr vor. »So«, sagte Herr Konz im Hinausgehen, »jetzt fährt der Herr Kommerzienrat zu seinen Untertanen.«

Sie sah dem Wagen nach, der durch die dunkle Gasse fuhr, bis der Schritt der Rappen verklang.

Friederike saß vor ihrem Schreibtisch, hatte die Schubladen herausgenommen und ordnete Briefe. Es war totenstill auf der Gasse. In der Ferne heulte langgezogen ein Hund durch die helle, stille, kalte Nacht. Ein paarmal hatte sie gemeint, das Rollen eines Wagens zu hören, sie hielt inne und horchte, aber jedesmal erwies es sich als eine Täuschung.

Sie sah wieder nach der Uhr, ging an das Fenster und blickte auf die mondscheinbeleuchtete leere Fingerhutgasse hinaus. Der Vater kam noch immer nicht, und die Rappen standen schon so lange vor dem Hotel, er ließ sie doch sonst keine Minute stehen.

Die große Uhr im Eßsaal nebenan schlug langsam hallend zwei, und im blauen Saal fielen die Pendülen mit feinem leichten Klang ein; unten in der Küche rasselte die Kuckucksuhr, und der Kuckuck schrie hell und eilig seine Stunden ab. Wie ein bleiches, sanftgewundenes Band zog sich die Milchstraße am Himmel hin und hob sich gegen den in seiner Bläue dunklen Himmel ab, vereinzelte hohe, grelle Lampen strahlten in der Nähe der Brücke, die vielen Lichter des Bahnhofs funkelten in allen Farben. Die Kesselschmiede lag ruhig und dunkel, nur an den Torhäusern brannte Licht. Mein Gott, dachte sie mit einemmal, warum kommt er nicht?

Endlich hörte sie Wagenrollen. Im scharfen Trab kam ein Wagen die Straße herunter. Sie lauschte. Aber das war der Tritt fremder Pferde, so liefen ihre Rappen nicht, und es war auch ein unbekanntes Halbverdeck.

Von einer entsetzlichen Angst getrieben, eilte sie hinunter und öffnete. Jemand läutete am Tor. Das Halbverdeck hielt vor dem Hof, ein alter Herr sprang heraus. Sie erkannte den Sanitätsrat. Er kam die Treppe herauf und nahm den Hut ab.

Friederike wußte, was er brachte, noch ehe er sprach. »Ein Unglück?« rief sie ihm von Angst gefoltert entgegen. Der alte Arzt nickte.

Ihr Vater war den ganzen Abend lebhaft, wie lange nicht, gewesen. Sie hatten ihm einen Fackelzug gebracht, und er war unter sie getreten, um seine Rede zu halten. Nach wenigen Worten war er zusammengebrochen. Gehirnschlag. Sie fühlte einen entsetzlichen Schmerz, als ob in ihr etwas durchrisse.

»Mein guter alter Vater.«

Der Sanitätsrat drückte ihr die Hand. »Er hat sich immer einen Soldatentod gewünscht.«

Dann brachten die Rappen in langsamem Tritt ihren Vater. Der Ferdinand und der Hausknecht aus dem Zentralhotel trugen ihn herein. Im Hof erhob Tyras ein jammervolles Geheul.

Friederike klopfte an die Fenster, wo die Mägde schliefen.

Ein blonder verstrubbelter Kopf sah heraus.

»Was is denn los?«

»Stehen Sie alle auf«, sagte Friederike.

»Jesses, mitten in der Nacht!« kam es zurück.

Wenn Friederike jemals an die Möglichkeit gedacht hatte, ihren Vater zu verlieren, hatte sie ein eisiges Gefühl der Vereinsamung überschauert. Nun war sie plötzlich in eine Fülle von Arbeit hineingestellt, die Übernahme des Werks, die Neubesetzung ihres Postens auf dem Bureau nahmen ihre ganze Aufmerksamkeit in Anspruch, und die Verantwortung, die nun allein auf ihr lag, spannte ihr ganzes Denken an. Die Testamentseröffnung ging vor sich. Sie war als unumschränkte Erbin eingesetzt. Einige Legate waren ausgesetzt, für die Arbeiterpensionskasse, den Kriegerverein und ein paar andre Vereine, denen Herr Konz als Ehrenmitglied angehört hatte. Das Testament mußte schon vor zwanzig Jahren niedergeschrieben worden sein, es war vergilbt, aber erst vor kurzem vom Notar beglaubigt worden.

Als sie zum erstenmal wieder an den Schreibtisch ihres Wohnzimmers kam, fand sich, daß sie den Schlüssel hatte stecken lassen und die drei Scheine, die sie dort hineingeschoben hatte, fehlten, samt der Brieftasche ihres Vaters. Es waren an dem Abend, in der Nacht und in den folgenden Tagen viele Menschen durch das Haus gegangen und an der offenstehenden Türe ihres Zimmers vorbeigekommen, ein Schritt nur, der Schreibtisch stand gleich rechts am Fenster – ein Griff in die offene Mappe, und das Geld war fort. –

Die Erinnerung an die schreckliche Nacht hatte sich ihr verwirrt. Das einzige, worauf sie sich besinnen konnte, war, daß sie die Türe hinter sich offen gelassen hatte, als sie nach der Haustüre gegangen war, um dem Wagen entgegenzulaufen.

In ihrem Schrecken hatte sie alles vergessen, und hatte die Schublade offen gelassen. Warum hatte sie nicht gleich am andern Morgen, als sie an den Schreibtisch kam, nach den Scheinen gesucht? Sie konnte sich keine Rechenschaft darüber geben. Sie schickte nach der Polizei. Aber auch die gerichtliche Untersuchung ergab keine Anhaltspunkte. Die Mägde und der Kutscher verteidigten ihre Unschuld mit Entrüstung.

Die Mädchen waren während der Nacht alle im oberen Stock beschäftigt gewesen, und der Kutscher konnte sein Alibi nachweisen. Er hatte Herrn Konz heraustragen helfen und war dann ausspannen gegangen. Er wußte überhaupt nicht, wo das Fräulein sein Geld hatte, und in der Schnelligkeit in das Zimmer zu witschen, »da mißt m'r ja Flitsche han«, meinte der Ferdinand, der vor ihr stand und seine sandfarbene Kutschermütze in den Händen drehte.

Friederike nahm den Mann selber in Schutz vor dem scharf verhörenden Beamten. Der Ferdinand war keiner von den Fixen, er faßte das Leben gemütlich auf. Er nahm sich wohl einmal eine Zigarre, vorausgesetzt, daß sie gut war, aber er trug das Geld immer lose in den Taschen, und wenn es Trinkgelder gab, bequemte er sich oft nicht einmal dazu, herbeizukommen, um sie entgegenzunehmen.

Friederike meldete die Nummern, und die Scheine wurden gesperrt.

»'s is, wie's is; uff enem von uns bleibt's sitze«, sagte die Köchin, als die Leute zusammen hinausgingen. Es herrschte eine gedrückte Stimmung unter den Leuten. Keiner wollte jetzt kündigen, um nicht etwa in den Verdacht zu geraten, den Diebstahl begangen zu haben, und alle wären am liebsten auf der Stelle fortgelaufen. –

Maud suchte Friederike zu überreden, sich doch eine Hausdame zu nehmen, eine gebildete Dame von Familie und Takt, die ihr den Haushalt überwachte. Maud hatte zwar selbst eine solche Dame niemals finden können, aber Friederike konnte in einem so großen Hause ohne Gesellschaft und Schutz unmöglich leben.

»Maud«, sagte Friederike, »meinen Vater oder Minna kann mir kein Mensch ersetzen. Aus Damen, die in allen Künsten dilettieren, habe ich mir nie viel gemacht, ich bin nicht musikalisch, und wenn mir einer etwas vorlesen will, denke ich an andre Dinge. Ich habe noch nie einer Rede, einer Predigt oder einem Vortrag folgen können. Ich muß alles schwarz auf weiß vor Augen haben; was mich interessiert, lese ich, und für den sogenannten Haushalt ist ja die Anstedter da.«

Maud verzog das Mündchen. »Gott, Friederike, die Anstedter ist eine Magd, ihre Mutter war Kellnerin, eure Minna war Kellnerin. Du kannst dich doch nicht mit lauter Kellnerinnen umgeben.«

Friederike brach rasch ab. »Was den Schutz betrifft, so ist ja der Ferdinand da. Ich habe ihn sogar gestern nach dem ersten Stock hinaufquartiert – « fügte sie hinzu.

»Warum das?« fragte Maud überrascht.

»Die Kutscherwohnung ist immer noch nicht trocken und kann nicht tapeziert werden, im Erdgeschoß schlafen die Mägde, und seit er dort unten haust, hört der Spektakel nicht mehr auf; entweder juchheien sie bis in die Nacht hinein oder er kriegt mit der Anstedter Streit. Die zwei vertragen sich nicht mehr.

Ich hab' ihn in der Garderobe einquartiert, und wenn einer einmal nachts bei mir einsteigen will, werde ich nicht aufstehen, sondern klingle dem Ferdinand.«

Maud schwieg, es war, als ob sie etwas einwenden wollte. Sie schien zu überlegen und zögerte. Aber sie wußte genau, was Friederikes Antwort sein würde. Die Leute? Was gingen sie die Leute an. Und sie unterdrückte ihre Warnung.

Es machten sich wieder Ausstandsbewegungen unter den Bergleuten bemerkbar. Auf verschiedenen Gruben des Umkreises war nur die Hälfte der Belegschaften eingefahren, andre Belegschaften streikten geschlossen, in Neuweiler wurden Versammlungen abgehalten. Im Januar hatte der Berghauptmann eine Deputation von drei Bergleuten im Sitzungssaal der Kreisstadt empfangen, sie nach den Verhältnissen gefragt und festgestellt, daß jeder von ihnen durchschnittlich vier Mark verdiente. Er sprach der Deputation sein Befremden darüber aus, daß sich im »Rheinischen Hof« gleich jeder eine halbe Flasche Wein hatte geben lassen. Auf die Frage, ob sie dem Rechtsschutzverein angehörten, verweigerten zwei die Antwort, der dritte antwortete ausweichend, er sei kein Sozialdemokrat.

Der Oberberghauptmann erklärte, es könne nicht geduldet werden, daß die königlichen Gruben von Sozialdemokraten kommandiert würden. Weil die erschienenen Bergleute von fremden Organen gewählt seien, könne er sie nicht als rechtmäßige Vertreter der Belegschaft anerkennen. Er machte sie darauf aufmerksam, daß der Ausstand auf das Absatzgebiet der Kohlen Wirkung habe und die Arbeitsgelegenheit dadurch verringert würde.

Der Streik brach trotzdem aus und verbreitete sich rasch. –

In der Handelskammer hatte Stumm gesprochen. Er sah die Hauptveranlassung des gegenwärtigen Streiks darin, daß die Bergverwaltung den Rechtsschutzverein, der auf sozialdemokratischer Grundlage stehe, nicht nur dulde, sondern ihn beinahe begünstige. Der Federkrieg zwischen dem »Bergmannsfreund« und dem Organ des Rechtsschutzvereins, »Schlägel und Eisen«, konnte nicht als eine wirksame Maßregel gegen den Verein angesehen werden. Die Bestrebungen des »Bergmannsfreundes« erkannte er an, im übrigen aber hatte man die Bergleute den sozialdemokratischen Einflüssen des Rechtsschutzvereins schutzlos preisgegeben; es werde sogar behauptet, dieser Verein habe auch sein Gutes, weil durch ihn Übergriffe der Unterbeamten zutage gekommen seien. Die Arbeiterausschüsse waren nur Organe des Rechtsschutzvereins.

Er verlangte, daß die Bergbehörde die Wiederanlegung der Arbeiter von dem Austritt aus dem Rechtsschutzverein abhängig machen sollte.

Am Tage darauf wurde bekanntgegeben, daß fünfhundert Mann, die während des Streiks agitatorisch gewirkt hatten, entlassen seien, dazu alle Mitglieder des Rechtsschutzvereins. Die schlechte Lage des Kohlengeschäftes machte eine Verminderung der Belegschaft ohnehin notwendig; außer den Ausständigen mußten noch weitere zwei- bis dreitausend Mann von der Grubenarbeit zurückgewiesen werden. Die Bergverwaltung hatte die Absicht gehabt, diese im geschäftlichen Interesse notwendige Maßregel zu vermeiden, die Rücksicht war aber durch das Verhalten der Belegschaft in Wegfall gekommen. Bei der Auswahl der von der Arbeit Zurückzusetzenden kamen in erster Reihe diejenigen in Betracht, die am längsten im Ausstand verharrten.

In den stürmisch abgehaltenen Bergarbeiterversammlungen wurde einstimmig beschlossen, weiter zu streiken. Die Frauen klagten ihren Männern, sie kämen nicht mehr aus, Butter, Fleisch, Brot stiegen immer höher im Preise, man hatte sich ein besseres Leben angewöhnt, und es war merkwürdig, wie der höhere Lohn sich rasch ausgab. Einigen war das öffentliche Auftreten zu Kopf gestiegen, ihre Ansprachen an die Kameraden waren mit stürmischer Begeisterung begrüßt worden, nachher stand in den Zeitungen: »Gestern sprach Bergmann Ludwig Schank«, und ein wohlwollender Redakteur glättete den Stil der Rede und brachte die fehlende Logik hinein, so daß eine solche Rede sich las wie eine Herrenhausansprache. Man las jetzt Blätter wie »Schlägel und Eisen«, »Volksfreund« und »Volkszeitung«; nur die »Rückständigen« hielten den »Bergmannsfreund« und das »Evangelische Wochenblatt.«

Der alte Meister Kolling, der schon seit zwanzig Jahren auf der Kesselschmiede arbeitete, hatte Friederike die Mitteilung gemacht, daß sich bei den Kesselschmieden ebenfalls ein Ausstand vorbereite.

Es hätte dieser Mitteilung kaum bedurft. Daß etwas gegen sie im Gange war, sah Friederike an der feindlichen Haltung der Leute, an den wütenden Blicken, mit denen man sie musterte, wenn sie durch die Hallen ging, kein Arbeiter grüßte, kaum daß einer noch an der Mütze rückte, wenn er ihr in den Weg lief.

Friederike tat, als sähe sie ihre schadenfrohen, gehässigen Gesichter nicht, ihre Gedanken kreisten unaufhörlich um denselben Punkt. Es war unmöglich, bei der ungünstigen Geschäftslage, welche die erhöhten Kohlenpreise geschaffen hatten, auch noch Lohnerhöhungen zu bewilligen, außerdem standen große Lieferungen für das Ausland aus, ein Streik jetzt, ehe die bestellten Arbeiten abgeliefert waren, würde Verluste ergeben, die gar nicht abzuschätzen waren.

Friederike hatte den Meister in ihr Wohnzimmer bestellt. Der ruhige, verständige Mann hatte Fühlung mit den Leuten. Sie hatte den Plan gefaßt, dem Streik mit Anschlägen vorzubeugen.

Kolling widersprach. Die Anschläge würden sie herunterreißen. Man machte sie dadurch ja geradezu darauf aufmerksam, wie nötig man sie jetzt brauchte. Er war dafür, dem Kampf die Spitze abzubrechen und ihnen die Löhne in Gottes Namen diesmal zu erhöhen. Das war immer noch vorteilhafter, wie das Werk jetzt stillzulegen.

Friederike sah ihn groß an. »Stillegen? Wer spricht denn davon? Ich halte meine Kontrakte, und die bestellte Arbeit liefere ich ab. Es gibt noch anderswo Arbeiter!« rief sie, von seinem eigensinnigen Widerstand erregt.

Der alte Mann hob die Hände auf. »Um Gottes willen, Fräulein Konz, nur kein fremdes Volk ins Land! Da kriegen wir Mord und Totschlag.«

»Ich würde schon dafür sorgen, daß die fremden Arbeiter nicht unter die Neuweiler kämen«, sagte sie. Ein paar Baracken waren rasch aufgeschlagen und eine Menage hergerichtet, aus der sie beköstigt würden. Das Hamburger Bureau schickte den Fabrikanten jederzeit Hunderte von Arbeitern. »Und wenn das nicht funktioniert, dann läßt man Polen kommen! Mir ist es dann auch gleich, wer sich hier ansiedelt. Nehmen die denn etwa Rücksicht auf uns?«

Der Meister zuckte die breiten Schultern. Kurzsichtiges Frauenzimmer, dachte er. Nun waren sie wieder am selben Punkt angelangt, und sie versteifte sich auf ihrer unseligen Idee.

Friederike setzte mit großen fliegenden Buchstaben den Satz zu den Anschlägen auf, die der Meister gleich zur Druckerei mitnehmen sollte.

Der alte Mann stand schweigend dabei und sah ihr zu, während ihre Feder mit raschen Zügen über das Papier flog. Zuweilen warf er einen Blick unter seinen buschigen Augenbrauen auf seine Herrin. Viel hielt er nicht von dem neuen System.

Kolling hatte gerade die Tür hinter sich geschlossen, als Friederike auf einen Lärm im Hause aufmerksam wurde. In der Küche schien Streit ausgebrochen zu sein. Man hörte eine hohe Weiberstimme heftig schimpfen, dazwischen fuhr von Zeit zu Zeit eine schwerfällige Männerstimme, die sich zu verteidigen schien. Das waren wieder die Anstedter und der Ferdinand. Sie stampfte mit dem Fuße, das Blut schoß ihr zu Kopf. Das ging wirklich nicht länger mit den beiden. Seitdem der Vater nicht mehr war, taugte der Kutscher nichts; er überließ die Arbeit dem Stallknecht, die Pferde verwahrlosten, in den Garten kam er überhaupt nicht mehr, und jeden Abend war er angetrunken.

Es ist Zeit, daß auch hier aufgeräumt wird, dachte sie, während sie mit raschen Schritten hinunterging. Sie stieß die Küchentüre auf, die nur angelehnt war, und sah die Anstedter mit herabhängendem Zopf, zerrissener Schürze, mit blitzenden Augen und rotem Kopf sich gegen den Kutscher verteidigen, der sie beim Halse gepackt hatte und mit der Faust auf sie losschlug.

Mit einem Aufschrei fuhr die Anstedter zurück, als Friederike eintrat. Sie stand erstarrt wie ein Bild. Ihr rotes Haar war aufgesträubt und flammte in der Sonne. Sie war wie mit Blut übergossen und begann sogleich sich mit lauter Stimme zu verteidigen.

»Halten Sie den Mund«, rief Friederike. Sie war nicht mehr fähig, ihre Worte abzuwägen, sie sah nur den Mann vor sich, der andre für sich arbeiten ließ, und glaubte, keinen Herrn mehr über sich zu haben. Sie hatte lang genug mitangesehen, wie er die Pferde vernachlässigte, den Garten verkommen ließ und sich an ihrem Wein vergriff; das war so gut wie Diebstahl, und einen Dieb behielt sie nicht im Haus.

Als sie atemlos innehielt, bemerkte sie einen merkwürdigen Blick aus den hellblauen Augen des Ferdinand. Er schien langsam aus seinem Rausch zu erwachen, er reckte sich, sein Gesicht veränderte sich, es wurde fahl.

»Also ich kann gehn?« fragte er höhnisch, indem er seinen Rock zuknöpfte und der Anstedter einen Blick zuwarf.

»Sie gehen auf der Stelle. Lohn und Kost zahle ich Ihnen aus. Ihre Arbeit hat seit einem Monat der Karl gemacht. Zum Weinsaufen brauch' ich niemand.«

Der Kutscher stieß ein kurzes Lachen aus.

Es war still in der Küche. Man hörte das leise eilige Pochen eines Weckers in der Mägdekammer, hinter deren offener Türe man die rotgewürfelten Betten, hochgetürmt und ungeordnet, sah. Das Wasser in dem Messingkessel auf dem Herd trällerte mit dem Deckel. Die Anstedter steckte ihr Haar auf.

»Packen Sie Ihre Sachen und kommen Sie dann in mein Zimmer«, sagte Friederike, indem sie die Türe hinter sich ins Schloß warf.

Das Herz schlug ihr, als ob es springen wollte. Sie ging im Zimmer hin und her, ordnete die Zeitungen, den Siegellack in der Federschale und horchte nach draußen.

Was hatte denn der Ferdinand noch so lange mit der Anstedter in der Küche zu unterhandeln? Sie sprachen mit gedämpften Stimmen. Ein plötzlicher Verdacht fuhr ihr durch den Sinn. Wenn der Mann nicht ein Mädchen im Köllertal mit einem Kind, für das er Alimente zahlte, sitzen hätte, und die Anstedter nicht mit dem Moselaner, dem zweiten Kutscher, verlobt gewesen wäre ... Der Mink war ein wohlhabender Bauernsohn, und der Ferdinand hatte sich keinen Pfennig erspart, ließ Sonntags alles draufgehen und hatte immer jemand bei sich, den er freihielt. Jedenfalls mußte der Ferdinand aus dem Haus, es war die höchste Zeit.

Sie legte die Hand auf die Schelle. Da kam er endlich langsam an, kratzte sich vor der Türe die Füße ab und trat ein. Friederike hatte am Schreibtisch Platz genommen und drehte ihm den Rücken.

»Ich habe Ihnen Ihr Zeugnis geschrieben«, sagte sie, ohne sich nach ihm umzusehen. »Es ist das Zeugnis über die Jahre unter meinem Vater. Von dem letzten halben Jahr steht nichts drin, das ist ja auch das beste. Sie haben vierzehntägige Kündigung. Ich zahle Ihnen den Monat voll. Den Vorschuß von achtzig Mark habe ich abgezogen. Sehen Sie zu, ob alles stimmt.«

Es kam keine Antwort. Er rührte sich nicht, sondern stand an der Türe, noch in der Livree, die Kutschermütze in der Hand.

»Was stehen Sie denn noch da?« wiederholte sie.

Der Mann räusperte sich. Er hätte doch einmal fragen wollen, ob das ihr Ernst sei mit der Kündigung.

Friederike drehte sich nun ganz herum.

Das war ihr doch sicher bloß in der ersten Wut so herausgefahren.

Ihr schoß das Blut wieder zu Kopf bei dem dreisten Blick, mit dem sie der Mann anschaute.

»Was ich einmal gesagt habe, bleibt bestehen«, erwiderte sie. »Ich kann keine Leute gebrauchen, die sich am hellen Tag betrinken und sich mit meinen Mägden prügeln. Zählen Sie nach, ob es stimmt«, wiederholte sie und schloß die Schublade.

Er sah sie finster an, würgte ein Wort herunter, seine Augen blieben an der blanken Kassette hängen, aus der sie das Geld nahm.

Er blickte flüchtig nach dem ausgezahlten Lohn hin. Nach den Abzügen blieben noch gerade sechzig Mark. Mit einem verächtlichen Achselzucken sagte er: »Ist das alles?«

»Jawohl«, sagte Friederike kurz. »Das übrige haben Sie bereits vorausbezahlt bekommen. Nun, auf was warten Sie denn noch?« fügte sie ungeduldig hinzu. Der Kutscher trat einen Schritt näher und warf einen Blick auf die Schublade, an der noch der Schlüsselbund hing. Er wollte ihr noch etwas anvertrauen, ehe er ging, begann er zögernd. Er wollte nämlich von hier aus nach Amerika. Er hätte sich gern das Geld zur Überfahrt noch hier verdient, aber wenn's denn einmal nicht zu ändern war, dann war nichts mehr zu machen. Er wollte von vorn anfangen, weit weg von hier, das Leben hier hatte er satt bis – er zeigte auf seinen Kragen. Die Frauenzimmer machten einem das Leben leid. Er hatte schon längst einmal vorstellig werden wollen wegen – wegen der Sache damals – er meinte die Geschichte, die passiert war.

»Welche Sache, was für eine Geschichte?« fragte sie. Sie sah, daß seine Hände zitterten.

Er blickte sie fest an: Wenn er das gewußt hätte, daß sie einen Mann, der zwölf Jahre unter ihrem Vater gearbeitet, aus dem Haus jagen würde, der so manches gesehen und gehört hatte, was nicht jeder zu wissen brauchte –

»Was reden Sie da für Unverschämtheiten«, brauste Friederike auf. »Jedermann kann das wissen, was in meinem Hause geschieht!«

Ein spöttisches Lächeln zuckte um seinen Mund.

»Aber Sie scheinen etwas von den gestohlenen Scheinen zu

wissen, das ist mir interessant«, rief sie, während ein eisiger Schauer über ihren Nacken rann. Um Gottes willen, wie sah der Mann plötzlich verändert aus?

»So reden Sie doch!« rief sie ungeduldig.

»Nicht so laut.« Ferdinand zwinkerte mit den Augen und wies mit dem Daumen nach der Türe. Er trat schwankend auf sie zu. Sein heißer, weindunstiger Atem traf sie, als er sich vorbeugte.

»Ich weiß es auch«, stieß er hervor. »Aber erst muß ich das Versprechen von Ihnen haben, daß es unter uns bleibt, Fräulein Konz.« Er dämpfte seine Stimme. »Und das, was ich gehört hab', wovon ich« – er wies auf sich – »Zeuge gewesen bin – ich kann's beschwören – und was ihnen sehr unangenehm wäre, wenn es unter die Leute käm', das versprech' ich Ihnen für mich zu behalten, wenn Sie mir das Geld zur Überfahrt geben. Wenn ich einmal in Amerika bin, dann sind wir quitt.«

Friederike erhob sich. Sie hätte ihm am liebsten ins Gesicht geschlagen.

»Ich warte auf das, was Sie mir von dem Diebstahl zu sagen haben«, sagte sie mit erzwungener Ruhe.

»Erst muß ich von ihnen das Versprechen haben, daß das, was ich Ihnen jetzt sage, unter uns bleibt.«

Sie warf das Federmesser auf den Tisch. »Ich unterschreibe keine Blankos!« rief sie. »Aber ich habe von Ihnen das Geständnis, daß Sie etwas von dem Diebstahl wissen, und wenn Sie sich jetzt nicht dazu bequemen, muß ich den Untersuchungsrichter benachrichtigen.«

Es entstand eine lange Pause.

»Sie wollen mir nicht antworten?« fragte sie.

Da trat er auf sie zu mit einem fahlen Gesicht und sagte mit halblauter Stimme: »Ich war's.«

Friederike sprang auf. Sie rang wie betäubt nach Worten.

Ja, nun war's heraus, was ihn bedrückte; er hatte das Leben damals satt gehabt und fortgewollt, und das Geld hatte dagelegen zum Greifen, und niemand war dabei ... Nachher war es ihm erst klar geworden, was er getan hatte. Die Scheine waren ihm wie feurige Kohlen in der Hand gewesen, und am liebsten hätte er sie ihr gleich wiedergegeben. Aber er hatte es nicht gewagt ...

»Ich hab' sie hier«, flüsterte er, seine Kutscherjacke öffnend, nahm ein altes verschabtes schwarzes Lederetui heraus und legte es vor sie auf den Tisch. Drei verknitterte Scheine lagen kleingefaltet darin, wie sie sie damals hineingesteckt hatte. Als Friederike das alte Etui ihres Vaters sah, verließ sie ihre Fassung. Es war das einzige persönliche Andenken, das sie von ihrem Vater besaß. Dieser Mann, welcher sich in einem harten arbeitsreichen Leben keine Erholung und kaum ein Vergnügen gegönnt hatte, und sich ein ungeheures Vermögen erarbeitet, besaß nicht einen persönlichen Gebrauchsgegenstand von gediegener Eleganz, auf seinem Schreibtisch stand ein gläsernes großes Tintenfaß und lag eine grüne Pappmappe. Er pflegte sein Bureau mit dem einfachen nüchternen Raum auf der Hütte zu vergleichen, in welchem Freiherr von Stumm seine Geschäfte erledigte und Besuche empfing. Das schwarze Lederetui hatte ihm Minna noch mit Seide zusammennähen müssen. Es hält mich noch aus, hatte er gemeint. Ja, es hatte ihn sogar noch überlebt, und seine Tochter hielt es nun in ihrer Hand, erschüttert von den Erinnerungen an den, der es täglich in seiner Rocktasche trug. Seine genauen, fast zu peinlichen Notizen standen in dem Notizbuch, noch vom letzten Tag geschrieben, ein paar einfache Visitenkarten, »Rudolf Konz«, fielen ihr daraus entgegen, während sie die großen Scheine auseinanderfaltete.

Der Ferdinand sah gespannt auf ihr abgewandtes Gesicht. Ihre Hände bebten, sie wollte dem Mann ihre Erschütterung nicht zeigen. Gleichzeitig stieg ein wilder Haß in ihr auf. Der Mensch, auf den sie Vertrauen gesetzt, den sie, es war zum Lachen, zu ihrem Beschützer erwählt, ausgezeichnet und belohnt hatte, weil er ein guter Pferdepfleger war, schlich in derselben Nacht, in der er ihren Vater auf das Totenbett getragen hatte, in ihr Zimmer und stahl Geld – War ein solcher Kerl noch Mitleid wert? Wenn man die Scheine nicht gesperrt hätte, wäre er heute längst über alle Berge.

Mit einem Ruck schüttelte sie alles ab, trat an das Telephon und läutete an.

»Wollen Sie mich vielleicht anzeigen?« stieß der Mann drohend heraus.

»Fräulein Konz, wenn Sie mir das antäten – « Er trat mit geballten Fäusten so dicht vor sie hin, daß seine Augen vor ihr funkelten und sie den keuchenden Atem hörte, den er zwischen den Worten ausstieß. »Dann steh' ich für nix. Weiß Gott, ich kann Ihnen mehr schaden, wie die paar lumpigen Scheine wert sind, ich hab' lang genug an mich gehalte.« Er schlug sich mit der Faust auf die Brust. »Aber dann sollen Sie mich kennen lernen – «

Sie sah ihn von oben bis unten an. »Packen Sie ihre Sachen«, herrschte sie ihn an. Sie machte eine Kopfbewegung nach der Türe und wandte sich dem Telephon zu.

Mit einem starren Blick sah ihr der Mann zu und wandte sich nach der Tür. »Gut, ich geh' also. Aber wir zwei sind noch nit fertig miteinander«, verstand sie, als er hinausging.

»'s geht re–ne,
's geht re–ne,
Die Hecke tripse noch.
Ich han emohl e Schatz gehatt,
Ich wollt, ich hätt'n noch«

sangen die kleinen Mädchen, die in der Fingerhutgasse auf der Treppe der Häuser saßen, in den warmen Mairegen hinaus. Der Regen strömte seit Tagen; es duftete nach Veilchen, überall grünten die Büsche, und die Kugelakazien vor dem Haus troffen. Die Erde dampfte, die Wiesen standen saftiggrün, an den Bäumen brachen die Knospen auf, und in den regennassen Büschen zwitscherten die Vögel.

Die kleinen Mädchen liefen am Haus vorbei und hielten die

nassen Schürzen auf: »Maireen, mach mich groß.« Vor dem Hoftor der Kesselschmiede drehte sich eine Reihe kleiner Mädchen im Kreis, ihre bunten Schürzen flatterten im Wind, ihre Zöpfchen flogen, sie sangen mit heller Stimme:

> »Hebe an der Kette, die so scheene klinglinglinkt,
> Wir haben einen Vo–chel, der so scheene singt.
> Er singt so klar, wie ein Star,
> Hat gesungen sieben Jahr.
> Sieben Jahr sind um und um,
> Dreht sich Fräulein Mina herum.«

Auf dem Bürgersteig waren Kreidestriche gezogen, die Buben spielten »Glicker« mit viel Geschrei; vor der »Deutschen Freiheit« stand der blinde »Jochhann« und drehte die Orgel, ein paar Kinder standen dabei, die kleinen Geschwister schiefen auf dem Arm, die Mädchen die Hände unter den Schürzen, alle sangen den Kehrreim mit.

> »Nun adee, adee, adee,
> Nun adee, so le–bet wohl!«

Sie hatten sich die Fingerhutgasse zu ihrem Spielplatz erwählt, denn die Kesselschmiede stand seit dem ersten Mai still.

Die hohen Schornsteine hoben sich leblos gegen den blauen Himmel ab, hinter den rußigen Fenstern leuchteten keine hellen Feuer mehr, die Säle waren leer, die Höfe still, die Tore geschlossen, an den Torhäusern und Mauern klebten Anschläge mit Aufforderungen an die Arbeiter, unverzüglich die Arbeit wieder aufzunehmen. Wer bis am fünften Mai seinen Arbeitsplatz nicht einnahm, wurde entlassen.

Die Konzschen Kesselschmiede hatten eigentlich keinen Grund zum Streiken, das fanden sogar die Bergleute. Man hatte ihnen noch vor einem Jahr, trotzdem die Kohlen im Preise angezogen hatten, freiwillig den Lohn erhöht, aber sie streikten nun einmal mit.

In der »Deutschen Freiheit« wurden die Anschläge besprochen. »Dann läßt man Polen kommen«, hatte sie gesagt. Das war das neue Regiment! Der große Kurfürst hatte sich auf das

Pferd von ihrem Vater gesetzt und meinte, nun könnte er reiten. Sie sollte nur Polen kommen lassen. Man würde sie totschlagen, ihnen das Haus anstecken, wenn sie es wagten, ihre Arbeitsplätze einzunehmen. Es gab jetzt Streikbureaus, jawohl, aber die gelernten Arbeiter waren organisiert, und was dort hinging, war Ausschuß, angeschwemmter Unrat, Gelegenheitsarbeiter, Faulenzer, die man in den Ecken aufgelesen hatte. Die sollte sich noch wundern, was dann geschah. Sie konnten es jedenfalls abwarten.

Es regnete bis in den Juni hinein. Aus grauem Himmel überschwemmten Wasserfluten das Land. In der Erde faulten die Früchte, das unreife Obst fiel von den Bäumen, der Hafer stand klein und grün auf dem Feld. Das nasse Heu wurde schließlich in die Scheunen geholt, um es draußen nicht verfaulen zu lassen. Feuchte Heufuhren durchzogen die Dörfer, die aussahen wie Leichenwagen.

Die Haferpreise hatten eine unerhörte Höhe erreicht, auch die andern Früchte und Lebensmittel stiegen. In den Fabriken häuften sich die Vorräte. Seit in der Kesselschmiede die fremden Arbeiter, die das Arbeitsnachweisbureau aus Hamburg geschickt hatte, schafften, und in der Ziegelei Polen arbeiteten, verging kein Tag, an dem Friederike nicht einen Ärger erlebte.

Die Sendung dieser Leute war eine große Enttäuschung. Man hatte erst versprochen, vierhundert Arbeiter zu schicken, als sie diese aber verlangte, schrumpften sie plötzlich zu hundert Mann zusammen, und als sie die Leute sah, die im Morgengrauen von Polizisten von der Bahn geholt, in das Tor einzogen, wußte sie sofort, daß sie es nicht mit gelernten Arbeitern, sondern mit zusammengelaufenen Arbeitslosen zu tun hatte.

Man hatte ihnen in aller Eile Wellblechbaracken als Schlafsäle aufgeschlagen und im Unterstock einer leeren Meisterwohnung eine Menage eingerichtet, aus der sie beköstigt wurden. Keiner durfte das Dorf ohne Erlaubnis betreten. Wenn man jetzt durch die Hallen ging, hörte man Polnisch, Italienisch, Schweizer Dialekt und das Platt des Nordens. Es war, als befände man sich in einem fremden Land. Ohne Verantwortung und ohne Zusammengehörigkeitsgefühl arbeiteten diese neuen Arbeiter an ihren neuen Plätzen. Sie grüßten höflich, aber, wie es Friederike schien, ohne rechte Achtung. Wenn sie diese Fremden vor sich sah mit den breiten Backenknochen, den geschlitzten schiefen Augen, dem dunkleren Teint, dem untersetzten Wuchs, standen ihr immer die Neuweiler Leute vor Augen, die kräftig, arbeitsfreudig und dreist die Woche durch schafften und sich Sonntags amüsieren wollten. Untertänig zu grüßen hatte keiner von ihnen nötig, aber man hatte doch den Rücken bei ihnen gedeckt.

Jetzt wurde sie ein unsicheres Gefühl nicht mehr los, als ob der Boden unterminiert sei.

Unbekannte Gesichter blickten ihr zu den Fenstern herein, das Summen, Schwatzen und Tellerklappern aus den Baracken klang zu ihr herüber. Oft brach Streit unter ihnen aus, dann hörte man Poltern von Geschirr und Stühlen, Schreien, Heulen, Fluchen. Es wurde ja wieder gearbeitet, die Schornsteine der Kesselschmiede rauchten, die Feuer flammten, und das gewohnte Geräusch des Nietens, das Rasseln der Blechtafeln klang wieder aus den Hallen heraus, aber es war ein Scheinleben, das hinter den verstaubten Fenstern der Fabrik geführt wurde. Über den Wert der Arbeit dieser ungeübten Leute, von den Verträgen mit der Konkurrenz, davon, daß man Lieferungen annahm, und sie von andern Fabriken fertigstellen ließ, wurde nicht gesprochen.

Seit dem Tage, an dem zwei Polizisten den Kutscher gefesselt durch das Dorf geführt hatten, glaubte Friederike in allen Gesichtern offene Feindschaft zu lesen. Wenn sie jetzt in ein Geschäft eintrat, dauerte es merkwürdig lange, bis sie bedient wurde. Die Ladeninhaber standen augenscheinlich auf dem Standpunkt, daß ihre Geschäfte eine so große Annehmlichkeit für die übrigen Einwohner bedeuteten, daß sie sich nicht mit Bücklingen um die Gunst der Käufer zu bemühen nötig hatten. Friederike verließ oft empört den Laden, ohne ihre Wünsche geäußert zu haben. Es war offenbar eine Absicht dabei, sie zu kränken oder eine ihr unerklärliche Nichtachtung zu zeigen. Denselben Ausdruck las sie auf den Mienen ihrer ehemaligen Arbeiter, die ihr von Zeit zu Zeit begegneten. In der »Deutschen Freiheit«, in der zu Lebzeiten ihres Vaters kein Kesselschmied verkehrt hatte, weil er die Nähe des Werks scheute, saßen jetzt ihre Arbeiter auf der zur Veranda angebauten Treppe oder in dem Wirtsgarten, der sich wie eine Landzunge zwischen dem Güterbahnhof hinausschob, oft schon am Vormittag beim Kartenspiel und Bier, und wenn sie dort vorüberritt, blickten ihr durch das wilde Weinlaub giftige Blicke nach. Einmal ertappte sie einen früheren Kesselschmied in der Nähe ihres Tores in leiser Unterredung mit einem Meister. Als er sie erblickte, ging er langsam schlendernd, die Hände in den Hosentaschen, davon, und der Meister grüßte verlegen.

Sie hatte sich eines Tages entschließen müssen, den alten Tyras zu erschießen. Er war schläfrig und nachlässig geworden, weigerte sich, ihr aus dem Tor zu folgen, und wenn sie ihn am Tor neckten, erhob er sich nicht einmal mehr, sondern blieb liegen, den Kopf auf den Pfoten. In derselben Stellung tötete sie ihn. Sein letzter Blick ging ihr immer noch nach. Doch hätte sie ihn zu töten keinem andern zugestanden. Nun wachte eine Bulldogge mit festem, riesigem Gebiß und einem häßlichen treuen Hundegesicht im Hof, sie schlug bei dem leisesten Schritt an, der des Nachts auf der Fingerhutgasse schallte. Den Arbeitern in den Baracken war sie verhaßt, und die Mägde fürchteten sich vor ihr. Nur der Anstedter lief das Tier vom ersten Tag an nach, sie fütterte es, und von ihr ließ es sich waschen und bürsten. An dem Tag der Verhaftung des Ferdinand hatten alle Mägde gekündigt und das Haus verlassen, und der zum Kutscher aufgerückte Moselaner hatte das Unglück gehabt, daß ihm der Rappe im Stall krepierte. Friederike hatte dem Mann gekündigt, der überhaupt wenig leistete und seitdem die Anstedter ewig zwischen Stall und Küche hin und her ging, zerstreut seinen Dienst tat; ein halber Trottel war er sowieso. Aber nun legte sich die Anstedter ins Zeug und erklärte, wenn ihr Bräutigam weggeschickt werde, verließ sie mit ihm das Haus. Daraufhin nahm Friederike die Kündigung zurück. Zum erstenmal beging sie bewußt eine Inkonsequenz. Aber es war jetzt schwer, Leute zu bekommen, die größten Annoncen in den Zeitungen hatten keinen Erfolg mehr, die Gesindevermieterinnen ließen sie antichambrieren, versprachen, jemand zu schicken und rührten sich dann nicht, und die Mägde, die man aus dem Württembergischen und Bayrischen kommen ließ, waren keine vier Wochen im Haus, als sie schon einen Grund zur Unzufriedenheit entdeckten und kündigten. Eine steckte die andre an. Friederike war sich jetzt bewußt, was es heißt, in einem unter den Leuten verrufenen Haus Herrin zu spielen.

Die Anstedter stellte jetzt ihre Bedingungen, verlangte Gehaltserhöhung und die Schlüssel zu den Vorratskammern, ohne diese konnte sie nicht wirtschaften, die Leute wurden nur davon aufsässig, behauptete sie, wenn man ihnen die Schränke verschloß. Auch darin gab Friederike nach.

Das Hamburger Bureau hatte eine zweite Arbeitersendung in Aussicht gestellt, die Arbeiter wurden in den nächsten Tagen erwartet. Ihr kam jetzt alles darauf an, wie diese neuen Arbeiter ausfielen, von ihren Leistungen hingen neue Aufträge und Lieferungen ab. Sie schien die dreisten Antworten der neuen Mägde zu überhören, aß, was die Anstedter auf den Tisch brachte, schwieg, wenn das Wirtschaftsgeld nicht reichte, und sagte zu den unverschämtesten Forderungen ja.

Das Wirtschaftsbuch, das ihr die Anstedter jeden Samstag abend vorlegte, stimmte immer auf den Pfennig. Wenn sie Zeit gehabt hätte, würde sie einmal überschlagen haben, ob die Wirtschaft jetzt billiger geführt ward. Es kam ihr nicht so vor, trotzdem von der Mittagstafel der zweite Gang gestrichen war und sich der Haushalt um zwei Personen verringert hatte.

Zuweilen dachte sie schmerzenden Herzens an den verwahrlosten Garten, um den sich niemand kümmerte, sie selbst kam nicht einmal mehr des Sonntags dazu, hinaufzureiten, und der Nachtwächter wurde alt, er paßte nicht mehr dort auf und überließ den Garten den Buben, welche sich die Hosen an dem Stacheldraht zerrissen, um etwas Obst zu pflücken. –

Während des Sommers war es gelungen, dank streng durchgeführter Absperrungsmaßregeln, die fremden Arbeiter vor einem Zusammenstoß vor den Neuweilern zu schützen. Friederike hatte ihre Wohnung kaum verlassen. Man mußte auf dem Posten bleiben, wie ihr Vater es getan. Maud kam manchmal in ihrem Auto angefahren, um sich zu überzeugen, ob Friederike noch lebe und noch nicht von den fremden Arbeitern oder den Neuweilern ermordet sei. Es liefen unheimliche Gerüchte über die Kesselschmiede um. Wer das Werk von außen sah, eingeengt von dem blanken Schienennetz, umsponnen von einem Netz von Telegraphendrähten, von dunklen Rauchschwaden angeräuchert, umzogen und verhüllt, hätte sich nicht vorstellen können, daß in diesem ohrenbetäubenden Lärm, in den das Kreischen der Rangierzüge, die grellen Pfiffe der Lokomotiven und das Rasseln der Blechtafeln auf dem Vorhof tönte, unter einer Menge unheimlicher Gestalten, die aus den Schmutzwinkeln aller Länder herbeigeschleppt waren, eine Frau im Vollbewußtsein ihrer unumschränkten Herrschaft glücklich und losgelöst vom übrigen Leben ihr einsames Leben führte. Maud überfiel jedesmal schon beim Betreten des Treppenhauses das Gefühl, daß man sich in einem frauenlosen Hause befand, in welchem die Dienstboten es sich im Unterstock des Abends bei dampfendem Punsch wohlsein ließen, und Kohlen und Lebensmittel in Körben aus einer Hintertür aus dem Hause getragen wurden, während oben die Herrin in einem kalten Zimmer bei einer Tasse Tee ihr gleichgültiges frugales Abendbrot verzehrte und während des Essens die Kurse der Börsenzeitung las.

Im ersten Stock waren die Läden herabgelassen, die Möbel verhangen; Friederike hatte sich ganz in den unteren Stock zurückgezogen.

Die Anstedter beherrschte das Haus, mit ihr verhandelte man am Telephon, sie war es, die dem Besucher stets die Tür öffnete, von der man jede gewünschte Auskunft erhielt; man sah sie auf dem Wochenmarkt aus dem Coupé steigen, ein Hausmädchen trug ihr die Körbe nach, sie engagierte die Mägde und dressierte den Hund, der ihr bereits besser gehorchte wie Friederike, die nur zu den Mahlzeiten im Haus erschien.

»Gott, wenn ich an deiner Stelle wäre«, sagte Maud, und sie malte sich aus, wie sie sich das Leben angenehm machen würde. »Wenn du an meiner Stelle wärest, Maud«, sagte Friederike ruhig, »machtest du es eben so wie ich. Meine Arbeit befriedigt mich und füllt meinen Tag so aus, daß ich gar nicht zum Nachdenken komme, ob ich mich glücklich oder unglücklich fühle. Und ist dieser Zustand nicht ein beneidenswerter?«

Merkwürdigerweise behielt Friederike trotz der vereinfachten Haushaltführung drei Pferde bei, obwohl sie das Reitpferd höchstens Sonntags vor Tagesgrauen durch die Wälder jagte. »Es kommt vielleicht einmal eine friedlichere Zeit«, fügte sie hinzu. Und diese Friedenszeit schien sich bei Beginn des Herbstes zu nahen. Es war unter den alten Arbeitern bekannt geworden, daß, statt daß man die fremden Eindringlinge fortjagte, eine neue Sendung auswärtiger Arbeiter bevorstand. Nun, da ein rauher Wind von den Höhen herabwehte und der trockene Oktoberwind die Blätter von den Bäumen fegte, kamen jeden Tag Briefe ehemaliger Arbeiter ins Haus.

»Hochgeschätztes Fräulein Konz. Verzeihen Sie, daß ich es wage als ein Arbeiter der in Not geraten ist durch die Verhältnisse mein Verschulden ist es nicht ich bin in den Strudel hineingerissen worden was ich auch schon bereut habe. Ich ging am Tage der Situation früh um fünf Uhr auf meine Arbeit es fiel mir auf, daß niemand kam und ich ahnte nichts gutes indem schon immer Äußerungen gefallen waren welchen ich keine Bedeutung bcilegte ich wartete bis sechs Uhr da hieß es die ganze Kesselschmiede ist still gelegt es wurde mir unheimlich zu muthe indem ich in Familienverhältnisse schon schwer zu kämpfen habe nun schon wieder neues Unheil ich stand zwischen zwei Feilern einer den Hohn und spott und schiknierung seitens meiner Kameraden unter welche ich an und für sich schon sehr leide 2. das Vertrauen von Ihnen zu mißbrauchen ich entschloß mich die Fabrik mit zu verlassen und boht alles auf um ein schwanken in die Situation zu bringen, aber leider mußte ich einem Anhang unterliegen. Als ich mich am Sonntag bei Meister Kolling meldete sagte er die Stelle wäre besetzt. Da ich dem Verband nicht in die Hände fallen möchte muß ich Verbindlichkeiten aus dem Wege gehen und weiter handeln wann mein Urteil aber gefällt ist möchte ich Sie bitten, mir keinen Schandflecken in mein Papier zu machen, das ich nicht in meiner ferneren Existenz leide vielleicht scheint doch die Sonne noch einmal für mich.

Hochachtungsvoll
Christian Siebenpfeifer.«

Ein andrer behauptete: »Ich wurde an jenem Morgen direkt aus der Werkstatt getrieben weil ich arbeiten wollte und mich da zwei Mann herausholten. Ich habe gegen den Streik gestimmt in der öffentlichen Abstimmung mit der Einzigen Stimme. Worüber ich ausgelacht wurde und verhöhnt und bereue meinen Fehler sehr das ich ausständig blieb.« – »Mit dem Verband« versicherte ihr ein anderer, »stehe ich in keinerlei Verbindung, denn ich bin seit 1874 Mitglied des deutschen Kriegerbundes und werde meiner Majestät gegebenen Wort nicht untreu werden und sollte ich dabei zugrunde gehn. Auf das Streikgeld will ich gern verzichtleisten sonst muß ich mich verpflichten dem Verband beizutreten wenn es nicht möglich ist, das ich wieder Arbeit bekomme dann bitte ich doch gefälligst meine Papiere wieder so ändern zu lassen daß ich wieder Arbeit bekommen kann.

Karl Glicker der 37.«

Friederike, die jeden Arbeiter kannte und über seine häuslichen Verhältnisse unterrichtet war, fiel es auf, daß unter all diesen Schreibern kein einziger ihrer guten, verläßlichen Arbeiter war. Diese schwiegen noch immer. »Mit einem Streikkomitee verhandle sie nicht«, hatte sie ihnen sagen lassen. Aber es zeigte sich kein Vermittler. Es war also noch nicht an der Zeit, nachzugeben. Nun begannen sich schon die Frauen einzumischen.

»Geehrtes Fräulein, hochgeehrtes Fräulein Kons«, begann ein mit Schulschrift geschriebener Brief. »Sie werden verzeihen wenn ich mich an sie wende, ich möchte doch einmal anfragen was das ist mit meinem Mann dem Jakob Montag. Hat er sich nicht anständig aufgeführt oder hat er sich etwas zu Schulden kommen lassen, was er mir nicht erzählen will? Denn wir haben sieben Kinder wie mein Mann Feierabend bekommen hat habe ich geweint bis heute denn wo soll man denn den Kindern den Hunger stillen wenn ein Vater kein Verdienst hat und der Winter vor der Tür? Ich möchte doch bitten meinen Mann wieder anzustellen sonst geh ich mit meinen ganzen Kindern an den Tot. Bitte um Antwort.

Mit Achtung
Frau Katharine Montag.«

Eine andre Gattin wandte sich »an Ihr menschliches Mitgefühl« und forderte unverzügliche Einstellung ihres Mannes, sonst werde »ein großes Unglück über ihr Haus kommen«. Dann folgten Drohbriefe; sie wurde von namenlosen Schreibern vor Einbrechern gewarnt. Von entlassenen Arbeitern sei ein Attentat auf sie geplant. Diese Briefe warf sie ins Feuer. Eins blieb ihr nur unbegreiflich. Alle namenlosen Briefe enthielten die Anrede »Friedrich Konz«. Es war so dumm, so abgeschmackt, und doch war es ihr jedesmal, als ob ihr jemand einen Stich ins Herz versetzte und dazu lachte.

Sieben Uhr hatte es geschlagen, als Friederike aus den staubigen Arbeitshallen zum Mittagessen herüberkam.

Freitag war immer ein besonders arbeitsreicher Tag, die Lohnauszahlungen fanden des Nachmittags statt, bei denen sie stets zugegen war, weil die Arbeiter dann ihre persönlichen Wünsche vorbrachten. Diese einsamen, zerstreuten, hastig eingenommenen Mahlzeiten, die sich nicht mehr nach der Stunde richteten, sondern nach Willkür, je nachdem sie fertig wurde oder drüben aufgehalten worden war, nahm sich die Anstedter keine Mühe, selbst zu servieren, sondern stellte den gedeckten Tisch mit den auf Rechauds gewärmten Speisen vor den Kamin. Und Friederike war es auch so am liebsten. Die Post, die um diese Stunde kam, war immer eine besonders reichhaltige, und sie pflegte während des Essens einen Brief nach dem andern zu öffnen und sich Notizen zu machen.

Als sie Platz nahm, fiel ihr Blick auf die große schwarze Zahl des Wandkalenders. Zwölfter Oktober, ihr Geburtstag! Bis jetzt hatte sie den Tag nicht gefeiert, und es hatten ihrer nicht viele gedacht. Der lila Brief mit dem Zentifolienduft kam von Maud und enthielt eine Einladung zum nächsten Sonntag zum Abendessen in »ganz kleinem Kreise«. »Eine Absage nehme ich sehr übel«, stand am Rand. Friederike legte das Briefchen mit einem Lächeln beiseite. Nicht einmal Maud hatte an den zwölften Oktober gedacht. Die Weinofferten und Inventurausverkäufe schob sie zur Seite. Merkwürdig, da lag wieder so ein Brief, dem man schon an seiner schief aufgeklebten Briefmarke, dem Fingerabdruck und der verstellten Schrift den anonymen Absender ansah. Sie riß ihn rasch auf. Er enthielt ein gemeines Gedicht, in dem sie als Mann angeredet wurde.

Friederike zerriß ihn und warf ihn in den Papierkorb. »Ce sont les joies du métier!« Aber das Rot war ihr in die Stirn gestiegen, und sie las den folgenden Brief, der von einem Schulkind geschrieben zu sein schien – die Väter ließen sich die Briefe meist von ihren Kindern schreiben – ohne Bewußtsein.

»Hochgeehrtes Fräulein, ein entlassener Arbeiter möchte anfragen, ob es nicht bald an der Zeit ist – « sie schob das Blatt in den Umschlag zurück.

Der Rhythmus und der freche Kehr-Wendreim des Gedichtes lag ihr noch im Ohr. Während sie den dritten Brief überflog, stutzte sie beim Anblick der Schriftzeichen. Diese kräftigen, kleinen, von rechts nach links fallenden und stark verschnörkelten Buchstaben kamen ihr bekannt vor. Als Überschrift drei Kreuze. Ein guter Anfang, dachte sie.

»Friederike Konz, genannt Friedrich Konz oder der große Kurfürst – « Was sie nur immer mit dem Namen wollten! – »Tochter der Eheleute Rudolf Konz und seiner Gemahlin – Wilhelmine Thees« ... sie fuhr zusammen. Was für eine Gemeinheit! ... Sie knitterte das Kuvert zusammen und las atemlos weiter. »Unterzeichneter der unverschuldet in Not geraten und stellenlos ist befindet sich auf der Durchreise hier und wendet sich an Sie mit der Bitte um gefällige Unterstützung da ihm das Geld zur Überfahrt nach Amerika fehlt. Der Betreffende und ein noch lebender anderer Zeuge ist durch eine mitangehörte Unterredung zwischen Ihrem Vater und der p. Thees Mitwisser eines Familiengeheimnisses. Dasselbe der Zeuge jederzeit gerichtlich unter seinem Eid bezeugen kann. Der Unterzeichnete erklärt sich hierdurch mit einer einmaligen Abfindung von zehntausend Mark befriedigt. Das Geld ist bis Samstag abend auf dem Kirchhof unter die Glasschachtel des Perlkranzes auf das Grab der p. Thees zu hinterlegen. Ist das Geld bis dahin nicht dort so behält der Unterzeichnete sich vor die Sache dem Gericht zu übergeben. Was auf gefälschte Taufscheine steht ist im Gesetzbuch zu finden.

            Mit Achtung Y. X.«

Friederike saß unbeweglich. Der Brief zitterte in ihrer Hand.

Der Boden schien plötzlich unter ihr zu wanken. Wie aus einem Grab gestiegen stand das Gespenst aus der Kinderzeit vor ihr und blickte sie aus toten grauen Augen an. Sie blickte über den Hof, der in der matten Abendsonne lag. Vor der offenen Stalltür bürstete der Kutscher seine Livree und pfiff ein Lied dazu.

Sie sah in halber Betäubung der Anstedter nach, welche eben mit einem kleinen weißen Korb am Arm über den Hof ging, am Tor drehte sie sich um und rief dem Kutscher etwas zu, und der Mann verzog den Mund zu einem breiten Grinsen.

Ihr Geburtstag. Niemand hatte an sie gedacht. Nur die Erpresser ... Wie hatte ihr Minna diesen Tag immer festlich gemacht, wie geheimnisvoll und wichtig getan, um ihr dann den mit Geschenken überladenen blumengeschmückten Tisch voll Stolz zu zeigen.

In Friederikes Kopf drehten und kreisten die Gedanken. Was tat man, wenn man einen Erpresserbrief bekam? Man schickte ihn dem Staatsanwalt. Dann wurde der Schreiber verfolgt und gefaßt. Und dann? – würde man ihn vernehmen, er würde sprechen, aussagen. Und dann war alles untergraben, ihr Haus hatte kein Fundament mehr, die Leute würden mit Fingern auf sie zeigen ...

Dann schritt sie in großer Erregung auf und ab. Zehntausend Mark. Er schlug sein Schweigen nicht billig an. Wer war dieser Unbekannte und der andre Zeuge, der noch lebte?

Von einem plötzlichen Verdacht gepackt, stürzte sie sich über den Brief und forschte nach den Merkmalen einer bekannten Handschrift. Die Schriftzüge täuschten sie nicht. So hatte der Ferdinand geschrieben. Wie konnte sie auch nur einen Augenblick daran zweifeln. Aber wie war der Brief ins Haus gelangt? Er saß doch noch im Gefängnis?

Sie suchte unter den Papieren, durchwühlte die Schubladen, die Kassette mit den bezahlten Rechnungen. Endlich fand sie einen Zettel von seiner Hand. Mit fieberroten Wangen verglich sie die Schriftzüge, während ihr das Herz stürmisch klopfte. Jawohl, er war es. »Ich habe ihn«, triumphierte sie. Da hielt sie plötzlich wieder inne, die Farbe wich ihr langsam aus dem Gesicht. »Wenn ich ihn anzeige, was dann?« Dann würde alles der Öffentlichkeit preisgegeben, alle Zeitungen würden voll davon sein, ihr Haus, ihr Name für immer beschmutzt ... Und wenn nur ein Verdacht hängen blieb, konnte jeder Arbeiter, der ehrliche Eltern hatte, sie über die Achsel ansehen, und das Entehrende wurde geglaubt. Die Knie zitterten ihr. Sie warf sich auf einen Stuhl vor dem Tisch. Ob man ihm nicht doch besser das Schweigegeld gab? Man kaufte sich ja Liebe, Achtung, Ehrenzeichen und andre Dinge, warum nicht das Schweigen eines Schurken?

Wollte man aber das eine oder das andre nicht, dachte sie weiter, so ließ man der Sache ihren Lauf und sah dem Kommenden ins Gesicht, lebte mit der kalten Angst im Nacken; jeden Tag konnte das Gerücht vor allen Menschen zur Wahrheit gestempelt werden –

Ihr Kopf war dumpf und leer. Sie fand keinen Ausweg mehr, sie mußte ihm das Geld geben.

Wie sie den Kerl haßte, der sie zu solcher Gemeinschaft zwang, der ihr nicht einmal den demütigenden Gang zum Kirchhof erließ? Der genau wußte, warum sie ihn nicht verhaften ließ! Der sie für so feige hielt!

Sie hatte den Kopf in die Hände gestützt, und während sie wie eine Irrsinnige auf demselben Fleck saß, ohne sich zu regen, arbeitete es fieberhaft hinter dieser Stirn, und dunkle Ahnungen aus der Kinderzeit, schmähliche Vorstellungen jagten sich mit wirren, entsetzlichen Bildern der Zukunft in wildem Kreis. Während dessen erwog sie alle Vorteile, die ihr der geschriebene Brief mit der unverstellbaren Handschrift in die Hände gab, mit denen der Aufnahme eines gerichtlichen Verfahrens, das ihren Ruf vernichten würde. Sie wog sie gegeneinander ab, scharf, klar sich bewußt, daß sie vor eine lebensgefährliche Entscheidung gestellt war.

Den Brief in ihren Händen zerknitternd, die Hände in das reiche blonde Haar gegraben, saß sie auf demselben Sessel am Fenster, während die Sonne ihres Geburtstages aus dem Hof entwich und sich das große Zimmer, aus dem die Bilder ihrer verstorbenen Eltern auf sie herabschauten, langsam mit großen schwarzen Schatten füllte.

Mit einem Male veränderte sich ihr Gesichtsausdruck, und mit einem plötzlichen Entschluß nahm sie den Brief, zerpflückte ihn in kleine Stücke und warf sie in den Kamin. Sie schüttete Kohlen auf das Feuer und wartete, bis auch das letzte Stück verbrannt war.

Ein paar Tage später, an einem Sonntag vormittag, kam Friederike verstört vom Kirchhof heim. Sie hatte Blumen auf die Gräber gebracht und hatte vom Kirchhof aus den Ferdinand erkannt, er stand am Eingang zum Wald und schien auf jemand zu warten.

Der Schrecken saß ihr noch in allen Gliedern.

»Die Anstedter is noch nit aus der Kerch dahem«, meldete die verdrießliche Köchin, welche ihr selbst die Türe öffnete. »Drin sitzt das Fräulein Hui mit dem neuen Kleid«, setzte sie vorwurfsvoll hinzu.

Friederike ging rasch in das Wohnzimmer und entschuldigte sich, die Anprobe, welche sie selbst für Sonntag morgen angesetzt hatte, ganz vergessen zu haben.

Das alte vertrocknete Fräulein in ihrer schwarzen Samtpelerine erhob sich von ihrem Stuhl und lächelte nachsichtig. Man war es ja bei Fräulein Konz nicht anders gewöhnt.

Sie wollte das Kleid doch rechtzeitig zur Gesellschaft abliefern. Sie ging wohl heute auch zu Doktor Roths. Dabei packte sie aus raschelndem Seidenpapier ein rauschendes schwarzes Kleid aus.

»Richtig.« Friederike besann sich jetzt. Mauds Gesellschaft hätte sie fast vergessen. Wie verkommen der Kerl ausgesehen hat, dachte sie, während das Kleid an ihr herabrauschte. Wie ein Stromer, und wie er, die Hände in den Taschen, dastand. Was kostet die Welt? –»Ich werde ihn doch anzeigen«, beschloß sie. Sie wartete vergeblich, und es geschah nichts. Eigentlich war doch ihre Furcht lächerlich, am hellen Tag sah sie alles so harmlos an. »Ich hätte den Brief doch nicht vernichten sollen«, zuckte es ihr durch den Sinn. »Warum habe ich es nur getan?«

»Sagen Sie einmal, Fräulein Konz«, fragte die Hui, während sie ihr den Kragen zuhakte, »was macht denn der Ferdinand wieder hier? Ist dann der schon frei?«

Friederike zuckte zusammen, während ihr von den kalten Händen der alten Näherin ein Frösteln den Rücken herablief. Sie vermochte nicht zu antworten.

»Denken Sie, gestern abend bin ich am Wald spazieren gegangen«, fuhr die Näherin eifrig fort. »Ich geh immer erst in der Dämmerung, am Tag hat m'r ja kei Zeit, da kommen mir auf einmal zwei entgegenspaziert; guck emal an, da ist ja der Ferdinand, denk' ich. Und wissen Sie, wer bei ihm war? Die Anstedter.«

Friederike sah sie an, als habe sie nicht recht gehört. Sie sammelte sich rasch. Die Anstedter war gestern abend ins Dorf gegangen. Das konnte stimmen.

»Ich wüßte nicht, was die bei dem Ferdinand zu suchen hätte«, meinte Friederike, und ein heftiges Herzklopfen befiel sie.

»Die Anstedter war immer ein leichtsinniges Frauenzimmer«, meinte die Näherin, indem sie die Schleppe auf dem Teppich ausbreitete. »Nun, lang können Sie sie ja sowieso nit mehr im Haus behalten.«

Friederike sah das Fräulein verständnislos an.

»Sie hat doch wieder etwas zu erwarten ...« Fräulein Hui sah auf und genoß den Triumph, eine völlig überraschende Mitteilung gemacht zu haben. »Du lieber Gott«, lachte sie, »das sieht doch jedes Kind – «

Auf diese Nachricht war Friederike allerdings nicht vorbereitet. Sie hatte nicht an die Möglichkeit gedacht, daß das bräutliche Verhältnis so frühzeitige Folgen haben würde, und das erste, was ihr eigentlich mit voller Wucht auf die Seele fiel, war der Gedanke, wieder wechseln zu müssen. Sie haßte den dicken Moselaner, den Trottel, in diesem Augenblick. »Aber eins begreife ich nicht«, sagte sie, »wenn sie mit unserem Kutscher ein Verhältnis hat, kann sie doch nicht auch etwas mit dem – dem – Ferdinand haben.«

Das Fräulein zuckte die Achseln und wiegte den Kopf.

»Das weiß man bei einer wie der Anstedter nie«, sagte sie, indem sie sich von den Knien erhob.

Die Anstedter trug die Suppe auf.

Sie trug ein gestärktes rosa Kattunkleid, das beim Gehen raschelte, eine weiße Schleife saß in dem rotblonden, hochfrisierten Haar, an dem weißen Hals glänzte eine dreireihige rote Korallenkette, das Vermächtnis von Minna.

Sie bediente mit lautloser Gewandtheit, man hörte nur das Kleiderrascheln. Wenn sie einen Bogen um den Tisch machte, an dessen Breitseite Friederike saß, warf sie jedesmal einen Blick in den großen Spiegel über der Anrichte.

Friederike bemerkte eine gewisse Unruhe an ihr. Sie sah öfters nach der Uhr und beeilte sich mit dem Servieren. Warum das? dachte sie. Sie hat ja keinen Ausgang heute ...

Die Anstedter setzte Friederike den Kompotteller hin und trat zurück.

»Ich warte auf den Löffel«, erinnerte Friederike.

Die Anstedter fuhr zusammen.

»Das ist ein Suppenlöffel, Marie.«

»Ach so.«

Die Anstedter blickte nach der Uhr. »Soll ich noch Käse bringen?« fragte sie.

»Nein, danke.« Die Anstedter wußte sehr gut, daß Friederike alles, was erst einmal herbeigeholt werden mußte, ablehnte. Darin war sie genau wie ihr Vater.

Der Kaffee, der sonst immer zu spät erschien, stand schon fertig da. Die Anstedter reichte ihn, während das Obst noch auf dem Tisch stand.

»Sagen Sie einmal, Marie« – Friederike nahm die Zuckerdose und blickte hinein – »wer hat denn heut morgen in der Kirche gepredigt?«

Die Anstedter bürstete den Tisch ab. In ihrem hübschen Gesicht zuckte es. »In der Kirche predigt noch immer der Herr Pfarrer«, gab sie in ihrer raschen, frechen Art zurück.

»Der alte oder der neue?« fragte Friederike.

Die Anstedter blieb stehen. »Der neue, natürlich«, sagte sie leicht.

»Und über was hat er denn gesprochen?« forschte Friederike, sie fest im Auge behaltend.

»Je noch einmal! Das sollte man jetzt noch wissen!« Die Anstedter hing die silberne Tischbürste an die Wand neben das Büfett. »Den Text hab ich nit mehr im Kopf. Sie waren wohl in unsrer Kirche?« setzte sie spöttisch hinzu und ordnete die Büfettdecke.

»Ich nicht, ich war nur auf dem Kirchhof«, sagte Friederike mit Bedeutung. Eine Pause trat ein.

»Soll der Kaffee noch stehen bleiben?«

»Nein, ich bin fertig.«

Der Kaffee samt dem Zubehör verschwand.

Die will mich los sein, dachte Friederike. Aber warum nur gerade heute?

In dem Schlafzimmer lag schon das Kleid auf dem Bett ausgebreitet, obwohl es noch über eine Stunde bis zum Zuge war und Friederike zum Ankleiden nie länger als zehn Minuten brauchte. Die Läden waren herabgelassen, die Kerzen vor dem Spiegel brannten, Handschuhe, Fächer und Taschentuch waren zurechtgelegt. Die Anstedter hat mehr Geschmack wie ich, dachte Friederike, sie weiß, was zu einer Gesellschaft notwendig ist.

Während ihr das Mädchen mit geschickter Hand das Kleid zuhakte, fragte sie: »Sagen Sie, Marie, wissen Sie etwas davon, daß der Ferdinand wieder hier sein soll?«

Es entstand eine ganz kurze Pause.

»Der Ferdinand? Aber der sitzt doch noch!« gab die Anstedter erstaunt zurück.

»Er ist aber hier gesehen worden.«

»Ach, gehn Sie! Das glaub ich nit. Da müßt man doch etwas von gehört haben, und im Dorf wird er sich grad nit zeigen ...«

»Ich wüßt auch nicht, was er hier zu suchen hätte ...« sagte Friederike.

»Ich auch nit. Will ihn denn jemand gesehen haben?«

»Jawohl.«

»Und wer dann, wenn man fragen darf?« Die Anstedter kniete auf dem Teppich und knöpfte rasch die Schuhe zu.

Friederike sah auf sie herab. »Jemand, der am Sonntag morgen auf dem Kirchhof war. Sie wissen, man hat dort eine Aussicht nach dem Walde.«

»Und da wollen Sie den Ferdinand gesehen han?« fragte die Anstedter spöttisch. »Da müßt man ja Augen han wie ein Luchs, für vom Kirchhof aus die Leut zu erkenne, die im Wald spaziere gehn. Und was sollt denn der Ferdinand hier? E Stell krieht der doch im ganze Umkreis nit mehr, der arme Mensch. Wär er nur damals nach Amerika gang. Von dem Geld hat er doch kein Fennig gehatt – «

»Weil die Scheine gesperrt waren«, sagte Friederike.

Die Anstedter warf ihr einen bösen Blick zu. »Die reiche Leut han gutt schwätze«, sagte sie erregt, »wenn so a armer Kerl noch Alimente für sei Kind zu zahle hat, kommt er sowieso nit weit, und Drinkgelder hat's hier ja grad nit geregnet. Awer weil mir grad dabei sin«, fuhr sie mit blitzenden Augen fort. »Der Karl und ich sin miteinanner versproch, nach Weihnachte wolle mir uns heirate, und ich gehn am erschte! Und ob dann der Karl noch bleibt«, warf sie hin, »das glaub ich nit. M'r kann sich auch nicht alles gefalle lasse. Ich duhn mei Arweit, awer mit wem ich auf der Straß schwätze, geht niemand ebbes ahn, un daß ich mich Sonntagmorgens im Wald herumtreib, das laß ich nit auf mir sitze.«

Sie brach in Tränen aus, warf den Schuhknöpfer hin, ging hinaus und schlug die Tür hinter sich ins Schloß.

»Sie war es doch«, sagte Friederike hinter ihr her. –

Das Wetter war umgeschlagen, der Himmel hatte sich mit dunklen Wolken überzogen, als der Kutscher anspannte. Er war aus seinem Sonntagsschlaf geweckt und riß verdrossen an den Pferden herum.

Die ersten Tropfen fielen, als sie den Wagen bestieg, um zum Bahnhof zu fahren, ein kalter Wind wirbelte die gelben Blätter von den Bäumen. Es begann schon dunkel zu werden.

Ein echter grauer Herbsttag, dachte Friederike. Der Zug nach Sankt Martin fuhr eben ein, als der Wagen vor dem Bahnhof hielt. Sie gab dem Kutscher Urlaub bis Mitternacht und bestellte ihn an den letzten Zug, der kurz nach zwölf Uhr eintraf.

Die Nacht war stürmisch, der Regen fiel mit unaufhörlichem Rauschen, ein starker Wind peitschte ihr auf der Brücke entgegen. Die Wipfel der Pappeln am Weg schwankten unter einem beinahe schwarzen Himmel, an dem alle Sterne erloschen waren. In der Dunkelheit verloren sich die Stimmen der Leute, die mit ihr ausgestiegen waren.

Der heulende Wind empfing sie am Eingang der Fingerhutgasse und schlug ihr das Haar ins Gesicht und den Schirm zur Seite, die Flammen der Laternen duckten sich unter den Windstößen. In der »Deutschen Freiheit« waren die Läden geschlossen, es brannte kein Licht mehr in den Häusern, auch in den Schlafbaracken sah sie kein Fenster mehr hell, alles war ruhig, nur das Brausen des Regens war hörbar, das zuweilen von dem Wind übertönt wurde. Als sie vor dem Tor stillstand und nach der Schelle griff, sah sie, daß das eiserne Hoftor nur angelehnt war.

Wie kommt es, daß das Tor um zehn Uhr noch offen steht? dachte sie. Klatschend schlug der Regen in den stillen, dunklen Hof. Mit freudigem Aufheulen empfing sie der Hund, sie strich ihm im Vorübergehen über den nassen Kopf.

Auf ihr Läuten an der Haustür kam niemand. Die Mägde hatten Ausgang, die kamen vor drei Uhr nachts nicht heim, und den Kutscher hatte sie erst zum Zwölfuhrzug bestellt. Aber die Anstedter mußte doch zu Hause sein. Der Regen schlug trommelnd auf das dicke Glasdach der Rampe und troff an den eisernen Stangen der Veranda hinab.

Die Dogge stand mit leuchtendem Gebiß und funkelnden Augen vor der Hütte, leise winselnd, als ob sie auf etwas wartete, sie versuchte sich von der Kette zu reißen und drängte nach dem Hause zu. Friederike ging um das Haus herum. Im Unterstock war alles dunkel, in den Kammern der Mägde brannte kein Licht. Wo blieb die Anstedter nur?

Die hintere Kellertür war ebenfalls nur angelehnt. Der dunkle Keller gähnte ihr kalt und dumpf entgegen. In demselben Augenblick kam jemand die Treppe hinuntergelaufen, das Treppenhaus wurde plötzlich hell und die Anstedter beugte ihren blonden Kopf über das Geländer.

»Jesses Maria, wer is dann da?« rief das Mädchen erschrokken und hielt die Hand über die Augen.

Sie erkannte Friederike. »Ach Gott – Sie?«

»Was ist denn los?« gab Friederike zurück. »Ich bin mit dem früheren Zug gekommen. Ist das so etwas Absonderliches? Warum steht denn das Hoftor auf? Wo ist der Schlüssel?«

Die Anstedter zuckte die Achseln. »Den hat der Karl wahrscheinlich mit, den zweiten han die Mägd.«

Friederike schloß die Kellertüre ab und nahm den Schlüssel an sich. »Eine schöne Ordnung habt ihr mit den Schlüsseln. Kein Wunder, wenn man da bestohlen wird.«

Die Anstedter ging ihr voraus, erleuchtete das Treppenhaus, nahm ihr in der Halle den feuchten Mantel ab, spannte den Schirm zum Trocknen auf und bemerkte, daß hier den ganzen Nachmittag ein fürchterlicher Regen gefallen sei und daß sie im Schlafzimmer bereits Feuer gemacht habe; ob sie noch Tee bringen solle und vielleicht ein paar Brötchen dazu?

Friederike fiel es auf, wie betulich die Anstedter im Gegensatz zu heute morgen war. Als sie an dem blauen Saal vorbeikam, stand Friederike plötzlich still. Ihr war, als habe sie irgendwo ein Geräusch gehört.

Nein, es war alles still. Sie war nur nervös, hörte und sah überall etwas ...

»Es gehört sich nicht, daß alle Türen aufstehen, auch wenn ich nicht zu Hause bin«, sagte sie, ging nach der Haustür und zog auch dort den Schlüssel ab.

Die Anstedter sah ihr betroffen zu. »Aber Fräulein Konz, dann kann ja morge um sechs der Milchmann nit herein«, rief sie.

»Die Mägde haben ja den andern Schlüssel«, sagte Friederike und steckte die beiden Schlüssel in ihre Tasche. In dem Schlafzimmer war schon alles für die Nacht geordnet, das Bett war aufgedeckt, auf dem kleinen Tisch daneben lagen die Zeitungen, stand die elektrische Lampe und frisches Wasser, im Kamin brannte ein frisch angezündetes Kohlenfeuer, das das Zimmer angenehm durchwärmte.

Vor dem Kamin war der Teetisch gedeckt; wenn sie spät nach Haus kam, nahm sie oft dort noch den Tee.

Sie wechselte die Schuhe und setzte sich mit der Zeitung an das Feuer. Die Anstedter brachte den Tee und ein paar belegte Brötchen, setzte alles mit atemloser Eile auf den Tisch und fragte im Hinausgehen, ob sie nicht doch den Schlüssel bekommen könne. Man war ja auf diese Weise geradezu eingeschlossen.

»Die Schlüssel bleiben hier«, sagte Friederike, die die Anstedter fest im Auge behielt. »Ein andermal sorgen Sie gefälligst dafür, daß die Türen zu sind. Gute Nacht.«

Die Anstedter ging mit kurzem Gruß. Ihre leichten Schritte verhallten.

Friederike fröstelte. Sie hatte den ganzen Abend während der Gesellschaft wie abwesend dagesessen und fast kaum ein Wort gesprochen und war dann plötzlich, ohne einen Grund anzugeben, aufgebrochen. Sie hatte die geputzten, vergnügten Menschen nicht mehr sehen können. Eine unerklärliche Unruhe trieb sie nach Hause. Sie hatte geglaubt, in Gesellschaft von Fremden, Unbeteiligten, Unparteiischen ihre auf und ab wogenden, immer um denselben Punkt kreisenden Gedanken zu vergessen. Es war ihr nicht einen Augenblick gelungen, und sobald sie dieses Zimmer betrat, stellten sie sich wieder ein und stürzten wie eine wilde Meute über sie her.

Sie stand vor dem Bilde der verstorbenen Mutter still, die blassen, mageren Züge dieser Frau mit dem strengverschlossenen schmallippigen Mund flößten ihr ein Kältegefühl ein. Sie sah mit ihren dreißig Jahren wie eine Matrone aus und blickte fremd und schweigend auf sie herab.

Die Kinder in der Schule hatten dafür gesorgt, daß sie das Bild nie anschauen konnte wie andre das Bild ihrer Mutter. Die entsetzlichen Zweifel, die sich schon in ihre Kinderseele gegraben, begannen sie wieder zu peinigen.

Ein rundes, rosiges Gesicht tauchte vor ihr auf, ein Paar vor Lebensfreude blitzende Augen, blau wie die ihren, ein blonder Kopf, blond wie sie, kräftig und derb gewachsen stand Minna vor ihr und verdrängte das Bild der fremden Mutter. Ja, ich will mir das Rätsel lösen lassen, hatte sie gestern gedacht, sie wußte ja jetzt den Preis, aber die Furcht, daß auf das Andenken ihres Vaters ein Schatten fallen konnte, ließ sie es verwerfen. Dieser Verdacht hatte ihre Jugend so frühzeitig ernst gemacht, nie hatte sie herzhaft lachen können wie andre Kinder, niemals gewagt, von ihrer Mutter zu sprechen, nachdem sie ihr einmal in der Schule gesagt hatten: »Du weißt ja gar nicht, wer deine Mutter war ...« Sie hatte den Verdacht niederzukämpfen versucht, aber er tauchte immer wieder einmal auf. Nun stand riesengroß vor ihr die Wirklichkeit. Minna war ihre Mutter, und es gab einen, der dies bezeugen konnte. Es war ihr, als trüge sie Blei im Kopf und in den Gliedern. Sie konnte die leeren, grauen, ausdruckslosen Augen des Bildes nicht mehr sehen und warf sich in einen Sessel und schloß die Augen. Es war ganz still im Hause. Die eisernen Läden waren herabgelassen, klatschend schlugen die nassen Äste der Akazien im Hof gegen die Mauer, einförmig rauschte der Regen und trommelte auf das Glasdach der Rampe. Plötzlich fuhr sie auf. Ein Geräusch, das aus einem entfernten Zimmer kam, hatte ihre Gedanken unterbrochen. Sie lauschte.

Die Uhr auf dem Vorplatz schlug eben elf.

Friederike fuhr sich über die Stirn, der Hund hatte geknurrt ... Oder hatte sie das geträumt? Im Kamin war das Feuer herabgebrannt, ein paar Kohlen glimmten noch. Draußen klapperte der Wind mit den Läden. Sie rieb die Augen und betastete ihre Kleider. An der Türe hing der regenfeuchte Mantel, standen die nassen Schuhe ... Da war das Geräusch wieder.

Sie beugte sich lauschend vor. Nun hörte sie es deutlich. Es klang, als ob irgendwo ein Rolladen vorsichtig in die Höhe gezogen wurde. Sie sprang auf. Ihr Blick blieb auf dem Gewehrschrank hängen.

Merkwürdig, daß sich der Hund nicht rührte. Sie öffnete das Fenster und schob den Rolladen in die Höhe. Das flackernde Licht der Stallaterne brannte tief vom Wind geduckt, vor der Rampe war das Licht ausgelöscht, als habe es der Wind ausgeblasen. Von dem Hundehaus waren nur die schwarzen Umrisse zu erkennen, aber der Hund lag nicht auf der Schwelle, die Kette hing leer herab. Da ist etwas nicht in Ordnung, dachte sie.

In diesem Augenblick begann das vorsichtige Rollen wieder. Nun wußte sie, das Geräusch kam nicht aus einem Nebenzimmer, sondern aus dem blauen Saal.

Sie ging nach dem Gewehrschrank, nahm den Revolver, überzeugte sich, ob die Trommel geladen war, und ging leise damit zur Türe.

Als die Tür knarrte, verstummte das Geräusch plötzlich. Das Licht flammte auf und beleuchtete ihr leeres Wohnzimmer. Der Schreibtisch stand auf seinem Platz, die Schubfächer waren geschlossen, neben dem Papierkorb lagen Papierschnitzel auf dem Teppich verstreut. Ein geringfügiger Umstand verblüffte sie. Auf dem breiten Diwan in der Mitte des Zimmers – sie hatte ihn heute sicher nicht benutzt – lagen die seidenen Kissen unordentlich durcheinander und eingedrückt, als ob dort noch eben jemand gesessen habe.

Die Anstedter hat ihren Schatz hier gehabt, durchzuckte es sie. Gleichzeitig fiel ihr ein, daß der Mann bis Mitternacht beurlaubt und ins Dorf gegangen war. Merkwürdig. Sie strengte alle Sinne an, um zu überlegen. Man hörte im blauen Saal die Pendüle ticken.

In diesem Augenblick sah sie etwas, das ihr den Atem stokken ließ: die Tür zum Saal war nur angelehnt.

Nun wußte sie, es war jemand dort drin, der sich durch dieses Zimmer in den Saal geflüchtet haben mußte, denn die Ausgangstüre nach dem Treppenhaus war seit Jahren verschlossen, und den Schlüssel hatte sie. Der Saal wurde nicht mehr bewohnt seit Minnas Krankheit, und sie betrat ihn nur, um einmal im Jahr die Pendülen aufzuziehen.

Ihr Herz begann laut zu hämmern. Der saß nun dort wie in einer Falle.

Da – da war wieder das Geräusch. Ein Stuhl wurde gerückt ... es schien ein Fenster geöffnet zu werden ... Mit einem Satz war sie an der Türe und stieß sie auf.

Kalt und dunkel gähnte ihr der blaue Saal entgegen. Ein Fenster schien offen zu sein, der Regen schlug auf das Parkett. Der Wind blähte die langen dunkeln Fenstervorhänge und stieß einen Fensterflügel klirrend an die Wand. Wer hat das Fenster geöffnet? Da ist jemand, schoß ihr durch den Sinn. Ihr gerade gegenüber blinkte etwas Helles auf dunklem Grunde auf, ein Arm schob sich dort auf gleißendem Grund langsam tastend vor. Der deckenhohe Wandspiegel war es und ihr eigner Arm, der sich an der Wand entlang tastete, nach dem elektrischen Licht suchend. Ihr eignes Bild trat ihr groß und dunkel entgegen, auf der Schwelle, sie sah den Revolver aufblinken, erkannte einzelne Möbel, den dreibeinigen Empirestuhl, einen Boulletisch, die helle Meißner Gruppe vor dem Spiegel, den blitzenden Messingbeschlag eines Schrankes. Überall standen zierliche freistehende Möbel mit dünnen Beinen, hinter denen sich kein Versteck bot. Sie stieg gegen den Rahmen eines Bildes. Das Licht ist auf der andern Seite, fiel ihr ein, während sich ihr Blick in den geblähten dunklen Vorhang bohrte. »Ist jemand hier«, rief sie mit lauter Stimme.

Alles blieb still. Wie dunkle Schatten hingen die schweren seidenen Gardinen herab. Und nun sah sie deutlich, daß der letzte Vorhang neben dem geöffneten Fenster unbeweglich herabhing, als würde er festgehalten von einer Hand. Seine aufgebauschte Form verriet die Umrisse einer Gestalt ... In demselben Augenblick hörte sie den Hund knurren, es kam unten aus dem Keller, ein dumpfes, unterdrücktes, heiseres Gebell, das sogleich wieder aufhörte ... Es hat ihn jemand in den Keller geschleppt, durchzuckte es sie, sie vergiften mir den Hund. Und während sie zum drittenmal ihren Ruf wiederholte, pochte ihr das Blut in den Halsadern; sie dachte an den armen Hund, dem sie das Maul zuhielten oder ihn quälten. »Geben Sie sich zu erkennen«, rief sie und richtete die Waffe.

Der Vorhang wurde auseinandergeworfen. Ein Mann sprang ihr entgegen.

Der Ferdinand!

»Das ist der Einbrecher, ein Dieb, ein Kerl, der anonyme Briefe schreibt, der meinen Vater beschimpft.« Sie fühlte einen wilden Haß in sich aufsteigen, sie zielte und schoß.

Krachend zersplitterte der Wandspiegel, der erste Schuß war in das Glas gegangen, der zweite aber, der diesem unmittelbar gefolgt war, hatte getroffen. Der Mann stieß einen dumpfen, keuchenden Laut aus, schwankte, griff mit beiden Händen in die Luft und stürzte, den dreibeinigen Sessel mit sich reißend, schwer vornüber auf den Teppich ...

Friederike strich sich das Haar aus der Stirn. Langsam begann ihr das Blut wieder zuzuströmen, und das Herz, das fast ausgesetzt hatte, klopfte wieder. Sie legte den Revolver auf den Tisch, machte Licht und trat an den Gestürzten heran. Ein leichter Schwindel überkam sie, als sie sich zu ihm herabbeugte und ihn berührte.

Er lag mit dem Gesicht auf dem Teppich, aus seinem blauen Hemd sickerte etwas Blut über die Hand. Er röchelte noch, verdrehte die Augen und bewegte den Mund. Dann stand das Herz still.

In demselben Augenblick hörte sie den Hund im Hof anschlagen und an seiner Kette rasseln, Schritte kamen die Treppe herauf, die Türe wurde aufgerissen, und leichenblaß stand die Anstedter auf der Schwelle, auf den Strümpfen, wie sie heraufgelaufen war. Beim Anblick des Toten stieß sie einen entsetzlichen Schrei aus, der in dem ganzen Hause widerhallte, und wich zurück.

Durch das staubige Glas des Lichtschachtes über dem Richtertisch fiel mattes, graues Winterlicht, draußen stand dichter Nebel über der Saar. Es war so dunkel in dem Schwurgerichtssaal, daß die Richter sich tief über die Akten beugen mußten, um die Schriftzüge entziffern zu können. Die Luft war schwül, ein dumpfer Geruch nach Kleidern, Schuhwerk und Staub erfüllte den Saal, in dem sich die Zuhörer Kopf an Kopf hinter den noch leeren Zeugenbänken drängten, daß die hölzerne Schranke unter der Last der Leiber zu brechen schien. Das Publikum hatte stundenlang Schulter an Schulter in den eiskalten Gängen gewartet, bis ihnen endlich die Türe des Sitzungssaales geöffnet wurde. Die aneinandergedrängten Menschen, zusammengepfercht im engen Hausflur, hatten sich mit einem Knall in den Saal ergossen, die vorderen mit sich reißend, stolpernd, schiebend brachen sie sich Bahn mit Ellbogen und Füßen, die Schwächeren flogen an die Wand, die Frauen wurden beiseite gedrückt. Die Gerichtsdiener waren machtlos gegen den wütenden Faustkampf, der sich an der Tür zwischen denen entspann, die nicht mehr eingelassen wurden, und denen, die sich noch hineingedrängt hatten, bis endlich die Tür mit Gewalt geschlossen wurde.

Heute mußte man dabei sein. Dort vor der gelbgestrichenen Holzbank, die gewohnt war, Mörder, Diebe, Verbrecher mit Handschellen aufzunehmen, stand Friederike Konz, die noch vor wenigen Wochen hoch zu Roß durch das Dorf gesprengt war, die keinen grüßte und von keinem mehr gegrüßt wurde, und verantwortete sich vor den Richtern.

Es waren bei der Staatsanwaltschaft Briefe ohne Unterschrift eingelaufen, die, so verschieden die Schriften, die Briefbogen und die Ausdrucksweise waren, alle darauf hindeuteten, daß Friederike Konz Grund gehabt habe, ihren einstigen Kutscher mundtot zu machen. Als der Kutscher ins Gefängnis überführt wurde, hatte er Drohungen ausgestoßen, »das Fräulein und er seien noch nicht miteinander fertig, er wisse mehr, als seiner Herrschaft lieb sei«. Man hatte es hier mit keiner gewöhnlichen

Durchschnittsfrau zu tun. Warum hatte sich für eine so reiche Dame im weiten Umkreis kein Mann gefunden? Warum waren die beiden Verlobungen plötzlich vor der Hochzeit gelöst worden?

Eine Flut solcher Briefe überschwemmte die Akten der Behörde. Das Gericht sah sich veranlaßt, die Voruntersuchung einzuleiten, und die Aussagen der Dienstboten, insbesondere der Anstedter hatten es schließlich zum Hauptverfahren gebracht.

Es war endlich still geworden in dem düsteren Saal, so still, daß man das Knirschen des Sandes auf dem Fußboden unter den Tritten der Gerichtsdiener vernahm, die auf den Zehenspitzen von einem Tisch zum andern mit ihren Mappen hin und her gingen, und das eilige Kratzen der Federn, welche noch rasch einige Unterschriften hinschrieben, während Friederike die Vorgänge der Nacht des vierzehnten Oktobers berichtete. Schwarz gekleidet und hochaufgerichtet, blasser wie gewöhnlich schien ihr Gesicht, abgemagert, hart und unbeweglich. Ihre Stimme klang deutlich und klar durch den Saal. Man verstand jedes Wort. Sie sprach ruhig und, wie es schien, vorsichtig, als ob sie einen wohlvorbereiteten Vortrag hielte. Die Zuhörer, die ihr Gesicht nicht sehen konnten, nickten einander zu, die Stimme erinnerte sie an ihren Vater, Rudolf Konz hatte auch niemals seine Selbstbeherrschung verloren; sie rissen die Augen auf, um in dem Halbdunkel wenigstens die Umrisse der schwarzen Gestalt zu erblicken, die ihnen heute größer und ernster wie je erschien. Und je ruhiger diese unbewegte Stimme klang, desto erwartungsvoller blickten die Augen hinter der Zeugenbank, und das leise Raunen dort wollte nicht verstummen.

Der Vorsitzende hatte sein gerötetes dickes Gesicht mit den starrblickenden, hervorquellenden blauen Augen vorgebeugt, um besser verstehen zu können, zuweilen rückte er an seinem goldenen Kneifer und warf einen raschen Blick nach der unruhigen Menge hinter der Schranke. Neben ihm saß ein schlanker, blasser Richter mit schwarzem Marquis-Posa-Bart, den er gedankenvoll mit seiner feinen, ringgeschmückten Hand glättete. Auf der andern Seite durchblätterte ein kleiner älterer Richter mit goldener Brille und gesträubtem grauem Haar raschelnd, ohne aufzusehen, die Akten. Der Staatsanwalt, ein robuster, untersetzter, noch junger Herr, dessen Nase, Lippen und Wangen von breiten Schmissen durchquert waren, lehnte sich in seinen Stuhl zurück und betrachtete seine schön polierten Nägel. Sein Talar hing ihm weitgeöffnet um die breiten Schultern, und so oft er sich bewegte, funkelten seine Kneifergläser.

An dem Tisch vor Friederike saß in gekrümmter Haltung der Verteidiger, ein kleiner, schmächtiger Jude, der den Kopf tief in die Akten gesteckt hatte und aussah wie der traurige König im Peau d'âne von Doré.

Das ist der einzige, der an mich glaubt, dachte Friederike, er wird ja auch für den Glauben bezahlt.

An der Wand lehnten zwei lange Referendare, einer war mit dem Putzen seines Monokels beschäftigt. Sie trugen sehr hohe Kragen und schienen unbekümmert und über irgend etwas erheitert.

»Also Sie hörten ein Geräusch im Nebenzimmer«, unterbrach der Vorsitzende zum erstenmal ihre Schilderung, indem er sie fest ansah, »und nahmen die Pistole und gingen hinein. Wie kamen Sie darauf, gleich zur Waffe zu greifen? Sie haben ein Telephon im Schlafzimmer. Warum alarmierten Sie nicht das Haus?«

»Ich rufe nicht gleich nach der Polizei und wecke nicht gern Leute unnütz aus dem Schlaf, ich wollte selbst sehen, was es gäbe, und nahm den Revolver zur Sicherheit mit«, gab Friederike zur Antwort.

»Sie sollen überhaupt rasch mit der Waffe bei der Hand sein«, fuhr der Vorsitzende fort. »Zum Beispiel sollen Sie damals in der Streikzeit, als die Leute vor ihrem Haus des Nachts Lieder sangen, ohne dringende Veranlassung zum Gewehr gegriffen und auf die Leute geschossen haben.«

»Ich habe auf niemand geschossen, sondern wollte nur im

Notfall meine Waffe in Ordnung haben. Der Schuß ging los, weil man mir beim Gewehrreinigen in den Arm fiel; die Kugel ging in die Dielen.«

»Hm. Erkannten Sie den Mann, ehe Sie schossen, oder hielten Sie nur darauf los?« fragte der Vorsitzende, indem er Friederike mit seinem forschenden Blick festhielt. Sie fühlte, wie alles im Saal den Atem anhielt.

»Ja, ich erkannte ihn«, sagte sie.

Eine Bewegung entstand im Zuschauerraum.

»Also Sie erkannten ihren früheren Kutscher und schossen. Sie haben bei der Vernehmung am Tatort eine große Kaltblütigkeit an den Tag gelegt. Es steht nun fest, daß der Mann bei ihnen früher einmal in großem Ansehen gestanden hat, daß Sie ihn vor andern Dienstboten auszeichneten. Er hatte ein tadelloses Militärzeugnis und muß sich auch zu Ihrer Zufriedenheit geführt haben, denn umsonst behält man einen Kutscher nicht zwölf Jahre im Dienst. Es handelte sich also keineswegs um einen unbekannten Strolch ... Warum lächeln Sie, Angeklagte?« Der Vorsitzende zog die blonden Augenbrauen in die Höhe. »Sie scheinen sich der Tragweite Ihrer Handlung nicht recht bewußt zu sein?«

»Ich bitte um Verzeihung«, sagte Friederike, »wenn ich nicht verstehe, worin der Unterschied bestehen soll, ob ein Bekannter bei mir einbricht oder ein Strolch? Für mich ist jeder Mann, der des Nachts in mein Haus einsteigt, gleichgültig, ob er mich bestehlen, ermorden oder nur zu meinen Dienstmädchen will, ein Einbrecher, und er muß sich darauf gefaßt machen, ertappt und niedergeschossen zu werden.«

»Sie haben aber nicht einfach losgedrückt, sondern es sind mehrere Schüsse abgegeben worden.«

»Ich schoß zweimal rasch hintereinander. Der Spiegel zersplitterte fast gleichzeitig, als der Mann zu Boden stürzte. Das Ganze spielte sich in Sekunden ab«, antwortete Friederike. »Ich machte dann Licht und überzeugte mich, daß der Mann nicht mehr lebte, dann kam die Anstedter angelaufen. Ich gab ihr die Schlüssel, ließ sie das Haus aufschließen und rief die Polizei.«

»Ist Ihnen nun bei der Anstedter etwas Besonderes aufgefallen, als sie hereinkam und den Toten sah?« Der Vorsitzende heftete einen langen, aufmerksamen Blick auf Friederike.

Sie hatte das dumpfe Gefühl, als ob diese Frage eine Falle für sie bedeuten könne und zögerte. »Sie war sehr erschrocken«, sagte sie nach kurzem Besinnen. »Aber das waren die andern auch«, setzte sie rasch hinzu.

»Sie sagten in der Voruntersuchung, Sie hätten sich davon überzeugt, daß der Hund nicht in der Hütte gelegen habe, und während Sie den Hahn spannten, hätten Sie ihn unten im Keller gehört?«

Friederike schwieg. Sie war aus ihrer wohlvorbereiteten Schilderung herausgeworfen. Ein Gedanke, der sie früher bei ihren Aussagungen geleitet hatte, stieg warnend in ihr auf. Sie krampfte die Hände fest um die hölzerne Schranke. Weshalb habe ich von dem Hund gesprochen? durchfuhr es sie. Und weshalb beunruhige ich mich nun darüber, es gesagt zu haben? war ihr zweiter rascher Gedanke.

Der Vorsitzende stützte den rechten Arm auf den Tisch und bewegte einen Bleistift in der Hand. Es kam ihr vor, als blinzle er ihr mit dem einen Auge zu. Vielleicht war es nur eine nervöse Angewohnheit von ihm, aber das Blinzeln hatte etwas Herausforderndes, das sie reizte.

»Ich habe ihn bestimmt dort gehört«, antwortete sie.

Der Staatsanwalt mischte sich ein. Es stand fest, daß es in jener Nacht stark regnete und der Schein der Hauslaterne nicht in das Innere der Hundehütte leuchtete. Der Hund konnte sich bei dem Wetter in die Hütte zurückgezogen haben. Wenn man in einer stürmischen Regennacht den Kopf aus dem Fenster steckte, konnte man wohl kaum mit Sicherheit derartig schwierige Wahrnehmungen machen.

Friederike blieb bei ihrer Aussage. Sie hatte den Hund im Keller knurren gehört.

»Von allen Hausgenossen gehorchte der Hund, den Sie nach der Entlassung des Ferdinand angeschafft haben, Ihrer Aussage nach nur der Anstedter, die ihn ja auch fütterte«, fuhr der Vorsitzende mit einem Blick in die Akten fort. »Sie haben dieses Mädchen seit vielen Jahren in Ihrem Hause gehabt, haben ihr sogar nach dem Tode Ihrer Haushälterin deren verantwortungsvollen Posten übergeben und ihr niemals eine Unredlichkeit nachgewiesen. Wie kommen Sie nun darauf, ihr plötzlich den Verdacht verbrecherischer Beziehungen zu dem Kutscher Ferdinand zuzuschieben? Sie sind doch – wie man annehmen muß – kurz von Entschlüssen und energisch genug, um jemand auf solchen Verdacht hin sofort zu entlassen?«

Friederike schwieg. Unaufhörlich bewegte sie Fragen und Antworten im Kopf und verwarf sie wieder.

Der Staatsanwalt bat ums Wort. »Es ist doch merkwürdig, daß die Angeklagte von diesem angeblichen Verhältnis früher nie etwas bemerkt haben will, obwohl sie beide Leute länger als zehn Jahre im Haus gehabt hat. Niemand im Dorf weiß etwas von einem Verhältnis der Anstedter mit dem Ferdinand. So was wissen die Leute, das spricht sich herum. Ferner haben unsre Versuche ergeben«, fuhr er mit erhobener Stimme und einem Blick auf die Geschworenen fort, »daß es fast unmöglich ist, vom Kirchhof aus jemand zu erkennen, der am Waldrand steht.«

Friederike zuckte die Achseln. »Es kommt wohl auf die Augen an.«

»Sie bleiben also dabei«, nahm der Vorsitzende mit seiner etwas heiseren Stimme wieder die Verhandlung auf, »daß der Mann, den Sie am Morgen des vierzehnten Oktober am Waldrand sahen, der Ferdinand war?«

»Jawohl, ich habe ihn erkannt.«

Der Vorsitzende beugte sich zu dem Staatsanwalt herüber, der seinen Talar zusammengeschlagen hatte und eine Bemerkung in die Akten schrieb. Sie besprachen etwas. Der Vorsitzende winkte dem Gerichtsdiener an der Türe: »Die Zeugin Anstedter.«

Friederike setzte sich und sah sich zum erstenmal im Saal um. Auf der Geschworenenbank wurden Meinungen ausgetauscht. Der alte weißhaarige Handelsgärtner an der Ecke hielt die Hand ans Ohr und nickte eifrig zu dem, was ihm der dunkelbraun gebrannte Schlossermeister Hochstasser mit dem struppigen kurzen Bart ins Ohr sagte. Der Gärtner hatte ihnen den Garten angelegt und die schönen Porzellanhennen geliefert, den Schlossermeister hatte Minna beharrlich »Herr Hochstapler« angeredet, bis sich der Mann das entschieden verbat. Sie erkannte den Besitzer eines Weißwarengeschäftes am Markt, der mit seinen hervorquellenden Augen und dem gesträubten Haar wie ein kranker Hahn aussah und vergeblich bemüht war, für seinen gewaltigen Bauch einen Platz zu finden, und den Dirmesheimer Stollenherrn, dessen schöner Kopf mit dem kurzgeschnittenen Schnurrbart, dem energischen Kinn, dem Römerprofil, den hellen Augen ihr sofort unter den andern auffiel.

Ein unruhiges Summen, Flüstern, Scharren klang aus dem Zuschauerraum; es war, als ob ein ungeheurer Schwarm Insekten dort durcheinanderschwirrte. Das sind nun alles meine Feinde, dachte sie, während sie die Reihen überflog. Die Menschen schienen ihr blutdürstig wie die nach dem Schauspiel des Kampfes, der Zerstörung und des Todes gierigen Besucher des Stiergefechtes. Sie erkannte einige Neuweiler Bergleute, entlassene Kesselschmiede, Frauen mit schwarzen Jacken, windzerzausten Federn und zerdrückten bunten Blumen auf den Kapottehüten, das Henkelkörbchen am Arm; sie sah funkelnde Augen, geöffnete Lippen, heißgerötete Stirnen, von denen sie sich die Tropfen wischten. Die Wärme im Saal stieg, es wurde hell.

Die Anstedter betrat den Saal. Blaß, das üppige lockige Haar mit festen Kammstrichen glatt zurückgekämmt und zu einem Nest geflochten, im Nacken kräuselten sich ein paar widerspenstige rote Löckchen. Das schwarze Kaschmirkleid und der Chenilleschal gaben ihr das Aussehen einer verheirateten Frau. Alle Blicke flogen ihr zu.

»Sie heißen Maria Katharina Anstedter, sind geboren am 25. April – «, begann die Vernehmung.

Friederike blickte zu dem Fenster auf, hinter dem der dicke Saarnebel quoll. Das Herz ging ihr in starken Stößen. Sie wußte, daß das Mädchen mit dem entschlossenen, blassen Gesicht für sein Dasein kämpfte. Die Anstedter mußte heiraten, und zwar sobald als möglich.

Die Zeugin wurde nicht vereidigt. Das ist gut, dachte Friederike. Doch bei dem ersten Wort, das die Anstedter mit heller Stimme in den Saal hineinsprach, wurde Friederike andern Sinnes. Mit qualvoller Anstrengung folgte sie jedem Wort. Die Anstedter schilderte die Vorgänge des vierzehnten Oktobers.

Schade, daß hier keine frische Luft ist, dachte sie. Niemand schien die Luft unangenehm zu sein. Alle waren von der ausführlichen Beschreibung der Anstedter in Anspruch genommen, die rasch und sicher sprach. Sie hatte an dem Sonntag keinen Ausgang gehabt und sich, nachdem alles fortgegangen war, zum Nähen hingesetzt. Gegen abend war es ihr im Unterstock zu kalt geworden und sie hatte sich in dem Wohnzimmer ein wenig aufs Sofa gesetzt mit der Zeitung. Dabei war sie eingeschlafen und erst wieder aufgewacht, als jemand an der Kellertüre rüttelte. Sie war heruntergelaufen, hatte Licht gemacht und hatte vor Schreck beinahe aufgeschrien. Da stand das Fräulein vor ihr mit großen, weitaufgerissenen Augen, mit zerzaustem Haar, ohne Schirm. Das erste, was sie dachte, war: Der ist was passiert. Das Fräulein war so aufgeregt, daß sie nicht ordentlich sprechen konnte, schloß gleich alle Türen ab, steckte die Schlüssel ein, und fuhr sie an, weil das Hoftor aufstand –

»Wie erklären Sie sich das eigentlich, Zeugin, daß gerade an diesem Sonntag die beiden Türen offen standen, von denen Sie die Schlüssel hatten?« fragte der Vorsitzende.

Die Anstedter trat näher. »Herr Präsident, das Hoftor hat in der letzten Zeit immer aufgestanden. Der Schlüssel war verlorengegangen, und das Tor wurde nur zugedrückt, als ob's zu wäre. Der Hund war ja da, der paßte schon auf, der war ja grad, als hätt' man einen Löb im Hof; alle Leute fürchteten ihn.« Und die Kellertüre hatte sie an dem Tag »expreß« aufgelassen. Im Keller lag noch von dem letzten Gewitter im Sommer her der Schlamm in den Ecken, und weil es da, mit Erlaubnis zu sagen, immer so gestunken hatte, ließ sie die Türe offen.

»Warum haben Sie denn Ihrer Herrschaft nichts von dem verlorenen Schlüssel gemeldet?« fragte der Vorsitzende. »Das ist doch wichtig, ob ein Hoftor offen steht und der Schlüssel fortgekommen ist?«

»Ich han die Courasch nit gehatt!« stieß die Anstedter hervor. »Mir han uns jo all vor ihr gefercht.« Sie zog ein weißes Tuch mit gestickter Kante hervor und schluchzte hinein. Wenn sie nur wüßten, daß die Anstedter immer etwas zugibt, wenn sie zu weinen anfängt, dachte Friederike. Die Richter schienen solche Unterbrechungen gewöhnt. In dem Gesicht des Vorsitzenden war nichts von einem besonderen Eindruck zu lesen; der Marquis Posa glättete mit der feinen Hand den Bart, der unruhige magere Richter auf der andern Seite kratzte eilig mit der Feder, über seine Akten gebeugt, während er in kurzen Zwischenpausen einen bellenden Husten ausstieß. Gut, daß der den Vorsitz nicht hat, dachte sie.

Ihr Blick flog zu den Geschworenen herüber. Was für stumpfe, gleichgültige Gesichter das waren, wie eng begrenzt der Horizont hinter den niedrigen Stirnen, die keine andern Rücksichten zu kennen schienen als solche, die unmittelbar mit dem eignen Vorteil zusammenhingen. Die Intelligenteren hatte man, wie üblich, abgelehnt. Der einzige, von dem sie eine vernünftige unparteiische Entscheidung erhoffen konnte, war der Stollenherr; ihre Augen blieben an seinem energischen Profil haften. – Die Anstedter bot mit ihrem herabgerutschten Tuch, das ihren Zustand preisgab, einen bedauernswerten Anblick. Unter den Männern erwuchs ihr sicher mehr als ein Ritter. Ein Mädchen, das für sich und sein Kind um die Existenz kämpfte ... Das Mitgefühl wandte sich ihr zu.

Endlich hatte diese sich wieder gefaßt und fuhr fort. Also das

Fräulein schalt sie heftig wegen des fehlenden Schlüssels und der offenstehenden Kellertür, befahl ihr Tee zu machen, aber rasch. Es konnte ihr alles nicht schnell genug gehen an dem Abend. Als sie kaum den Tee gebracht hatte, schickte sie sie schlafen. Sie war dann zu Bett gegangen und erst von dem Schuß geweckt worden.

»Sie wollen an jenem Sonntag morgen schon eine gewisse Erregung an Fräulein Konz bemerkt haben?« fragte der Vorsitzende.

»Jawohl. Seit der erste Brief ins Haus gekommen ist, war sie so schrecklich aufgeregt – «

Friederike wich alles Blut aus dem Gesicht bei diesen Worten, sie fühlte eine Kälte durch ihre Glieder rieseln. Etwas, was sie hatte aufhalten wollen, war nun ins Rollen gekommen.

»Da sind wir endlich bei den Briefen«, sagte der Vorsitzende. »Sie haben ausgesagt, daß kurz hintereinander zwei Briefe an das Fräulein gekommen sind, die von der Hand des Ferdinand herrührten. Sie wollen diese Briefe selbst dem Postbeamten abgenommen und dem Fräulein übergeben haben. Wissen Sie bestimmt, daß diese beiden Briefe, von denen Sie die Fetzen nachher fanden, von derselben Hand herstammten?«

»Das kann ich beschwöre, Herr Präsident«, antwortete die Anstedter fest. Sie sprach jetzt viel ruhiger.

»Kannten Sie denn dessen Handschrift so genau?«

»Er hat mir emahl e Ansichtskart geschickt, Herr Präsident«, sagte die Anstedter treuherzig. »Vom Zweibrücker Renne, un e Verst hat er mir aus Jux ins Album geschrieb, un grad so e runder Ringel hat er an das C gemacht – «

»Was dachten Sie denn, als Sie den Brief mit der Handschrift sahen?«

»Ich dacht, jetzt ging's als wieder los – «

»Was ging los? Drücken Sie sich doch deutlich aus!«

»Ich dacht, jetzt wär er frei und wollt als wieder ahnfange – «

Alle Blicke richteten sich auf Friederikes erblaßtes Gesicht.

»Wie kamen Sie eigentlich auf den Verdacht, daß zwischen

dem Ferdinand und dem Fräulein Beziehungen bestanden? Erzählen Sie einmal, aber bedenken Sie, daß Sie nachträglich vereidigt werden können.«

Die Anstedter begann zu erzählen, wie der Garten angelegt wurde und jeder im Dorf sich darüber empört habe, daß das reiche Fräulein Konz dort Leute zur Arbeit gemietet und sie nicht bezahlt habe, sie ließ Frauen umsonst dort arbeiten –

Friederike sprang auf. »Darf ich – «

Der Vorsitzende schnitt ihr das Wort ab. »Bitte, wollen Sie erst die Zeugin ausreden lassen.«

Die Anstedter fuhr eifrig fort.

Jawohl, so war es, man brauchte ja nur die Frau Backes aus der Schönweibergasse und die Frau Freitag vom Büchel zu fragen, die hatten im Garten geschafft und keinen Groschen dafür gekriegt. Als sie fortblieben, fing sie mit Schulkindern dasselbe Manöver an. Die sollten schaffen wie Große, dafür bekamen sie dann, wenn der Sommer herum war, ein paar Töpfchen Himbeersaft, mit denen die armen Leute doch nichts anfangen konnten. Zuletzt wollte niemand mehr dort arbeiten, der Garten wurde zugeschlossen, ein Stacheldrahtzaun kam drum, und niemand durfte mehr hinein wie der Ferdinand. Der hatte allein den Schlüssel. Erst hatten sie sich darüber lustig gemacht, daß der Mann Äpfel sortieren und Radieschen rupfen mußte, als sie aber dann früh morgens und abends, wenn's längst dunkel war, droben im Garten allein mit dem Mann blieb, ging ihnen ein anderes Licht auf. »Und wie dann die Geschichte mit dem Luftbad erst anging – «

Die Anstedter warf einen Blick nach der Anklagebank, wo Friederike totenblaß, bereit, jeden Augenblick aufzuspringen, saß.

»Was war das mit dem Luftbad?«

»Nun, ein graues Segeltuch war drum, und die Buben haben sich ein Pläsier daraus gemacht, über den Zaun zu gucken. Pudelnackicht sollen sie da drin herumgelaufen sein ...« setzte sie verächtlich hinzu.

»Wer? Von wem sprechen Sie?« unterbrach sie der Präsident. »Wurde denn das Luftbad noch von andern benutzt?«

Die Anstedter nickte.

»Es ging die Red, als wären oft zwei drin – «

Friederike sprang auf. »Das ist gelogen!« rief sie in den Saal, in dem eine allgemeine Bewegung entstand.

Der Vorsitzende hielt ihr die Handflächen entgegen. »Sie werden später Gelegenheit haben, zu sprechen.«

Die Anstedter warf Friederike einen sprühenden Blick zu. »Und das sollte wohl auch gelogen sein, daß die Leute, die droben wohnten, abends eine verschleierte Dame in den Garten gehn sehen hatten und gleich darauf den Ferdinand im Sonntagsanzug? Wer sollte dann das sonst gewesen sein? Es hatte doch niemand den Schlüssel wie der Ferdinand und das Fräulein?«

Friederike hatte sich auf ihre Bank niedergelassen, die Knie zitterten ihr. Sie wand sich unter diesem schmählichen Verdacht, aber die Zunge war ihr gebunden. Und Verrat üben, den Namen einer Toten in den Staub ziehen –? Nimmermehr. Mochten sie von ihr denken, was sie wollten. Sie wandte sich an ihren Verteidiger, der Rechtsanwalt bat um das Wort für seine Klientin.

»Was die Anstedter von dem Luftbad behauptet«, sagte Friederike laut und jedem vernehmlich, »ist Klatsch, dessen Entstehung ich mir nur dadurch erklären kann, daß in Neuweiler nur ein einziges Luftbad existiert. Außer von mir wurde das Luftbad von niemand benutzt, und ich habe dafür gesorgt, daß man weder durch den Zaun noch über ihn sehen konnte. Den Kutscher habe ich zur Gartenarbeit angelernt, weil sich die Mägde zu schade dafür hielten. Das weiß die Anstedter sehr wohl, denn jedesmal, wenn sie Spargel stechen sollte, hat sie Zahnweh bekommen. Ich hatte den Garten mit einer bestimmten Absicht angelegt, ich wollte den Leuten, die das Land dort bearbeiteten, die Ernte schenken und das Land später unter sie verteilen. Tagelöhner wären wahrscheinlich bis heute geblieben. Es war ein verfehltes Projekt.«

Die Anstedter zuckte die Achseln.

Das Fräulein hatte sich nie in die Karten gucken lassen. So hatte zum Beispiel der Kutscher sein Lebtag in dem Kutscherzimmer neben dem Stall geschlafen, und es war gut genug gewesen – aber das Fräulein Thees war noch nicht drei Tage unter der Erde, da wurde der Ferdinand in das Haus quartiert. Und seit Herr Konz nicht mehr da war, schlief er sogar im selben Stock wie das Fräulein in einem tapezierten Zimmer mit Zentralheizung, und zu seiner Bedienung wurde ein Stallknecht engagiert.

Friederike erhob sich rasch. »Das Kutscherzimmer war feucht«, sagte sie, »das Wasser lief von den Wänden, es hatte längst gemacht werden sollen, wurde aber aufgeschoben, weil mein Vater ungern die Handwerker im Haus hatte. Nach dem Tode unsrer Haushälterin habe ich das Zimmer endlich machen lassen. Es wollte aber nicht trocknen, der Mägde wegen konnte ich den Kutscher nicht länger im Unterstock lassen und gab ihm eine Garderobe im ersten Stock. Zentralheizung ist durch alle Räume gelegt.«

Die Anstedter wurde angewiesen, vorläufig auf der Zeugenbank Platz zu nehmen. Der Vorsitzende wandte sich Friederike zu. »Sie sollen in der fraglichen Zeit mehrere anonyme Briefe bekommen haben. Sie haben nun von diesen Briefen weder in der Voruntersuchung noch heute etwas gesprochen. Haben Sie diese Briefe absichtlich verschwiegen?«

»Darüber verweigere ich die Aussage«, sagte Friederike.

Ein unruhiges summendes Geräusch von Stimmen erhob sich aus allen Ecken des Saales, die Spannung machte sich Luft. Der Vorsitzende wurde durch die Unruhe im Zuhörerraum abgelenkt. »Ich lasse den Saal augenblicklich räumen«, rief er, »wenn noch einmal eine Störung eintritt.« Daraufhin hörte das Sprechen und Scharren auf. »Sie beharren also bei Ihrer Weigerung«, fuhr der Vorsitzende fort.

Friederike bejahte.

Der Staatsanwalt erhob sich und sprach halblaut mit dem Vorsitzenden. Die Richter neigten einander die Köpfe zu. Dann rief der alte Gerichtsdiener auf einen Wink des Vorsitzenden den Namen »Hui« in den langen Hausgang hinein.

Vergebens suchte Friederike ihr Gleichgewicht wieder zu gewinnen. Das unruhig klopfende Herz jagte ihr das Blut in starken Wellen durch den Körper. Unklar, wie schreckliche Schatten schossen ihr qualvolle Gedanken, unerträgliche Vorstellungen durch das Hirn, sie sah alles nurmehr undeutlich, flimmernd vor sich. Durch die Seitentüre trat das alte Fräulein Hui ein in schwarzer Perlpelerine, die ihren kleinen Verdruß bedeckte, einem glitzernden Kapottehut und schwarzen Glacéhandschuhen. Sie ging erst dicht vor den Richtertisch und wurde von dem Gerichtsdiener hinter die Schranke gewiesen. Darüber geriet sie in Verlegenheit. Stotternd sprach sie die Eidesformel nach. Auf die Frage, ob sie mit der Angeklagten verwandt oder verschwägert sei, antwortete sie erschrocken: »Ach Gott, wie sollt ich denn dazu komme ...«

Aufgeregt und weitschweifig erzählte sie, wie sie abends im Wald einem Paar begegnet sei, das sie für den Ferdinand und die Anstedter gehalten habe. Da sie mit der Zunge anstieß, verstand sie der Vorsitzende ein paarmal falsch, und das Publikum, das schon die hingestotterte Eidesformel mit Vergnügen angehört hatte, begann bei jedem neuen Satz zu lachen.

Das ist keine gute Vertreterin, dachte Friederike. Sie wird alles durcheinander bringen.

»Also Sie erkannten den Ferdinand«, wiederholte der Vorsitzende.

»Jhe, jhe«, nickte das Fräulein. »An seinen langen Beinen hab' ich ihn erkannt! Und an dem forschen Gang. Er hielt sich wie ein Gardeleutnant; ich dachte gleich, das muß er sein, wenn ich ihn auch gewissermaßen nur von hinten gesehen hab'.«

»Also das Paar ist Ihnen nicht, wie Sie erst sagten, begegnet, sondern es ging vor Ihnen her?« warf der Vorsitzende ein.

»Ihje, ihje«, bestätigte die Hui und nickte.

»Können Sie unter Ihrem Eid aufrecht erhalten, daß es der Ferdinand war?«

Das alte Fräulein warf einen Blick nach dem Staatsanwalt hinüber, der beide Arme auf den Tisch gelegt hatte und sie groß durch seine funkelnden Kneifergläser anblickte.

»Ja – es war schon duster, vielleicht sieben Uhr, so genau konnt man nicht mehr sehen, ich hab' gemeint, er wär's, aber beschwören – du lieber Gott – «

»Also Sie sind Ihrer Sache doch nicht so sicher? Könnte es vielleicht auch ein andrer gewesen sein, der bei der Anstedter war? Vielleicht der jetzige Bräutigam, der Kutscher?«

»Jawohl, Herr Landgerichtspräsident. Der jetzige – der Karl Mink – der kann es auch gewesen sein.«

»Das stimmt nicht«, wandte der Verteidiger ein. »Der jetzige Kutscher ist so groß wie ich, und der Ferdinand hat bei den Gardekürassieren gedient.«

»Ihje – der Ferdinand war ein großer, gewaltiger Mensch«, sagte Fräulein Hui mit einem scheuen Blick nach dem Verteidiger, der sich erhoben hatte und sie ebenfalls mit seinen Brillengläsern anfunkelte.

»Nun, den Herrn Rechtsanwalt Weiß kann man aber doch nicht gerade ›gewaltig‹ nennen?« meinte der Vorsitzende.

Die langen Referendare an der Wand freuten sich.

»Es war ungefähr einer so groß wie der andre«, antwortete das alte Fräulein, dem die hellen Tropfen auf der Stirn standen.

»Hören Sie einmal, Zeugin«, unterbrach sie unwillig der Vorsitzende, »Sie können hier nicht ins Blaue hineinreden, sondern stehen unter Ihrem Eid! Überlegen Sie sich Ihre Worte! Sie haben an jenem Abend einen Mann bei der Anstedter gesehen. Können Sie hier unter Ihrem Eid aufrecht erhalten, daß es die Anstedter war?«

Das alte Fräulein trat zitternd näher an die Schranke.

»Herr Gerichtshof, beschwören kann man so etwas nie. Es war eine, die so aussieht, wie die Anstedter, aber so laufen im Ort viele herum.«

»Ja, wenn Sie weder wissen, ob es der Ferdinand war noch die Anstedter, wie kommen Sie denn dazu, zu verbreiten, Sie hätten den Ferdinand mit dem Mädchen zusammen gesehen? Es ist nämlich von größter Bedeutung, ob Sie unter Ihrem Schwur diese Aussage aufrecht erhalten können.«

Die Hui sah sich nach der Anklagebank um und gewahrte Friederike dort. In ihrem Kopf wirbelten Fragen und Antworten durcheinander, in ihrem Herzen kämpfte Furcht und Mitgefühl, aber drohend stand der Eid vor ihr, und zwischen den funkelnden Gläsern des Staatsanwalts und des Verteidigers preßte sie zitternd hervor: »Ja du lieber Gott, man kann sich doch als einmal versiehn. Ich hab' gesagt, ich hätt' gemeint, ich hätte den Ferdinand gesehen ... Wenn ich das nicht gemeint hätt', würd' ich's nicht gesagt haben, aber wer denkt dann dran, daß man gleich alles beschwören muß!«

»Dann war das Ganze also von Ihnen mehr so ein Geschwätz ...«

»Jawohl, Herr Landgerichtspräsident«, sagte die Hui erleichtert. »Es war so mehr so ein Geschwätz ...«

Auf den hintersten Bänken brach ein unterdrücktes Gelächter aus.

»Wissen Sie nun etwas von dem Gerücht, daß zwischen dem Fräulein und dem Ferdinand Beziehungen bestanden hätten?« ging die Vernehmung weiter. Auf diese Frage schien die Näherin besser vorbereitet zu sein. Sie legte sich ordentlich ins Zeug. Das ganze Gerücht war Lüge und Geschwätz. Das hatten die Leute aufgebracht, weil die beiden Verlobungen auseinandergingen und niemand wußte warum. Das Fräulein Konz hatte sich nämlich ihr Lebtag nichts aus den Mannsleuten gemacht und sich nie verheiraten wollen, zu den Verlobungen hatte sie sich überreden lassen. Wo hätte die einen gewöhnlichen Mann angeguckt. Dazu war sie viel zu forsch. Der »große Kurfürst« nannten sie sie wegen dem Couragierten, das sie hatte, wie ein Soldat, kurz angebunden, mehr so was Krasses. Auf wilden schrecklichen Pferden ritt sie durch das Dorf, mit kurzabgeschnittenem Haar, und immer mit der Reitpeitsche bei der Hand und leider auch mit der Pistole. Schon als Kind war sie grausam. Nie hatte sie richtig Puppen gespielt, sondern ihnen die

Arme und Beine abgedreht und die Augen ausgestochen, eine Katze hatte sie einmal selbst totgeschossen, so ein schönes Angorakätzchen mit einem langen seidigen Schwanz, und sogar ihren eignen Hund, den Tyras –

»Wann fingen denn diese Gerüchte von dem Verhältnis mit dem Kutscher an sich zu verbreiten ...?«

»Seit – jawohl, seit der Garten zugeschlossen wurde und niemand mehr hineindurfte wie der Kutscher ... In dem Sommer wollten die Leute abends in der Dunkelheit die beiden dort aus und eingehen sehen haben. Im Winter sollte in dem Gartenhaus Licht gebrannt und der Schornstein geraucht haben. Mit einem dunklen Mantel und Schleier wär' das Fräulein hineingeschlichen, hatten sich die Kinder erzählt. So ein Geschwätz, wenn man Fräulein Konz kannte, lachte man nur darüber. Der traute man wirklich alles andre eher zu – «

»Haben Sie vielleicht etwas von andern Gerüchten über das Fräulein gehört?« tat der Vorsitzende dem Redeschwall Einhalt.

Das Fräulein zögerte. Sie nestelte eifrig an ihren neuen Handschuhen, bekam rote Flecke auf den eingefallenen Bäckchen und zog die Pelerine ängstlich um die Schultern, während sie einen scheuen Blick auf den zweiten Richter warf, dessen verstrubbelter grauer Kopf plötzlich aus dem Aktenbündel auftauchte.

»Jawohl«, gestand sie mit gedämpfter Stimme. »Aber man konnte es eigentlich nicht recht sagen – «

Fräulein Hui senkte den kleinen Kopf und blickte vor sich auf die Dielen. »Es ist nämlich so schenant ...«

»Sprechen Sie nur, Zeugin; was Sie da sagen, ist von größter Wichtigkeit.«

Es war bereits bei ihren letzten Worten eine atemlose Stille eingetreten. Auf der Straße hörte man einen Trupp Soldaten vorbeimarschieren.

Das alte Fräulein knöpfte zitternd an den Handschuhen, sie schluckte ein paarmal. »Man hat gesagt, die Herren hätten ihr das Wort zurückgegeben, weil sie nicht – wie eine richtige Frau wär' – sondern – mehr so wie ein Mann.« Ihr Gesicht war von einer hellen Röte überzogen. Sie sah niemand an bei diesen Worten.

Friederike lehnte sich in die Bank zurück. Sie grub die Nägel in die Hände, alle Blicke hatten sich auf sie geworfen, die Blicke bohrten sich in sie hinein, als wollten sie ihre Seele erforschen, die Referendare hatten die Eingläser eingeklemmt. Und diese Auseinandersetzung, bei der sich Vorsitzender und Zeugin mehrmals mißverstanden, schien kein Ende mehr zu nehmen. Mit einer wahren Begierde schienen sie sich darüber herzustürzen, darin zu graben und hervorzuzerren, was ihnen noch nicht klar genug war, und die Näherin, sich der Wichtigkeit ihrer Aussagen bewußt, welche den ganzen Saal in Atem zu halten schienen, ließ ihrer Rede freien Lauf. War sie doch seit zwanzig Jahren in dem Konzschen Hause bekannt, die Vertraute der Haushälterin, die ihr oft ihre Sorge um die Zukunft des entarteten Mädchens mitgeteilt.

Endlich wußte die Hui nichts mehr. Sie ging mit kurzen trippelnden Schritten nach der Zeugenbank, wo die Anstedter ihr bereitwilligst Platz machte. Aber das alte Fräulein setzte sich weitab von ihr auf die andre Seite und zog die Röcke fest an sich. Der Gerichtsdiener mit dem schwarzen Bart und den eingesunkenen dunklen Augen kam auf den Zehen durch den Saal und berichtete dem Vorsitzenden, daß ein Zeuge, auf den man wartete, noch nicht erschienen sei.

»Dann vernehmen wir erst die andern«, sagte der Vorsitzende, und das Verhör nahm seinen Fortgang.

Drei Bergmannsfrauen, die in der Nähe des Gartens wohnten, bestätigten das Gerücht von dem Verhältnis zu dem Kutscher. Der Bäckermeister Schurig, der breit und schnauzbärtig mit hängendem Hosenboden vor dem Richtertisch wie vor dem Backtrog stand, berichtete mit seiner heiseren Stimme, er habe selbst gesehen, wie eine verschleierte Dame in den Garten geschlüpft sei, und einmal sei er dort dem Ferdinand in der Dämmerung begegnet, in einem feinen Überzieher, und den Schirm habe er vors Gesicht gehalten.

Es war unerträglich schwül im Saal und unheimlich ruhig. Die Sonne hatte den Nebel durchbrochen, in dem breiten Sonnenstreifen, der schräg über dem Richtertisch stand, flimmerte der Staub. Die Mittagsglocken fingen an zu läuten. Immer neue Zeugen kamen herein. Meister Kolling betrat in schweren genagelten Stiefeln den Saal, der Kutscher Mink, die Mägde aus dem Haus, junge Mädchen, die als Schulkinder im Garten gearbeitet hatten, Bergleute, die in der Fingerhutgasse wohnten. Alle hatten an das Gerücht mit dem Kutscher geglaubt und sagten dabei aus, das Fräulein habe sich angezogen wie ein Mann und sich auch so betragen. Einmal habe sie einen Jungen, der einen Stein nach ihrem Pferd warf, blutig gehauen; die Kinder hätten sich vor ihr gefürchtet, die Mägde seien ihr fortgelaufen. In dem Haus bekam man nichts zu essen und wurde schlecht behandelt. Der Wirt der »Deutschen Freiheit« gab eine Äußerung des Ferdinands wieder: »Ich han Karriere gemacht. Erscht han ich bei de Pferd im Stall geschlooft, dann bei de Mägd im Sutteräng, und jetzt schloof ich beim große Kurfürst im erschte Stock.«

»Wie kam es denn, daß zwei sich so widersprechende Gerüchte geglaubt wurden?« fragte der Vorsitzende.

»Ja, Herr Präsident«, sagte der dicke Wirt, dem der Schnurrbart über den Mund hing, »der een hat so gesaht, der anner so; m'r hat zuletzscht selber nit meh gewißt, was m'r glawe sollt. Awer iwer eens ware mir uns all eenig: es war ebbes nit in Ordnung mit ihr.«

Das halte ich nicht mehr aus, dachte Friederike. Es wird noch stundenlang dauern, bis alles entschieden ist. Sie krallte die Finger um das Handgelenk und hörte diesen schrecklichen monotonen Stimmen der Zeugen, der Richter, des Vorsitzenden zu, die einander ausfragten, aushorchten, aufklärten. Ab und zu erhob sich ein Geschworener, um feierlich mit bedeutsamer Miene eine unbedeutende Zwischenfrage zu tun. Der dicke Kaufmann hatte endlich einen Platz für seinen Bauch gefunden, er sah mit gefalteten Händen, die Beine weit von sich gestreckt, schwimmenden Auges in den Saal, während er von Zeit zu Zeit den Mund zu einem schrecklichen Gähnen aufriß. Der Schlossermeister musterte, die Arme verschränkt und die Bakken aufblasend, mit strengen Blicken die Leute hinter der Schranke, und sein Nachbar schnitt sich unter der Bank die Nägel.

Plötzlich richtete sie sich auf.

»Hauptmann von Dehlau«, hatte sie verstanden. Das Blut drängte nach ihrem Kopfe, als wollte es den Schädel zersprengen. Alles schien sich vor ihr zu drehen: staubige Dielen, Köpfe, Schuhe, Gesichter, Barette und Bärte. Eine Weile schien ihr Herzschlag auszusetzen.

Der Gerichtsdiener wartete an der offenen Türe, aller Augen richteten sich dorthin, und das unruhige Gesumme verstummte augenblicklich, als der Hauptmann den Saal betrat. Friederike sah vor sich nieder.

Alles erhob sich, Stiefel polterten gegen die Bänke. Die Richter nahmen die Barette ab.

Dehlau wurde vereidigt.

Wie aus weiter Ferne drang seine ihr so bekannte Stimme an ihr Ohr, sein hartes Organ, diese mit Soldaten zu sprechen gewohnte knappe Art ...

»Ich schwöre – zu Gott dem Allmächtigen und Allwissenden – daß ich die reine Wahrheit sagen – nichts verschweigen – und nichts hinzusetzen werde – so wahr mir Gott helfe.«

Diese Stimme erschütterte sie. In ihrem Gedächtnis lebten vergrabene Erinnerungen auf und äfften sie. Heitere schöne Bilder – als sie des Morgens zusammen in die Wälder ritten – jener Morgen, als sie mit dem Stollenherrn und ihrem Vater in einem Wagenabteil zusammen nach Hannover gefahren war, die Unterhaltung über den Mord im Sankt Ingberter Wald, der Kopf am Weg, vor dem das Pferd des Stollenherrn gescheut hatte, das Beil im Henkelkorb der Gattin, die gemütliche Besprechung all dieser entsetzlichen Einzelheiten mit der Ruhe von Menschen, die der Tat ferne stehen. Blitzschnell glitten immer neue Bilder vor ihr auf: der bleigraue Weiher an der Schlackenhalde mit seinen schattenhaften dunklen glatten Schlackenköpfen, sie ritt über den Kreuzweg und das Pferd scheute vor einem beschriebenen weißen Blatt, das an die gestürzte Buche befestigt war und sich raschelnd erhob ... jene Streiknacht mit den verworrenen drohenden Stimmen vor dem Haus; der Gesang, das Gebell des Hundes und die Steine, die gegen die Fenster flogen, und das wandernde Viereck mit den glitzernden Helmen auf der Brücke im Morgengrauen. Der Fuchs mit den weißen Füßen kam die Gasse heraufgesprengt und bäumte sich vor ihrem Tore ... wie das alles aufblitzte, verblich und verging und immer wieder auftauchte, scheinbar zusammenhanglos und doch geheimnisvoll miteinander verknüpft ... Warum fiel ihr das alles heute wieder ein?

»Sie sind der ehemalige Verlobte der Angeklagten«, begann der Vorsitzende. »Sie haben vier Wochen vor der Hochzeit die Verlobung aufgelöst. Können Sie uns sagen, aus welchen Gründen das geschah?«

»Ich möchte berichten, daß nicht ich, sondern meine damalige Verlobte die Verlobung löste«, erwiderte Dehlau. »Fräulein Konz wollte die Leitung des Werks in der Hand behalten und verlangte, ich sollte den Abschied nehmen. Ich weigerte mich, und da ich ihren festen Willen kannte, hatte ich mich versetzen lassen. An dem Tag, als ich ihr die Mitteilung von meiner Beförderung nach dem Osten brachte, löste sie die Verlobung auf.«

»Hatten Sie zu dieser Versetzung besondere Gründe?«

»Ich halte es für falsch, wenn die Garnison eines Offiziers der Wohnort seiner Angehörigen ist«, antwortete er rasch. »Neuweiler lag mir zu nahe.«

»Sie wollten nicht als Leiter in das Werk eintreten?«

»Nein, ich wollte nicht umsatteln.«

»Die Angeklagte soll in der Woche vor dem vierzehnten Oktober einige anonyme Briefe erhalten haben, die von dem Ferdinand herrührten«, fuhr der Vorsitzende fort. »Können Sie sich denken, was der Mann gewollt hat?«

Einen Augenblick schien Dehlau zu zögern. »Das kann nur

eine Bettelei gewesen sein«, gab er zur Antwort. »Der Ferdinand war ein Schürzenjäger und mag wohl mehr Geld gebraucht haben, wie er einnahm. Es kam mir übrigens stets so vor, als habe er Beziehungen zu dem damaligen Stubenmädchen; ich erinnere mich des Namens nicht mehr – «

»Der Anstedter, meinen Sie?«

»Jawohl – «

»Das ist nicht wahr!« rief die Anstedter und sprang von der Zeugenbank auf.

Friederike gab dieser Ruf die Entschlossenheit wieder. Sie stand auf. »Die Briefe haben mit der Anstedter nichts zu tun«, sagte sie laut und bestimmt. »Es waren ganz gewöhnliche Erpresserbriefe und stammten von dem Ferdinand – «

Eine große Bewegung entstand in dem Publikum; Richter, Vorsitzender und Verteidiger waren von diesem Geständnis gleich überrascht.

»Woher wissen Sie das so genau? War Ihnen dessen Schrift denn so bekannt?« Der Vorsitzende blickte sie forschend an.

»Der Ferdinand führte das Gartenbuch«, erwiderte Friederike, »und ich habe oft Karten von ihm herumliegen sehen. Er schrieb eine charakteristische Schrift und machte gekünstelte Schnörkel an große Buchstaben.«

»Was stand denn in diesen Briefen?«

Die Anstedter hob den Kopf und blieb stehen. Ihr funkelnder Blick kreuzte sich mit Friederikes ...

»Er wollte nach Amerika, weil er hier keine Stelle mehr bekam«, antwortete Friederike rasch.

»Und dazu, hoffte er, würden Sie ihm Geld schenken? Wo sind denn diese Briefe hingekommen?«

Friederike schwieg. Das Blut hämmerte ihr im Kopf. Lautlose Stille entstand. Jemand kratzte mit der Feder eilig über das Papier. Auf der Straße klang Militärmusik, und der nervöse Richter raschelte, ohne aufzublicken, in seinen Akten.

»Ich habe sie verbrannt«, sagte sie ruhig und blickte die Richter kalt und furchtlos an.

»Warum haben Sie sie denn nicht der Polizei übergeben, das wäre doch das einfachste gewesen?«

Friederike sah zu der Anstedter hinüber und antwortete langsam: »Ich wollte nicht, daß etwas von dem Inhalt unter die Leute käme.« Zum erstenmal war in ihrer Stimme etwas von einer Bewegung zu merken. Die Anstedter hatte sich halb auf der Bank niedergelassen mit vornübergebeugtem Oberkörper, bemüht, kein Wort zu verlieren.

»War der Inhalt kompromittierend für Sie?«

»Es war – Klatsch; ich lasse grundsätzlich Derartiges nicht unter die Leute kommen.«

»Also verlangte der Ferdinand Schweigegeld? Wieviel wollte er denn haben?«

»Zehntausend Mark.«

Eine neue Bewegung entstand.

»Das müssen aber doch schon ernste Dinge gewesen sein, um die es sich handelte. Warum haben Sie denn vor dem Untersuchungsrichter so energisch abgeleugnet, derartige Briefe bekommen zu haben?«

Friederike schwieg. Sie fühlte, daß Dehlau sie fest anblickte. Nie in ihrem Leben hatte sie das Gefühl gehabt, allein zu stehen; in dieser Stunde kam über sie ein eisiges Gefühl der Verlassenheit.

»Sie wollen die Frage nicht beantworten, Angeklagte? Was wollten Sie denn damals tun?«

»Ich wollte ihm das Geld geben«, sagte sie mit Überwindung.

»Die Summe von zehntausend Mark?« fragte der Vorsitzende erstaunt. »Sie sind aber doch sonst keine Verschwenderin, sollen sogar sehr gut mit dem Geld umzugehen verstehen?«

»Ich war dieser Treibereien müde, und die geforderte Summe stand in keinem Verhältnis zu den Aufregungen, die ich gehabt hatte«, fuhr Friederike fort, die ihre Stimme wieder in der Gewalt hatte. »Ich wäre auch heute noch bereit, dieselbe Summe dem auszubezahlen, der die Briefe schrieb oder ihren Inhalt kennt.« Aller Augen waren auf ihr blasses Gesicht gerichtet.

Niemand achtete auf das Mädchen, das von der Zeugenbank aufgesprungen war, das weiße Tuch mit beiden Händen um die Schultern zerrend, wie zum Sprung bereit.

»Also Sie wollten ihm das Geld geben?«

»Jawohl.« Friederike setzte sich. Die Knie brachen ihr. Gemeine Sache mit Erpressern machen! Wie weit hatte sie das vor wenig Wochen von sich gewiesen. Alles verschwamm vor ihren Augen wie im Nebel. Undeutlich schlugen die Stimmen der Richter und die Antworten Dehlaus an ihr Ohr, der mehrere Male »Nein, Herr Präsident – niemals, Herr Präsident« antwortete. Es war wieder von dem Kutscher die Rede. »Sie hat den Mann seiner Anstelligkeit wegen geschätzt, ihn aber einen unsicheren Kantonisten genannt«, fuhr Dehlau fort, dem jetzt ebenfalls eine Erregung anzumerken war. »Er hatte die Neigung, zu renommieren, vielleicht hat er aus Eitelkeit solche Gerüchte verbreitet, aber jeder, der Fräulein Konz kennt, weiß, daß dergleichen ganz ausgeschlossen war.«

»Woraus folgern Sie das so sicher?«

Dehlau zögerte. »Fräulein Konz hatte durchaus keine derartigen Neigungen, sondern einen männlichen Charakter.«

Der Vorsitzende räusperte sich und blickte in die Akten. »Wie ist das nun mit den Gerüchten – man hat der Dame gewisse Beinamen gegeben, der ›große Kurfürst‹. Im Offizierskasino sollen noch prägnantere Bezeichnungen gefallen sein?«

»Sie dürfen sich nicht von ritterlichen Regungen bestimmen lassen«, erklang die Stimme des Vorsitzenden wieder. »Sie stehen als Zeuge unter Ihrem Eid, nichts zu verschweigen, und würden auch der Angeklagten keinen Dienst damit leisten.«

Der Verteidiger erhob sich: »Ich bitte den Herrn Zeugen darüber zu befragen, ob der Ausdruck ›Virago‹ mit Bezug auf die Beklagte gefallen ist. Die Verteidigung hat ein Interesse an dieser Feststellung.«

Friederikes Stirn ward feucht, das Kreisen vor ihren Augen nahm zu. Sie blickte vor sich hin. Alles im Saal schien den Atem anzuhalten.

Dann sagte Dehlau mit fester Stimme: »Das ist richtig, so wurde sie genannt.«

»Virago?«

Ein unruhiges Summen erhob sich. Die Geschworenen flüsterten miteinander, auf den hintersten Bänken beugten sie sich vor, sie hatten nicht recht verstanden. Man wiederholte ihnen: Virago. Einer gab das Wort dem Nachbar weiter, der nickte, einer lächelte, andre zogen die Stirn kraus und schüttelten die Köpfe. »Virago?!«

Die Blicke waren auf dasselbe Ziel gerichtet; Friederike lehnte in die Bank zurück und biß die Zähne zusammen. Sie sah große tanzende Flammen, die den Wänden entlangglitten, und schwarze, sich jagende Schatten in hastigem Spiel sie umkreisen. Sie hatte das Gefühl, als hätten tausend Hände ihr die Kleider vom Leib gerissen, und nun stand sie nackend am Pranger. Wie sie zischelten und höhnten, wie sich die Blicke in die ihren bohrten, wie sie selbstgerecht dasaßen hinter der Schranke, wie Raubtiere, Leib an Leib gedrängt, daß das Holz zu bersten schien, und sie die Köpfe einander begierig zuneigten. Behaglich und breit dehnten sie das entsetzliche Wort, das ihr ein Frösteln über den Nacken jagte und Schamröte ins Gesicht. »Virago.«

Dehlau erklärte das. Fräulein Konz war eine ungewöhnliche Frau, von männlichem Geist und außergewöhnlicher Tatkraft, eine Frau, die keinen Mann beglücken konnte und wollte. Daher war das Gerücht von dem Kutscher gänzlich aus der Luft gegriffen und widersinnig; er selbst konnte dafür einstehen, daß Fräulein Konz keinem Mann Rechte über sich eingeräumt, geschweige denn sie verschenkt habe. Er verteidigte sie warm und suchte den schändlichen Verdacht von ihr abzuwälzen, aber mit jedem Wort, das er sprach, schlug er ihrer weiblichen Ehre ins Gesicht und stieß sie tiefer hinab, und während alles mit gespanntester Aufmerksamkeit diesen unparteiischen Aussagen eines Mannes lauschte, der von ihr beleidigt und zurückgewiesen war, nahm die Verhandlung allmählich eine unerwartete

Wendung. Friederike empfand das, aber was ihr sonst Erleichterung gebracht, fühlte sie jetzt nur als Schmach.

Sie sah nur diese Mauer von Gesichtern, die alle einen feindlichen Zug zu tragen schienen. In allen Blicken las sie Abwehr. Es waren keine Raubtiere mehr, die sie mit gierigen Blicken verschlangen, sie sah nur noch die eiskalten Mienen eines feindlichen Volkes, das sich von ihr abkehrte.

Schande über dich. Du wagtest es, Ausgestoßene, unter uns ehrbaren Frauen zu sitzen und deinen hochmütigen Kopf steif zu tragen. Haben wir es nicht immer geweissagt, daß es einmal so kommen würde?

»Virago«. Und so eine saß noch kalt und hochmütig aufgerichtet und ließ ihre Blicke im Saal umherschweifen, als sei sie stolz darauf ...

Aber sie hatten sich geirrt. Es war nur ein verzweifeltes, halb betäubtes Suchen ihrer Augen nach einem Ausweg, einem Türspalt, durch den sie schlüpfen und fliehen konnte. Ihre Blicke liefen sich an den verschlossenen Türen wund, sie gingen suchend an den Wänden hoch, an dem Lichtschacht über den Köpfen der Richter, aus dem das trübe Nachmittagslicht in den Saal fiel.

Die Anstedter war während der tumultartigen Bewegung nach ihrer Bank zurückgekehrt. Aber noch ehe sie dazu kam, sich zu setzen, klang die scharfe Stimme des Staatsanwalts durch den Saal.

»Die Zeugin dort hat scheint's noch etwas zu sagen. Ja, Sie meine ich – « und er wies mit dem Bleistift auf das erschrockene Mädchen hin.

Die zögerte einen Augenblick, dann strich sie sich mit einem sonderbaren Ruck das Haar aus der Stirn und trat vor, um sich rasch mit kecker Stimme und etwas erblaßtem Gesicht gegen den vorhin aufgeworfenen Verdacht zu verteidigen, sie habe »etwas mit dem Ferdinand gehabt«, der doch ein ganz gemeiner Erpresser war. Sie hatten alle Gott gedankt, als der liederliche Mensch endlich aus dem Hause kam. Das Fräulein hatte ihm ja selbst gekündigt, weil er sie geschlagen hatte, damals in der Küche. Dabei hob die Anstedter den Blick und sah Friederike mit frecher Vertraulichkeit an.

Friederike aber blickte starr über sie hinweg. Ein keuchender Laut kam aus ihrer Kehle, ein verächtliches Wort. So war der Name ihres Vaters gerettet worden! Mochten sie über sie nun beschließen, was sie wollten, wenn es nur einmal ein Ende nahm.

Es war schon spät, der Gerichtsdiener begann die Lampen anzuzünden und ging mit der Spiritusflamme von Tisch zu Tisch.

Zeugen auf Zeugen folgten einander, unaufhaltsam quollen sie aus jener gelbgestrichenen Tür, und jedesmal, wenn einer eintrat, sah sie in ein bekanntes Gesicht, und jeder sagte dasselbe aus. Das Schrecklichste mit gleichmütiger Stimme und mit dürren Worten im Neuweiler Dialekt, den sie immer so geliebt, obwohl er breit und häßlich klang. Niemals würde sie ihn wieder hören, niemals unter ihnen wohnen können. Sie empfand nur noch das Verlangen, herauszukommen aus dieser Luft. Die Bank, auf der sie saß, der Boden unter ihren Füßen, die Luft, die sie atmen mußte, alles schien ihr voller Schmutz zu sein. Es war ihr, als könne sie nichts mehr fühlen, sich niemals wieder aufrichten, nicht mehr um sich blicken, nicht mehr atmen. Das schreckliche Wort schien die Luft verpestet zu haben.

Sie sah ihren Vater vor sich mit seinem weißen Haar, stattlich im Frack an seinem letzten Tag mit seinem ersten Geschenk in ihr Zimmer treten. Vergebens suchte sie die Tränen zurückzuhalten. Gut, daß er diesen Tag nicht mehr erlebt hat, dachte sie. Eine wilde Erschütterung packte sie, doch sie hielt sich aufrecht bis die Geschworenen sich zur Beratung zurückzogen.

Das Urteil wurde am Nachmittag verkündet, es lautete auf Freisprechung.

V

Es war ein mit rosenroten Tapeten bekleideter Salon, die Dekken mit zarten Rosenmalereien bedeckt, der Boden vom Kamin bis zu den zur Erde reichenden Fenstern mit dickem rotem Smyrna belegt. Sie erinnerte sich nicht, diese Deckenmalereien jemals gesehen zu haben. Vor ihrem Bett, dessen seidene Vorhänge zurückgeschlagen waren, standen mehrere große geöffnete Koffer, mit bunten unzähligen Hoteladressen beklebt, aus deren Tiefen Kleidungsstücke quollen. Wäschestücke und Kleider, die jemand in der Eile abgeworfen zu haben schien, lagen auf dem Teppich umher. Mit schmerzendem, dumpfem Kopf, als presse ihr ein Bleirand die Stirn zusammen, war sie erwacht. Sie sah den schmalen Lichtstreifen zu, die durch die geschlossenen Jalousien auf dem roten Teppich in losen Streifen zitterten, mit dem matten, schwindelnden Gefühl: Wo bin ich?

Es mußte Mittag sein nach der Helligkeit der Lichtstreifen, auf der Straße hörte man das leichte Geräusch der Wagen, die über Asphalt rollen, und die langgedehnten Rufe der Wasserverkäufer, sonst blieb alles still; die Uhr auf dem Tisch war stehengeblieben.

Wo bin ich hingeraten? dachte sie wieder; sie machte eine vergebliche Anstrengung, darüber nachzudenken, und stützte sich in den Kissen auf. Wo war ich gestern noch? Und plötzlich stiegen einzelne Bilder vor ihr auf wie Blasen aus einer dunklen Flut, zusammenhanglos und verworren. Eine taumelnde Erinnerung an Paris ...

Vor den Cafés an der Straße saßen die Menschen, an den Häuserrücken, den Zäunen, an Bretterbuden und Mauern klebten weithin schreiende bunte Plakate mit schamlosen Bildern und unerhört gemeinen Darstellungen, die nur die Fremden noch anstaunten. Auf dem Weibermarkt in den Folies Bergères starrte sie den üppigen Frauen nach, die ihre Schleppen durch den Staub zogen, königlich gewachsene Weiber mit feinen, reizenden Gesichtern, raffiniert und dezent gekleidete verlebte Grisetten, mager wie Heuschrecken, die sich an sehr junge, fast knabenhafte Männer drängten, denen ihre Nähe die Schamröte in die Wangen trieb, und die ihnen vergebens auszuweichen strebten. Andre suchten graubärtige ehrbare Ehemänner mit goldenen Brillen und ungeschickt gearbeiteten schwarzen Gehröcken zu bewegen, ihnen eine Flasche Sekt zu opfern. Manchmal gelang ihnen ein Fang, meist dauerte es sehr lange, bis der Sinn eines Mannes gerührt ward, oder sie wurden einfach zur Seite geschoben. Auch daran schienen sie gewöhnt ... »Oh, monsieur, que vous êtes dur!« In den Lokalen dritten Ranges steckten sie einfach die Hände durch die Gitter der Balustraden und bettelten: »Un boque, monsieur!« Auf der Bühne flimmerbespannte Leiber, Brüste, die sich aus wogenden Spitzen hoben, am Kamin lebende Karyatiden, falsche Steine blitzten an weißen Armen, um Nacken, Knie und Knöchel. Nie war ihr das eigne Leben so traurig, so hoffnungslos erschienen wie in jenem Winter. Als die sonnverdorrten Blätter auf die staubigen Boulevards fielen, war sie nach Norden geflohen. Ein paar Bilder aus jenen Tagen blitzten flüchtig auf.

Man feierte die Loslösung von Schweden in Hammerfest. Sie saß auf dem kleinen Holzbalkon eines alkoholfreien Gasthauses, auf der Anhöhe über der Stadt, und trank Schokolade, die nach Mehl schmeckte.

In dem Mansardenstock wurde zum Tanz aufgespielt. Eine Frau in einem grauen Umschlagtuch mit langen Fransen und rotem Haar griff in die Gitarre, ihr Mann, ein schwarzhaariger düsterer Kerl mit langem Haar, blies die Flöte, und auf der Diele drehten sich schwarzgekleidete Jungfrauen langsam mit steifen, traurigen Bewegungen im Takt, indem sie einander die Hände auf die Schultern legten. Dünne Kerzen in kupfernen Leuchtern, die trübe auf den Tischen brannten, warfen ein fahles gelbes Licht auf die tanzenden Mädchen, und der Mann spielte den Faustwalzer dazu.

Ringsum webte ein feiner rieselnder Nebel herab auf die Stadt am Hafen. Das Schiff nahm Kohlen ein, einzelne Boote gingen ans Land. Von der Veranda übersah man den Hafen bis weit über die Bucht hinaus, die, von den Felsen umschlossen, düster und grau ohne Saum von Busch und Wald lag. Es nebelte immer stärker, das kleine Feuerwerk, das man am andern Ufer abbrannte, knatterte und zischte, aber nur ein paar rote Funken stiegen empor und fielen ins schwarze glänzende Meer. Die Meridianssäule stand dort: Ende der Welt ...

Sie hatte Skandinavien zu Schiff, mit der Lapplandbahn, auf dem Stuhlkarren und zu Fuß durchquert, hatte kleine Städte und Flecken bei Tag und bei Nacht durchwandert, die Lappländer in ihren Zelten aufgesucht, im Hochsommer den Schnee auf Berggipfeln und an den Abhängen der totstillen Seen schmelzen und die Lummen auf ihren einsamen Inselchen sitzen sehen, die immer wieder hinter den schroffen Felsen vor verlassenen Küsten auftauchten, dann hatte sie in der norwegischen Wüste ein paar Wochen in einem kleinen Grand Hotel in völliger Verlassenheit zugebracht mit einem schwedischen Malerpaar. Aber dieses Land war unheimlich, schrecklich in seiner gewaltigen Einsamkeit und schweigenden Größe, den flammenden Abendröten und den blauen hellen Nächten. Sie war der Gewalt solcher Eindrücke nicht gewachsen, es verlangte sie nach Wärme, Menschen, nach heiteren Farben.

Ein paar Wochen später stand sie in der Vorhalle des Vatikans. Die Menge drängte sich um den Kartenschalter wie am Vorabend einer Premiere. Zwei Damen in karierten Regenmänteln sahen kopfschüttelnd dem Gedränge zu. »Was muß da e Geld aingehe!« Sie starrten Friederike an wie einen Verbrecher, der auf dem Wege der Gnade freigekommen ist, und Friederike erkannte die Frau ihres Sankt Martiner Bankiers.

Dieselben Damen begegneten ihr des Abends im Hausflur ihres Hotels. Sie wechselte das Haus; in dem nächsten Gasthof kam sie einem Herrn gegenüberzusitzen, dessen breites, von Durchziehern gefurchtes Gesicht ihr bekannt schien. Auch der Staatsanwalt hatte sie erkannt, er war in Gesellschaft mehrerer

Juristen. Sie verließ das Hotel und fuhr nach der Villa Borghese, um stundenlang in dem einsamen, regennassen Garten umherzuirren. Sie mietete sich in einem andern Stadtteil in einem großen Hause ein, das nur von Engländern und Amerikanern besucht war. Aber während sie von Museum zu Museum eilte und versuchte, sich aus gebrochenen Säulen, geborstenen Gemäuern, Toren, Ruinen und Fundamenten das alte Stadtbild wieder zusammenzusetzen, ängstigte sie unaufhörlich der Gedanke an ähnliche Begegnungen. Die Gesichter verfolgten sie und weckten alles wieder auf, was sie vergessen wollte. Überall begegnete man Deutschen, man war ihre Meinungen und Urteile zu hören verdammt, überall glaubte sie schadenfrohe, feindliche, neugierige, fragende Blicke zu sehen. Überall wurde Deutsch gesprochen ...

Während des Winters hatte sie sich in Florenz in eine Pension zurückgezogen, einem großen, eleganten Hause, das von Norddeutschen aufgesucht wurde. Eines Abends wurde bei der Tafel von dem Tod einer bekannten Schriftstellerin gesprochen, die sich von ihrer Freundin erschießen ließ, die sich dann selber das Leben nahm. Die Gründe dieses eigentümlichen Verhältnisses und Todes wurde von der Tischgesellschaft lebhaft besprochen. Eine junge aufgeregte Malerin mit Madonnenscheitel und zugekniffenen schwarzen funkelnden Augen hatte die Künstlerinnen gekannt, sie hatte dort verkehrt.

»Verkehrte man denn bei der?« fragte würdevoll eine stattliche Geheimrätin mit Kneifer und grauem Alpakakleid.

»Der Merkwürdigkeit halber«, antwortete die junge Dame.

»Unser Volk ist von leidlich gesunden Instinkten«, nahm ein Professor das Wort. »Schon der Verdacht, daß man es mit etwas Widernatürlichem zu tun hat, regt die meisten zu einem sehr nützlichen Widerstand auf. Ich will nicht leugnen, daß er sich oft brutal äußert, aber dieser gesunde Instinkt ist mehr wert als alles Geschwätz von Humanität, Ästhetentum und Kultur. Frauen ohne weibliches Gefühl verdienen eben ihr Dasein nicht. – Wie sich aber alles von selbst zu regeln pflegt«, wandte er sich an Friederike, »so auch hier. Es sind Vogelfreie. Einmal kommt der Tag, da sich das Volk erhebt und ›Crucifige!‹ schreit. Die Gesellschaft scheidet die Verdächtigen aus und läßt sie ihr unseliges Leben selbst zu Ende bringen.«

»Wie grausam!« warf eine bejahrte Engländerin ein.

Der Professor zuckte die Achseln. »Die Natur versteht keinen Spaß, sie ist immer wahr, immer ernst und strenge, und sie hat immer recht.«

Die Tafelrunde wurde einen Augenblick in ihrer Unterhaltung unterbrochen. Friederike verließ wortlos das Zimmer.

Wo war sie dann geblieben? Sie erinnerte sich, einmal in einer italienischen Pension am Meer gewohnt zu haben, einem noch neuen Hause, in dem es nach Kalk roch, und dessen Repräsentantin eine Schweizerin war, die einen Italiener geheiratet hatte. Der Mann führte ein Maulwurfsleben in seinem Winkel hinter der Küche, er trug die Koffer, wichste im Hof die Stiefel, ging mit einem Netz auf den Markt, kochte und nahm auch Trinkgelder an, wenn es die Gattin nicht sah. Die Postsachen wurden in einem Staubtuchkörbchen über dem Sofa aufbewahrt, und wenn sie nicht hinter das Kanapee fielen, so fand man sie. Das war ein Versteck, in dem man vor Verfolgung sicher war. Eines Nachts brach der Vesuv aus. Man sah die weißglühende Lava den Berg herunterlaufen, dampfender schwarzer Rauch hüllte den Kegel ein, der Himmel glühte, und der schwarze Aschenregen flog bis Neapel herunter und bedeckte die Dächer und Straßen. Die Fremden flohen zu Schiff und mit den Zügen. Als der Zug den Bahnhof verließ, wurde er von einem heißen Aschenregen überschüttet, man erstickte fast in den festverschlossenen Wagen. Die Menschen schrien, heulten und weinten erbärmlich. Von da ab verwischten sich ihre Erinnerungen. Ich muß in Monte Carlo sein, dachte sie. Sie hätte nur jene Fensterflügel zurückzuschlagen brauchen, um sich davon zu überzeugen, aber sie blieb sitzen auf dem Bettrand, unfähig, sich zu erheben oder irgendeine Anstrengung zu machen, zerschlagen und betäubt.

Als sie Neuweiler verließ, hatte sie sich nicht mehr umgeschaut. Am Tag nach der Freisprechung hatte sie das Haus abgeschlossen, ihre Bestimmungen über den Weiterbetrieb des Werks getroffen, ihre Vertreter bestimmt wie vor einer größeren Reise. Ein Auto mit herabgelassenen Vorhängen trug sie fort, der Chauffeur hatte den Befehl, so rasch wie es erlaubt sei, zu fahren. Als das in der Dämmerung dahinrasende Auto durch die Bergmannsdörfer glitt, stoben Kinder, Hühner und Hunde erschreckt zur Seite, und die Menschen sahen dem Gefährt unwillig nach, niemand wußte, wer darin saß, niemand ahnte, daß sie von dieser Reise nicht mehr heimkehren würde. Es war Nacht, als sie zum erstenmal die Vorhänge zurückschlug. Die Novembernebel verhüllten die Landschaft, der Mond stand voll und bleich am Himmel, das Auto donnerte eben über eine Brücke. »Wo sind wir?« hatte sie gefragt. »Pont des Morts«, gab der Chauffeur zurück. Auf der Totenbrücke, die Napoleon in abergläubischer Furcht niemals betrat. Hinter ihr lag Metz, die Grenze. In unbestimmten Umrissen tauchte riesengroß aus dem Nebel das Moselfort, der Ban Sankt Martin, dem Gebirgszug des Sankt Quentin angelehnt, auf, dieser verbrecherische Berg, auf der Außenseite mit harmlosen Weinbergen und Obstplantagen bewachsen, innen unterminiert, mit bombensicheren Gelassen, gespickt mit Geschossen, ganze Regimenter aufzunehmen bestimmt. Alles schien für einen Krieg gerüstet, auf der Mosel schwammen im Mondlicht die Ausrüstungsgegenstände für Pioniere, zwei neue Kriegsbrücken waren wieder fertig geworden. Auf breiten Kriegsstraßen, die, mit Gleisen belegt, den Truppen zur raschen Beförderung dienen sollten, raste das Auto, breit dehnte sich das Hochplateau der Schlachtfelder, weit übersichtlich im Mondlicht, die hohen Silberpappeln der Allee warfen matte Schrägschatten auf den Weg.

Auf den ungeheuren Feldern, deren Boden mit Blut getränkt, deren Rücken von weißen Kreuzen leuchteten, war alles unheimlich still, ein schneidender Wind wehte hier oben und bewegte die Lachen des Grundwassers, in denen das Mondlicht glänzte. Riesengroß tauchte der eherne Löwe auf, mit drohend erhobener Tatze, brüllend gegen Frankreich gewandt. Wohin man blickte, sah man Grabkreuze Gefallener, ein ungeheurer Kirchhof mit seinen umgitterten Denkmälern, den Massengräbern ohne Namen und den einsamen Gräbern gefallener Patrouillen am Weg. An verlassenen Fermes vorüber, jenen heißumstrittenen Gehöften, hinter denen man vor dem Feind Deckung suchte, den einzigen Gebäuden auf dem weiten Hochplateau, verschlossen, mit verfallenden Mauern, auf schweren Barocktoren glänzte das Mondlicht. Ernste Alleen, schwarz und düster, begleiteten sie, in der Ferne die ragenden Bogen der römischen Wasserleitung ... Endlich war Mars-la-Tour erreicht, die erste Zollstation, vor dem Schlagbaum der Zollwächter in roten Hosen, der kein Deutsch verstand. Ein Gefühl der Erlösung überkam sie. »Nun können Sie ruhiger fahren«, befahl sie dem Chauffeur. Das schmutzige Mars-la-Tour mit seinen gelbgestrichenen Jaumontbauten, den flachen Dächern ohne Gesimsabschluß, den trostlosen lothringischen Epicerien mit dem wahllosen bestaubten Durcheinander, den Misthaufen vor den Türen und überall das große, trotzige Schild der République française glitt an ihr vorbei, und sie lehnte sich zurück und verfiel in einen Schlummer, den ersten erquickenden Schlaf seit vielen Wochen, aus dem sie erst erwachte, als das Auto durch die goldenen Tore des Place Stanislaus Nancys fuhr. Über Brücken, unter Toren hindurch ging es weiter an Weizenfeldern und Weinbergen vorbei, ein paarmal kreuzte die Mosel noch ihren Weg, dann blieb auch sie zurück. Sie trieb den Mann zu immer rascherem Fahren an, sie wollte so weit fort, bis nichts in der Landschaft sie mehr an die Heimat erinnerte, heraus aus diesem sanften Hügelland, wo immer noch hin und wieder ungeheure Eisenwerke auftauchten, fort aus dem Land des Kohlenbergbaues, der Eisenindustrie mit ihren rauchenden Schloten. Der Boden brannte ihr unter den Füßen. In Paris erst machte sie halt, um ihre Anordnungen zu treffen, die Verhandlungen mit der Bahnverwaltung, dem Fiskus, einzuleiten, ihren Notar zu beauftragen, ihre Grundstücke versteigern zu lassen und die

Ziegelei einer Aktiengesellschaft zum Verkauf anzubieten. Die Möbel aus dem Haus wurden bei einem Spediteur untergestellt. Dann fuhr sie nach Nizza, von einem einzigen Gedanken geleitet: nie mehr deutschen Boden zu betreten. Noch zitterten die Aufregungen der letzten Tage in ihr nach, auf ihrer Stirn brannte das entsetzliche Mal, das vernichtende Wort, unter dem sie sich wand. Sie ward bleich in Gedanken daran, daß sie auf der hölzernen Bank gesessen und man ihr dieses Wort ins Gesicht geschleudert hatte, das in letzter Stunde noch ihre Freisprechung erwirkte. Trotzdem sie mit jener schmählichen Abfindungssumme Schweigen erkauft zu haben glaubte, war etwas von dem Gerücht durchgesickert, es rann durch alle Gassen und nistete sich an den Herden ein; der Name ihres Vaters, ihr eigner Ruf war beschmutzt, niemand wusch ihn mehr rein, und die Toten standen nicht auf, um Rechenschaft abzulegen ...

Nein, nie mehr dorthin zurück, sie konnte mit diesem Namen nicht unter ihnen leben, um jetzt von ihrer Gnade abhängig zu sein. Selbst Maud hatte sich nicht mehr gerührt, nie mehr den Versuch gemacht, an sie zu schreiben. Oh, sie wußte, Maud würde es getan haben, aber eine Männerhand hielt sie zurück. Es war ein Schnitt zwischen ihr und allen andern Menschen, sie stand nun außerhalb ihres Kreises seit jenem Tag der Freisprechung.

Und weiter fliehend vor sich selber, vor den Erinnerungen, reiste sie, oft ohne zu wissen warum, gerade nach Odessa. Warum blieb sie in Wladiwostock, dieser schmutzigen Stadt, warum hielt sie die Glut der Sonne in Konstantinopel aus, was zog sie nach Pest?

Wenn sie sich auch vornahm, einmal zu bleiben, sich einzumieten, eine Wohnung zu nehmen, sich Pferde und Dienerschaft zu halten; es trieb sie weiter, von Ort zu Ort, vom Seehafen zur Großstadt, aus der Provinz nach dem Gebirge, überall sich fremd und verloren unter Fremden fühlend. Während sie floh und reiste, in allen fremden Landschaften immer nur nach Ähnlichkeiten suchend und vor ihnen fliehend, floh sie weiter, ohne

Ruhe zu finden, ohne haltzumachen, ohne ihre großen Koffer auch nur einmal auszupacken. Die Briefe ihres Bankiers, ihrer Notare, des Gerichts folgten ihr nach, von Ort zu Ort, beschrieben mit unzähligen Poststationen, von einer Hand zur andern weitergegeben, bekritzelt mit den Bemerkungen der Briefboten. Dank dem genialen Witterungsvermögen der Post langten sie immer wieder richtig an und erhaschten sie auf irgendeinem Bahnhof, von einem atemlosen Pikkolo im letzten Augenblick überreicht. Aber auch diesen sie verfolgenden Briefen hätte sie am liebsten entfliehen mögen. Schon das Gefühl, dieser Brief ist in Neuweiler auf der Post gestempelt worden und von dem Postbeamten vielleicht mit dem unbestimmten Lächeln betrachtet worden, daß sie jetzt auf allen Gesichtern sah, setzte sie in Erregung ...

Es war ihr, als müsse sie sich selbst entfliehen. Wenn sie einmal darüber nachdachte, wie jetzt, auf dem Bettrand eines fremden Hotels, in einer Stadt, deren Namen sie sich nicht einmal erinnerte, überkam sie der Wunsch, diese letzten Jahre auszustreichen, sie schienen ihr zwecklos, öde, wie das Geräusch der Straßen abwechslungsreich und betäubend, laut und bunt, leer, weil sie keinen Inhalt hatten und zerstreuten, ohne zu befriedigen. Zuweilen nahm sie diesen leeren, dumpfen, müden Kopf fest in beide Hände und suchte darin nach verklungenen Erinnerungen, dann stiegen freudige, klare, reine Bilder der Arbeit, des Kampfes mit dem Leben, das wert gewesen, daß man es lebte, in ihr auf. Und nun herausgerissen, auf eine fremde Scholle geschleudert, ohne Zweck, ohne Anhalt, ohne Arbeit, hin und her gewirbelt, wurde sie fortgetrieben von der Sucht nach Betäubung, nach einem Vergessen, das es nicht gab. Niemand vergaß etwas. Niemand gesundete, der Gift zu sich nahm. Er erwachte immer wieder aus seinem Taumel und fand sich, wie sie heute, wieder einsam, kalt, angeödet und vernichtet von der ungeheuren Leere, die sie umgab, in einem fremden Zimmer, in einem Bett, in dem sie stundenlang in dumpfem Opiumschlaf gelegen.

Die Schlafmittel taugten ja alle nichts. Jede Nacht erwachte sie nach zwei Stunden betäubenden Halbschlafes, sah nach der Uhr, erblickte den geöffneten Koffer, dessen Inhalt herausgezerrt und wieder hineingeworfen wurde, da sie sich nicht entschließen konnte, ein- oder auszupacken, und lag mit hämmernden Pulsen bis zum grauenden Morgen. Sie hatte Ärzte befragt, Bücher durchforscht, alle Mittel erschöpft.

Sie schlief ohne Mittel überhaupt nicht mehr. Keine Müdigkeit, keine berauschenden Getränke, keine Eindrücke vermochten den Schlaf zu zwingen, der barmherzig für ein paar Stunden die Erinnerung austilgte.

Nach diesem Schlaf jagte sie her, und er floh vor ihr wie vor Verbrechern.

In letzter Zeit erwachte sie regelmäßig mitten in der Nacht von einem furchtbaren Schrecken, der ihren Körper durchschüttelte, das Blut brauste ihr im Kopfe, flimmernde Funken tanzten ihr vor Augen. Wenn sie in der Sonne spazierenging, befiel sie Schwindel.

»Arbeiten Sie etwas«, riet der Arzt.

Arbeiten? Als sie Neuweiler wie auf einer Flucht verließ, war es ihr als das beste erschienen, alles zu verkaufen. Sie hatte die Verkäufe überstürzt, nur um alles los zu sein. Sie wollte durch nichts mehr an die Heimat erinnert sein. Das Konzsche Grundstück war an den Fiskus verkauft, das Haus abgerissen, das Land versteigert, der Garten zu Bauplätzen gemacht, der Boden, wo einst die Kesselschmiede stand, war von Schienen zerschnitten. Züge fuhren über ihn hin. Sie beabsichtigte, sich im Ausland anzukaufen, eine Fabrik zu übernehmen, zu gründen, sich an großen Unternehmungen zu beteiligen. Aber dieses Land, in dem sie leben und arbeiten konnte, fand sich nicht.

Einmal störten sie die Olivenhaine, ein andermal die Windmühlen oder die Meeresküste. Überall vermißte sie etwas, das sie suchend und forschend weitertrieb. Jede Nacht entwarf sie neue Pläne, die ihr am Morgen zwecklos, unsinnig und aussichtslos erschienen.

Nur auf deutschem Boden konnte sie arbeiten, unter keinem andern Himmelsstrich wie unter dem grauen, von ewigen Rauchschwaden verhüllten Himmel der Heimat. Wenn sie als Kind mit ihrem Vater im Ausland reiste, hatte das Verlangen, wieder nach Hause zu kommen, wie ein Alpdruck auf ihr gelegen, daß sie nichts sah, nichts genoß und erst wieder glücklich war, wenn sie Neuweilers rauchende Schlote sah. Sie hatte diese Pläne aufgegeben; die Kraft und das Selbstbewußtsein, sie auszuführen, besaß sie nicht mehr. Es war ihr, als umgebe sie ein undurchdringlicher Nebel, der ihre Denkfähigkeit vernichtete und sie ausschloß von der allgemeinen Freude, ohne Ausweg und ohne Hoffnung, jemals zu entkommen.

Ihr Bewußtsein war häufig wie gestört, sie irrte sich in der Jahreszeit, vergaß das Datum, verwechselte ein Ereignis mit dem andern, sie konnte sich tagelang vergeblich auf einen bekannten Namen besinnen; von einer qualvollen Unruhe gepackt, fürchtete sie, überfallen zu werden, trug ihr Geld in Scheinen ins Kleid eingenäht und verbarg es ängstlich vor den Blicken der Kellner. Zuweilen verfiel sie in ein Gefühl völliger Apathie. Sie konnte halbe Tage in einem Zustand verbringen, der mit der Gleichgültigkeit eines Sterbenden Ähnlichkeit hatte. Dann blieb sie irgendwo, um nicht weiterreisen zu müssen. Und so war sie wieder eines Tages nach der Riviera zurückgekommen, von der sie einst ihre Weltfahrten unternahm, müde, zerschlagen und mit Wunden bedeckt, taumelnd von den Eindrücken und in den Gliedern eine Schlaffheit, die sie zu jeder Tat unfähig machte. Sie empfand das alles nur undeutlich, wie sie die Erinnerungen ihrer Reisen nur noch als verschleierte Bilder an sich vorüberjagen sah, ohne daß sie einen Versuch machte, sie zu ordnen und zu entwirren.

Friederike war hier gelandet mit der Absicht, tags darauf weiterzureisen, aber als sie am nächsten Morgen die Läden aufstieß, die sonnenbeleuchtete blaue Meeresbucht und die roten

Felsen Monakos in der Morgenbeleuchtung vor sich sah und eine köstlich reine Luft ihr entgegenwehte, fiel ihr Blick auf ein verschlossenes stattliches Palais aus weißem Sandstein, mit herabgelassenen Läden und dem Schild: »A louer«. Man sah durch die mit schmiedeisernem Tor verschlossene herrschaftliche Einfahrt in einen von Remisen umschlossenen großen Hof, und der Gedanke, sich ein solches Haus zu mieten, regte sie plötzlich an. Es lag etwas in dieser schlaffen, mit Wohlgerüchen gesättigten Luft, der Landschaft, die, von Sonne überflutet, nur heitere, bunte, kräftige Farben zu haben schien, den weißen Terrassen, die, von hellgekleideten Menschen belebt, niemals leer zu werden schienen, das eine Schlaffheit der Gedanken bewirkte, ein Sichhingeben, eine Trunkenheit, die schwül und einschläfernd wirkte. Die erlesenen Wohlgerüche, die den Schleppen königlich getragener Gewänder anhafteten, die weichen, suchenden Blicke der Frauen und die begehrlichen der Männer, die sich hier unverhüllt suchten und fanden, all diese stummen Zeichen der Liebe, die schmelzende Musik, die singenden Geigen nahmen ihre Sinne gefangen. Der Blick von den Terrassen auf das Meer mit seinen in wahrhaft sinnlicher Bläue schillernden Farben, den weißen, fliegenden Segeln, das Leben auf den hellen Straßen, auf denen die Automobile hinglitten, die fast tropische Vegetation, unter der man wandelte, während man von den schneebedeckten Alpen den kühlen, erfrischenden Wind empfing, die lichtstrahlenden, fürstlich ausgestatteten Gasthöfe mit ihren teppichbedeckten Sälen, in denen unter seidenbeschirmten bunten Lampen Kavaliere mit geschmückten Frauen tafelten – alles versetzte sie in einen Rausch, der an diesem Ort alle zu beherrschen schien.

Alles war dazu da, zu genießen und genossen zu werden. Erbärmlich und verächtlich, wer nicht genießen konnte oder wollte.

»C'est un moine!« hatten in Paris die Kinder auf der Straße hinter ihr her gerufen, und auf der letzten Genfer Hotelrechnung stand, sie las es in dumpfer Scham, »für Herrn Konz«. Sie hatte nicht einmal den frechen Schreiber zur Rechenschaft gefordert, denn jedesmal, wenn sie eine solche Beleidigung erfuhr, stand wieder jene Mauer von Gesichtern im Gerichtssaal vor ihr auf, die sich drohend voll feindlicher Abwehr gegen sie erhob.

Friederike fühlte, daß in dieser Luft eine Veränderung mit ihr vorging, seelisch und körperlich, als bereite sich ein Übergang zu einem andern Leben vor, und eine Frage, die sie früher weit von sich gewiesen hätte, drängte sich ihr jetzt auf. Was hinderte sie daran, einmal unterzutauchen in den Genuß, in dem sie ringsumher die Menschen leben sah?

Sie stürzte sich über das Spiel her, setzte mit äußerlicher Ruhe, kalt und bedacht, als sie sich wie von einem Fieber ergriffen fühlte. Wie jemand, der nach einem Leben der strengsten Abstinenz plötzlich den Duft eines köstlichen Weins verspürt, atmete sie die Luft des Goldes, welche die prunkenden Säle erfüllte. Sie zitterte nach diesen Stunden, wenn des Abends die Säle sich füllten und die Menschen sich um die Tische drängten, und die Panik, noch vor Bankschluß oder vor der Abreise Geld zu gewinnen, packte auch sie. Sie gewann und verlor.

Die Aufmerksamkeit der Spieler wurde auf diese großen weißen Hände gelenkt, die unaufhörlich Geld einnahmen und wieder hinwarfen, es zusammenscharrten und lässig einstrichen. Die großen Verluste reizten sie zu immer höheren Wagnissen. Sie, die niemals früher eine Karte angerührt, saß jetzt Tag für Tag wie gebannt mit fiebernden, heißen Augen und brennenden Wangen, sah nichts wie Zahlen, die Krücke des Croupiers und Gold, das vor ihr über den Tisch rollte, vergaß die Zeit und schob ihre Abreise Tag für Tag hinaus.

Eine flammende Lebenslust war in ihr erwacht. Sie verlor das Geld, vergaß den Koffer abzuschließen, ließ Schmuck und Portemonnaie auf dem Nachttisch liegen und warf sich dem bunten Treiben entgegen.

Sie änderte ihren äußeren Menschen, begann ihn kritisch zu betrachten, sie schmückte sich zur Tafel und zum Spiel wie zu einem Fest. Eine unwiderstehliche Lust, zu kaufen, bemächtigte sich ihrer, echte Spitzen, alte Brokate, golddurchwirkte Damaste, Kupferstiche und Bronzen; kein Pelzwerk war ihr kostbar genug.

Es war ihr eine Wonne, in ausgebreitetem Schmuck zu wühlen und festzustellen, ob ein Stück echt war. Es kamen Reisende mit riesigen Koffern ins Hotel, die ihre Waren vor ihr auspackten, der Salon stand voller Hutschachteln, Pelze hingen über Stühlen; man glaubte sich in einem Warenhaus zu befinden. Sie verbrachte Tage in dunklen kleinen schmutzigen Geschäften der Antiquare, um alte Möbel oder Porzellan zu suchen. Sie studierte die Toiletten schöner Frauen, fuhr in die Geschäfte, um dieselben Stoffe, dieselbe Farbe zu bekommen, und ließ sich die Hüte nach dem Muster einer jungen Pariserin arbeiten, die mit ihr dasselbe Hotel bewohnte.

Sie hatte oft das unsichere Gefühl, als ob die Verkäufer sie übervorteilten, aber die Sucht, sich zu schmücken, die Blicke auf sich zu lenken, verdrängte allmählich ihre frühere Sparsamkeit.

Es überkam sie in ihrem Überfluß an Geldmitteln, die von allen Seiten auf sie herabregneten, seit sie nurmehr Papiere besaß, die sich unaufhörlich vermehrten, ohne daß sie auch nur einen Finger rührte, die wahnsinnige Sucht, das Geld zu verschleudern, es in Massen fortzuwerfen, damit zu spielen, zu jonglieren, zu wetten, etwas Unsinniges zu wagen. Sie kaufte lächerlich billige Papiere weit unter Kurs, ausländische Industriepapiere, von denen ihr jeder Bankier abriet, deren Namen man auf keiner Bank kennen wollte, die sie dann in irgendeine Kofferecke pfropfte und vergaß. Selbst solche Papiere stiegen, ohne daß es jemand erwartete ...

Ihre maßlose Verschwendung, die Gleichgültigkeit, mit der sie die großen Spielverluste hinnahm, erweckten die Aufmerksamkeit der Hotelgäste, des Personals und der Bankhalter. Durch die Lorgnetten blickten die Damen ihr nach und taxierten ihre Toiletten, aber die Männer blickten gleichgültig an ihr vorbei, sie streiften ihren Arm im Gedränge, entschuldigten sich, griffen an den Hut, ohne sie anzusehen, oder sie sahen ihr mit jenem unbeschreiblichen Lächeln nach, das ihr das Blut in die Wangen trieb.

Wissen sie schon ..., haben sie das Mal entdeckt? Warum lächeln sie über mich? dachte sie immer wieder. Sie stand vor dem Spiegel, um danach zu forschen, strich das Haar aus der Stirn und glättete es wieder und versuchte das entsetzliche Rätsel, das ihr Äußeres den Menschen aufgab, zu lösen.

Überall sah sie junge, glückliche Paare oder alte, zufriedene Eheleute mit abgeklärten, ruhevollen, beglückten Mienen. Die Begehrtesten schienen Frauen, die weder etwas gelernt hatten, noch etwas leisteten oder auch nur über etwas nachdachten, sie waren nur jung und schön.

Sie rief sich ihre Verlobungszeiten zurück, die erste kurze mit Schmeedes. Wie leicht hatte sie diesen Menschen hergegeben, ohne Reue, hätte doch seine Herrschaft ihren Willen gänzlich unterjocht, dagegen tauchte jetzt das Bild Dehlaus immer wieder vor ihr auf. Sie dachte nicht an jenen Tag vor Gericht, da er, um sie zu retten, ihre Ehre niedertrat mit jenem entwürdigenden Wort, sondern an die Stunden ihres Alleinseins, wenn sie zusammen durch den Wald ritten. Er war der einzige Mensch, den sie – früher hatte sie es sich niemals einzugestehen gewagt, weil sie darin eine Schwäche ihres Geschlechtes sah, heute ward sie sich dessen bewußt – *geliebt* hatte.

War denn das Schicksal so rechtlich, daß es zurückgewiesene Geschenke später nicht mehr hergab?

Die strahlende heiße Sonne, die lachend an ihr vorüberströmenden Menschen, die glücklichen Geschöpfe, die am Arm ihrer Geliebten diese Luft heiter atmeten, die schönen jungen Frauen mit ihren Gatten schienen sie zu höhnen. Wie mit eisernen, uneinnehmbaren Toren verschlossen lag jenes unbekannte Land vor ihr, dessen Schönheit sie langsam zu ahnen begann, dessen Luft sie hier atmete.

Wenn sie aus den menschenüberfüllten Spielsälen in ihr einsames Zimmer zurückkam, riß sie sich die Kleider herab und warf sich über einen Sessel. Ich muß eine Arbeit haben, mir ein

Haus nehmen, mich irgendwo festsetzen, dachte sie. Eine Frau, die sich einer Arbeit ergab, tauchte darin unter, daß für andre Wünsche nichts mehr übrigblieb; die Arbeit war wie ein kaltes, erfrischendes Bad, aber dieses Leben ohne Ziel und ohne Ausweg war entnervend.

Sie wollte abreisen, sie hatte die Empfindung, daß sie einem Untergang entgegentrieb, doch bei dem Anblick der Koffer, Schachteln und Handtaschen, die aufeinandergetürmt in dem Salon umherstanden, aus denen hervorquellende Bänder und Kleidungsstücke die darin herrschende Unordnung und Überfülle verrieten, und indem sie sich vergegenwärtigte, daß sie diese alle erst ordnen und wieder neu packen mußte, um weiterzureisen, überfiel sie eine solche Mutlosigkeit, daß sie wie gelähmt auf dem Koffer sitzen blieb. Es war ihr unmöglich, sich von diesem Ort zu trennen, dessen Hauptreiz, das Spiel, sie nicht mehr zu entbehren vermochte und dessen milde Luft betäubend und aufreizend auf ihre Sinne wirkte, daß sie sich wie in einem Opiumrausch befand. So blieb sie in demselben Hotel, denselben rosig beleuchteten Räumen mit den zarten Seidentapeten, den dicken roten Teppichen und den Möbeln, an die sie sich gewöhnt hatte wie der Gefangene an seine Zelle.

Es war bereits so warm, daß die meisten Hotels geschlossen wurden. Die Fremdenflut hatte der erste heiße Wind weggefegt, es ward leer in den weißen Straßen, auf denen tagsüber die Sonne lastete, schlaff ruhten die weißen Segler im Hafen in der Bucht, und die Fahne auf dem Kasino hing in schlaffen, welken Falten herab, wie eine müde Frau die Arme hängen läßt. Es ging zu Ende mit der Saison und dem Spiel, die Säle waren heute nur noch an dem schwülen Abend gefüllt.

So tollkühn und leidenschaftlich hatte sie noch nie gespielt, das Geld rollte ihr unter den Händen weg, und gleich darauf ergoß es sich in einem Strom von Silber- und Goldmünzen nach ihrem Platz.

Mit glühenden Augen saß sie da und vergaß die Umgebung, die Zeit und den Zug, der sie nach Genua bringen sollte. Sie sah nur noch Zahlen, grünes Tuch und Menschenhände, lange ringgeschmückte, plumpe, fette, grobe, wachsbleiche, magere, schmutzige, geizige, begehrliche, die alle nach einem Ziel haschten, nach dem Gold auf dem Tisch.

Die Menschen drängten sich um die Spieltafeln. Zuweilen ertönte ein unterdrückter Aufschrei, ein gemurmelter Fluch, ein gepreßtes Wort. Alle Blicke hingen an dem Geld, das blank und rund über das weiche Tuch lief, die Zahlen umkreisend wiederkam, von Krücken herbeigescharrt, von Händen ergriffen, zusammengerafft und wieder auf den Tisch geworfen wurde. Durch die geöffneten Türen drang gedämpfte, schwebende Musik. Diese Menschen, die sich nie zuvor gesehen hatten und auch jetzt einander kaum betrachteten, schienen sich alle zu kennen. Alle beherrschte der gierige Kampf um das Gold, der die Angehörigen der verschiedenen Völker, Stände, Kreise, Volksschichten in engster Berührung zusammenhielt und kordial miteinander verkehren ließ. Vornehme Frauen, entzückende Geschöpfe, schon äußerlich mit einem Vermögen bekleidet, deren Gesichtsschnitt, Körperbau und Haltung Rasse und Wohlerzogenheit verriet, ließen sich von groben Ellbogen stoßen, von derben Schultern rücksichtslos zur Seite drücken, auf ihre Spitzenschleppen traten plumpe Füße.

Friederike hörte plötzlich auf zu spielen, da irgend etwas sie zu beunruhigen begann. Sie sah auf, ihr Blick fiel auf zwei ausgearbeitete, derbe Hände, die ihr gerade gegenüber ein Goldstück fest umklammert hielten.

Diese Fäuste zogen ihren Blick an. Wie kamen die hierher? Sie zuckten nach dem Spiele, einmal hatten sie das Zehnfrankenstück schon auf den Tisch gelegt, doch im letzten Augenblick hatte es die große Hand wieder weggenommen. Sie gehörte einem jungen Deutschen von etwa dreiundzwanzig Jahren. Er war untersetzt und stämmig, trug einen einfachen dunkelblauen Anzug und einen grünen genähten Schlips, der hohe Kragen beengte sein kräftiges Kinn.

Als hätte der junge Mann ihre Gedanken erraten, zog er rasch die kurzgeschnittenen Nägel ein wie Krallen und verbarg sie vor ihren Blicken. Spiel doch, spiel! Was starrst du mich an? blitzten sie seine Augen an. Das Spiel ging weiter, die Krücken scharrten. Sie spielte zerstreut.

Die funkelnden Augen des jungen Mannes hingen an ihren Händen, die mit raschen Bewegungen die Münzen auf den Tisch warfen. In hohem Bogen wurden ihr ein paar Goldstücke zugeworfen, sie schüttete sie, ohne sie zu betrachten, in ihre Tasche. Neben ihr sammelte sich ein kleiner Goldhaufen an. Mit gerunzelter Stirn betrachtete sie der junge Mann. Seine Augen glänzten wie im Fieber, seine Lippen waren trocken. Wer bist du? fragten die dunklen Augen.

In seinen Blicken lag eine so unverhüllte Bewunderung, daß Friederike sie wie eine körperliche Liebkosung empfand. Ihre Blicke blieben einen Augenblick ineinander hängen.

Friederike fühlte, wie die Spitzen an ihrer Brust zitterten, in warmen, schweren Wellen wogte ihr das Blut durch den Körper. Sie setzte hastiger, blindlings. Die Luft im Saal benahm ihr den Atem. Alle Spieler schienen zu fiebern.

Und zwischen Spiel und Setzen ging das stumme fiebernde Zwiegespräch ihrer Augen weiter. Sie wagten kaum den Augenblick auszukosten, als hätten sie einander zu vertraulich berührt, wagten nicht, einander festzuhalten, doch kehrten ihre Blicke zueinander zurück, wie von einer unsichtbaren Macht gewaltsam angezogen. Fragen und Antworten zitterten zwischen ihnen hin und her, und kühner gemacht durch ihre strahlenden Blicke, mit denen sie einander antworteten, blickten sie sich an mit jener Rückhaltlosigkeit, die alle Schranken durchbricht. Sie rangen nach Atem, setzten und verloren, in ihren Anblick versunken, wie zwei Trunkene, die schon die Nähe ihrer Körper in wonniges Vergessen geraten läßt.

»Pardon, monsieur«, sagte eine Russin, sich durch die erste Reihe drängend, und drückte den jungen Deutschen mit dem Ellbogen weg. »Sie stehen den Spielern im Weg.« Sich vor ihn setzend, legte sie ein schmutziges, mit Zahlen vollgekritzeltes Notizbuch neben sich, kramte in einem seidenen Pompadour und begann mit welken, zitternden Händen zu setzen. Ihr alterndes Gesicht war verschmiert und erhitzt, alles an ihr saß schief, der Reihertoque, der Gürtel, die Brosche. Ein betäubendes Parfüm verbreitete sich. In diesem Augenblick gewahrte Friederike, wie die große Faust sich öffnete und das Goldstück auf dieselbe Zahl setzte, die ihr vorher dreimal Gewinn gebracht hatte. Ein paar Sekunden später scharrte der Croupier das Geld zusammen. Es war verloren.

Er setzte zum zweitenmal, mit Friederike zugleich auf dieselbe Zahl. Mit entrücktem Blick stand der junge Mann an dem Tisch, sein Blick wurde starr, der Schweiß stand ihm in Tropfen auf der Stirn, sein Atem ging in Stößen. Sie verloren wieder. Mechanisch begann er ein Goldstück nach dem andern auf ihre Zahl zu werfen, blindlings, von dem Fieber erfaßt, setzte er, wohin sie setzte, verlor mit ihr und setzte von neuem. Die Goldstücke flogen fort, wie wenn der Wind die Blätter fortwirbelt. Plötzlich hatten sie gewonnen. Der Croupier warf ihnen wie ein Taschenspieler die Goldstücke zu, doch ehe Friederike danach greifen konnte, hatte eine grobe beringte Hand mit kurzgeschnittenen Nägeln über ihre Schulter hinweggegriffen und das Geld an sich genommen. Ein fetter junger Mann, der in seinem Frack wie ein Metzger aussah, ging, ohne sich umzusehen, durch das Gewühl dem Ausgang zu. Friederike sprang auf, sie forderte den Croupier auf, den Mann zurückzurufen, sie hatten beide – sie wies auf sich und den jungen Mann ihr gegenüber – auf dieselbe Zahl gesetzt und gewonnen.

Der blonde, verwaschen aussehende Croupier kniff die Augen zusammen, es zuckte um seinen breiten Mund, er hob die Schultern. Der Unbekannte war verschwunden, warum hatten sie das Geld nicht gleich genommen?

Währenddessen hatte die blatternarbige Hand der Russin den Rest des Goldes auf der andern Seite zusammengescharrt und in den Beutel versenkt, wobei sie einen blitzenden, raschen Blick um sich warf. Der junge Deutsche verteidigte seinen Gewinn. Aber die Russin erhob ihre krähende Stimme. Sie hatte auf dieselbe Zahl gesetzt wie der dicke Herr, der fortgegangen war. Das Geld gehörte ihr. Sie hielt ihre Geldtasche zu. Erregt, die breiten zerknitterten Spitzen auf dem schwarzen Taftkleid ordnend, rief sie alle Umstehenden zu Zeugen auf, daß sie richtig gespielt habe. Ihr faltiges, verschminktes Gesicht verzerrte sich, sie spielte jeden Abend hier, der Herr dort verstand ja nicht einmal das Spiel.

Die umstehenden Engländer, Belgier und Russen rührten sich nicht. Sie hielt das Spiel unnütz auf.

»Dergleichen Irrtümer passieren öfters, Madame«, sagte der Croupier. »Man muß aufpassen hier, ich habe nichts gesehen.« Und das Spiel nahm seinen Fortgang.

Friederike erhob sich und verließ, ohne rechts oder links zu sehen, den Saal. Auf der Treppe schöpfte sie Luft, und während sie hastig den Mantel umwarf, sah sie sich dem Unbekannten gegenüber. Bleich von dem Fieber des Spiels, war er ihr auf dem Fuße gefolgt. »Ist das eine Bande hier«, stieß er empört hervor. Gehörten ins Zuchthaus, alle miteinander. Daß es da drin nicht mit rechten Dingen zugegangen war, hatte er gleich gemerkt, aber was konnte man machen? Wenn man die Sprache nicht beherrschte, blamierte man sich noch obendrein vor diesen Gaunern ... Er war Württemberger, erst vor ein paar Stunden angekommen. Sie hatten ihn alle vor diesem Nest gewarnt wie vor der Pest. Er hatte durchfahren wollen, aber im Coupé hatten alle vom Spielen gesprochen. Zwei Stunden war er um die Spielsäle geschlichen, es hatte ihn mit aller Macht hineingezogen. Dann war er ihr gegenüber zu stehen gekommen, hatte gesehen, wie sie das Geld einsammelte, da konnte er nicht widerstehen, nun hatte er sein Reisegeld riskiert, aber man werde ja wie betrunken da drin.

Er hatte den Hut abgenommen und ließ die kühle Luft durch das volle braune Haar wehen. Er war Ingenieur. Bis vor ein paar Tagen hatte er eine Vertretung bei einer Automobilgesellschaft in Stuttgart gehabt; ein Freund in Nizza hatte ihm eine bessere Stelle verschaffen wollen, aber die Sache hatte sich, als er hinkam, zerschlagen.

Sie standen auf dem breiten, hellbeleuchteten Platz vor dem Kasino. Die Nacht war sternenhell, der Himmel tiefblau und leuchtend. Milde Nachtluft kühlte ihre erhitzten Gesichter, von den Schneealpen kam ein erfrischender Wind, unten glänzte dunkel das Meer, Lichter blinkten am Hafen und auf den Felsen von Monako.

Alles um sie her war in sanftes Dunkel getaucht, die Luft vom Duft der Blumen getränkt; irgendwo sang am geöffneten Fenster eine Männerstimme, von vibrierenden Geigen begleitet, in die milde, duftige Nacht hinaus. Ah, wie schön das hier war. Er schaute sich um.

Unwillkürlich begegneten sich ihre Blicke. Stumm, wie geblendet, standen sie einander gegenüber. Ein unbezwingliches Verlangen überkam Friederike, den Abend auszudehnen, den Augenblick festzuhalten. Sie schaute zu den verhangenen Fenstern des Hotels empor, hinter dessen Vorhängen Schatten hin und her glitten; ein Paar trat eben aus der Türe in die Nacht hinaus, ein andres stieg vor ihnen die Treppe hinauf. Sie wollte etwas sagen, doch die Kehle war ihr wie zusammengeschnürt. Sie empfand, daß sie vor einem Wendepunkt ihres Lebens angekommen war. – Unter der Berührung seiner Blicke schlug ihr das Herz, die Knie begannen ihr zu zittern, und plötzlich alle widerstreitenden Gedanken abschüttelnd, lud sie ihn ein, mit ihr dort oben zu Abend zu essen. Ihre kurzen pochenden Herzschläge setzten einen Augenblick aus, als sie ihn zögern sah, aber: wem habe ich Rechenschaft über das, was ich tue, abzulegen? dachte sie, und ohne seine Antwort abzuwarten, wiederholte sie: »Kommen Sie!« und stieg vor ihm die Treppen hinauf.

Die gläsernen Türen flogen vor ihnen auf zu einem lichtschimmernden Saal, der mit roten Azaleen verschwenderisch geschmückt war.

Gedämpftes Licht, das den Augen wohltat, erfüllte den weiten, teppichbelegten Raum und strahlte zurück aus den zwischen roten Damasttapeten eingelassenen Spiegeln. Zu dieser späten Stunde waren die Tische fast alle noch besetzt, bunt beschirmte Lämpchen schimmerten zwischen frischen Blumen und geschliffenem Kristall. Ein feister, rotbefrackter Bediener in Kniehosen und Schnallenschuhen mit Epikureermiene und glattrasiertem Faungesicht schob ihnen die Stühle neben einem blühenden Fliederbaum zurecht, ein Kellner brachte den Sekt im Eiskübel, ein dritter rollte das zierlich angerichtete Hors-d'œuvre auf gläsernem Wagen heran.

Friederike streifte die Handschuhe ab. Nun ist es geschehen, dachte sie. Es war ihr, als säße sie allein mit ihm, getrennt von allen Menschen hier, sie gewahrte kaum die Paare ringsum und die Kellner, die zwischen ihnen mit den bedeckten Schüsseln hin und her eilten. Der Sekt perlte in flachen Schalen. Als sich ihre Gläser berührten, gab es ein singendes Zittern, daß ihre Herzen wilder pochen ließ. Sie sprachen kaum, als hätten sie Angst, diese Stimmung zwischen ihnen zu zerstören, aber sie fühlten, daß, während sie dieses verstohlene üppige kleine Mahl miteinander einnahmen, von den weißen Fliederzweigen halb verborgen, die Schranken zwischen ihnen gefallen waren. Allmählich schauten sie freier, ihre Blicke blieben schwelgerisch ineinander hängen, sie verloren sich in diesem trunkenen Anschauen, in halbwachem Träumen, und ihre Augen tauschten Worte miteinander aus, die sie nicht auszusprechen wagten.

In der Ferne vibrierten die Geigen.

Es war Friederike, als ob sich der Saal allmählich mit einem immer dichteren Nebel fülle, der sie und den Unbekannten von allen Menschen abschnitt. Sie sah nurmehr diese warmen, glänzenden schwarzen Augen, die mit einem Blick der Bewunderung an ihr hingen.

Der Kellner hatte den Tisch abgeräumt und ein brennendes Licht hingestellt, und zwischen dieser Flamme saßen sie einander nachdenklich gegenüber, als Friederike plötzlich von der Heimat zu sprechen begann.

Sie fühlte, daß etwas Erstarrtes in ihr sich allmählich zu lösen begann, ihr Atem hob sich wieder frei und leicht, das benommene Gefühl, das ihr sonst auf der Brust lag, war wie weggeblasen.

Wie im Traum zogen die heimatlichen Bilder an ihr vorbei. Sie sprach von ihrer Sehnsucht nach einem eignen Haus, nach einer Arbeit, die des Lebens lohnte, und eine unbezwingliche Lust, diese Wünsche in die Wirklichkeit zu übertragen, packte sie. Sie wollte sich ankaufen, eine Villa mit dem Blick auf das Meer, sich ein schnellfahrendes Auto halten, sie wollte nichts mehr mit Pferden zu tun haben ... Pferde kamen nicht vom Fleck, und sie hielt es an einem Ort nie mehr länger als vier Wochen aus. Der Gedanke hatte Gewalt über sie bekommen. Alle Pläne, die sie einst verworfen, schienen ihr mit einem Mal ganz leicht ausführbar und vernünftig; jenes weiße Palais mit den geschlossenen Läden und der breiten Auffahrt tauchte vor ihr auf, und sie begann von diesem Hauskauf wie von einer abgemachten Sache zu sprechen.

Der junge Mann hörte ihr mit steigender Aufmerksamkeit zu. Eine unbestimmte Ahnung von dem, was sie wollte, überkam ihn, und ihre Worte und Vorschläge erhielten dadurch eine geheimnisvoll entscheidende Wirkung.

»Es ist nur die Schwierigkeit, einen verläßlichen geschickten Mann zu finden, der das ganze Anwesen in Ordnung hält«, fuhr sie scheinbar ruhig fort, während sie sich eine Zigarette anzündete. Er hielt ihr galant das Streichholz, und sie streiften einander mit einem raschen Blick. Jemand, dem sie alles zur Verwaltung übergeben konnte, ein Mann mit kaufmännischer und technischer Bildung ...

»Hätten Sie nicht Lust, einen solchen Posten zu übernehmen?« fragte sie und lehnte sich in ihren Stuhl zurück.

»Ich?« stammelte er betreten.

»Ja, Sie«, sagte sie ruhig. »Ich habe Vertrauen zu Ihnen.«

Die Flammen des Kronleuchters kreisten dicht vor seinen Augen. Sein Herz schlug stark, durch die Adern am Halse dröhnten sausend die heißen Blutwellen.

»Sie können sich das bis Morgen überlegen«, fügte sie langsam hinzu. »Es ist eine Vertrauensstellung, die man nicht jedem gibt.« Und sie fuhr fort, ihre Pläne zu entwickeln, wobei sie eine Zigarette nach der andern rauchte und fortwarf.

Er trank den Sekt in kleinen Schlückchen. Überlegen? Stellenlos, ohne Mittel zur Heimreise, war er hier festgelaufen wie ein Schiff auf den Strand. Wenn einem da aus heiterem Himmel ein Glückslos zufiel ... eine Vertrauensstellung, gut bezahlt, bei einer alleinstehenden Dame. Man sollte mit beiden Händen zugreifen ... warum schwankte er noch?

Er sah, daß ihre Hände zitterten ... Einen Augenblick hielten beide den Atem an ... Ihre Blicke ruhten ineinander. Da nahm er diese Hand plötzlich und hielt sie fest. Friederike flammte das Blut über das Gesicht, es zuckte wie ein Schlag durch ihren Körper, sie empfand dumpf ein Gefühl der Schmach. Doch alles wurde von einem wilden Triumphgefühl betäubt.

»Also, Sie kommen?«

»Ich komme«, antwortete der junge Mann fest und sah sie mit einem sonderbaren Lächeln an.

Friederike erhob sich, winkte dem Kellner und ließ sich den Mantel umgeben.

Als sie auf der stillen Straße nach Condamine hinuntergingen, tanzten Funken vor ihren Augen, alles schien von einem blutroten Licht beleuchtet, die Pflastersteine, die weißen Segel, die ruhenden Boote, die Dächer und das Wasser. Die Lichter des Hafens und auf den Felsen droben reihten sich zu einer glänzenden Kette, die vor ihr auf und nieder schwebte. Sie mußte für Sekunden die Augen schließen. In der leeren Straße am Eingang des Hotels, das sich zwischen Palmen erhob, brannte noch eine Lampe im Vestibül. Die Nacht war warm und schwül und stumm.

Hochaufatmend standen sie einander gegenüber. Sie hatte das Gefühl, als werde sie von schwebenden weichen Schleiern eingehüllt. Ein Paar dunkle, warme glänzende Augen sahen sie fragend an.

Ihr schwindelte leicht.

Sie zitterte an allen Gliedern. Eine Erinnerung an eine ferne Zeit, ein stilles Zimmer, weiche, suchende, durstige Lippen kam ihr.

Da schlang sie ihren Arm um seinen Hals.

Er umfaßte sie, drängte seinen warmen, sehnigen, kraftvollen Körper dicht an den ihren und küßte sie, daß ihr der Atem verging.

Er stammelte heiße wilde Worte. Bebend trank sie seinen Atem. Morgen – morgen abend – um sieben Uhr – würde er kommen.

Dann stieg sie taumelnd die Treppe hinauf.

Oben in ihrem Zimmer warf sie sich aufschluchzend über das Bett, das heiße Gesicht in die kühlen weißen Kissen gedrückt.

War sie wahnsinnig geworden?

Sie lachte und weinte, das Blut rann wie Feuer durch ihre Adern. Sie schlief taumelnd ein, fest und traumlos, ohne zu erwachen.

Der warme milde Regen rann rieselnd an den hohen Scheiben herab. Friederike saß im Sessel am Kamin, die Arme in die weiten Ärmel des weißen Hauskleides vergraben, und sah der tickenden Pendüle zu, die eben sieben verkündete. Unter dem Kronleuchter stand ein runder weißer Tisch mit zwei Gedecken, Gläsern und Jasminsträußen. Blauer und weißer Flieder blühte in hohen geschliffenen Glaskelchen überall, auf dem dunkelroten Teppich lagen einzelne weiße Blüten verstreut. Sie nahm den kleinen silbernen Handspiegel aus der Tasche, drückte sich das Haar aus der Stirn und schob das goldene Band zwischen den Locken zurück.

Sie lächelte ihrem Spiegelbild zu. Die breiten Spitzen um den freien Hals, die flatternden Bänder, die aufgetürmten Locken gaben ihrer Erscheinung etwas Festliches, Erwartungsvolles, Fieberhaftes ... Die weißen Spitzen an ihrer Brust zitterten, sie lehnte sich zurück, und ihre Gedanken lebten den gestrigen Abend wieder durch.

Wie diese Leute alle langsam waren, der Portier, der Notar, die Häusermakler ... Wie ein Leichenwagen war ihr der Wagen vorgekommen, während er die steilen Wege durch den Regen trottete. Niemand schien Eile zu haben. Sie hatte sie alle erst antreiben müssen, am Telephon zitterte ihr die Stimme vor Zorn über die langsame Herstellung der Verbindung, das Nichtverstehen, während es sich doch um Minuten handelte ... Nun waren die Vorbereitungen getroffen, das Haus gemietet, das Auto besichtigt, Dienerschaft hatte das Büro zu besorgen versprochen. In dem Haus, einer Villa, deren Fenster nach dem blauen Meer hinausgingen, arbeiteten bereits die Handwerker.

Wie rasch man alles haben konnte, wenn man den goldenen Schlüssel besaß ... Wenn nur die Handwerker ihr Versprechen hielten und die Nacht durcharbeiteten. Morgen früh würde sie sie von neuem antreiben.

Sie lauschte nach draußen, mit einem Lächeln schloß sie die Augen. Dort an die Tür würde es klopfen ... gleich ... Stimmen klangen auf der Treppe. Schleppen rauschten an der Türe vorbei, Türen klappten. Die Gäste gingen zur Abendtafel. Sieben Uhr vorbei.

Pendülen gingen ja immer falsch; sie nahm die Reiseuhr vom Schreibtisch, rüttelte an ihr und verglich sie mit der Kaminuhr. Er war nicht pünktlich.

Doch jetzt hörte sie rasche Schritte den Gang entlang kommen. Ihr Herz schlug zum Zerspringen. Die Schritte näherten sich der Türe und gingen vorbei, Tassen klirrten, an die Nachbartüre wurde geklopft.

Sie begann auf und ab zu wandern. Hatte er nicht gestern gesagt, um sieben? Sie spähte durch die nassen Scheiben auf die Straße. Schwarz lag die Straße im strömenden Regen. Gegenüber stand ein Paar im Hausflur, eng aneinander gedrängt, die weiße Schürze des Mädchens leuchtete hell im Halbdunkel. Ein Wagen kam in rascher Fahrt die Straße herunter, das Wasser spritzte unter seinen Rädern hoch auf, er hielt vor dem Haus. Ein untersetzter Herr half einer älteren Dame in weißem Mantel beim Aussteigen. Der Pförtner stürzte mit seinem Schirm vorbei und schloß den Schlag. Alles war wieder still, auf den Korridoren und Treppen, die Uhr tickte langsam weiter. Sie warf sich wieder in den Sessel. Unten im Musikzimmer wurde vierhändig gespielt. Râmtata, râmtata, ein energischer Baß und eine unsichere rechte Hand, die eilig neben der andern herstolperte und hüpfte. Râmtata, râmtata, der Baß hielt den Takt. Der alte Militärmarsch von Schubert ...

Sie sah den glitzernden dicken Tropfen zu, die an den Scheiben herabliefen. Einer blieb hängen, gleich kam ein andrer gelaufen, umschlang ihn, und beide liefen miteinander hinab.

Es war schwül in dem Zimmer. Vorhin hatte sie gefroren, als sie nach Hause kam. Sie nahm ein paar Rosen, um sie am Gürtel zu befestigen, doch die Dornen verfingen sich in den Spitzen, ungeduldig zerrte sie an ihnen, eine Kante riß, die Rosen entblätterten. Sie sprach sich Ruhe zu. Wie ungeduldig ich bin. Ein Hindernis war ihm in den Weg getreten und verhinderte ihn, pünktlich zu sein.

Da klopfte es leise an die Tür. Das hübsche, artige Zimmermädchen steckte den Kopf herein. Ob man noch nicht anrichten dürfe, habe sie fragen wollen. Madame habe doch befohlen, um sieben Uhr. »Ich werde läuten, wenn ich Sie wünsche.« – »Sehr wohl, Madame.« Die Türe wurde leise wieder geschlossen.

Friederike vermochte ihre Unruhe nicht mehr zu bändigen. Sie ging auf und ab. Die Augen folgten dem Zeiger der Uhr, sie zählte die Sekunden mit. Sie stellte sich vor, daß ein Wagen in rasender Eile um die Ecke jagen, halten und daß eine Minute später er vor ihr stehen würde ... Sie riß das Fenster auf. Die Straße war leer, der Regen hatte aufgehört, nur der Wind heulte. Der Himmel war von ziehenden dunkeln Wolken bedeckt. Das Paar im Hausgang war verschwunden. Droben die Fenster der Spielsäle strahlten hell in die Nacht hinaus. Sie hielt den Atem an, um besser zu hören, bis sie fast die Besinnung verließ. Ob sie ihn in den Spielsälen suchen sollte? Aber sie verwarf den Gedanken rasch, sie würde ihn doch nur verfehlen. Er konnte ja noch kommen, aber warum läßt er mich warten? dachte sie.

Auf dem Flur wurden wieder Stimmen laut. Ein langer Zug von Menschen kam an ihrer Tür vorbei. Heiter und angeregt von einem guten Mahl, gingen sie neuen Freuden entgegen, die der Abend oder die Nacht brachte. Signale meldeten die Wagen vor dem Haus, die Spieler fuhren ins Kasino. Nebenan rauschten Kleider, eine Männerstimme sprach, jemand pfiff ein paar Walzertakte.

Das ist nicht auszuhalten, dachte sie und ging durch das Zimmer, Umschau haltend nach irgend etwas, das sie ablenken konnte. Sie nahm eine deutsche Zeitung vom Tisch und setzte sich damit an das Fenster. Ihre Augen irrten über die Buchstabenreihen: In Bukarest ein Wolkenbruch niedergegangen, das Mitteldeutsche Bundesschießen durch die Gegenwart eines Prinzen geehrt, der Verlauf eines thüringischen Schützenfestes auf drei Spalten beschrieben, ein Luftschiff, das bei ungünstiger Witterung aufgestiegen war, vermißt. Eine Frau hatte versucht, mit Petroleum Feuer anzumachen; jemand erkundigte sich, wann der Zirkus Barnum wiederkäme; ein andrer fragte nach einem guten Silhouettenschneider und wollte wissen, wie man Papageien die Zunge löste. Auf der letzten Seite, auf der die Leute ausgespielte Pianos, abgetragene Gehröcke, Lachtauben, Kaninchen und posierliche Affen anboten, war eine Dame mit unnatürlich vorspringender Büste, langem Hals und falschem Chignon abgebildet. Sie warf die Zeitung fort und sprang auf.

Ein Zittern befiel sie, heiße Angst stieg in ihr auf. Dieses Warten war entsetzlich. Wenn doch etwas geschähe, jemand käme, der ihr Nachricht brächte! Warum marterte er sie so?

Der Blumenduft wurde ihr unerträglich. Sie ging in das matt erhellte Schlafzimmer, öffnete das Fenster nach dem Hofe und beugte sich lauschend hinaus ... Aus dem Speisesaal klang das Klappern der Teller und Gabeln. Der helle Schein der Fenster erleuchtete die Rückwand des Nachbarhauses mit irren riesengroßen aufgetünchten Geschäftsanzeigen. In einem der Zimmer konnte sie eine junge Frau sehen, die sich von einem Mann das Kleid schließen ließ. Sie schob den Vorhang zurück. Wie hatte sie es nur in solchen Hotels vier Jahre lang aushalten können!

Mit klopfendem Herzen und fiebernden Pulsen durchstreifte sie die nächtlich stillen hell erleuchteten Räume, in denen die festlichen Vorbereitungen wie Hohn erschienen. Eine tödliche Furcht übermannte sie; sie klammerte sich an seine letzten Worte, an den Blick beim Abschied, während ihre Seele von entsetzlichem Argwohn zermartert wurde.

Es mußte etwas geschehen sein! Vielleicht war eine Botschaft unten abgegeben worden, die man ihr vorenthielt.

Sie lief die Treppen hinab und suchte die Spiegelscheibe, hinter der die Posteingänge aufgereiht waren, ab. Nichts. Der Pförtner, der aus seiner Loge herauskam, wußte von keinem Boten. Die Abendpost hatte keinen Brief gebracht. Niemand hatte nach ihr gefragt. In dem langen Gang brannte summend das Gas, vor den Türen standen paarweise Schuhe nebeneinander.

Sie warf sich auf das breite, niedrige Bett, die Füße auf der zerknitterten Zeitung, und starrte in das Licht der schwebenden Ampel über ihrem Haupt. Fröstelnd wickelte sie sich fester in die seidene Decke. Die Glieder waren ihr schwer, der Kopf wie trunken, die Augen brannten. Ich bekomme Fieber, dachte sie. Nebenan hörte sie die Pendüle ticken. Ein süßer betäubender Duft nach Jasmin schwebte durch das Zimmer. Mit der Kraft der Verzweiflung hielt sie sich wach.

Von Zeit zu Zeit verkündete die Pendüle die Stunden. Auf einmal erloschen die hellen Fenster der Spielsäle droben. Die letzte Hoffnung erlosch mit diesem Leuchten. Er kam nicht mehr ...

Sie richtete sich auf, nahm ein Pulver aus der Schublade, schüttete es in das Glas Wasser und trank es in einem Zuge leer. Dann warf sie sich in die Kissen zurück, und, den Blumenduft in vollen Zügen atmend, schloß sie die Augen.

Durch das Fenster fiel blendendes Tageslicht. Sie sah sich um. Sie war noch in die seidene Decke eingewickelt, das Kissen war heruntergefallen, im Nebenzimmer bestrahlte der Kronleuchter einen weißgedeckten Tisch mit Blumen und Gläsern. Der Kopf tat ihr weh. Wo bin ich, dachte sie ängstlich, die vielen Blumen, das Licht? Wohne ich hier? Es waren doch rote Tapeten im Zimmer ... War nicht vorhin eine Maus dort an der Türe vorbeigehuscht? Ein Rascheln hatte sie geweckt. Etwas Weißes glänzte unter der Türe, die Morgenpost. Sie versuchte aufzustehen, ein Schwindel überkam sie, als sie sich bückte. Es war ein Brief ihres Frankfurter Bankiers und eine Postkarte. Sie warf alles auf den Tisch und setzte sich mit der Karte auf das Bett. Sie hielt den Atem an, als sie die fremde, schwerfällige Handschrift sah.

»Geehrtes Fräulein! Teile Ihnen hierdurch mit, daß ich auf die Stelle nicht reflektiere.
       Mit Achtung der Betreffende.«

Ihr Herz schien kaum noch zu schlagen. Vornübergebeugt saß sie und starrte wie betäubt auf diese Karte, um sie noch einmal zu lesen.

Sie fühlte, daß in diesem Augenblick der Boden unter ihren Füßen nachgab, sie schien in einen schwindelnden Abgrund zu versinken. Taumelnd, mit dumpfem Kopf und bleiernen Gliedern ging's in eine dunkle Tiefe hinab.

Ein Mädchen, das von ihrem Geliebten den Abschiedsbrief bekam, war eine Königin gegen sie, die wehrlos diesen Schlag ins Gesicht ertragen mußte, die sich nicht einmal rächen konnte. Die paar Worte wuchsen ins Riesengroße, und vor ihr stand wieder jene Mauer von Gesichtern aus dem Gerichtssaal, das Volk, das einstimmig »Crucifige!« schrie. Es durchschauerte sie kalt bis in die Fingerspitzen.

Nach einem Ausweg, einer Befreiung von dieser Schmach suchend, irrten ihre Gedanken im Kreise und kamen wieder auf denselben Ausgangspunkt zurück. Virago!! Nein, sie konnte und wollte nicht mehr leben. Die Schmach der Niederlage brannte wie Gift in ihren Adern. In mir sitzt die Vernichtung, dachte sie. Wohin ich gehe, ob ich herumziehe von Stadt zu Stadt, von Gasthaus zu Gasthaus, von Theater zu Theater, der Tod begleitet mich. Als ich damals aufstand von der Bank im Gerichtssaal und mir der bezahlte Verteidiger als einziger Mensch die Hand reichte, habe ich den Geier in meinem Herzen gefühlt. Seit ich den Boden meiner Heimat verließ, habe ich alles verloren, meinen Mut, mein Selbstbewußtsein, meine Walkürenkraft. Sie grub, von einer plötzlichen Todesfurcht durchschauert, den Kopf in die Kissen. Traumbilder stiegen vor ihr auf, Ahnungen der Kindheit, Bruchstücke von Gedanken, ohne Zusammenhang, ohne Anfang und ohne Ende.

Und plötzlich stieg aus diesen wirren Bildern eins klar hervor: ein altes einfaches Haus, von dem der Putz herunterfiel, von einem dichten Netz von Telegraphendrähten umsponnen und von Rauchschwaden eingehüllt, und sie wußte: Die Heimat wollte sie noch einmal wiedersehen.

Der Zug hatte den rauchigen Frankfurter Bahnhof verlassen und lief neben dem langgestreckten niedrigen Buchenwald her. Dann trat der Wald zurück, und die sonnige Rheinebene tat sich auf. Fabrikdörfer am Fluß, inmitten roter Ziegeldächer ein spitzer Kirchturm, tief standen die reichbeladenen Obstbäume in den Ährenfeldern, dazwischen prangten große bunte Plakate von Zigarren und Likören.

Schwerfällig ging der Pflug durch das Feld. Der Hafer steht

gut, dachte sie. Sie hatte schon als Kind immer nach dem Hafer gesehen, der Pferde wegen.

Dort kamen schon die schönen roten Mainzer Türme und die große Brücke. Stolz und schwebend stieg sie über den Rhein. Der Zug donnerte darüber in langsamer Fahrt. Unter ihr glitzerten die graugrünen Rheinwellen, ein Gewirr von Dampfern und weißen Schiffen, »Frauenlob«, »Barbarossa«, die Schleppdampfer von Haniel und Stinnes, »Stadt Düsseldorf« mit Fahnen, am Ufer Weidengebüsch, aus der Badekabine winkte eine Hand, das Bild verschlang ein dunkler Tunnel. Blühende Rapsfelder, Pappelalleen, Buchenwald. Das Nahetal öffnete sich, Weinberge, hohe, bewaldete Hügel, rote Felsen, schroff und trotzig sich dem Zug entgegentürmend, kurze Tunnels, in den dicken Fels gebrochen, durch welche der Zug durchschlüpfte. Klar und grün rauschte die Nahe neben der Bahn her, über die glattgespülten Steine stürzten die kleinen Wellen mit ihren Schaumköpfen. Bad Kreuznach, heiß und staubig in der Mittagssonne. Auf dem Bahnsteig ein Damenpensionat, bunt und lustig, das dem Zug mit Tüchern nachwinkte. Ein flüchtiges Lächeln zog über Friederikes Gesicht. Bilder von einst ... Nelly mit dem schwarzen Pappezylinder, Maud, die sich vor dem Spiegel die Locken wickelte. Münster am Stein mit seinen dunklen Gradierwerken auf den Wiesen, den Weiden am Fluß, auf den Steinbrüchen leuchtete die Sonne. Kirchen ohne Türme, am Bach schnatternde Entengruppen; ein paar Buben hatten sich ausgezogen, ihre Kleider in die Weiden gehängt und sprangen kopfüber in den Fluß. Einer stand auf der Wiese splitternackt und winkte dem Zug entgegen. Dort bleichte eine Frau Wäsche, sie ging mit der Gießkanne und sprühte das Wasser auf die weißen Stücke. Minna, dachte sie, Schmeedes und die Gewitternacht ... Alles werde ich heute wiedersehen. In einer Stunde bin ich daheim. Der Zug keuchte die Höhe hinauf. Weinberge begleiteten die Bahn, wellenförmig hoben und senkten sich die fruchtbaren Felder. Grüne Wiesen und Obstgärten wechselten ab. Dazwischen ein kleines schmuckes Dorf mit weißen Häuserfronten, roten Ziegeldächern, grünen Fensterläden, auf der Brücke eine Reihe Bauersleute, der Kirchhof daneben mit seinen Holzkreuzen, die in der Sonne leuchteten. Dort sind sie her, und dort wird man die begraben, die jetzt auf der Brücke stehen, flog ihr durch den Sinn ... Kirn mit seinen Lederfabriken, auf deren Galerien die Felle zum Trocknen ausgebreitet hingen, und die kleine Stadt mit ihren Steinschleifereien, den eng aneinander gedrängten schiefergedeckten Häuschen, von hochgetürmten engen Felsen umschlossen, Oberstein. Auf halber Höhe die in den Felsen eingebaute Kapelle ... Da lief wieder die Frau auf dem Bahnsteig neben dem Zug her mit dem Samtkissen mit Achatschmuck, Opalen und Mondscheinen. Nein, danke, Opale bringen Unglück, sagte Minna.

Der Zug hatte die Höhe erreicht, die Wasserscheide überwunden, nun ging es in fast springender Fahrt bergab. In den Kurven schüttelten die Wagen, die Bremsen schnarrten; nach Hause, nach Hause, und ihre Ungeduld begann sich zu beschwichtigen. Eine Familie mit großen, streng duftenden Trauerkränzen stieg ein, und das Abteil wurde voll von Menschen, grünen Kränzen und erfüllt von einem herben Duft. Sie las die Inschriften der seidenen Schleifen ... ohne sie zu verstehen ... Sprüche ... Da wanderten auf der Landstraße schon die ersten Bergleute. Doch sie hatten keine schwarzen Gesichter mehr, aus denen die Augen weiß und unheimlich blinkten. Sie badeten jetzt nach der Arbeit auf den Gruben, und ihre Blechkessel waren in helle feine Aluminiumgefäße verwandelt. Hinter den Barrieren winkten Kinder und schwenkten die Hüte ... So hab' ich auch einmal dem Zug nachgewinkt, wieviel hundert Zügen hab' ich aus dem Giebelfenster nachgeschaut. Unser Haus ... In einer halben Stunde würde sie es wiedersehen, den Platz, auf dem das Werk gestanden. Sie versuchte sich auszumalen, wie die Stelle aussehen konnte. Aber vergeblich, immer wieder tauchte das ursprüngliche Bild vor ihr auf. Da ragte schon der Schaumberg, geformt wie ein alter Krater, aus dessen Tiefen einmal die Feuer geschlagen. Dort oben stand noch der alte Wald mit seinen mächtigen

Eichen und Buchen. Wie oft war sie an linden Frühlingstagen durch ihn geritten, wenn die Bäume gefällt wurden und mit dumpfem Schlag auf den weichen Waldboden fielen ...

Ein Rußregen kam hereingeweht und der Horizont schien dunkler zu werden. Die Heimat kam näher. Eine Bangigkeit überkam sie, die Knie begannen ihr zu zittern, sie mußte sich setzen, sie klammerte sich an den Vorhang, und mit einemmal sah sie Neuweilers Türme und Schornsteine aus schwarzen Rauchschleiern heraufsteigen.

Sie öffnete das Fenster und beugte sich hinaus. Jetzt mußte sich der alte Platz zeigen, das Haus mit dem Turm, die rauchenden Werkstätten, der große weithin prangende Name auf dem Schild ihres Vaters ihr entgegenleuchten, die Fingerhutgasse, der alte Weg mit den Brennesseln unter den Dohlen, die Lagerplätze mit dem verrosteten Eisen.

Der Zug fuhr an der Scheibe vorüber. Eine schienendurchfurchte Fläche breitete sich vor ihr aus. Das alte Haus, die Hallen waren verschwunden, kein Hof, kein Stall, kein Garten mehr, keine Fahne wehte vom Dach. Alles war der Erde gleichgemacht. Ein Güterschuppen mit neuem rotem Ziegeldach und aufgestapelten weißen Kisten, daneben ein Bahnwärterhaus, in dem ein Mann eine Lampe putzte, war von allem übriggeblieben ...

Sie starrte dorthin und versuchte zu begreifen, was sie sah. Auf dem Rangierbahnhof saß ein kleiner Mann gebückt unter einem rotgestrichenen Wagen, er hämmerte daran herum und betastete die Räder. Der Wagen stand dort, wo Minna ihre Wäsche gebleicht hatte. Wo ihr Haus gestanden, wuchs das Gras in Büscheln zwischen blanken Schienensträngen, dort in der Luft, wo jetzt die weißen Wölkchen am Himmel segelten, hatte Minnas blanke Nußbaumkommode gestanden. Alles war verschwunden, der Name gelöscht ...

Der Zug beschrieb einen Halbkreis, die Räder knirschten auf den Schienen. Ein entsetzlicher Schmerz durchschnitt sie. Jetzt bin ich über mein eignes Leben gefahren, dachte sie.

»Bitte um die Bill–jette«, sagte der alte Schaffner neben ihr in

singendem Tone. Sie erkannte ihn, er war grau geworden und
trug eine Brille. Während er ihr die Karte abnahm, warf er ihr
einen raschen Blick zu. Sie zog den schwarzen Schleier über
das Gesicht.

Inzwischen war der Zug unter der Brücke durchgeglitten und
lief in den Bahnhof ein.

Sie stand immer noch auf der eisernen Brücke und schaute wie
bewußtlos über die schienenglänzende sonnenbeschienene Fläche nach dem verräucherten roten Backsteinbau, der ihr mit
seinen staubblinden, teils zerbrochenen Fenstern entgegenstarrte
und auf dessen rostigem Schild über dem Tor noch ein paar
Buchstaben des Namens Konz glänzten. Sein unterer Raum
wurde als Lagerstelle für Schienen benutzt. Im oberen Stock
lag ein Bahnschaffner im Fenster, eine Frau mit einem verdeckten Eßkorb ging eben in das Haus. Die Neuweiler Glocken läuteten Mittag in abgestimmtem Dreiklang. Aus der Hütte und
den andern Fabriken ertönten die Feiersignale. In raschen
Marschschritten kamen die Arbeiter aus den Toren, ein nicht
endenwollender Zug von Männern, Bergleute mit Stöcken und
Blechtuten, Schlosser mit befleckten Röcken und schwarzen,
steifen Hüten, Maurer in hellen, mit Kalk bespritzten Kitteln.
Alle strebten einem Ziele zu, beeilten sich, ihren Hunger zu
stillen und frische Luft zu schöpfen. Der Menschentroß riß sie
mit fort über die Brücke.

Aus den großen Schulhäusern quoll ihr ein ungeheurer Kinderstrom entgegen, der sich in die Straßen ergoß.

In langen Reihen wallten die kleinen Mädchen durch den Staub
in ihren bunten Wollröcken, den steifgeflochtenen abstehenden Zöpfchen, in welche die Mutter einen bunten Wollfaden
geflochten hatte. Die größeren führten die kleineren Geschwister
an der Hand. Die Kinder liefen in die Häuser, um rasch die
Ranzen abzuwerfen. Auf der Treppe wartete schon die Mutter
mit dem Eßkorb. Mit verdeckten Körbchen, aus denen die Bier-

flasche und der dampfende Kessel lugten, eilten Buben und Mädchen an ihr vorbei, junge saubere Frauen, ein Kind auf dem Arm, wacklig gewordene Großmütter, die zum Essentragen benutzt wurden, und Greise, alle nahmen denselben Weg zur Hütte hinauf. An den großen Warenhäusern stauten sich die Menschen, fluteten hinein und strömten heraus, einzelne bekannte Gesichter tauchten plötzlich vor ihr auf, gespensterhaft wie aus einem Nebel, die alte Botenfrau mit der steifen getollten Haube, der dicke Gendarm mit der amtlichen Miene und den hohen ausgepolsterten Schultern. Es kam ihr vor, als mustere man schon – sie wandte sich ab und ging weiter.

Durch die lange graue Bahnhofstraße kamen ihr Backsteinfuhren entgegen, unter deren Rädern der Staub aufflog. Ihr Blick glitt über die bekannten Häuserfronten, sie suchte das alte Gasthaus zur Krone. An Stelle alter Häuser glänzten vielfach neue Backsteinbauten wie frische Flicken auf einem abgetragenen Gewand. Dort an der Ecke, wo die Krone gestanden hatte, wurde soeben ein Haus abgerissen. Das Dach und die Vorderwand waren bereits abgenommen, an der ehemaligen Brandmauer rieselten Kalk und Steine unaufhörlich herab, und nun erkannte sie, daß es die Krone war. Man sah noch einen Teil des blaugekalkten Küchenraumes, die schwarzgeräucherte Stelle, wo der Herd gestanden und die Kronenwirtin einmal ihre Spanferkel gebraten hatte, die braunblumigen Tapeten des Tanzsaals im ersten Stock, wo die Masken getanzt. Auf dem Dachsims waren Männer beschäftigt, den Querbalken herauszubrechen. Sie stand still und schaute hinauf. Jetzt ein Krachen und Splittern, eine dichte Staubwolke wirbelte auf, der Balken brach und schlug mit Wucht in den ersten Stock. Fast gleichzeitig brach die Decke ein und stürzte in den ausgeräumten Küchenraum. Die Krone war nicht mehr.

Es war ihr, als würde die Sonne von einem roten Nebel umzogen und die Erinnerungen der Kindheit seien vor ihr in einen Abgrund gestürzt. Sie ging ein paar Schritte, stand still und ging weiter, ohne zu wissen, wohin sie wollte.

Ein langer Zaun schob sich neben ihr her, mit grellen bunten Darstellungen von Frauenmördern und ertappten Geldschrankknackern, vor der Tür eines neuen Lichtbildtheaters drückten sich die Kinder in Scharen. »Kindesmut. Ein wirklich zu Herzen gehendes Trauerspiel«, las sie. Sie fand sich in diesen neu angelegten Straßen mit den fremden Häusern kaum zurecht.

Eine Fuhre mit Eisenschienen, deren dröhnendes Gerassel ihr auf den Kopf fiel wie Hammerschläge und alle andern Geräusche verschlang, begleitete sie bis vor das Dorf.

Der Kirchhof auf der Höhe mit seinen dicht nebeneinander liegenden Gräbern, zwischen denen sich ein breiter rotgekiester Mittelweg bis zum Kriegerdenkmal zog, war zu dieser Stunde einsam. Nur ein alter Gärtner ging zwischen den Gräbern mit einer Gießkanne hin und her und begoß die Pflanzen. Das Tor stand offen. Von den dunklen Tannen stieg ein geheimnisvoller Schatten nieder, ein heiliger Frieden. Das matte Weiß der Kreuze und abgebrochener Säulen flößten ein Gefühl ernster Ruhe ein. Die Weiden ließen ihre trauernden Zweige über die Gräber hängen, auf denen blaue, weiße und rosa Blumen blühten. Aus den Zweigen der Kugelakazien klang leises Vogelgezwitscher, vor dem Kriegerdenkmal lärmten ungescheut die Spatzen. »Hier ruht in Gott: Johann Balthasar Müller. Die Güte des Herrn ist, daß wir nicht gar aus sind, Seine Barmherzigkeit hat noch kein Ende, sondern ist alle Morgen neu, und seine Treue ist groß« las sie im Vorübergehen.

Dort, wo der kleine Gipsengel mit den betend gefalteten Händen und der dicken Träne kniete, lag das Grab, das sie suchte. Auf schräger Marmorplatte leuchtete ihr in Goldschrift entgegen: »Hier ruht in Gott: Anna Maria Wilhelmine Thees.« Es ward ihr dunkel vor den Augen, sie bückte sich und strich über den Namen ... Weiße und gelbe Narzissen blühten zwischen blauen Hyazinthen; in einem in die Erde eingedrückten Glas steckte ein frischer Strauß von verregneten roten und weißen Papierrosen. Das Grab sah ordentlich und gepflegt aus. Unter der runden Glasschachtel lag ein alter Perlkranz.

Sie las die alten Namen wieder; zwischen Gräbern mit grün angelaufenen rissigen Steinen lagen frisch aufgeworfene, auf denen die Kränze noch dufteten und die seidenen Schleifen im Winde flatterten, und solche, in denen nur ein Holzschild mit einer Zahl steckte. Vor dem Grab ihres Vaters stand sie still.

Der Hügel war von Gras überwuchert und von einem dichten Kranz roter Begonien umsäumt, die Reste einiger großer Kränze mit Palmwedeln lagen darauf, auf dem Efeu glänzten Spinnweben.

Es war ihr, als sähen sie zwei helle graue Augen forschend an.

Was war von diesem arbeitsreichen Leben geblieben? Eine leere Erdfläche, von Schienen durchschnitten, auf der die Züge fuhren und das Gras wuchs, ein Erbe, das entfernte Verwandte unter sich teilen würden.

Das Grab der Mutter sah sie fremd und verschwiegen an. »Wiedersehen ist unsre Hoffnung.« Auf der kleinen Bank neben dem Hügel hatte sie oft gesessen und dem Sonnenuntergang oder dem Leuchten der Hochöfen zugesehen. Sie rüttelte an dem Gitter, doch das kleine Türchen war verschlossen. Ein Schaufeln klang von der Mauer herüber. Ein neues Grab wurde dort gegraben. Erde um Erde flog aus der Tiefe heraus.

Der Totengräber kam, die Schippe auf der Schulter, zwischen den Gräbern herunter.

»He, Sie da, Madame!« Er winkte mit dem Spaten. »Die Tür wird zugemacht.«

Der Mann verschloß das eiserne Tor hinter ihr, schulterte sein Werkzeug, zündete sich eine Pfeife an und ging nach Haus. Sie stand vor dem verschlossenen Tor.

Der Franzosenweg lag um die Mittagsstunde wie ausgestorben in der Sonne: Langsam stieg sie zum Wald hinauf. Auf der Höhe blieb sie stehen und schaute sich um. Trunken wie der Gefangene, der am hellen Mittag die engen Mauern hinter sich läßt, atmete sie diese lang entbehrte Luft. Der Rasen, der sich abschüssig den Feldern zuneigte, war mit weißen Margareten besät, an der Wegböschung flammte roter Mohn. Ein Geruch von frisch aufgeworfener Erde zog von den Feldern herauf, hinter ihr rauschte der Wald. Ein reiner, kühler, kräftiger Wind wehte hier oben. Zuweilen tönte ein schwacher Peitschenknall, hinter den neuen Häuschen spielten Kinder im Sonnenschein, eine Ziege meckerte in einem Stall, sonst war alles still. Verschwunden war ihr großer Garten.

Auf dem Boden, den sie einst gegraben und bepflanzt hatte, standen neue Häuser, einige erst im Rohbau, in denen noch Handwerker arbeiteten. Auf einem Dachstuhl steckte der Strauß mit bunten Papierbändern, die im Wind flatterten. Wo die Obstbäume, die Silberlinde und die Trauferesche gestanden, waren Fundamente angelegt. Vergebens suchte sie die drei großen Buchen der Pfalzberge, das Wahrzeichen der Gegend, ohne das man sich kaum zurechtfand. Auch sie waren verschwunden, man hatte sie abgeholzt.

Ein kleines Mädchen in rotem Röckchen, das ihr nach Art der Kinder neugierig gefolgt war, blieb, einen Ball im Arm, neben ihr stehen.

»Sag, Kleines, hier war doch früher einmal ein großer Garten«, fragte Friederike das Kind. »Wem gehört denn jetzt das Land?«

Das Kind schüttelte den Kopf und sah sie mit braunen, lustigen Augen an. »Ich glaub' Kubitzkis.«

Friederike wiederholte den Namen, er war ihr unbekannt. Wahrscheinlich zugezogene Leute. »Weißt du denn, wem er früher war, der Garten?« forschte sie. Das Kind schüttelte den Kopf und heftete einen aufmerksamen Blick auf die große, verschleierte, fremde Dame. Dann blitzte es in seinen Augen auf: »Das war dem große Kurfürst sei Garte. Aber der is schon lang dod«, setzte es hinzu, indem es den Ball in die Luft warf. Als keine Antwort kam, lief es nach dem Ball haschend die Straße hinab.

Friederike ließ sich auf einen Rasenhügel nieder und legte den Hut neben sich in das Gras.

Von Wäldern umsäumt, breitete sich die fruchtbare Ebene mit ihren Hügeln und Senkungen vor ihr aus, mit Ackerland, blühenden Büschen, weißen Obstbäumen und Gärten. Die Erde, von den Pflügen aufgerissen, erwartete unter der Sonne die Reife der Saat. Weit unter ihr lag das Dorf, von Rauchwolken eingehüllt, darüber blickte strahlend blauer klarer Himmel. Das Geräusch der Werke klang nur gedämpft herauf, die Glocken läuteten von allen Kirchen.

Sie ließ das von der Sonne warme Gras durch die Finger gleiten. Der Wind wehte ihr durchs Haar, sie empfand es wie eine Liebkosung von fremder Hand. Während ihr Kopf wie Feuer glühte, begann ihr Körper langsam zu erstarren. Der Schmerz hatte sich besänftigt, als hätten die Sonnenstrahlen ihn aufgezehrt. Die köstliche Milde der noch frühlingsmäßig kühlen Luft, der Duft des Grases, der Geruch der Heimaterde hatten ihr das Gleichgewicht und den Frieden der Seele wiedergegeben. Sie fühlte nichts mehr, sie genoß nur den Augenblick der Ruhe. Wie einer, der im Begriff ist, Abschied zu nehmen, trank sie das Bild der Heimat noch einmal in sich hinein.

Die Hoffnungslosigkeit, die sie erfüllte bei dem Anblick alles dessen, was sie verloren hatte, zuckte noch einmal brennend in ihr auf, doch dem Bitteren war der Stachel genommen. Sie klagte nicht an, beim Anblick der Heimat wurde alles in ihr wieder weit und groß und ruhig. Sie kam sich vor wie eine Verfolgte, die sich an einen sicheren Ort gerettet hat. Es gibt Kranke, die unheilbar sind und ihrem überflüssigen, unnützen Dasein ein Ende machen. Sie war krank, sie konnte nicht mehr gesunden, ihre Lebenskraft war dahin, ihr Mut zum Kampf. Es hält mich niemand zurück, dachte sie; der Entschluß stimmte sie fast heiter. Nur noch etwas diese Luft atmen wollte sie.

Sie fühlte, daß in ihrem Innern etwas dahinschwand, als wandle sich ihr Körper in eine leere Hülle. Die Geschehnisse der letzten Jahre schienen mit einem Male wie ausgelöscht, sie war wieder ein Kind und saß im Gras, schaute auf die Dächer des Dorfes hinunter, um ihr Haus mit der Fahnenstange herauszufinden, und sah den funkelnden Sternen zu, die aus der Esse dort wirbelten.

Sie dachte nicht mehr zurück, sie litt nicht mehr, sie fühlte sich frei und leicht, glücklich und wunschlos wie ein Kind. Sie empfand nur die Freude, in der Sonne zu sitzen und zu fühlen, wie die Hand des Windes ihr leicht und beruhigend über das Haar strich. Sie sah den Tod. Er kam herauf zu ihr, nicht wie ein Gefürchteter, sondern als Freund.

Ein Schatten fiel von der Traueresche schräg bis zu ihren Füßen hin, noch saß sie in der Sonne, doch der Schatten näherte sich ihr. Sie legte den Kopf in ihre Arme und blieb so sitzen, bis das Läuten der Glocken verstummte.

> Ach, könnt' ich nicht die Freiheit haben,
> Bei dir zu sein eine halbe Stund'.

Aus rauhen Kehlen schallte der Gesang. Aus dem Wald heraus kam ein glitzernder, kleiner, bunter Soldatenzug, von einem Kindertroß begleitet, den schmalen Feldweg herunter.

Die Soldaten kamen von der Übung zurück, marschmüde, hungrig, mit staubigen Stiefeln und zurückgeschobenen Mützen auf heißgebrannten Gesichtern. Nebenher wallten Buben und Mädchen im Takt auf eiligen, nackten Füßen im Staub.

So zogen die Soldaten einmal in die Schlacht, singend, mit fliegenden Fahnen und Musik. Sie kämpften für Deutschland, starben für das Volk, das sie geboren hatte; jedes dieser jungen Leben dort war durch einen Vater, eine Mutter, eine Braut, ein Kind mit dem Leben verknüpft. Die rauchenden Schornsteine dort unten verkündeten Arbeit, Verdienst; das dumpfe Hämmern und Pochen den Herzschlag dieses gewaltigen Körpers der Heimaterde.

Die Männer, die durch die Straßen zur Arbeit gingen, waren die Hände, welche die Schätze, die ein fruchtbarer Boden unermüdlich hervorbrachte, hoben und in Werte umsetzten. Und das junge Geschlecht, das im Sonnenschein auf diesem unterwühlten Boden spielte, unbekümmert um das, was kommen würde – sie hatten alle ihre Beschäftigung, ihre Bestimmung, ihr Arbeitsfeld, ihren Platz; sie würden Väter, Mütter und Soldaten werden.

Und ich? Wie lang werde ich hier sitzen vor meinem einstigen Garten, dann wird dort der schlafende Maurer kommen und mich aufstehen und fortgehen heißen wie der Totengräber, wie der alte Schaffner, der mir das Billett abnahm und mir die Tür wies. Durch unsre Straßen bin ich gegangen wie eine Verfolgte, ich habe keinen Platz mehr in der Heimat.

> Wenn du mir willst treu verbleiben,
> Bis auf die allerletzte Stund' –

sangen die näherkommenden Soldaten.

Friederike schüttelte die Betäubung ab und stand auf. Beruhigt, mit dem Gefühl einer erfüllten Pflicht, zog sie die kleine Waffe hervor und betrachtete den Lauf.

Sie empfand nichts mehr wie das Pochen und Hämmern ihres Blutes, das in ihr sauste, und alles, was ihr noch eben den Kopf zersprengt hatte, Gedanken, Erinnerungen waren mit einem Schlag verflogen. Sie sah ihren Vater, das Kontor hinter dem vergitterten Fenster, Züge einlaufen gleich schwarzen Schlangen, Rauch wirbeln, Scheiben sich heben und senken; ihre Gedanken sprangen blitzartig von hunderterlei zu immer Neuem über, ohne etwas, das sie berührten, festzuhalten. Ihre Seele löste sich los von diesen Erinnerungen. Den Blick auf die Esse des Stahlwerks gerichtet, wartete sie; die Hand umspannte die kleine Waffe, und diese Hand zitterte nicht ... Ein paar Vögel flogen über ihrem Kopf dem Walde zu, im Gras zu ihren Füßen zirpte eine Grille, da ...

Im Stahlwerk wurde die Birne gekippt. Funkelnd schoß die gelbe Feuergarbe aus dem dunkeln Schornstein und besäte den Himmel mit unzähligen blitzenden Sternen.

Ein Schuß fiel und verhallte. Die Kinder hinter dem Neubau hörten einen Augenblick auf zu spielen, die Maurer, die im Grase unterhalb der Böschung ihren Mittagsschlaf hielten, erwachten und schauten sich um, und einer der Soldaten wandte den Kopf, während der bunte, glitzernde Zug, begleitet von den jauchzenden Kindern, in einer Staubwolke dem Dorf zuschritt ...

»Virago« und das Saarland

Schon der Untertitel »Roman aus dem Saargebiet« legt nahe, daß die Autorin Bezug nimmt auf die Region, in der sie aufgewachsen ist. Die Topographie des Saarlandes wird in diesem Text jedoch nicht eins zu eins abgebildet. Zwar finden sich gelegentlich auch real existierende Ortsnamen wie Saarlouis oder »Dingwert« als mundartliche Bezeichnung für St. Ingbert, aber die Mehrzahl der Orte, insbesondere die handlungstragenden, werden verfremdet oder anders gesagt: typologisch gefaßt. Exemplarisch gilt dies für Neuweiler, St. Martin oder Rilchingen, das vom Saarländischen ins Lothringische verlegt wird. Schauplätze außerhalb des Saarlandes bleiben namentlich unverändert, wie Hannover, Monte Carlo oder die Orte an der Rhein-Nahe-Eisenbahnstrecke.

Liesbet Dill bedient sich hierbei gängiger Verfahren der literarischen Stilisierung, die dem Romanautor einen freieren Umgang mit der Wirklichkeit ermöglichen. Indem sie bewußt explizite Bezüge vermeidet, gewinnt sie einen größeren Gestaltungsspielraum und ist auch vor der Kritik gefeit, daß ihre Schilderungen in diesem oder jenem Detail, auf das es der Autorin weniger ankommt, unkorrekt seien.

Dennoch lassen sich Verweise auf zahlreiche Orte, Personen und Ereignisse wie auch einige autobiographische Anspielungen entschlüsseln. Helmut Lißmann hat in seiner Publikation »Neunkirchen als literarischer Hintergrund zu Liesbet Dills Roman ›Virago‹« (2002) sorgfältig und detailliert solche Bezüge in dem Roman herausgearbeitet. Dem weiter interessierten Leser möchten wir diese Arbeit empfehlen.

Daß der Hauptschauplatz des Romans, das Dorf Neuweiler, eindeutig auf Neunkirchen verweist, wird aus zahlreichen Textpassagen deutlich. Dies könnte gerade den saarländischen Leser zunächst irritieren, da es auch eine Gemeinde Neuweiler gibt. Wenn z.B. Minnas Verwandte sie vermutlich zu Fuß besuchen, läge das eigentliche Neuweiler wegen seiner direkten Nachbarschaft zu St. Ingbert näher (vgl. S. 62ff). St. Martin wiederum läßt sich anhand bestimmer Merkmale wie der Erwähnung als größere Stadt mit Gericht und Garnison als Saarbrücken identifizieren. Der Name St. Martin läßt ebenso wie Neuweiler durch einen gewissen Bezug zum realen Vorbild die Technik von Liesbet Dills verschlüsselter Namensgebung erkennen: St. Martin ist wohl vom heutigen Saarbrücker Stadtteil St. Johann inspiriert (St. Johann und Malstatt-Burbach wurden erst 1909 mit Alt-Saarbrücken zu einer Stadt zusammengefaßt). Das im Roman mehrfach genannte Dirmesheim trägt Züge von Sulzbach-Altenwald, Dudweiler und Dirmingen (vgl. Lißmann, S. 21). Man erkennt daran, daß Liesbet Dill in ihren Romanorten mitunter Eigenschaften auch mehrerer realer Orte synthetisch kompiliert.

Liesbet Dill gelingt in diesem Roman im Rahmen der typologischen Gestaltung eine authentische Darstellung des Saargebiets jener Jahre. Dies sowie die literarische Technik der Autorin sollen in der folgenden Bildstrecke durch das Zusammenspiel von Textzitaten und Abbildungen illustriert werden. In der gegenseitigen Korrespondenz zeigt sich, wie plastisch die Dillschen Schilderungen von Orten, historischen Ereignissen und Zeitstimmungen sind.

Hermann Gätje, April 2005

»Im Stahlwerk wurde die Birne gekippt. Ein blitzender Funkenregen schoß aus einer der Essen und bedeckte den Himmel mit unzähligen Sternen, die dort strahlten, erblauten und verlöschten. / ›Das ist das schönste Feuerwerk‹, sagte das junge Mädchen, das mit heraufgezogenen Knien auf der Fensterbank des Hausflurs am Giebel saß und in den beginnenden Abend hinausschaute.« (7)
Historische Postkarte um 1905.

»Auf dem Bahnhof blinkten einzelne Lichter auf. Die Scheibe hob sich eben wie ein Arm, der etwas zeigen will. Der Bingerbrücker Schnellzug hatte Einfahrt. Richtig, da kam er auch schon um die Ecke. Dicke Fetzen weißen Rauches flogen hinter ihm her, die Vorhänge flatterten, dampfend fuhr er am Hause vorbei und lief in den Bahnhof ein, die Scheibe sank herab.« (8) – Neunkirchen gehörte während des Kaiserreichs zum Regierungsbezirk Trier der preußischen Rheinprovinz.
Historische Postkarte um 1905.

»»Ich würd' Rad schlagen vor Vergnügen, wenn ich aus dem alten Hause herauskäme.‹ / ›Sie sind ja auch nicht in dem Haus geboren‹, gab Friederike kurz zurück.« (21) – Der Nassauer Hof in Dudweiler, das Geburtshaus von Liesbet Dill.

»Der Dirminger Bahnhof lag verödet in der Morgensonne, am Güterschuppen stand ein Heuwagen, mit Segeltuch bespannt, unter dem das Heu herausquoll.« (25) – Beim Bahnhof Dirmingen handelt es sich vermutlich um den Bahnhof Dudweiler (vgl. Lißmann, S. 21).
Abb. aus dem Jahr 1912.

»Was ein Mädchen hauptsächlich brauchte, war stramme Aufsicht, das bißchen Gelehrsamkeit würde man ihr hier schon beibringen.« (25) – »Nie war es Friederike mit solcher Klarheit zum Bewußtsein gekommen, wie wenig sie in der Schule gelernt hatte, und sie empfand es beschämend, wie ein Schulkind vor einem Manne wie Schmeedes zu stehen, der ihr [...] seine neuen Maschinen, die Dampfüberhitzer, mit fachmännischen Ausdrücken erklärte, die sie sich erst umständlich in einfache allgemeinverständliche Begriffe übersetzen mußte.« (130)
Liesbet Dill als Schülerin (li. hinter dem Lehrer stehend). Ausschnitt aus einem Klassenfoto.

»Minna und Maud beanstandeten Nellys Lebensführung. Nelly erschien auf dem Eis, auf dem Tennisplatz, auf der Platzmusik und auf dem Rennplatz stets von einem Schweif Verehrer umgeben.« (111) – Die Autorin kannte das Milieu, das sie beschreibt.
Von Liesbet Dill (in der Mitte stehend) beschriftetes Foto.

»Eine große, machtvolle Persönlichkeit hatte diesen Riesenbetrieb geschaffen, ein Arbeiter von unerschöpflicher Schaffenskraft, der, auf reiches Wissen gestützt, mit dem Bewußtsein eines festen Zieles die Verhältnisse seiner Zeit auf allen Gebieten mit seltener Klarheit überschaute, an der Spitze seines Werkes und in den Kämpfen um die Reichspolitik stand. Gewohnt zu herrschen, forderte er von allen, die in seinen Diensten standen, Gehorsam; man nannte ihn nicht umsonst den ›König‹.« (127) – Carl Ferdinand Stumm (1836-1901), langjähriger Chef des Neunkircher Eisenwerks und eine der prägnanten Unternehmergestalten des 19. Jahrhunderts. Stumm-Denkmal in Neunkirchen (Ausschnitt einer historischen Postkarte).

»In der Handelskammer hatte Stumm gesprochen. Er sah die Hauptveranlassung des gegenwärtigen Streiks darin, daß die Bergverwaltung den Rechtsschutzverein, der auf sozialdemokratischer Grundlage stehe, nicht nur dulde, sondern ihn beinahe begünstige. Der Federkrieg zwischen dem ›Bergmannsfreund‹ und dem Organ des Rechtsschutzvereins, ›Schlägel und Eisen‹, konnte nicht als eine wirksame Maßregel gegen den Verein angesehen werden.« (302f).

»»Wir kriegen Streik‹, rief Friederike und trat erregt ins Zimmer, warf die Reitpeitsche auf den Tisch und strich sich die Haare aus der heißen Stirn. ›In Westfalen haben die Bergleute die Arbeit niedergelegt und fordern Lohnerhöhung. Die Neuweiler Bergleute haben Maifeier im Wald gehalten und Fässer aufgelegt, und ein Bergmann Bickel aus Dirmesheim, den Schellenwenzel nennen sie ihn, hat eine Rede gehalten.«« (169) – Historisches Vorbild Bickels ist der Arbeiterführer Nikolaus Warken, dessen Spitzname Eckstein war. Schelle entspricht im deutschen Kartenspielblatt dem Eckstein (Karo), Schellenwenzel ist der Karo-Bube.

»Vor der Grube kam es zwischen den Arbeitswilligen und streikenden Bergleuten zu Schlägereien. – Die Streikenden erwarteten die arbeitsbereiten Bergleute mit Stöcken und Knüppeln und suchten sie mit Drohungen zu verscheuchen, die Behörde rief Militär zu Hilfe.« (175)
Zeitgenössische Illustration »Der Bergarbeiterstreik im Saargebiet: Nichtstreikende Arbeiter werden von Gendarmen zu den Schächten geleitet«. (Berliner Illustrirte Zeitung 16.1.1893).

»Das rauchende Hüttenwerk verschwand, nun die Pfalzberge mit den ragenden drei Buchen, das Wahrzeichen der Gegend, auf der Pappelallee, die zur Grube führte, marschierte ein Trupp Neuweiler Bergleute mit geschwärzten Gesichtern und leeren Kaffeetuten.« (24) – Gemeint ist die Grube König bei Neunkirchen (vgl. Lißmann, S. 15).
Historische Postkarte.

»Die Bergleute hatten einen Rechtsschutzverein gegründet und einen Bauplatz zwischen Neuweiler und der Grube Otten gekauft, teils von zusammengelegtem Geld, teils auf Hypotheken. Das Fundament war schon gegraben, mit fieberhafter Eile wurde dort gearbeitet, in den Mauern, die bald aus der Erde wuchsen, sollten die zukünftigen Versammlungen abgehalten werden. Dann brauchte man nicht mehr von der Bürgermeisterei Erlaubnis einzuholen, um sich zu beraten.« (183) – Der Rechtsschutzsaal in Friedrichsthal-Bildstock, der im September 1892 eingeweiht wurde, ist das älteste deutsche Gewerkschaftsgebäude.

»Von der ›Stadt‹ riet Minna immer ab. Sankt Martin als preußische Garnison war ein heißer Boden und man konnte nie wissen, ob nicht einmal eins mit einem ›Preiß‹ angezogen kam, der am Ende auch noch evangelisch war.« (64) Historische Postkarte von Saarbrücken 1911.

»Der kleine Zug fuhr in gemäßigter Fahrt nach dem Reichsland. Die Landschaft, die sich zu beiden Seiten des Flusses dehnte, schien weiter, ruhiger, freier, der Wald trat zurück, die Werke mit ihrem Lärm und Rauch verschwanden, die Hügel jenseits des Flusses schienen sanfter gewellt, langsam zog die Saar zwischen den flachen grünen Ufern ihres Weges und trug schwerbeladene Kohlenschiffe, die von Pferden geschleppt wurden, auf ihrer Flut.« (264) – Von hier etwa in Richtung der Quelle beginnt auch heute noch der ›ruhigere Teil‹ der Saar.
Historische Postkarte.

»Die windgeschüttelten kleinen Akazienbäumchen standen in Reih und Glied wie Soldaten bis zum Eingang der roten Backsteinkaserne. Nie war ihm diese Aussicht so trostlos erschienen wie heute.« (231)
Die Saarbrücker Ulanenkaserne (Historische Postkarte).

»So oft Friederike hierherkam, erregte die Großartigkeit der Anlagen, die mit ungeheuern Mitteln errichtet waren, ihre Bewunderung. Gegen dieses Werk nahm sich ihre Kesselschmiede wie eine Zwergenwerkstatt aus.« (127)
Das Neunkircher Eisenwerk..

»Wie gebannt verfolgte Friederike den Lauf des hellroten dicksickernden glühenden Baches, der aus dem schwarzen Schlund des Ofens rann und sich in die Form ergoß.« (128)
Historische Postkarte.

»Von Wäldern umsäumt, breitete sich die fruchtbare Ebene mit ihren Hügeln und Senkungen vor ihr aus, mit Ackerland, blühenden Büschen, weißen Obstbäumen und Gärten. Die Erde, von den Pflügen aufgerissen, erwartete unter der Sonne die Reife der Saat. Weit unter ihr lag das Dorf, von Rauchwolken eingehüllt, darüber blickte strahlend blauer klarer Himmel. Das Geräusch der Werke klang nur gedämpft herauf, die Glocken läuteten von allen Kirchen.« (402f) – Das für das Saarland bis heute typische dichte Nebeneinander von Wäldern, Landwirtschaft und Industrieanlagen wird in Dills Landschaftsbeschreibung treffend zum Ausdruck gebracht: Je nach topographischem Blickwinkel können sich ganz unterschiedliche Eindrücke ergeben .
Historische Postkarte.

Nachwort

Zwischen 1903 und 1958 veröffentlichte sie knapp hundert Romane, Jugendbücher oder Bände mit Erzählungen und Reiseskizzen, von denen einige übersetzt wurden und nicht wenige respektable Auflagezahlen erzielten: Liesbet Dill, Ehrenbürgerin der Gemeinde Dudweiler, in deren Ortsteil Guckelsberg seit 1957 eine Straße ihren Namen trägt. Sie teilt ihr Geburts- und Sterbejahr (1877-1962) mit Hermann Hesse, nicht aber dessen literaturhistorische Anerkennung, denn die meinungsbildenden Kritiker und Germanisten haben sie weitgehend übergangen. Ob dies zu Recht oder nicht vielmehr zu Unrecht geschah, könnte die vorliegende Neuedition des seit langem vergriffenen Romans »Virago« exemplarisch erweisen, dessen Lektüre (nicht zuletzt aus regionalliterarischer Warte) nachdrücklich empfohlen sei.

TESTFALL »VIRAGO«
Erzählt wird in diesem 1913 erstmals erschienenen Werk der Untergang einer als männerhaft verschrienen, selbstbewußt agierenden Tochter eines saarländischen Industriellen. Ihr Wunsch nach einem eigenverantwortlichen Lebensplan, nach eigener beruflicher Tätigkeit im Werk ihres Vaters wird von den männlichen Bewerbern ebensowenig akzeptiert wie ihr jugendlich-illusionärer Reformeifer von der skeptischen Arbeiterbevölkerung. Zwei Verlobungen scheitern. Es folgen Verleumdungen und ein skandalumwitterter Totschlagsprozeß. In seinem Verlauf fällt das sie brandmarkende Wort »Virago« (d.h. Mannweib), das sie ins Ausland fliehen und ein unstetes Leben führen läßt, pendelnd zwischen mißlingender Betäubung und exzeßhaftem Rausch im Glücksspiel. Schließlich zweifelt sie selbst an der Richtigkeit ihres bisherigen Verhaltens, sucht in einem Hotel in Monaco zur Selbstbestätigung fieberhaft den erotischen Kontakt und sieht sich verschmäht. In die Heimat zurückgekehrt, schießt sie sich eine Kugel in den Kopf.

Mit dieser fast ein wenig kolportagehaft scheinenden Handlungsskizze – einige Kritiker haben sich denn auch darüber empört und nach Kräften blamiert – ist die Bedeutung dieses flüssig geschriebenen Buchs erst angedeutet. Sie erschließt sich im Spannungsfeld von Individualtragödie und Gesellschaftsroman ausgangs des 19. Jahrhunderts, in dem das Verhältnis von Mann und Frau, Bürger und Offizier, Kapital und Arbeit exemplarisch wie pointiert gestaltet wird. Zudem entfaltet sich in der Rahmenhandlung ein Stück romanhafter Sozialgeschichtsschreibung des Neunkircher Raumes mit Schwerpunkt auf der großen saarländischen Streikbewegung der Jahre 1889-93.

All dies wird uns präsentiert mit einigem erzählerischem Geschick, im Wechsel von direkter mit indirekter bzw. erlebter Rede, von Zeitdehnungen mit Zeitraffungen oder Aussparungen samt Retrospektiven. Die Romantopographie orientiert sich an konkreten Gegebenheiten oder faßt Orte und Landschaften synthetisch zusammen (vgl. 409f). Darüber hinaus werden Dialekte zur Personencharakterisierung genutzt, wie etwa das Beispiel von Minna oder Schmeedes zeigt. Zudem belegt die dosierte Verwendung von Mundart und saarlandspezifischen Sprachformeln (darunter das Kuriosum neutraler Artikel bei Frauen) einen intensiven Regionalbezug.

»Virago« trägt zur Verdeutlichung des zweiten Themenakzents den Untertitel »Roman aus dem Saargebiet«, und in der Tat läßt sich das lebhafte Interesse der Autorin wie ihrer Hauptfigur an der Eigenart ihrer Heimat durchweg nachweisen. Man kann sogar von einer ausgesprochenen Liebe für die Geburtsregion sprechen, die für jene Zeit bemerkenswerterweise nicht auf einen ideologisch verengten Heimatbegriff beschränkt ist. »Boden« als Chance zu landwirtschaftlich-gärtnerischer Tätigkeit spielt zwar für Friederike Konz eine besondere Rolle (70f), aber industrielle Tätigkeit besitzt den gleichen (emotionalen) Stellenwert. Und so finden sich in diesem Roman zahlreiche Schilderungen aus der Arbeitswelt der Eisen- und Stahlwerke, die in der saarländischen Literatur ihresgleichen suchen.

Dabei beschränkt sich die Autorin nicht darauf, die Industrielandschaft als pittoresken Hintergrund (exemplarisch 124f) einer psychologischen Studie zu nutzen, sondern bezieht auch ökonomische Interna mit ein, die den meisten Romanciers bis heute schon aus mangelnder Sachkunde verstellt sind. Ein Kaleidoskop von Eindrücken und Informationen ermöglicht es, damalige wirtschaftliche und soziale Vorgänge besser zu verstehen. Die Lektüre informiert uns z.B. über Zyklen der Montankonjunktur, d. h. über stürmische Betriebserweiterungen in gründerzeitlicher Aufbruchseuphorie, schmähliche Firmenpleiten in der Abschwungphase oder beim Wegfall von Schutzzöllen sowie neuerlichen Aufschwung mit Unternehmensvergrößerungen und Kapitalkonzentrationen nach geänderten Rahmendaten (125f). Betriebsunfälle sind ebenso thematisiert wie Unterschlagung und Steuerhinterziehung oder das Verhältnis von Arbeitslöhnen und Preisen. Wir lesen von Streikparolen und von wechselseitigen Maßnahmen im Kampf um bessere Arbeitsbedingungen. Agitation und Repression wie der umstrittene Einsatz von Fremdarbeitern als Streikbrecher (185) werden detailliert und anschaulich vor uns ausgebreitet.

Auch typische Wirtschaftsauffassungen von damals stehen auf dem Prüfstand des Lesers. Man streitet im Roman über Wohlfahrtsdenken und Liberalismus oder die Beziehung zwischen Sozialpolitik und Bevormundung (134-136, 191). Die Autorin favorisiert zwar, nicht zuletzt biographisch bedingt, den Unternehmerstandpunkt, dazu patriarchalische Wirtschaftsauffassungen, wie sie der von ihr mit einer kleinen Eloge (127f) bedachte Freiherr von Stumm vertrat. Andererseits verhindert ihre multiperspektivische Darstellungsweise ein allzu einseitiges sozialpolitisches Bild. So wird das Mißverhältnis, wenn nicht gar die »Feind«schaft (20) zwischen Arm und Reich schonungslos benannt (199f). Dehlau etwa spricht von »Hungerlöhnen« (218), und in Versammlungen, Flugblättern oder Äußerungen betroffener Bergleute kommen auch Positionen des »Rechtsschutzvereins« als deren Interessenvertretung zum Ausdruck, die uns erlauben, sachkundiger und objektiver über die Tarifgegner zu urteilen.

Abseits von Regionalem werfen die Schilderungen erhellende Schlaglichter auf das wilhelminische Wertesystem. Es erschließt sich ansatzweise in den Zukunfts- respektive Beziehungs- und Eheerwartungen der jungen Damen (83-86) ebenso wie in Konz' Ablehnung von Gerhart Hauptmanns gesellschaftskritischem Drama »Die Weber«: »Aha, das war sicher wieder so eine sozialistische Geschichte von idealistischen Leut.« (295). Und es zeigt sich in den wechselseitigen Urteilen und Vorurteilen von Offizieren, Unternehmern und Arbeitern (247f, 251-255, 171f). So mißbilligt Konz etwa den zu Schulden neigenden Habitus der Leutnants als feudalen Leichtsinn, während man im Offizierskasino seine handfeste, kommerzorientierte Aufsteigerphilosophie, aller Freigiebigkeit zum Trotz, eher spöttisch quittiert. Solche standesbedingten Meinungsdifferenzen münden in mancherlei Peinlichkeiten, die der ehemalige Schlosser nicht einmal realisiert. Im übrigen grundiert die weithin dominierende soziale Frage des 19. Jahrhunderts auch die Geschehnisse in »Neuweiler«.

Wie in vielen Gesellschaftsromanen handelt »Virago« auch vom Gegensatz zwischen alter und neuer Zeit. Dies spiegelt sich z.B. in vielfältigen Reaktionen auf soziale, ökonomische und mentalitätsmäßige Veränderungen, die, je nach Standpunkt im Generationenstreit, als trauriger Abschied von gewohnter

Ordnung oder als notwendige Fortschrittsanpassung gesehen werden. Entsprechende Empfindungen belegt etwa Minnas nostalgische Rückschau auf die angeblich so gute alte Zeit, in der das Personal noch nicht durch Berufsalternativen in Stadt und Fabrik wählerisch geworden und der jeweilige Pfarrer noch als moralische Disziplinierungsinstanz weithin akzeptiert war (273-276). Ähnliches Bedauern zeigt Friederike, als ihre geliebten Pferde ökonomisch-rationalistischen Erwägungen zum Opfer fallen sollen (143f), oder bei ihrer letzten Besichtigung der Heimat, deren Landschaft nun völlig verändert erscheint:

»Das alte Haus, die Hallen waren verschwunden, kein Hof, kein Stall, kein Garten mehr, keine Fahne wehte vom Dach. Alles war der Erde gleichgemacht. Ein Güterschuppen mit neuem rotem Ziegeldach und aufgestapelten weißen Kisten, daneben ein Bahnwärterhaus, in dem ein Mann eine Lampe putzte, war von allem übriggeblieben...« (397)

Doch gerade Friederike steht andererseits auch für den Wunsch nach Veränderung, sei es in bezug auf die von ihr geforderte neue Sicht weiblicher Berufsmöglichkeiten, sei es hinsichtlich ihrer sozialreformerischen Landbauideen, mit denen sie an der konservativen Gesinnung der meist bergmännischen Bevölkerung scheitert. Auch darin, daß ihr diese selbstlosen Bemühungen so schlecht vergolten werden, liegt Tragik. Zugleich wird ahnbar, wie häufig (weltfremder oder seiner Zeit zu weit vorauseilender) Idealismus dem auch selbsttherapeutisch motivierten Sektierertum benachbart ist. Im übrigen demonstriert der Text etwa am Beispiel medizinisch-volkshygienischer Reformideen die (partielle) Relativität jeweiliger moderner Einsichten (107-109). Ließe sich doch so manche offenbar unabdingbare Überzeugung von damals aus dem Abstand von heute erneut in Frage stellen, wie andererseits z.B. manche bevölkerungspolitischen Erwägungen, die uns so gänzlich zeitgebunden erscheinen, aus gegenwärtiger demographischer Optik erneut an Interesse gewinnen.

CHARAKTERBILDER UND GESCHLECHTERROLLEN
Werfen wir noch einen kurzen Blick auf das wichtigste Romanpersonal. Ein bestechendes Portrait ist Liesbet Dill mit Minna gelungen, die dem Konz'schen Haushalt als versierte Köchin und Organisatorin vorsteht und zudem als mutige wie fürsorgliche Vermittlerin selbst dort noch Friederikes Interessen vertritt, wo sie anders empfindet. Sie ist ebenso liebevoll wie psychologisch glaubhaft gezeichnet, in ihren guten und schlechten Eigenschaften, vorwärts- wie rückwärtsgewandten Sozialauffassungen. Sie ist warmherzig, hilfs- und opferbereit, manchmal auch rigoros in ihren Moralprinzipien, dann wieder zu pragmatischem Einlenken bereit. Eine nimmermüde Schafferin, plaudert sie andererseits gern und läßt sich freudig komplimentieren. Sie nimmt lebhaften Anteil an Freud und Leid der kleinstädtischen Gemeinschaft, in der sie sich integriert und allgemein anerkannt weiß. Sie teilt die gängigen Vorstellungen der Zeit vom Geschlechterverhältnis, aber zeigt gleichwohl eine beharrliche wie couragierte Durchsetzungsfähigkeit selbst gegenüber den polternden und herrischen Launen von Rudolf Konz. Ihre Krankheit und ihr Tod verdichten sich in Liesbet Dills Schilderung zu einem eindrucksvollen Mentalitätsgemälde jener Ära, die mit Minna zu Ende geht (277-288).

Auch die weiteren Hauptfiguren sind sehr differenziert gezeichnet. Friederikes Vater etwa, dessen barsche Reaktion auf ihren Berufswunsch eine erste nachhaltige Enttäuschung darstellt, ist nicht einfach nur Haustyrann, Self-made-Karrierist und Vertreter einer rückständigen Sozialgesinnung, sondern zugleich von seiner Tochter bewunderter unermüdlicher Unternehmensplaner und -lenker, dessen scheinbare Gefühlskälte im Kern eine Kommunikationshemmung verbirgt. Die von ihm meist gezeigte rauhe Schale wird von Minna, die ihn mehr als andere durchschaut hat (284), immer wieder durchstoßen, und auch seine programmatisch verworfene öffentliche Wohltätigkeit schließt private und freiwillige Handlungen nicht aus. Letztlich leidet er an Friederike und ihrem die zeitgemäßen Normen verletzenden Wesen ebenso wie diese unter seinen unflexiblen Rollenerwartungen.

Mit Licht und Schatten sind auch die beiden Ehekandidaten portraitiert. Ihr Verhalten trägt zwar zu Friederikes Katastrophe bei, aber dies wird nicht im Sinne einer einseitig beantworteten Schuldfrage ausgemünzt. Auch wo in beider Heiratsplan ein erkleckliches Maß an Berechnung mitspielen mochte, sei es um in einen großen Betrieb einzusteigen, sei es um als Offizier künftig aller Finanzprobleme ledig zu werden, gilt dies nicht einseitig. Auch Friederike begehrt die Männer jeweils weniger um ihrer Eigenart willen, denn als Mittel, die Führung des Betriebs in die Hände zu bekommen. Von daher interpretiert sie deren Erwartungen auf ein zeitübliches Familienleben als unstatthafte Rückeroberung eines vermeintlich bereits gewonnenen gesellschaftlichen Terrains (145, 163). Denn Ehe und Familie als erfüllte und gelebte Partnerschaft kommen in »Virago« nicht vor. Auch außerhalb der Sphäre Friederikes dominiert eine Tendenz zu völliger Desillusionierung wilhelminischer Jungmädchenromantik. Für die Freundinnen Maud und Nelly bleibt am Schluß nurmehr die zu zahlreichen Kompromissen nötigende Konvenienzehe, als Selbstaufgabe erlebt und als Enttäuschung erlitten, sofern nicht aller Sinn auf die nächste Generation projiziert wird:

»[...] Ich mache keine Zugeständnisse!‹ antwortete Friederike.
Nelly blieb stehen. ›Aber was willst du dann in einer Ehe?‹ rief sie. ›Die besteht ja aus Zugeständnissen. Du befindest dich in einem Irrtum, wenn du denkst, es wird sich nachher 'alles geben'. Es kommt hier nur darauf an, ob du eine gute Offiziersfrau werden willst. Hast du dir das schon überlegt?‹
Friederikes Stirn verfinsterte sich.
›[...] Denk nur an Maud, die ihren Mann kaum kannte, von dem wir damals so gut wie nichts wußten; denn daß er einen ehrenwerten Charakter besaß, will doch nicht mehr heißen, als daß er keine silbernen Löffel gestohlen hatte, und ein Mann, der einen niedri-

gen Kragen und langes Haar trägt und einem beim Tanzen auf die Füße tritt, hat meist einen ehrenwerten Charakter. Ich will gestehen, daß solche Männer mir immer einen gelinden Schauer eingeflößt haben. Heute denke ich milder. In jedem Mann steckt ein Doktor Roth. Sie sehen in ihrer Frau nichts andres als die Mutter ihrer künftigen Kinder. Und wenn ich noch einen Rest von Sehnsucht nach einem andern Leben hätte, diese Erkenntnis hat ihn mir ausgetilgt. In der Ehe kommt's nur darauf an, daß wir uns selbst aufgeben, um in einer neuen Generation weiterzuleben. Daß wir um unsrer selbst willen geliebt werden, ist die größte Lüge, die man uns gelehrt hat.«< (267f)

Dieses düstere Fazit der Freundin bestärkt Friederike darin, mit Dehlau zu brechen, der sie andererseits anzog wie kein anderer Mann vor ihm. Aus dem Dilemma von Sehnsucht und Unabhängigkeitsverlangen weist ihr Wesen keinen Ausweg, keine Chance zur Vermittlung. Doch über diese charaktertragische Konstellation hinaus bleibt als Stachel der Vorwurf an eine einsichtslose Gesellschaft, die an der Katastrophe dieses Lebens mitschuldig ist. Dieses Urteil bekräftigt sich natürlich aus heutiger Sicht, wo die von Friederike gewünschte Art der Lebensführung für uns weitgehend selbstverständlich geworden ist.

Liesbet Dill schildert ihre Roman-»Heldin« in einer Mischung aus Mitgefühl und Distanz, die ihr zu präzisen psychologischen Einsichten verhilft. Ihre Darstellung wirkt bei aller partiellen Parteinahme niemals larmoyant, wie dies bei so manchem feministischen Tendenzroman der Fall ist. Die Autorin verficht ihr sozialreformerisches Anliegen als Auseinandersetzung mit einer zu eng gefaßten weiblichen Rollenzuschreibung, aber sie zeigt auch das Starre und Verkrampft-Rationalistische in Friederikes Charakter, das sie zum Teil aus ungünstigen Umweltfaktoren herleitet: so etwa einem verschlossen-egozentrischen Vater, der für ihre emanzipatorischen Anlagen und Wünsche wenig Verständnis aufbringt, einer ungeklärten Herkunft, verbunden mit peinlichen Gerüchten, konkreten Enttäuschungen in den wenigen Beziehungen, denen sie sich gefühlsmäßig aufschließt, usw..

Liesbet Dill fühlt sich als sensible Schriftstellerin in dieses unglückliche Leben ein, bewundert Friederikes Stärke und Konsequenz und verleiht ihr eine Art »Soldatentod« (404f), wie ihn vier Jahre später eine andere weibliche Heldin im Roman »Die Spionin« sterben wird. Aber es kommt zu keiner Totalidentifikation. Davon trennt die Autorin doch so manches, insbesondere ein spezifisch weibliches Empfinden, das ihr im eigenen Leben immer wieder Erfolg und Bestätigung verschafft hat. Der Freitod am Ende von »Virago« ist somit nicht nur sozialkritische Provokation, sondern in der Sicht der Autorin zum Teil auch »Lösung« eines »unheilbar« gewordenen traurigen Falles (403), von dem sich in Parallele zu Heinrich von Kleists Selbsteinschätzung sagen ließe, auch ihr war »auf Erden nicht zu helfen«. In einer Stellungnahme kurz nach Erscheinen des Textes schrieb Liesbet Dill, Friederike sei kein »moderner Typ, sondern die Ausnahme unter den Frauen«:

»Eine selten kühne Frau, der Unersetzliches versagt ist und die ohne weibliche Anmut mutig einen eignen Weg geht, unbeirrt und, obwohl gewarnt, durch Äußeres und Auftreten und allerhand Zufälle einem Volk, das sich schon lange im geheimen gegen sie aufgelehnt hat, endlich den Schein einer geheimen Schuld in die Hände spielt und sich ihnen damit ausliefert, einem Volk, das nicht eher ruht, bis es das, was es als ungesund empfindet, mit gesund brutaler Kraft aus seiner Mitte ausgetilgt hat.« (Wie meine Bücher entstanden, in: DEVA-Almanach auf das Jahr 1913, Stuttgart/Berlin, S. 23)

Wollen wir also den identifikatorischen Standpunkt der Autorin von »Virago« ermitteln, so läßt sich vereinfacht sagen, daß sie ihre eigenen Probleme, Erlebnisse, Haltungen oder Sympathien im Figurendreieck Maud-Nelly-Friederike angesiedelt hat. Alle Personen haben etwas von ihrem Leben, ihren Erfahrungen und Einsichten, wie die folgenden biographischen Daten ansatzweise illustrieren.

LEBENSLAUF IN KÜRZE

Elisabeth Pauline Dill – so ihr vollständiger Name – wurde am 28. März 1877 im ehemaligen Dudweiler Jagdhaus des Fürsten von Nassau-Saarbrücken geboren. Ihr Vater, der Kaufmann und Gutsbesitzer Friedrich Dill, war ein angesehener Herr, der auch in der Kommunalpolitik Dudweilers und Saarbrückens eine Rolle spielte. Ihre Mutter stammte von einem Weingut an der Mosel und brachte von daher einen unzähmbaren Drang zum Stadtleben mit. Auf ihren Einfluß hin zogen die Dills schließlich nach Saarbrücken, wo Elisabeth die unter dem Namen »Kasinoschule« bekannte höhere Töchterschule besuchte. Zuvor war sie in Dudweiler zur Schule gegangen, wo sie sich übrigens recht wohl fühlte. Erinnerungen an diese Zeit bekunden eine weitgehend ungetrübte Kindheit, die bereits erste literarische Versuche ermöglichte.

Liesbet Dill als Schülerin

»Ich bin oft mit meinem Vater durch die schönen Wälder von Dudweiler gefahren; er setzte mich als kleines Kind aufs Pferd und ließ mich durch den Wald reiten; auch durfte ich manchmal selbst kutschieren. Mein Vater nahm mich früher auf alle Rennen der Umgegend mit; er interessierte sich sehr für Pferde und Pferdezucht und war ein ausgezeichneter Reiter bis in die letzten Jahre seines Lebens. [...]
Ich besuchte in Dudweiler zuerst zwei Jahre die Elementarschule. In meiner Klasse waren 80 Kinder, meist Bergarbeiterkinder, und mein erstes Theater, das ich sah, stand auf dem Dudweiler Marktplatz. [...] Da ich keine Erlaubnis bekam, das Theater zu besuchen, ging ich heimlich hin und vergaß über dem Genuß der Vorstellung Ort und Zeit. Das Stück war erst um ½ 1 Uhr nachts zu Ende, und als ich heimkam, empfing mich mein Vater mit der Reitpeitsche [...], so daß ich einen unauslöschlichen Eindruck von dieser ersten Theatervorstellung bekam. [...] Ich hatte keine Geschwister; aber

ich hatte eine Menge Freundinnen, mit denen ich phantastische Spiele spielte [...], und ich wundere mich noch heute, daß ich stets bereitwillige Mitwirkerinnen dazu fand, die sich als Mohren schwarz und als Indianerinnen rot färben ließen. [...] Die Spiele fanden auf dem Speicher unseres alten Hauses statt, und die Theaterstücke schrieb ich selbst. Ich richtete die Bühne ein, saß an der Kasse, dirigierte den aufgehenden Mond, brannte das Feuerwerk ab und spielte den Souffleur. In Dudweiler begann meine schriftstellerische Laufbahn, indem ich Märchen schrieb.« (Albert Ruppersberg, Geschichte der Gemeinde und Bürgermeisterei Dudweiler, Saarbrücken, 1923, S. 156f)

Die Regionalidylle wird mit dem 14. Lebensjahr beendet. Die junge Dame besucht jetzt in Wiesbaden ein englisches Pensionat und erhält eine besitz- und bildungsbürgerlich orientierte Erziehung, in der Gesangs- und Klavierunterricht ebenso ihren Platz haben wie Tennis, Gesellschaftstänze oder fremdsprachliche Konversationsübungen. 1897 heiratet sie den Saarbrücker Landrichter Gustav Seibert, den späteren Senatspräsidenten. Die Ehe verlief unglücklich, weil sich die junge Frau in ihrer Selbstverwirklichung allzusehr eingeschränkt sah und von sich aus die Scheidung einreichte. In Saarbrücken um 1900 bedeutete dies einen vielberedeten Skandal. Schließlich war sie Mutter zweier Söhne (im Alter von 4 Jahren bzw. wenigen Monaten) und ihr Ehemann ein angesehener Jurist.

Damit beginnt ein Konflikt, der zunächst einmal einen radikalen Bruch mit dem engsten saarländischen Lebenskreis bewirkte, darüber hinaus aber literarisch folgenreich war. Da ihr Vater sie im Hause nicht mehr duldete, zog sie in ein kleines Hotel in Lothringen und wartete dort auf den Abschluß des Scheidungsprozesses. Als Gründe für ihre Trennung nannte ihre spätere Schwiegertochter Erica von Drigalski:

»Sie hatte es satt, mit einem siebzehn Jahre älteren, ungeliebten Mann in einer arrangierten Konvenienzehe zu leben, häuslichen

Verpflichtungen nachzugehen, und ›jedes Jahr ein Kind zu kriegen‹ und sie hatte sich in einen jüngeren, attraktiven Mann verliebt. Außerdem wollte sie – mit einem Bündel heimlich geschriebener Manuskripte in der Schublade – Karriere als Schriftstellerin machen.« (Karin Erkel, in: Die Saarbrückerinnen, St. Ingbert 1998, S. 309)

Karl Wilhelm von Drigalski   Liesbet Dill

Dies gelang ihr auch, als (nach mehreren Ablehnungen) 1903 ihr Erstlingsroman »Lo's Ehe« in der Deutschen Verlagsanstalt erschien. Die Veröffentlichung erfolgte überwiegend auf eigene Kosten. Auch ihr Geliebter hatte dazu beigetragen: Karl Wilhelm von Drigalski, Stabsarzt, Freund Robert Kochs und späterer hessischer Sozialminister. Beide lebten zunächst in Kassel zusammen, zogen dann nach Halle, wo Professor Drigalski einen Lehrstuhl für Hygiene erhielt, und schließlich nach Berlin. Für Liesbet Dill begann ein Leben, das eher ihren Wünschen entsprach, nun an der Seite eines geliebten toleranten Mannes. Er seinerseits schätzte an ihr die charmante Unterhalterin, die einen Salon zu führen und der preußischen Steifheit vieler seiner Bekannten ein neues Element hinzuzufügen wußte. Nachdem die Scheidung rechtskräftig war, hatte man 1905 geheiratet. 1907 und 1909 wurden ein Sohn und eine Tochter geboren, wofür sie ein Kindermädchen engagierte. Für ihre Schriftstellerarbeiten beschäftigte sie eine Sekretärin. Häufig waren prominente Gäste geladen. Sie verkehrte freundschaftlich mit Autoren wie Hermann Sudermann, Max Halbe, Hermann Bahr, Rudolf Herzog und Rudolf Presber, Ernst von Wildenbruch oder Graf Luckner. Sie besuchte Pressebälle, Theaterpremieren, fuhr Ski oder spielte Tennis. Im Sommer ging es nach Westerland ins mondäne Seebad. Ihre Briefe berichten »von flüchtigen, aber eindrucksvollen Begegnungen mit dem Dichter Hugo von Hofmannsthal und dem Theaterkritiker Alfred Kerr. Sie fuhr allein mit dem Zug durch Spanien und verfaßte darüber ein Reisetagebuch.« (Erkel 311)

Jahr für Jahr verzeichnete sie mindestens eine Neuerscheinung – nicht selten waren es zwei oder drei. Sie hatte sich als Schriftstellerin also – wie vergänglich auch immer – zunächst einmal in der Kulturszene einen Namen gemacht. Man nannte sie in einem Zusammenhang mit Clara Viebig, Agnes Miegel, Ida Boy-Ed oder Thea von Harbou, was auch qualitativ in etwa angemessen kategorisiert. Einzelne ihrer Werke erschienen in englischen, französischen, holländischen und skandinavischen Übersetzungen, und sie erhielt eine Lektoratsanstellung bei der Deutschen Verlagsanstalt. In der Folge gefährdete Liesbet Dill allerdings dieses Renommee zuweilen selbst durch niveausenkende Vielschreiberei.

Die großen politischen Ereignisse jener Zeit: Erster Weltkrieg, Revolution und Versailler Vertrag, Saar-Rückgliederung und schließlich Zweiter Weltkrieg, berührten sie als Schriftstellerin und nicht zuletzt als patriotische Saarländerin. Der Rußland-Feldzug nahm ihr zudem den Sohn aus zweiter Ehe, der bei Stalingrad fiel. Der Bombenkrieg vertrieb sie aus Berlin nach Wiesbaden, wo Karl Wilhelm von Drigalski 1950 verstarb – ein zeitlebens offenbar großzügiger Ehemann, der – wie Karin Erkel (316f) formulierte – »sowohl die schriftstellerischen Ambitionen als auch die Autonomiebestrebungen seiner Frau mit heiterer Gelassenheit respektiert hatte.« Dafür nahm er sich seinerseits Freiheiten heraus, tendierte politisch eher nach links und bekundete wenig Interesse an ihrem literarischen Werk. Liesbet Dill selbst starb am 15. April 1962 in Wiesbaden und ist dort auch beerdigt.

THEMA »FRAU«
Liesbet Dills Schaffen wird von zwei Hauptthemen beherrscht. Bereits ein flüchtiger Blick auf die Titelliste ihrer Bücher verrät ein besonderes Interesse an Frauenschicksalen. Daneben geht es häufig um die deutsch-französische Grenzregion. Beide Akzente kommen, wenngleich mit unterschiedlichem Gewicht, bereits in Dills erstem Roman zum Tragen. »Lo's Ehe« schildert einige Wochen eines ungetrübt glücklichen Mädchendaseins und eine einjährige unglückliche Ehe. Sie scheitert an bürgerlich-engstirnigen Konventionen, die für ein unverbildetes, mädchenhaft gebliebenes Empfinden unerträglich werden, aber auch am Widerspruch zwischen romantischen Jugendträumen und alltäglicher Realität. Verschiedene Ausbruchsversuche sowie Kontakte zu früheren Offiziersbekannten der Garnison Metz verstärken die Desillusion nur noch mehr und provozieren letztlich ihren Selbstmord.

Dieser Erstling zeigt gelegentlich kleinere Anlehnungen an Theodor Fontane, andererseits aber unverkennbar Ursprüngliches und Urwüchsiges, das nicht zuletzt auf persönlichem Erlebnis gründet. Und was noch viel wichtiger ist: Mit dieser Handlung hatte Liesbet Dill so etwas wie ein Erzählmodell gefunden zwischen Unterhaltung und Zeitkritik. Der Frauenroman jedenfalls, wie immer zu definieren und gewiß zu differenzieren, blieb weiterhin ihre Domäne, angefangen bei »Suse« über das vielgelesene »Eine von zu vielen«, die historischen Romane »Marie Antoinette«, »Liselotte von der Pfalz« oder »Der Halsbandprozeß« bis zu »Rose Ferron«, der »Schwarzen Madonna von der Saar« oder den noch im Zweiten Weltkrieg sehr erfolgreichen »Briefen einer Mutter«.

Ihre weiblichen Zentralfiguren sind mal Opfer, mal femme fatale, mal beides in Mischung (»Lolotte«), unter Wert beschäftigte Bedienstete, deklassierte Adlige, Baronessen, Offizierstöchter oder Fabrikantengattinnen, die unter dem Druck gesellschaftlicher Zwänge leiden oder in Verwirklichung emanzipatorischer Ziele zugrundegehen. Die Heldinnen und Helden repräsentieren eine in ihren Normen problematisch gewordene Epoche und stehen zugleich für ein letztes Aufblühen Wilhelminischer Glanz- und Gloria-Gesinnung. Dabei wird etwas

Liesbet Dill in den 1930er Jahren

spürbar vom Zeitkolorit der Jahrhundertwende, von den weltanschaulichen Kämpfen zwischen kaiserlich verklärter Sozialhierarchie und demokratischer Fortschrittsgesinnung, zwischen rückwärtsgewandten Rollenzwängen und zunehmendem Bewußtsein eines möglichen freiheitlicheren Wandels, das zuweilen überkommene Wertsetzungen recht massiv in Frage stellt. Und da kann es bei aller patriotischen Grundtendenz zumindest aus individueller Warte auch einmal sehr kritisch zugehen:

»Beim Filet à la Mazarin taute Kollin, der bis dahin schweigend die Weinsorten[...] geprüft hatte, auf. Er fühlte sich als Vertreter der Demokratie diesen Offizieren und ihrem Anhang gegenüber. Seine Damen waren monarchisch gesinnt und seinen politischen Belehrungen gegenüber unbelehrbar, sie waren für einen Kaiser, ein einiges Reich und für ein festes Heer. Aber Kollin gehörte noch zu den Rheinländern, deren Väter Napoleon gekannt hatten. Sein Großvater hatte die Freiheitskriege mitgemacht und sein Vater Achtundvierzig mit schwarzrotgoldenen Freiheitskokarden Barrikaden erstürmen helfen. [...]

Die Offiziere erhoben ihre Stimme: ›Sie verteidigen wohl hier den Aufruhr, die Revolution, den Kommunismus?‹ Und die Damen griffen ihn über die Tafel hinweg entrüstet an. Aber Kollin, die Hand um den Römer geschlossen, saß wie ein Felsblock mitten in dem brandenden Meere der Gegenreden. ›Wir wollen nicht ewig Krieg führen müssen, nicht immer Säbelgerassel hören, wir wollen leben und arbeiten können und in Ruhe schlafen. Ich will mich auch nicht immer anschnauzen lassen, sondern behandelt werden, wie – nun wie jenseits der Grenze jeder Straßenkehrer den anderen behandelt – als Gentleman. Jedes Jahr werden die Steuern hinaufgetrieben, man schnürt uns immer mehr den Hals zu, man legt uns Daumschrauben an, der Gendarm herrscht bei uns, der müßte mal zuerst verschwinden, und erst recht das überflüssige Militär!‹« (Die Herweghs, Berlin o. J., S. 116f)

Einer der wichtigsten Texte dieses Genres ist »Virago«. Tritt hier doch erstmals das Bewußtsein einer zeitsymptomatischen Krise überzeugend in den Vordergrund. Und auch Dills Kritik an einer zu starren Festlegung der Frau auf eine vorbestimmte gesellschaftliche Rolle trifft gewiß den Punkt. Man hat Liesbet Dill, nachdem man sie jahrzehntelang ignorierte, neuerdings unter feministischem Aspekt ein wenig wiederentdeckt. Ihre Texte enthalten ja auch zweifellos frühe emanzipatorische Ansätze, nur sollte man diese stets im Spannungsfeld zu anderen Tendenzen bewußter, romantisch interpretierter Weiblichkeit betrachten. Und dazu gehört auch die verständnisvolle Auseinandersetzung mit männlichen Ansichten, Haltungen, Interessen oder Erwartungen.

Ohnehin macht man es sich zu einfach, die Dill auf einen allzu verengten Typus von »Frauen-Romanen« festzulegen – wie sogar ich es oben scheinbar getan habe. So zahlreich ihre von Empathie getragenen Frauengestalten sind, Liesbet Dill ist nicht lediglich eine Autorin von bloß parteilichem geschlechtsspezifischem Engagement. Wie Fontane mit »Effi Briest« oder Flaubert mit »Madame Bovary« ist sie durchaus in der Lage und bereit, sich in andere Standpunkte einzuleben, d.h. konkret, in Männerfiguren als Gegenspieler. Romane wie »Die kleine Stadt« oder »Die Herweghs« sehen die Welt vor allem aus deren Warte und mit entsprechender Sympathie. Insofern wäre eigentlich die Bezeichnung »Beziehungsromane« für viele der Werke genauer und aussagekräftiger.

THEMA »GRENZE«
Damit zu einem zweiten Themenschwerpunkt in Dills Schaffen, der sich seit dem Ersten Weltkrieg abzeichnet. Er betrifft die Grenze bzw. die politische Problematik der Grenzregionen Saarland und Lothringen, mit dem die Autorin sich durch ausgiebige gesellschaftliche Kontakte zur Garnisonsstadt Metz in Sympathie verbunden fühlte. Solcher Verbundenheit zollt der 1917 veröffentlichte Roman »Die Spionin« in bemerkenswerter Weise Tribut. Er behandelt die Untergrundtätigkeit der Lothringerin Généreuse Cailleux im von Deutschen besetzten Brüssel, ihre Ergreifung und Hinrichtung. Die Story orientiert sich am heiß diskutierten Fall der Miss Edith Cavall, die im Herbst 1915 als englische Spionin in Brüssel erschossen wurde. Ein Teil des Verkaufserfolgs – 1928 immerhin bereits 50-60.000 Exemplare – resultierte sicherlich aus diesem Schlüsselcharakter. Aber der Roman besitzt grundsätzlichere Qualitäten. Denn, ungeachtet mancher patriotischen Befangenheiten und Absicherungen im Kriege, ist dies ein wichtiges und mutiges Buch.

Es ehrt den Gegner, billigt auch Kämpfern gegen Deutschland lautere Motive zu und geht in der Einfühlung in den Feind bis an die Grenze dessen, was nationaler Parteilichkeit wohl erlaubt war. Die Verlagerung der Problematik ins Jeanne-d'Arc-Milieu – aus einer Britin wird eine Tochter Lothringens – ist Verfremdung und Sympathieerklärung zugleich. Denn hierdurch wird darauf aufmerksam gemacht, daß dieses Gebiet um Metz oder Nancy ein besonderes Schicksal hatte und daß es somit auch für Deutschland eine lothringische Frage gab, nicht lediglich eine zu verwaltende Provinz. Vergleichbares Unbehagen befiel sie in noch höherem Maße, als durch den Ausgang des Ersten Weltkriegs die Situation sich umkehrte und nun das Saarland okkupiert wurde. Die Einnahme Saarbrückens z.B. schilderte sie als traumatischen Schock:

»Ein grauer Novembertag. [...] Morgen wird die Stadt von Franzosen besetzt, wie im Jahre 1870 kurze Zeit, wie früher so oft, als die Stadt bald in deutscher, bald in französischer Hand war. Die schönen neugebauten Kasernen, die Schlössern gleich auf die stattliche Stadt herabschauen, [...] sind bereits leer ... Leer die Ställe der Ulanenkaserne, der Dragoner, der Artillerie. Die Pferde werden zu Spottpreisen verschleudert wie die wertvollen Sättel. Das Silber, die Möbel der Offizierskasinos hat man bereits fortgebracht, alles mußte überstürzt geschehen, rasch, rasch, weil der Feind auf dem Fuße folgt. Die Züge sind überfüllt von Soldaten, die um jeden Preis diesen Boden verlassen wollen, auf dem man sie morgen internieren wird. Sie steigen zu den Fenstern hinein, auf die Dächer, sie klammern sich an die Trittbretter, nur um mitzukommen. Die schnaubenden Lokomotiven können die endlosen Züge kaum fortbewegen [...]. Tausend Hände winken den Zurückbleibenden aus den Fenstern einen letzten Gruß ... Werden wir euch wiedersehen, ihr Tapferen? Umflorte Augen schauen ihnen lange nach [...]. Grau und schwer wälzt sich die sonst so rasch dahineilende Saar unter den historischen Brücken durch, als sei sie geschwollen von Tränen.« (Lothringische Grenzbilder, Leipzig o.J. [1919], S.100f)

Aus diesem Geist, jedoch mit erkennbarem Willen zur Objektivität entstanden die 1919 bzw. 1920 erschienenen Sammelbändchen »Lothringische Grenzbilder« bzw. »Verlorenes Land«. Es findet sich hierin eine reizvolle Auswahl von Feuilletons und novellistischen Kommentaren als eine weitgehend gelungene Auseinandersetzung mit der Grenzlandproblematik. Unprätentiös plaudernd, dabei Zuneigung verratend, werden Landschaft und Wirtschaft, Mentalität und Traditionen in Lothringen und im Saarland vorgestellt. Weitab von Traktathaftem berichtet die

Verfasserin über lothringische Schlösser und Dichter, Lieder und Trachten, Gastronomie und Hygiene. Unaufdringlich läßt sie 200 Jahre deutsch-französischer Geschichte Revue passieren. Auf eindrucksvoll melancholische Weise gedenkt sie der ständigen Grenzwirren: »Unsere Sehenswürdigkeiten sind historische Friedhöfe, unsere Schlösser Ruinen, unsere Denkmäler Grabsteine.« (Lothringische Grenzbilder, S. 81)

Die »Grenzbilder« offenbaren ein durchaus noch sympathisches Engagement für die jeweilige Volksgruppe, sind ein literarisches Veto gegen gewaltsame nationalistische Einbürgerungen. Was die Autorin danach in dieser Sache geschrieben hat, wird allerdings zunehmend von der agitatorisch kompensierten Besorgnis beherrscht, Deutsche im Saarland oder in Lothringen könnten in ihrer volksmäßigen Haltung mißverstanden, als abtrünnig und schwankend verdächtigt werden. Selbst der 1925 erschienene, im Geiste Locarnos verfaßte Roman »Der Grenzpfahl« ist davon nicht frei.

Erzählt wird das Leben der preußischen Offizierstochter Isy Mathieu, Gattin eines bei Verdun gefallenen lothringischen Fabrikanten. Nach dem verlorenen Weltkrieg hatte sie das von den Franzosen besetzte Metz verlassen und in Berlin Aufnahme gefunden. Um dem Sohn das väterliche Erbe zu erhalten, entschließt sie sich nach zahlreichen inneren Kämpfen 1924 endgültig zur Rückkehr ins nun französische Lothringen. Ihre deutsche Nationalität gibt sie auf im Bewußtsein einer schicksalhaft von ihr geforderten Kulturmission, wobei das Bekenntnis zur heimatlichen Scholle alle patriotischen Vorbehalte übertönt. »Unser Vaterland«, heißt es als eine Art Fazit, »tragen wir in unserem Herzen und geben es unseren Söhnen mit ... Das geht uns nicht verloren, ebensowenig wie den württembergischen Kolonisten in den russischen Steppen [...]. Der Heimat treu bleiben ... dem Boden, der uns erzeugte, das ist, nach meinem Glauben, die größte Treue.« (Der Grenzpfahl, Stuttgart 1925, S. 383)

Mit dem »Grenzpfahl« begab sich die Autorin in literarische Nachbarschaft zu Ernst Moritz Mungenast und René Schickele. Es handelt sich um Liesbet Dills wohl ehrgeizigsten Versuch, regionale Kenntnis mit weltanschaulicher Konfession zu einem das deutsch-französische Jahrhundertproblem gestaltenden Roman zu verschmelzen. Es gelingen ihr dabei immer wieder milieusichere Passagen von suggestiver Eindringlichkeit, in denen Widersinn und Inhumanität nationaler Beschränkung beredt zum Ausdruck kommen. Das gilt z.B. für jene tragikomische Szene, in der Isys unter engstirnig preußischem Einfluß erzogener Sohn Harald in aller Unschuld ausgerechnet von seinem geliebten französischen Großvater bestätigt wissen will, daß er nicht Franzose zu werden brauche. Durchaus kritisch sind auch Partien, in denen sich die Autorin mit den jeweiligen nationalen Geschichtslügen befaßt: dem angeblichen Verrat des Bazaine oder der Dolchstoßlegende. Erhellend wirken Schlaglichter auf erste Verwaltungsmaßnahmen der französischen Sieger, die jedwede Erinnerung an das Regiment der »boches« konsequent tilgen:

»›Avenue Maréchal Foch‹, buchstabierte Harald. ›Und dort sitzt ja nicht mehr unser Kaiser Friedrich auf seinem Pferd! Großpapa, wer ist denn das kleine Männchen, das da steht?‹
›Das ist unser Dichter Paul Déroulède, der Gründer der Patriotenliga. [...] Euren Kaiser hat man eingeschmolzen, und es wurde Déroulède daraus. Das ist unser Körner, weißt du ...‹
›Habt ihr auch einen Körner?‹
›Jedes Volk hat seinen Körner, Harald.«‹ (Der Grenzpfahl, S. 95)

Hier ist Substanz gefaßt. Aber insgesamt bleibt die Autorin noch zu sehr einer Vorkriegsmentalität verhaftet, emotional verankert durch Regimentsmärsche und Heldengedenkfeiern, um einen wirklichen ideellen Neuanfang zu verkünden. Tendenzen dieser Art setzen sich fort in ihrem 1934 veröffentlichten Propagandaroman »Wir von der Saar«. Im Zentrum der Handlung steht die saarländische Unternehmerdynastie der Helders, deren »schwarzes Schaf« Edgar sich in Paris verheiratete und seit 1870 die fran-

zösische Staatsangehörigkeit besaß. Diese Familienkonstellation, durch einen Besuch am Sedanstag 1913 humorvoll eröffnet, ermöglicht der Verfasserin, an konkreten Beispielen zahlreiche Streitfragen der Grenze aufzugreifen. Doch die darin liegenden Chancen eines zumindest literarischen Ausgleichs werden nur anfangs genutzt. Je stärker sich die erzählte Zeit dem Datum der Volksabstimmung vom 13. Januar 1935 annähert, um so penetranter äußern sich außerliterarische Textintentionen.

Der Roman ist somit vor allem ein von der Autorin stellvertretend abgelegtes Bekenntnis des Saargebiets zum Deutschtum. Sein zunehmend scharfer Ton artikuliert und verstärkt spezifische Enttäuschungen einer Region, deren Abtrennung in Versailles den Wilson'schen Gedanken des Selbstbestimmungsrechts der Völker nach Kräften desavouierte. »Wir von der Saar« formuliert schließlich auch den berechtigten Protest gegen das fortgesetzte Herumstoßen von leibhaftigen Menschen durch (entfernte) Politinstanzen, gegen den Zynismus reinen Machtdenkens. Anschaulich wird dies z.B. in folgender Passage:

»Am 18. Januar waren die Saargruben an Frankreich übergeben worden [...]. Die deutschen Beamten wurden von den Bergwerken entlassen und über den Rhein geschickt, den Bergleuten wurde von den neuen Herrn Besserung ihrer Löhne bei strengster Disziplin versprochen. Scharen von französischen Beamten, die kein deutsches Wort verstanden, überschwemmten das Land. Die Vorzimmer der Behörden füllten sich mit Bittstellern. Tag für Tag sah man auf dem Schloßplatz, in Regen, Wind und Schneetreiben, zwei lange Menschenreihen stehen, die auf ihre Pässe warteten.
›Ich han gemennt, wann die käme, krät mr wieder Millich‹, murrten die Frauen. ›Jawoll! Die Franzose kriehn Millich, awer mir nit ... [...]‹ In den Schlangen standen auch die Leiter der großen Werke, die um Kohlen für ihre Hochöfen baten. [...] Alte Männer bettelten um die Erlaubnis, den einzigen Sohn, der doch Saarländer war, hereinzulassen zu seinen Eltern, wo er Wohnung, Kleider und eine Stellung am Bergamt hatte. Aber der Sohn hatte im deutschen Heer

gedient. Die Zivilverwaltung war höflich, aber bei den Militärverwaltungen war man kurz angebunden. [...] Eine Frau beklagte sich, daß ihr einquartierter Offizier verlangte, daß sie ihm das Bett jeden Tag frisch überzog. ›Wie habt Ihr's denn gemacht, damals in Lille oder Valenciennes, par exemple?‹ hieß es. Ja, das wußte die Frau nicht, und wenn es solche Narren gegeben haben sollte, brauchten die hochkultivierten Franzosen es denen doch nicht nachzumachen.

›Die han wohl gemeint, der Krieg wär aus?‹ sagte der Onkel. Da hatte man sich aber ›geschnerrt‹. Für sie hier unten fing es jetzt erst an.« (Wir von der Saar, Stuttgart 1934, S. 131f)

Wer solche Schilderungen der Jahre 1918–1920 liest, gewinnt einen plastischen Eindruck von der Misere jener Tage, von den Nöten und Befürchtungen, Hoffnungen und Sehnsüchten eines Volksteils, der zu den am meisten getroffenen Verlierern gehörte. Wo die Verfasserin ohne überhöhende Deutungen lediglich Augenzeugenberichte oder eigene Erlebnisse sprechen läßt, findet sie auch einen ansprechenden epischen Ton. In der Episode einer Zugreise von Frankfurt nach Saarbrücken, für damalige Verhältnisse eine geradezu abenteuerliche Expedition, der Schilderung eines Schiebers an der Grenze oder verschiedener französischer Verwaltungsbeamter mit ihren spezifischen Vorurteilen leben damalige Zustände und Sorgen vor unseren Augen wieder auf. Pressezensur und Zwangseinquartierungen, Reise-, Grenz- und Paßschikanen, Besatzungssoldaten, die zum Teil aus Schwarzafrika stammten und allein deshalb die Einheimischen mehr oder minder beunruhigten, Einschüchterungen von seiten des Gouvernements und zugleich dessen linkisches Werben um die Sympathie der Bevölkerung – man weiß nach der Lektüre dieses Buches einfach mehr über die damalige Situation, und man versteht wohl auch besser, weshalb bei der Abstimmung von 1935 91% der Saarländer mit ihrem Deutschland-Votum dem Nationalsozialismus zu seinem ersten großen außenpolitischen Erfolg verhalfen.

Daß Liesbet Dill ihren Roman ganz in diesem Sinne mit der Niederwald-Proklamation von 1933 und dem Bekenntnis zu Hitler ausklingen läßt, zeigt, daß die Autorin selbst solche Schlußfolgerungen zog. Dem Werk war somit, bedingt durch das bevorstehende Referendum, eine besondere propagandistische Aufgabe und möglicherweise auch verhängnisvolle Wirkung beschieden. Lohnt sich unter diesen Umständen noch eine erneute Beschäftigung mit Liesbet Dill? Bleibt noch genug an erzählerischer Substanz, die, jenseits von Verklärung oder Arroganz von Spätgeborenen, eine Wiederentdeckung der Autorin nahelegt? Ziehen wir ein Fazit!

LITERARISCHE BILANZ
Liesbet Dill kann schreiben, und sie weiß zu unterhalten. Nicht selten findet sie jenen Ton des Leichten, der zu Recht beim Leser beliebt ist. Ein tüchtiger Schuß Humor kommt hinzu, gespeist aus dem Bewußtsein alltäglicher und allzumenschlicher Schwächen. Exemplarisch belegt dies die Schilderung ausufernder Vereinsmeiereien im Roman »Die kleine Stadt«, Passagen, die die Lachmuskeln strapazieren. »Natürlichkeit und Wärme«, dazu ein Schuß Gesellschaftskritik, schrieb Marlene Hübel (Das brüchige Idyll des Damenkränzchen, in: Federführend, Ingelheim 2003, S. 29) kürzlich, sicherten ihr das Interesse breiter Leserschichten. Eine Reklameanzeige des Jahres 1913 nennt weitere typische Qualitäten der Autorin. Abstrahieren wir von der zeitgenössischen Terminologie, so enthält diese Werbung vieles Richtige:

»Liesbet Dills Bedeutung liegt in der straffen Erfassung und Durchführung des Problems, in der beseelten Schilderung der Örtlichkeiten und scharfen Zeichnung lebensvoller Gestalten, in der rechten Mischung von Ernst und Humor, einem echten Realismus, wie er sich bekundet in der Anwendung des Dialekts, der Zeichnung wirklicher Menschen und Zustände und eines gesunden Sozialismus, der, weil er zeitgemäß ist, in Gesellschaftsromanen nicht fehlen kann. Nehmen wir dann noch hinzu, daß sie mit Meisterschaft den Bildern jenen Stimmungsgehalt aufprägt, der ungesucht und ungekünstelt und darum als wahr empfunden wird, so haben wir damit wesentliche Züge genannt, die ihrer Kunst eigen sind.«

Zuweilen zeigen sich erzählerische Schwächen, wo man in manchen Passagen eine stärkere Vertiefung jenseits der bloßen Konversationsebene erwartet, auch dort, wo sie – wie in »Wir von der Saar« – historisches Material nicht immer organisch in den Text verwebt. Aber dem stehen ausgesprochene Stärken gegenüber. Sie liegen z.B. in den lebensnahen Dialogen und der schnellen und eingängigen Charakterisierung von Personen. Auch die Einführung in die jeweilige Handlung erfolgt zügig und durch anschauliche Milieuskizzen. Obwohl die Autorin gelegentlich feststellte, daß sie keinen kruden Stoff einbringe, nicht einfach Realität kopiere, sondern typisiere und stilisiere, ist das Authentische mit Händen zu greifen. Insofern besitzt ein gegenläufiger Selbstkommentar zumindest die gleiche Bedeutung:

»Ich hatte stets die Angewohnheit, nach lebenden Modellen zu arbeiten. Ich bin sogar so abhängig davon, daß ich weder mir noch anderen eine Persönlichkeit vorstellen kann, die ich nicht kenne. Jeder Kellner, jeder Briefträger, die nebensächlichsten Personen, die ich auftreten lasse, mit ein paar leichten Strichen charakterisiert, habe ich gekannt, wie ich sie sah. Man hat mir einmal den Vorwurf gemacht, ich photographiere (Eine von zu Vielen). Es mag sein, daß manche Modelle zu deutlich wiederzuerkennen waren, aber man wird mir kaum vorwerfen können, daß ich nicht lebendig schildere.« (Ewald Reinhard, Literaturgeschichte des Saargebietes, Saarbrücken o.J., S. 77)

Damit wird die Autorin zugleich zur Chronistin. In der engen Verbundenheit mit Land und Leuten ihrer Heimat liegen die Wurzeln ihres leidenschaftlichen Eintretens für die politischen Belange des Saarlands und Lothringens. Sie kannte diese Regionen, ihre Stimmung und Problematik tatsächlich, ließ sich in ihrem Urteil von nationalistischer Konfrontation nicht blenden, um an anderer Stelle ihrerseits allzu patriotisch-agitatorische Töne anzuschlagen. Dieses ideologische Paradox ihres Werks ist unaufhebbar. Doch ungeachtet gewisser nationalistischer Tendenzen infolge des Versailler Vertrags, wobei das Votum für Hitler in der Saarfrage übrigens einmalige literarische Episode blieb, kommt Dills Werk ein wichtiger regionalhistorischer Quellenwert zu. Wie wenige andere Autoren kannte sie die Verhältnisse im Grenzland. Als einer guten Beobachterin, kontaktfreudig, mit Ansprechpartnern in allen Gesellschaftsschichten, war ihr das ländlich-kleinstädtische Milieu ebenso vertraut wie das industrielle, urbane oder mondäne.

Ihr Heimatbegriff war nicht klischeehaft auf die bäuerliche Idylle verengt. Sie wußte von Gruben und Hütten und der dahinterstehenden Sozialproblematik. Auch von dem ständigen, konfliktreichen Wandel der Verhältnisse, der kein einfaches, schlicht zu verklärendes Damals erlaubte. Zur Heimat im Saarrevier zitierte Peter C. Keller in einer Funksendung von 1987 den Ausspruch der Autorin: »Die Industrie ist ein Tier, das Boden frißt.« Und zuvor hieß es:

»Den großen Bergmannsstreik von 1889 hat Liesbeth Dill als Zwölfjährige erlebt, in einem Alter unbefangener Aufnahmebereitschaft. So erfährt man denn in ›Virago‹, was Streikposten, Agitatoren, Gastwirte, Polizisten und Unternehmer sagen. Welcher andere saarländische Autor hätte Bürgerschichten und gar den unternehmerischen Mittelstand ›von innen‹ gezeigt, mit ihren Konflikten und Ratlosigkeiten? Liesbeth Dill tat es. Und wenn der Unternehmer Konz, Friederikes Vater, nach dem dritten Schoppen im Offizierskasino stolz erzählt, er habe als kleiner Schlosser angefangen, dann schmunzeln die Herren kaum wahrnehmbar. Aber die große Kluft, der immer nur mit Mühen überspielte Gegensatz innerhalb der Führungsschichten dieses Bismarckreiches, steht unausgesprochen im Raum.«

Von epochaler Bedeutung ist auch ihr zweites Hauptthema, das Geschlechterverhältnis mit der neu definierten Rolle der Frau. Dills Texte stellen wichtige frühe Zeugnisse emanzipatorischen Denkens dar. Zwar zeigen sich Etikettenbewußtsein oder Statusdenken von den ersten Publikationen an bis ins Alterswerk, daneben aber auch der gelegentlich literarisch bedeutsame Durchbruch ungekünstelt weiblicher Empfindungen, einer in Dialektwendungen und Mutterwitz zum Ausdruck kommenden Opposition gegen Konventionen und Gespreiztheit. Zuweilen verengt sich die Problematik auf diejenige höherer Töchter. Liesbet Dill besaß gewisse stoffliche Neigungen zu Adel und Großbürgertum. Aber eine Courths-Mahler von der Saar – wie manche abfällig-gehässigen Etikettierungen lauten – war sie gewiß nicht. Gibt es doch bei ihr in der Regel keine lebensfremde Sozialidylle à la Aschenputtel, keine vorschnelle Versöhnung. Sie greift gesellschaftliche Tabus auf und thematisiert das seelische Leiden, das aus starren Rollenzwängen erwächst. »Man sieht«, lautet das Fazit von Salcia Landmann:

Liesbet Dill in den 1950er Jahren

»das Standesbewußtsein der Lisbeth Dill hat ihr nicht den Blick für die Misere, die oft aus solchem Standesbewußtsein erwuchs, verstellen können. Dieser scharfe, realistische Blick macht ihre Bücher heute noch (oder wieder) lesenswert. Man lernt aus ihnen mehr als aus vielen langweiligen sozialhistorischen Exkursen.«

Dem ist wenig hinzuzufügen.

Günter Scholdt, April 2005

Abbildungsverzeichnis

Bildersammlung des Historischen Vereins für die Saargegend e.V. im Landesarchiv Saarbrücken (B.HV), Nr. 63: 6
Sammlung GRusZ: 406, 416 (u.), 417 (o.), 418 (alle)
Sammlung Delf Slotta (Saarbrücken): 409 (alle), 413 (o.), 415 (u.), 419 (alle)
Albert Ruppersberg: Geschichte der Gemeinde Dudweiler, Saarbrücken 1923, S. 55: 410 (o.); ebda. S. 65: 410 (u.)
Sammlung Stefan Weszkalnys (Saarbrücken) aus Nachlaß Trude Müller: 411, 412, 430
Festschrift zur Woche des Saarbergmanns in Bildstock vom 25.8. bis 3.9.1951, S. 61: 414
Stiftung Rechtsschutzsaal (Friedrichsthal): 416 (o.)
Dörte von Drigalski: 420
Familie von Drigalski: 432 (li.)
Renate Wolff (Berlin): 432 (re.)
Literaturarchiv Saar-Lor-Lux-Elsaß: 435
Liesbet-Dill-Archiv (Stadtbibliothek Dudweiler): 447

Worterklärungen

(aus der Originalausgabe von »Virago«)

77 gemolt: angestrichen
119 Dohlen: Unterführung
235 Stickschossefin: Stickjosephine
291 Stauchen: Pulswärmer
300 Flitsche: Fittiche

Danksagung

Die Herausgeber wurden bei den Korrektur- und Redaktionsarbeiten von Christa André, Annette Johänntgen-Gätje, Marc Nauhauser und Ilona Scholdt tatkräftig unterstützt.
Kai von Drigalski, als Vertreter der Erben Liesbet Dills, gestattete den Abdruck des Textes großzügigerweise honorarfrei. Für die Bereitstellung von Bildvorlagen bzw. Genehmigung von Rechten sind wir allen auf S. 448 aufgeführten Personen und Institutionen sehr verbunden.
Die Ausgabe wurde freundlicherweise von den »Saarland Versicherungen«, dem Ministerium für Bildung, Kultur und Wissenschaft des Saarlandes und der »Saarländischen Universitäts- und Landesbibliothek« finanziell gefördert.
Allen, die zum Zustandekommen des Bandes beigetragen haben, sei herzlich gedankt.

Sammlung Bücherturm
Herausgegeben von Günter Scholdt und Hermann Gätje

Heinrich Kraus
Poetische Haltestellen
Eine Auswahl der Lyrik aus vier Jahrzehnten

Sammlung Bücherturm Band 1
417 Seiten, ISBN 3-86110-306-0   24,- EUR

ausgezeichnet mit dem Dr. Wilhelm-Dautermann-Preis für eine hervorragende mundartliche Neuerscheinung

Die ausgewählten Texte ermöglichen eine nuancierte Begegnung mit dem Lyriker Kraus, einen differenzierten Überblick über sein vielschichtiges Schaffen. Der Band lässt einmal mehr erkennen, dass der Autor der einheimischen Dichtung neue Formen und Inhalte erschlossen hat. Seine Vielfalt formaler Versuche und thematischer Bereiche ist ohne Zweifel einmalig in der pfälzischen Literatur.

Palatina-Buch des Monats Die Rheinpfalz, 29. Juni 2002

Alfred Petto
Die Mädchen auf der Piazza
Roman und Auszüge aus dem
italienischen Kriegstagebuch von 1944

Sammlung Bücherturm Band 2
413 Seiten, ISBN 3-86110-321-4   24,- EUR

Der Roman mit autobiografischen Zügen erzählt die Geschichte des deutschen Soldaten Ludwig Laudwein. Alfred Pettos Stil, mit reportageartigen Passagen und Tagebucheintragungen, zieht ins Geschehen. Vielfältig sind die Themen, die der 1902 geborene und 1962 in Homburg gestorbene Schriftsteller aufgreift.

Saarbrücker Zeitung, 5. Dezember 2002

Sammlung Bücherturm
Herausgegeben von Günter Scholdt und Hermann Gätje

Anton Betzner
Basalt
Sammlung Bücherturm Band 3
395 Seiten, ISBN 3-86110-344-3   24,- EUR

„Mir knirscht Basaltstaub zwischen den Zähnen, und die Augen tun weh nach all den Sätzen, die scharfkantig sind wie gebrochenes Hartgestein. Was Anton Betzner da geschrieben hat, ist einmalig, und verdient es, im Förderkorb des Bücherturms zutage gebracht zu werden."

Heinrich Kraus in einem Brief an Günter Scholdt

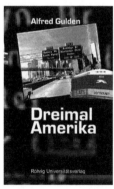

Alfred Gulden
Dreimal Amerika
Sammlung Bücherturm Band 4
378 S., ca. 60 Abb., ISBN 3-86110-353-2   24,– EUR

Alfred Gulden lebt wechselweise im Saarland und in München. Die Polarität zwischen heimatlichem Interesse und Weltläufigkeit kennzeichnet sein Werk ebenso wie die Bereitschaft zu erregenden Sprachexperimenten. 1982 erschien „Greyhound", seine literarische Auseinandersetzung mit dem American Dream, und machte den Autor schlagartig bekannt. Der Roman verarbeitet Erlebnisse und Irritationen einer USA-Reise, die im jungen Mann des Jahres 1967 fast einen Kulturschock auslösten. 23 Jahre später bot ein Amerika-Stipendium Gelegenheit zu erneuter Bestandsaufnahme. Daraus entstanden die Filmerzählung „A Coney Island of my heart" (1991) und „Silvertowers. Geschichten aus New York" (1993). „Dreimal Amerika" enthält alle Texte sowie mehr als 50 Filmbilder.

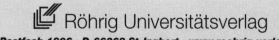

Röhrig Universitätsverlag
Postfach 1806 · D-66368 St. Ingbert · www.roehrig-verlag.de

Sammlung Bücherturm
Herausgegeben von Günter Scholdt und Hermann Gätje

André Weckmann
Wie die Würfel fallen
Roman und Werkauswahl

Sammlung Bücherturm Band 5
446 Seiten, 20 Abb., ISBN 3-86110-382-6   24,– EUR

Hauptthema des 1924 geborenen Schriftstellers André Weckmann ist die schwierige Identitätssuche seiner elsässischen Heimat. In die wechselvolle Geschichte des lange umkämpften Grenzlands war er durch Zwangsrekrutierung, Verwundung und Desertion schmerzlich verwickelt. Nach dem 2. Weltkrieg engagierte er sich gleichwohl für die Verständigung der ehemals verfeindeten Nachbarn. Das Elsaß begreift er dabei als Modell eines europäischen Brückenschlags. Seine konkreten Vorschläge zur kulturellen Ausgestaltung gipfeln in der Werbung für eine deutsch-französische Bilinguazone. Aus Anlaß seines 80. Geburtstags erschien diese repräsentative Werkauswahl. Den Schwerpunkt bilden der große Elsaß-Roman „Wie die Würfel fallen" (1981) und „Sechs Briefe aus Berlin" (1969), eine einfühlsame Musterung der Frontstadt im Kalten Krieg. Weitere Lyrik-, Erzähl-, Dramen- oder Filmtexte, mal satirisch, mal elegisch oder reflexiv, zeigen den Autor in seiner ganzen literarischen Vielfalt. Der Band wurde durch zahlreiche Zeichnungen von Tomi Ungerer reizvoll illustriert.